KB123451

세월이 흐르면

耕南文稿 2
경남문고

宋朝彬 著
宋容民 譯
宋澤蕃 編

보고사
BOGOSA

耕南肖像贊

胡爲生胡爲老
一生事付詩酒

千輪劫萬種愁
此乾坤更何求

自題

居今世學惟古
遊山水愁花鳥

松志節鶴精神
風月烟霞主人

友人 夢波 南斗元題

撞鍾應鳴比箏五經博士
倚馬可待騁髯八斗文章

友人 碧山 金麟俊題

경남 초상을 기린 글

어찌 태어나고 어찌 늙었나?
한 세상 모든 일을 시와 술에 부쳤네.
세월은 천륜처럼 길고 시름은 만 가지니,
이 세상에선 무엇을 다시 찾으리.

胡爲生胡爲老(호위생호위노) 一生事付詩酒(일생사부시주)
千輪劫萬種愁(천륜겁만종수) 此乾坤更何求(차건곤갱하구)
- 自題(스스로 지음)

이 세대에 살며 옛것을 배우고 생각하고,
산과 물에 노닐며 꽃과 새를 걱정하네.
소나무의 지조와 절개 학의 정신
바람, 달, 안개, 노을의 주인이로세.

居今世學惟古(거금세학유고) 遊山水愁花鳥(유산수수화조)
松志節鶴精神(송지절학정신) 風月煙霞主人(풍월연하주인)
- 友人 夢波 南斗元 題(친구 몽파 남두원 지음)

종을 치면 응당 울림이 비하면 오경박사와 동급이네.
말에 기대어 기다릴만하니 팔두 문장에 방불하네.

撞鍾應鳴比等五經博士(당종응명비등오경박사)
倚馬可待彷彿八斗文章(의마가대방불팔두문장)
- 友人 碧山 金嶙俊 題(우인 벽산 김인준 지음)

君子秉心惟以正直故君子儀之

亦堂

군자가 마음을 잡음이 오직 바르고
곧음으로 하는 고로 군자는 이를 본받네.

君子秉心惟以正(군자병심유이정)
直故君子儀之(직고군자의지)
- 亦堂(역당)

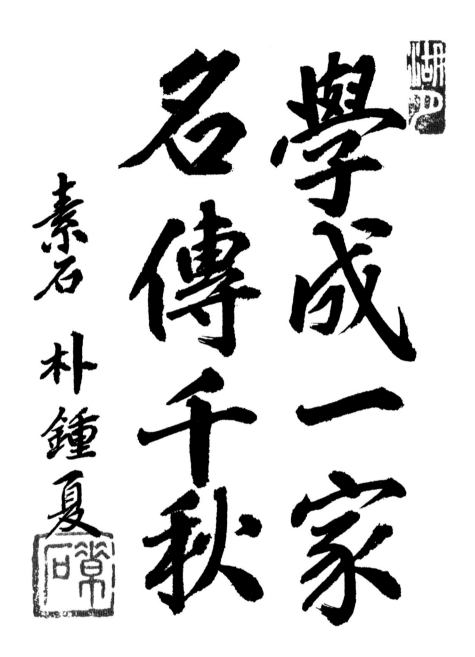

학문이 일가를 이루니 이름이 천년에 전해지리!

學成一家 名傳千秋(학성일가 명전천추)

- 素石 朴鐘夏(소석 박종하)

꽃 피고 새 울어 세월 감에 시름 많지만
맑은 바람 밝은 달 세월 감은 한가롭지 않네
맑고 바른 경남형을 위하여

花鳥多愁 風月不閒(화조다수 풍월불한) 爲耕南兄淸正(위경남형청정)
- 春谷書(춘곡서)

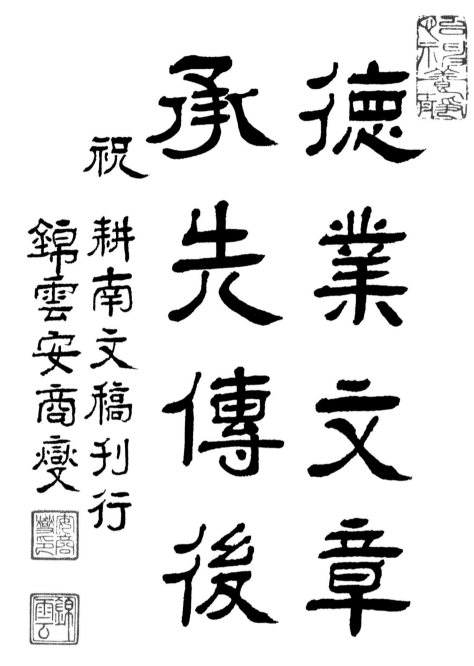

德業文章 承先傳後

祝 耕南文稿刊行

錦雲安商燮

덕업과 문장이여, 선대를 이어 후대에 전하네!
경남문고 간행을 축하하며, 금운 안상섭이 씀

德業文章 承先傳後(덕업문장 승선전후) 祝 耕南文稿刊行(축 경남문고간행)
- 錦雲安商燮(금운안상섭)

할아버님 영전에

할아버님 문집 『耕南文稿(경남문고)』를 奉獻(봉헌)하며, 先祖前에 무한한 榮光을 告하옵니다.

祖父 耕南公께서는 大韓帝國이 개국(1897년 10월 12일)되고 4년 후 1902년에 태어나시어 1910년 8월 경술국치의 어려운 시절을 거쳐 1919년 3.1독립운동이 일어나는 등 참으로 어려운 시절에 청소년기를 보내셨을 것이다.

그리고 1945년 해방이 되고 좌익우익 혼란기에 6.25동란을 겪으셨으니 할아버님 일생에 숱한 난리와 좌절 속에서 고충과 번민이 어떠했을까 지금 나로서는 짐작조차 할 수 없다. 더구나 노년 들어 슬하에 두 아드님을 먼저 보내시는 고통까지 겪으시다 1987년 2월 86세를 일기로 작고하시었다. 그렇게 험난한 세상을 감내하신 당시의 할아버님을 이해하고 다가서기란 결코 쉽지 않다. 그저 뒤늦게 손자가 할아버님을 그리며 망상에 젖어드는 것에 지나지 않을 것이다. 그래도 이렇게나마 할아버님을 그려 보고 싶은 이 심정은 내가 80을 넘은 늙은이기 때문만도 아니다.

할아버님의 삶이 바로 후손들에게까지 이어지는 것이고 보면 지금의 내 삶이 바로 선조로부터 물려받았음을 깨닫게 되고 그러하니 선조의 얼을 되새겨 보자는 의미를 담아 책을 펴내고자 했다.

할아버님은 은진 송씨 효종 때 병조판서를 하신 동춘당 할아버님〔浚吉〕의 아드님이신 정랑공 할아버님〔光拭〕의 4째 炳翼 할아버님의 직계 9세손이시다.

집에 전하여오는 이야기는 耕南公의 부친께서 대한제국 재건에 힘쓰시다 가세가 기울어 그리 넉넉한 형편이 아니었다.

지금 내가 생각해보면 내 어릴 적엔 할아버님께서는 대전에서 사셨는데 슬하에 육남 일녀를 두셨다. 큰아드님이 내 선친이시다. 할아버님께서는 적은 농토에 농사를 지으시며, 독학으로 漢學을 익히셨으며, 한학은 구학문으로 후손에게는 전수하지 않으시고 큰아들을 일본 오사카공고에 유학을 보내시고 자식들에게 신학문과 새로운 기술을 공부하게 하였으니 꽤나 개명하신 개화사상을 가지셨다고 봐야 할 것이다.

아버님은 일본에서 유학하시고, 귀국하자마자 해방 전 함북 청진 제철소에 근무하시다 해방 후 북쪽에 공산정권이 성립되자 가족을 데리고 남쪽으로 오시어 교통부 공무원으로 봉직하시게 된다. 나는 해방되기 3년 전에 외가인 논산군 연산면 관동리에서 태어나 성장은 청진과 대전, 서울에서 했다. 하지만 아버님은 고향 부모님도 도우며 공무원의 박봉에 항상 어렵게 지냈다. 그러다 내가 고등학교 때 서울로 오셔서 우리 집은 대가족을 이루게 됐다.

조부모님 그리고 삼촌들과 우리 다섯 형제 정말 식구가 많았다. 다섯째 삼촌은 나와 나이가 5살 차이고 막냇삼촌은 나보다 3세 아래였다. 대가족이다 보니 우리 살림은 어려웠다.

해방되고 12년 한국전쟁이 끝나고 5년여밖에 안 되었으니 온 국민이 모두 어렵게 살 때이긴 하나 우리 집은 더욱 힘들었다. 당시를 생각해보면 할아버님께서 하실 수 있는 일은 아무것도 없음을 매우 한스럽게 생각하시지는 않았나 싶다. 내가 뵌 할아버님은 아무 말씀이 없으셨다. 작은 책상을 앞에 놓고 한문책을 보시거나 아니면 벼루에 먹을 갈아 작은 붓으로 무엇인가 열심히 쓰고 계셨다. 간혹 외출하시고 돌아오셔도 언제나 그러시듯 책상을 앞에 놓으신 그 모습대로 그렇게 세월을 보내시는 듯했다. 그때 할아버님 가슴속엔 무수히 많은 사연들이 쌓여 있으셨을 것이며, 그것들을 풀어내고 계셨던 것은 아닌가 생각해 본다.

그런 생활마저도 얼마 못 가 1962년도 4월 5일 넷째 삼촌 결혼식 날 식장에서 돌아오시던 아버지께서 교통사고로 돌아가시고 말았다. 그때 아버지 연세 48세이셨는데 정말 하늘이 무너져 내렸다. 그때 할아버님과 할머님의 낙담은 어떠했을까 짐작도 가지 않는다. 그 후 우리 집은 내가 생활전선에 나서야 했다. 할아버지, 할머니께서는 셋째 삼촌 댁으로 거처를 옮기셨다. 우리 집에 사신 기간은 7~8년 정도 되나 보다. 그때 할아버님 절망은 어떠했을까 지금 생각을 해봐도 정말 참혹하셨을 터인데 1970년에 막냇삼촌이 결혼식 한 달여 앞두고 교통사고로 돌아가시는 불행이 또 있었으니 이렇게 우리 집안의 기둥이었던 큰아들과 막내아들 모두 한창 일할 나이에 보내는 서러움을 어찌 이겨 냈나 싶다. 그렇게 야속한 세상에서 슬픔을 감추시고 살아가신 할아버님께서 내가 사십이 되었을까 할 때 무거운 책을 한 짐 주셨다. 나에게 13대 동춘당(준길) 할아버님과 우암(시열) 또 당대 유력인사들의 서간문 몇 장과 당신이 쓰신 경남문고와 기타 서적을 내게 주시며 아마도 가지고 있다가 내 후손에게 전하여 주라는 의미였을 것이다.

그런데 책은 모두 한문으로 門外漢인 나로서는 읽어 볼 수 없는 책들이었다. 공업고등학교 졸업 후 생활전선에서 허덕일 때였으니 감히 그 책을 펴볼 엄두도 못 내고 있었다. 직장 생활을 하고 창업도 해보고 실패도 하고 우여곡절 끝에 40이 될 무렵 지금의 효신 전기를 창업해 중소기업으로 정착이 됐다 싶어졌을 때 내 나이가 70이 넘어갔다.

그때야 할아버님 글을 못 읽어보고 세상을 떠날 것 같다는 생각에 가슴속의 큰 부담으로 자리 잡게 되었다. 그런 마음에서 할아버님 문집을 본인 승용차에 모시고 다니길 수년 대전 은진 송씨 문중에서 일가 한 분을 만나 할아버님 문집 번역을 부탁드리게 되는데 그분이 송용민 씨 25촌 당숙이시며 부친 완빈 할아버님께서 나의 10대 조상님들의 비석 글씨를 쓰신 분이시다.

드디어 내가 80세가 되어 할아버님의 문집이 해석되고 정식 문집으로 경남문고 1권(시편)을 『세월이 흐르면』이라는 제목을 달아 2020년 7월 초판을 발행하고 선조 묘역에 崇祖排壇(숭조배단)을 건립하고 비석 후면에 경남문고 보집 서문을 새겨 할아버님의 숭고하신 정신을 기렸다. 그리고 금년 산문 3, 4권을 합본으로 출간하게 됐다. 이렇게라도 할아버님 영전에 『경남문고』를 올리며 무한한 감회에 젖어 보았다. 그리고 아버님, 어머님 영전에도 올리며 내가 어디에서 와서 어디로 가는가 내 자신을 돌아보았다. 이제는 내 할 일을 하였다는 자족의 눈물을 닦았다.

이 문집은 전국 공공도서관 200곳에 기증하고 서점에서 판매하고 문중에도 일부 기증하였으니 일가분들이 돌려 보신다면 더없는 영광으로 길이 새기겠습니다.

본 문집을 해석하여 출간하기까지 노고를 아끼지 않으신 25촌 당숙께 무한한 감사를 올립니다. 그리고 보고사 출판사에도 감사드립니다.

단기 4354년 6월 3일

恩津宋氏 耕南公 孫子 擇蕃 謹奉呈

할아버지 문집 『耕南文稿』를 출간하면서

12

송조빈(宋朝彬) 할아버님 문집
"耕南文稿"를 보고나서

고교 동창 송택번 사장이 할아버님의 문집을 출간했다며 『세월이 흐르면』이라는 『耕南文稿 1』을 작년에 내게 가져왔다. 전체가 4권으로 이루어졌다는데 그 1권인 시(詩)를 해석해 출간한 것이란다.

송 사장은 고등학생 때 삼 년을 한 반으로 옆자리서 늘 붙어 놀던 절친한 사이였는데, 그 우정이 60년을 넘게 이어져 나이 80이 돼서도 떨어져서는 못 사는 사이로 이어지고 있다.

그래 친구 할아버님 시집을 시간 나는 대로 한두 수씩 읽어 보곤 했는데, 이번에는 친구가 할아버님의 문집의 3, 4권인 산문집을 출간하면서 내게 독후 감을 부탁한다며 번역본을 이메일로 보내왔다.

이미 내 나이 80에 장시간 컴퓨터 모니터를 들여다보기도 싫고 해서 일언지하에 사양했다. 그런 후 며칠이 지나서 친구가 할아버지 문고에 올릴 글을 지어서는 봐달라고 들고 왔다. 그 글에는 친구가 할아버지를 그리는 마음이 하도 절절해 가슴이 뭉클했다. 그리고 친구의 숭모심(崇慕心)에 감탄했는데, 친구는 내게 할아버지 문집 독후감을 다시 부탁해, 이번에는 그의 할아버지 사랑에 더 사양할 수도 없어 어물어물 답을 했다. 그리고 친구가 돌아간 후 이 메일을 열어보니 A4용지 400페이지에 가까운 글이다.

그런데 이번 글은 주로 친구 할아버지께서 팔도강산을 두루 여행하시며 기록한 여행기가 대부분 차지하고 그 외 잡다한 일상사를 주제로 삼기도 하셨는데, 놀라운 것은 첫째, 그 어려웠던 시절 그렇게 많은 여행을 하셨다는 데 놀랐다. 그리고 둘째는 매 여행마다 기록을 남기시고, 글 곳곳에 詩(시)로 마무리하신 글에 또 놀랐다. 셋째는 역사와 지리적 서술뿐 아니라 많은 고시(古詩)를 인용하신 데 더욱 놀라게 됐다. 그리고 팔도강산을 안 가신 데가 없을 정도로 답사를 하신 게 놀랍고 신기할 정도다. 그래 처음부터 다시 읽어 내려가지 않을 수가 없었다. 그렇게 읽다 보니 글 속으로 빠져들었다.

내가 정년을 하고 한시(漢詩)를 공부한답시고 古詩를 공부하면서 글에는 작자의 사상과 철학이 담기게 마련이고, 그 사상이나 철학은 당시의 사회에서 싹이 터 성장하고 그게 글에 담겨 후세인들은 선인의 사상을 접하게 된다는 것을 깨달았다. 그래서 옛글은 작자의 당시 사회를 알고 있지 않으면 옛글의 참뜻이나 작자의 사상을 이해할 수 없음도 알았다. 해서 당시 사회를 알려면 역사 공부가 필수임을 깨닫고, 한시는 제쳐두고 10여 년을 역사 공부에 매달리고 있다. 그렇게 역사를 공부하다 선인들을 대하게 되고 그분들의 글을 접하기도 하면서 역사 공부에 재미를 붙였다. 그러는 중에 고시를 많이 접해 은근히 시 공부도 된다.

그런 터에 송조빈 할아버님의 『경남문고』를 보니 재미있는 역사를 공부하는 느낌인데, 내친김에 한문 원문을 보고 싶어 친구에게 부탁하니 할아버지 문집 원본을 가져다주는 게 아닌가. 그래 번역본을 프린트 해내 원본과 대조해가며 읽으니 속도는 느리나 감동은 배가되기도 했다.

책을 펴들면, 친구 할아버님께서 역사나 옛 사상가에 다가서려는 마음이 너무나 감동적으로 다가온다. 그리고 그때그때의 느낌을 한시로 읊으셔 더욱 울림을 주시기도 하신다. 그러니 자연 나는 삼천리강산을 두루 탐방하시는 할아버님의 자취를 글 속에서 느끼는 즐거움에 빠지기도 했다. 하지만 할아버님의 고뇌에 찬 삶을 대하면 숙연해지기도 했다.

'망원정팔경시서(望遠亭八景詩序)'에서 "오호라! 내 본디 喬木世家(교목세가 대대로 벼슬이 높은 집안) 屋社(옥사)의 후예로서 때를 얻지 못하여 세상에 공적을 이루지 못하고, 집안에 德業(덕업)을 남겨주지도 못하고, 단지 글 수백 편이 있을 뿐이다. 후세 사람들이 알아주거나 모르거나 하는 것은 그들에게 맡기겠지만, 나마저 詩가 없으면 안 되겠기에 이렇게 詩를 지어 기록한다."라고 토로

(吐露)하시는 데 찡한 느낌을 받았다.

　할아버님께서는 이렇다 할 큰일을 벌이시지도 않으시고 그저 삼천리강산을 유람하시며 이곳저곳 발 닿는 대로 둘러보시고 살피시며 세월을 보내셨구나 하는 생각에 좀은 안 됐다는 마음이 들기까지 했다. 그도 그럴 것이 대한제국이 개국(1897년 10월 12일)되고 얼마 안 돼 태어나셔서 경술국치(1910년 8월)로 어린 시절은 물론 청장년기를 왜놈 치하에서 사셔야 했으니 삶이란 게 그리 순평치 않았을 것이다. 그 얼마나 절망이 크셨을까 싶다.

　'한성이주기(漢城移住記)'에서 할아버님께서는 불행한 시절에 태어나 아무것도 하실 수 없음을 한탄하시기도 하셨다. "나라는 왜적의 흉악한 손에 망하여 주인 없는 백성이 되고, 집안은 나라를 되찾으려는 이런저런 일을 하다 무너져 이리저리 떠도는 사람이 되었다. 뽕밭이 바다가 되는 변화의 국면에 만 리를 가고자 하는 웅대한 도모는 이미 어긋났고, 예와 지금이 다른 학문에 백 년의 장대한 뜻은 미처 피지 못했다. 젊어서부터 버들 솜이나 주워 모으며 숨어 살려는 뜻을 갖고 그물로 복사꽃 건질 수 있는 은둔의 땅을 찾으려 하며, 인간 세상에서 당한 궁벽한 액운을 슬퍼하였다."라고 하신 구절이 있다.

　내가 왜정 말기에 태어나 세 살에 해방을 맞고 9살에는 6.25동란으로 갖은 어려움을 겪었다고 입버릇처럼 되뇌곤 했는데, 할아버님께서 겪으신 그 시절의 절망은 말할 수 없었을 것이다. 우리 세대는 그래도 노력하면 잘살 수 있다는 신념 하나는 가질 수 있었겠으나, 할아버님 시절은 그런 것마저도 가지실 수 없었을 터이니 말해 뭣하겠는가.

　할아버님은 '한성이주기(漢城移住記)'에서 "뜬구름 삶은 쉬 늙은 것이니, 외진 땅 한 모퉁이에 머물러 허름한 오막살이에서 일생을 끝낸다 해도 어찌 우물 안 개구리와 솥 안의 소금 절인 닭이 스스로 되었다 함을 인정하여 이내 연못 속의 물고기와 새장 속의 새처럼 틀어박혀 사는 것을 달게 여길 수 있겠는가! 강산 밖으로 세상 걱정을 녹여 날려버리고, 우주 속으로 이 몸을 놓아 버렸다."라 하시며 세상 밖으로 나아가서 유람을 즐기신 듯하다.

　'현사관광기(懸寺觀光記)'에서는 "내가 어려서부터 新學問(신학문)을 익히지 않고, 끝내 아무것도 모르는 듯이, 있으나 마나 한 사람이 되었지만 나라의 원수는 잊지 않았다. 나이가 좀 들어서는 굳게 옛 법도를 지키며 달갑게 유유히 스스로를 버리는 무리가 되어 대대로 내려오는 家業(가업)을 이으려 하였다. 國運(국운)이 光復(광복)을 맞게 되어서는 우리의 道(도: 유학)가 더욱 쇠퇴하여 세상과 내 마음이 어긋나니, 공연히 山水(산수)를 떠도는 버릇이 생겨 세상 걱정을 잊어버리고 술 한 잔에 시 한 수를 읊는 것으로 즐거움을 삼으려 하였다.”라고 토로하신 것을 보면 할아버님의 당시 고뇌가 짐작이 갈 듯하다.

문집을 보다가 은근히 할아버님 삶에 빠져 들어가고 있는 나를 만났다. 나도 모르게 『耕南文稿 1』을 들추어보기도 하며 당시 할아버님의 감상에 끌려들어가기도 했다. 그 『耕南文稿 1』 속에서 할아버님의 회한을 들을 수 있었다.

한가한 가운데 회포를 쓰다	閒中書懷
헛되이 세월만 보내 서울에서 늙어가니	虛度光陰老漢城
허다한 사업 중에 하나도 이루기 어렵네.	許多事業一難成
무정하게도 머리 빠진 대머리 모두들 싫어하고	無情禿髮人皆忌
힘 빠진 낡은 배움을 세상이 얼마나 맞아주나.	失勢殘篇世幾迎
온갖 나무는 꽃피면 다시 새 색 내고	凡樹開花還有色
작은 시내 물도 비오고 나면 소리 배나 높이는데	小溪經雨倍揚聲
이른 나이에 배운 것 장차 어디에 쓸까	早年所學將何用
저 서늘한 때 맞아 자랑하듯 울어대는 귀뚜라미 부럽구나.	羨彼寒蛩得意鳴

오늘따라 서재로 일찍 나와 이 시를 놓고 내 삶도 돌아보며 서재 앞 공원의 숲을 바라보고 있는데 제자, 한 친구에게서 전화가 왔다. “선생님, 지금 방문해도 되겠습니까.”이다. 참으로 반가운 소리다. 그렇지 않아도 무료하던 참인데 좋은 친구가 찾아온다니 이만한 반가운 일이 어디 있겠나. 기대를 걸고 얼마를 기다리니 다시 전화다. “선생님 내려오세요. 드라이브나 하시죠.” 이런 신나는 일이 생기다니. 급히 뛰어 내려가 친구 차에 올랐다. 이 친구도 머리가 희끗희

끗하니 제법 나이가 들어 보인다. 그도 그럴 것이 내 나이 사십 전에 담임을 했던 친구이니, 지금은 60을 넘긴 노년기에 들어섰으니 왜 아니겠나.

제자의 차에 올라 간 곳이 화양구곡(華陽九曲)이다. 송시열 선생님께서 만년에 은거하시던 암서재(巖棲齋), 만동묘(萬東廟) 등을 둘러보고 오는 도중 연풍면에 있는 수옥폭포(漱玉瀑布)엘 갔다. 어제 소나기가 내려서인지 폭포 물줄기가 대단하다 못해 장엄해 보였다.

한 달 가까이 송조빈 할아버님에 빠져있던 나는 여행 중 친구에게 송조빈 할아버님 이야기와 옛사람들의 삶을 토론 아닌 토론으로 이어갔으니, 어디를 가나 머릿속은 송조빈 할아버님이 지배하고 있었다.

장엄하게 내리치는 물줄기를 보니 억겁의 세월을 이리 세찬 물줄기를 토해내고 있었을 폭포에 내 70생이 부끄러웠다. 넋을 놓고 물줄기를 바라보다 송조빈 할아버님 흉내를 내보았다.

수옥폭포   漱玉瀑布

수옥폭포, 한 폭의 그림 같고   漱玉一幅畫 (수 옥 일 폭 화)

물소리는 노래 같고, 시 같구려.   水聲如歌詩 (수 성 여 가 시)

그 읊음이 나그네 가슴을 두드리고   其吟打客胸 (기 음 타 객 흉)

바라보는 나그네 수심은 더욱 깊어지네.   望客愁尤深 (망 객 수 우 심)

떨어지는 물 기세 장엄해   落水勢莊嚴 (낙 수 세 장 엄)

물기둥은 칠십 생을 비웃는 듯.   水柱嘲喜生 (수 주 조 희 생)

그대는 늙은이 쓸쓸한 웃음을 헤아리는가.   君勘曳蕭笑 (군 감 수 소 소)

구멍 난 가슴에 이는 찬바람도.   孔胸吹寒風 (공 흉 취 한 풍)

세상은 어둠속에 빠지고 가로등과 빌딩 창이 별빛처럼 보이는데, 서재 앞에 날 내려놓고 사라지는 친구를 바라보며 아쉬운 마음은 허탈함에 빠져들어 가로수 가지에 걸린 달이 더욱 차게 느껴진다.

석별	惜別
밝은 달 높은 가지 끝에 걸려있는데	명 월 괘 고 지 明月掛高枝
아쉬운 이별은 손끝을 잡네.	석 별 정 악 지 惜別情握指
어두운 그림자 점점 멀리 사라지고	암 영 원 유 유 暗影遠悠悠
이별의 아쉬움은 먼 하늘만 쳐다보네.	이 석 사 망 천 離惜思望天
오늘의 추억 오래 남아 날 울리겠지.	금 억 읍 장 재 今憶泣長在
이런 만남 어느 때 다시 있을까.	차 회 재 하 시 此會在何時
또 그때까지 어찌 기다리나.	우 기 시 고 대 又其時苦待
그리움이 수옥폭포처럼 흘러내리네.	우 사 유 수 옥 憂思流漱玉
수옥폭포 물소리 꽝꽝	수 옥 성 굉 굉 漱玉聲訇訇
그 소리 아직도 남아 가슴을 때리고	기 성 여 타 흉 其聲餘打胸
손안에 잡힌 느낌 사랑으로 머물러	악 장 감 유 애 握掌感留愛
먼 길에서 쌓인 정 나를 지탱해주네.	만 리 정 지 오 萬里情支吾

할아버님께서 그러했듯이 나도 팔십을 바라보며 그간의 내 삶이 그저 물거품이었던 것을 깨닫는다. 그리고 '인간의 삶이란 게 다 그저 그런 것이지' 하며, 허탈함을 품에 안고 필을 놓는다.

단기 4354년 7월   일
할아버님 손자 송택번 친구 趙義行

나의 영원한 친구 조의행 약력 :
*성균관대학교 졸업.
*교직생활 38년으로 인천고등학교 교장 정년 퇴임.
*시부문 및 수필부문 당선.
*저서 :『금강경 풀이, 몽환포영(夢幻泡影)』,『고독! 그 고독을 먹고 사는 사람들…』.

번역자가 드리는 글

東國十八賢(동국십팔현) 중의 한 분이신 同春堂(동춘당) 宋浚吉(송준길) 선생의 후손으로 舊韓末(구한말)에 태어나셔서 解放(해방) 후까지도 줄곧 우리 전통 세계의 학문과 삶을 지켜 오신 宋朝彬(송조빈) 선생의 평생 글을 가려 뽑아 엮은 耕南文稿(경남문고) 전 5권 중 선생의 朋友(붕우)들이 헌정한 耕南肖像贊(경남초상찬)과 권1의 詩(시)를 모아 『세월이 흐르면』이란 제목으로 번역 출간한 일이 있으니, 이는 선생의 손자인 宋澤蕃(송택번) 씨가 조상을 위하는 간절한 마음에서 비롯된 것이다. 번역을 부탁받고는 모자란 실력으로 주저주저하였으나, 저 역시 동춘당의 후손으로 경남선생께서 이름까지 지어주신 은혜가 있어 감히 물리치지 못하고 번역에 이르게 되었다.

이제 澤蕃(택번) 씨가 할아버지 되시는 耕南先生(경남선생)의 나머지 글도 그대로 어둠에 묻어 둘 수 없다 하여 번역을 요청해 오니, 모자란 실력의 부끄러움을 무릅쓰고 권3 序(서)와 권4 記(기)를 번역하게 되었다. 기실 詩(시)가 文章(문장)의 眞髓(진수)이지만, 漢文(한문)의 韻律(운율)에 익숙하지 않은 사람들에겐 상당히 낯설게 여겨지는 것이 오늘의 현실이며 번역도 그만큼 어렵다. 그래서 『세월이 흐르면』을 발간하면서 드린 글에 '부족한 제 번역보다는 같이 실은 한문 원문에서 진정한 글의 멋을 찾아 주십시오'라고 부탁드린 바 있다. 그러나 이번에 번역하는 序(서)와 記(기)는 韻文(운문)인 詩(시)와는 달리 散文(산문)이다. 산문에도 물론 운문에서와 같이 운치가 중요하기는 하지만, 그보다도 더 중요한 것이 번역의 정확성이다. 번역이 정확해야 기술된 글의 의미가 정확히 전달될 수 있기 때문이다. 누가 箭串(전관)과 纛島(독도)를 서울의 어느 동네 옛 지명인 '살곶이'와 '뚝섬'인지 바로 알겠는가? 이를 그대로 '전관' '독도'라 해 놓으면 의미가 전달될 리가 없다.

　耕南先生(경남선생)은 東國輿地勝覽(동국여지승람) 같은 책들을 머릿속에다 넣고 다니신 것 같다. 전국 명승지를 다니시면서 그곳 이름이 그때에도 우리말로 불리었음 직하나 다 漢字(한자)로 기록해 놓으시며 그곳에 관련된 풍물 문화 역사를 줄줄이 붙여 놓으셨으니, 배움이 얕은 저 같은 사람이야 어찌 다 알 수 있겠는가! 혹시 잘못 번역된 부분이 있다 해도 널리 용서해 주시기를 바란다.

　끝으로 이 책을 보시게 되는 분들께 부탁드리는 바는 이제 우리나라에 이런 멋있는 漢文(한문) 글이 다시는 나오지 않을 것이니 그 값을 넉넉히 쳐주십사 하는 것이다. 경남선생의 글에서도 당신께서 쓰신 글이 후세에 전해지지 않을 것을 걱정하신 부분이 군데군데 보인다. 漢文(한문)은 中國(중국)의 글만인 것이 아니다. 우리의 옛글도 모두 한문이다. 간혹 요즘 한문 공부하시는 분들 중에 중국의 한문만 높게 쳐주시는 분들이 있는 듯한데, 우리 선조들의 한문이 어디 그보다 못하랴! 단지 안타까운 것은 그런 좋은 글이 이제 다시는 나오길 기대할 수 없다는 현실이다.

번역자 송용민 드림

송조빈의 선조와 생애
宋朝彬의 先祖와 生涯

　　우리 송씨는 대대로 恩津(은진) 羅岩里(나암리)에 살아왔다. 執端公(집단공) 諱(휘: 돌아가신 분의 이름) 明誼(명의: 고려 사헌집단(司憲執端))께서 벼슬을 따라 松都(송도: 지금의 개성)에 계셨는데, 고려가 망하자 나라 잃은 백성의 의리를 지키고자 懷德(회덕) 周岸(주안)의 土井村(토정촌)으로 옮겨 사셨고, 지금 그 遺墟碑(유허비: 남겨진 터를 표시한 비석)가 있다. 그 후손 雙淸(쌍청) 愉(副司正) 선조가 세종 임금 壬子(임자)년에 백달촌에 터를 점쳐 잡아 집을 세웠으니, 그 집을 雙淸堂(쌍청당)이라 한다. 同春(동춘) 효종 병조판서 선생에 이르러 인조 임금 癸未(계미)년에 윗송촌으로 이사하시고 또 同春堂(동춘당)을 세우셨다. 그 넷째 손자 炳翼(상주목사)께서 宗家(종가) 옆−송촌리 95번지−으로 나누어 나와 사시다. 숙종 임금 壬午(임오)년에 松月堂을 세우시니 내(이 글을 지으신 耕南선생−宋朝彬)게는 9세조가 되신다. 증조할아버지 松石公(송석공) 諱(휘) 綺老(기노) 공조참의께서 철종 임금 甲辰(갑진)년에 안채와 바깥채−각 여섯 칸−를 다시 세우시고 戊子(무자)년에 바깥채 앞 밖에 敬述堂(경술당)을 세우시니, 兪鳳在(유봉재) 공이 上樑文(상량문)에 이르기를 "울타리에 국화를 심어 상큼한 향기를 내도록 해 늦은 시절을 의탁하고, 언덕에 소나무를 심어 고고하게 푸르름을 어루만지며 평소의 마음을 부치는구나. 구름으로 나막신 해 신고 노을로 옷을 져 입고, 언덕 골짜기 물가에서 考槃(고반)을 읊는구나. 玉堂(옥당: 화려한 집)도 金馬(금마: 좋은 말)도 멀고, 영달을 얻는 길 생각하는 것도 잊어버렸네."라고 하였다. 또 丙申(병신)년에 집 뒤 산머리에 飛遯齋(비둔재)를 지어 학문을 강론하는 곳으로 삼았다. 山川(산천)의 기세가 용이 똬리 틀고 호랑이가 웅크린 것 같아 맑고 기이함이 드러나고, 집의 규모는 새가 날개를 펴고 나는 듯하여 장엄하고 화려함에 가까웠다. 문밖의 구름 같은 연기와 뜰 안의 草木(초목)은 푸르고 푸르러 사방에서 기이함을 다퉜다. 翠竹蒼松(취죽창송: 푸른 대나무와 소나무)은 베갯머리 자리에서 가을 소리를 내고, 奇花異草(기화이초: 기이한 꽃과 특이한 풀)은 마루 창밖에 봄기운을 우거지게 했다. 난간 밖 아리따운 빛은 옛날 그림도 아니고 지금 그림도 아니요, 창 앞의 새 지저귐은 관현악기의 소리도 아니었다. ─그보다 더 좋았다─

왼쪽으로는 書庫(서고) 세 칸이 있고, 오른쪽으로는 倉庫(창고) 네 칸이 있었으며, 밖으로 둘러친 行廊(행랑)은 열여섯 칸인데, 婢僕(비복: 계집종과 사내종)이 사는 곳으로 무릇 쉰 칸 남짓이다.

내 아버지 세대에 이르러서 나라를 되찾으려는 의지로 인하여, 서울과 지방 곳곳을 드나들었다. 해바라기가 해를 향하는 정성은 원래 두 개의 해가 없는 것이고, 소나무와 잣나무가 늦게 시드는 지조를 지키는 것은 네 계절을 모두 견뎌야 하는 것인지라, 그 이래로 10여 년 일이 뜻대로 되지 않고 또 달리 재산 모을 일도 많지 않아 모두 소진되었다.

내가 가장이 된 후 50여 년을 京鄕(경향: 서울 및 시골) 각지를 떠돌아다니니, 달은 차갑고 바람은 처량하여 平泉(평천)의 花石(화석)을 잊기 어렵다. 연기가 깊어지거나 구름이 가라앉거나 오히려 梓澤(재택: 고향 산천)의 丘墟(구허: 예전에는 번화하던 곳이 뒤에 쓸쓸하게 변한 곳)를 잊지 못한다. 이 산과 저 내는 모두 내가 어린아이일 때 어슷거리며 거닐던 遺跡(유적: 남은 자취)이요, 풀 한 포기 나무 한 그루도 내 할아버지가 심고 기른 나머지 흔적이 아님이 없으니 변천의 터전은 몇 사람이나 안타까운 탄식을 지나쳤는가! 아껴야 하는 신비스런 지경은 얼마나 기다려야 옛날처럼 되찾을 수 있겠는가!

지나간 자취를 거친 글이나마 써서, 後嗣(후사: 대를 이을 자)가 紀念(기념)하기를 기대한다.

我宋世居恩津羅岩里。執端公諱明誼從臣在松都麗亡守罔僕之義移居于懷德周岸土井村今有遺墟碑。其孫雙淸先祖世宗壬子卜宅于白達村名其堂曰雙淸。至同春先生仁祖癸未自法洞移居于上宋村又建同春堂。其第四孫尙州分居于宗家之傍宋村里九十五番地肅宗壬午建松月堂於余爲九世祖也。曾祖松石公諱綺老哲宗甲辰重建內外舍各六間戊子建敬述堂于外舍之前兪公鳳在上樑文云種菊於籬樔寒香而托晚節栽松於岸樔孤靑而寄素心。雲屐霞衣詠考槃於阿磵玉堂金馬渺忘懷於榮途。丙申又築飛遯齋於家後山頂爲講學之所。山川氣勢龍蟠虎踞而呈淸奇棟宇規模鳥革翬飛而近莊麗。門外烟雲園中之草木攢靑錄爭奇於四方。翠竹蒼松動秋聲於枕簟奇花異草藹春氣於軒窓。欄外烟光不古不今之圖畵窓前鳥語非絲非管之笙簧。左有書庫三間右有倉庫四間外繞行廊十六間而婢僕居之凡五十餘間。及我先君之世因復國之志出入京鄕炳。葵藿向陽之忱元無二日守松栢後凋之志可貫四時伊來十餘年事不如意無多産業盡爲消盡。余主家以來五十年漂泊京鄕月冷風凄難忘平泉之花石。烟沉雲沒尙想梓澤之丘墟。某山某水惣是余童子時徜徉之遺跡一草一木無非父祖時培養之餘痕變遷之基經幾人之嗟惜慳秘之境待何日而復舊。記往蹟於荒詞期後嗣之紀念。

차례

◇ 경남문고 권지삼 耕南文稿 卷之三

序 서

◇ **경남문고 권지사** 耕南文稿 卷之四

記기

耕南文稿補集 序
경남문고보집 서문

 사람이 만물의 靈長(영장)이로되, 하루아침에 문득 갑자기 草木禽獸(초목금수)와 더불어 泯滅(민멸: 소멸되는 상태)로 같이 돌아가 알려짐이 없다면 어찌 슬프지 않겠는가!

 이런 이유로 옛날의 군자는 혹 德(덕)을 세우거나, 혹 功(공)을 세우거나, 혹 言(언)을 세움으로써 不朽(불후: 썩지 않음)의 자취로 삼았다.[1]

 옛것을 배우고 덕을 품는 자는 그때를 얻어 그 뜻을 행하면 공은 가히 社稷(사직)을 안정시킬 수 있고 이름을 역사에 남길 수 있으나, 때를 만나지 못하면 오직 文字(문자)를 후세에 전할 뿐이니 이러함에는 운명이 있어, 억지로 구할 수 없는 것이다. 그런즉 때를 만나는 것은 본디 어려운 일이다.

 내가 弱冠(약관: 20세)이 되기 전에 家勢(가세)로 인해 학업을 廢(폐)하고, 戊辰(무진: 1928)년 겨울에 先君(아버지)이 돌아가시고 나라가 망하고 집안이 기우니, 인하여 흐트러진 실을 수습하는 의리를 지키려 하였으나 그 꽃을 거둘 땅을 구할 수 없어 품은 속내를 펼 수가 없었다.

 한가롭게 林泉(임천: 은거하는 자연)에 누워, 生涯(생애)를 모두 畎畝(견묘: 한가히 농사짓는 일)에 맡길 수 없기 때문에, 다시 文藝(문예)에 從事(종사)하였다. 세상에서는 詩(시) 書(서) 畵(화)를 三絶(삼절)이라 稱(칭)하나, 오직 시만이 재력을 많이 허비하지 않으므로 이에 시를 지었다.

 잘된 시는 입에서 나와 말로 형용되니 말의 精華(정화)다. 옛 사람들이 시를

---

1) 立德 立功 立言(좋은 말을 남기는 것)을 三不朽라 함.

지음은 반드시 후세에 전하기를 기약하는 것이기 때문에 『少陵集(소릉집)』[2]에 "늙어 가는데 새로 지은 시는 누구에게 전해줄꼬?"라는 구절이 있다. 나는 남보다 뛰어난 재주가 없어 이름을 날릴 수는 없으나, 그 정취와 경치를 오묘하게 변화시키는 법을 없앨 수가 없다. 字句(자구)를 쓰거나 버리는 규칙은 옛사람과 다르나, 소위 起承轉結(기승전결)하여 경치를 기록하고 정취를 표현하는 것은 항상 같고 닮았다. 先覺(선각)자는 훌륭한 친구들에게 講究(강구: 좋은 궁리나 대책을 세움)하고 山水(산수)에서 술 마시며 읊조려 風月(풍월) 사이에서 신발을 끼고 산에 오르고 배를 타고 강을 건너갈 때에 意思(의사)가 맑고 새로워 혹은 조용히 앉아 깊이 생각하거나 혹은 걸음에 맡기고 눈에 보이는 대로 미루어 力作(역작)하고 이를 모아서 자신의 사사로운 草稿(초고)로 삼으나, 文章(문장)에 이르러서인즉 그 말과 뜻의 정신이 무릇 비록 미치지는 못하나 같을 수밖에 없는 것을 文(문)이라고 이른다.

近世(근세) 젊은이들이 문장의 소중함을 모르니, 만약 그 시문을 생전에 간행하지 않는다면 大化(대화: 세상이 크게 변화됨) 후에 일생 동안 고생을 겪으며 지은 文字(문자)가 泯滅(민멸)로 돌아가리니 이 어찌 한스럽지 않은가!

그저 때를 만나기가 본디 어려워서가 아니요 후세에 전하는 것이 제일 어려운지라, 내가 先世(선세) 文字(문자)에 나의 詩文(시문)을 겸해 붙여 辛亥(신해: 1971)년에 『市津世稿(시진세고)』로 간행하고 또 丙辰(병진: 1976)년에 『耕南文稿(경남문고)』로 간행하고 3년을 지나 다시 "續集(속집)"으로 간행하였으나, 그 후에 지은 것이 적지 않아 또 "補集(보집)"으로 간행하니 아무 말 하지 않을 수 없어 깊고 고운 글은 求(구)하지 않고, 대략 그 뜻을 쓴다.

後人(후인: 뒷 세대 사람) 중에 만약 이 보집을 보는 자가 있다면 그들이 잘됐다고 기려주거나 못됐다고 헐뜯거나 하는 것은 내가 알 바가 아니요, 오직 내가 있었음을 알아주는 것이 다행일 뿐이다.

壬戌(임술: 1982)년 가을에 耕南(경남)이 쓰노라.

---

2) 少陵(소릉): 조선 중기 문신 이상의(李尙毅, 1560~1624)의 호.

人爲萬物之靈一朝奄忽與草木禽獸同歸於泯滅而無聞豈不哀哉。是故古之君子或立德或立功或以立言以爲不朽之蹟。學古懷道者得其時而行其志則功可以安社稷名可以垂竹帛然不遇時則惟以文字傳諸後而是有命焉不可强求者。然則遇時固難。余年未弱冠因家勢廢學至戊辰冬先君下世國亡家衰因守拾絮之義而不得求綱花之地其所蘊莫展。閒臥林泉生涯不可全付畎畝故更從事於文藝世以詩書畫稱三絶而唯詩甚費財乃作詩。工詩者出於口而形於言言之精華也。古人作詩必期於傳後故少陵有老去新詩誰與傳之句。余無超人之才不得擅名然不可廢其情景變幻之法。字句用捨之規與古人不同所謂起承轉結記景情常功磨乎。先覺講究於高朋觴咏於山水風月之間携屐陟岵乘船渡江之時思清新或坐而覃思或信步而寓目推之於力作收爲私草而比於文章則其語意之神凡雖不及而不可不同謂之文也。近世年少不知文章之爲重其詩文若不刊行於生前則大化之後一生喫苦之問字歸於泯滅豈不恨哉。非徒遇時固難傳後最難余收拾先世文字兼付余詩文以市津世稿刊行於辛亥又以耕南文稿刊行於丙辰越三年更以續集刊行厥後所作不少又以補集刊行而不可無語不求玄晏之文略敍其意。後人若有覽此集者其毀譽非余所知惟幸知余也。

壬戌秋耕南敍

序

人為萬物之靈一朝奄忽與草木禽獸同歸於泯滅
而無聞豈不哀哉是故古之君子或立德或立功或
以立言以為不朽之蹟學古懷道者得其時而行其
志則功可以安社稷名可以垂竹帛然不遇時則惟
以文字傳諸後而是有命焉不可強求者然則遇時
固難余年未弱冠因家勢廢學至戊辰冬先君下世
國亡家衰因字拾絮之義而不得求網花之地其所
蘊莫展間卧林泉生涯不可全付猷猷故更從事於

文藝世以詩書畫稱三絶而惟詩不甚費財乃依詩

工詩者出於口而形於言言之精華也古人依詩必

期於傳後故火陵有老去新詩誰與傳之句余無超

人之才不得擅名然不可廢其情景變幻之法字句

用捨之規與古人不同所謂起承展結記景寫情常

折磨子先覺講究於高朋觴咏於山水風月之間攜

屐陵齒乘艇渡江之時意思清新或默坐而覃思或

信步而寓目推之於力依收爲私草而比於文章則

其語意之神凡雖不及而不可不同謂之文也近世

年必不知文章之爲重其詩文若不列行於生前則

大化之後一生喫苦之文字歸於泯滅豈不恨哉非
徒遇時固難傳後最難余收拾先世文字無付余詩
文以市津世禑刊行於辛亥又以耕南文稿刊行於
丙辰越三年更以續集刊行顧後所作不火又以補
集刊行而不可無語不求玄晏之文略敘其意後人
若有覽此集者其毀譽非余所知惟幸知余也

　　壬戌秋耕南敍

－ 3 －

耕南文稿 卷之三

序서[1]

喚仙樓八景詩序
환선루팔경시서

陽山(양산)은 옛 助比川縣(조비천현)으로 지금 영동군 양산에 속하니 山水 (산수)의 경치가 빼어난 마을로, 樓臺(누대)가 서로 바라 보여 詩(시)를 짓고 그림을 그리는 대가들에게 최적의 장소이다.

신라 武烈王(무열왕)이 백제와 고구려와가 변경에서 소란을 부리는 것에 화 가 나서, 金歆運(김흠운)을 장수로 하여 정벌을 도모하였다. 흠운이 명을 받고 백제 땅에 이르러 양산 아래 진영을 치고 進攻(진공)하려 하였는데, 조비천의 백제 병사들이 저녁 어스름을 타고 습격하니, 흠운이 따라서 검을 빼어 들고 적과 싸우다 전사하였다. 이때에 大監(대감)인 穢破(예파)와 少監(소감)인 用 邦(용방)이 모두 적을 맞아 죽으니, 그때 사람들이 이를 듣고 陽山歌(양산가)를 지어 슬퍼하였다.

사람이 處身(처신)이 같지 않으면 즐기는 바 또한 같지 않다. 나는 담박하게 은둔한 사람으로 자연을 노닐며 감상하는 것을 제일 좋아한다. 戊辰(무진: 1988)년 가을에 寧國寺(영국사)로부터 虎灘津(호탄진)으로 걸어 나와 강을 따 라 십 리를 가니, 喚仙樓(환선루)가 푸른 산을 뒤로 하고 긴 강이 앞에 막아 산이 에워싼 양쪽 언덕이 나르는 듯하여 하늘에 뜬 봉황새가 보는 것 같고, 반짝이는 모래가 중류에 쌓여 희기가 무더기 눈이 처음 치워진 것 같다. 깊은 숲, 넓은 들, 良田沃土(양전옥토)가 멀리 수십 리까지 바라보이고 벼, 수수,

---

[1] 序: 漢文(한문) 文體(문체)의 하나로, 事物(사물)의 發端(발단)과 끝맺음을 적은 글로 序文(서 문) 또는 敍(서)라고도 함. – 한국민족문화대백과

기장이 제일 자라기 좋으니 나무꾼, 밭가는 농부, 고기잡이 어부, 소치는 목동들이 따라서 유유자적하고 있다. 여러 산이 푸르고 우뚝한 벽을 안개 아지랑이 사이에 모아 놓으니, 氣像(기상)이 한 가지가 아니다. 난간에 의지하여 술 불러 놓고 회포를 풀며, 병마평사 이충범(선조시대 옛사람)의 팔경 따라 지은 시를 읊고, 또한 경치에 따라 글을 지으니,

그 첫째는 仙坮秋月(선대추월: 선대의 가을 달)이라.

열길 산등성이 위 한밤중에 가을 달이 뜨니 바로 위아래 모두 하늘이요, 환상적 물의 나라에 땅엔 호수가 가득하다. 지금 세상에 떠돌며 시를 읊으니,

> 일찍이 내려왔단 신선은 가고 있지 않으니
> 황폐한 누대와 적막한 달이 천 년이로구나
> 지금 하늘 나는 떼 편을 얻는다면 그로써
> 응당 嫦娥(상아: 달의 여인)와 짝해 계수나무 아래서 노니리라

그 둘째는 龍湫細雨(용추세우: 용추의 가랑비)라.

妓川(기천)이 거세게 흘러 가랑비처럼 물 뿜어내니, 바로 곧장 내려 뻗는 것이 은하수가 떨어진 것 같다. 길게 흘러 끊이지 않고 玉(옥) 같은 무지개가 걸려 있으니, 시로 읊어 이르기를,

> 은물결 곧게 쏟아지는 물결 떨어져 푸르스름하니
> 연기인지 안개인지 눈앞이 흐릿하네
> 용추 근처 항상 축축이 젖어
> 뜬 먼지 가라앉고 물보라 흩날리네

그 셋째는 鱉浦漁火(별포어화: 자라포구의 고기잡이불)라.

수많은 고기잡이불이 점점이 강 하늘을 비춰 빛나니, 바로 비 온 뒤 한밤중 등불이다. 저녁 달 아래 갈대꽃 보니 양쪽 언덕에 가을이 왔으니, 시로 읊어 이르기를,

푸르게 빛나는 고기잡이불이 별처럼 흩어져 있으니
白石汀(백석정: 흰 돌 물가)에 횃불이 높은 데도 낮은 데도 줄져 있네
한밤중까지 물고기 따라 오고 또 가니
흐르는 빛이 멀리 푸른 산 뜰을 비추네

그 넷째는 鳥領朝雲(조령조운: 새재 아침 구름)이라.

무심한 흰 구름이 일찍이 고개 위로 나오니, 바로 겹겹이 가로질러 쌓인 산봉우리가 먼 포구까지 천 겹이나 된다. 누각에 긴 하늘이 걸려 있으니, 시로 읊어 이르기를,

아침 구름이 겹겹이 쌓여 무심하게 나와서
마침내 인간에게 한나절 그늘 만들어 주네
이를 따라 天下(천하)에 비를 만들어 준다면
가뭄 끝 들 농사짓는 노인들 기쁨을 어찌 禁(금)할 수 있으랴

그 다섯째는 南岡夕靄(남강석애: 남쪽 언덕 아지랑이)라.

밤새 내리던 비 새로 개어 저녁에 아지랑이 끼니 바로 긴 강이 푸르스름한 안개를 담고, 버들잎은 언덕을 끊고, 복사꽃이 붉은 비처럼 내린다. 시로 읊기를,

비 온 뒤 남쪽 언덕에 저녁 아지랑이 이니
농부들 누가 새로 갠 날씨 기뻐하지 않으리오
노란 꾀꼬리 나란히 앉아 서로 수심에 젖으니
응당 금빛 옷에 뿌려 지는 노을 밝게 하리라

그 여섯째는 西橋落照(서교낙조: 서쪽 다리 저녁노을)라.

지는 해가 깊고 푸른 물에 붉은 그림자 토해내니, 바로 나루터 찾는 나그네 채찍 따라 급히 절을 찾고, 돌아가는 중의 지팡이도 한가롭지 못하다. 시로 읊기를,

서쪽 다리에 낙조가 점점 붉어지니
또 금빛 새를 한 순간에 보내네
날마다 날마다 이리 백발을 재촉하니
그간에 헛늙는 영웅이 몇이나 되는고

그 일곱째는 北渚啼雁(북저제안: 북쪽 물가 기러기 울음)이라.

북쪽 물가 가을바람에 돌아가는 기러기 길게 우니, 바로 양쪽 언덕 갈대꽃이 달 아래 밝다. 온통 집들에서 다듬이 방망이 소리 나고 서리 차가울 때니, 시로 읊기를,

소소히 낙엽은 텅 빈 언덕에 떨어지고
제철 만난 기러기는 달을 지고 우는구나
전쟁터에 남편 떠나보낸 아낙네 바로 소식 알지 못하여
멀리서 편지 오기만 고대하며 방 속 깊이 앉아있구나

그 여덟째는 陰山暮雪(음산모설: 그늘진 산 저녁 눈)이라.

그늘진 산에 이미 날 저무는데 흰 눈이 휘날리니, 바로 담박한 꽃의 혼이 어지러이 나무 사이로 들어가 들쭉날쭉 솜 같은 그림자가 아름답게도 산에 가로지른다. 시로 읊기를,

저녁 어스름에 차가운 바람이 눈을 되몰아 불어오니
삽시간에 묵은 세상 티끌을 다 묻어버리네
신선세계와 같은 상서로운 색을 와 보게 되니
차제에 온통 나무에 옥구슬 꽃이 피었네

이리저리 떠돈 나머지에 이런 모임을 갖기 쉽지 않다. 빼어난 산과 물의 모습이 비단 사람들 興(흥)을 돋울 뿐만이 아닌지라 내가 느끼는 바에 따라 쓰노라.

陽山 古助比川縣 今屬永同郡 陽山一境 山水之鄉 樓坮相望 最適於詩畫
之家 新羅武烈王 憤濟麗之作邊梗謀伐之 以金歆運爲將 歆運受命 抵百濟
之地 營陽山下 欲進攻助比川城 百濟兵乘暮襲擊歆運 遂拔釼 與敵戰死 於
是太監穢破 少監用邦 皆赴敵而死 時人聞之 作陽山歌以傷之 人隨處不同
則所樂亦不同 余肥遯淡泊者 最好山水遊賞 戊辰秋 自寧國寺 步出虎灘津
緣江而行十里 喚仙樓背青山而壓 長江山圍兩岸矯然 翔鳳之覽輝 沙積中流
皎乎堆雪之初霽 長林大野 良田沃土 彌望數十里 秔稻黍稷最宜 樵畝漁牧
隨而自適 諸山攢青聳 碧於煙霞之間 氣像不一 依欄放歌 喚酒敍懷咏 李評
事忠範 (宣祖前人) 八景之詩 亦隨景題之 其一 仙坮秋月十丈岡上 三更秋
月 正是上下皆天水國 幻江湖滿地 此生浮吟詩云 曾降仙人去不留 荒坮寂
寞月千秋 以今如得靈槎便 應伴嫦娥桂下遊 其二 龍湫細雨妓川瀑 流噴如
細雨正是 直下宛如銀漢落 長流不斷玉虹懸 吟詩云 直瀉銀波落翠微 如烟
如霧眼依俙 龍湫近處常含潤 不動浮埃細雨飛 其三 鼈浦漁火萬點漁 火照
耀江天正是 雨餘燈火三更夕 月下蘆花兩岸秋 吟詩云靑熒漁火散如星 列炬
高低白石汀 半夜隨魚來又去 流光遠射碧山庭 其四 鳥嶺朝雲無心白 雲早
出嶺上正是 萬疊峯巒橫園浦 千重樓閣掛長空 吟詩云 朝雲疊疊出無心 竟
作人間半日陰 從此如成天下雨 旱餘野老喜何禁 其五 南岡夕靄宿雨新 晴
夕靄生山正是 長江翠烟籠柳葉 斷岸紅雨落桃花 吟詩云 雨後暗岡夕靄生
田家孰不喜新晴 黃鶯幷坐交愁濕 應灑金衣落照明 其六 西橋落照落日吐
紅影沈綠水正是 問津行客鞭應急 尋寺歸僧杖不閒 吟詩云 西橋落照漸收紅
又送金烏一瞬中 日日如斯催白髮 這間虛老幾英雄 其七 北渚啼雁北渚秋
風歸雁長鳴正是 兩岸蘆花明月夜 千家砧杵肅霜時 吟詩云 蕭蕭落葉下空堤
得意歸鴻帶月啼 征婦未知卽信息 遠書苦待坐深閨 其八 陰山暮雪陰山已
暮白雪飛揚正是淡泊花魂迷入樹 參差絮影巧橫山 吟詩云 薄暮冷風吹雪面
霎時埋盡舊塵埃 看來瑞色同仙界 萬樹瓊花次第開 流離之餘值此會 合誠未
易得也山 容水色之勝 非徒惹人之興 由於吾之所感而敍之

西京八詠詩序
서경팔영시서

　江山(강산)의 빼어남은 거의 하늘이 지었고 땅에 이룬 것은 반드시 사람을 기다려야 發揮(발휘)되니, 그 神靈(신령)함이 文字(문자)에 실려 내려오는 것이 무궁하다.

　西京(서경)은 檀君(단군)과 箕子(기자) 두 朝鮮(조선) 및 고구려 삼천 년의 옛 도읍지로, 빼어난 경치를 찾는 나그네가 사시사철 끊이지 않는다. 그저 붉은 치마 푸른 적삼이 맞고 보내는 사이에 시끌벅적하게 하고, 雲山風月(운산풍월)은 적막한 물가에 한가롭게만 놓아둔다면 한스러운 일이다.

　山川(산천)의 빼어난 경치는 사람 귀에 들려오고 글에도 나타나지만, 멀리서 상상하는 것은 직접 가서 그 경치를 감상함만 못하다. 丙寅(병인: 1926)년에 平壤(평양)에 도착하여 빼어난 경치를 두루 관람했다. 梅溪(매계) 曹偉之(조위지) 공의 八詠(팔영: 여덟 노래 시)의 韻字(운자)에 맞추니, 아래로 써 내려가는 것은 錦繡山府(금수산부: 아름다운 평양)의 鎭山(진산: 마을을 지켜주는 산)이요, 위로 우뚝 솟아 가는 것은 에돌아 도는 浿水(패수: 대동강)이니, 그 사이 경치는 모두 절대 명승이다.

　입구에 萬景臺(만경대)가 있으니 산꼭대기가 평탄하여 시원히 뚫려있다. 예전에 乙密臺(을밀대)를 세웠으니, 乙密仙人(을밀선인)이 노닐던 곳으로 牧丹峰(모란봉)을 마주하고 있다. 몇몇 친구와 봄빛을 감상하러 가니, 때는 바로 3월로, 발길 닿는 곳마다 풀빛이 푸르다. 소매 휘날리니 꽃향기 가지마다 붉어, 이내 을밀대 봄 경치 감상을 시로 읊으니,

　　　비단 수놓은 듯한 산 주변엔 봄 색이 짙고
　　　빈 누대 아래엔 산봉우리가 무리 져 둘러있네
　　　仙人(선인)은 한번 떠나선 소식이 없고
　　　관광 나온 俗人(속인)들 자취만 있네

을밀대 아래에 깎아지른 듯한 봉우리가 있는데, 모란봉이라 한다. 돌 비탈길이 굽이져 꺾여있고 언덕에 꽃들이 어지럽게 펴있다. 浮碧樓(부벽루)가 봉우리 아래에 있는데, 강가 절벽 위에 있다. 누대 앞의 강 머리에 푸른 물이 흘러 절벽의 형태가 매우 기이하다. 때마침 십오야 보름밤인지라 누대에 올라 달을 감상하니, 얼음 같은 둥근 달이 처음으로 꽉 차 만 리를 밝게 비춘다. 밤빛이 서리 같아 이내 부벽루 달 놀이를 시로 읊으니,

> 하늘 비친 물 색은 널리 시리도록 푸르고
> 달이 토해내는 精神(정신)에 千里(천리)가 하얗네
> 밤 깊도록 잠 못 이루고 난간에 기대어 시 읊는데
> 홀연 강가에서 어부가 불어 보내는 피리 소리 들리네

또 부벽루 서쪽에 永明寺(영명사)가 있고, 麒麟窟(기린굴) 위 한 지경에 그윽이 한가해 뵈는 뾰족한 산봉우리가 지는 해에 아득해 보인다. 淨界(정계: 神佛을 모시는 깨끗한 곳)에 꽃과 풀은 향기롭고 강 언덕 아래로는 배가 노 저어 물결 타고 돌아가는데, 문밖에선 피리 부는 소리가 바람결 타고 들어온다. 문밖으로 나서지 않고 빈 문 지키는 高僧(고승)이 있다. 往訪而酬酌(왕방이수작: 찾아가 술잔을 주고받음)이라는 제목의 시가 있어, 이내 영명사로 고승을 찾아감을 시로 읊으니,

> 高僧(고승)이 고요히 흰 구름 빗장을 지키는데
> 강가 산속에 둘러선 나무는 푸르네
> 禪門(선문)에 발걸음 멈추고 술잔 주고받기 한참이니
> 숲으로 몸 던지는 새들 꽃 방울 쳐 울려대네

平壤府(평양부)의 城(성)은 고구려 東川王(동천왕)이 짓고 고려 成宗(성종)이 증축했다. 門(문)이 여섯 개 있는데 그 서쪽 문을 普通門(보통문)이라 한다. 긴 강이 안개를 띄워 해 아래 영롱하고, 멀리 나무는 아지랑이 머금어 헤매게 된다. 千里(천리) 먼 길 돌아가려는 마음에 응당 바빠 한 잔 離別酒(이별주)로

멀리 이별함을 위로하고 그대를 기쁘게 하리라 하며, 천천히 걸어 날 위해 평안함을 알리지 말라 한다. 이에 보통문에서 나그네 보냄을 시로 읊으니,

> 같이 가다 우연히 서울에 먼저 들어가니
> 普通門(보통문) 밖이 바로 이별 길이네
> 평안한 한 길 은근히 부탁하나
> 세 겹 平壤(평양) 關門(관문)이 한스러운 소리 일으키네

外城(외성)은 唐浦(당포) 위에 있는데, 문이 두 개가 있다. 동쪽에 있는 것은 多景門(다경문)이요, 서쪽에 있는 것은 車避門(거피문)이다. 지금은 무너져 폐허가 됐다. 마침 날씨도 따뜻하고 바람도 순해 기생과 술을 끼고 강 위에 배를 띄우는 자가 보통 수십 무리가 된다. 나 또한 놀러 온 이들과 더불어 술잔을 건네며 거피문에서 배를 타고, 시로 읊기를,

> 옛 나루 머리에서 뱃사공 불러대니
> 浿江(패강: 대동강)의 봄물은 기름보다 푸르네
> 위아래로 거슬러 올랐다 돌았다 즐거움 무궁하니
> 느긋이 蘇仙(소선)의 赤壁賦(적벽부)[2] 읊은 가을을 생각하네

大同江(대동강)의 水源(수원)은 두 개가 있는데, 하나는 陽德(양덕)의 文音山(문음산)에서 흘러나와 成川(성천) 경계에 이르러 沸流江(비류강)이 되고, 또 江東縣(강동현) 경계에 이르러 여러 갈래 여울과 합류하여 西津江(서진강)이 되며, 평양부 城(성)의 東北(동북)에 이르러서는 馬灘(마탄)이 된다. 샛바람이 불어 얼음을 녹이면 한 띠의 긴 강이 흰 비단처럼 깨끗함을 다투고, 두 줄로 늘어선 수양버들은 푸르기가 차가운 안개 같아 노니는 詩人(시인)들 어깨가 들썩하며 노래 불러 나오는 입술이 저절로 움직인다. 이에 마탄의 불어난 봄물을 시로 읊으니,

---

2) 중국의 소동파(蘇東坡, 1036~1101)가 음력 7월 16일에 赤壁(적벽)에서 노닐며 지은 시.

나루 아래 잉어는 뻐끔거려 물결 꽃 만들고
돛단배 위론 탈 없이 석양이 기우네
마침 봄비로 물이 삿대 반 길이만큼 불어나니
풍년 징조에 농사꾼들 얘기 웃음이 시끌벅적하네

　九龍山(구룡산)은 평양부의 북쪽 이십 리에 있다. 혹자는 大城(대성)이라고
도 한다. 옛 기록에는 산꼭대기에 아흔아홉 연못이 있었다 하나, 지금은 세
연못만 있다. 골짜기 온통 바람과 안개 차가워져서 언덕마다 서리 기운이 산봉
우리 앞 나뭇잎을 다시 붉게 바꾸고 개울물가 풀을 누렇게 시들게 하지만, 松柏
(송백: 소나무와 잣나무)은 獨也靑靑(독야청청) 고매한 선비의 節槪(절개)를 지
켜낸다. 이에 구룡산의 晩翠(만취: 늦은 계절 푸르름)를 시로 읊으니,

九龍山(구룡산) 뻗은 모양 똬리 튼 龍(용) 같아서
한 폭 꽃 병풍이 몇 겹이나 둘렀는고
붉은 잎 노란 꽃에 소나무는 또 푸르니 부용
가을빛에 물들어 나오기는 玉(옥) 같은 芙蓉(부용: 연꽃)이네

　長興池(장흥지)는 多景門(다경문) 북쪽에 있다. 첩첩이 쌓인 돌 가운데 그
위에 정자를 짓고 물을 끌어들여 百畝(백무) 넓이나 되는 네모난 연못을 만들고
연꽃을 심었다. 꽃이 백 송이나 피고 물고기가 뻐끔거려 비단 같은 물결을 짓는
다. 퍼덕이는 제비가 향기로운 진흙 물고 가니, 아름다운 자태는 봄빛을 무색하
게 하고, 빼어난 기운이 가을을 알려오면 푸르던 나뭇잎은 가지마다 덮여있던
것을 털어낸다. 산중에 홀연히 비가 뿌려 지나가면, 비바람 적신 곳에 서늘한
기운이 일어난다. 베갯머리 파고드는 차가운 소리가 창문을 두드리니, 정자
위에서 비를 피하며 연꽃 핀 연못에서 빗소리 들음을 시로 읊는다.

비가 바람을 빚어 일으키니 앉은 자리 서늘한데
연꽃 가득 펴서 가을빛 깊어가네
차가운 바람소리에 내 고향 돌아갈 꿈 끝나버리니

놀라 일어나 앉은 객지의 창가엔 아직 한밤중도 안 됐네

나 또한 흥이 나서 다시 뱃사공을 불러 비단 닻을 풀고 꽃배에 술을 싣고, 점차 강 가운데로 들어가서 천천히 노를 저어 물결 거슬러 올라가니, 줄지은 산봉우리가 삼면으로 겹겹이 둘러싸고, 넓은 들은 희미하고 아득하며, 큰 강이 가로 흐르는 가운데에 여염집이 즐비하고 배로 노를 저어 밖으로 들고 나니, 황홀하기가 푸른 하늘 위에 앉아 있는 것 같고 그림 병풍 안에서 배회하는 것 같다.

綾羅島(능라도)에 다다르니, 능라도는 평양부의 동쪽 白銀灘(백은탄)의 북쪽에 있다. 십 리 남짓한 은빛 모래 주위로 푸른 버드나무가 들쭉날쭉 십 리나 뻗어있다. 천 이랑 물결에 흰 기러기 날고, 초가지붕 흩어져 있으니 낮 안개의 풍경이 더욱 아름답다.

다시 강을 건너 箕子陵(기자릉)에 참배하니, 소나무 숲이 빽빽이 서있어 햇빛을 가리는 그늘이 돼있다. 봄바람 가을비로 옛 담은 황량해지고, 풀은 무성하고 이끼로 황폐해 靈域(영역: 산소나 절이 있는 지역)은 묻혀 없어져 버렸다.

사방의 경치가 무궁하여 시는 지어도 다 지을 수 없고 그림은 그려도 다 그릴 수 없으니, 關西(관서) 山水(산수)의 아름다움이 이 땅에 다 모인 것 같다. 기생을 부르고 술잔을 건네며 붓을 휘둘러 賦詩(부시)를 지어 속세 걱정을 江山(강산) 밖으로 떨쳐버리고 육신의 형체를 宇宙(우주) 안에 놓아버리니, 가슴이 씻은 듯 시원하여 光風霽月(광풍제월: 비 온 후 시원한 바람에 맑게 갠 하늘의 달)과 같다. 스스로 蘇仙(소선)의 赤壁(적벽) 遊戲(유희)에 비겨보려 하나, 文章(문장)이 그처럼 아름답지 못함이 한스럽다.

江山之勝 殆天作而地藏之必 待人而發揮其靈載 諸文字垂之無窮 西京自 檀箕兩朝鮮及高句麗 三千年故都而探勝之客 四時不絶 徒使紅裙翠衫 喧咶 於迎送之間 而雲山風月 長閒於寂寞之濱 可恨也 山川形勝 聞於人 見於書 而遐想不如登臨而賞 其景丙寅到平壤 周覽勝景次 梅溪曹公 (偉) 之八詠之

韻 書于下錦繡山府之鎭山而崛起于上浿水迂廻於其間景槪勝 入口有萬景

坮 山頂平坦敞豁 昔建乙密坮 乙密仙人遊賞處 牡丹峯對峙與數三友 往賞

春色 時正三月侵屐 草色處處綠 拂袖花香枝枝紅 乃吟密坮賞春日 錦繡山

邊春色濃 空坮之下繞群峯 仙人一去無消息 惟有觀光俗子蹤乙密坮下 有峰

巍然者曰牡丹峯 石磴曲折 岸花亂發 浮碧樓在峰下 江畔絶壁上 樓前江頭

有淸流 壁形態甚奇 時當三五夜 登樓玩月 氷輪初滿 萬里虛明 夜光如霜 乃

吟浮碧翫月曰 天光水色漾 寒碧月吐精 神千里白夜 久無眠依檻吟 忽聞江

上送漁笛 又永明寺在浮碧樓西麒麟窟上 一境幽開 峯巒縹緲 於斜日 花卉

芬芳於淨界 岸下舟楫乘潮而歸 門外笙歌隨風而入 有高僧靜守空門 不出門

外有詩名 往訪而酬酢 乃吟永明尋僧曰 高僧靜守白雲局 江上山中繞樹靑

停屐禪門酬酢久 投林鳥打護花鈴 府城高句麗東川王築之 而高麗成宗增築

有六門 其西門曰普通 長江帶烟而玲瓏 於日下遠樹含靄而迷范千里 歸心應

奔忙 一樽別酒慰遠離 喜君無緩步 爲我報平安 乃吟普通送客曰 同伴偶然

先入京 普通門外卽離程 平安一路殷勤託 三疊陽關惹恨聲 外城在唐浦上有

二門 東曰多景 西曰車避 今頹廢 適値日暖風和 携妓與酒 汎舟於江上者 常

數十輩 歌聲遠遊於空中 舞影亂飄於風前 余亦泛舟 酌酒與客 共吟車門泛

舟曰 舟子招招古渡頭 浿江春水碧於油 溯洄上下無窮樂 謾擬蘇仙赤壁秋

大同江源有二 一出陽德文音山 至成川界爲沸流江 又至江東縣界 與雜派灘

合流爲西津江 至府城東北爲馬灘 東風解氷 一帶長江淨如素練 兩行密柳

綠如寒烟 使遊人騷客 詩肩聳出 歌脣自動 乃吟馬灘春漲曰 津下鯉魚吹浪

花 布帆無恙夕陽斜 適因春雨半篙 漲豐兆農家笑話譁 九龍山在府北二十里

或云坮城古記 山頂有九十九池 而今但有三池矣 萬壑風煙冷千崖 霜氣衆紅

變 峰前葉黃凋 澗底草松柏獨也 靑靑堪爲高士之節 乃吟龍山晚翠曰 九龍

山勢似盤龍 一幅畫屏圍幾重 紅葉黃花松 又翠秋光染 出玉芙蓉 長興池在

多景門北 疊石其中 築亭于上 引水入池 百畝方塘 種蓮而花開百朵 魚吹錦

浪翻燕掠香泥去 姸姿奪春色 秀氣稟秋風 翠葉千柄 如擎衆蓋 山雨忽過 瀟

瀟滴滴涼氣生枕 寒聲罷逼窓 避雨亭上 而乃吟蓮塘聽雨曰 釀雨風生一座

凉茇荷萬葉老 秋光寒聲罷我歸 鄕夢驚坐羈窓 夜未央 余亦乘興 更招舟子
解錦纜載酒於蘭舟 漸入江中 緩棹溯流 烈峀重圍於三面 廣野微茫 大江橫
流 閭閻櫛比于中 舟楫出入於外 怳然如坐靑天之上 徘徊於畫屛之中 抵綾
羅島 島在府東白銀灘之北 周十餘里 銀沙十里 綠楊參差 鯨波千頃 白鷗翶
翔 茅屋散出 午烟之景 尤美 更渡江參拜箕子陵 松林密立 日光陰翳 春風秋
雨 故垣荒凉 茂草荒苔 靈域湮沒 四方之景無窮詩不盡 記畫不盡 摹關西山
水之美 聚于此地也 呼妓酌酒 揮筆賦詩遣世慮 於江山之外 放形骸於宇宙
之間 胸次灑然 若光風霽月 自擬於蘇仙赤壁之遊 而恨不得文章幷美也

松月堂[3]詩序
송월당시서

　天地之間(천지지간)에 山川(산천), 風月(풍월)과 花木(화목)은 萬古不變(만
고불변)이어서 같지 않은 땅은 없다. 그러나 그 私心(사심: 개인적 마음)에서 본
다면, 한 꺼풀 밖이면 모두 나에게 속한 것이 아니요, 公心(공심: 공평한 마음)에
서 본다면, 宇宙萬物(우주만물)이 모두 心境(심경: 마음의 상태)에 관련돼 있다.
　일체의 物華(물화: 자연계의 아름다운 현상)는 無心(무심)하고 虛幻(허환)하
여, 오직 마음의 느끼는 바만 情性(정성)이 있어 실현된다. 그러므로 自古以來
(자고이래)로 익히 이 소나무와 이 달이 있었지만, 우주를 밝힐수록 더욱 맑아지
는 것이 달이요, 서리와 눈을 업신여기고 기리 푸르른 것이 소나무다. 이것들을
즐기는 자 또한 몇이나 되어 이러한 느낌을 받는지 모르나, 심경이 나타나는
바는 각각 다르다.
　내 9대 할아버지 尙州府君(상주부군)께서 이 물체를 좋아하시어 堂(당)의

---

3)　松月堂: 同春(동춘) 文正公(문정공)의 넷째 손자 宋炳翼(송병익)의 호.

扁額(편액)을 松月(송월)로 하시니, 무릇 여섯 칸이고 앞에 소나무 한 그루를 심으셨다. 증조할아버지 松石府君(송석부군) 때에 소나무가 이미 늙어 넘어지려 하자 돌기둥으로 지탱하고, 연못을 파서 물고기를 기르고, 제방을 쌓고, 꽃모종을 내었으나, 지금은 오직 소나무만 남아있으니 鶴(학)같이 퍼진 가지는 온 하늘을 다 가리고, 솔잎은 탈 없는 龍(용)의 수염이다. 사계절을 지나도록 변하지 않고, 바람을 받으면 생황과 통소 소리를 내고, 달을 맞으면 용과 뱀이 바구니에 담긴 형상이다.

戊午(무오: 1928)년 7월에 같은 글방 여러 글동무들과 이 堂(당)에 올랐다. 얼마 안 돼 구름과 안개가 사방에서 밀려와 그믐밤처럼 어두워졌다가 홀연 밝은 달이 공중에 당도하니, 맑은 바람은 집 안으로 들어오고, 얼음같이 차고 흰 둥근 달에 계수나무 그림자 나풀나풀 춤을 추니, 냇물과 땅 모두 휘황하게 밝아 우주가 통틀어 허허하게 밝았다. 재주는 하늘에서 귀양 온 李太白(이태백)의 굳센 붓에 미치지 못하지만 경치는 桃李園(도리원)[4]의 맑은 밤에 못지않으니, 이에 깨끗한 자리를 펴고 앉았다. 꽃잎은 흩날리고 술잔도 덩달아 날개 돋은 듯하니 달에 취해 소리 높여 노래 부르고 서로 어울려 춤춰 밤이 이미 깊은 줄 몰랐다. 그런즉 즐거움은 남음이 있으나 경치는 형용하기가 쉽지 않지만 이내 시로 읊으니,

> 수십일 떨어져 있다 그대를 보니 기뻐
> 古宅(고택)에서 꽃구경하며 또 글을 論(논)하네
> 老松(노송)이 달을 따라 점점 그림자 옮기고
> 맑은 연못엔 바람결 닿아 잔물결 이네
> 한 해 더위와 서늘함이 수레바퀴처럼 굴러 변하는데
> 여섯 동무 모였다 흩어짐이 뜬구름 마찬가지네
> 술잔 맞대 가을 회포 실마리는 스스로 잊고
> 근래에 어른들이 자주 공훈 세움을 즐기네

---

4) 이태백의 〈春夜宴桃李園序(춘야연도리원서)〉에 나오는 복사꽃 오얏꽃 동산을 이름.

先君(선군: 돌아가신 아버지)이 故國(고국)의 光復(광복)에 대한 일로 京鄉(경향) 서울과 시골 곳곳을 다니셨으나, 일은 성사되지 않고 집안 형편은 더욱 군색해졌다. 錦山(금산)으로 옮겨 살며 이 堂(당)은 사람을 두어 지키게 하고, 20년이 지난 후 또 이 당에 올랐다.

天下(천하)의 物華(물화) 중에 그 실체가 있는 것은 堂宇[5]花木(당우화목: 집 안의 꽃과 나무)이나 쉽게 변하고, 실체가 없는 것은 溪山風月(계산풍월: 시내와 산에 부는 바람과 그 위에 뜨는 달)이로되 길이 보존된다. 溪山堂宇(계산당우)는 탈이 없고 風月花木(풍월화목)도 변함이 없는데, 人事(인사)는 이미 변해 平泉花石(평천화석)[6]은 이미 남의 것이 되었고, 동산을 에워싼 꽃과 나무만 예와 같이 가을빛을 단장하고 있다.

친척들과 정다운 얘기를 기뻐하고 세상일의 無常(무상)함을 한탄하다, 해가 저무니 사람들은 흩어졌다. 그림자를 대하고 혼자 앉아 있자니 서늘한 바람은 소슬하게 불고, 낙엽은 흩날려 떨어지고, 밝은 달은 창문에 이르고, 귀뚜라미 돌아와 벽면에서 울어댄다. 옛날을 생각하며 시로 읊으니,

> 달을 마주하고 소나무 읊기를 몇 해 봄이나 지났는가
> 슬그머니 白髮(백발)이 꿈속에서 새롭네
> 가련하구나 옛날 같이 놀던 친구들이여
> 태반이 푸른 산으로 들어가선 돌아오지 못한 사람들일세

그 서글픔은 끝나지 않아 1월달 밤과 같으나, 그 정취는 각각 다르다. 전에 堂(당)에 올랐을 때는 心神(심신)이 확 펴지고 기뻐 榮辱(영욕)을 모두 잊고 양양하게 기뻤으나, 오늘 당에 오르매 눈에 가득한 것이 모두 쓸쓸하고 근심에 싸여 서글프기만 하다. 대개 人情(인정)이란 즐거울 때 보면 더욱 즐겁고 슬플 때 보면 더욱 슬픈 것이니 物華(물화)가 사람들을 슬프거나 기쁘게 하는 것이

---

5) 正堂(정당: 큰집)과 屋宇(옥우: 작은집)를 통틀어 이르는 말.

6) 唐(당)나라 李德裕(이덕유)가 平泉(평천)에 지은 별장의 樹石(수석: 나무와 돌)이 매우 아름답기로 이름이 나, 후대에도 별장을 平泉花石(평천화석)이라 부름.

아니고, 사람들 마음 상태에 느끼는 바에 따라 본디 각기 같지 않은 것이다.

산은 높고 물은 길이 흐르는데 遺風(유풍: 조상이 후세에 남긴 교화)을 우러러 보고 기대서 땅 위 물건이 바뀌는 것과 하늘의 시간이 흐르는 것을 바라보며 옛 당에 올라 한숨 일으키니, 이내 詩序(시서)가 이루어졌다.

天地之間 山川風月 花木萬古不變 而無地不同 然自其私心觀之 則一膜之外 皆不屬於我 自其公心觀之 則宇宙萬物 皆關於心境矣 一切物華 無心而虛幻 惟心之所感 有情而實現 故自古以來 便有此松此月而明 宇宙而益淸者月也 凌霜雪而長靑者松也 娛此者 亦不知幾何人 而同受此感 然心境所現各殊 我九世祖 尙州府君 愛此物而扁其堂曰松月 凡六間而前植一松 曾祖 松石府君 時松已老 而慂仆撑以石柱穿池 養魚築堤蒔花 今猶松存 鶴骨干九霄而無恙 龍鬐經四時而不變 受風而生笙簫之聲 迎月而籠龍蛇之形 戊午七月 與同塾諸朋 登此堂 俄者雲烟四合 天地晦明 忽焉明月當空 淸風入戶 氷輪皎潔 桂影婆娑 川陸爲之輝朗 宇宙洞徹虛明 才不及於李謫仙之健筆 景不下於桃李園之淸夜 於是開瓊筵而坐 花飛羽觴而醉月 放歌相舞 不知夜已深矣 則其樂有餘 其景未易形容 乃吟詩曰 數朔相離 喜見君賞花古宅又論文 老松隨月漸移 影淸沼觸風微動紋 一歲炎涼同轉轂 六朋聚散等浮雲 對樽自忘秋懷緖歡 伯近來頻建勳 先君以故國光復事 出入京鄕 事不成而家勢益窘 移居錦山而此堂 則置人守護 其後二十年 又登此堂 天下之物 華其實者堂宇 花木而易變其 虛者溪山 風月而長存溪山 堂宇無恙 風月花木不變 而人事已變 平泉花石 已屬他人 而韋園花樹 依舊粧 秋悅親戚之情話歡世事之無常 日暮人散 對影獨坐 涼風蕭瑟 落葉飄零 明月當窓促織吟壁面思昔日 而吟詩曰 對月吟松幾度春 居然白髮夢中新可憐 昔日同遊客太半靑山未返人 其悲有餘 同一月夜而其情各殊 前日之登堂也 心曠神怡寵辱具忘 洋洋而喜矣 今日之登堂也 滿目蕭然 慽慽而悲矣 蓋人情樂時見之則益其樂 悲時見之則益其悲 非物華之使人悲樂也 人之心境所感 各自不同也 山高水長 仰遺風而倚瞻物換星移 登舊堂而興喟 仍成詩序

挹灝亭桃花詩序

읍호정도화시서

하늘에는 日月星辰(일월성신)의 빛이 있어 네 계절이 돌아가고, 땅에는 山川草木(산천초목)의 모습이 있어 萬物(만물)이 태어난다. 사람은 그 사이에 살아 하늘의 때를 사용하고 땅의 이로움을 취하여 고기 잡고 나무하고 밭 갈고 사냥하는 기술로 만물을 마름질하여 萬事(만사)를 이룬다.

초목이 사람에게 소용되는 바에 있어서 제일 큰데 꽃과 열매가 없는 것은 소나무, 삼나무, 느티나무와 버드나무 등속이요, 꽃이 있어 구경하기 좋은 것으로 열매를 먹을 수 없는 것은 모란과 작약 등속이요, 열매가 있어 먹기 좋은 것으로 꽃이 구경하기에 모자란 것은 대추, 밤, 감과 배 등속이다. 그러나 꽃이 아름답고 열매가 큰 것은 오직 복숭아뿐인데 꽃이 크고 열매가 작은 것이나 꽃이 작고 열매가 큰 것들은 그 종류가 파다하다. 唐(당)나라 劉禹錫(유우석)이 朗州(낭주) 司馬(사마)로 좌천돼 10년을 살다 서울(그 당시에는 長安)로 돌아와서 桃花詩(도화시)를 짓기를,

> 長安(장안) 붉은 거리 속세 먼지가 얼굴 스쳐 오는데
> 꽃구경 갔다 돌아온다 말하지 않은 이 하나 없네
> 玄道觀(현도관)[7] 뒤 복숭아나무 천 그루는
> 모두 劉郎(유랑)[8]이 떠난 후 심은 것이라네

라 함으로써 한때의 일을 기록했다. 이 시를 당시 권력자들이 기꺼워하지 않아 그로 인해 連州(연주)로 14년을 쫓겨났다가 和州(화주)를 거쳐 다시 主客郎(주객랑)이 되는 중에 다시 이 道觀(도관)에 놀러 와보니 텅 비어 다시 한 그루도 남아있지 않고 오직 아욱과 귀리만 봄바람을 흔들어 움직이고 있었다. 다시

---

7) 당나라 長安(장안)에 있던 道敎(도교) 道觀(도관).
8) 劉禹錫(유우석) 자신을 가리킴.

시를 지어 권세와 부귀를 꾸짖기를,

> 百畝(백무)[9]나 되는 정원 안에 반이나 이끼인데
> 복사꽃은 다투어 없어졌고 풀꽃만 피었네
> 꽃 심은 道士(도사)는 어디로 갔는고
> 전에 왔던 劉郎(유랑)이 지금 다시 왔네

라 하였는데, 듣는 자들이 더욱 가까이 했다 하니, 내가 여기에 느끼는 바가
있다.

　내 선조 淸坐窩(청좌와)[10] 府君(부군)의 별장이 懷德(회덕)의 大禾村(대화
촌) 위에 있는데, 산을 등지고 물을 앞두고 있어 자못 풍경이 아름답다. 내가
어려서 어른들을 모시고 비로소 올랐는데, 네 모퉁이에 紅桃(홍도)를 심었다.
때마침 2월말이라 그 꽃이 흐드러지게 피어, 붉은 입술은 햇빛에 비치고 발그
레한 뺨은 짙어진 안개라 정말로 아름다운 풍경이었다. 그래서 五言律詩(오언
율시)[11] 한 수로 읊으니,

> 얼음 녹고 북두칠성 동쪽으로 돌아오니[12]
> 복사꽃은 한 색으로 똑같네
> 말없이 새벽이슬 머금고
> 봄바람 띠고 웃으려 하네
> 흩어진 잎은 높으나 낮으나 푸르고
> 향기로운 자태는 흐드러지게 붉은데
> 가지 사이에 머문 고운 제비는
> 夕陽(석양) 속에 한가히 지저귀네

---

9) 1畝(무)는 백 평 넓이.
10) 宋爾昌(송이창: 동춘당의 아버지)의 호.
11) 五言律詩(오언율시): 다섯 자를 한 句(구)로 하여 韻字(운자)에 맞춘 시.
12) 북두칠성의 국자 자루가 동쪽으로 돌아오면 계절이 봄이 됨.

나는 癸亥(계해: 1923)년에 錦山(금산) 桐谷里(동곡리)에 임시 거처하며 느긋이 버들솜이나 거두어 모으며 은둔할 뜻을 갖고 물에 떨어진 꽃이나 그물질할 수 있는 적합한 곳을 찾으려 하였으나 이루지 못하고 고향으로 돌아왔다. 때마침 國運(국운)이 光復(광복)을 맞고 또한 이 정자를 重建(중건)하자는 의론이 일어나 가서 보니, 뜰 앞의 복숭아나무가 마을 사람들이 베어버린 바 되어 이미 다 없어지고 정자 또한 기울어 무너졌다. 유우석이 느낀 바와 공교롭게도 같아, 옛날 생각을 하며 위와 같이 적는다.

天有日月星辰之光 而四時行焉 地有山川草木之形 而萬物生焉 人生其間用天之時 取地之利 以漁樵耕畎之術 裁萬物而萬事成焉 草木之於人所用最大 而無花與實者 松杉槐柳之屬有花而宜賞者 實不可食 牡丹芍藥之屬有實而宜食者 花不足賞 棗栗柿梨之屬 然而花美而實大者惟桃 而花大者實小花小者 實大其類頗多矣 唐劉禹錫貶朗州司馬居十年 至京師 作桃花詩紫陌紅塵拂面來 無人不道看花 回玄都觀裡桃千樹 盡是劉郎去後栽 以誌一時之事 此詩當路者不喜 因出連州十四年 由和州復爲主客郎中 重遊玆觀蕩然無復一存 惟菟葵燕麥動搖春風 更題詩而詆權貴曰 百畝庭中半是苔 桃花爭盡菜花開 種花道士歸何處 前度劉郎 今又來聞者 益薄之 余於此有感余先祖淸坐窩 府君別業 在懷德之大禾村上 背山臨水 頗有美觀 余小時 陪長者 始登則四隅植紅桃 時値二月末 其花爛開 丹脣映日 紅臉凝烟 眞爲勝景 故題五律一首曰 氷解斗回東 桃花一色同 無言含曉露 欲笑帶春風 碎葉高低綠 芳姿爛漫紅 枝間留紫燕 閒語夕陽中 余癸亥移寓錦山桐谷里 謾有拾絮之志 欲求網花之地 不得而還歸故鄉 適値國運光復 亦有此亭重建之議起而往觀 庭前桃樹爲村人所伐而已盡 亭亦傾頹 與劉禹錫所感巧同 故感舊而記事如右

望遠亭八景詩序

망원정팔경시서

天地開闢(천지개벽) 이래로 이 江山(강산)이 있었고, 그 강산의 아름다움은 예나 지금이나 변하지 않는다. 강산은 스스로 그 빼어남을 멋대로 할 수 없고 반드시 사람을 기다려야 그 빼어남이 드러나질 수 있으니 그것을 수려하게 하거나 험악하게 하는 것은 하늘이요, 황폐하게 하거나 드러나 날리게 하는 것은 사람이다. 岳陽樓(악양루)는 巴陵(파릉)에서 이름이 나있고, 滕王閣(등왕각)은 南昌(남창)에서 호사스러웠다. 그러나 전에 創始(창시)함이 있지 않고 후에 重修(중수)함이 없으면, 강산은 그 오묘함을 나타낼 수 없고 人物(인물)에겐 그 빼어남이 미칠 수 없다.

이 땅의 화려한 山(산)은 등 뒤로 漢江(한강)을 끼어 가슴을 시원하게 씻어주니, 그로 인해 都邑(도읍)을 옮긴 이래로 세상에 이름을 떨쳤다. 孝寧(효녕)과 月山(월산) 두 大君(대군) 정자를 지은 후 빼어남을 사람들에게 떨쳤다.

文字(문자)라는 것은 天地之間(천지지간)에 썩어 없어지는 것이 아니니, 自古(자고)로 名士(명사)들이 강산의 빼어난 경치를 두고 술잔을 주고받음이 얼마나 많은지 모르지만, 오직 하늘에서 귀양 온 李太白(이태백)의 采石之月(채석지월)과 蘇東坡(소동파)의 赤壁之月(적벽지월) 두 달이 지금껏 칭송되고 있는 것은 문자가 있기 때문이다.

무릇 萬物(만물)이 이루어지고 무너지는 것은 정해진 分數(분수)가 있는 것이요, 萬事(만사)가 일어났다 닫히는 것은 그에 따른 때가 있는 것으로, 이루어짐으로 인해 없어지고 없어짐으로 인해 일어나서 그 순환이 무상하니, 만물과 만사가 분수와 때가 합해 만나지 않음이 없다.

이 정자는 이미 수백 년 전에 허물어져 그 터도 지금은 알 수 없으나, 그 부근을 이 정자가 있었음으로 인해 望遠洞(망원동)이라 부른다.

내가 어려서부터 名勝地(명승지)를 찾는 고질병이 있어서 일찍이 그 자취를 地誌(지지: 지리 기록 책)에서 보았고, 그 실제 경치를 찾기 위해 戊午(무오)년 가을에 이곳을 찾은즉, 지나간 일은 물어볼 데가 없고, 강산은 흘러간 물인 듯 하늘에 뜬 구름인 듯 허무하다.

근래에 星山路(성산로)가 뚫려 더욱 좋은 곳이 되었으니, 龍山(용산) 立石里(입석리)가 지금의 망원동이다. 큰 못과 산의 빼어난 경치가 있어 孝寧大君(효녕대군)이 별장을 이곳에 두었다 하니, 뒤에 언덕이 하나 있어 龍(용)이 똬리 튼 형상이라 하여 드디어 그 위에 지었다 한다. 世宗大王(세종대왕)께서 이 정자에 납시었을 때 마침 바야흐로 모내기철이라 비가 흡족하지 못했는데, 술이 반도 취해 오르기 전에 비가 폭포처럼 쏟아져 하루 종일 내리다 그치니, 정자의 이름을 喜雨(희우: 기쁜 비)라 하사하시어 기쁜 뜻을 기록하도록 하였다. 大提學(대제학) 卞季良(변계량)이 이를 기록하여 떠벌렸다. 成宗(성종) 임금 甲辰(갑진)년에 月山大君(월산대군) 李婷(이정)이 고쳐 짓고 望遠亭(망원정)이라 불렀으니, 水軍(수군)의 전투 훈련 관람과 文人(문인)들의 시가 많이 지지에 실려 있다.

서남쪽 여러 산들은 멀게는 희미하게 가까이는 짙게 뜬구름과 안개 낀 물 밖으로 숨었다 나왔다 하고, 蘭芝島(난지도)가 그 옆으로 비껴있다. 긴 강은 명주 천처럼 둘러있고, 모래펄은 눈과 같다. 땅은 넓고 지세는 느긋하여 평평한 들이 한눈에 들어오는 것이 십여 리나 되고, 여염집이 땅에 가득하니 이미 漁村(어촌)은 아니다.

안개는 자욱이 포구에 끼고, 물은 긴 물가에 가득하다. 향기로운 언덕에 풀은 이슬에 젖어 길로 늘어지고, 버드나무 강둑에 단풍은 가을을 둘렀는데, 예쁜 물새와 해오라기는 나래 퍼덕여 모여들고 물고기와 자라는 물 가운데 떠 헤엄친다. 고깃배는 바람 따라 오가고 밭두둑엔 농부의 노랫소리 들리고 강둑엔 목동의 피리 소리 들리는데, 강 가운데로 배 놓아 물결 거슬러 갔다 돌아오길 즐겼다. 물가 언덕은 드넓고 파도는 시원스레 아득하여 깊이 품었던 회포가 탁 터져 나오고 풍경의 풍취가 황홀하기 그지없으니, 몸을 넓디넓은 바다에 두고도 그 몸이 뱃속에 있다는 것도 모르는 듯하다. 아침저녁 흐리고 맑고 하는 사이에 그 경치가 無窮(무궁)하니 시로도 제대로 지을 수 없고 그림으로도 다

그릴 수 없다. 佔畢齋(점필재) 金宗直(김종직) 선생의 시가 있으니,

엮어놓은 자라 머리 처마가 먼 형세를 잡아당기니
창문으로 들어와 구불구불 새 병풍처럼 펼쳐지네
난간 앞 아침 바다엔 버드나무 꽃 하얗고
성곽 밖으로는 하늘 찌르는 母岳(무악)재가 푸르네
작은 저자로 돌아오는 사람들은 걸어놓은 그림의 배 같고
먼 하늘 나는 鶴(학) 아래론 물가에 물결 팔랑거리네
임금님이 옛날에 농사짓는 모습 구경하셨다 하니
이곳이 바로 서쪽 교외의 喜雨亭(희우정)이로세

나의 재주가 졸렬함에도 불구하고 위 시의 韻(운)에 맞춰 橫槊賦詩(횡삭부시)[13]하니,

地勢(지세)의 靈氣(영기)가 한데 모여 빼어난 경치 뽐내니
四方(사방)이 살아있는 그림으로 병풍 둘러 쳐져 있네
앞으로는 漢江(한강) 한 가닥이 가로질러 하얗고
뒤로는 鞍山(안산)이 三面(삼면)을 둘러 푸르네
피리 부는 牧童(목동)이 강 언덕 가로질러 가고
낚싯대 드리운 어부 아래로는 긴 물가일세
風光(풍광)은 배로 아름다워졌으나 뽕밭 변해 푸른 바다 됐으니
오늘날 누가 望遠亭(망원정)을 알리오

이어 八景(팔경)에 따라, 제1경 冠岳晴嵐(관악청람: 관악산 맑게 갠 산 아지랑이)을 읊으니,

비 온 뒤 冠岳(관악)은 쪽처럼 푸르니
안개구름 걷히고 나니 홀연히 산 아지랑이 이네

---

13) 魏(위)나라의 曹操(조조)가 赤壁(적벽)에서 槊(삭: 창)을 뉘어놓고 시를 지었다는 데서 나온 말임.

錦繡江山(금수강산) 이름난 경치에
詩人(시인)들 이를 아껴 興(흥)을 견디지 못하네

제2경 栗島平沙(율도평사: 밤섬 모래밭)를 읊으니,

밤섬이 우뚝 물 가운데 솟아 있으니
모래는 흰 눈과 같이 사방이 똑같네
느지막이 썰물 물러가고 바람결 식어지면
창창히 떨어지는 해 아래로 저녁 기러기 나네

제3경 籠岩暮烟(농암모연: 농바위 저녁연기)을 읊으니,

엷게 바른 듯 籠岩(농암) 옛 동네 연기가
펄펄 날려 夕陽(석양) 하늘로 흩어지네
바람 따라 물을 스쳐 이어졌다 끊겼다 하니
길가는 나그네 앞뒤로 지팡이 다투네

제4경 麻浦歸帆(마포귀범: 마포로 돌아가는 돛배)을 읊으니,

臥牛山(와우산) 아래 夕陽(석양) 지는데
麻浦(마포)로 돌아오는 돛배 물가에 닿네
次第(차제)로 行人(행인)들 게을렀던 발걸음 재촉하여
각자 멀고 가까움에 따라 자기 집 찾아가네

제5경 臥牛山牧笛(와우산목적: 우산 목동 피리)을 읊으니,

臥牛山(와우산) 풀 색깔 언덕에 가득 질푸른데
가랑비 새로 개니 풍경은 어둡지 않네
긴 강둑에 돌아가는 길 늦어지니
몇 마디 목동의 피리 소리가 근심 새로 일으키네

제6경 楊津(楊花渡)落照(양진－양화도－지는 햇빛)를 읊으니,

붉게 물들인 落照(낙조)가 양화나루에 덮치니
돛배는 흐르는 빛 띠고 멀리 나그네 보내네
옛날이 가고 오늘이 옴이 어찌 이리 빠를꼬
뜬구름 인생 흰머리만 날마다 새로 나네

제7경 龍湖霽月(용호제월: 비 갠 후 용호의 달)을 읊으니,

龍湖(용호)에 비 처음 개어 물색 새록새록한데
東山(동산)에 달 떠오르니 계수나무 그림자지네
맑고 깨끗한 하늘빛이 위아래 똑같으니
진주 한 알이 물속에 생겼네

제8경 放鶴漁火(방학-지금 신길동-의 고기잡이불)

放鶴(방학) 강 마을 십 리 물가에
예전에 듣기론 고기잡이불이 별처럼 펼쳐졌었다네
오늘날 세상일이 옛날과 달라
오직 전등불만이 집집마다 밝다네

나보다 먼저 온 이는 이미 먼저 꿈꾸었고, 나보다 뒤에 온 이는 응당 뒤에 꿈꾸겠지만, 나는 文字(문자)로 인해 옛사람이 왔다간 것을 알고 지금 그 꿈을 꾼다. 만약 문자가 없으면, 후세 사람들이 어찌 내가 여기에 왔다간 것을 알랴! 江山(강산)에 있는 名人(명인)과 達士(달사)의 樓臺(누대)와 亭子(정자)는 헤아릴 수 없이 많지만, 人物(인물)과 風光(풍광)의 빼어남을 감상할 만한 것은 그다지 많지 않다. 이 정자가 허물어진 지가 이미 오래인데 아직 重建(중건)되지 못한 것이 몹시 애달프다. 오호라! 내 본디 喬木世家(교목세가)[14] 屋社(옥사)[15]의 후예로서 때를 얻지 못하여 세상에 공적을 이루지 못하고, 집안에 德業

---

14) 대대로 내려온 우러러볼 만한 명망 있는 집안.
15) 敗亡(패망)한 나라의 社稷(사직)을 지붕을 덮어 보존한 것.

(덕업)을 남겨주지도 못하고, 단지 글 수백 편이 있을 뿐이다. 후세 사람들이 알아주거나 모르거나 하는 것은 그들에게 맡기겠지만, 나마저 詩(시)가 없으면 안 되겠기에 이렇게 시를 지어 기록한다.

自天地開闢以來 已有此江山而其江山之美 不變於古今 而江山不能自擅
其勝 必待人而擅其勝 其秀麗險惡天也 其荒廢擅揚人也 岳陽樓名於巴陵 滕
王閣侈於南昌 然不有創始於前 重修於後 則江山無自以發其妙 人物不得以
施其承此地 華山擁其背 漢江瀯其胸 因遷都以來 擅名於世 孝寧月山兩大君
建亭以後 擅承於人文字者 天地間不朽之物 自古名士 酬酢江山承致者 不知
幾許而惟李謫仙采石之月 蘇東坡赤壁之月 至今尙稱者 以其有文字也 夫物
之成毁有數 事之興廢有時 因成而廢 因廢而興 循環無常 莫非物與事合 數
與時會者也 此亭已毁於數百年前 其址今不可考其附近 因稱望遠洞 余自少
有探勝之癖 嘗見其蹟於地誌 欲探景 戊午之秋 尋此則往事無問處 而水流雲
空江山 近因星山路之通 益擅其承 龍山立石里 今望遠洞有湖山之勝景 孝寧
大君 補置別業焉 後有一丘蜿蜒狀如龍蟠 遂作于上 世宗大王幸此亭 而時方
播種雨澤未洽 酒未半酣 雨作霈然 彌日而止 賜亭名曰喜雨而志喜 卞大提學
季良 作記而侈之 成宗甲辰 月山大君婷 改構而稱望遠亭 觀水戰之訓 鍊文
人之詩 多載於地誌 西南諸山 遠淡近濃 隱現於雲空烟水之外 蘭芝島橫其傍
長江如練 平沙如雪 土曠而勢夷 平原一望十餘里 而閭閻撲地 已非漁村烟沈
極 浦水滿長洲 蘭岸芷帶 露而垂路 柳堤楓帶 秋而姸鷗鷺翔集 魚鼈浮泳于
中 漁船隨風而往來 農歌于疇 牧笛于堤 放舟于江中 溯洄爲樂 涯岸弘闊 波
濤浩渺 衿懷軒豁 景趣無窮 怳若置身於滄溟之間 而不知身在舟中 朝暮陰晴
之間 其景無窮焉 詩不能盡賦 畵不能盡摹 佔畢齋金先生 (宗直) 有詩曰 結
構鰲頭控遠形 入窓迤邐展新屛 檻前朝海楊花白 郭外攙川母岳青 小市人歸
撑畵舫 遙空鶴下颺回汀 翠華昔日曾觀稼 此是西郊喜雨亭 余不拘才拙 次其
韻而橫槊賦詩曰 地勢鍾靈擅勝形 四方活畵展幃屛 前橫漢水一條白 後繞鞍
山三面青 吹笛牧童過短岸 把竿漁父下長汀 風光倍美滄桑變 今日誰知望遠

亭 仍隨八景而吟之 其冠岳 (山) 晴嵐曰 雨餘冠岳翠如藍 霧捲雲收忽起嵐
錦繡江山明畫景 騷人愛此興難堪 其栗島平沙曰 栗島巍然聳水中 沙如白雪
四方同 晚潮已退風初息 落日蒼蒼下暮鴻 其籠岩暮烟曰 淡抹籠岩古洞烟 霏
霏散出夕陽天 隨風掠水連還斷 行旅歸筇競後先 其麻浦歸帆曰 臥牛山下夕
陽斜 麻浦歸帆到水涯 次第行人催倦步 各隨遠近晚尋家 其牛山牧笛曰 牛山
草色綠盈邱 細雨新晴景不幽 日暮長堤歸路晚 數聲牧笛惹新愁 其楊津 (楊
花渡) 落照曰 拖紅落照倒楊津 帆帶流光送旅人 古往今來何甚速 浮生白髮
日尤新 其龍湖霽月曰 龍湖霽色雨初晴 月出東山桂影生 瀅澈天光同上下 眞
珠一顆水中成 其放鶴 (今新吉洞) 漁火曰 放鶴江村十里汀 昔聞漁火散如星
以今世事殊於古 惟有電燈明戶庭 先我而來者已夢於 先後我而來者應 夢於
後而我因文字 能知古人之來 我亦夢於今而若無文字 後人何以知我之來耶
名人達士之樓坮亭榭 在於江山之間者 不可勝數 然爲人物風光之勝賞者 求
之天下不多矣 此亭之毀已久而尙不重建 甚可惜矣 嗚呼我本喬木世家屋社
之後 不得於時功績 不成世而德業不遺家 虛老八十年 只有文字數百篇 而後
人之知不知 任於彼而我不可無詩 故賦詩記之云爾

河東瀟湘[16]八景詩序

하동소상팔경시서

丙申(병신: 1956)년 4월에 남쪽 湖南(호남)으로 유람했다. 光陽(광양)을 거
쳐 蟾津江(섬진강)을 건너니 세상에 전하기를 金蟾(금섬: 금두꺼비) 萬(만)여
마리가 광양에서 나와 이곳에 무리 지어 모여 머물렀기에 이런 이름을 얻었다

---

16) 瀟湘(소상): 중국의 湖南(호남)에 있는 瀟江(소강)과 湘江(상강)으로 경치가 빼어난 것으로 유명
함. 우리나라도 호남에 경치 좋은 섬진강이 있으므로 이를 비유한 것임.

한다.

물의 근원은 智異山(지리산)에서 나와 求禮(구례) 花開洞(화개동)에 이르러
龍玉淵(용옥연)의 물과 모여서는 嶺南(영남)과 호남 양쪽의 경계 갈라 만들고,
河東(하동)을 지나서 바다로 들어간다.

양쪽 언덕에 철교를 놓아 江壁(강벽)을 건너니 달은 큰 강에 가로 잠기고,
영롱한 무지개가 지는 해에 길게 드리워져 있다. 돌아서 하동읍으로 들어가니,
지리산 한줄기가 나는 듯 춤추는 듯 남으로 뻗어와 돌아서 玉溪山(옥계산)이
되고, 다시 구불거리고 와서는 慶陽(경양) 마을의 鎭山(진산)[17]이 되어 수십
개의 골 골짜기를 감싼다. 북으로는 지리산을 업으니 층층 바위 절벽이 그 위에
펼쳐 줄지어서, 혹은 늙은 중처럼 구름을 바라보며 홀로 서있고, 혹은 병풍에
기댄 선녀처럼 단정히 앉아있다. 岳陽川(악양천)은 鶴谷(학곡)의 물과 합해져
磐石(반석) 위로 흐르는데, 혹은 웅덩이를 이루고 혹은 폭포가 되어 아래로
내려가 깊은 연못이 된다.

甑峰(증봉)에서 發源(발원)하여 섬진강으로 흘러 들어가는데, 남쪽으론 露
梁(노량)을 껴안고 淸溪(청계: 맑은 시내)와 臥瀑(와폭: 경사 완만한 폭포)이 아래
로 내달린다. 멀리는 세 섬의 아스라이 푸름과 통하고, 열 물가 마을의 연기를
끌어당긴다. 구름아래 숲은 그윽이 깊고 물과 돌은 맑고 아름다워서 신선의
골짜기 마을에 들어와 있는 것 같으니, 세속에 찌든 생각은 다 없어지고 눈에
뵈는 것 모두 맑고 깨끗하다.

高麗(고려) 때 마을 북쪽에 岳陽樓(악양루)를 지었으니, 옛 지명 岳陽(악양)
으로 인해 그리 이름 지었다. 50년 전에 마을 사람들이 마을 남쪽 산허리에
重建(중건)하니, 瀟湘八景(소상팔경)이 십 리 안에 흩어져 있어 碩人(석인: 학
식과 덕망이 높은 사람)의 마음 넉넉한 詩篇(시편)과 딱히 들어맞으며, 隱遁者(은
둔자)들의 널찍한 기반으로 적합하다.

姑蘇城(고소성)은 神仙坮(신선대) 아래에 있으니, 新羅(신라)가 쌓은 바로

---

17) 마을을 수호하는 산.

군데군데 성가퀴가 아직도 남아있다. 城(성) 밖에는 寒山寺(한산사)가 있고, 절 밖에는 斑竹(반죽: 얼룩무늬 대나무)가 있어 中國(중국)과 서로 같으니, 이름과 실제가 서로 들어맞는다. 자고새는 푸른 산봉우리 안에서 때때로 울고, 두견새는 이미 흰 구름 속에서 난다. 봄바람은 꼼짝도 않는데 길게 종소리 흘러나와 이에 寒山疎鐘(한산소종: 한산사의 끊겼다 이어졌다 하는 종소리)을 시로 읊으니,

寒山寺(한산사) 종소리가 드문드문 나그네 머문 곳까지 들려와
꿈 깨어보니 비 걷힌 하늘에 맑은 달빛이 하늘과 물가에 가득하네
이 높은 곳 올라온 옛사람 자취들은 지금 모두 어디 있는고
역력히 고향의 산이 꿈속에 푸르네

洞庭湖(동정호)는 악양에 있는데, 아름다운 연못 주위 땅이 1리가 넘지도 모자라지도 않는다. 호수 주변 안팎으로 두 개의 봉우리가 있는데, 君山(군산)과 一篙(일고)라고 불린다. 차가운 물은 깊이를 재기 어렵고, 구슬 같은 이슬은 붉은 여뀌 언덕에 영롱하다. 서늘한 바람은 개구리밥 덮여 흰 물가로 불어오고, 어부의 노랫소리는 한낮 지나도록 들려온다. 밝은 달이 하늘에 둥실 뜨니, 이에 洞庭秋月(동정추월: 동정호의 가을 달) 시로 읊으니,

洞庭湖(동정호) 가을 달이 十分(십분) 밝으니
天地精華(천지정화)가 한 모양으로 맑네
虛無(허무)한 萬象(만상)이 무심하게 같이 비추이니
渾然(혼연)한 元氣(원기)가 여기저기 모두 이루어졌네

瀟湘江(소상강)은 곧 섬진강이다. 창문엔 달빛 들지 않아 어두컴컴하고, 벽에선 풀벌레 소리 처절한데 서늘한 바람은 쓸쓸히 불어오고, 밤비는 지루히 내린다. 같이 등불 밝힐 사람 없어 이에 瀟湘夜雨(소상야우: 소상강 밤비)를 시로 읊으니,

瀟湘(소상)의 밤비가 근심 속 잠을 흔들어 깨우니

千里他鄕(천리타향) 산속에서 한갓 꿈이었네
나그네 쫓아내는 앞길은 어디쯤인고
潯陽(심양)[18]의 안개 속 달이 하늘에 배가듯 즐기네

강 左右(좌우)에 어촌이 있어 초가지붕이 푸른 버드나무 언덕에 은은히 비치고, 사립문이 흰 모래 물가에 높고 낮게 기대어있다. 맑은 날 해는 저물어가고 나래짓 지친 새들은 숲 속으로 찾아 드니, 이에 漁村落照(어촌낙조: 어촌의 저녁 햇빛)를 시로 읊으니,

漁村落照(어촌낙조)가 몇 번이나 붉었을고
나도 몰래 白髮(백발)이 거울 속에 가득하네
일찍이 牛山齊主(우산제주)[19]의 눈물을 비웃었더니
늙어 갖는 회포의 실마리는 예나 지금이나 같네

악양루 밖에 浦口(포구)가 있다. 날이 개면 바로 그물을 들고 물결을 헤치고 가서 물에 내린다. 느지막이 노래 부르며 고기 잡아 돌아오면, 부드러운 바람은 잔잔한 강 위로 불어오고 떨어지는 해는 외로운 섬에 걸려있다. 저녁 물결에 항구로 들어오는 배들이 구름처럼 모이니, 이에 遠浦歸帆(원포귀범: 먼 포구에 돌아오는 돛배)을 시로 읊으니,

먼 포구로 돌아오는 돛배는 저녁 햇빛 담고
안개 물결 강 위로 나는 듯 달리네
열 개 남짓 漁夫(어부) 집 살림살이 충족하니
가득 실린 농어가 수척 길이 되게 살쪘네

瀟湘江邊(서상강변)에 모래펄 몇 곳이 있는데 요꿰는 붉고 갈대는 흰 것이

---

18) 중국 감서성 甘棠湖(감당호) 물이 양자강으로 흘러 들어가는 곳의 지명. 여기에서는 동정호 물이 섬진강으로 흘러 들어가는 곳을 비유한 것으로 보임.
19) 중국 춘추시대에 齊主(제주: 제나라 임금)인 齊景公(제경공)이 牛山(우산)에 올라 사방을 둘러보고 이 아름다운 강산을 두고 어찌 죽는단 말이냐 하고 울었다는 애기에서 그 슬픈 눈물을 말함.

萬點(만점)이나 되고, 서리꽃이 달 아래 엉긴다. 하늘은 높고 비 걷히니, 천 겹 쌓인 눈 같은 물결이 바람 앞에 출렁인다. 때는 마침 늦은 가을이라 기러기가 점점이 내려오니, 이에 平沙落雁(평사낙안: 모래펄에 내려앉는 기러기)을 시로 읊으니,

> 모래펄에 내려앉는 기러기 그림자 들쭉날쭉하니
> 만 송이 갈대꽃이 달과 한 물가네
> 나그네 거문고 소리 괜스레 서글픔 일으키니
> 서로 부르고 서로 대답을 얼마나 많이 했던고

산기슭에 예전에 작은 저자가 있었는데, 지금은 다른 곳으로 옮겼다. 百年(백년) 오랜 세월 땅은 궁벽한데, 장사꾼은 이미 흩어졌다. 5월의 산은 깊은데, 市井(시정: 사람 모여 사는 곳)에선 꿈이 된다. 장맛비 처음 걷히고 맑게 갠 하늘빛이 멀찍이 떠도니, 이에 山市晴嵐(산시청람: 산속 저자의 맑은 날 아지랑이)을 시로 읊기를,

> 산속 저잣거리 맑은 날 아지랑이는 쪽처럼 푸르러
> 미적미적 저무는 빛이 석양에 젖어있네
> 연기도 아니요 구름도 아니요 아지랑이도 아닌 것이
> 짙은 남쪽 물의 한 폭 그림이로세

密雲(밀운)이 사방에서 일어나고, 朔風(삭풍)이 눈보라 불어대면 매화처럼 편편히 숲 속에 날아 떨어져 나무 마다마다 위에 쌓이고 봄 나비처럼 가루처럼 점점이 땅 위에 쌓여, 있는 밭마다 모두에 玉(옥)을 심는다. 이에 江天暮雪(강천모설: 강 위 저무는 하늘에 내리는 눈)을 詩(시)로 읊으니,

> 강 위 저무는 하늘 눈은 흩날리는 매화 같아
> 소슬하게 차가운 바람에 가고 옴을 맡기네
> 大地(대지)는 지금으로부터 白玉(백옥)처럼 단장하여
> 한 점 지난 세속의 티끌 보이지 않네

안개 물결 위로 逍遙(소요)하고 샘과 돌 사이로 徘徊(배회)하여, 유유히 태연하게 내 맘 내키는 대로 하고 세상일은 알지 않아도 되니 어떤 즐거움을 이것과 바꿔 江山(강산)의 진정한 즐거움을 얻을 수 있으리오!

丙申四月 南遊湖南 歷光陽而渡蟾津江 世傳金蟾萬餘 出自光陽蟾居驛屯聚于此 故得名 源出智異山 至求禮花開洞會龍王淵水而折嶺兩界 經河東而入于海 兩岸架鐵橋而跨江 壁月橫沈於大江 玉虹長垂於斜日 轉入河東邑 智異山一枝南來如飛如舞 轉爲玉溪山 復逶迤而爲府之鎭山 (陽慶) 包數十洞壑 北負智異山 層岩絶壁 布列于上 或如老衲望雲而孤立 或如玉女依屛而端坐 岳陽川咸鶴谷之水而有磐石 或窪或瀑而下爲深潭 發源於甑峰 流入于蟾津江 南拱露梁淸溪臥瀑 馳注于下 遠通三之進紫翠 近挹十洲之烟光 雲林幽邃 水石淸佳 如入神仙洞府 絶無塵想 眼界淸淨 高麗時建岳陽樓於縣北 因岳陽故地名而冠之 五十年前 縣人重建于縣南山腰而瀟湘八景 散在於十里之內 政合碩人之薖軸 亦宜隱者之盤桓 姑蘇城在神仙坮下 新羅所築而殘堞尙存 城外有寒山寺 寺外有斑竹 與中國相同 名實相符 鵁鶄時鳴靑嶂之中 杜鵑已開於白雲之中 春風不動疎鐘流出 乃吟寒寺疎鐘曰 寒寺疎鐘到客亭 覺來霽月滿空汀 登臨舊跡今安在 歷歷鄕山夢裡靑 洞庭湖在岳陽金塘坪周一里 無盈無縮 湖邊有內外二巒稱君山 一篙寒水深難測 玉露玲瓏於紅蓼之岸 金風蕭瑟於白蘋之洲 漁歌唱晚 明月當空 乃吟洞庭秋月曰 洞庭秋月十分明 天地精華一樣淸 萬象虛無心共照 渾然元氣簡中成 瀟湘江卽蟾津江 窓無月色而昏暗 壁有虫聲而凄切 金風蕭颯 夜雨支離 無人同燈 乃吟瀟湘夜雨曰 瀟湘夜雨攪愁眠 千里鄕山一夢邊 逐客前程何處是 潯陽烟月樂天船 江左右有漁村 茅簷隱映於靑柳之岸 荊扉高低於白沙之洲 白日低山倦鳥投林 乃吟漁村落照曰 漁村落照幾番紅 白髮居然滿鏡中 曾笑牛山齊主淚 老來懷緖古今同 岳陽之外有浦口 隨晴擧網 衝浪而去 乘晚呼歌得魚而歸 微風動於平江 斜日掛於孤島 晩潮入港 舟楫如雲 乃吟遠浦歸帆曰 遠浦歸帆帶夕暉 烟波江上疾如飛 十餘漁戶生涯足 滿載鱸魚數尺肥 瀟湘江邊有

平沙 數處蓼紅 蘆白萬點 霜華凝於月下 天高雨收千層 雪浪翻於風前 時値晚秋 雁下點點 乃吟平沙落雁曰 平沙落雁影參差 萬朶蘆花月一涯 客子琴聲空惹恨 相呼相應幾多時 舊有小市於山麓 今移於他處 百年地僻 商賈已散 五月山深 市井成夢 潦雨初收 霽色遠浮 乃吟山市晴嵐曰 山市晴嵐碧似藍 依依晚色夕陽涵 非烟非霧亦非靄 一幅畫圖濃水南 密雲四起朔風吹 雪梅花片片飛於林間 無樹不着 春蝶粉點點 積於地上有田 皆種玉 乃吟江天暮雪曰 江天暮雪等飄梅 蕭瑟寒風任去來 大地從今粧白玉 未看一點舊塵埃 逍遙自適於烟波之上 徘徊於泉石之間 悠然自適而不知世間 何樂可以易此而如得江山之眞樂矣

先世事蹟記序
선세사적기서

　始祖(시조) 宋柱恩(송주은)은 戶部尚書(호부상서) 벼슬을 지내셨으며, 隴西(농서) 李氏(이씨)를 맞이하셨고, 墓(묘)는 懷德(회덕) 寶文山(보문산)에 子坐(자좌)[20]로 있다.

　그 아들은 愼儉(신검)으로 兵部尚書(병부상서) 벼슬을 지내셨고, 奉化(봉화) 琴氏(금씨)를 맞이하셨다.

　그 아들은 允(윤)으로 吏部尚書(이부상서) 벼슬을 지내셨고, 隴西(농서) 李氏(이씨)를 맞이하셨다.

　그 아들은 進哲(진철)로 戶部尚書(호부상서) 벼슬을 지내셨고, 南陽(남양) 洪氏(홍씨)를 맞이하셨다.

　그 아들은 廷浩(정호)로 工部尚書(공부상서) 벼슬을 지내셨고, 高興(고흥)

---

20) 정북쪽을 등진 방향의 자리.

柳氏(유씨)를 맞이하셨다.

그 아들은 至陽(지양)으로 兵部尙書(병부상서) 벼슬을 지내셨고, 冶城(야성) 鄭氏(정씨)를 맞이하셨다.

그 아들은 舜恭(순공)으로 東里學士(동리학사)와 知平章事(지평장사)를 지내셨다.

鎭川(진천) 宋氏(송씨) 족보에 적혀있기는,

新羅(신라)의 大阿湌(대아손)이 新平(신평) 李氏(이씨)를 맞이하셔 —墓(묘)는 江華(강화) 摩尼山(마니산) 仙源洞(선원동)에 子坐(자좌)로 있다— 아들 成龍(성룡), 興龍(흥룡)과 仁龍(인룡)을 두었는데, 흥룡은 延安伯(연안백)으로 延安(연안) 宋氏(송씨)의 始祖(시조)가 되었고, 인룡은 鎭川伯(진천백)으로 鎭川(진천) 宋氏(송씨)의 시조가 되었다 한다.

성룡은 吏部尙書(이부상서) 벼슬을 지내셨고, 靑松(청송) 沈氏(심씨)를 맞이하셨다.

그 아들은 興烈(흥열)인데 戶部尙書(호부상서) 벼슬을 지내셨고, 河東(하동) 鄭氏(정씨)를 맞이하셨다.

그 아들은 自英(자영)으로 版圖判書(판도판서) 벼슬을 지내셨고, 延安(연안) 李氏(이씨)를 맞이하셨다. —高麗史列傳(고려사열전)을 살펴보면, 礪山(여산) 송씨가 시조로부터 10대에 이르러 判書公(판서공)이 공적이 있어 瑞山君(서산군)으로 封(봉)해지고 그로 인해 자손의 本貫(본관)이 되었다 한다.

그 아들이 文翊(문익) —吏曹典書(이조전서)를 지내시고 麗興(여흥) 李氏(이씨)를 맞이하시어 아들 大慶(대경)을 두었는데 平章事(평장사) 벼슬을 지냈다.— 과 惟翊(유익) —壺山君(호산군)에 봉해져 여산 송씨의 시조가 됨— 과 天翊(천익) —恩津君(은진군)으로 봉해지고 청송 심씨를 맞이하셨다. 墓(묘)는 豊德大陵洞(풍덕대릉동)에 酉坐(유좌)[21]로 되어있다— 이라고 한다.

대개 사람이 후손이 있음은 나무 한 뿌리가 갈라져 萬億(만억) 개의 가지가

---

21) 정서쪽을 등진 방향의 자리.

되는 것과 같으며, 사람으로서 祖上(조상) 先代(선대)가 됨은 천 갈래 백 갈래 물이 바다로 모여 하나가 되는 것과 같다. 나무뿌리가 튼튼하지 못하면 그 가지가 무성하지 못하고, 물의 근원이 깊지 않으면 그 흐름이 길게 가지 못한다.

우리 宗族(종족)은 高麗(고려) 말부터 지금까지 6백여 년에 이르도록 遺風(유풍: 후세에까지 남겨진 교화)의 餘韻(여운)이 아직도 희미해지지 않았다. 그 까닭은 오직 우리 先祖(선조)께서 德(덕)을 쌓으시고 仁(인: 어짊)하시기를 거듭하시니 儒賢達士(유현달사)가 배출돼서 선조의 아름다움을 계승하시고 그 그윽한 빛을 밝혀 後孫(후손)에게 넉넉함을 내려주시고, 아름다운 실마리를 남기셨기 때문이다.

뿌리를 북돋으면 가지는 저절로 무성해지고, 물 근원을 깊이 하면 그 흐름은 반드시 멀리 간다. 根本(근본)에 보답하는 길은 선조의 아름다움을 계승하는 것이니, 선조가 비록 멀다고 해도 내가 태어난 근본이다. 그러므로 그 뜻을 잘 잇고 그 사업을 잘 살펴야 하니 만약 선조의 事蹟(사적)을 잃어버려 전하지 못하면, 그것은 자손이 현명하지 못한 것이다.

百世(백세) 후에 태어나서 백세 전을 밝혀 익히려는데 진실로 역사 기록에 명백히 실려 있는 것이 없다면, 반드시 현명한 君子(군자)가 말한 것을 빌리고 인용해서 미루어 서술하되 억지로 지어내지 말고, 참람스레 일어내서 實情(실정)을 잃지 않도록 해야 한다.

대개 上古(상고: 아주 오랜 옛날)에는 名(명: 이름)은 귀하게 여겼으나 姓(성: 성씨)은 귀하게 여기지 않았으므로, 金富軾(김부식)의 三國史記(삼국사기)에도 해외에 사신으로 드나든 자 이외에는 이름은 적혀있으나 성씨는 적혀있지 않다. 그러므로 고려가 삼국을 통합함에 人民(인민)이 많아져 이름이 같은 자가 몹시 많으니, 누가 누군지를 분별할 수 없었다. 그리하여 여러 족속을 구별하기 위해, 백성들에게 성씨를 써서 그 족속을 구별하도록 명하였다.

이때 중국을 우러러 높여 중국에서 귀화한 백성 이외에도 중국의 성씨를 거짓으로 대는 경우가 많으니, 같은 성씨를 쓰는 자가 또한 많았다. 그리하여 다시 本貫(본관)을 부르도록 하여, 그 고향을 구분토록 하니 신분이 귀해지면

君(군)으로 封(봉)해 본관이 갈라지도록 했다.

고려 후기에 이르러 한 사람이 죄를 지으면 三族(삼족)이 禍(화)를 입게 되므로, 친척의 화를 입을까 두려워 족보를 쓰지 않음이 많았다. 또 고려 말기에 庶孽(서얼)이 나라를 맡게 되면서 자기를 賤待(천대)했던 貴族大家(귀족대가)를 질시하니 나라가 바뀌는 날에 內閣(내각)에 갈무리한 바의 士大夫(사대부) 家牒(가첩)을 먼저 불사르고, 守節(수절)한 사람의 삼족을 쫓아 찾아내어 罪(죄)를 물었다. 世祖(세조) 임금 때 또한 이러한 일이 벌어지자, 조상을 존중하고 족속을 거두려는 마음은 忘却(망각) 속에 방치하게 되었다. 李朝(이조) 들어 百年(백년)이 지난 후에야 비로소 譜牒(보첩: 족보)을 쓰기 시작했으므로 지금 기록된 世系(세계)는 30세 내외에 불과하다. 선조의 유래를 알지 못하고, 그 성씨가 우연히 중국인과 서로 같으니 중국에서 건너온 족속들이 어찌 한스러워하지 않을까 의심도 된다.

이제 礪山(여산) 宋氏(송씨) 집안에 보관된 것 중 집안 어른 承訓郎(승훈랑) 南顯(남현)께서 쓰신 서문을 대략 보니, "옛날 丙寅(병인)년에 德恩(덕은)의 宋宜鼎(송의정)이 開城(개성)에 일이 있어 宋生(송생)의 집을 지나가다 그 집에 보관된 고려 때 쓴 옛 족보를 보았는데, 그 할아버지는 杜門洞(두문동)에 들어가서 세상을 지켰다 한다. 말미암아 부스러져가는 책에서 시조 위로 十世(십세)의 啣字(함자: 높은 사람의 이름)를 보아 알게 되었다. 돌아와 여러 宗族(종족)에게 質正(질정)을 받아 별도로 世系(세계)를 만들어 족보의 머리에 놓았다 한다. 이에 송의정의 살핀 뜻을 빠뜨릴 수 없으므로 책의 머리에 놓아 훗날을 기다린다"라고 돼있다.

일찍이 듣건대, 德恩(덕은)의 直閣(직각) 宋秉瑞(송병서)가 鄭麟趾(정인지)가 지은 바 新羅古史(신라고사)를 본즉, 太宗(태종) 임금 때 宋柱恩(송주은)이 戶部尚書(호부상서)로서 그 妻(처)의 아버지인 學士(학사) 李正南(이정남)의 억울한 獄(옥)살이에 대해 訟事(송사)를 내었다가 임금의 뜻을 거슬러 懷德(회덕)으로 유배되어, 그로 인해 죽었다고 한다.

高麗史(고려사)에 文宗(문종) 때 宋舜恭(송순공)이 東里學士(동리학사)로서 중국에 사신으로 가 나라가 모함 받은 것을 변론한 공이 있어 平章事(평장사)로 임명됐다 하니, 예로 보듯 30년을 한 세대로 하면 平章公(평장공)은 文宗(문종) 때가 의당하고 또 杜門洞(두문동)에서 얻어 전해진 책이 어찌 증거할 만한 진실된 것이 아닐 수 있겠는가!

이제 南顯(남현)께서 전해주신 바로 인해 비로소 上世(상세) 11대가 고려 때 이미 들어나셨음이 옛 족보에 전해지는 바로 후세에 전해지니, 그런즉 杞宋無徵之歎(기송무징지탄)[22]을 조금은 면할 수 있겠다.

우리 송씨는 天翊(천익)으로부터 시조 大原(대원)까지 그 사이가 몇 세인지 모르나, 여산 송씨의 代數(대수)와 서로 비교하면 아들이 아니면 손자이다. 별도로 책머리에 적어 후세의 참고에 대비한다.

始祖宋桂恩戶部尙書配隴西李氏 墓在懷德寶文山子坐 子愼儉兵部尙書 配奉化琴氏 子允 (吏部尙書) 配隴西李氏 子進哲戶部尙書配南陽洪氏 子廷浩工部尙書配高興柳氏 子至陽兵部尙書配冶城鄭氏 子舜恭東里學士知平章事 鎭川譜云 新羅大阿飡配新平李氏 墓在江華摩尼山仙源洞子坐 子成龍吏部尙書配靑松沈氏 興龍 (延安伯 延安宋氏始祖) 仁龍 (鎭川伯 鎭川宋氏始祖) 子興烈戶部尙書配河東鄭氏 子自英版圖判書配延安李氏 (按麗史列傳曰 礪山宋氏 自始祖至十世判書公有功 封瑞山君 子孫因爲貫) 子文翊 (吏曹典書配驪興李氏 子大慶平章事) 惟翊 (壺山君 礪山宋氏始祖) 天翊 (恩津君配靑松沈氏 墓在豊德大陵洞酉坐)
蓋人之有後孫 如木之一根 分爲萬億條 人之爲祖先 如水之千百派 宗於一海也 根不厚則其枝不茂 源不深則其流不長 吾宗自高麗末至于今六百餘年 遺風餘韻尙不衰微者 惟吾先祖積德累仁 儒賢達士輩出 繼述先徽 以闡幽光 垂裕後昆 以遺嘉緒 培其根而枝自茂 浚其源而流必遠也 報本之道 在乎繼

---

22) 孔子(공자)가 夏(하)나라의 후예국인 杞(기)나라와 殷(은)나라의 후예국인 宋(송)나라에 문헌 증빙이 부족하여 옛 제도 및 문화를 알 수 없다고 탄식한 데서 나온 말로 증거부족의 탄식을 이름.

述先徽 先祖雖遠 是吾所生之本 故先繼其志 善述其事 若先祖事蹟 逸而不
轉 子孫之不明也 生於百世之下 欲講明百世之上 苟無史乘之昭載者 則必
借賢君子之稱引推許 述而不作 庶無僭汰而失實也 蓋上古貴名不貴姓 故金
富軾三國史云 出入海外之使 价以外有名而無姓 故麗朝統合三國 人民衆多
同名者甚多 不可分別其人 故欲別諸族 命諸民稱姓而別其族 其時尊尙中國
中國歸化民以外率多冒中國之姓 而同姓者亦多 更使稱貫而別其鄕 貴而封
君 使分貫至麗季 一人有罪則三族被禍 故恐被親戚之禍 多不修譜 且高麗
之末 以庶孽當國 疾貴族大家之賤己者 換國之日 先焚內閣所藏士大夫家牒
守節之人 三族追尋而論罪 世祖得國 亦行此事 尊祖收族之心 置之忘域 李
朝百年以後 始修譜牒 故今錄世系者 不過三十世內外矣 不知祖先由來 其
姓偶與華人相同 疑其中國渡來之族 豈不恨哉 今見礪山宋氏家藏中 承訓郞
南顯族丈所錄序略曰 昔在丙寅 德恩宋宜鼎 有事開城過宋生家 見家藏高麗
舊譜而其祖入杜門洞世守之云 因考閱爛簡 得見始祖以上十世諱啣 歸而質
諸宗族 別爲世系 列于譜首 玆用其宋宜鼎之考 義不可漏 故弁于卷首 以俟
後焉 曾聞德恩宋秉瑞直閣 見鄭麟趾所撰新羅古史 則太宗朝 宋桂恩以戶部
尙書 訟其妻父李學士正南冤獄 忤上旨 配懷德 因死高麗史文宗時 宋舜恭
以東里學士 奉使天朝辨國誣 以其功拜平章事 例以三十年爲一世 則平章公
麗朝文宗時宜矣 且杜門洞之得傳刊本 豈不其眞的可據乎 今因南顯氏所傳
始知上世十一大 已著於麗朝所傳舊譜 而傳于後世 則始少免於杞宋無徵之
歎也 我宋則自諱天翊至始祖諱大原 其間未知幾世 然礪山宋氏代數相比 則
非子則孫也 別記于卷首 以備後之參考焉

龍山詩序
용산시서

詩(시)라는 것은 뜻과 마음이 시키는 바를 말로 한 것이니, 이로써 그 사람의 시를 읽으면 그의 사람 됨됨이를 알 수 있다. 영달하여 위로 올라간 자의 말은 평이하고, 궁벽하여 불우한 자의 말은 애달프다. 화평한 말은 아름답기 어렵고, 근심과 울분의 말은 쉽게 솜씨를 부릴 수 있으니 이렇게 보아 나뉜다.

潘溪(뇌계) 俞好仁(유호인) 공은 湖堂官(호당관)으로 뽑혀 校理(교리)까지 이르셨으니 詩文(시문)을 맑고 높았고, 筆力(필력)은 힘차고 뛰어났다. 經筵(경연: 임금에게 강론하는 자리)의 신하가 되었을 때, 成宗(성종) 임금의 남다른 은혜를 받았다. 湖堂(호당: 독서당)에 있을 때, 임금이 궁중 내시를 시켜 술을 보내며 명령하시기를 "술이 취할 때를 기다렸다 눈앞에 보이는 잡다한 것들 중에 기이한 물건으로 시의 제목을 정하고 韻字(운자)를 불러주거라"라고 하셨다. 궁중 내시가 임금이 시킨 대로 江(강)가의 땔감 나무배로 세목을 정하고 운자를 불러주니, 公(공)이 그 소리가 떨어지자마자 바로 다음과 같이 시를 읊었다.

> 봄 산에 나무 다 베어내도 반은 푸르고
> 가득 실은 배는 넓은 바다에 떠있네
> 물새와 해오라기가 몇 번이나 안개 노을 속 꿈을 놀라 깨게 했는고
> 배 댄 곳은 갈대꽃 핀 가랑비 오는 물가일세

한강이 활처럼 휘도는 맞은편 언덕에 汝矣島(여의도)가 있으니, 흰 모래 사장이 물가에 길어 유람하고 감상하기에 자못 좋다. 떠도는 물새와 잠자는 해오라기에 詩情(시정) 또한 강물에 배 띄우기 좋다. 물결 거슬렀다 따랐다 오감으로 즐기며 그 강 언덕 드넓으며 파도 넓고 아득하며 돛단배 오가며 모래톱 새들 오르내림을 보면, 흥금이 툭 터지도록 경치가 무궁하다. 황홀하기가 몸이 넓은 바다에 놓인 것 같아 몸이 배 안에 있는지도 모른다.

燕山主(연산주)가 일찍이 강가로 놀러 나가 배를 타고 龍山(용산)으로 내려 가려 하였다. 表沿沫(표연말) 공이 노를 잡고 諫言(간언)하기를 뭍으로 가는 것은 안전하고 배를 타는 것은 위험한데, 어찌 안전을 버리시고 위험을 따르십 니까 하였다. 임금이 화가 나서 뱃사공에게 노를 뺏으라 명하니, 연말이 물 아래로 넘어져 떨어졌다. 임금이 건져내라고 명령하고 묻기를 "네가 어찌 강물 로 몸을 던졌느냐?" 하시니, 연말이 대답하기를 "臣(신)이 아래로 가 懷王(회 왕)의 신하 屈原(굴원)[23]을 따르려 하였나이다" 하였다. 임금이 화가 나서 말하 기를 "네가 과연 굴원을 보았는고?" 하니, 연말이 말하기를 "과연 보았고 詩(시) 까지 주었습니다" 하였다. 임금이 무슨 시냐고 묻자, 대답하기를,

> 나는 어두운 임금을 만나 물에 빠져 죽었거늘
> 너는 밝은 임금을 만나고도 어쩐 일로 왔느냐

라고 하였다. 임금이 화를 풀고 웃어 넘겼다. 公(공)의 관직이 提學(제학)에 이르고 號(호)는 藍溪(남계)이다. 佔畢齋(점필재: 김종직)의 門徒(문도)로 杖刑 (장형)을 받고 慶源(경원)으로 유배 가다 길에서 죽었다.

지금은 없지만 예전에 漢江樓(한강루)라는 곳이 있었는데, 世宗(세종) 7년 에 朝明使(조명사: 조선으로 오는 명나라 사신) 祁順(기순)이 서울로 들어올 때 徐居正(서거정) 李承召(이승소) 金守溫(김수온) 成任(성임) 등 그 시대를 대표 하는 글 잘하는 이들이 이곳에서 맞아 영접하였다. 때가 2월 그믐 무렵이라 봄비가 새로 개어 하늘빛과 물색이 맑은 거울을 연 것 같았다. 기순이 먼저 한 首(수) 읊기를,

> 강 머리 풍경이 높은 배에 가득하고
> 꽃과 버들이 2월 날씨 아름다움을 다투는구나
> 돛 그림자가 다 데려가고 새는 날라 가는데

---

23) 중국 戰國時代(전국시대) 楚(나라) 懷王(회왕)의 충성스런 신하가 屈原(굴원)인데, 자신의 忠諫 (충간)을 왕이 듣지 않자 멱라수에 빠져 죽은 일을 빗댄 것임.

피리소리가 잠자는 늙은 용을 깨워 일으키네

산이 양쪽 언덕에 연이어 있어 구름 같은 숲과 합치는데

물 가운데 때리는 돌에 흰 눈같이 물결 흩뿌리네

동쪽으로 와서 이리 노닐기 좋은 곳 있다 괴이하게 생각 마라

예사롭게 詩句(시구)로 서로 당기곤 한다네

라고 하니, 徐居正(서거정)이 이어 읊기를,

楊花(양화)나루 어귀에 꽃 배 매어있으니

모름지기 인간 세상에 별다른 천지 있다 믿어지네

신선과 같이 鶴(학) 타고 갈 필요 없고

그림 속에 아름다운 龍(용) 잠만 깨우면 된다네

날은 밝은데 자라 등에 황금물결 이니

바람이 고래 머리 흔들어 푸른 玉(옥)을 흩뿌리네

모름지기 西湖(서호)[24]를 가져다 西子(서자)[25]에 비하여야만

江山(강산)이 어찌 서로 興(흥) 일어 끈다 하겠는가

하였다.

　　四佳(사가: 서거정의 호)의 詩(시)에 걸맞다 생각하며 漢江橋(한강교)로 내려오니, 차들이 무지개다리로 질주하고 술집과 놀잇배들이 자라 머리처럼 섞여있다. 나루에서 나와 강줄기를 굽어보니, 화창한 봄에 경치는 밝고, 향기로운 풀이 강둑에 가득하다. 꽃은 떨어져 물위에 떠있고, 안개와 어울려 봄 나무는 긴 강둑에 어지럽다. 바람은 느지막이 배 돛에 불어와 먼 물가로 떨어지고, 어부와 나무꾼이 서로 화답한다. 물새와 해오라기도 서로 잊고, 이 그윽한 풍경으로 나를 부르니 어찌 술 한 잔에 시 한 수로 도도한 醉興(취흥)이 없을 수 있겠는가! 나 또한 시로 읊으니,

---

24) 중국 杭州(항주)에 있는 아름다운 호수.

25) 중국의 대표적 미인 西施(서시).

비 그치고 바람 온화하니 흥이 작지 않아

노량진에서 봄옷을 떨치네

강 가운데 날씨 따뜻해 물고기 깨 나오고

길바닥 진흙 새로우니 제비 날아오네

일찍이 人情(인정)이 世態(세태) 따라간다 비웃었더니

이제 보니 物理(물리) 또한 天機(천기)일세

꽃 찾고 버들 따라 공연히 취미만 많았으나

달 아래 한가히 지팡이 짚고 취해서 돌아가네

詩者言志心之所使 是以讀其詩而可知其人矣 達而在上者 其辭平易 窮而
不遇者 其辭哀怨 和平之辭難美 憂憤之辭易工 觀於是分焉 潘溪兪公 (好
仁) 選湖堂 官至校理 詩文淸高 筆力遒逸 爲經幄之臣 被成宗異渥 在湖堂時
上遣中使宣醞 而令俟其醉 以眼前所見難狀之奇物爲題 呼韻賦詩 中使如上
旨 以江上燒木船爲題呼韻 公應聲曰 斫盡春山一半靑 滿船積載泛滄溟 幾
驚鷗鷺煙霞夢 來泊蘆花細雨汀 漢江灣回對岸有汝矣 島明沙長汀遊賞 頗好
浮鷗眠鷺 詩情亦宜放舟江中 溯沿爲樂 見其涯岸 弘闊波濤 浩渺風帆 往來
沙鳥 上下衿懷軒豁 景致無窮 怳若置身於滄溟之間 不知身在舟中 燕山主
嘗出遊於江上 欲舟下龍山 表公 (沿沫) 抱楫而諫曰 從六安乘船危 何捨安
而從危 主怒令篙師奪其楫 沿沫顚于水下 主命拯之問 爾何投江爲 沿沫曰
臣欲下從懷王臣屈原 主怒之曰 爾果見屈原乎 沿沫曰 果見之而屈原 贈之
以詩 主問何詩 對曰 我逢暗主投江死 爾遇明君底事來 主解怒而笑之 公官
至提學 號藍溪 以佔畢門徒 杖流慶源道卒 曾有漢江樓 (今無) 世宗 (七年)
朝明使祈順入京 徐居正李承召金守溫成任等 一代詞客 伴接于此 時値二月
晦間 春雨新晴 天光水色開淸鏡 祈順先吟一首曰 江頭風景滿樓船 花柳爭
姸二月天 帆影帶將飛鳥去 笛聲驚起老龍眠 山連兩岸雲林合 石激中流雪浪
濺 莫怪東來好遊賞 尋常詩句慣相牽 徐居正繼吟曰 楊花渡口繫蘭船 須信
人間別有天 不必神仙同鶴駕 要將圖畫倩龍眠 日明鰲背黃金浪 風撼鯨頭碧

玉濺 須把西湖比西子 江山其奈興相牽 惟四佳之詩相稱 漸下漢江橋 馬蹄
車轍 疾走於虹腰 酒樓歌艇 錯雜於鰲頭 出津上俯瞰江干春和景明 芳草滿
堤 落花泛水 烟和春樹 迷於長堤 風送晚帆 落於遠洲 漁樵互答 鷗鷺相忘
正是召我以烟景 豈無觸詠 醉興陶陶 余亦吟詩曰 雨歇風和興不微 鷺梁津
上拂春衣 江心日暖魚兒出 路面泥新燕子飛 曾笑人情從世態 今看物理亦天
機 訪花隨柳空多趣 月下閒笻帶醉歸

廣寒樓重遊序
광한루중유서

   선비가 이 세상에 태어나면 기이한 재주를 갖고 經綸(경륜)을 품어 朝廷(조
정)에 벼슬하여 충성을 다해 나라를 도와서 治道(치도)에 큰 소리로 울려 퍼지
고, 文章(문장)이 아름답게 장식된다. 그 功德(공덕)과 아울러 천하를 착하게
함이 눈과 귀를 즐겁게 하고 마음과 뜻을 기쁘게 하여, 뜻대로 되지 않는 것이
없다. 혹시 벼슬하지 않고 살게 되면 風月(풍월)을 한가로이 읊고, 높은 관리라
도 거들떠보지 않고, 言行(언행)으로 世道(세도)를 바로잡으며 홀로 자신의 몸
을 착하게 닦는다. 그러나 사람마다 처지가 다른 즉, 그 즐김 또한 같지 않다.
   나는 李朝(이조) 말에 태어나서 주제넘게 얄팍한 재주를 갖고 버들솜을 거두
어 모을 뜻을 품고 멀리 꽃잎 그물질할 수 있는 땅을 구하려 했음은 홀로 내
몸을 착하게 닦아 넓은 바다 같은 세상에서 스스로 깨끗해지고자 함은 아니었
다. 옛사람의 事業(사업)을 方冊(방책) 사이에서 보고 그 사람을 벗으로 하는
것은 살고 있던 곳을 찾아 그 遺風(유풍)을 생각하며 길에 떠도는 애기로라도
산천의 아름다운 형세에 대해 듣는 것만 못하고, 그곳에 직접 올라 그 景物(경
물)을 감상하고 멀리 떨어져 있는 사람이라도 생각해 봄만 못하다.
   그래서 丙辰(병진: 1976)년 여름에 南原(남원) 廣寒樓(광한루)를 구경하려

고 獒樹(오수)역으로 내려가 친구인 春谷(춘곡) 李康仲(이강중) 군을 屯南(둔남) 新基(신기)로 찾아갔다. 李(이) 군은 나와 동갑으로 글씨를 잘 쓰며, 전에 나와 같이 유람하자는 약속이 있었으니 다음날 같이 차를 타고 남원성 안으로 들어갔다.

甲午(갑오)년 東學(동학) 난리 때 樓閣(누각)이 불타고 성이 허물어졌다. 壬辰倭亂(임진왜란) 때 明(명)나라 장수 楊元(양원)이 3천 병사를 거느리고 남쪽으로 내려와 성에 들어가니, 왜적 수만 명이 연속해서 탄환을 놓았다. 밤에 南西(남서)문으로 들어가 양쪽 군대가 어지럽게 베어대니 그 前後(전후)로 죽은 자가 5천여 명이고, 성 밖 관가나 민가 모두 불타 없어졌다. 명나라 장수 李新芳(이신방) – 中軍將(중군장), 蔣表王(장표왕), 承先(승선) 및 우리나라 장수 李福男(이복남) – 全羅兵使(전라병사), 申浩(신호) – 山城別將(산성별장), 吳應鼎(오응정) – 防禦使(방어사), 鄭期遠(정기원) – 伴接使(반접사), 任鉉(임현) – 府使(부사) 등이 목숨을 바쳤다. 楊元(양원)은 날래고 용맹함이 보통사람을 뛰어넘어 50기병을 데리고 포위를 헤치고 나와 급한 상황을 보고하고 陳愚衷(진우충)에게 구원을 빌었으나 즉각 병사를 내보내지 않아, 모두 죄를 입어 죽었다. 光海君(광해군) 壬午(임오)년에 忠烈祠(충렬사)를 지어 이 들에 제사 지내고, 關雲長(관운장)이 顯聖(현성)의 異蹟(이적)이 있으므로 또 關王廟(관왕묘)를 지었다.

廣寒樓(광한루)에 올라와 서보니 설계와 규모는 서울의 慶會樓(경회루)와 비슷하게 黃喜(황희) 정승이 지었다. 처음에는 廣通樓(광통루)라 불렀다. 형세가 높고 평평히 시원했으나, 세월이 오래 되면서 퇴폐해졌다. 世宗(세종) 甲寅(갑인)년에 閔恭(민공)께서 고쳐 새 누대를 세우셨다. 甲子(갑자)년에 觀察使(관찰사) 鄭麟趾(정인지)가 이 누대에 올라와 보고 月宮(월궁: 신선의 달나라) 淸虛府(청허부)의 廣寒殿(광한전) 같다 하여, 광한루라고 이름을 고쳤다. 張義國(장의국)께서 重修(중수)하시고 蓼川(요천)의 물을 끌어들여 연못을 만드니, 銀河池(은하지)라 부른다. 가운데에 烏鵲橋(오작교)를 놓고, 네 무지개다리를 나누어 만들었다. 門樓(문루) 주변에는 蓬萊(봉래)와 方丈(방장) 두 산을 만들고, 또 연못 가운데에 瀛洲島(영주도)를 만들었다. 이는 三神山(삼신산)[26]을 본뜬 것으로 섬 중에는 瀛洲閣(영주각)을 세웠으나, 임진왜란 때 불탔다. 鄭鑑卿(정감경)께서 옛 모습을 복구했으니 역사책에 황희 정승의 德化(덕화)와 공훈의 이름을 떨친 것뿐 아니라, 烈女(열녀) 春香(춘향)의 전설로 평범한 동네의 어리석은 남녀라도 그 소설을 읽고 귀가 따갑도록 얘기를 들었을 것이다. 그때 일을 오늘 일처럼 얘기하고, 그때의 正大(정대)하고 婉柔(완유)한 모습처럼 그 모습을 대하게 하여 사람들의 好感(호감)을 일으키게 하니, 眞正(진정)한 文章(문장)이다.

高宗(고종) 辛未(신미)년에 朝廷(조정)의 명령으로 충렬사가 毁撤(훼철)되고 지금까지도 복구되지 못했다. 춘향은 지금 집을 지어 초상을 걸어놓고 참배하는 이가 매우 많으니, 충렬사가 복구되지 못함은 탄식할만한 일이다.

땅의 형세는 멀리 智異山(지리산)을 잡아당기고, 서쪽으로 中津(중진)을 둘러 山川(산천)이 수려하고, 기름진 땅이 百里(백리)니 실로 하늘이 풍요롭게 만들어 준 땅이다. 앞으로는 강물이 얽혀 돌고, 사방으로 산봉우리들이 손잡아 절하고 있다. 꿈틀거리는 龍(용)이 푸르른 눈썹을 그리고 온갖 재주꾼이 연기 같은 구름 피워 탁자 앞에 펼쳐 놓고, 버드나무 강둑과 대나무 숲과 국화꽃 핀 언덕과 연꽃 연못이 좌우로 나뉘어 비치니 또한 즐겨 감상할만하다. 구름 걷히고 비 물러나니, 맑은 산 아지랑이가 하늘 끝에 엉긴다. 고운 빛깔 노을은 멀리 들밖에 깔리고, 벌들은 꽃을 껴안고 다리 위에 내려앉고, 물고기는 연못 속에서 뻐끔거리며 깨끗이 떠 있으니 이러한 경치 좋은 곳에서 때마침 계절도 좋아, 호탕한 나그네 아름다운 사람들이 樓閣(누각) 위에서 술판 벌려놓고 술잔 주고받는다. 피리소리와 노랫소리가 번갈아 울리고, 그 소리가 바람결 따라 날아간다. 춤추는 소맷자락에는 바람이 일고, 꽃과 새를 희롱하며 품은 情(정)을 풀어내고, 浩蕩(호탕)한 기운을 드날려 구름과 산과 바람과 달이 봄바람과 가을달 사이에 기리 한가롭다. 輞川(망천)²⁷⁾의 摩詰(마힐)과 滕閣(등각)²⁸⁾의 子

---

26) 秦始皇(진시황)이 불로초를 캐오라고 신하들을 보냈다는 산.

27) 摩詰(마힐)은 중국 시인 王維(왕유)의 字(자)로, 그가 輞川漆園詩(망천칠원시)를 지었다.

安(자안) 같은 사람이 이미 떠났다 하여, 어찌 잇는 사람이 없는가? 아니면 사람들이 이 아름다운 광경을 보지 못하여 또한 기다리고 있는 것인가? 내가 마침 瀛洲閣(영주각) 옆에 있다 맑은 興(흥)을 어쩌지 못하고 한 편 읊으니,

> 詩城(시성)은 비록 좁더라도 술잔은 넓고
> 남녀 가리지 않고 피리불고 노래 부르며 종일 즐기네
> 이 風烟(풍연) 같은 신선 세계 사랑스러우니
> 속세에 젖은 내 모습 부끄럽네
> 꽃향기 옷소매로 들어와 봄은 아직 가지 않았는데
> 물 기운 樓臺(누대)로 들어오니 여름이라도 또한 춥네
> 다행히 여러분들과 벗하여 이 좋은 경치 즐기니
> 三神山(삼신산) 山勢(산세)를 꿈속에서 보네

詩(시)가 이루어지자, 春谷(춘곡)이 노래를 하니, 玉(옥) 굴리는 소리가 구름 낀 하늘을 돌아 나온다. 맑게 들어나는 우아한 가락이 인간 세상에 홀로 서있는 鶴(학)이다. 멀리 운율에 아득한 마음을 하늘 끝 외로운 기러기에 실어 보내니, 저 樓臺(누대)에 있던 사람이 와서 보고는 좋다고 칭송한다. 숙소에 돌아와 모여서 다시 한잔 하고, 작별하고 돌아왔다.

士生斯世抱奇才 懷經綸者 仕於朝而竭忠輔國笙鏞乎 治道黼黻乎 文場其功德兼善 天下悅耳目娛心志 無不如意 或居於野開吟風月 高尙其志 芥視軒冕 言行扶世道 獨善其身 人之所處不同 則所樂亦不同也 余生於李朝末 謏以菲才抱拾絮之志 遠求網花之地 非欲獨善其身 自靖其身於滄桑之世也 觀古人事業於方冊之間 而尙友焉 不如尋所居之地 想其遺風 聞山川形勝於道聽之說 而遐想焉 不如登臨之覽 而賞其景物 故丙辰夏爲賞南原廣寒樓 而下槳樹驛 因訪春谷李友康仲 君于屯南新基 君與余同庚而善書 曾有相遊

---

28) 子安(자안)은 중국 시인 王勃(왕발)의 字(자)로, 그가 滕王閣序(등왕각서)를 지었다.

之約 翌日同乘車入南原城中 甲午東學亂 樓燬城壞 壬辰倭亂 明將楊元領
兵三千南下 入城敵數萬連續放丸 夜入南原門 兩軍亂斫前後死者五千餘人
城外公私家舍 皆被燒失 明將李新芳 (中軍) 蔣表王承先 及我將李福男 (全
羅兵使) 申浩 (山城別將) 吳應鼎 (防禦使) 鄭期遠 (伴接使) 任鉉 (府使)
等殉之 列邑勤王之兵 皆死於此楊元驍 勇絶人以五十騎 潰圍而出告急 乞
援於陳愚衷 不卽發兵皆被罪而死 光海壬午 建忠烈祠而祀之 關雲長有顯聖
之異 又建關王廟 登廣寒樓 制度似京之慶會樓 而黃相 (喜) 所建初稱廣通
樓 勢故平敞 歲久頹廢 世宗甲寅 閔侯恭改起新樓 甲子觀察使鄭麟趾 登此
樓 以爲如月宮之淸虛府廣寒殿 改名曰廣寒樓 張侯義國 重修而引蓼川作池
稱銀河 池中築烏鵲橋 分作四虹腰門 樓之周邊築蓬萊方丈二山 又作瀛州島
於池中 倣三神山 島中瀛州閣 火於壬辰倭亂 鄭侯鑑卿 復舊制 非徒黃相之
德花勳業之擅名 於史冊而以烈女春香之傳說 里巷愚夫愚婦 讀其小說 聞如
慣耳言其事如道當日事 如接其容儀如聆其聲音 莫不欽慕其書 雖無作者之
名 其寫情曲之正大 婉柔惹人好感 眞文章也 高宗辛未 以朝令毀撤忠烈祠
而尙今不復矣 春香則今建宇而掛肖像 士女之參拜者甚多 可謂歎息之事也
地勢東控智異 西帶中津 山川秀麗 沃野百里 實天府之地也 川流縈廻於前
峯巒拱揖又四面 而蛟龍山之翠黛百工 山之烟雲相對乎 几案之間亦以柳堤
竹林菊塢蓮塘分映左右 其幽趣亦可娛賞也 雲收雨脚 靑嵐淡凝於天末 彩霞
遠浮於野外 蜂抱花而倒垂於橋上 魚吹絮而爭浮 於池中如斯勝地 適値良辰
豪傑佳人 置酒於樓上 獻酬交錯 笙歌迭奏 歌聲隨風而飛舞袖 飄風而舉弄
花鳥 而舒情懷揚浩蕩之氣 而雲山風月 長開於春風秋月之間 輞川之摩詰
滕閣之子安 人已去而何其無繼耶 抑人未遇此境而亦有待耶 余適在其傍瀛
州閣而不勝淸興 而吟一篇曰 詩誠縱窄酒盂寬 士女笙歌 盡日歡愛 此風烟
仙世界 愧吾儀表俗衣冠 花香入袖 春猶在水氣侵樓 夏亦寒 幸伴諸君遊勝
地 三神山勢夢中看 詩成而春谷唱之 憂玉之聲 廻出雲霄 淸標雅操 立獨鶴
於人間遠韻 遲心送孤鴻 於天末彼樓之人來觀 而稱善還如旗亭之會 更飮一
盃作別而還

水原八景詩序
수원팔경시서

天地(천지)의 靈氣(영기)가 맑은 기운이 모여, 山水(산수)의 아름다운 형세의 기이함이 되나, 산수는 스스로 그 아름다운 땅을 뽐내지 못하고 사람이 그 아름다움을 드날려 주기를 기다리는 것은 그 땅에 신령스러움이 있기 때문이다. 王勃(왕발)에게는 滕王閣(등왕각)이, 蘇東坡(소동파)에게는 赤壁(적벽)이 후세 사람들의 입에도 바로 그때처럼 오르내림은 그 文章(문장)이 있기 때문이다.

우리나라 英祖(영조) 임금 때 文昭儀(문소의)가 後宮(후궁)의 총애를 휩쓸었는데, 莊憲世子(장헌세자: 사도세자)의 生母(생모)인 映嬪(영빈) 李氏(이씨)와 작은 詰難(힐난)이 있었다. 세자는 같은 어머니 소생 누이로 鄭致達(정치달)의 妻(처)인 和緩翁主(화완옹주)와 사이가 안 좋았다. 文昭儀(문소의)와 화완옹주 두 여자가 세자의 모자란 점을 얽어매어 헐뜯기가 날로 심해지니, 세자는 이때 쌓인 울적함을 풀기 위해 밖으로 유람하였다. 壬午(임오)년에 羅景彦(나경언)의 告變(고변)에 이르러 결국은 死藥(사약)을 받아 죽고 지위를 廢(폐)해 庶人(서인)이 되었다. 正祖(정조)가 卽位(즉위)하고 그 아버지의 원통한 죽음에 감읍하여 世子顯隆園(세자현륭원)을 수원 옛 邑(읍)의 華山(화산) 아래로 옮기고, 읍은 八達山(팔달산) 아래로 옮겼다. 읍을 둘러서 새로 城郭(성곽)을 쌓으니 南門(남문)은 八達(팔달)이요, 北門(북문)은 長安(장안)이요, 또 華西門(화서문)과 蒼龍門(창룡문)이 있다. 또 行宮(행궁)을 짓고 별도로 留守(유수)를 두어 정치와 병사의 관리를 전담토록 하였다. 華城將坮(화성장대)와 練武坮(연무대)의 걸출한 구조물이 있고, 또 華寧殿(화녕전)에 정조 御眞(어진: 임금의 초상화)을 奉安(봉안)하였다. 그 산봉우리의 秀麗(수려)함과 바위 계곡의 窈窕(요조)함은 바로 옛 임금의 정성스런 효심이다.

나는 고향을 떠나 서울에 임시로 자리 잡은 이래로 나이는 점차 늙어가나 몸은 한가롭다. 봄이 거의 다 지나 꽃은 붉고 초목은 푸르러진 때나 가을이 늦어 단풍 울긋불긋한 때나 竹杖芒鞋(죽장망혜: 대나무 지팡이와 미투리)로 숲을 뚫고 언덕을 넘었다. 혹은 소나무를 어루만지며 얼마 동안 마음으로 경치를 즐기고, 혹은 친구를 따라 百里(백리) 밖까지 구경을 한다. 樓閣(누각)에 올라 시를 지으면 意思(의사)는 맑고 새로워지고, 배를 타고 술잔을 주고받으면 精神(정신)은 개운하고 깨끗해진다. 水原(수원)의 경치 좋음을 듣고, 乙卯(을묘: 1975)년에 이곳에 왔다.

八達山(팔달산)은 마을의 主山(주산)이다. 복사꽃 붉고 버들잎 푸르른 赤葉黃花(적엽황화: 붉은 잎 노란 꽃)의 시절에 구름 걷히고 비 개이면, 바람은 맑고 날씨는 따뜻하며 활짝 핀 꽃이 향기를 내뿜어 술 취한 나그네 맞이한다. 진기한 새들이 노래로 사람 불러 모으니, 사방에 관광 나온 남녀들이다. 술 취해 춤추고 어지러이 노래 부르는 사람들 끊이지 않으니, 이를 八達霽景(팔달제경: 팔달산 비 개인 풍경)이라 한다. 이를 시로 읊으니,

> 밤새 내리던 비 새로 개니 느지막이 이슬 빛나고
> 가뭄 끝 고생하던 초목이 배로 생생해지네
> 온통 울긋불긋 번화한 속에
> 나비는 춤추고 벌은 노래하니 興(흥) 길게 이네

城(성) 주위는 2만 7천6백 척이다. 성 위에는 砲樓(포루)[29] 및 鋪樓(포루)[30]가 있어 이를 螺閣(나각)이라 부른다. 뜰에 꽃이 그림자를 잃고 月桂樹(월계수)도 향기 없는 밤에, 허구하게 달을 기다리며 술잔을 멈추고 멀리 멀리 바라보니 귀뚜라미 소리가 난간 밖에 끊어졌다 이어졌다 하고, 반딧불이 풀숲에서 깜박인다. 고향 꿈은 이루기 어렵고 나그네 회포 점점 일어나는데, 홀연히 東山(동산) 위로 점점 나와 맑은 빛이 하늘에 가득하다. 빼어난 흥이 저절로 이니, 이를 螺閣待月(나각대월: 나각에서 달을 기다림)이라 한다. 이를 시로 읊으니,

> 소슬한 바람에 玉宇(옥우: 天帝의 하늘) 맑은데

---

29) 大砲(대포)를 거치하는 곳.
30) 군사들이 머무를 수 있는 곳.

난간에 기대 달 기다리니 꿈 이루기 어렵네
술잔 멈추고 허구하게 동쪽 하늘 바라보니
홀연히 蟾光(섬광: 달빛)이 나와 사방 경계 밝네

西湖(서호)는 麗妓山(여기산) 아래에 있는데, 옛날의 저수지이다. 호수 위에
杭眉亭(항미정)을 지으니 평평한 앞에는 호수 머리에 닿아 있고, 멀리로부터는
산 빛을 끌어당긴다. 원앙새 기와와 단청 마룻대의 빛이 북두칠성 뜬 하늘에
비치고, 물새 파도와 꽃 배 소리가 魚龍(어룡)의 窟(굴)을 흔든다. 落照(낙조)
는 붉은 빛 토해내 산 그림자 드리워지고, 연못의 돛배는 남은 햇빛 띠고 물가
로 돌아가니 나그네의 앞길을 재촉한다. 이를 일러 西湖落照(서호낙조)라 하니
시로 읊기를,

산으로 거꾸러지는 붉은 해는 西湖(서호)를 비추어
환상의 물결 가운데 한 방울 구슬을 만드네
멀리 떨어지는 종소리가 갈 길 재촉하니
중은 돌아오고 나그네는 흩어지나 새들은 서로 부르네

北池(북지)가에 버드나무를 심고 연못 안에는 연꽃을 심으니, 그 잎이 둥글
게 펴 덮고 꽃은 긴 비녀를 터뜨렸다. 붉고 흰 그 꽃은 맑은 향기가 언덕에
너울대고 차가운 요염함이 연못을 비춘다. 널찍한 연꽃 개울이 불그스레 밝고,
버드나무 몇 가지가 축축 푸르게 늘어졌다. 이를 일러 北池賞蓮(북지상연: 북지
의 연꽃 감상)이라 하니, 시로 읊기를,

가을 시작 여름 끝 비 개었을 적에
연꽃 감상하려 北池(북지)로 향했네
붉은 화장 응시하니 西施(서시) 같은 미인 보는 듯한데
詩人(시인)은 默想(묵상)하며 앉아 있는 것이 바보인 듯하네

성을 쌓을 때 光敎川(광교천) 물이 북남쪽에서 서쪽 언덕 石壁(석벽) 사이로
흘러가니, 일곱 개 水門(수문)을 설치하여 물이 통하게 하여 일곱 줄기 폭포를

이루었다. 나르는 무지개가 햇빛에 비껴 무더기 채색 구름 만들고 구슬을 땅으로 흩뿌려 떨어뜨리니, 수문 위에 비를 뿌린다. 華虹門(화홍문)을 짓고 조금 동쪽으로 또한 訪花隨柳亭(방화수류정)을 지어서 임금이 남쪽으로 행차할 때 휴식처로 삼으니 옆에 蓮池(연지)가 있어 경치가 매우 아름답다. 이를 일러 華虹觀瀑(화홍관폭: 화홍문 폭포 관상)이라 하니, 시로 읊기를,

> 화홍문 아래 폭포 다투어 흐르니
> 가뭄 끝 단비처럼 밤새 언덕 머리 적시네
> 내 비록 농사짓지 않아도 오히려 춤추고 싶으니
> 하물며 농민들 가문 하늘 근심 푸는 기쁨이리야

光敎山(광교산)은 마을 북쪽 30리에 있다. 깊은 겨울 몹시 추운 계절에 얼어붙은 구름이 눈을 버들솜처럼 빚어내 매화꽃처럼 공중에 휘날려 땅에 떨어뜨린다. 밭이란 밭은 모두 玉(옥)을 심어놓고, 나무란 나무는 모두 꽃피지 않은 것이 없다. 푸르던 산은 변해 하얀 산이 되니, 세속 티끌은 한 점도 보이지 않는다. 이를 일러 光敎積雪(광교적설)이라 하니 시로 읊기를,

> 산은 흰 눈으로 화장하고 북풍 차가운데
> 玉葉琪花(옥엽기화)[31]가 그림 속 같이 보이네
> 灞橋(파교)[32] 앞 나귀 등에서 시 지을 생각하지만
> 지루하게 좋은 구절 생각하다 석양만 남았네

냇물 양쪽 언덕에 수양버들을 나누어 심으니 잎은 따뜻한 날씨 풀어내고, 가지는 미풍에 하늘거린다. 지루하게 지난겨울 긴 추운 시절 지내고, 황홀하게 화장한 봄 꿈 한바탕 깨게 하니 바로 이슬 빗줄기로 짠 연하게 품었던 색이 다시 풍요로워진다. 이를 일러 長堤垂柳(장제수류: 긴 둑의 수양버들)라 하니

---

31) 눈 덮인 풍경이 나무나 꽃이 玉(옥)처럼 하얗게 변한 것을 비유.
32) 중국 長安(장안)의 동쪽에 있는 다리 이름으로 이별의 명소로 알려짐.

시로 읊기를,

> 천 줄기 가는 버들가지가 긴 강둑에 하늘거리고
> 둑 위엔 꾀꼬리가 종일 울어대네
> 말 술에 굴 두 개 갖고 자주 가 들으니
> 빼어난 흥 일어 시 지을 수 있네

華山(화산)은 옛 成皇山(성황산)이다. 정조 임금이 顯隆園(현륭원)을 산 아래로 옮긴 후 隆陵(융릉)으로 불렸다. 또 葛陽寺(갈양사) 옛터에 龍珠寺(용주사)를 짓도록 명하고 陵寢(능침)으로 삼아서 보호하고 이어나가서 능 아래에 정조를 장사 지내니 健陵(건릉)이라 불렸다. 山川(산천)은 秀麗(수려)하고, 서산엔 달이 걸려 남아 두견새 노래 소리가 나그네 혼을 조용히 일으킨다. 東風(동풍)은 해를 비껴가고, 향기로운 풀빛에는 부질없이 王孫(왕손)의 恨(한)만 남아있다. 이를 일러 華山杜鵑(화산두견)이라 하니 시로 읊기를,

> 두견새 달빛 아래 봄 산 저녁에 울어대니
> 피로 물든 꽃 이름[33]에 꿈이 한가롭지 않네
> 바로 임금 영혼의 끝없는 원한과 같으니
> 원망의 소리가 나무 사이에서 호소하는 듯하네

世道(세도)는 오르내림이 있고, 民生(민생)도 편안함과 괴로움이 같지 않다. 樓臺(누대)와 城郭(성곽)의 興廢(흥폐)도 세도의 오르내림에 따르는 것이니 민생의 편하냐 괴로우냐에 달려 있는 것이다.

天地鍾靈 淑之氣爲山水形勝之奇 而山水不能以自擅其勝地 待人而擅其勝 人得地而擅其名以其有地靈也 滕閣之於王勃 赤壁之於東坡 後人如談當

---

33) 진달래를 杜鵑花(두견화)라고도 부르는데, 이는 두견새의 울음에서 토해내는 피로 붉어진 꽃이라 하여 이름이 붙은 것이라 함.

日事者 以其有文章也 自漢城南來九十里 有水原府 我朝英祖時 文昭儀寵傾
後宮 與莊獻世子生母暎嬪李氏 有少詰世子同母妹 和綏翁主 鄭致達妻有隙
而女交構短處 讒言日甚時 出遊行以紓幽鬱 至壬午 因羅景彦告變 竟至賜死
而廢爲庶人 正祖卽位 感其父之冤死 不勝哀慕 移世子顯隆園又水原之舊邑
華山下 遷邑又八達山下 環邑而新築城郭南門曰八達 北門曰長安 又有華西
蒼龍之門 又建行宮別置留守專兵政之權 有華城將坮 練武坮之傑構 又華寧
殿奉安正祖御眞 其峰巒之秀麗 岩壑之窈窕 眞漢南勝地 則古先王誠孝之心
也 余離鄉 寓京以來 年漸老而身閒矣 春暮紅綠之時 秋晚丹黃之節 竹杖芒
鞋 穿林陟岡 或撫松而賞心於數時之頃 或隨朋而縱目於百里之外 登樓賦詩
意思清新 乘船對酌 精神灑落 聞水原之勝 乙卯來此 八達山爲邑之主山 而
桃紅柳綠之時 赤葉黃花之節 雲收而霽 風清日暖 繁花送香而迎醉客 珍禽放
歌而喚遊人 四方男女之觀光而醉舞亂唱者不絶 是稱八達霽景而題詩曰 宿
雨新晴晚露陽 旱餘草木倍生光 千紅萬紫繁華裡 蝶舞蜂歌惹興長 城周二萬
七千六百尺 城上砲樓及鋪樓稱螺閣矣 庭花失影 月桂無香之夜 許久待月停
盃 遙望螢聲 斷續於欄外 螢火明滅於草間 鄉夢難成 客懷漸生 忽然漸出於
東山之上 清光滿天 逸興自動 是稱螺閣待月而題詩曰 蕭瑟金風玉宇清 依欄
待月夢難成 停盃許久東天望 忽出蟾光四境明 西湖在麗妓山下古貯水池也
湖上建杭眉亭 平臨湖頭遠挹山光 鴛瓦彩棟光射斗牛之墟 鷗波畫舫聲動魚
龍之窟 落照吐紅 山影倒池 帆帶殘暉 歸於別渚 催客子之前程 是稱西湖落
照而題詩曰 倒山紅日照西湖 幻作波心一顆珠 遙落鍾聲催去路 僧歸客散鳥
相呼 北池之上栽柳 池中種蓮葉舒 圓蓋花綻 長簪紅白 其花清香動岸 冷艷
照潭 數畝芙蕖 紅濯濯幾條 楊柳綠垂 垂是稱北池賞蓮而題詩曰 秋初夏末雨
晴時 爲賞蓮花向北池 凝視紅粧西子面 騷人默想坐如痴 築城時 光教川之水
自北南流于兩岸石壁之間 設七個水門而通水 成瀑布七條 飛虹斜日 成彩百
斛 散珠樂地 成雨水門之上 建華虹門 稍東亦建訪花隨柳亭 爲南幸時休息處
傍有蓮池 景甚好 是稱華虹觀瀑而題詩曰 華虹門下瀑爭流 喜雨經宵沒岸頭
吾不耕田猶欲舞 農民況解旱天愁 光教山在府北三十里 深冬酷寒之節 凍雲

釀雪如柳絮 而飄空似梅花而落地有田 皆種玉無樹不着花 靑山變爲白山不
見一點塵埃 是稱光教積雪而題詩曰 山粧白雪北風寒 玉葉琪花畵裡看 詩思
灞橋驢背上 支離覓句 夕陽殘川之兩岸 分植垂柳葉舒 暖日枝嬝 輕風支離
經寒前冬劫怳惚粧 春一夢醒正是 織雨經偏 軟含烟色 更饒是稱長堤垂柳而
題詩曰 千絲細柳拂長堤 上有黃鸝盡日啼 斗酒雙柑頻往聽 能牽逸興賦詩題
華山古成皇山 正祖遷顯隆園于山下而後稱隆陵 又命建龍珠寺于葛陽寺舊
址 以爲陵寢保護繼葬 正祖於陵下稱健陵 山川秀麗 西山殘月 杜鵑之聲 幾
惹客子之魂 東風斜日 芳草之色 空餘王孫之恨 是稱華山杜鵑而題詩曰 杜鵑
叫月暮春山 血染名花夢不閒 同是王靈無盡恨 寃聲如訴樹中間 世道有升沈
而民生之休戚不同 樓坮城郭之興廢 隨之世道之升沈 在於民生之休戚矣

泰窩高公成勳文稿序
태와고공성훈문고서

　사람은 萬物(만물)의 精靈(정령)이다. 만약 하루아침에 문득 홀연히 草木
(초목)과 禽獸(금수)와 더불어 없어져 아무것도 알려지지 않는다면, 이 어찌
애석한 일이 아니겠는가! 그러므로 선비에게는 三不朽(삼불후: 세 가지 썩지 않
는 것)가 있으니 德行(덕행)이요, 功業(공업)이요, 文章(문장)이다. 자신의 몸
에 수양이 있으면 덕행이 되고, 세상에 베풀어짐이 있으면 공업이 되고, 말에
나타남이 있으면 문장이 된다. 그러나 그 썩지 않음은 한 가지이다. 덕행은
한 세상 사람을 복종시키기에 족하고, 공업은 千秋(천추: 천 년)의 역사에 드리
워지기에 족하고, 문장은 黼黻(보불: 높은 관작)의 공적을 돕기에 족하나, 이것
은 天命(천명)이 있어야지 억지로 구할 수는 없는 것이다. 그러나 만약 아침저
녁으로 부지런하기를 그치지 않는다면, 비록 當世(당세)에 이름을 나타낼 수는
없을지라도 그 말은 後日(후일)에 전해질 수 있다. 그러므로 예나 지금이나

때를 만나지 못한 사람은 모두 책을 지어서 후세에 남기고자 하여 취향과 종적은 자연에 두고 강산에 소요하면서 시와 술로 스스로 즐긴다.

내 친구 泰窩(태와) 高成勳(고성훈) 공도 또한 그러한 사람 중 하나이다. 公(공)은 開城(개성) 사람 良敬公(양경공) 高令臣(고영신)의 후손으로, 그 十世(십세) 할아버지 奎齋(규재) 高世忠(고세충) 공이 聞慶(문경)의 薪田(신전)에 살기 시작했다. 이곳이 옛 王泰洞(왕태동)이므로, 號(호)를 태와로 삼았다. 天姿(천자: 태어난 성품)가 온화 광대하며 깊이 있게 조용하고, 志氣(지기: 의지와 기개)가 莊重(장중)하여 남에게 각을 세우지 않고, 사람을 대하고 일을 접함에 진실에 맡겨 교만함이 없다. 이름난 조상의 실마리를 잇고 어진 스승의 가르침을 바탕으로 각고의 부지런함으로 공부해 경전과 역사에 學識(학식)이 매우 넓고 글 지음도 부드럽다. 효성과 우애도 돈독하고 화목해서 옛사람에게도 부끄럽지 않으며 사는 곳의 땅은 물은 달큼하고 땅은 비옥한 기름진 들이니 농사짓기에도 좋고, 맑은 물은 갓끈을 씻기에도 좋다.

庚戌(경술)년 나라가 망한 이래로 이 세상과 단절할 생각에 뜻을 술 한 잔과 詩(시) 한 수에 맡기고, 친구를 불러 모아 짝해 詩(시)와 書(서)를 익히고 山水(산수)를 품평했다. 때때로 葛巾(갈건: 거친 모자) 쓰고 藜杖(여장: 명아주 지팡이) 짚고 물소리 좋은 샘과 빛깔 고운 산 중에서 어슷거려 거닐었다. 興(흥)이 다하면 술잔을 기울여 詩(시)를 짓고, 해가 지도록 돌아가기를 잊고 한가로이 편하게 어디에 매이지 않고 살았다.

近年(근년)에 아들을 따라 서울에 잠시 살면서 여러 친구들과 한가롭게 風月(풍월)을 읊고 멀리 강산을 구경하는 것으로 消日(소일)거리를 찾았다. 나와 서로 만난 것도 역시 騷壇(소단: 시인의 모임)에서이며, 뜻이 같고 정의가 합해져 같이 노닌 것이 여러 해이다.

公(공)이 지은 바, 시가 칠백여 편이니 그 맏아들 되는 時鉉(시현) 군이 아버지의 연세가 높아 점차 쇠약해짐을 걱정하여 생전에 그 시를 펴내어 세상에 공표하고자 나에게 校正(교정)을 부탁했다. 내가 공과의 좋은 우애로 비록 글재주는 없지만 차마 사양할 수가 없어서 잘못된 곳이 혹 있으면 고치고, 번잡한 것은 깎아내서 대략 그 일을 써 후세 사람들에게 보이도록 한다.

人爲萬物之靈 若一朝奄忽與草木禽獸 同歸於泯滅而無聞 則豈不哀哉 是故士有三不朽 德行也 功業也 文章也 而修於己爲德行 施於世爲功業 著於言爲文章 然其不朽則一也 德行足以服一世之人 功業足以垂千秋之史 文章足以贊黼黻之猷 是有命焉 不可强求 然若日夕勤苦而不已 則雖不得著名於當世 其言可以傳於後日 故古今之不遇時者 皆欲著書而遺後 遯跡林泉 逍遙江山 以詩酒自娛 余友泰窩高公成勳 亦其一也 公開城人 良敬公 諱令臣之後 而其十世祖奎齋公 (世忠) 始居聞慶之薪田古王泰洞 故以泰窩爲號 天姿夷曠 沈靜從容 志氣莊重 不露圭角 待人接物 任眞無矯 承名祖之緖資 賢師之訓 刻勤做業 淹貫經史 文詞平易 孝友敦睦 不愧古人 所居泉甘土肥沃野可以觀稼 淸流可以濯纓 庚戌屋社以後 念絶斯世 托意觴詠 招朋呼伴 講詩書評山水時 以葛巾藜杖 徜徉乎泉聲 岳色之中 興到而傾樽賦詩 竟日忘歸 優遊自適 近年隨子寓居於漢師 與諸友閒吟風月 遠賞江山 以爲消日之資 與余相逢 亦是騷壇而志同誼合 從遊數載 公之所作之詩七百餘篇 而其賢胤時鉉君 憂其大人之年 邵而漸衰 欲其生前刊其詩 而公諸世請 余以校正 故余與公友善 雖不文不忍辭 而訂其誤刪其繁 略敍其事 以示後人

驪州八景詩序
여주팔경시서

이름난 곳의 아름다운 경치는 天地(천지)가 비밀스럽게 숨겨 놓은 것이로되, 이 비밀스레 숨겨진 것이 발동되어 사람과 사물 자연풍경의 아름다움이 되나, 감상할만한 것을 하늘 아래에 구해 봐도 또한 그리 많지 않다.

驪州(여주) 한 地境(지경)의 아름다움은 麗江(여강)의 한 구비에 있으니 소위 八景(팔경)으로, 모두 십 리 안에 있다. 驪州郡(여주군)은 麗江(여강)이 있어 유명해지고, 여강은 淸心樓(청심루)가 있어 제일 아름답고, 청심루 가까이 神勒寺(신륵사)가 있어 더욱 이름을 날린다.

山水(산수)는 스스로 그 아름다움을 뽐낼 수 없고, 반드시 사람을 기다려 그 빼어남을 전한다. 고려 말에 牧隱(목은) 陶隱(도은) 陽村(양촌) 여러 선생이 모두 文章(문장)으로 그 빼어남을 드날리셨다. 나는 이 세상과 단절하려는 생각으로 술과 詩(시)에 뜻을 맡기고 친구를 불러 벗해 따라 샘물 소리와 산 빛 속에서 어슷거리며 거닐면서 優遊自適(우유자적)하여 餘生(여생)을 보내려 하였는데 또한 여기에 빼어난 경치가 있다 듣고, 乙卯(을묘)년에 여강의 아름다움을 탐색하는 길을 떠났다.

江(강)은 月岳(월악)으로부터 수백 리를 흘러 고을의 북쪽에 이르러 여강이라고 부르니 곧 南漢江(남한강)이다. 昭陽江(소양강) 곧 北漢江(북한강)과 모이니 합해서 漢江(한강)이라 부른다. 강 가운데 배를 놓아 두루 八景(팔경)을 관람하고 물결 오르내리며 즐기니, 강의 흐름이 깊고 맑은 곳에 깊은 못이 이루어진다. 멀리 바라보니 큰 바다같이 넓고 시원하여 안개 낀 물결이 높이를 자랑하고, 가까이 대해보니 거울같이 맑고 맑은 파랑이 잔잔히 녹아 출렁인다. 左右(좌우)로는 산봉우리들이 멀리서는 우두커니 서있고 가까이는 허리 굽혀 절하고 있다. 노을 진 구름은 머리 아득해 어렴풋하고, 풀과 나무는 푸르고 푸르다. 그 가운데 돛배와 모래톱 새들이 오가는데, 甓寺(벽사)[34]의 그림자가 강 중심에 거꾸러진다.

馬岩(마암)이 동네 어구에서 물을 막아서니 마음속 깊은 회포는 툭 터져 풀어지고 경치는 무궁하다. 하물며 몸을 큰 물결 속에 두어, 그 모습이 이 세상에 있음을 잊어서랴! 麗江(여강) 가에 馬岩(마암)이 있다. 전해 내려오는 얘기로는 黃馬(황마)와 麗馬(여마)가 물속에서 나와 강은 여강이라 부르고, 바위는 마암이라 부르게 되었으며 매우 기묘하게 강으로 삐죽 나와 있다. 滾滾(곤곤)

---

34) 神勒寺(신륵사)에 벽돌로 쌓은 탑이 있다 하여 벽사로 부르기도 함.

히 여강은 樓臺(누대) 아래로 둘러 길게 흐르고, 높디높은 龍門(용문)은 공중에 닿아 우뚝 서있다. 십 리나 되는 차가운 강물에는 점점이 고기잡이 등불이 흩어져 있고, 버드나무 강둑에는 하늘 밝히는 반딧불이 나왔다 들어갔다 한다. 남아있는 별이 온통 모래톱 머리 가득히 깜박거린다. 이를 일러 馬岩漁燈(마암어등: 마암의 고기잡이 등불)이라 하니 시로 읊기를,

> 馬岩(마암)이 기괴하게 강가에 누워있고
> 물에 비치는 고기잡이 등불이 별처럼 흩어져있네
> 십 리 평평한 모래밭 밝은 달밤에
> 詩情(시정)이 나를 깨우나 취해 깨기 어렵네

마암 위에 淸心樓(청심루)가 있다. 고려 때 지은 것으로, 근래에 기울고 무너졌다. 뒤에 사람들이 驪州衙門樓(여주아문루)를 그 옆으로 옮겨놓고 迎月樓(영월루)라 불렀다. 여강이 가득 차 흘러 앞으로 지나가고, 龍門山(용문산)이 동북쪽을 지켜주고, 雉岳山(치악산)이 높이도 누대 마루 난간에서 춤춘다. 구름 그림자와 물결 빛이 위 아래로 하늘이 하나 되고, 흰 모래 푸른 풀이 東西(동서) 양쪽 강 언덕으로 펼쳐진다. 멀리 동쪽 하늘 바라보니, 둥그런 바퀴 같은 밝은 달이 지는 해를 쫓아서 산 위로 우뚝 솟으니 바로 얼음 거울이다. 빛이 처음으로 玉(옥)같이 가득 차 누대에서 스스로 호기롭게 노래한다. 이를 淸心望月(청심망월)이라 하니 시로 읊기를,

> 樓臺(누대) 머리에서 달을 기다리나 꿈은 이루지 못하고
> 잠시 있으려니 먼 산이 점차 밝아오네
> 蘇仙(소선: 소동파)이 떠난 후 누가 이를 아껴주리오
> 하늘 색과 물결 빛은 예나 제나 한 모양으로 맑은데

燕子灘(연자탄: 제비 여울)은 청심루 아래에 있다. 고려 말에 목은 李穡(이색) 선생이 고려가 망한 후에도 절개를 지키고 있었는데, 李太祖(이태조)가 예전 친구의 禮(예)로 대했다. 丙子(병자)년에 부름을 받고 入闕(입궐)하여 驪興(여

홍)으로 가 避暑(피서)하기를 청해 허락을 받았는데, 몰래 내시를 보내 배가 여울 가에 이르자 임금이 하사하는 술을 내렸다. 이를 받아 마시고 갑자기 죽으니 실은 술에 독약을 넣었던 것이다. 푸르른 버드나무 강둑 머리의 봄 물결, 평평히 펼쳐진 맑은 거울의 향기로운 풀, 포구로 돌아오는 돛배, 멀리 위아래로 어우러지는 어부의 노래, 이 모두가 하늘이 준 진정한 환상의 세계이다. 땅에는 강과 호수로 가득하고 이 삶은 담박하니, 살면서 興(흥)하고 亡(망)하는 것에 무에 마음을 둘 것이냐 하니, 이를 일러 燕灘歸帆(연탄귀범: 제비 여울 돌아오는 돛배)라 한다. 시로 읊으니,

> 석양 그림자 속으로 작은 돛배 지나가는데
> 한가득 은빛 비늘 싣고 멀리 들리도록 노래 부르네
> 어부의 삶에 일찍이 구애됨 잊었으니
> 오늘날 세상이 어찌 되는지 상관하지 않으려네

神勒寺(신륵사)는 지금 報恩寺(보은사)라고도 불리며, 여강의 동북쪽 언덕에 있다. 新羅(신라) 때 元曉大師(원효대사)가 지은 바로 1400년 전이다. 벽돌로 9층탑을 지으니, 벽돌에 연꽃무늬가 있어 혹 甓寺(벽사)라고도 불린다. 뒤로는 鳳尾山(봉미산)이 둘러있어, 구름 밖으로 푸르른 눈썹을 다투어 자랑하고 앞으로는 여강이 있어 거울처럼 맑고 평평한 물이 모래 머리에 펼쳐진다. 종소리가 한번 울려나오면 산이 울리고 골짜기가 대답한다. 나루터 길 묻는 나그네가 더욱 급히 말 달려보지만, 절 찾아 돌아가는 중은 지팡이 짚고 문 열어주지 않는다. 이를 일러 神勒寺鐘聲(신륵사종성)이라 하니 시로 읊기를,

> 땅거미 드리워져 夕陽(석양)이 가까운데
> 종소리는 흰 구름 아래 마을로 돌아 나오네
> 나그네 이 땅에 와서 慷慨(강개)함 많으니
> 大義(대의)도 당당하여 향기 흩날리네

朝鮮(조선)의 世宗大王(세종대왕) 英陵(영릉)이 강 북쪽 5리 城山(성산)의

남쪽 비탈면에 있다. 나면서부터 앎이 있는 聖人(성인)으로서 訓民正音(훈민정음)을 처음 만드시니, 백성들이 모두 사이좋게 세상과 화합을 마치도록 힘쓰신 것이다. 東方(동방)의 堯舜(요순)[35]으로 불리니, 平原(평원)의 좌우로 서로 보호하는 소나무 숲이 울창하다. 때때로 杜鵑(두견)새 울음소리 울려 나오니, 望帝(망제)[36]의 千年(천년) 精靈(정령)이 소멸하지 않고 변해 새 울음소리가 되어 울린다. 한밤중도 지나 달에 놀라 돌아와 베개 베고 누우니, 이를 일러 英陵杜鵑(영릉두견)이라 한다. 시로 읊으니,

> 두견새 울음 속에 지나가는 세월 느끼나니
> 넋이 새가 되어 흘린 피는 꽃을 물들이네
> 二月(이월) 東風(동풍)이 陵寢(능침) 밖에 부니
> 왕의 영혼 추모하다 늦게서야 집에 가네

강 가운데 羊島(양도)가 있다. 은은하기가 三山(삼산)이 우뚝 솟아있는 것 같고, 망망하기가 물로 빙 둘러친 푸른 언덕 같아 물에 떠서 물결 가운데 몇 리쯤에 삐죽 서있다. 평평한 모래밭에 떨어지는 기러기가 점점 양쪽 언덕으로 내려오고, 갈대꽃 핀 밝은 달밤에 온통 집에서는 다듬이질 소리 들린다. 서리는 시리고 날씨는 차가운데, 집 안에서는 아름다운 여인이 놀라 꿈 깨니 홀로 베개 끌어당기는 멀리서 온 나그네의 마음이다. 이를 일러 羊島落雁(양도낙안)이라 하니 시로 읊기를,

> 만 리 맑은 하늘에 기러기 떼 비스듬히 날고
> 江(강)에 와서는 점점이 평평한 모래밭으로 내려오네
> 흰 갈대 붉은 여뀌 가을은 장차 저물려 하는데
> 나그네 회포 금할 길 없어 술 더 하려 하네

---

35) 중국 上古時代(상고시대)의 聖君(성군)인 요임금과 순임금.
36) 중국의 蜀(촉)나라(지금의 사천성)에 이름이 杜宇(두우)요, 帝號(제호)가 望帝(망제)라고 하는 임금이 있었다. 자신이 생명을 구해준 鱉靈(별령)이라는 자에게 오히려 나라를 뺏기고 죽게 되었는데 이를 원통히 해 두견새가 되어 피를 토하며 슬피 우니, 그 피가 또 두견화가 되었다 함.

八大長林(팔대장림)은 마을의 북쪽 3리쯤에 있으니, 옛날엔 貝多藪(패다수)라 불렀다. 강변에 연이어 있는데 둘레는 5~6리쯤 된다. 소나무와 삼나무가 숲은 이뤄 장막과 같고 또 지붕 같고, 달그림자는 용과 뱀이 춤추는 것 같다. 바람에 떠는 나뭇가지는 피리처럼 울리고, 긴 숲에는 무성한 나무가 푸르게 모여 둘러쳤다. 눈이 어리게 기이한 자연 풍경을 아득히 아리랑이 사이에 펼치니, 이를 일러 八大長林(팔대장림)이라 한다. 시로 읊으니,

> 麗江(여강) 가에 긴 숲 있으니
> 땅에 두루 푸른 그늘이 곳곳이 깊네
> 오월 나루 머리에 말 탄 나그네 멈추고는
> 깜빡 돌아갈 길 잊고 옷자락만 걷고 있네

鶴洞(학동)은 羊島(양도) 아래에 있다. 나루 어구에서 차가움을 나누어 와서 푸른 빛깔을 나무 광주리에 담아 놓고, 담박하게 산허리를 더듬는다. 희미한 빛이 마을을 둘러싸고, 버드나무가 푸르러 경계를 짓는다. 앵무새 울음소리에 봄꽃이 길을 잃으니, 나비 그림자도 보기 어렵다. 이를 일러 鶴洞暮烟(학동모연)이라 하니 시로 읊기를,

> 비도 바람도 순조로운 오월 하늘에
> 農家(농가) 어느 곳이나 연기 피어오르지 않는 데 없네
> 낮에 밭 갈고 밤에 책 읽어 풍년 즐기니
> 풍년가 노래 속에 세상 맛 온전하네

팔경을 다 돌아보고 돌아와 앉아 달을 맞이한다. 누대에 달이 하늘 가운데 이르고, 바람은 불어와 물 위에 스치니 표표히 허공을 날아 바람을 부려 땅 위를 굽어본다.

名區勝景 乃天地之所秘慳 而發天地之秘 慳爲人物風烟之勝賞者 求之天下 亦不多 驪州一境之勝 在驪江一曲 所謂八景在於十里之乃 郡得驪江而

有名 江得淸心樓而最佳 樓近神勒寺而愈顯 山水不能以自擅其勝 必待人而傳其勝 麗末牧隱陶隱陽村諸先生 皆以文章擅揚其勝 余念絶斯世 託意觴詠招朋隨伴徜徉乎 水聲岳色之間 優遊自適 以度餘生 亦聞此勝 乙卯作驪江探勝之行 江自月岳流數百里而至 州北稱驪江 卽南漢江 會昭陽江 卽北漢江而合稱漢江也 放舟又江中 歷覽八景遡洄爲樂 江流泓澄漫行而爲淵 遙望則滄溟浩瀚 而烟浪崢嶸 近對則鏡波澄淸 而風漪溶漾 左右峯巒 遠拱近揖雲霞縹緲 草樹靑葱 風帆沙鷗 往來其中 甍寺倒影於江心 馬岩捍水於洞口衿懷軒豁 景致無窮 怳若置身於滄浪之間 志其寓形宇內也 驪江之上有馬岩諺傳黃馬驪馬 出於水中 江稱驪江 岩稱馬岩 甚奇妙而突出江頭 滾滾驪江繞埒下而長流 嵬嵬龍門接空中而聳立十里韓 江上萬點漁燈 散在燭 天螢火出沒於柳堤滿地 殘星明滅於沙頭 是稱馬岩漁燈吟曰 馬岩奇怪臥江汀 照水漁燈散似星 十里平沙明月夜 騷情惹我醉難醒 馬岩之上有淸心樓 高麗時所建 近來傾頹 後人移驪州衙門 樓於其傍稱迎月樓 驪江漫流過前 龍門山鎭于東北 雉嶽山巍乎 舞于軒檻雲影 波光上下一天 白沙靑草 東西兩岸 遙望東天 一輪明月 追隨落日 聳出山上 正是氷鏡 光初滿玉樓 吟自豪 是稱淸心望月吟曰 待月樓頭夢不成 少焉轉出遠山明 蘇仙去後誰能愛 天色波光一樣淸 燕子灘在淸心樓下 麗末李牧隱先生 麗亡後守節而李太祖 待以故舊之禮丙子赴召入闕 請往驪興避暑 許之 暗送中使 至灘上舟中 宣醞受飮而暴卒實置毒也 綠楊堤頭之春 浪平舖明鏡 芳草渡口之歸帆 遙和漁歌 上下皆天眞幻界 江湖滿池 此生浮淡泊 生涯興亡何關 是稱鷰灘歸帆吟曰 夕陽影裡小舫過 滿載銀鱗放浩歌 漁子生涯曾忘累 不關今日世如何 神勒寺今報恩寺在江上東北岸 新羅元曉大師所建 千四百年前 築甍成九層塔 甍有蓮花紋或稱甍寺 後繞鳳尾山 翠黛競秀於雲表 前臨驪江水 明鏡平展於沙頭 鍾聲一出山鳴谷應問津 行客馳馬益急尋寺 歸僧携杖不開 是稱神勒鐘聲吟曰 倒地山陰近夕陽 鐘聲轉出白雲鄉 客來此地多慷慨 大義堂堂幾擅芳 我朝世宗大王英陵 在州北五里城山之陽 以生知之聖 始製訓民正音 庶務畢諧 百姓咸和 世稱東方之堯舜 而平原左右相護松林鬱蒼 時出杜鵑之聲 望帝千年

精靈不泯 魂化爲鳥叫破三更月 驚回一枕眠 是稱英陵杜鵑吟曰 杜鵑聲裡感
年華 魂化爲禽血染花 二月東風陵寢外 王靈追慕晚歸家 江中有羊島 隱隱
如三山之聳立 茫茫一水 環之蒼丘 浮水而突立 波心數里 平沙落雁 漸下兩
岸蘆花 明月夜千家砧杵肅霜時 冷閨驚罷佳人夢 獨枕牽回遠客心矣 是稱羊
島落雁吟曰 萬里晴空雁陣斜 臨江點點下平沙 白蘆紅蓼 秋將暮 不禁羈懷
酒欲賖 八大長林在州北三里 古稱貝多 藪連江邊而周五六里 松杉成林 如
幢如蓋 月影如動 龍蛇風枝似鳴簫籟 長林茂樹攢靑遶 碧賈奇眩異於烟雲
杳靄之間 是稱八大長林吟曰 驪江之上有長林 遍地淸陰處處深 五月津頭停
馬客 頓忘歸路好披衿 鶴洞在羊島之下 寒分渡口 翠色籠樹 淡抹山腰 微光
繞村 鎖綠楊而但聞鶯語 迷春花而難見蝶影 是稱鶴洞暮烟吟曰 雨順風調五
月天 農家無處不生烟 晝耕夜讀豊年樂 擊壤歌中世味全 巡覽八景 回坐迎
月樓 月到天心 風來水面 飄飄然若憑虛御風 俯瞰地上也

金蘭禊序代人作

여러 사람을 대신해 지음

禊(계)를 풀어 말하면 여러 사람의 뜻을 合(합)하는 것으로, 晉(진)나라의
孫統(손통)이 하기 시작한 후 지금껏 그 자취를 따라 그치지 않고 있다.

대저 뜻이 같지 않은 관점에서 본다면 계획을 이루기 어렵고, 취미가 합치지
않는 관점에서 본다면 일을 성취하기 어렵다. 벗이라는 것은 그 德(덕)을 벗함
이니, 貴(귀)하게 해야 할 것은 오직 마음이다. 마음이 같은즉 千里(천리)를
가고, 한 치라도 마음이 같지 않은즉 비록 매일 아침저녁 같이 노닌다 해도
실제로는 나는 얼음 위에 그는 숯불 위에 앉아 있는 것이다.

晉(진)나라의 蘭亭(난정)[37]은 文章風流(문장풍류)의 禊(계)요, 宋(송)나라의
洛園(낙원)은 道德同志(도덕동지)의 會(회)다. 우리나라에서는 혹 일 때문에

이루어지고 혹 유람 때문에 이루어지기도 하니, 계라는 것이 매우 많다. 湖南(호남)의 谷城郡(곡성군) 通明山(통명산) 앞 鶉子江(순자강) 하류인 鴨綠江(압록강) 변에 3년 전부터 뜻이 같은 詩人(시인)과 墨客(묵객)들이 이곳에서 모여 놀았고, 매년 칠월칠석에 모임을 열어 좋은 사람들 사귐을 갖기로 약속했으니 그 모임의 날카로움은 쇠를 끊고 그 냄새는 난초 향기 같다라는 뜻으로, 金蘭禊(금란계)라고 부르기로 했다. 난정의 風流之禊(풍류지계)를 추모하며, 회원은 25인이니 나 또한 그 모임에 들었고 거의 모두 가까운 동네에 대대로 交分(교분)이 있는 사람들이다.

山川(산천)은 맑고 아름답고, 그 땅에서 또한 銀魚(은어)가 난다. 이 더위 물러가고 서늘해지기 시작하는 물 줄고 하늘 높아지는 하늘이 주는 아름다운 계절과 인간 또한 놀기 좋은 시기이다. 이 모임의 사람들 또한 견우와 직녀같이 그때가 옴을 즐기고, 또 이날 예년과 같이 이별함을 한탄한다. 은어 회를 놓고 강 언덕에서 술을 거르며 멀리 風光(풍광)을 바라보니, 江山(강산)은 情(정) 품지 않은 것이 없어 이내 맵시를 뽐낸다.

산은 더욱 아름답고 물은 더욱 맑으니, 하늘이 만들고 땅이 감춰놓은 이 강산의 아름다움을 내게 넘겨 서로 즐기게 한다. 혹은 발걸음을 나란히 하여 산에 오르고 혹은 배를 같이 타고 물위로 나가니, 정신은 맑고 몸은 상쾌하다. 하물며 바람을 몰아 廣寒宮(광한궁)[38] 위에서 놂 같음에랴!

이에 시와 노래와 바둑과 술로 각기 즐기는 바를 취하고, 느긋이 놀아 자신 맘대로 하니 사랑 받거나 욕먹거나에 관계치 않고, 옳거나 그르거나에 간여하지 않는다. 물고기 및 새와 더불어 강과 호수 사이에서 서로를 잊으니, 늙음이 장차 오려 한다는 것도 알지 못한다.

여러 벗이 나에게 이 사실을 기록해 달라 하니, 내 사양하였으나 부득이하여 앞과 같이 쓴다.

---

37) 王義之(왕희지)의 蘭亭序(난정서)가 유명함.
38) 달 속에 있는 姮娥(항아)가 사는 宮殿(궁전).

禊之爲言合也 所以合衆人之志者也 晉之孫統 始修而迄今 踵其趾而不已
觀夫志不同則謀難成 趣不合則事難就 友也者友其德 所貴者惟心 心同則千
里而猶咫尺 心不同則雖日夕同遊 其實氷炭也 晉之蘭亭文章 風流之禊 宋
之洛園 道德同志之會也 我洞或因事而成 或因遊而成 禊者甚多矣 而湖南
之谷城郡 通明山前鶉子江下流鴨綠江邊 自三年前 騷人墨客之志同趣合者
會於此而相遊 約以每年七月七夕節 設會而取善人 交其利 斷金其臭 如蘭
之意稱金蘭禊 追慕蘭亭風流之禊 會員二十五人 而余亦參其會 擧皆隣近邑
世交之人也 山川明美 其地亦産銀魚 是日也 涼生暑退 水落天故 天上佳期
人間令節 此會之人 亦如牛女 而歡期惟此日別恨 常經年 膾銀魚而酌霞酒
岸巾而遙望風光 江山莫不含情 而仍作態山益佳而水益清 天作而地秘 以江
山之勝 遺余而相樂也 或聯展而登山 或同舟而泛水 神清骨爽 怡若御風而
遊乎廣寒宮上 於是以詩歌棋酒 各取所樂 優遊自得而寵辱無關是非 不聞與
魚鳥而相忘 於江湖之間 不知老之將至矣 諸友屬余 以敍其事 余辭不得而
敍之如右

道峰寺詩序

도봉사시서

불교의 설법은 넓게 퍼져서 大能(대능: 큰 재주)을 자랑하여 사람들을 禍福
(화복)의 권세로 움직인다.

陽村(양촌) 가까이의 演福寺(연복사) 塔(탑) 重創記(중창기)에 이르기를, "佛
氏(불씨)의 道(도)는 자비로서 희사함을 德(덕)으로 삼고, 보답에 응함이 틀림
없는 것으로서 영검함을 삼으며, 王公(왕공)으로부터 아래로 우매한 평민의
지아비 지어미까지 福利(복리)를 빌어 받들어 믿지 않음이 없다."라고 하였다.

우리 東邦(동방)에서는 신라 때부터 받들어 섬기기를 더욱 조심하여 다투어

寺院(사원)을 세우고, 城(성) 안에는 중의 집이 백성들 집 속에 많이 끼어 있었다. 고려 때에도 그대로 이어받아 바뀜이 없었다. 매년 八關會(팔관회)를 열고 사찰을 많이 짓고 승려를 우대하여 國師(국사)로까지 높였으며, 經板(경판)을 조각하여 나라를 지키고 복을 비는 일로 삼았다. 고려가 불교를 숭상한 이래로 유명한 중들이 연이어 나왔고, 산마다 모두 사찰이 있었다. 儒道(유도)가 미약하여 나타나지 못하니, 晦軒(회헌) 安珦(향) 선생이 시에 이르기를,

> 향불 지핀 등불 있는 곳마다 모두 부처에게 기원하고
> 피리소리 나팔소리 나는 집집마다 모두 神(신)을 섬기는데
> 겨우 몇 칸밖에 안 되는 孔子廟(공자묘) 있어
> 뜰에 가득 가을 풀이고 사람 없어 적막하네

라고 하였으니, 그 풍속을 가히 알만하다.

儒道(유도)는 風化(풍화)[39]를 베풀고 禮儀(예의)를 익히게 하여 문명의 다스림이 있게 한다. 그러므로 우리 조선이 儒敎(유교)를 숭상한 이래로 이름난 儒學者(유학자)들이 연이어 나왔다. 각 郡(군)에 모두 校宮(교궁: 고을의 文廟(문묘))과 祠院(사원)이 있게 되니, 불교의 설법은 미약해져 떨치지 못하게 되었다.

불행하게도 百年(백년) 이래로 서양 풍속이 동쪽으로 밀려와 유도는 점차 쇠퇴하고 邪敎(사교)가 횡행했다. 불교도 더욱 독실히 믿게 되어 불상을 세워 귀의한다. 쇠를 녹이고, 흙을 빚고, 돌을 쪼고, 나무를 깎고, 혹은 그림으로 그리니 모양은 단정하고 엄숙하여 순수하다. 종소리와 석경소리가 사방에 들려오는데, 삽살개 눈썹에 거친 겉옷에 푸른 눈에 국화꽃 하의를 입고 있다. 아침에는 예불 드리는 香(향)을 사르고, 저녁에는 재앙을 누르는 촛불 심지에 불을 댕긴다. 몸을 푸른 산과 흰 구름 사이에 도망쳐 숨기고, 세상의 시끄러움 속으로 들어가지 않는다.

---

39) 敎育(교육)과 政治(정치)의 힘으로 風習(풍습)을 敎化(교화)시킴.

내가 서울에 머문 이래로 매년 道峰書員(도봉서원)의 祭享(제향)에 참여했는데, 서원에는 趙靜庵(조정암)[40] 宋尤庵(송우암)[41] 두 선생을 봉안하고 있다. 尤翁(우옹)은 나의 先祖(선조) 同春堂(동춘당)[42] 선생과 同宗(동종)으로 沙溪(사계) 金長生(김장생) 선생에게서 같이 배웠다. 또 孝宗(효종)과 顯宗(현종) 두 임금의 은총을 받아 성균관 문묘에 배향되었다.

금년 9월 초순에 또 祭奠(제전)에 참여하고 멀리 바라본즉 案山(안산: 맞은편산)에 높은 樓臺(누대)가 있는데, 원앙 기와와 조각 새긴 들보가 햇빛을 받아 빛난다. 가서 감상해 보려고 개울가에 이르니, 舞雩坮(무우대)의 남쪽 푸른 언덕 아래에 우뚝 솟은 큰 돌이 개울가에 가로 뻗어 있다. 돌 표면에는 尤庵(우암) 선생이 쓴 글자로 모아 쓴 晦翁(회옹: 朱子(주자))의 시 두 구절이 있다.

> 애오라지 거문고 타고 노래하니 응답은 조용하고 잔잔한데
> 비 갠 하늘 달빛과 바람을 다시 별도로 전하네

붓 돌아감이 雄健(웅건)한데 그 옆 돌 표면에 "洙泗眞源濂洛正派(수사진원연락정파)[43]" 여덟 글자가 있으니, 동춘당 선생의 글씨다. —韓南塘集(한남당집)에 나옴.—

한참을 바라보니 서글픈 회포의 감정을 이기지 못해 소나무를 더듬으며 넝쿨을 움켜잡고 돌길을 따라 멀리 올라본 즉 새로 지은 道峰寺(도봉사)이다. 반듯한 건물이 넓고 처마 길어 깊숙하고 대청 기둥은 커서 시원한데, 더구나 단청까지 칠했다. 비바람 쳐도 경치 경외하는 네 걱정 없고, 푸른 대나무와 소나무가 없어질 걱정도 없다. 유월인데도 누운 돗자리에 가을 소리 서늘하고,

---

40) 趙光祖(조광조)

41) 宋時烈(송시열)

42) 宋浚吉(송준길)

43) 洙(수)와 泗(사)는 모두 孔子(공자)의 출생지인 중국 曲阜(곡부)에 있는 강 이름으로 儒學(유학)을 가리키고, 濂水(염수)는 周子(주자)의 고향이고 洛水(낙수)는 程子(정자)의 고향으로 각각 유학의 정통을 이은 학자들을 말한다. 따라서 위 여덟 글자는 유학의 진정한 근원이요, 정통 계파라는 뜻임.

기이한 花草(화초)의 사시사철 봄기운이 누각에 서려 있다. 華山(화산)이 그 북쪽에 우뚝 솟아 있고 水落(수락)고개가 그 남쪽에 있어, 地勢(지세)가 높고 시원히 뚫려 조망하기에 좋다. 첩첩 산봉우리가 책상 앞에 허리 숙이고, 무성한 숲과 평평한 덤불이 빙 둘러 주렴과 난간을 비춘다. 山川(산천)의 기상이 과연 맑고 기이하여, 용이 꿈틀대고 범이 웅크린 형상이다. 건물의 규모도 특히 장중하고 아름다우니, 새들이 깃 퍼덕여 날고 바람도 때맞춰 불어온다. 진기한 새들이 어울려 울고, 구름과 산 아지랑이가 불그레 푸르레 저절로 와 사람을 감싸니 아침의 햇살과 저녁의 달빛이 千態萬象(천태만상)이다. 이 모두 대청 기둥 아래 화려하게 펼쳐지니 앞을 보나 돌아 보나 모두 어디를 봐도 물의 색과 산의 빛은 모두 그림이다. 이 꽃향기와 새 울음이 모두 詩情(시정)임을 생각하니, 멀리 차 타고 갈 수고할 필요 없이 한 곳 좋은 경치를 다 얻을 수 있다. 그 맑고 상쾌함과 기이함은 비록 솜씨 좋은 장인이나 화공이라 해도 이와 방불한 것을 얻기는 거의 어려울 것이다. 이에 이곳에 늦게 올라온 것을 한탄하며, 시 한 수 지어 읊고는 돌아왔다.

佛說宏放侈大 能動人以禍福 權陽村 (近) 演福寺塔重創記云 佛氏之道 以慈悲喜捨爲德 以報應不差爲驗 自王公下逮夫婦之愚 希冀福利 靡不崇信 (止) 我東自新羅奉事尤謹 爭建寺院 城中僧廬 多於民屋 高麗率用無替 每年設八關會 多建寺刹 優待僧侶 尊之國師 彫刻經板爲護國祈福之事 高麗崇佛以來 名釋輩出 各山皆有寺刹 儒道微而不著 安晦軒 (珦) 先生有詩曰 香燈處處皆祈佛 簫管家家盡事神 惟有數間夫子廟 滿庭秋草寂無人 其俗可識矣 儒道宣風化講禮儀作文明之治 故我朝崇儒以來 名儒輩出各郡 皆有校宮祠院 佛說微而不振 不幸百年以來 西俗東漸 儒道漸衰 邪教橫行 佛氏尤爲篤信 像設而歸依 鎔金塑土琢石刻木 或以畫繪寫貌 粹乎端嚴 鐘磬之聲相聞於四方 厖眉椹袍 碧眼菊裳 朝焚祝聖之香 夕點鎮災之炷 逃身於靑山白雲之間 不入於紫陌紅塵之中矣 余自寓京以來 每參道峯書院祭享 院中奉趙靜庵宋尤庵兩先生 而尤翁與我 先祖同 春堂先生同宗而同學於沙溪金先

生 又同受孝顯兩朝之恩 幷配享聖廟矣 今年九月初旬 又參祭奠而遙望則案山有高樓 鴛瓦雕樑 照耀日下 將往賞而至溪邊舞雩坮之南 蒼厓屹立 其下大石橫亘 溪面刻尤庵先生所書集晦翁詩二句（聊將絃誦答潺溪 霽月光風更別傳）筆勢雄健 其傍又有石面刻洙泗眞源濂洛正派八字 同春堂先生筆(出韓南塘集）也 瞻望之際 不勝感愴之懷 從石逕而扶松 攀葛遠上 卽新築道峰寺也 方屋以廣重簷以邃 軒楹宏敞乃施丹雘 風雨不患其逼 畏京不患其爍 翠竹蒼松 六月秋聲凉於枕簟 奇花異草 四時春氣 藹於樓閣 華山聳其北水落峙其南 地勢高豁 宜於眺望 層巒疊峰 拱揖於几案 茂林平楚 映帶於簾櫳 山川氣象 果淸奇而龍盤虎踞 棟宇規模 殊壯麗而鳥革翬飛淸風時 至珍禽和鳴 雲嵐紫翠 自來襲人 朝暉月夕 千態萬景 悉華乎 軒楹之下 指顧之間 觀夫水色山光 皆畵本想是花香 鳥語揔詩情 不必遠勞車騎而盡得一方之勝矣 其淸爽奇異雖工文善畵者 殆難得其彷彿 於是發晩登之歎而賦其詩而詠之 歸焉

春園文稿序

춘원문고서

荊山(형산)[44]에 나는 玉(옥)이 빛을 감추고 돌에 묻혀있다 해도 천 길 깊이의 흙이 그 빛을 덮을 수 없고, 麗水(여수)[45]에 나는 金(금)이 채색을 모래에 묻혀 있다 해도 천 리의 물결이 그 채색을 씻어내지 못한다. 세상을 잊는 사람이 그 이름을 감추고 숨어있다 해도 저잣거리 뭇사람들의 입이 그 이름을 손상시킬 수 없다.

44) 중국의 유명한 玉(옥) 생산지.

45) 중국의 유명한 金(금) 생산지.

내가 春園(춘원)에게 느끼는 바가 있다. 그대가 세상의 실정에 대해서는 백 번 다듬은 옥과 백 번 단련한 금과 같다. 그러나 그 재주는 文章(문장)을 드날리 기에는 부족함이 있으니 그 學問(학문)에 있어서는 덜 다듬어진 옥과 덜 단련된 금과 같아 항상 부지런히 더욱 공부해야 한다.

그대는 定宗(정종) 대왕의 別子(별자: 서자)인 貞石君(정석군)의 후손으로, 대대로 詩(시)와 禮(예)를 전해왔다. 그대의 先親(선친: 돌아가신 아버지) 李公 (이공)께서 庚戌國恥(경술국치) 이후 자손이 왜인에게 무릎 꿇는 것을 볼 수 없어 어쩌지 못해 공부만 열심히 하셨고, 그대의 先妣(선비: 돌아가신 어머니)께 서도 文字(문자)를 能(능)히 하셨으니, 그대가 어려서 외가에서 양육을 받게 했다. 외할아버지 朴公(박공)이 매우 사랑하시어, 멀리는 크게 될 것을 기대하 고 글과 시 짓는 법을 가르치셨다. 그대의 천성이 매우 뛰어나게 총명하여 짓는 시에 기특한 말이 많았다. 조금 자라서는 李公(이공)이 공부를 하지 말라 하시 고 미투리 삼고 땔나무 파는 것을 가르쳤다. 열아홉 살에 이르러 책상을 짊어지 고 스승을 찾아 수년간 新學問(신학문) 배움을 받은 후 文官(문관) 시험에 합격 하여 오랫동안 관리의 길을 걸으니 생계는 궁하지 않았다.

國權(국권)이 光復(광복)된 후 우거하여 경치를 즐기려 남산의 양지쪽에 집 을 지으니 자못 山水(산수)의 즐거움이 있다. 또 조상을 위하는 일에 힘을 다해 모시기를 방계 조상에까지 이르렀다. 선조의 아름다움을 이어 펴서 잠긴 德 (덕)을 천명해 후손에게 드리웠다. 재산을 살피다 여가가 있으면 비로소 시를 읊고 글씨를 쓰는 공부를 하여 남음이 있었으나 문장의 공부는 숙달되지 못했 다. 선비 벗 사이를 따라다니며 그 공부에 점차 진전이 있게 되니 옥이 빛을 내고 금이 채색을 갖는 것 같았다.

戊午(무오: 1975)년 여름에 내게 교정하는 일을 부탁하니, 번잡한 것은 버리 고 잘된 것은 취해서 가려낸 것이 460여 편이다. 다시 高士(고사)의 엄한 질정 을 기다려 후세 사람들에게 보일 수 있도록 하는 것이 내가 바라는 바이다.

荊山之玉潛光 而在石千仞之土 不能掩其光 麗水之金韜彩 而在沙千里之

波 不能洗其彩 忘世之人藏名 而隱市衆人之口 不能損其名 余於春園有感
焉 君於世情如百琢之玉 百煉之金 而其才足以擅文章 其於學問如玉之未琢
如金之未煉 常勤益工矣 君以定宗大王別子貞石君之後孫 世傳詩禮而其先
考李公 庚戌國恥以後 不忍見子孫之屈膝於倭 不甚課工而其先妣 能於文字
間 或敎之幼而養於外家 其外祖朴公甚愛之 期以遠大 敎而文字 兼學詩工
君天性穎悟 其所作多奇語而稍長 李公戒勿學 而敎以綑屨賣薪 及至年十九
負笈尋師 就學數年學新文學 合格文官之試 久遊宦海 牲計不窮 國權光復
後 寓樂山水卜宅於南山之陽 頗有山水之樂 又盡力於爲先延及傍祖 繼述先
徽以闡潛德垂裕後昆 以遺嘉緒 治産之暇 始有吟詠之工 而翰墨之工裕餘
而文章之學未熟 追從士友之間 其工漸進如玉生光如金生彩 戊午夏托余以
校正之役 故捨其煩而取其精 其所選凡四百六十餘首 更待高士之斤正 以示
後學 是所望焉

心山序
심산서

天地(천지)가 開闢(개벽)한 가운데 우뚝 높이 솟은 것은 山(산)이 되고, 산에
서 나와 바삐 흘러가는 것은 물이 된다. 仁者樂山智者樂水(인자요산지자요
수)[46]라 하니, 대저 산의 쓰임은 무궁하여 草木(초목)이 나고 金玉(금옥)이 묻혀
있으며 구름과 바람을 일으켜 萬物(만물)이 자라는 바탕이 된다. 사람은 그
사이에 살아 仁義(인의)를 배우고 禮法(예법)을 익혀 宇宙(우주)를 包括(포괄)
하고 萬物(만물)을 管制(관제)하는 삶의 바탕이 된다. 그 지조를 굽혀 지혜의
힘이 그 마음을 움직이지 못하는 자는 산의 고요함을 체득해 버리지 않고 마음

---

[46] "어진 자는 산을 즐기고 지혜로운 자는 물을 즐긴다"라는 論語(논어) 구절.

을 한 가지로 안정시키면, 萬物(만물)의 변화에 미루어 그 기묘함을 얻어 마음을 온전하게 함을 즐긴다.

心山(심산) 崔勉承(최면승) 군은 본래 중국 淸河(청하) 사람으로 그 선조가 宋(송)나라의 사신이 되어 동쪽으로 와서는 이어 忠州(충주)를 本貫(본관)으로 삼았다. 그 先祖(선조)를 楊州(양주) 佳佐洞(가좌동)에 장사지내고, 또한 그 옆에 살 집터를 골라잡아 전해 내려오기를 십여 世代(세대)이다. 文翰(문한: 문장에 능한 사람)이 끊이지 않고, 孝行(효행)으로 이름을 세상에 날렸다.

그곳에 우뚝이 푸르름을 모아 뒤를 지켜주는 것은 老姑山(노고산)이요, 북쪽에 높이 솟아 푸른 것은 紺岳山(감악산)이요, 남쪽에 화려하게 비취빛을 모은 것은 道峰山(도봉산)이요, 유유태연 동쪽으로 흘러가는 것은 湘水(상수)이다. 그 가운데 수십 칸이나 되는 집이 세워졌으니, 뒤로는 몇 리나 뻗친 숲 동산이 있어 소나무 잣나무 대추나무 밤나무를 심었고, 앞으로는 수백 이랑이나 되는 기름진 밭이 있어 모시 삼베 벼 수수를 씨 뿌렸다. 또 산에서 캔 나물은 먹을 만하고 물에서 낚시한 물고기는 신선해 맛볼 만하니, 입고 먹는 바탕엔 군색하지 않다. 푸르고 누른 두둑과 이랑이 위아래로 교착하고, 층층이 줄지은 산봉우리들은 좌우에서 허리 굽혀 절한다. 가운데로 냇물이 흘러 모래밭 해오라기와 시냇물 물고기가 오래도록 한가히 있어 즐길 거리를 선사한다.

崔(최) 군은 일찍이 才名(재명)이 있고 배움이 부지런하여 時務(시무)에 밝았다. 先賢(선현)들에게 정성을 다했고, 後學(후학)의 시 모임에도 힘을 다 쏟았다. 또 한편으로는 醫藥書(의약서)와 地理書(지리서) 또한 모두 알아 舊業(구업)을 지켰다. 서울에 임시로 살면서도 옛집 및 旌閭(정려)를 重修(중수)하고, 또 先塋(선영)에 비석을 세워 근본에 보답하는 도리를 다했다.

心山(심산)이라고 스스로 號(호)를 지은 것은 마음을 산에 비했음이니 그저 경치의 아름다움에만 마음을 뺏겼다는 것이 아니요, 산의 실체를 배워 是非(시비)나 毁譽(훼예: 비난이나 칭송) 사이에서도 마음을 움직이지 않아 그 온전함을 즐기겠다는 것이다.

나와 더불어 노닐며 공부한 것이 6~7년이니, 배움은 더욱 진전되고 友誼(우의)는 더욱 깊어졌다.

근래에 내게 號(호)로써 序(서) 써주기를 부탁하니, 京鄕(경향: 서울과 시골)에 떠도는 나 같은 자가 부러워하지 않을 수 없는 고로 간략히 듣고 본 바를 풀어 써서 그 뜻을 외롭게 하지 않으려 한다. 그대는 부지런히 하여 뜻을 바꾸지 말게나!

天皆地闢之中 巍然而峙者爲山 出於山而奔然而逝者爲水 仁者樂山智者樂水 夫山之用無窮 草木生焉 金玉藏焉 興雲興雨 潤萬物而資生焉 人生於其間 學仁義習禮法 包括宇宙 管制萬物而資生焉 屈其操智力 不能動其心者禮 山之靜而不遷安 一心之德而推萬物之變得其妙而樂其全也 心山崔君勉承本中國淸河人 其先祖爲宋使東來 仍忠州爲貫 葬其先祖於楊州佳佐洞 亦卜宅於其傍 相傳十餘世 文翰不絶以孝行 擅名于世 其屹然攢靑而鎭于後者老姑山 巍然聳碧于北者紺岳山 崒然攢翠于南者道峯山 悠然而逝於東者湘水 數十間之美宅 建於中 後有數里之園林 栽以松栢棗栗 前有數百頃之良田 種以桑麻稻梁 又採於山而菜可茹釣於水 而鮮可得不窘於衣食之資 綠疇黃塍 交錯于上下層巒列峀 拱揖于左右 川流于中 沙鷺溪魚 攸閒自在 春花秋葉 夏雨冬雪 四時之景 變化於溪山之間 以供其樂 崔君早有才名 勤於學而明於時務 致誠於先賢之祠宇 專力於後學之詩社 旁及醫藥地理之書 亦皆知之保守舊業 雖寓京師而重修舊第及旌閭 又竪碑於先塋 盡報本之道 自號以心山者 心比於山而非徒馳情於山水之勝 而學山之體 不動於是非毀譽之間而樂其全也 與余從遊六七年 學益進而誼尤深 請余以號序 比余京鄕漂泊者 則不可無欽羨 故略敍聞見而不孤其志 君其勉而不遷焉

晩崗詩稿序

만강시고서

하늘이 斯文(사문)[47]을 잃지 않으니 근래에 비록 동양과 서양의 풍속이 섞였다 해도, 그래도 사문의 한 脈(맥)이 詩道(시도)에 남아 있고 湖南(호남)에 아직도 많은 文學(문학)의 선비가 있다.

내가 晩崗(만강) 朴時和(박시화) 군과는 호남과 西南(서남)으로 비록 다르지만, 모두 아들을 따라 서울에 寓居(우거: 임시로 거처함)하면서 詩會(시회)에서 서로 만났다. 그가 三益之友(삼익지우)[48]임을 알고 수년간 교분을 맺으면서 비로소 나온 계통이 錦城君(금성군) 文晤(문오)라는 분으로부터 나왔음을 알았다. 務安(무안) 사람으로 어려서부터 공부를 좋아하여 자라서는 더욱 성취가 있게 되니 儼然(엄연)히 한 고장의 스승이 되어 經典(경전)과 史書(사서)에 익숙하고, 문장 또한 굳건했다.

얼마 전에 내게 찾아와 詩稿(시고)의 교정을 부탁했다. 詩(시)란 말을 글로 그저 바꿔 놓은 것이 아니고 性情(성정)의 바름에서 나온 것이므로, 비록 덜 단련되고 덜 익었다 해도 그 글은 樂而不淫(낙이불음)하고 哀而不傷(애이불상)[49]한 것이다. 게다가 평생 지은 것을 버릴 수 없으므로, 그 맏아들이 책으로 펴낼 뜻을 가졌다.

이 벗은 咸平(함평)의 甘南里(감남리)에 살아왔다. 이 세상과 단절할 뜻을 갖고 술 한 잔에 시 한 수로 친구를 부르고 벗해 농사 얘기를 하고 山水(산수)를 품평하며 葛巾野服(갈건야복: 수수한 옷차림)으로 瑞祥山(서상산)에 오르곤 했다. 골짜기는 백 겹으로 둘러쳐 구름과 노을이 아득하고, 십 리나 되는 산봉우리초목은 푸르게 우거지고, 奇岩怪石(기암괴석)은 호랑이와 표범이 뛰어오

---

[47] 儒敎(유교)의 道義(도의)와 文化(문화).

[48] 論語(논어)에 사귀면 보탬이 되는 친구를 정직한 친구, 성실한 친구, 견문이 넓은 친구의 세 부류라 했다.

[49] "즐겁되 음탕하지 않고 서글프되 헤치지 않는다"라고 孔子(공자)가 詩經(시경)을 평한 말.

르듯 좌우로 바뀌어 가며 줄지어 있고, 아름다운 꽃과 신령스러운 나무가 구슬 빛나듯 빛으로 감싸고, 동서로 산 아지랑이 흐릿하게 풍경 지우고, 안개와 구름이 멀리 아득하니 진정 세속 밖 絶景(절경)이라 할만하다. 사계절 즐거움이 술과 시에 도움 안 되는 것 없으니, 이 벗이 물소리와 산 빛깔 사이에서 어슷거려 노닌다. 萬物(만물)이 천천히 성취되는 것처럼 하려는 마음을 가지고, 뜻을 천년이 지나도 변하지 않는 산등성이에 뜻을 맡기니 이로써 號(호)를 삼았다.

靈氣(영기)가 한데 모여 강산의 아름다운 기이함이 되니 지혜로운 자는 물을 즐기고, 어진 자는 산을 즐긴다. 그대는 산을 취해 그 뜻을 바꾸지 않고 산의 실체를 배우니, 그대가 어짊을 가히 알 수 있다. 교정이 끝나니 또 책머리 글을 부탁하여 대략 위와 같이 쓴다.

天之未喪斯文 近雖東西渾俗 斯文一脈 惟在於詩道而湖南之士尙多文學之士 余與晚岡朴君時和 生長則湖南西南雖殊 而皆隨子寓京而相逢 於詩會知其三益之友 結交數年 始知系出綿城 君諱文晤 務安人 幼而好學 長益成就 儼然爲一鄕之老師 淹貫經史 文詞亦健 前日訪余而托其校正詩稿 詩非易言 而出於性情之情 雖不鍊熟其辭 樂而不淫 哀而不傷 且平生所作不可棄之 故其胤有刊行之意也 君居咸平之甘南里 而念絶斯世 記意於觴詠 招朋呼伴 說桑麻評山水時 以葛巾野服登瑞祥山洞壑 百重而雲霞縹緲 峯巒十里 草樹靑蔥 奇岩怪石 如虎豹之騰躍 而錯列左右 嘉花靈木 如珠璣之璀璨而掩翳 東西嵐靄淡抹 烟雲浩渺 眞可謂物外勝景 四時之樂 莫不有助於觴詠 而君徜徉乎水聲岳色之間 持心欲如萬物成遂之晚 托意如千古無變之岡 以此而爲號 觀夫天地鍾靈之氣 以爲江山形勝之奇 知者樂水 仁者樂山 君取其山君意之不遷 學山之體而可知其仁矣 役畢又請以弁卷之文 略敍如右

綾山具公範會八十壽序

능산구공범회팔십수서

부모가 자녀를 기르면서 오래 살기를 바라지 않음이 없고, 자녀가 부모를 모시면서 오래 사시기를 바라지 않음이 없다. 사람이 이 세상에 살면서 富貴榮華(부귀영화)와 治國平天下(치국평천하)의 功業(공업)을 바라지 않는 이 없으나 이 모두 오래 살고 난 연후에야 그 뜻도 이루어지고 모든 福(복)도 누릴 수 있는 것이다. 그러므로 洪範九疇(홍범구주)[50]의 五福(오복)[51]에 壽(수)가 먼저가 되고, 孟子(맹자)가 말한 三達尊(삼달존)[52]에도 年齒(연치: 나이)가 하나를 차지하고 있으니, 사람의 소원이 오래 사는 것보다 더한 것이 없으며 사람이 남을 위해 축원하는 것 또한 오래 사는 것보다 더한 것이 없다. 그러나 옛사람들이 소위 仁者(인자: 어진 사람)들은 모두 오래 살아야 하지만, 사람 모두가 오래 살 수는 없다. 積善之家必有餘慶(적선지가필유여경: 좋은 일을 쌓은 집에 반드시 경사가 남는다)이라 하지만, 좋은 일 많이 했다 해도 그런 모든 집안에 다 경사가 있지는 않다.

알기가 어려운 것은 天理(천리: 하늘의 이치)요, 재기가 어려운 것은 人事(인사)다. 壽夭窮達(수요궁달: 오래 사는 것, 일찍 죽는 것, 궁핍한 것, 영달하는 것)은 모두 하늘의 운수에 연유하는 것으로 억지로 구할 수 없는 것이다. 요행히 오래 사나 부유하지 못하면 궁핍한 사람일 뿐이요, 이미 오래 살고 또 부유하나 康寧(강녕)하지 못하면 病者(병자)일 뿐이요, 오래 살고 부유하며 또 강녕하나 好德(호덕: 덕을 좋아 함)이 없으면 그저 등 따습고 배부른 자일 뿐이다. 好德(호덕)하

---

50) 중국의 禹(우) 임금이 지은 것으로: 1. 五行(오행), 2. 五事(오사), 3. 八政(팔정), 4. 五經(오경), 5. 皇極(황극), 6. 三德(삼덕), 7. 稽疑(계의), 8. 庶徵(서징), 9. 五福(오복)의 아홉 가지 훈계에 대한 글임.

51) 위의 五福(오복) 항목이 壽(수), 福(복), 康寧(강녕), 攸好德(유호덕), 考終命(고종명)으로 壽(수)가 제일 처음이라는 말임.

52) 두루 높여야 할 세 가지란 뜻으로 朝廷(조정)에서는 爵位(작위), 鄕里(향리)에서는 年齒(연치), 世上(세상)에서는 學德(학덕)이 사람을 존경하는 기준이 된다는 뜻임.

나 만약 자손이 이어지지 않거나 혹 집안에 살림 맡아줄 안주인이 없으면, 오래 산다고 하는 것이 사람에게 귀한 것이 되기에 부족하다.

나는 본래 湖西(호서: 충청도)의 평범한 사람으로 뽕밭이 바다가 되는 커다란 변화에 할 일을 잃고, 헛되이 은거할 뜻을 품어 이상향을 찾아보려 산과 물의 시골에 물결 같은 흔적을 부치고, 세상 근심을 시와 술의 마당에서 삭이었다. 國運(국운)이 회복돼 다시 태평해지는 시절의 즈음에 아들을 따라 서울에 임시로 머물다가 綾山(능산) 具範會(구범회) 옹을 詩社(시사: 시 모임)에서 만났다. 그는 文學之士(문학지사)로 나보다 한 살이 많았으나 나를 귀한 친구로 대했다.

庚申(경신: 1986)년 정월 초하루 그 80세 祝壽(축수)에 맞춰 서울에서 잔치를 열어 나를 초청한 고로, 내가 栢悅之情(백열지정)[53] 어쩌지 못해 그의 言行(언행)과 福祿(복록)을 살펴 간략하나마 축하하는 뜻을 쓴다.

翁(옹: 어르신네)은 綾城(능성)의 화려한 門閥(문벌)로서 대대로 廣陵(광릉)에 살아왔다. 姿稟(자품)이 총명하고, 丈夫(장부)의 풍모가 있으며, 儀志(의지)가 아주 고결하여 君子(군자)의 言行(언행)이 많았다. 吟風詠月(음풍영월)[54]하며 蘇東坡(소동파)의 맑은 정취를 배우고, 晝耕夜讀(주경야독)하며 董邵南(동소남)[55]의 높은 풍모를 흠모했다. 불행히도 나라가 망한 후에 때가 예와 지금이 다르고, 배움이 동양과 서양의 다름이 있어 품은 바를 베풀지 못하고, 반평생을 전등불 아래서 보내며 애초에 품은 鵬程(붕정)의 뜻을 져버리니 천 갈래 흰머리 가닥이 鶴(학)의 깃털처럼 깃발 되어 흩날린다. 그 子女(자녀)를 京鄕(경향) 각지에 나눠 살게 하고, 의식주의 걱정은 하지 않아도 되었다. 시나브로 이름난 산을 오가며 좋은 모임을 갖고, 李白(이백)이 전한 맑은 표상과 蘭亭(난정)의 여러 賢者(현자)들을 좇아 右軍(우군: 왕희지 - 난정서를 지은 사람)의 오랜 덕망

---

53) 松茂栢悅(송무백열: 소나무가 무성하면 그 옆의 잣나무가 기뻐한다)에서 나온 말로 친구가 잘된 것을 기뻐하는 마음임.

54) 맑은 바람과 밝은 달에 대하여 시를 짓고 즐겁게 놂.

55) 중국 唐(당)나라 때 사람으로 일찍이 進士(진사)가 되었으나 은둔하면서 어머니를 정성껏 모신 일로 유명함.

을 우러러봤다. 세월이 슬그머니 흘러 回졸(회근: 回婚 - 결혼 60년)을 지나니 두 神仙(신선)이 함께 늙고, 또 여든 노인이 되어서도 한 몸은 康健(강건)하다. 翁(옹)은 깨끗한 福(복)에 오래 사시고, 살림도 넉넉하며 몸도 건강하고, 德(덕)도 좋아하시어 모든 福(복)에 모자람이 없으시니 진정 세상에 드문 복 받으신 분이다.

방에 들어가 잔치 자리 끝에 앉으니, 北海(북해) 같은 화려한 잔치가 시원하다. 남산의 보물과 구슬 알 뀐 주렴을 축하하고, 장막은 자연의 경치를 반쯤 걷어 올렸다. 푸른 적삼 붉은 치마가 집에 가득해 구름이 해 가리듯 하니, 夫唱婦隨(부창부수)가 거의 원앙의 짝과 같다. 童顔(동안)과 鶴髮(학발)이 위에 나란히 앉아있으니, 아들은 현명하고 손자는 똑똑하여 본디 봉황과 기린의 상서로움이 서려있다. 3남 4녀가 각기 자녀를 데리고 색동옷 춤추며 오래 사시라 술잔 앞에 올리니, 술과 안주는 물과 뭍의 맛을 다 했고 손님과 주인은 東南之美(동남지미)[56]를 다했다.

내가 달빛 어린 이슬 같은 높은 재주도 없고 구름을 노을 위에 띄울 뛰어난 생각도 없지만, 삼가 거친 글로라도 축원하오니 부디 높은 연세 서리 앉은 머리털이 아린 아이 봄 얼굴로 돌아와 더욱 순수해지시고, 높은 풍모 세상에 떨쳐 응당 골짜기 안 진정한 도인이 되소서! 우러러 향기로운 분을 헤아려 보니, 산 속의 宰相(재상)이 부럽지 않다.

父母之養子女 無不長壽祝之 子女之奉父母 無不長壽祝之 人生斯世 富貴之榮 治平之業 無不願之 而皆有壽 然後成其志 而能享百福 故洪範九五福 壽爲先 孟子三達尊 齒居一人之所願 莫重於壽 人之所祝 亦衆於壽 然古人所謂仁者必壽而未必 皆有壽積善之家 必有餘慶而未必皆有慶 難知者天理 難測者人事 壽夭窮達 皆由天數而人不可强求 幸有壽而不富則窮人而已

---

56) 왕발의 滕王閣序(등왕각서)에 賓主盡東南之美(빈주진동남지미)에서 인용된 말로 주객이 모두 좋은 사람들이란 뜻임.

既壽且富而不康寧 則病人而已 壽富且康而無好德 則不過飽食暖衣之人 好
德而若無血嗣 或無中饋則壽不足貴於人也 余本湖西布衣 失世業於滄桑之
變 徒懷拾絮之志 求網花之地 而寄浪跡於山水之鄉 消世慮於詩酒之場際
玆國運回泰之時 隨子寓京 逢綾山具翁範會於詩社 以文學之士加余一歲 待
以仰友 庚申正月十一日 其八十祝壽之辰 設宴於漢城而請余 故不勝栢悅之
情 考其言行福祿略敍 賀意翁以綾聲華閥 世居廣陵 而姿稟聰明有丈夫之風
儀 志尙高潔 多君子之言行 吟風詠月 學蘇東坡之淸趣 朝耕暮讀 慕董邵南
之故風 不幸屋社以後 時異古今 學殊東西 不得施其所抱 半世靑燈 虛負鵬
程之初 志千莖白髮 惟作鶴毛之高標 分其子女於京鄉而不愁桂玉 隨時往來
香山勝會 追白傅之淸標 蘭亭群賢 仰右軍之宿德 居然歲月已過回졸 而雙
仙諧老 又當八耋一身康健 翁之淸福壽富康 而好德諸福無欠 眞稀世之福人
入其室而參於席末 敞北海之華筵 祝南山之寶算 珠簾繡幕 捲半空之風烟
靑衫紅裙 耀滿堂之雲日 夫唱婦隨 殆同鴛鴦之匹而童顏鶴髮 幷坐於上子賢
孫肖 自有鳳麟之祥 而三子四女 各率子女彩舞而獻壽於前 盃盤窮水陸之味
賓主盡東南之美 余無月露之高才 乏雲霞之逸思 謹以荒辭祝其遐齡 霜髮還
童 春容益粹 高風振世 應作洞裡眞人雅度 薰人不羨山中宰相

祝儒道會舘落成詩序

축유도회관낙성시서

天地之間(천지지간)에 사람과 짐승과 곤충은 모두 소리가 있다. 草木(초목)
과 金石(금석)은 소리가 없지만 초목에서 소리를 내는 것은 바람이요, 금석에
서 소리를 내는 것은 부딪치는 다른 물체다. 오직 사람만이 느낌에 따라 소리를
내나 소리에는 虛(허)와 實(실)이 있다. 입에서 나왔으나 글로 나타나지 못하면
헛된 소리가 되고, 입에서 나와 글로 나타내져야 실질적인 소리가 된다.

人情(인정)이란 반드시 글로 써져야 드러나게 되고, 詩(시)로 나타내져야 드날리게 된다. 金石草木(금석초목)은 본래 소리가 없다가 두들겨지면 운다. 이 때문에 陶淵明(도연명)과 謝靈運(사영운)의 한가로운 담백함과 李太白(이태백)과 杜甫(두보)의 뛰어남이 비록 천년 후라도 그 詩(시)를 읽고 그 情(정)을 생각할 수 있으니, 그것이 실질적인 소리가 되는 것이다. 시라는 것은 마음에서 나와서 말의 精粹(정수)가 된 것이므로, 사람들을 깊이 감화시켜 王化(왕화: 세상의 교화)가 드러나게 되니 시가 道(도)에 쓰임이 어찌 작다 하겠는가!

내가 불운한 때에 태어나 이 세상과 단절할 생각으로 뜻을 술잔과 시 가락에 맡기고 벗을 불러 짝해 山水之間(산수지간)에 느긋이 배회하며 興(흥)에 따라 시나 짓고 날 저물어도 돌아갈 줄 모르며 여유를 갖고 내 맘대로 하며 남은 삶을 마치려 하였다.

丙辰(병진: 1976)년에 정부가 수원 성곽을 개축하여 면목이 일신되었다. 將臺(장대)가 나는듯 八達山(팔달산) 정상에 높이 세워졌고, 稚堞(치첩: 성가퀴)은 소나무와 잣나무 사이에 구불구불 펼쳐졌다. 鄕校(향교)는 風化(풍화)를 펼치고 道義(도의)를 익히는 바의 장소인 바, 근래에 많은 그 고을 선비들이 明倫堂(명륜당)이 협소하여 회관을 별도로 짓지 않을 수 없다 하였다. 그러므로 己未(기미: 1979)년 가을에 鄕校(향교) 옆에 儒道會館(유도회관)을 3층 양옥으로 신축했다. 8월 29일에 회관 落成(낙성)을 축하하기 위해 白日場(백일장)이 열렸는데 초청장이 와서 나도 참여하였다. 채색된 마룻대와 비취 빛 용마루에 처마는 이중이요, 층마다 난간은 팔면으로 안에서 밖으로 시원히 터져 사방을 다 볼 수 있게 모두 통해 있으니 빙 둘러 움직여 보아도 오히려 공간에 여유가 있다. 흉금이 탁 트이니 건물을 보자면, 높게는 백층 절벽을 볼 수 있고 멀게는 천 겹 첩첩이 쌓인 산봉우리를 바라볼 수 있고, 위로는 하늘을 찌르고 아래로는 땅이 아득하다. 줄지은 산들이 안개와 구름 속과 아득한 아지랑이 속에서 출몰하여 멀리 물가가 어디인지 알 수 없고, 山川(산천)이 그 光輝(광휘)를 더한다.

인근 고을의 文士(문사)들이 衣冠(의관)을 淨濟(정제)하고 많이 모임에 나왔으니 옛 풍취를 숭상함이 많다. 古今(고금)을 굽어보고 우러러보니 城(성)과 저자의 盛衰(성쇠)에 감회가 깊은데 지금의 물정의 변화를 살펴보니, 陶淵明(도연명)의 술 취한 情(정)과 호탕한 기백이 저절로 인다.

얼마간 있으려니, 儒道會館落成(유도회관낙성)으로 出題(출제)가 되었으므로 붓을 휘둘러 시를 지으니,

> 華虹(화홍) 祝典(축전) 즈음에 가을 날씨도 맑으니
> 채색한 마룻대 조각한 대들보에 상서로운 기운 이네
> 文士(문사)들이 새로 會館(회관) 落成(낙성)하니
> 나라에선 무너졌던 옛 성을 다시 쌓았네
> 냇물과 산봉우리 아름다운 풍경이 더욱 빛깔 고우니
> 거문고 소리 시 읊는 소리 좋은 풍속이 다시 소리 떨치네
> 삼강오륜 지킬 도리 부추겨 단단히 하는 것은 우리네 책임이니
> 오늘 회관 준공으로 좋은 이름 날려 보세나

라 썼다. 다행히도 참여한 사람 중에 1등으로 뽑혔으니 비록 한 때에 盛事(성사)이나 스스로 영예로운 기록에 이름을 남기는 것도 행운이라 생각하여 이리 써서 뒷사람들에게 보여주고자 한다.

天地之間 人與禽獸昆蟲 皆有聲 草木金石無聲 而聲於草木者風也 聲於金石者物也 惟人隨感而出聲 聲有虛實出於口而不著於文 則爲虛聲 出於口而著於文 則爲實聲 人情必托於書 而後顯發於詩而著如金石草木 本無聲而叩之卽鳴 是以陶謝之閒 澹李杜之俊逸 雖千百載後讀其詩 而可以想其情而爲實聲也 詩者心之發而言之精 故感人也 深而王化之汚隆著焉 詩道之用何可少哉 余生丁不辰 念絶斯世 托意觸詠 招朋呼伴 徜徉於山水之間 隨興而賦詩 竟日忘歸 優遊自適 以度餘生 丙辰以後 政府改築水原城郭 面目一新 將垈翼然高於八達山頂 雉堞逶迤於松柏之間 鄕校所以宣風花講道義之處也 近者鄕中多士 以明倫堂狹小 不可無會館之築 故己未秋 新築儒道會

館於校傍三層洋屋也 八月二十九日爲祝會館落成 而設白日場 有書招請故
余亦往參 畫棟翠甍 重簷層欄 八面洞皆四望 皆通周旋動靜猶有餘 地胸衿
恢廓高 可見百層絶壁 遠可望千疊重嶂 上摩于天下臨 無地列岳 出沒於烟
雲杳靄之間 渺不知其涯岸而山川增其光輝 隣邑文士多數來會 濟濟衣冠 尚
多古風 俛仰古今 感城市之盛衰 覽時物之推遷 陶醉之情 浩蕩之氣 自生少
焉 出題以儒道會館落成 故揮筆賦之 其詩曰 華虹祝典際秋晴 畫棟雕樑瑞
氣生 文士落成新會館 廟堂重築舊潁城 溪山勝景方增色 絃誦良風更振聲
扶埴綱常吾輩責 竣功此日好揚名 此詩幸參首選 此雖一時盛事 自幸託名爲
榮誌 喜以示後也

彈琴臺詩序
탄금대시서

탄금대는 極浦(극포)에서 물결을 거슬러 올라간 곳에 홀로 서있다. 휘도는
물결이 그 앞을 때리고 거센 물결이 그 아래를 깎는다. 지탱할 수 없어 보이지
만 움직이지 않는 것이 石壁(석벽)이요, 물 가운데 우뚝 숫돌로 깎아놓은 것
같은 것이 忠州(충주) 彈琴臺(탄금대)이다.

己未(기미)년 유월에 忠州詩社(충주시사)에서 초청을 해서, 心山(심산) 崔
勉承(최면승)과 東洲(동주) 金元一(김원일) 두 친구와 함께 忠州邑(충주읍)에
들어갔다. 고을 서쪽 8리에 大門山(대문산)이 있고 그 아래로 큰 내가 있는데
琴休浦(금휴포)라 부르니 俗離山(속리산)에서 흘러나오는 漢江(한강)의 水源
(수원)과 합쳐져 達川(달천)이라 부른다. 浦口(포구) 가에 깎아지른 듯한 푸른
절벽이 20여 장이나 되는데, 굽어 내려다보면 楊津(양진)으로 于勒仙人(우륵
선인)이 가야금을 타던 곳이라고 일컬어진다. 옛 기록에 보면 伽倻國(가야국)
嘉悉王(가실왕)이 唐(당)나라 음악을 보고 樂師(악사) 于勒(우륵)에게 열두 曲

(곡)을 만들라고 명령했는데, 뒤에 우륵이 그 나라가 장차 어지러워질 것을 알고는 가야금을 안고 新羅(신라)에 투항했다. 眞興王(진흥왕)이 國原(국원) 王遣(왕견) 注知(주지) 등 세 사람에게 안치시키니 受業(수업)을 받고 이 세 사람이 약속하기를 다섯 곡을 만들면 왕 앞에서 연주하겠다 하니, 왕이 기뻐했다고 한다.

丹月驛(단월역)은 鳥嶺(조령: 새재) 아래에 있다. 새재는 영남과 호남 사이의 산악에 웅거하고 있다. 첩첩이 쌓인 기암괴석으로 험난하고 숲도 빽빽한데, 고개 위에는 三重(삼중)으로 關門(관문)이 세워져 있으니 진정 하늘이 준 險地(험지)이다. 宣祖(선조) 임금 壬辰(임진)년에 왜적이 침입하여 東萊(동래)를 함락시키자, 申砬(신립)공을 都巡邊使(도순변사)에 金汝岉(김여물) 공을 從事官(종사관)에 임명하여 鳥嶺(조령)을 지키게 했다. 신립이 충주에 이르러 丹月(단월)에 진을 치니 병사는 겨우 수천 명에 불과했다. 김여물이 신립에게 이르기를 "왜적이 세력이 극대하니 그 끝을 무디게 하기 어렵습니다. 또 새재는 하늘이 준 험준한 땅이라 伏兵(복병)에 알맞은 곳입니다. 도적들이 골짜기 안으로 들어오게 해서 높은 곳에서 쏴야 합니다. 적을 가볍게 보면 이기지 못할 것입니다."라고 하였다. 신립이 말하기를 "저들은 步軍(보군)이고 우리는 騎兵(기병)이니 넓은 들에서 맞아 鐵騎(철기)로 짓밟으면 이기지 못할 리 없다"라고 하고는 끝내 듣지 않았다. 賊兵(적병)이 공격해와 戰鬪(전투)가 시작되니, 합해서 모두 도망치고 흩어졌다. 신립이 엉겁결에 어찌하지 못하고 여물과 함께 탄금대 아래로 몸을 던져 죽으니, 全軍(전군)이 陷沒(함몰)되었다. 뒤에 忠烈祠(충렬사)에 배향하였는데, 사당의 뜰에 세운 비석에 이르기를 "장군이 나라의 일을 떠맡았다. 재주 부족한 신하로서 지휘권을 잡았으나, 오직 黨爭(당쟁: 당파 싸움)만 알고 군사의 일은 모르니 어찌 한스러운 일이 아니랴!"라 하였다. 林象德(임상덕) 공이 시로 읊기를,

한 사내로 새재를 막게 하였더라면
어찌 임금의 행차가 龍灣館(용만관)[57]에 이르렀겠는가

121

라고 하였고, 洪泰猷(홍태유) 공이 시로 읊기를,

반평생 征伐(정벌)에 끝내 무엇을 얻었는가
한 몸 죽은 것은 그래도 분명 핑계가 있네

라고 하니, 시인의 시름이다. 멀리 나는 두루미나 가까이 우는 두견새나 어찌
志士(지사)의 느낌이 아니겠는가!

己酉(기유: 1969)년 늦은 봄에 藥城詩社長(예성시사장)인 鄭輔澤(정보택) 군
이 시를 봐달라는 부탁이 있어 왔다가 간략하게 여기 景光(경광)을 알았었는데,
오늘 온 것도 또한 忠州詩社(충주시사) 친구들의 시를 교정해달라는 부탁에
따른 것이다. 탄금대에 올라 音樂堂(음악당)에서 모임을 갖고, 樂聖(악성) 우륵
선생의 기념비를 세웠다. 조금 아래에 또 忠魂塔(충혼탑)을 세우고, 조금 위에
또 2층 작은 누각을 세웠다. 그 아래 정원에는 또 花卉(화훼: 꽃과 풀)을 심어
놓으니 이미 관광지가 되었다.

세월은 물같이 흘러 이미 10년이 지났으니, 전에 사귀던 친구들은 태반이
이승과 저승으로 길을 달리하여 感慨(감개)가 그지없다. 騷客(소객: 시 지으면
노니는 사람) 일고여덟이 강 가운데 배를 띄우니 흰 비단 한 필이 청동처럼 햇빛
에 반짝이고, 강 언덕 양쪽의 지세가 빙 둘러 삐죽삐죽 하여서는 나르는 봉황이
둘러보는 것 같다. 빛나는 모래와 깨끗한 물가는 희기가 마치 눈이 처음 쌓인
것 같고, 맑게 갠 날 물새들은 모여 모래톱 위에 날고, 쏘가리와 잉어가 배
밑바닥에서 발랄하니 어부와 나무꾼의 피리소리 노랫소리가 山水之間(산수지
간)에 서로 어울려 황홀하기가 비단 병풍 안에 있는 듯하다. 배 안에 술자리
벌려놓고 아름다운 손님들 가득하고, 붉은 치마 푸른 적삼에 피리와 노래 번갈
아 울리고, 오래 살라 축원하는 술잔 오가고, 노랫소리 바람 쫓아 날리고 춤추
는 소맷자락 바람에 흩날려 들려지니 千態萬象(천태만상)이 다 눈 아래 들어온
다. 호탕한 기운이 저절로 일어 흥에 따라 시를 지으니 이르기를,

칠월 楊津(양진) 옛 나루 머리에서

거문고 끼고 술병 들고 강 가운데 배 띄웠네

文章(문장)은 蘇東坡(소동파) 솜씨에 못 미치지만

취미는 그래도 赤壁(적벽)[58]의 뱃놀이와 같네

아주 아주 오래 전부터 사람들 惡夢(악몽) 많지만

신선 같은 오늘 이곳엔 세속 시름 걱정 별로 없네

용과 이무기 왔다 간 흔적을 어찌 꼭 말해야만 하는가

오직 다행히 남은 삶 詩(시)나 지으며 멀리 유람하겠네

산과 내와 꽃과 새는 아무리 오래돼도 변하지 않아 같지 않은 땅은 없으나, 사람은 각각 다르다. 걱정 있는 자를 보면 더욱 걱정되고, 즐기는 자를 보면 더욱 즐겁다. 蘇東坡(소동파)의 赤壁賦(적벽부) 중에 '배 이물 고물 연이어 천 리이니 깃발은 하늘을 덮었네. 강가에 임해 술을 거르고 창은 뉘어놓고 시를 짓네'라는 것과 白香山(백향산: 백거이)의 琵琶行(비파행) 중에 '潯陽江(심양강) 머리에서 밤에 나그네 떠나보내니 단풍잎과 갈대꽃이 가을에 소슬하네'라고 한 배경엔 강도 같고 배도 같고 술도 같은데, 하나는 雄壯(웅장)하고 다른 하나는 冷落(냉락)한 것은 느끼는 바가 각기 다르기 때문이다. 옛날을 회고하면 감개무량하고 지금 감상을 하면 쾌활한 것은 소동파나 白香山(백향산)만 못할 것 없지만, 한스러운 것은 문장이 한참 따라가지 못함이다.

坨於極浦之中 溯流而特立 狂瀾衝其前 激浪囓其下 不能支而不動者 石壁屹然 若中流之砥柱者 忠州之彈琴坨也 己未六月 因忠州詩社招請 與心山 (崔勉承) 東洲 (金元一) 兩友 入忠州邑 州西八里 有大門山 其下有大川 曰琴休浦 與俗離山所流漢江之源合而稱達川浦 上蒼壁斗絶二十餘丈 俯臨楊津以于勤仙人彈琴處 稱古記 伽倻國嘉悉王 見唐樂而命樂師于勒造十二曲 後勒以其國將亂 携琴投新羅眞興王 安置于國原王 遣注知等三人 受其

58) 蘇東坡(소동파)가 赤壁賦(적벽부)를 지은 것을 빗댄 것임.

業 三人約爲五曲奏於王前 王悅之 丹月驛在鳥嶺之下 鳥嶺據嶺湖之間 山
岳重疊 岩石奇險 林木亦密 嶺上作三重關 眞天險之地 宣祖壬辰 倭賊入寇
陷東萊 拜申公砬爲都巡邊使 金公汝岉爲從事官 守鳥嶺 砬至忠州 陣於丹
月 衆纔數千人 汝岉謂砬曰 倭賊勢極大 難以嬰鋒 且鳥嶺天險之地 可伏兵
使賊入谷 乘故射之菱不勝矣 砬曰 彼步我騎 迎入廣野以鐵騎蹂之 無不勝
矣 終不聽 敵兵來攻 鬪始合 皆奔潰 砬惶遽失措 與汝岉投彈琴坮下水而死
之 全軍陷歿後 享忠烈祠 廟庭碑曰 將軍以王事 自負庸臣 執權惟知黨爭 將
不知兵 豈不恨哉 林公 (象德)有詩曰 若使一夫當鳥嶺 何勞八駿到龍灣 洪
公 (泰猷) 詩曰 半生征伐終何賴 一死分明尙有辭 岸草汀花 無非騷人之愁
遼鶴蜀鵑 豈不志士之感 己酉暮春 因藥城詩社長鄭輔澤君所請以考詩而來
略知景光而今日之來 亦因忠州詩朋之請 校正其詩 而登彈琴坮 設會于音
樂堂 建樂聖于勒先生紀念碑 稍下又建忠魂塔 稍上又建二層小樓 而其下
庭園植花卉 已作觀光之地 流水光陰 已過十年而舊交太半幽明異路 不勝
感慨 與七人騷客 汎舟遊於江中 一匹素練 皎若靑銅 兩岸山勢 周遭矯然 若
翔鳳之覽 輝沙精水際皜乎若積雪之初霽 鷗鷺翔集於渚上 鱖鯉潑刺於舵底
漁歌草笛 和於山水之間 怳然如在錦屏之中 置酒于舟中 嘉賓滿座 紅裙翠
衫 笙歌迭奏 獻酬交錯 歌聲逐風而飛舞袖 飄風而擧千態萬像 盡入於眼下
浩蕩之氣 自生隨興而賦詩曰 七月楊津古渡頭 抱琴携酒泛中流 文章不及
東坡筆 趣味猶如赤壁舟 浩劫前人多惡夢 仙區此日少塵愁 龍蛇往蹟何須
說 惟幸殘年賦遠遊 山川花鳥 萬古不變 無地不同人 各有異見 憂者見而添
憂 樂者見而尤樂 蘇東坡赤壁賦中 軸轤千里旌旗蔽 空灑酒臨 江橫槊賦詩
與白香山琵琶行中 潯陽江頭夜送客 楓葉荻花秋瑟瑟同 一姜同一舟同一酒
也 而一爲雄壯 一爲冷落 所感各異也 懷古感慨 賞今快活 不下於香山東坡
而所恨者 文章甚相遠矣

翠岡序

취강서

翠岡(취강) 全泳喆(전영철) 군은 단아한 선비로서 文學(문학)의 일로 나와 어울렸다. 스스로 號(호)를 짓기를, 翠(취)는 소나무가 사시장철 푸르러 울울하기가 늦도록 푸르다는 含意(함의)에서 취하였고, 岡(강)은 돌은 아무리 오래돼도 움직임이 없어 강물이 흘러도 굴러가지 않는다는 함의에서 취하였다. 대저 저 푸른 소나무와 흰 돌을 관찰하자면, 이는 山林(산림) 사이에 제일 한가로운 물건이면서도 사람에게 가장 가깝게 있다. 옛사람들이 많이도 이를 취해 號(호)를 삼으니, 옛 君子(군자)가 마음에 담아 호를 붙인 것이 대개 이러한 물건 됨이 가리키는 뜻이 있는 것이다.

한겨울 매서운 눈 속에서도 우뚝 홀로 솟아 있는 것이 소나무이니 烈士(열사)의 절개요. 고요한 곳 한가로운 구름에 눌려있어도 높이 나타나는 것이 돌이니 君子(군자)의 기개다.

全(전) 군은 沃川(옥천) 사람으로 이름난 조상의 후예이다. 덕망 있는 집안의 가르침과 간결한 자세와 군은 절개를 바탕으로 곤궁하다 해서 걱정하지 않고, 위세가 왕성하다 해서 급급하지 않는다. 세상에 아부해 달려가지도 않고 궁핍을 견디며 가난해도 즐길 줄 알아 의로운 것이 아니라면 일찍이 털끝 하나라도 남의 일에 간섭하지 않았다. 또한 하나라도 어긋나거나 망령된 행동을 하지 않고, 때때로 山川(산천)을 쫓아 逍遙(소요)한다.

화창한 봄날에 꽃피고 뻐꾸기 울면, 沂水(기수)에서 목욕하고 舞雩(무우)에서 바람 쐰다. 여름 바람 후덥지근하면, 구름 돛배를 타고 江湖(강호)에 노닐어 늦은 저녁 서늘한 바람 불 때까지 낚시하다 자연으로 돌아온다. 가을장마 처음 개고 오곡이 다 익으면 수유 꽃 꺾어 머리에 꽂고 높은 곳에 올라 붉은 단풍과 술잔에 뜬 국화꽃을 시로 읊는다. 겨울 기운 싸늘히 매섭고 눈보라가 창문을 때릴 때는 화로를 껴안고 매화와 술잔을 주고받으며 시를 짓는다. 이리 사시사철 즐거움 갖추어져 있어 마음 내키는 대로 노래 부르고 읊으며 흔적은 내팽개

치고 뜻은 風光(풍광)에 맡겨버리니, 흉금이 활짝 열려 불우했던 회포를 유연히 펴내 스스로 취향을 얻는다.

전 군의 자질이 명민하고 書道(서도)에 힘을 쏟으며, 마음이 본래 효성스럽고 공경할 줄 알아 어짊과 용서로 사람을 대한다. 이리도 흉금이 활달하니 화목함으로 사람을 응대하여 즐거이 따르지 않는 이 없다. 집안은 이미 다스려 놨으니 세상에 나가 쓰임이 있으면 큰 공적이 있었을 것이나, 운명과 시절이 어긋나니 안타깝구나.

앞길에 늦게라도 이루어짐이 있을 것이란 기대로 기뻤던 것이 몇 번인가! 내 글재주 졸렬함에도 불구하고 그 일을 써서 序(서)로 삼는다.

翠岡全君泳喆 端雅之士 以文學之事 從遊於余 而自以爲翠取於松之四時長翠 卽鬱鬱含晚翠之意 岡取於石之千古不動 卽江流石不轉之意 觀夫蒼松白石 自是山林間一等閒物 而於人崔接近 故人多取 而爲號古之君子 寓心稱號 蓋有旨義 此之爲物也 大冬嚴雪 挺然獨秀者松 而烈士其節靈區 閒雲坳然高出者石 而君子其介也 君沃川人 以名祖之裔 資德門之訓 簡潔之姿貞介之操 不以貧窮而戚戚 不以薰赫而汲汲 不欲與世軒輊 固窮安貧 未嘗以一毫非義干於人 亦不以一舛妄行加於身 有時逍遙於山水 春日暄和 花開鶯啼 浴乎沂而風乎舞雩 夏風薰蒸駕雲帆而遊江湖 薄暮微涼 荷釣而歸 林泉秋霖初霽 五穀已熟 揷茱登高 詩題紅葉 酒泛黃花 冬氣栗烈 風雪打窓 擁爐而酌 酒對梅而賦詩 四時之樂備而嘯詠自適放跡於外 託意於風光 開闊心胸以敍不遇之懷 悠然有自得之趣 君才器明敏而得力於書道 心本孝悌 推以仁恕 胸衿濶達 應人以和 靡然悅服 旣有政於家則出而需世 可有爲而命與時違 惜哉前程之晚達 爲歡幾何 不拘文拙 敍其事而爲序

北岳詩序
북악시서

사람마다 처지가 다르면 즐기는 바도 또한 같지 않다. 山林(산림)은 은둔해 사는 담백한 사람의 즐기는 바요, 軒冕(헌면: 높은 관직)은 富貴(부귀)를 바라는 허영심 많은 사람의 즐기는 바다. 부귀라는 것은 하고자 하는 것이 뜻대로 되지 않음이 없는 것이니, 무슨 일을 밖에서 찾겠는가! 夔龍(기룡)[59]은 山林(산림)을 사랑하지 않았고, 巢許(소허)[60]는 높은 관직을 바라지 않았다.

나는 옛 학문을 배우고 도리를 품었었다. 그러나 예와 지금의 배움이 다르고, 일과 마음이 어긋나 이른 나이에 고향을 떠나 부평초 같이 타향으로 떠돌다 서울 서쪽에 자리 잡은 지 20여 년이다. 사방에 내 품은 바를 펼칠 수 없고, 세상도 이미 나를 돌아보지 않으니 내가 이 세상에 자랑할 것이 무엇이 있겠는가! 젊어서부터 늙을 때까지 강산을 돌아다니며 산속과 강가의 정자에 손님과 친구를 불러 모아 시와 술과 서문고와 바둑으로 消日(소일)했다. 사계절의 풍경이 같지 않으니, 내가 즐기는 것도 그와 더불어 하나가 아니어서 술과 詩(시) 읊는 즐거움은 있으나 형벌 받을 걱정은 없다. 이리 느긋이 노닐며 마음 내키는 대로 하니 是非(시비)에 관여치 않고, 물고기와 새와 더불어 자연 속에서 서로를 잊었다.

庚申(경신: 1980)년 늦은 봄에 詩社(시사)의 모임에 참석하려 이곳에 오니, 산 위에 팔각정이 있다. 돌길을 따라 올라 정자에 앉아 三角山(삼각산) 全景(전경)을 굽어보니 한 가닥이 北漢山(북한산)으로 肅宗(숙종) 임금 때 北漢山城(북한산성)을 쌓았고, 또 한 가닥은 울퉁불퉁 碑峰(비봉)과 이어지다 우뚝 솟아 拱極峰(공극봉: 북악산의 옛 이름)이 되니 이것이 景福宮(경복궁)의 主峯(주봉)

---

59) 舜(순)임금의 신하였던 夔(기)와 龍(용)이 일이 바빠 산림을 즐길 여유가 없었음을 말함.
60) 堯(요)임금 시대의 사람들로 요임금이 許由(허유)에게 자리를 물려주려 하자 더러운 소리를 들었다 하여 潁川(영천) 물에 귀를 씻었고, 巢父(소보)는 소에게 물을 먹이려 나왔다가 그 물에 허유가 귀를 씻었다는 말을 듣고 물이 더러워졌다 하여 그대로 갔다는 얘기를 말함.

이 되어 北岳(북악)이러 불리니, 그 한 가닥이 또 仁旺山(인왕산)이 된다.

몇 년 후 비봉 자락으로부터 더위잡아 인왕산에 올라보니, 뒤의 깎아지른 듯한 언덕에 城(성)을 쌓고 漢北門(한북문)을 세워 숙종 임금의 글씨 현판을 걸었었는데, 지금은 성가퀴만 일부 남아 있다. 근년에 정부가 남아있는 성을 고쳐 쌓고, 마을 어귀에 弘智門(홍지문)을 重建(중건)하여 古蹟(고적)을 보존했다. 새로 北岳窟(북악굴)을 뚫어 貞陵(정릉) 길과 통하게 하고, 길가에는 華弟(화제)와 목련과 수양버들을 심었다. 산에는 진달래와 철쭉 종류가 많으니 지금은 平倉洞(평창동)이라 부른다. 아래에 洗劍亭(세검정)이 있고, 골짜기 건너에 僧伽(승가)와 文殊(문수) 두 절이 있다. 층 높은 樓臺(누대)와 커다란 樓閣(누각)이 좌우로 연이어 서있고 자동차 소리가 밤낮으로 끊이질 않으니, 도시 안에 남녀들 관광지가 되었다.

층층이 산봉우리들이 천 겹이나 연이어 있어 여러 상투 머리들이 팔짱 끼고 허리 굽히고, 10리 되는 골짜기는 안개와 노을에 아득하다. 碧澗(벽간: 푸른 산골 계곡)은 밤비를 타고 흰 비단 같이 늘어지고, 石壁(석벽)은 봄꽃으로 繡(수)를 놓아 그림 병풍을 두르니 옥구슬처럼 빛나고, 비단에 수놓은 것처럼 찬란하다. 꽃 그림자는 물 가운데 비쳐 빛나고, 새소리는 숲 밖으로 울려 나가고, 나비는 꽃 속에서 춤추고, 꾀꼬리는 버들가지 사이를 비집어 날고, 奇巖怪石(기암괴석)이 호랑이나 표범이 뛰어오르는 것 같이 혹 물속에 잠겼다가 혹 산꼭대기에 나타나고, 뜬구름이 흩어졌다 모였다 하여 항상 끌어들이지 않아도 한 필 비단처럼 산허리에 펼쳐졌다가는 쌓여서는 높은 산의 모자가 되어 산꼭대기에 씌워진다. 날 맑으면 환하게 밝고 날 흐리면 어둑어둑하여 아침저녁 흐리고 맑은 사이에 그 경치가 무궁하다. 시 하나를 지으니 이르기를,

사방에 살아있는 그림으로 명승 구역 열어내니
雅會(아회: 시 모임) 다시 이루어져 약속 지켜 왔네
풀은 봄빛을 두르고 거리마다 연이어 있고
해는 기울어 산 그림자가 樓臺(누대)에 지네

한평생 지나치게 꽃 지는 것 좋아했으니
어디 간들 즐겁지 않으리요 기쁨만 배가 되네
푸르른 나무 구경 붉은 꽃 찾아 興(흥)이 끝없으니
곧 돌아갈 길 잊었는데 지는 해가 재촉하네

읊기를 끝내고 돌아오니, 시가 이 풍취를 다 그려 기록하지 못함이 한스럽다.

人之所處不同 則所樂亦不同 山林肥遯淡泊者之所樂 軒冕富貴虛榮者之
所樂而富貴者 所欲無不如意 何事求於外乎 夔龍不愛山林 巢許不願冠冕
余學古懷道而古今殊學 事與心違 早年離梓里飄泊萍鄕 晚寓漢城之西二十
年里 無得而展其所抱於四方 世旣不顧於我 我何自衒於世哉 自少至老 處
江山之間 與賓朋相會於山榭江亭 以詩酒琴棋 消日四時之景 不同吾之樂
與之不一而有觴詠之樂 無刀鋸之憂 優遊自適 是非不關 與魚鳥而相忘於江
山之間 庚申暮春 參詩社之會來此而山上有八角亭 由石逕而登坐亭上 而俯
瞰全景三角山 一枝作北漢山 肅宗朝 築北漢山城 又一枝磅礡連碑峰 而聳
作拱極峰 是爲景福宮主峰而稱北岳 其一枝爲仁旺山 數年後 自碑峰更攀仁
旺山後 懸崖築城而建漢北門 揭肅宗御筆 今只有殘堞 而近年政府修築殘城
重建弘智門于洞口 保存古蹟新穿北岳窟 通貞陵之路 邊植莘萸木蓮垂楊 山
多杜鵑躑躅之屬 今稱平倉洞 而下有洗劍亭 越壑有僧伽文殊二寺 層樓傑閣
左右連立 車聲不絶於晝夜 作都中士女觀光之地 層巒千重 累累如衆髻之拱
揖 洞壑十里 烟霞縹緲 碧潤乘夜雨而垂素練半面 石壁繡春花而皆畵屛 如
珠璣之璀璨如錦繡之燦爛 花影照耀於水中 鳥聲流出於林間 蝶舞花心 鶯織
柳絲 奇岩怪石 如虎豹之騰躍 或潛水中 或露山頂 浮雲離合無常引而爲正
練 拖於山腹 積而爲峨 冠戴於山頂 炳然而明 黯然而陰 朝暮陰晴之間 其景
無窮 題一詩曰 四方活畵勝區開 雅會重成守約來 草帶春光連巷陌 日移山
影上樓垹 一生偏惜好花落 何處不歡嘉樹培 賞綠尋紅無限興 便忘歸路夕陽
催 吟罷而歸 詩不能盡記 甚可恨也

雲坡詩集書

운파시집서

蘭草(난초)는 그윽한 골짜기에 나도 반드시 그 향기를 알아주는 사람이 있고, 玉(옥)은 깊은 산에 묻혀있어도 반드시 빛을 낼 때가 있다. 德行(덕행)은 삶의 본성이요, 文學(문학)은 재주의 말단일 뿐이다. 雲坡(운파) 金龍植(김용식) 군의 문학의 솜씨는 난초와 같이 스스로 향내를 내고 옥과 같이 스스로 빛을 내나, 우리 유학을 하는 한문학자의 길이 극히 쇠약해진 때라 드러나지를 않는다.

德行(덕행)의 아름다움이 집안 대대로 이어져 내려와 여러 사람에게 미쳐 훌륭한 家門(가문)이 되고, 집안 어른들은 한 고을의 어진 스승이 되었다. 친구인 金(김) 군은 金海(김해) 사람으로 鶴城君(학성군) 襄武公(양무공) 金完(김완)의 후예이다. 그 曾祖(증조)가 대대로 살던 南原(남원)에서 陰城(음성)의 程川(정천)으로 이주하셨다.

君(군)은 본성이 溫良恭儉(온량공검)하시어 세속에서 높이는 것을 익히지 않고, 집안에서는 부모에게 효도하고 형제간에 우애가 있었으며, 다른 사람들에게는 충성스럽게 믿음을 다 주었다. 배움을 좋아하여 책을 놓지 않았다. 또 곁으로 醫藥(의약)과 堪輿(감여: 풍수지리) 서적도 섭렵하여 스스로 깨치니, 사람들이 많이 의지하였다. 中年(중년)에 스스로 생각하기를, 착오가 만일 있으면 필시 다른 사람들에게 피해가 있을 것이니 生死禍福(생사화복)의 일은 論(논)하지 않음이 옳다 생각하고, 바둑과 노래와 詩(시)와 술로 일생을 스스로 즐겼다. 처음에는 詩法(시법)에는 정교하지 않았으나, 느지막이 뜻을 같이하는 사람들과 모임을 맺어 시와 술로 어울려 자연에서 노닐었다. 10여 년 전에 아들을 따라 서울에서 기거하였다. 나와 더불어 서로 따르며 친하게 지내면서, 시 공부에 더욱 힘을 쏟고 문학을 익히니, 그 情(정)이 형제와 같아 형체와 그림자가 서로 따르듯 하였다.

그가 지은 시가 많지는 않지만 그 情景(정경)에 따라 솜씨 있게 다듬어져서,

그 아들들이 빛을 내어 아버지의 문학을 드러나게 하여 없어지게 할 수 없다 하고, 장차 간행하려는 즈음에 내게 교정을 부탁하고 또 책머리에 쓸 글을 요구했다. 내가 재주는 없으나 약간 수정을 가하여 책 한 권이 되도록 하니, 훌륭한 책이 되어 君(군)의 문학을 알 수 있게 되었다. 후세에 볼 사람들은 그의 덕행이 이 책의 詩文(시문)에 나타난 것과 비교될 수 없으니, 제대로 君(군)을 알아주기 바란다.

蘭生幽谷 必有知芳之人 玉蘊深山 必有生光之時 德行性而本也 文學才而末也 雲坡金君龍植 文學之工 如蘭自芳如玉自光 不顯於吾道極衰之時 德行之美承襲家謨 常有德行之及於人 入而爲一門之好父老 出而爲一鄕之賢師友 君金海人 鶴城君襄無公 諱完之後 而其曾祖自南原世鄕 移住于陰城程川 素性溫良恭儉 不以俗尙爲習 而孝友行于家 忠信行於人 好學不倦 旁及醫藥堪輿之書 自能通曉 人多賴之 中年自以謂若有錯誤 必有害人 不如不論生死禍福之說 以棋歌詩酒 一生自樂 而初不專工於詩法 晩隨同志之人 以文結社 以詩酒從遊於山水之間 十餘年前 隨子寓京 與余相從虛心求盆 着力於詩工 講文學情 若兄弟如形影之相隨矣 其所作之詩不多 而隨其情景加雕琢之工 故其胤顯光甫 以爲家君之文學 不可泯滅 將欲刊行之際 請余校正 又求弁卷之文 余以不才略加修正爲一冊 則零金片玉 可以知君之所學 而後之覽者 不以詩文 比看其德行 庶可以知君矣

扶餘紀行詩集書
부여기행시집서

名勝地(명승지)는 사방의 남녀에게 소문 흘러나오니, 風流(풍류) 즐기는 사람들이 혹 한번 그 땅에 올라 구경하고자 하는 宿願(숙원)을 가진 자가 적지 않다. 그런 곳 중 하나인 湖西(호서)의 명승지 경치가 白馬江(백마강) 한 굽이에 있어, 세상에서 이르기를 扶餘八景(부여팔경)이라 한다.

源谷(원곡) 崔哲圭(최철규)가 막 天安(천안)에서 서울로 이사 왔는데, 文學(문학)이 시원히 모자람이 없고 天性(천성)이 온후하다. 庚申(경신: 1980)년 4월에 扶餘(부여)로 유람하려고 十萬金(십만금)을 들여 차를 빌리고 또 數萬金(수만금)을 내어 놀이에 필요한 물품들을 준비해 놓고 나를 불러 같이 가자 하니, 진실로 근세에 좋은 일이다. 모인 자가 33명이고 차로 달리는 거리는 百里(백리) 남짓이다. 차 달리는 소리는 천둥 같고 빠르기는 번개 같으니, 지나치는 곳마다 소나무 삼나무 숲이 울창하여 혹은 돌 벽이 깎은 듯하고 산봉우리들이 사방을 둘러 허리 굽혀 절하고 있고, 혹은 긴 강이 가운데로 띠를 둘러 물결이 三面(삼면)으로 얽혀 흘러 넓은 들이 밖으로 펼쳐진다.

때는 봄여름이 바뀌는 시절이라 온갖 꽃이 아직 다 지지 않았고, 향기로운 풀은 이미 무성하고, 볏닢 끝은 물 위로 뾰족뾰족 올라와 흔들리고, 청보리 물결은 바람에 출렁이나 아직 누렇게 되진 않았다. 여염집 흩어져 있어 밥 짓는 연기 서로 바라보고, 평탄한 길이 골짜기 안으로 구불거려 公州(공주)로 들어간다.

泰華山(태화산) 속에 麻谷寺(마곡사)가 있다. 소나무와 삼나무가 삐죽삐죽 하늘을 찌르는 곳에 伽藍(가람: 불교 절)이 있으니, 단청한 마룻대와 나는 듯한 용마루에 겹쳐진 처마와 굽은 난간이 시원하게 높은 곳에 있어 앞이 훤하게 뚫려있다. 무리 진 산들이 병풍 같고, 한줄기 냇물이 구슬을 쏟아낸다. 우뚝 솟은 암벽은 온통 푸르러 안개구름과 아득한 아지랑이 사이로 나왔다 숨었다 한다. 殿閣(전각)의 웅장함이 忠南(충남)에서 으뜸가는 절이다. 新羅(신라) 慈藏律師(자장율사)가 절을 처음으로 세웠으니, 즉 百濟(백제) 武王(무왕) 41년이다. 無禪國師(무선국사)가 唐(당)나라에 들어가서 麻谷寶澈和尙(마곡보철화상)에게서 배움을 받고 귀국하여 그 스승을 추모해 이름을 麻谷寺(마곡사)라 하였다. 壬辰倭亂(임진왜란)에 불타 없어졌으나, 孝宗(효종) 임금 2년에 覺海大師(각해대사)가 중건했다 한다.

다시 公州邑(공주읍)을 거처 扶餘邑(부여읍)으로 들어가니, 옛 古所夫里縣(고소부리현)으로 泗沘城(사비성)이라 불린다. 聖王(성왕)이 공주에서 수도를 옮겨온 후부터 義慈王(의자왕)에 이르러 新羅(신라)에 병합될 때까지 170년에 망하니, 오호라! "人物(인물)이 東遷(동천)한 후에 폐허가 되었다"[61]라는 헛헛한 느낌의 회포가 없을 수 없다.

近代(근대)의 郡守(군수) 金昌洙(김창수)가 石城(석성)과 門樓(문루)를 허물고 扶蘇山(부소산) 꼭대기에 泗沘樓(사비루)를 세우니, 半月城(반월성)의 옛 터가 있은즉 百濟(백제)의 王宮(왕궁)이 있던 땅이다. 동쪽에 한 봉우리는 迎月坮(영월대)라 하고, 서쪽의 한 봉우리는 送月坮(송월대)라 한다. 扶蘇山(부소산) 아래에 돌 하나가 강 가운데 우뚝 솟아 있다. 龍(용)이 희롱하여 唐(당)나라 군대가 물을 건널 수 없게 되자, 당나라 장수 蘇定邦(소정방)이 白馬(백마)를 미끼로 용을 낚았다 하여 釣龍坮(조룡대)라는 이름을 얻었다.

조룡대 서쪽에 암벽이 홀연히 서있는데, 落花岩(낙화암)이라 부른다. 나라가 망할 때에 王宮(왕궁)의 妃嬪(비빈)과 여러 궁녀들이 바위 아래로 몸을 던져 殉節(순절)한 곳으로, 지금도 궁녀들을 위한 사당이 있다.

층층 언덕을 더위잡고 내려오면 皐蘭寺(고란사)가 있다. 高麗(고려) 獻宗(헌종) 임금 2년에 창건된 것으로, 앞으로는 긴 강에 임해 있고 뒤로는 절벽을 등지고 있다. 堂宇(당우: 건물)는 비록 작으나, 境內(경내)는 그윽하고 조용하다.

또 긴 다리를 건너 水北亭(수북정)에 오른다. 順川(순천) 金興國(김흥국) 공이 벼슬을 내놓고 물러나서 이곳에 점쳐 자리 잡고 이 정자를 세웠다. 멀리는 산봉우리들이 공중에 떠서 검푸른 빛을 하늘에 가로질러 멀리는 희미하고 가까이는 짙게 정자에 허리 굽혀 절하고 있다. 긴 강은 누인 명주 같고, 평평한 모래밭은 흰 눈과 같다. 안개가 물가 깊이까지 밀려오고 구름으로 길 찾기 어려

---

61) 중국 周(주)나라가 국력이 쇠퇴하여 서울을 長安(장안)에서 동쪽에 있는 洛陽(낙양)으로 옮기자 옛 서울은 폐허가 된 역사적 사실을 일컬음.

운데, 긴 물가와 밭두둑이 수놓은 듯 엮여져 있다. 마을에 여염집이 즐비하고, 眼界(안계: 눈에 뵈는 범위)는 空闊(공활)하여 사람 마음은 넓어지고 정신은 즐겁게 만든다. 놀이 구경 나온 남녀들이 곳곳에 단란하게 모여서 피리 소리 거문고 소리 번갈아 울리고, 술잔이 오가니 노래 소리는 바람을 쫓아내고, 나르듯 춤추는 소맷자락은 바람결에 흩날린다. 호탕한 기운을 들어 날리니 내 興(흥)을 돋우고, 산을 바라보니 노을이 난다. 구름이 나르는 상상을 걷어 올리니, 물가에 임하여 바람도 쐬고 몸도 씻는 즐거움이 있다.

주인인 술자리 차려 놓으니 아름다운 손님들 자리에 가득하다. 온갖 경치를 다 거두어 갖고, 시를 읊으며 술잔을 주고받는다. 바람과 달이 이곳에서 한가할 틈이 없게 하니 사계절의 경치가 무궁하고, 山水(산수)의 精靈(정령)이 여기에 모두 모인다.

내가 이 땅에 다시 온 것이 이미 50년을 지났으니 기름졌던 얼굴은 변하고, 젊었던 검은 머리는 변해서 하얗게 되었다. 정자 안에서 눈 마주치는 것은 모두 옛날에 봤던 것인데, 나는 옛날의 모습이 아니니 蘇東坡(소동파)가 "내 삶이 이토록 잠깐임을 슬퍼하고, 長江(장강)이 이렇게 무궁함을 부러워하노라"고 한 감정이 없을 수 있겠는가?

날이 저물어 돌아가는 길에 源谷(원곡)이 각자의 詩(시)를 뽑아서 합쳐 책 하나로 발간해 기념으로 삼고자 한다 하는 고로, 삼가 그 일을 위해 서문을 쓴다.

이 글을 쓰신 耕南(경남) 선생의 이때 지은 시는 위에 말한 책에 실려 있어, 여기에는 싣지 않은 것으로 보인다.

名區勝狀 流聞四方士女 風流之輩 或欲一陟其地 償其宿願者不少 而湖西勝景 在馬江一曲 而世稱扶餘八景也 源谷崔哲圭甫 自天安移京而文學裕餘 天性溫厚 庚申四月 將作扶餘之遊 費十萬金而貰車 又捐數萬金而備濟勝之具 招余同行 進近世勝事也 會者三十三人 而馳車百餘里 車聲如雷 而其走如電 所過處或松杉鬱然 或石厓嶄然 峯巒拱揖于四圍 而或長江經帶于

中 川流縈回於三面 而大野展開於外 時當春夏之交 百花未殘 芳草已茂 秧

針剌水 而搖綠麥浪 翻風而未黃 閭閻散在 烟火相望 坦平大路 透迤於峽中

轉入公州泰華山中麻谷寺 松杉參天之中有伽藍 畫棟飛甍 重簷曲欄 爽塏曠

谿 群山如屏 一溪瀉玉 聳碧攢靑 出沒於烟 雲杳靄之間 殿閣之雄 忠南之首

刹也 新羅慈藏律師開山 卽百濟武王四十一年也 無禪國師 入唐受學於麻谷

寶澈和尙 而歸國追慕其師而稱麻谷寺 燒失於壬辰倭亂 孝宗二年 覺海大師

重建云 更由公州邑入扶餘邑 古所夫里縣而稱泗沘城 聖王自公州遷都 而至

義慈王爲新羅所倂 百七十年而亡 嗚呼人物東遷之後 廢爲殘邑 不無曠感之

懷 近代郡守金昌洙 毀石城門樓建泗沘樓於扶蘇山顚 有半月城古址卽百濟

宮城也 東一岑曰迎月坮 西一岑曰送月坮 扶蘇山下一石聳立江中者曰釣龍

坮 因龍戲而唐兵不能渡 唐將蘇定方 以白馬爲餌 釣龍而得名 坮西有岩壁

屹然者曰落花岩 國亡時王宮妃嬪諸姬 投身岩下而殉節處 今有宮女廟 攀層

厓而下卽皐蘭寺 高麗獻宗二年創建 前臨長江 後背絶壁 堂宇雖小 境域幽

閒 又過長橋登水此亭 順天金公興國休退而卜此區 因建此亭也 遠岫浮空

黛色橫天 遠淡近濃 拱揖于亭 長江如練 平沙如雪 烟沈極浦 雲迷長洲 田疇

繡錯 村閭櫛比 眼界空闊 使人心曠 神怡遊賞 士女處處 團會笙瑟 並奏獻酬

交着歌聲 逐風而飛 舞袖飄風 而擧揚浩蕩之氣 助吾之興 望山有霞擧雲飛

之想 臨水有風乎浴乎之樂 主人置酒 嘉賓滿座 收攬萬景 吟詩酌酒 不使風

月長閒於此 四時之景無窮 而山水之靈聚于斯也 余重到此地 已過五十年

顏之渥者變而蒼髮之黑者化 而白亭中之寓目 皆舊觀而我非舊態 不無蘇東

坡之哀 吾生之須臾 羨長江之無窮之感矣 日暮回程 而源谷抄各人之詩 合

成一冊 而刊爲紀念之資云 故謹敍其事

丹陽八景詩序
단양팔경시서

선비와 君子(군자)는 밝은 시절을 만나면 조정에 나아가 백성을 다스리는 방책을 베푼다. 혼란한 세상에 처해서는 바위 굴에 물러 들어가 세속의 기틀은 잊고 본성과 운명의 이치를 밝게 밝히고 백성과 만물의 근본을 익혀 탐구하고 책을 써 글을 남겨 그 뜻을 높이 숭상 받게 한다.

내가 불행히도 좋지 않은 때에 태어나 공연히 숨어 살 뜻을 가지고 산과 들로 술 한 잔에 시 한 수 읊으며 세상 걱정을 떨쳐버리려 하였다. 庚辰(경진: 1940)년 봄에 驪州(여주)로부터 原州(원주)와 堤川(제천)을 경유하여 丹陽(단양) 長淮里(장회리) 조금 위 品達村(품달촌)에 이르렀다. 그곳에 德節山(덕절산)이 있는데 냇가에 임해 數十丈(수십장) 높이 되는 우뚝 솟은 절벽이 舍人巖(사인암)이다. 綠石(녹석) 朱沙(주사) 珊瑚(산호) 같은 무리가 층층이 매어져 이루어졌으니 조화롭게 물감 번진 것 같고, 주름진 옷 같이 깨끗이 모진 것이 마치 먹줄을 튀겨 놓은 듯하다. 멀찍이 바라보면 마음이 몽롱해지고, 가까이 가서 보면 온화해진다. 이름도 모를 꽃과 나무들이 울창하니, 易東(역동) 禹倬(우탁) 선생이 여기에서 나셨고 舍人(사인)[62]을 하시다 돌아와 쉬셨다. 뒤에 郡守(군수) 林霽先(임제선)이 이로 인해 사인암이라 이름 지었다. 興(흥)이 나는 대로 詩(시)를 지어 읊으니,

> 數十尋(수십심) 높이나 되는 珊瑚(산호)가 빽빽이 서있으니
> 舍人巖(사인암)이 우뚝한 곳에 흐르는 푸르른 물도 깊네
> 바라보면 정신 몽롱해 그 형상 이름 짓기 어려워
> 반나절 말도 못하고 나무 그늘 아래 앉아있네

사인암을 거쳐 아래로 내려가면 냇물이 잠잠히 고여 밝고 푸르게 빛나는

---

62) 조선시대 正四品(정사품) 벼슬.

것을 일러 玉流潭(옥류담)이라 부른다. 연못 위에 돌밭이 평평하고 넓어 앉을
만한 곳이 있는데, 이를 일러 四仙石(사선석)이라 한다. 長淮灘(장회탄)으로부
터 可隱岩(가은암)을 따라 옛 城(성)이 있는 계곡으로 들어가면, 이를 일러 丹
丘峽(단구협)이라 부른다. 물 흐름이 매우 급해 龜峰(구봉) 동쪽 언덕을 때려
깎고 굽어서 북쪽으로 향해 可隱峰(가은봉) 아래에서 꺾어져서 서쪽으로 3~4
리를 흐르면 龜潭(구담)이 된다. 왼편 절벽이 赤城山(적성산)인데, 한줄기가
세 봉우리를 이루어 남쪽에 우뚝 섰으니 위에 있는 것을 五老(오노)라 하고,
가운데 있는 것을 玄鶴(현학)이라 하고, 아래에 있는 것을 彩雲(채운)이라 하
니, 退溪(퇴계) 선생이 지은 이름이다 푸르고 단단하게 여러 봉우리 위를 누르
고 있다. 강물이 흘러 현학과 채운 두 봉우리 아래에 이르면 물 흐름이 비로소
평평히 넓고 잔잔해진다. 골짜기 입구 위에 丹丘洞門(단구동문)이라 새겨놓은
글자가 있으니, 退溪(퇴계) 李滉(이황) 선생이 일찍이 丹陽(단양) 수령을 지내
실 때 매양 낚시하시면서 그 아래에서 노니셨으므로 이리 이름 지었다. 흥에
따라 시를 읊으니,

> 뾰족한 돌 모양이 玉(옥)으로 깎은 竹筍(죽순)같이
> 우뚝하게 꼿꼿이 큰 강 머리에 서있네
> 단양팔경 중에 제일 기이한 절경이니
> 해 가는 대로 쫓아 사람들과 어울려 좋은 경치 즐기네

연못의 북쪽에 石臺(석대)가 위로 솟아 평평하고 넓어 앉을 만하고, 흰 돌이
얼기설기 연못 앞에 펼쳐있고, 여러 景勝(경승)이 비쳐 볼만한데 돌 위에 降仙
坮(강선대)라 새겨져 있다. 佛岩川(불암천) 위와 道樂山(도락산) 아래 십 리 사
이는 홀연 끊어졌다 홀연 이어지기도 하고, 혹은 왼쪽에 서 있다가 혹은 오른쪽
에 서있기도 하며, 下仙岩(하선암)에 이르기까지 기이한 풍취는 없어 옛날에는
불암이라 불렀으나, 林霽先(임제선)이 고쳐서 하선암이라 하였다. 경치에 따라
시로 읊으니,

산골 물 사이로 몇 길 되는 기암절벽 서있고
땅의 靈氣(영기) 모여 나와 호걸 영웅 기상 드높네
林(임) 공이 나보다 먼저 이곳에 와서
훌륭한 경치 우리 동쪽 땅에 드날려 알게 했네

　다시 中仙岩(중선암)에 이르니 바위 형세는 그윽하고 담백하며, 물 흐름은 바쁘게 달려가서 쌍둥이 폭포가 된다. 谷雲(곡운) 金壽增(김수증) 공이 淸風(청풍) 府使(부사)였을 때 이곳에 와서 놀며 이름을 붙였다. 경치에 따라 시로 읊으니,

밝은 돌 빛깔 십분 맑은데
물은 솟구쳐 흘러 마주선 폭포 되었네
경치에 따라 시 읊으며 발걸음 멈추곤
취한 나머지 호탕한 흥에 세상 물정 가볍게 보네

　차례로 上仙岩(상선암)에 이르니 바위 형세는 정돈되어 중첩되니 계단과 같아 앉을 만하고, 위아래 모두 맑고 깨끗하여 玉(옥)으로 만든 숲과 같이 나무가 냇가를 가려 덮고 있다. 遂庵(수암) 權尙夏(권상하) 선생이 三仙岩(삼선암)이라 이름 지으셨으니, 모두 냇물 가운데 각각 數丈(수장) 높이 벽으로 서있다. 경치에 따라 시로 읊으니,

첩첩이 계단 이루어 물가에 서있으니
맑기가 玉(옥)같아 정말 선명하고도 곱네
佛岩川(불암천) 가에 기이한 경치 많아
우연히 淸綠(청록) 옷 얻어 잠시 신선이 되네

　단양군으로 들어가는 途中(도중) 십 리 남짓 사이에 냇물이 네댓 번 꺾여 흘러 이곳 白石平(백석평)에 이르러서는 연못이 매우 좋다. 그러나 기이하고 장엄함은 上仙岩(상선암)만 못하더라도 아담하고 깨끗하다. 여기를 지나면 바로 遊仙坮(유선대)가 된다. 나루 위로 따라서 북쪽으로 십 리 남짓 사이에 石壁

(석벽)이 매우 가파르게 북쪽언덕에 가로놓여 있는 것이 棲鶴垍(서학대)가 되니 梅浦(매포)에 있다. 경치에 따라 시로 읊으니,

> 石壁(석벽)이 산에 연이어 물이 따라 돌아 흐르니
> 북쪽 언덕을 일찍이 棲鶴垍(서학대)라 불렀다네
> 이 세상과 다른 세상 같은 좋은 경치 세상 열렸으니
> 詩人(시인)은 발걸음 멈추고 술잔을 몇 번이고 기울이네

조금 위의 道田里(도전리)는 鄭道傳(정도전) 공이 태어나신 곳이다. 길이 언덕을 따라 있고, 강물이 마을 앞에서 돌아 흘러 연못을 이룬다. 맑고 흰 돌 세 봉우리가 연못 안에 나란히 서있으니, 완연하기가 늙은 장수가 쭈그리고 앉아있는 것 같고 높이는 數丈(수장)이나 된다. 강물이 한 면으로 평평히 펼쳐져 푸른 유리 같고, 산에 꽃 천 송이는 나뉘어 붉게 펴서 비단에 수놓은 듯하다. 십 리 남짓에 農家(농가)들이 푸른 나무 사이에 자취를 감추고 있고, 고깃배 한 쌍이 지는 햇빛 밖에서 종횡으로 떠다닌다. 경치에 따라 시로 읊으니,

> 三峯(삼봉)이 푸른 강물 가에 우뚝 솟아있으니
> 그 형상 가히 천하에 기이한 것이라 부를 만하네
> 영웅이 기 받고 나와 이름 더욱 떨치니
> 관광 나온 나그네가 詩(시)로 지을 수 없네

강물을 거슬러 북쪽 언덕으로 올라가면 百丈(백장) 높이 푸른 절벽 중에 하늘이 터진 것처럼 문이 만들어져 있다. 굴 안은 비어 희고, 모양은 무지개가 누워있는 것 같은 것이 石虹門(석홍문)이다. 바라보면 또 다른 별천지 하늘 같으니, 경치에 따라 시로 읊기를,

> 천길 石壁(석벽)이 들에 우뚝 솟았는데
> 가운데 뚫린 하늘 같이 뚫린 것이 골짜기 문이라네
> 또 돌 틈 사이로 회양목 자라나서
> 그윽이 새들이 나란히 앉아 夕陽(석양)에 지저귀네

다시 古藪洞窟(고수동굴)을 찾아가니, 굴은 몇 리 길이나 통해 있다. 뾰족한 바위나 평평한 돌에 모두 전등이 매달려 있고, 또한 쇠사다리가 걸려 있다. 밝기가 백주대낮과 같고 완전하기가 평탄한 길 같다. 구불구불 棧橋(잔교)는 蜀(촉)나라로 들어가는 길 같고, 층층이 놓은 난간은 玉樓(옥루)로 오르는 것 같다. 바위 세 개가 서 있는데 모양이 줄지어 가리키며 아래로 늘어지니 島潭三峰(도담삼봉)이라 부른다. 바위가 사자처럼 생겼다 하여 獅子岩(사자암)이라 부르고, 작은 못이 있는데 仙女湯(선녀탕)이라 부른다. 작은 못 위에 가로 질러 천연 돌다리가 있는데 매우 기이하다. 벽 사이에 혹처럼 솟아 나온 돌들은 하나 하나 기이한 형태라 萬物相(만물상)이라 부르니, 진정 기이한 풍경이다. 경치에 따라 시로 읊으니,

하늘이 기이한 형태를 지어 푸른 산에 감추니
우연히 무너져 세상에 드러났네
괴이한 바위 평평한 작은 못 진정 감상할만하니
발걸음 옮겨와 반나절 한가히 노니네

庚申(경신)년 여름에 모임의 친구 朴梧庵(박오암)이 와서 이 경치를 칭찬하는 고로 전일에 관광했던 것을 회상하여 이리 적는다.

士君子遇明時 則進於朝廷陳治民之策 値亂世則退於岩穴忘世之機 明辨乎性命之理 講究乎民物之本 著書立言 高尙其志 余生丁不辰 空懷拾絮之志 惟以觴詠呼山水 消遣世慮 余庚辰春日 自驪州經原州堤川而至於丹陽長淮里 稍上品達村 有德節山 臨溪而絶壁特立數十丈者舍人岩 若綠石朱砂珊瑚之屬 層層結成 調均渲染 皺襞廉稜如施繩墨 望之則心醉 近之則心怡不可名 花木翁蔚 易東禹先生 (倬) 生此而以舍人歸休後 郡守林霽先命名 隨興而吟詩曰 束立珊瑚數十尋 舍人岩屹碧流 深望之神醉名難 狀半晌無言坐樹 陰由岩而下 川水渟湛瑩碧曰玉流潭 潭上石磯 平滑可坐 名曰四仙石 自長淮灘隨可隱暗古城之谷 而入是謂丹丘峽 水勢甚急 擊龜峰東厓 彎屈向北

匯于可隱峰之下 折而西流三四里爲龜潭 左便絶壁赤城山一脈成三峯 聳立
于南上曰五老 中曰玄鶴 下曰彩雲 (退溪所名) 蒼勁爲衆峰之冠 江流至玄鶴
彩雲兩峰之下 勢始平曠而潺湲 洞口上刻丹丘洞門 退溪筆也 有峰曰玉筍峰
形如玉筍迸出 奇勝甲於四郡 退溪李先生 (滉) 曾爲丹陽宰 每釣遊於下而命
名也 隨興而吟詩曰 尖石形如玉筍抽 屹然直立大江頭 丹陽八景最奇絶 逐
日伴人成勝遊 潭之北有石坮 窿然平滑 可坐白石 縈鋪潭前諸勝 紆映可望
面刻降仙坮佛暗川上道樂山下十里之間 忽斷忽連而或立於左 或立於右 到
下仙岩無奇趣 古稱佛岩而林霽先改爲下仙岩 隨景而吟詩曰 數丈奇岩立澗
中 地靈鍾出甚豪雄 林公先我來斯地 勝景宣傳擅我東 更到中仙岩 岩勢幽
淡 水勢奔流爲雙瀑 谷雲金公壽增爲淸風府使 來遊於此而命名 隨景而吟詩
曰 瑩然石色十分淸 水勢奔騰兩瀑成 隨景吟詩停屐久 醉餘豪興世情輕 次
到上仙岩 岩勢整疊 若階級可坐 上下皆瑩潔如玉 林木掩翳川上 遂庵權先
生尙夏命名三仙岩 皆在溪中 各壁立數丈 隨景而吟詩曰 疊疊成階立水邊
瑩然如玉正鮮姸 佛岩川上多奇景 偶得淸緣暫作仙 入郡途中十餘里之間 溪
流四五折至此白石 平潭甚好 然奇壯不如上仙而雅潔過之 是爲遊仙坮 從上
津北行十餘里之間 石壁甚峻 而橫北岸爲棲鶴坮在梅浦 隨景而吟詩曰 石壁
連山水轉廻 北岸曾稱鶴棲坮 別有乾坤開勝景 騷人停屐幾傾盃 稍上道田里
鄭公道傳 生於此 路繞岸上 江廻村前而成潭 瑩白石之三峰幷立 潭中宛如
老將蹲坐高數丈 江水一面平鋪碧琉璃 山花千朶分作紅錦繡 而十餘田舍 隱
暎於綠樹之間 一兩漁舟 縱橫於斜陽之外 隨景而吟詩曰 三峰聳出碧江湄
其狀可稱天下奇 鐘出英雄名益擅 觀光客子不能詩 溯江而上 北崖百丈蒼壁
中 坼穹然作門空洞 虛白形如虹偃者石虹門也 黃楊木生石罅 岩穴望之若一
別洞天 隨景而吟詩曰 千尋石壁聳於原 中坼穹然一洞門 又有黃楊生石罅
幽禽幷坐夕陽喧 更尋古藪洞窟 窟通數里 岩峭石盤 皆懸電燈 亦敷鐵棧 明
如白晝 完如坦途 曲曲棧橋 如入蜀道 層層欄干 若上玉樓 岩立三箇形列指
而下垂稱島潭三峰 岩似獅子 故稱獅子岩 有沼而稱仙女湯 沼上橫天然石橋
甚奇 壁間贅出之石 箇箇奇形 稱萬物相 眞奇景也 隨景而吟詩曰 天作奇形

掩碧山 偶然崩壞露塵間 怪岩平沼眞堪賞 携屐逍遙半日閒 庚申夏 社友朴梧庵來稱此景 故回思前日觀光記之

錦雲年誌書
금운년지서

玉(옥)은 山(산)에 있어도 사람에게 캐어지니 그 빛을 가릴 수 없고, 金(금)은 물에 있어도 사람에게 일구어 내지니 그 색깔을 숨길 수 없으며, 在野(재야)의 선비도 사람에게 알려지므로 그 이름을 감출 수 없다.

錦雲(금운) 安商燮(안상섭) 군은 儀形(의형)이 단아하고 才器(재기)가 명민하며 稟性(품성)이 고결하고 분수에 따라 지조를 지키면서 窮巷(궁항: 좁고 으슥한 곳)에는 발을 딛지 않으니, 安(안) 군이 한 고을의 師表(사표)가 된다고 하지 않는 자가 없다. 마음은 孝悌(효제)에 근본을 두어 仁(인)과 德(덕)으로 미루어 나가고, 화평하게 사람을 사귀니 사람마다 安(안) 군의 덕행에 기꺼이 감복한다.

안 군은 順興(순흥) 사람으로, 文成公(문성공) 晦軒(회헌)[63] 선생의 후손이다. 대대로 永平(영평)의 錦柱山(금주산) 아래 雲潭(운담)에 살아왔으므로, 錦雲(금운)으로 호를 삼았다. 雲軒(운헌) 金益曾(김익증) 공의 문하에서 가르침을 받아 옛 성인의 글에 깊이 잠겼고 예전의 현인들의 가르침에 흠뻑 젖으니 말을 토해 놓으면 비단에 수놓은 것 같은 文章(문장)이 되고, 학업을 닦으면 금과 옥이 연마를 거친 것 같다. 嚴肅(엄숙)함으로 자신을 수양하고 집안을 다스리며, 산과 물로 逍遙(소요)하고, 그윽한 心情(심정)을 풀어 펼친다. 은거하여 義(의)를 행하니 董邵南(동소남)[64]과 같고, 후손에게 평안을 남겨준 것은

---

63) 安珦(안향). 文廟(문묘)에 배향돼 계심.

龐公(방공)[65]과 같으며 文學(문학)의 명성과 영예가 어디를 가든 들린다. 특히 선조를 받드는 정성을 나타내 錦柱山(금주산)에 齋肅坮(재숙대)를 짓고 墓(묘)를 옮겨 비석을 세우고 祭田(제전)을 마련하여 각종 石物(석물)을 갖추었다. 매월 초하루와 보름에 산소를 돌아보고 청소하니, 세상에 드물게 행실이 독실한 선비이다. 재주와 학문이 초인적이며, 재산이나 권세가 없어져 보잘것없이 된다 해도 달게 받고 후회하지 않으니 사람들이 모두 그와 사귐을 즐거워했다. 崑山(곤산)의 玉(옥)이 돌 속에 감추어져 있고, 麗水(여수)의 금이 모래에 묻혀 있어도 그 노출되는 광채를 덮을 수 없는 것이 안 군과 서로 비슷하다.

나와는 詩社(시사)에서 서로 만나 나이를 잊는 사귐을 갖게 됐다. 금년 여름에 내게 年誌(연지) 下篇(하편)의 교정을 맡기고 또 玄晏(현안)[66]의 글을 부탁했다. 내가 합당한 德(덕)도 없고 또 글재주도 없지만, 騷壇(소단: 시인 모임)에서 같이 어울렸으므로 차마 거절하지 못하고 이리 글을 쓴다.

안 군은 일찍이 家學(가학)을 이었고, 멀리로는 華翁(화옹)[67]으로부터 근원이 되는 학문을 받았다. 이를 비루어 힘써 행하니 써놓으면 문장이 된다. 비록 豪壯(호장)하고 華麗(화려)하지는 않더라도, 말을 엮으면 언행이 법도에 맞고 점잖아 규범을 잃지 않으니 金玉(금옥)이 연마된 것 같아 저절로 아름다운 광채가 난다. 뒤에 보는 자들은 응당 내가 헛말하지 않은 것임을 알 것이다.

玉在山而採之於人 不能掩其光 金在水而淘之於人 不能韜其彩 士在野而知之於人 不能藏其名 錦雲安君商燮 儀形端雅 才器明敏 稟性高潔 安分守

---

64) 진 각주 55) 참조.

65) 東漢(동한) 시대 사람으로, 荊州刺史(형주자사) 劉表(유표)가 벼슬을 권하며 농사만 지으면 자손에게 무엇을 남겨줄 것이냐 하자, 벼슬을 하면 위험을 남겨주고 농사지으면 안전을 남겨준다 하며 거절했다는 고사가 있음.

66) 玄晏(현안)은 晉(진)나라 皇甫謐(황보밀)의 號(호)이다. 左思(좌사)가 공을 들여 三都賦(삼도부)를 지었는데, 황보밀이 그 서문을 써 칭찬하자 낙양의 종이 값이 폭등했다는 말이 있다. 따라서 여기에서는 좋은 서문을 말한다.

67) 華西(화서) 李恒老(이항노).

操 斂跡窮巷 無人不以安君爲一鄕之師表者 心本孝悌 推以仁德 交人以和
人皆悅服於君之德行也 君順興人 文成公晦軒先生之後孫 世居永平之錦柱
山下雲潭 故以錦雲爲號 受業于雲軒金公益曾之門 沈潛乎古聖之書 涵泳乎
前賢之訓 吐詞而成錦繡之文章 硏業而輕金玉之煉磨 修己以嚴 齊家以肅
逍遙山水 暢敍幽情 隱居行義 似董邵南遺休以安 似龐德公蔚有文學之聲譽
特著奉先之誠 築齋肅坵于錦柱山 遷墓竪碑具祭田 備石儀 每朔望瞻掃對塋
罕世篤行之士也 才學超人 甘於沈淪而不悔人 皆樂與之交 崑山之玉藏於石
麗水之金埋埋於沙 其露出之光彩 不可掩而與君相似也 余相逢於詩社 有忘
年之交 今夏托余以年誌下編校正之役 又請玄晏之文 余無位德又非能文 然
同遊騷坍 不忍辭而敍之 君早承家庭之學 遙受華翁淵源 推而力行 發爲文
章 雖不豪壯華麗措語 典重不失規範 如金玉之煉磨而自成光彩之美 後之覽
者 應知余之不誣矣

碧巖序
벽암서

孔子(공자)님께서 세 사람이 같이 가면 그중에 반드시 스승 삼을만한 사람이
있다 하셨다. 여러 친구가 모이면, 혹 氣稟(기품)이 다른 사람도 있고, 혹 趣味
(취미)가 다른 사람도 있다. 그중에도 善(선)한 것이 본디 있기 마련이니 취하면
앞으로 갈 길이 되고, 惡(악)한 것이 있다 해도 오히려 경계로 삼을만한 것이
된다. 그러한즉 친구를 사귀는 바탕의 도움이 되는 것을 어찌 취하지 않겠는가!
　내가 세상에 뜻을 얻지 못해, 治國(치국) 平天下(평천하)의 일을 이루기 어
려우니 詩文(시문)으로 일을 삼았다. 詩는 杜甫(두보)가 詩聖(시성)이 되고,
글씨는 張芝(장지)[68]가 草聖(초성)이 되고, 그림은 楊子華(양자화)[69]가 畵聖(화
성)이 된다. 나는 재주가 둔하나 詩(시)에 전력하였다. 배움이 나보다 높은 사

람에겐 배움을 마다하지 않았고, 혹 내게 묻는 자가 있으면 가르침을 게을리하지 않아 한결같이 예술의 경지에 이르는 것을 주로 하였다. 그러나 시에는 敵手(적수)가 많다. 글씨와 그림에는 그 기법을 익히지 않았으나, 그 법을 익힌 자들은 각각 고집해 지키는 바가 있어 모두들 "내가 제일이다"라고 한다.

벗을 얻은 도리는 글 하는 친구들에만 전적으로 매달릴 일이 아니다. 같이 술 한 잔에 노래 한 자락 하며 노니는 중에 詩會(시회)에서 碧岩(벽암) 李基文(이기문) 군을 만났으니 固城(고성) 사람으로 朝鮮(조선) 초기 현명한 재상이었던 襄憲公(양헌공) 李原(이원)의 후손이다.

일찍이 家訓(가훈)을 이어받아 눈과 귀에 스쳐 젖어 드는 것이 모두 儀禮(의례)에 들어맞고, 말이나 행동거지가 잘난 체하여 꾸밈이 없다. 이리 하늘의 진정한 이치에 맡겨 사니, 곧바로 유익한 벗이다. 그리하여 그의 號(호)의 뜻을 물으니, 그의 글방 선생이 지어주신 것이라 한다. 그 의미는 碧空(벽공: 푸른 하늘)의 넓고 활발한 胸襟(흉금)에서 '碧(벽)'을 땄고, 바위의 변치 않는 지조를 지켜 天地(천지)와 더불어 가운데 서서도 바위 같이 바람 비 서리 눈의 위협에도 굴하지 말라는 의미에서 '岩(암)'을 땄다 한다. 그러나 그러한 의지는 있어도 이루지 못했음을 부끄러워한다 하니, 李(이) 군은 가훈을 어기지 않고 굳은 절개의 성격으로 모든 일을 화평하게 다스리고, 求道(구도)의 정성이 잠시라도 나태해지지 않았다. 고향을 떠나 떠도는 중에도 배움을 좋아하는 뜻은 또한 젊어 장성할 때나 늙어 쇠약할 때를 불문하고 그침이 없었다. 大道(대도)를 다시 떨치려는 마음으로, 檀君(단군)과 箕子(기자) 두 聖人(성인)의 道德(도덕)의 실마리를 쫓아 찾아서 後生(후생)들이 성인의 道(도)를 알고 추모할 수 있도록 하였다. 시로써 나와 어울렸지만, 그 氣槪(기개)의 맑고 높음과 經綸(경륜)의 넓고 큰은 내가 미치지 못하는 바이다.

志士(지사) 수십 명과 大迎會(대영회)를 이루어, 南漢山(남한산) 중에 있는

---

68) 중국 漢(한)나라 때 사람으로 초서를 잘 써 草聖(초성)이라 불린다.

69) 중국 위진남북조 시대 北齊(북제) 사람으로 그림 잘 그리기로 유명한 사람이다.

百濟(백제) 溫祚(온조) 왕의 祭天壇(제천단)이 있던 터를 찾아 매년 봄가을로 檀君(단군) 이하 여러 나라를 열은 임금들에게 제사를 올린다. 나도 가서 참여하니, 이 군의 사업이 우뚝 천길 격류 가운데 서있는 砥柱(지주)가 된다.

이 같이 고상한 뜻으로 항상 바르고 단단한 덕을 품어, 소문이 나거나 영달하기를 구하지 않고 몇 해 어려워질 때라도 碧岩(벽암)이라는 호가 가진 뜻을 져버리지 않았다.

내가 儒道(유도)를 위하여 그 풍취를 높이 생각하며 우러러보지 않은 적이 없으므로 이 序(서)를 써서 드린다.

夫子所謂人之行必有我師 朋友多會則或有氣稟之不同 或有趣味之不同 善者固有取則之道 惡者猶爲戒懲之益 則朋友之資益 豈不取哉 余不得志於 世 難成治平之事 惟以詩文爲業 詩以杜甫爲聖 書以張芝爲聖 畫以楊子華 爲聖 余以菲才專工於詩 而學高於余 則學而不厭 或問於余 則教之不倦 以 一藝成功爲主 然詩多敵手 書畫則不習其法而所習者 各守固執而俱曰 余聖 然取友之道 不可專於詞 朋同遊於觴詠之中 逢碧岩以君基文 於詩會固城人 國初賢相襄憲公諱原之後 早承家訓 耳擩目染 皆在儀禮之中 發言行事 無 矯飾而任眞天然 便是益友 故問其號 義其塾師所命而以碧空浩浩之胸衿 守 維石岩 岩之志操 與天地竝立又中 而如岩之不屈於風雨霜雪之害 然有志未 就甚可愧也 君不違家訓 剛介之性 濟以和平求道之誠 不懈於顚沛流離之中 好學之志 亦無間於少壯老衰之日 更振大道之心 追尋檀箕兩聖道德之緒 使 後生知慕聖之道 以詩從遊於余 而其氣槩之淸高 經綸之浩大 非余所及 與 志士數十人 成大迎會 尋百濟溫祚王祭天壇所之址于南漢山中 每春秋行檀 君以下諸創業之州祭享 余亦往參君之事業 屹然爲鳳翔乎千仞 砥柱乎中流 以高尙之志 恒懷貞固之德 不求聞達 沈晦有年 不負碧岩之號 余未嘗不爲 吾道想望其風 故爲序而贈之

華寧殿詩書

화녕전시서

내가 나이 팔십에 가까워져, 집안일은 자식에게 맡겨 놓으니 몸은 항상 한가롭다. 騷客(소객: 시인과 문사)들과 더불어 詩社(시사)를 결성하여 시와 술로 서로 즐기며, 山水(산수)를 두루 유람하였다.

己未(기미: 1979)년 가을 水原(수원) 儒林會館(유림회관) 落成(낙성)의 모임 때 八景(팔경)을 두루 둘러보았으나 華寧殿(화녕전)을 보지 못한 일이 흠이었으니, 庚申(경신: 1980)년 流頭節(유두절: 음력 유월 보름)에 詩社(시사)의 친구들 30여 명을 화녕전 북쪽 風化堂(풍화당)에 모았다.

正祖(정조) 임금 己酉(기유)년에 水原(수원)읍을 八達山(팔달산) 아래로 옮기고, 華城(화성) 行宮(행궁)을 지었으니 지금은 도립병원이다. 그 밖에 있던 長樂堂(장락당) 新豊樓(신풍루) 등 수십 칸도 모두 毀撤(훼철)되었다. 정조 임금이 華山陵行(화산능행)을 할 때면 항상 풍화당에서 잠시 머무셨으니 고을의 나이 많은 선비들을 모이게 하고, 酒宴(주연)을 베풀어, 임금과 신하가 즐거움을 같이 했던 곳이다. 지금은 正樂院(정락원)이란 이름으로 되니 놀러 온 사람들이 노래하며 노는 곳으로, 각종 꽃과 풀을 심고 정원을 정리하였다.

풍화당의 남쪽이 바로 華寧殿(화녕전)으로, 純祖(순조) 임금 辛酉(신유)년에 지은 것으로 정조 임금이 남기신 德(덕)을 추모하여, 그 眞影(진영)을 봉안한 곳이다. 純宗(순종) 임금이 御筆(어필)로 雲漢閣(운한각)이라 이름 지어 써서 현판을 걸었었으나 지금은 없고, 후세 사람이 다시 썼다.

때는 여름날이라 밤새 내리던 비도 새로 개니, 큰 구름이 뜨거워 바위도 부수고 쇠도 녹일만하다. 풍화당에 오르니 마루 기둥이 크고 시원하고, 堂(당)을 담으로 둘렀다. 담 안에는 아름다운 꽃과 신령스러운 나무를 가득 심은 것이 마치 옥구슬이 찬란히 빛나는 것 같이 좌우를 덮어 가렸으니 바람이 불거나 비가 와도 쫓길 걱정 없고, 햇볕이 몹시 따가워도 녹아 버릴 걱정 없다. 왔다 갔다 움직이거나 멈춤에도 항상 여유가 있다. 시가지가 누각 가운데 층으로 열려 연결되니, 앞뒤로 높은 건물들이 삐죽삐죽 서있다. 도로에는 각양각색 차들이 종횡으로 누비고 있고, 줄지은 산봉우리들이 사방을 겹으로 에워싸고 있으니 검푸른 빛이 공중에 떠 멀리는 흐리게 가까이는 진하게 堂(당) 앞에서 팔짱 껴 인사하고 있다. 푸르름이 둘러 모여 뭉게구름과 아득한 아지랑이 사이에 아롱거리니, 사계절 경치가 無窮(무궁)하여 글로는 적을 수 없고 그림으로도 그릴 수 없다. 근래에는 그저 붉은 치마 푸른 적삼의 평민이 花朝月夕(화조월석)[70]과 雲山風月(운산풍월)[71]에서 노래하고 춤추어 길게 한가롭기 수십 년이 넘는다.

이제 詩會(시회)로 인해, 華虹詩社長(화홍시사장)인 白戊基(백무기)께서 또한 시 모임 친구 수십여 명을 이끌고 주인이 되어 술을 내어 놓고 손님을 불러 줄지어 앉게 하여 觥籌交錯(광주교착)[72]하게 되었다. 詩(시) 읊는 소리가 玉(옥) 굴리는 것 같이 들리고, 맑은 바람이 때 맞춰 불어오니 세상 걱정일랑 江山(강산) 밖으로 보내버리고, 이 몸뚱어릴랑 우주 사이에 맡겨버린다. 心神(심신)이 편히 펴져서 胸襟(흉금)이 시원해지는 것이 마치 光風霽月(광풍제월)[73] 같다.

각자 詩(시) 한 수씩 지어 韻字(운자) 네 개를 모두 이루니, 나의 시는,

> 옛 궁전 황량한 곳에 나그네 노니니
> 전 王朝(왕조) 돌이켜 생각건대 눈물만 공연히 흐르네
> 이미 새로운 정치 펴서 남아있던 성가퀴는 보수하였건만
> 어이하여 옛 궁전은 무너진 언덕으로 남아있게 하는가
> 팔달산 맑은 날 빛에 먼 산봉우리 밝게 뵈는데
> 西湖(서호)에 지는 햇빛은 긴 물가에 거꾸로 박히네

---

70) 꽃피는 아침과 달 뜨는 저녁이란 뜻에서 놀기 가장 좋은 시기를 말함.

71) 구름 낀 산과 바람에 스치는 달이란 뜻에서 놀기 가장 좋은 경치를 말함.

72) 觥(굉: 술잔)과 籌(주: 투호 살)가 왔다 갔다 섞인다는 뜻으로 성대한 잔치를 말함.

73) 비가 갠 뒤 맑게 부는 바람과 밝은 달이라는 뜻으로 마음이 넓고 쾌활하여 아무 거리낌이 없음을 말함.

王孫(왕손)은 한번 간 후 소식이 없고
향기로운 풀만 우거져 내 시름 일으키네

라 지었다.

　시 짓기를 겨우 마치니 지는 해가 산에 거꾸러져, 남은 술 마시고 서로 작별해 흩어지니 근래에 제일 성대한 시인 모임이었다.

　余年迫八耋 家事聽子而身常閒矣 與騷客結詩社 以詩酒相娛 周遊山水 己未秋 因水原儒林會館落成之會 周覽八景 賦詩而未見華寧殿爲欠事 庚申流頭節 會社友三十餘人 于華寧殿北風化堂 正祖己酉移水原邑于八達山下 建華城行宮 而今爲道立病院 其外長樂堂新豊樓等數十間 皆毁撤 正祖華山陵行時 常住蹕于風化堂 集鄕中老儒開詩會設酒宴 君臣同樂處 而今爲正樂院 遊人笙歌之所 分栽花卉 整理庭園 堂之南卽華寧殿純祖辛酉所建而追慕正祖遺德 奉安眞影處也 純宗以御筆題雲漢閣 而今無後人更書 時當夏日 宿雨新晴 大雲炎赫 鑠石流金 登風化堂 軒楹宏敞 環堂而垣之 垣內滿栽嘉花靈木如珠璣之璀璨 而掩翳左右 風雨不患其逼 畏景不患其鑠 周旋動止 尙有餘地 市街平開于中 層樓傑閣參差於前後 香車寶馬 縱橫於道路 列峀重圍於四面 黛色浮空 遠淡近濃 拱揖于堂前 攢靑繞碧 賈奇眩異於烟雲杳靄之間 四時之景無窮焉 詩不能盡記 畵不能盡模 此堂近日 徒使紅裙翠衫 歌舞於花朝月夕 雲山風月 長閒於數十餘載 今因詩會華虹詩社長 白戊基甫 亦引社友十餘人爲主人 而置酒迎賓 列坐觥籌交錯 詩聲憂玉 淸風時至 遣世慮於江山之外 放形骸於宇宙之間 心神夷曠 胸次灑然 若光風霽月矣 各賦一詩四韻俱成 余詩曰 故殿荒涼客子遊 前朝回憶淚空流 已施新政補殘堞 何使舊宮成廢丘 八達晴光明遠峀 西湖落照倒長洲 王孫一去無消息芳草萋萋惹我愁 題詩纔畢 斜陽倒山 因飮餘酌相別而散 近來騷人之盛會也

獎忠壇詩序

장충단시서

    땅이란 江山(강산)의 아름다움을 아우를 수 있는 것으로 그 아름다움은 하늘이 거의 만든 것이로되, 땅이 이를 갈무리해야 사람들에게 전해질 수 있다. 그러나 사람마다 즐기는 바는 같지 않아서 夔龍(기룡)[74] 같은 사람들은 골짜기에 묻히려 하지 않고, 巢許(소허)[75]와 같은 사람들은 높은 자리 차지하려 하지 않는다.

    봄의 꽃, 가을의 달, 여름의 비나 겨울의 눈과 같은 사계절 경치는 강산에서 변하여 사람들에게 詩(시), 술, 거문고, 바둑과 같은 것을 갖고 선비 친구들과 즐길 거리를 제공한다. 한가롭게 지내며 스스로 즐겨 세상일에 끼어들지 않고, 물고기와 새들과 더불어 서로를 잊으니 어찌 숨어 사는 자의 즐거움이 아니겠는가!

    내가 서울에 옮겨 살게 된 지 20년이 되었다. 밖으로는 서울과 가까운 곳에 유람하고, 안으로는 漢陽(한양) 城(성) 안의 조용한 숲에서 노닐었는데 그중에서 獎忠壇(장충단) 골짜기가 廣闊(광활)하여 노닐며 즐기기에 딱 좋다.

    본래 南別營(남별영) 터였으나, 純宗(순종) 황제가 乙未(을미)년에 殉節(순절)한 신하 洪啓薰(홍계훈) 등을 위해 壇(단)을 모으고 碑石(비석)을 세웠다. 근래에 다시 순국열사인 영국 주재 대리공사 李漢應(이한응) 공의 비석을 산 아래에 세우고, 그 옆에 또 一醒(일성) 李儁(이준)열사의 동상과 비석을 세우고, 그 옆에 또 파리長書(장서) 비석이 있고, 산꼭대기에는 四溟大師(사명대사)의 동상이 서 있다. 숲 속에는 石虎亭(석호정)이 있는데, 활쏘기 연습하는 射亭(사정)이다.

    장충단은 木覓山(목멱산: 남산) 아래에 있는데 북쪽으로는 華山(화산: 북한

---

74) 전 각주 59) 참조.

75) 전 각주 60) 참조.

산)이 높이 솟아있고, 남쪽으로는 冠岳山(관악산)이 막아 서있다. 여러 산이 냇물 하나를 푸르게 둘러싸 玉(옥)구슬을 쏟아내며 아름다운 나무들이 사계절 빼어나 들에는 그늘이 들어차고, 향기로운 풀이 한 지경 내 가득 올라와 향기가 가득 난다. 높은 언덕에 올라 사방을 둘러보며 하늘 끝까지 멀리 보면, 붉으락 푸르락 구름과 산아지랑이가 저절로 와서 사람을 둘러싼다. 비 이슬 서리 눈의 변천과 풀 나무 꽃의 피고 시듦이 있으니, 그 氣像(기상)이 같지 않아도 한 번 눈을 들어 보면 다 얻을 수 있다.

안으로는 광장이 있어 축구 하는 곳이 되었고, 청춘남녀가 분분히 오간다. 가운데에는 휴게실이 있다. 이곳에 오르는 자는 만약 호탕하게 놀러 온 사람이 라면, 붉은 치마 푸른 적삼으로 짝지어 앞에 오가며 술잔 주고받고 바람에 노랫 소리 실려 보내고 호탕한 기운을 한껏 펴서 즐거움은 즐거움일 따름이니 淸風 明月(청풍명월)이 기리 한가로워 아무리 가져가도 부족함이 없고 만약 글하는 사람들의 모임이라면, 시류에 영합하지 않고 절개를 지켜 속된 것을 뿌리 뽑는 표상이 되어 시원스레 세속의 때를 날려버리고 차례대로 줄지어 앉아 옛사람 기리는 비석을 바라보고 전 왕조에서 이룬 업적이 길지 못하고 어려웠음에 서 글픔을 느끼리라.

내 태어난 때가 運(운)이 불길하였음을 서러워하며 헛되이 늙어 가고 있으 나, 하늘이 준 운명임을 어찌하리오! 가슴 아플 뿐이다. 종묘사직의 운명이 바뀔 때 사람의 도리를 지킴이 이처럼 위대하게 있어, 맨 손으로 기강을 지탱한 여러 훌륭한 분들의 忠義(충의)는 밝기로는 해와 달도 그 밝음에 따라가기에 부족하고, 화려하기로는 泰山(태산)이라도 그보다 높기에 부족하나 하늘의 운 수이니, 사람의 힘으로 어쩔 것이 아니다.

물의 색이나 산의 빛이나 그림 바탕 아님이 없다. 향기로운 꽃이나 춤추는 나비가 모두 詩情(시정)이니, 비록 성대한 관현악 반주가 없어도 술 한 잔에 詩(시) 한 수로 그윽한 심정을 펴내 후세 사람에게 보여주나니 그 시는,

木覓(목멱)의 동쪽 옛 나라동산에

돌 비석과 동상이 푸른 언덕에 서있네

비 걷히니 산은 꽃 병풍 두른 것 같은데

바람은 고요하고 물은 맑은 거울같이 흐르네

烈士(열사)의 향기로운 이름은 萬古(만고)에 울리는데

忠臣(충신)의 義氣(의기)는 千秋(천추)에 늠름하네

興亡(흥망)의 지난 일은 사람들 모르는 일이니

느긋이 관광하며 가거나 머물거나 그저 맡겨 두세

이로부터 청풍명월도 등한히 할 수 없고, 꽃과 새도 매우 서글퍼 대략 그 情景(정경)을 위와 같이 쓴다.

地可以兼江山之勝者 殆天作而地藏之 以遺其人 人之所樂不同 山林肥遯
淡泊者之所樂 軒冕富貴貪榮者之所樂 夔龍不丘壑 巢許不冠冕 春花秋月
夏雨冬雪 四時之景 變化於江山之間 以供人之樂 以詩酒琴棋 與士友而優
遊自樂 不關世事 與魚鳥相忘 豈非肥遯者所樂乎 余寓京二十載 外遊近畿
江山 內遊城中雲林 惟奬忠壇 洞壑廣闊 宜於遊賞 本南別營址而純宗帝爲
乙未殉節臣洪啓薰等 設壇立碑 近日更立殉國烈士李漢應 駐在英國代理公
使之碑于山下 其傍又立一醒李儁烈士銅像碑 其傍又有巴里長書碑 山頂立
四溟堂大師銅像 林中有石虎亭弓術練習之射亭也 奬忠壇在木覓山下 今作
公園 華山聳其北冠岳峙 其南群山擁翠一溪 瀉玉佳木 秀於四時而陰繁野芳
發於一境而香生 登高阜而四顧起 遐矚於天末 雲藍紫翠 自來襲人 雨露霜
雪之變遷 草木花卉之榮瘁 氣像不同 一擧目而盡得之矣 內有廣場爲蹴球之
所 靑春男女 紛紛往來 中有休憩室 等此者 若豪客則紅裙翠衫 伴來伴往於
前而獻酬 交錯歌聲 揚風而舞影 飄風暢敍浩蕩之氣 樂則樂矣 使風月長開
不足取也 若其文人之會則以耿介拔俗之標 瀟灑出塵之想 列坐其次望古人
之崇碑 感前朝之業不長而多難 哀吾生之運不吉而虛老 然而天運奈何痛矣
宗祊之遞命 人紀在是偉哉 隻手之扶綱 諸公之忠義 昭乎日月不足爲明華乎
泰山不足爲高 乃天數而非人力也 水色山光 無非畫本 花香蝶舞 摠是詩情

雖無絲竹鐘鼓之盛 一觴一詠 足以暢敍幽情 以示後人 其詩曰 木覓之東古
苑頭 石碑銅像立蒼丘 雨收山似畵屛列 風靜水如明鏡流 烈士芳名鳴萬古
忠臣義氣凜千秋 興亡往事人不識 謾作觀光任去留 從此風月不聞 花鳥甚愁
故略敍情景如右

名賢遺跡撮影序
명현유적촬영서

위 名賢遺跡(명현유적)의 글과 그림은 한국일보 기자 姜大衡(강대형) 군이
名賢(명현: 이름난 어진 사람)의 옛 남기신 자취를 長城(장성)의 筆岩書院(필암
서원)으로부터 安東(안동)의 易東書院(역동서원)까지 서른한 곳 여러 賢人(현
인)들의 간략한 역사를 찾아 한글과 한문으로 기록한 것이다. 韓隆(한륭)과 鄭
範泰(정범태) 두 기자가 그분들을 모신 書院(서원)이나 혹은 그분들이 사시던
堂宇(당우: 큰 집과 작은 집)를 그림에 담았다.

선비에게는 三不朽(삼불후: 세 가지 썩지 않는 것)가 있으니, 德行(덕행)과 功
業(공업)과 文章(문장)이다. 그러나 썩지 않는 것이란 점에선 모두 한가지이다.
여기에 실린 여러 선생들은 性命(성명)의 근원에 대해 깊이 잠겨 연구하시고,
그것을 몸과 마음의 쓰임에 몸소 증험하시었다. 마음에 얻어서 밖으로 드러내
신 것은 程子(정자)와 朱子(주자)의 배움에서 벗어나지 않고, 일생 동안 힘을
쓰신 것은 이치를 궁구하는 공부에서 떠나지 않았다.

효도는 鄕里(향리)에서 들어날 만하고, 충성은 廟堂(묘당)에서 행해질 만하
다. 自古(자고)로 절개를 세워 충성을 다해 國亂(국란)에 죽는 것은 신하 된
자의 어려움이요, 힘을 다해 어버이를 섬겨 집안이 가난해도 효도를 행하는
것은 아들 된 자의 어려움이다. 여기 여러 선생들은 朝廷(조정)에 서서서는
의리를 숭상하고 무너진 세속을 격려하고, 위험에 닥쳐서는 절개를 세워 임금

의 마음을 바로 잡아 精一(정일)한 가운데 있게 하고, 鄕里(향리)에 계셔서는 도리로써 자기를 바로 잡으셔서 지나간 성현들의 배움을 잇고 앞으로의 배움을 열어 위기 속에서도 힘을 다하셨다. 世道(세도)를 만회하여 온 나라가 감복하게 하셔, 바라보면 黃河(황하) 가운데 우뚝 버티고 선 돌기둥 같으시니 文廟(문묘)에 배향되시고, 자취를 남기신 곳에는 書員(서원)을 세웠다. 이리하여 나라에서 지내는 제사가 千年(천년)을 이어지도록 하여, 國家(국가)가 어진 선비를 숭모하는 도리와 士林(사림)이 어진 선비를 흠모하는 정성이 날이 갈수록 더욱 새롭게 했으니 그 어찌 위대하지 않다 하겠는가!

내가 신문 紙上(지상)에서 보고 모아 帖(첩)을 만든 것에 선생들의 文集(문집)이 매우 많으나, 우리 자손들이 모두 읽을 수 없고 또한 해석할 수도 없으니 첩을 열어 그 기사를 읽은즉, 비록 우매하더라도 어찌 현인을 흠모하는 마음이 업을 수 있겠는가! 또 우리 선조이신 文正公(문정공)[76]의 遺跡(유적)도 그중에 실려 있으니, 그 어찌 다행이 아닌가! 내 자손들이 신중하게 보존해서 나의 가르침을 저버리지 말진저!

右帖之書 與畵韓國日報記者姜君大衡 尋名賢古遺跡 自長城筆岩書院 至安東易東書院三十一處 諸賢略史 以國漢文記之 而恨隆鄭範泰 兩記者畵其書院 或所居堂宇也 士有三不朽德行功業文章也 修於己爲德行 施於世爲功業 著於言爲文章 而不朽則一也 諸先生潛究乎性命之源 體驗乎心身之用 得之於心 而發之於外者 不外乎程朱之學 而一生用力 不離乎窮理之工矣 孝可著於鄕里 忠可行於廟堂 而自古立節盡忠死於國亂 臣之難也 竭力事親 行於家貧子之難也 諸先生立朝尙義 激勵頹俗 臨危立節 格君心於精一之中 在於鄕里正己 以道繼往聖 開來學致力於危機之間 挽回世道 使擧國感服望之 若中流砥柱 宗祀文廟遺蹟處 建書院 血食千秋 國家之崇賢之道 士林之慕賢之誠 愈往愈新 豈不偉哉 余見於日報紙上 集而成帖者 先生文集甚多

---

76) 同春堂(동춘당) 宋浚吉(송준길)

惟我子孫不能盡讀不能解 隨時開卷而讀其記事 則雖愚昧 豈無慕賢之心乎
且我先祖文正公之遺蹟 亦載其中 豈非幸哉 惟我子孫愼重保之 勿負我訓

纛島詩序

독도-뚝섬-시서

天地(천지)는 萬古(만고) 오래됐으나, 이 몸은 다시 태어날 수 없고, 이날은
쉽게도 지나간다. 다행히 그 사이에 살면서 만약 나라에 관직을 얻어 공을 세우
지 못해 역사에 이름을 남기지 못한다면 어쩔 수 없이 在野(재야)에 있을 뿐이
나, 그래도 말과 행동은 응당 세상의 도리를 부추겨 세워야 한다.

옛 현인들은 처지가 다른즉 즐기는 바 또한 같지 않았다. 山林(산림)에 숨어
사는 깃은 때를 얻지 못한 자들의 즐기는 바요, 높은 관직으로 부귀 영달하는
것은 때를 얻은 자들의 즐기는 바이다. 눈과 귀를 기쁘게 하고, 마음과 뜻을
즐겁게 하여 뜻대로 되지 않는 것이 없게 된즉, 불가불 삶의 즐거움을 알아야
한다. 伊傅(이부)[77]는 구덩이에 빠져 죽는 것은 작고 한 몸의 영화와 초췌는
크다고 생각하지 않았다. 한 나라의 興亡盛衰(흥망성쇠)는 정해진 운수가 있어
망령되게 움직여서는 안 되니 또한 불가불 헛되이 살았다는 느낌에 한탄할 뿐
이다. 巢許(소허)[78]는 높은 관직을 생각하지 않고, 江湖(강호)나 깊은 숲 속에
숨어 살아 칼이나 톱으로 죽임을 당하는 걱정이 없었다.

봄의 꽃, 가을의 달, 여름의 비와 겨울의 눈과 같은 사계절 경치는 사람의
興(흥)을 일으키고 詩(시), 거문고, 바둑, 노래, 춤, 고기잡이와 사냥 같은 제반
기예들은 사람에게 즐길 거리를 제공한다. 是非(시비) 소리 듣지 않고, 친한

---

77) 伊尹(이윤)과 傅設(부열) 모두 殷(은)나라의 창업공신들임.
78) 전 각주 60) 참조.

친구와 산과 물 사이에서 어울려 노는 것이 어찌 在野(재야)에 있는 즐거움이 아니겠는가!

내가 불행한 시기에 태어나, 어려서 王朝(왕조)가 망하고, 장성해서는 國恥(국치: 나라 잃은 부끄러움)의 한을 푸는 것이 어려움을 알았으니 굳게 은둔의 뜻을 지키고, 이상향의 땅을 힘써 찾으려 하였다. 다행히 光復(광복)의 영광을 얻었으나, 疆土(강토)가 남북으로 나뉘었다. 옛날과 지금의 배움이 다르고, 儒道(유도)는 더욱 궁박해져서 이 세상과 단절할 생각으로 때때로 산수의 경치 속에서 어슷거리며, 흥이 나는 대로 시를 짓고 마음 내키는 대로 하여 餘生(여생)을 보내려 하였다.

自古(자고)로 명사들이 수작을 건넨 강산의 빼어난 경치가 얼마나 많은지 모르지만, 하늘에서 귀양 온 신선이라는 李太白(이태백)의 採石江(채석강)의 달과 蘇東坡(소동파)의 赤壁(적벽)의 뱃놀이만이 지금까지 어제 일처럼 다투어 말해지는 것은 다름이 아니라 그 文字(문자)가 있음으로 해서이니 내가 남몰래 흠모한다.

비록 文章(문장)은 소동파에 미치지만, 壬戌(임술: 1982년)[79]년 7월 旣望(기망: 음력 16일)에 여러 친구들과 錦江(금강)의 渼湖(미호)에 배를 띄웠고, 庚申(경신: 1980)년 7월 기망에는 漢江(한강)의 纛島(독도: 뚝섬)에서 유람하였다.

나이가 80에 가까워지며, 지난 40여 년을 우러러도 보고 굽어도 보니 피둥피둥하던 얼굴은 변해 추레해졌고, 검었던 머리털은 바뀌어 하얗게 됐으니 내가 이미 시들고 아픈 몸이 되었다. 여생이 얼마나 남았을까? 눈앞의 강산은 이미 남북이 다르고, 반평생 타향에 떠돌며 같이 노닐던 친구들은 이승과 저승으로 떨어져 있는데 반이나 넘게 신선의 장부에 이름을 올렸다. 蘇子(소자: 소동파)가 말한 소위 "내 삶이 잠깐임을 설워하고 長江(장강)의 무궁함을 부러워하노라"란 말이 빈 말이 아니니, 어찌 江(강)에 와서 탄식하지 않을 수 있겠는가! 열 몇 동지들이 배 안에 같이 앉아 돛 올려 상류로 가니, 이 땅은 강과 산이

---

79) 소동파가 적벽부에서 적벽에 배를 띄우고 논 날짜가 壬戌之秋七月旣望(임술지추칠월기망)임.

어우러진 명승지로 하늘이 만들고 땅이 감추어 놓은 곳으로 우리네 즐길 거리를 제공한다.

물 흐름이 주위를 지나는 것이 그림 병풍이 둘러친 것 같고, 긴 강은 비단 띠 같고, 모래밭은 눈 쌓인 것 같고, 맑은 바람은 서서히 불어오고, 밝은 달이 때맞춰 떠오르고, 서늘한 기운이 배 안으로 들어온다. 차가운 그림자가 물결에 찍히는 것이 머물러 있기는 푸른 옥을 가라앉힌 것 같고, 움직이기는 녹는 금이 날뛰는 것 같다. 환하고 밝은 것이 어우러져 하늘과 물이 한 가지 색이니 비록 차오르고 비어지는 것이 정해진 數(수)가 있다 해도, 어찌 이 시간이 오가는 무상함을 알 수 있겠는가! 장마 끝나지 물은 맑아지고, 흰 갈대꽃과 붉은 여뀌가 점차 가을빛으로 단장하니 강산 밖의 세상 걱정은 녹여버리고, 허공을 타고 바람을 몰아 우주 가운데 떠 노닌다. 흥금이 상쾌해져 신선의 경지에 든 것 같으니, 술 마신 즐거움이 너무나 좋아 붓을 휘둘러 다음과 같이 시를 짓는다.

> 보름 다음날 밤에 노를 저어 푸른 물결 머리로 나가니
> 크게 모인 글 친구들이 시 지으며 유람하네
> 좋은 글귀 찾으려 하나 소동파의 붓엔 따르기 어렵지만
> 호탕한 심정은 강 언덕 뱃놀이를 사양하지 않네
> 바람이 수면 위에 불어와 새로운 서늘함이 움직이고
> 달은 하늘 가운데 이르러 오랜 비 걷혔네
> 富貴(부귀)는 사람 힘으로 얻을 수 있는 것 아님을 바야흐로 알았으니
> 글과 술 이외에 다시 무엇을 구하리오

얼마 안 있어 밤이 깊어지니 곧 돌아왔다.

天地有萬古 此身不再生 人生有百年 此日嘗易過 幸生其間 若不立朝 而功烈不得以垂竹帛 無奈在野而言行應可以扶世道 故人之所處不同 則所樂亦不同 山林肥遯失時者之所樂 軒冕富榮得時者之所樂 悅耳目 娛心志 無不如意 則不可不知有生之樂 伊傅不思丘壑小 而一身之榮瘁大 而一國之盛

衰 皆有定數不可妄動 亦不可不恨盧生之感 巢許不思軒冕 處江湖雲林 而
無刀鋸之憂 春花秋月 夏雨冬雪 四時之景 惹人之興 詩酒琴棋 歌舞漁畋 諸
般之技 供人之樂 是非不聞 日與友生 相遊於山水之間 豈非在野之樂乎 余
生丁不辰 幼而王社 蓋屋及壯 而知國恥之難雪 固守拾絮之志 力求網花之
地 國運幸得光復之榮 而南北分疆 古今殊學 吾道益窮 念絶斯世 隨時徜徉
乎泉石之間 興到賦詩 優遊自適 以度餘生矣 自古名士之 酬酢江山勝致者
不知幾許 而惟李謫仙採石之月 蘇東坡赤壁之舟 至今爭道如昨日事者 無他
以其有文字也 余竊慕焉 文章雖不及蘇子 而壬戌之七月旣望 與諸友汎舟於
錦江之渼湖 庚申七月旣望 遊於漢江之鷺島 年迫八耋 俯仰四紀之餘顏之渥
者 變而蒼髮之黑者花而白 吾已衰且病矣 餘生無幾寓目之江山 南北已殊而
半生萍鄉同遊之士幽明已隔 而半歸仙籍 蘇子所謂哀吾生之須臾 羨長江之
無窮 實非虛語 安得臨江而不嘆哉 十數同志 共坐舟中 汎彼上流 此地兼江
山之勝 殆天作而地藏 以供吾之樂也 山勢周遭如圍畫屏 長江如練 平沙如
雪 淸風徐來 明月時至 爽氣入舟 冷影印波 靜如沈璧 動如躍金 沖融晃明
天水一色 雖識盈虛之有數 何測去來之無常于斯時也 潦盡水淸 白蘆紅蓼
漸粧秋色 消世慮於江山之外 憑虛御風 以浮遊於宇宙之中 胸衿爽快 如入
仙境飮酒樂甚 揮毫題詩曰 旣望放棹碧波頭 大會詞朋賦勝遊 健句難追蘇子
筆 豪情不讓壁江舟 風來水面 新涼動月到天心 宿雨收富貴 方知非力取文
樽以外 更何求須臾夜深而歸

黃鶴亭八景詩序

황학정팔경시서

　　景福宮(경복궁)의 서쪽 白岳山(백악산) 아래에 社稷壇(사직단)이 있다. 社
(사)[80]는 동쪽에, 稷(직)[81]은 서쪽에 있는데 두 祭壇(제단) 모두 가로세로 2장

5척이요, 높이는 3척이다. 주위를 담으로 둘러싸고 네 門(문)을 세웠으며 國社(국사)와 國稷(국직)의 神座(신좌)가 南北向(남북향)으로 아울러 있다. 나라는 바뀌었으나 祭壇(제단)은 아직 남아있고, 제사는 지내지 않으니 公園(공원)이 돼버렸다. 이것저것 꽃과 풀을 심어 놓고, 가운데에는 도서관이 있다. 또 栗谷(율곡) 선생과 師任堂(사임당) 申(신) 씨의 동상을 세웠고, 그 옆에 敬老堂(경로당)이 있다. 이곳에서 매주 금요일 騷人(소인: 시인)들이 항상 모여 詩(시)를 짓는다. 나도 또한 이 모임에 참석한지 어언 7년이 지났다.

이제 庚申(경신: 1980)년 8월 28일은 庚戌國恥(경술국치) 70주년이다. 倭政(왜정) 35년에 또 나라 나뉜 지 또 35년이므로, 이날이 오면 전 왕조가 오래지 못함을 한탄하고, 나라가 나뉘어 다시 합해지지 못함을 원망하게 되어 품은 회포를 어쩌지 못하고, 다시 社稷壇(사직단)을 찾아 옛날에 안타까움을 표하고 회포를 풀어낸다.

돌아서 푸른 나무 사이로 들어가면 黃鶴亭(황학정)이 있는데, 武士(무사)들이 弓術(궁술: 활쏘기)을 연습하던 곳이다. 德壽宮(덕수궁)에서 옮겨와 이곳에 세웠다. 산이 좌우를 끼고 있고, 터는 매우 좁다. 산세는 바위가 깎아지른듯하고, 綠陰(녹음)이 땅에 가득 찼다. 가운데로 시냇물이 흐르니, 물소리가 잔잔하다. 정자는 40여 인이 들어설만한데, 수놓은 듯한 무늬 창문과 단청이 아직도 새롭다. 뒤에 돌 사이로 흘러나오는 샘이 있는데 또한 맑고 차갑다. 돌샘 위 石壁(석벽)에 지난 戊辰(무진: 1928)년 菊月(국월: 음력 9월)에 錦巖(금암) 孫完根(손완근) 님께서 黃鶴亭八景(황학정팔경)이라고 써서 새겨 걸어놓은 것이 지금까지 완연하나, 전해오는 시가 없는 것이 한스럽다.

내가 경치에 따라 시를 지으니 白岳山(백악산) 위에 뜬 구름은 잠깐 붙었다 잠깐 흩어졌다 하여, 혹은 한 필 명주 같이 산허리에 걸리고, 혹은 높은 모자처럼 산꼭대기에 씌워있다. 이에 白岳晴雲(백악청운: 백악산 맑게 갠 구름)에 대해

---

80) 社: 土地神(토지신) 祭壇(제단).
81) 稷: 穀食神(곡식신) 祭壇(제단).

지은 시는,

> 밤새 내린 비 지루하게 아직 개지 않으니
> 비 피해 입지 않을까 걱정 마음에 이네
> 벼락소리 홀연 끊기고 산머리로 구름 물러나니
> 밝은 해 푸른 하늘 가운데 떠 기쁜 기색 일어나네

이어서 둥근 밝은 달이 따라 나오고, 떨어지는 햇빛이 뜬구름에 점점이 이어지니 밝은 달빛이 뜰에 내려 맑은 빛이 방 안으로 들어와, 밝기는 대낮 같아 별빛이 힘을 잃는다. 이에 紫閣秋月(자각추월: 자각의 가을 달)에 대해 지은 시는,

> 달빛 비치는 것이 가을날 반달인데
> 소슬한 가을바람에 밤새오던 비 그쳤네
> 달빛 궁전 까마득히 높아 구름 걷히고
> 紫閣(자각)에서 한가로이 노래하니 興(흥)이 悠悠(유유)하네

이어서 駱山(낙산) 위로 뜬 아침 해가 붉게 내려가면, 帽岩(모암) 門(문)에는 어둠의 빛이 깃든다. 모자 위로 둘러친 斜陽(사양)이 점점 나그네 재촉하면, 잠자려 둥지 찾는 새들이 벌써 돌아와 있다. 이에 帽岩夕照(모암석조: 모암의 저녁노을)에 대한 시는,

> 帽岩(모암)에 落照(낙조)는 점점 붉게 물들고
> 비 갠 후 매미소리는 나무 사이에서 어지럽네
> 온통 집들에선 저녁연기 피어나 멀리 갈 발걸음 재촉하니
> 길 머리 돌아가는 나그네 이리저리 달리네

이어서 바다에서 떠오른 해가 점차 榜山(방산)으로 올라가면 무겁던 그림자는 다 지워지고, 맑은 날 빛이 하늘에 가득 찬다. 바람결이 그림자를 깨뜨려 흔드니 나무 주위 색깔이 희미해진다. 이에 榜山朝輝(방산조휘: 방산의 아침 햇살)에 대한 시는,

아침 햇살이 점차 榜山(방산) 주변에 차오르니
만 리 푸른 하늘 맑게 갠 빛깔 곱네
곳곳에 모두 生計(생계) 좋아 움직여
온 백성이 행복하게 太平聖代(태평성대) 맞이했네

이어서 社稷壇(사직단) 안에 老松(노송)이 많은데, 연기 피어오르듯 무성한 잎에 나무껍질은 서리에 상해 험하다. 이에 社稷老松(사직노송)에 대한 시는,

늙었어도 탈 없이 있으니 예나 지금이나 같이
百尺(백척) 높은 소나무엔 잠든 鶴(학)의 꿈이 깊네
살면서 몇 번이나 눈서리에 다쳤겠냐만
푸르고 푸르게 변하지 않고 차가운 세월 견딘 마음이라네

이어서 御溝(어구) 도랑 가로 수양버들이 푸르고 푸르니 잎은 따뜻한 날의 정서를 풀고, 가지는 하늘하늘 바람을 전한다. 옛 궁전엔 주인이 없이 공연히 가을의 서글픈 기색만 일으킨다. 이에 御溝垂柳(어구수류)에 대한 시는,

御溝(어구)는 적막 고요하게 옛 시절이 아니더라도
의연히 버들은 천 줄기 푸른 가지 내리고 있네
유유히 흘러간 지난 일엔 공연히 서글픔만 많으니
前(전) 王朝(왕조) 돌이켜 생각하면 그저 스스로 슬플 뿐이네

이어서 禁川橋(금천교) 아래 물소리 졸졸 시원하니, 물 흐름 모여 같이 대나무 흔들어 댄다. 말기는 가야금 줄 울리는 것 같고, 가볍게 출렁여 지는 햇빛에 그림자가 버드나무에 남아 비친다. 이에 禁橋水聲(금교수성: 금천교 아래 물소리)에 대한 시는,

금천교 아래 흐르는 물소린 이미 콸콸 파랑인데
玉(옥) 굴러가는 듯한 시냇물엔 밤새 내린 빗물 지나네
붉은 단풍 아래서 어느 때 일로 시를 지을꼬

전해 내려오는 옛 자취에 감회만 깊네

이어서 弼雲坮(필운대) 위로 멀리 楓林(풍림)을 보니 어슴푸레하기가 맑은 날 노을 같고, 흐릿하기는 들판에 타는 불과 같다. 푸른 잎은 남아있지 않아, 파랗던 숲이 반 넘어 붉게 단장했다. 이에 雲坮楓光(운대풍광: 필운대 단풍 풍경)에 대한 시는,

멀리 바라보니 가을빛이 먼 산을 물들였는데
弼雲坮(필운대) 위에는 단풍이 늦게 물드네
가을바람 소슬하게 차가운 날씨 재촉해 오는데
어슴푸레하기는 맑은 날 노을을 비단에 그린 그림 같네

시 짓기를 끝내고 앞에 있는 매점에서 술 한 잔 사 마시며 한가로운 서글픔 모두 씻어내고 있자 하니, 해가 저물어 집으로 돌아왔다.

景福宮之西 白岳之下 有社稷壇 社在東稷 在西而兩壇各方二丈五尺 高三尺 繞以周垣建四門 國社國稷 神座并在南北向國向國替而壇尙在廢其祀而成公園 雜植花卉 中有圖書館 又立栗谷先生師任堂申氏銅像 其傍有敬老堂 騷人每金曜日常會而作詩 余亦參席 已過七年矣 今庚申八月二十八日 庚戌國恥之七十週年 而經倭政三十五年 又過分邦三十五年 故偶當此日 恨前朝之業不長 而怨分邦之合不成 不勝所懷 更尋社稷壇 弔古敍懷 轉入綠樹之中 有黃鶴亭 武士習弓術之所 而自德壽宮移建于此也 山擁左右 基址甚狹 山勢巉岩 綠陰滿地 一溪中流 水聲潺潺 容四十餘人 而繡戶紋窓 丹靑尙新 後有石泉而亦淸冽 泉上石壁去 戊辰菊月 錦岩孫完根甫 書黃鶴亭八景之題而刻之 至今宛然而恨無傳詩 余隨景而吟之 白岳浮雲 乍離乍合 或如正練施於山腹 或如峨冠戴於山頂 乃吟白岳晴雲曰 宿雨支離久未晴 恐成水害惹愁情 雷聲忽斷雲歸屲 白日靑川喜氣生 一輪皓月追隨落 日點綴浮雲皎彩 臨庭淸光入戶明 如白晝星斗無輝 乃吟紫閣秋月曰 月光露出半輪秋

蕭瑟金風宿雨收 玉宇崢嶸雲氣散 閒吟紫閣興悠悠 駱山朝日紅垂帽 岩門生暝色笠帶 斜陽漸催 歸客已返宿鳥 乃吟帽岩夕照曰 帽岩落照漸拖紅 雨後蟬聲亂樹中 萬戶烟生催遠屐 路頭歸客走西東 朝日出海漸上榜 山重陰消盡晴光 滿天波搖碎 影樹透微色 乃吟榜山朝暉曰 朝陽漸出榜山邊 萬里青天霽色妍 處處皆從生計動 四民幸得太平年 社稷壇乃多老松 烟葉葱蘢霜皮駿 落影分月色帶琴韻 乃吟社稷老松曰 老猶無恙古如今 百尺長松鶴夢深 幾度中間霜雪害 蒼蒼不變歲寒心 御溝邊垂柳 青青葉舒暖 日枝嫋轉風 古宮無主 空惹愁色 乃吟御溝垂柳曰 寥寂御溝非舊時 依然柳色綠千絲 悠悠往事空多感 回憶前朝只自悲 禁川橋下 水聲泠泠 鬧同撼竹 淸似鳴絃輕 漾落日倒映殘柳 乃吟禁橋水聲曰 禁橋流水已成波 漱玉溪聲宿雨過 紅葉題詩 何日事傳來 古蹟感懷多 弼雲垈上 遠見楓林 怳若晴霞渾如野火 葉無留碧臨半粧紅 乃吟雲垈楓光曰 遙望秋光染遠巒 弼雲垈上晚楓丹 金風蕭瑟催寒候 怳若晴霞錦作團 題罷喚酒 前店滌盡閒愁 日暮而還

希望垈詩序
희망대시서

草木(초목)은 소리가 없는 것이나, 바람에 움직여 소리가 난다. 金石(금석) 또한 소리가 없는 것이나, 다른 물체가 두들겨 대 소리가 난다. 사람에 있어 소리라는 것은 입에서 나오는 것이나 글로 나타내지지 못하면 헛된 소리요, 글로 나타내져야 실질적인 소리가 되는 것이다. 글로 나타내져야 바로 말이 되는 것이요, 말로서 精氣(정기)가 있는 것이 詩(시)가 된다. 시란 性情(성정: 성질과 심정)에서 나오니, 억지로 꾸며서 되는 것이 아니다.

내가 불행한 때에 태어나, 밖으로 나대지 않고 붓이나 놀리는 것이 이득이 되는 것으로 삼았다. 돌바닥을 쟁기질하여 좋은 밭으로 만들어 禮(예)로써 밭 갈고, 義(의)로써 김매려 하였다. 몸은 글 짓는 데에 맡기고, 뜻은 시 짓는 데 쏟았다. 창문은 濂溪(염계)[82]의 개인 날 맑은 달을 향해 활짝 열어 놓고, 옷자락은 沂水(기수)[83]의 봄바람에 날리려 하였다. 몸은 세상일에 마음 매이지 않아 밝고 흰한 취향이 있으니, 세속 먼지 생각에서 벗어나 산과 들 사이로 오가지 않음이 없었다. 나이가 들어 서쪽 끝 해지는 곳의 뽕나무에 있어도, 몸은 늙었으나 뜻은 게으르지 않았다. 산과 강으로 읊조리고 다니며, 흉금을 활짝 터놓고 超自然(초자연)에서 스스로 얻을 수 있는 취향을 구했다.

庚申(경신: 1980)년 한가을에 碧岩(벽암) 李基文(이기문) 님을 따라 城南(성남)시 黔丹山(검단산) 중에 열리는 天祭(천제: 하늘에 지내는 제사)에 참석하려고, 산 아래 丹垈洞(단대동) 新丘大學校(신구대학교) 마당에 차를 세웠다. 學長(학장) 李鍾翊(이종익) 씨가 취임 10여 년에 校勢(교세)를 확장하고 面目(면목)을 一新(일신)하니, 그 공이 매우 크다. 대개 땅의 靈氣(영기)가 모인 곳에 人傑(인걸)이 모이고, 인걸이 모여진 곳에 그 땅이 더욱 아름다워진다. 眉山(미산)에는 소동파가 있고, 滁水(저수)에는 구양수가 있어 모두 사람으로써 땅이 더욱 영검스럽게 된 것이다.

크고 웅걸한 누각에 鳳凰(봉황)이 춤추고 蛟龍(교룡)이 올라가니, 시원한 마루와 따뜻한 방이 물고기 비늘처럼 얽혀 즐비하다. 금색 벽엔 밝은 불 비치고, 진기한 나무와 이름난 꽃이 푸르고 붉게 펼쳐져 향기 내뿜고 그늘 만들며, 다투어 아름다움을 뽐낸다. 연이어 중첩된 산봉우리가 번갈아 층층으로 나타나서, 사방에서 인사하러 오니, 진정 하늘이 만든 아름다운 장소이다.

黔丹(검단)은 南漢山(남한산)에서 가지 친 기슭으로 그 조금 위에 希望坮(희망대)가 있다. 검단산이 희망대를 안으로 두고 감싸고 있고, 廣陵津(광릉진)이 뒤를 두르고 있다. 위로는 하늘을 찔러 明星(명성)[84]을 따올 수 있고, 아래로는

---

82) 周敦頤(주돈이)의 고향에 있는 물 이름이나, 여기에서는 여느 깨끗한 냇가로 봄이 좋을 것으로 보임.

83) 孔子(공자)의 제자 曾點(증점)이 봄바람에 목욕하고 옷 말리겠다 한 물 이름이나, 이것도 여느 물가로 보는 것이 좋아 보임.

땅에 티끌 하나 없이 이미 단절되어 있다. 무리 진 산들이 감아 둘러 푸르름은 다 끌어다 솟아나게 해놓고, 뭉게구름과 아른거리는 아지랑이 속에서 나왔다 들어갔다 한다. 넓은 들이 멀리 열려있어, 누렇고 푸른 밭두둑들이 종횡으로 얽혀 있으니 그 끝이 어딘지 알 수 없다. 구름 기운이 山岳(산악)에 연이어 있고, 가을빛이 錦繡(금수: 수를 놓은 비단)로 장식하여 희망대 위를 둘러 감싸니 사방의 풍경을 가만히 앉아서 모두 상세히 볼 수 있다. 눈에 보이는 범위가 훤히 넓어, 마음이 넓어지고 정신은 편안해지니 그 興(흥)이 무궁하다. 이에 律詩(율시: 8句로 된 시) 한 수를 지으니,

> 신령스러운 곳이 우뚝 세속 먼지와는 멀리 있으니
> 여러 친구와 어울려 희망대에 오르네
> 바람에 나부끼는 버들잎은 주저주저하다 늦고
> 해 쫓아가는 해바라기가 차례대로 피네
> 세월은 無情(무정)한데 사람은 이미 늙고
> 고요한 자연이 취향에 맞아 내 다시 찾아왔네
> 사방 주위 가을빛은 새로 그린 그림이라
> 점점 詩心(시심) 일으키니 다시 술잔 드네

나는 栗里吟社(율리음사) 친구들과 동행했는데, 모두가 술 한 잔 시 한 수에 능한 사람들이요, 또한 세상에 얽매임은 잊은 사람들이다. 학교에서 성대한 점심을 차려줬고, 또 승용차까지 빌려줘서 바로 제사를 차려놓은 곳으로 올라 갔다. 이 땅은 전에 百濟(백제) 溫祚王(온조왕) 13년에 南漢山(남한산) 북쪽 기슭 二聖山(이성산)에 도읍을 정하고 무릇 368년이나 계속 도읍을 유지하며 온조왕을 하늘에 제사지내던 곳이다. 碧岩(벽암)이 비로소 그곳을 찾아내 매년 10월 초3일(양력) 개천절에 예에 따라 제사를 지내니, 이 번 제사 참례자는 60여 명이다.

---

84) 金星(금성)의 다른 이름.

제사가 끝난 후 부르는 韻字(운자)에 따라 학교의 盛況(성황)을 축하하는 시[85]를 지어 아래에 써놓으니, 다른 날 기념이 될 것이다.

草木無聲者 而聲於草木者 風所動也 金石亦無聲者 而聲於金石者 物所擊也 聲於人者 口所出也 而不著於文則虛聲 著於文則爲實聲 著於文則是爲言 言之精者爲詩 詩出於性情 非矯僞而成者也 余生丁不辰 以彤管爲利耒石鄕爲良田 耕之以禮 耨之以義 寄身於翰墨 注意於詞賦 窓開濂溪之霽月 衣拂沂水之春風 身無事務之牽 心有昭曠之趣 其出塵之想 未嘗不往來於丘壑江湖之間 年在桑楡 身則老而志不倦 嘯詠於山水 開豁心胸 求其超然 自得之趣 庚申仲秋 隨碧巖李基文甫 將參天祭於城南市黔丹山中 停車於山下 丹垈洞新丘大學校庭 學長而鍾翊氏 就任十餘年 擴張校勢 面目一新 其功甚大 蓋地靈鍾則人傑會 人傑會則地尤美也 眉山之蘇東坡 滁州之歐陽脩 皆以人而地尤靈也 豊樓傑閣 鳳舞螭起 凉軒燠室 鱗錯櫛比 輝映金碧 珍木名花 綠稠紅蘿 敷香布陰 爭妍競媚 連嶂重峰 迭現層出 而來朝于四面 信乎川作之勝區也 黔丹南漢山之支麓 而稍上有希望垈 黔丹山包其內廣陵津 繞於後上摩于天明星 可摘下臨 無地纖塵 已斷群山 繚繞攢靑 聳碧出沒於烟雲杳靄之間 大野遙闊 黃畦綠塍 縱橫其間 不知其涯 雲氣連於山岳秋光粧以錦繡 環擁于垈上 四方之景 可坐而盡見其詳 眼界空闊 心曠神怡 其興無窮矣 乃賦一律曰 靈區突兀遠塵埃 諸友伴登希望垈 飄風柳葉因循老向日葵花次第開 歲月無情人已老 林泉適趣我重來 四圍秋色新粧畵 點惹詩心更擧盃 余與栗里吟社諸友同行而皆能於觴詠亦忘塵累者也 自學校盛供午料 亦借輕車 卽上設祭所 此地昔日百濟溫祚王十三年 定都于南漢山北麓二聖山 凡三百六十八年 奠都而溫祚王祭天之所也 碧巖始尋其處 每年十月(陽曆) 初三日開天節 依例行祀而參禮者六十餘人也 罷祭後 呼韻賦詩 謹賀學校盛況 書于下而爲他日紀念云爾

---

85) 이 시는 耕南文稿補(경남문고보) 卷之一(권지일)에 실려 있음.

中秋月詩集序

중추월시집서

自古(자고)로 선비는 혹 귀하게 되어 朝廷(조정)에 서면, 피리 소리와 쇠북 소리 들으며 화려한 관복을 입고 혹 궁박하게 되어 在野(재야)에 있게 되면, 자연에 깃들어서 山水(산수)를 즐긴다. 晉(진)나라의 蘭亭(난정)[86]은 文章(문장)과 風流(풍류)의 맺음이요, 宋(송)나라의 洛園(낙원)[87]은 道德(도덕)에 뜻을 같이 하는 사람들의 모임이다.

나라의 운이 창성하여 맑은 세상에는 도덕 높은 훌륭한 선비들이 배출되나, 근래에 서양 풍속이 동방으로 점차 밀려와 윤리와 기강이 거의 땅에 떨어졌다. 그리하여 모두 陰(음)인 상태에서 한 줄의 陽(양)이라도 부축해 세우고자[88], 詩社(시사)를 세우고 詩學(시학)을 고취하였다. 오직 우리 江南詩社(강남시사) 의 여러분들은 文章(문장)은 비록 난정에 미치지 못하지만, 풍류는 도리어 그보다 낫고 도덕은 낙원에 미치지 못하지만, 뜻을 같이 하는 사람들이 매우 많아 모두 세속의 물결에 염증을 느껴 먼지 구덩이에 골골하지 않고 이 세상과 단절할 생각을 갖고 있으니, 뜻은 술 한 잔과 시 한 수에 맡겨버리고 산과 물 사이로 어슷거리며, 마음 내키는 대로 하여 餘生(여생)을 보내고자 하는 진정 밝은 세상의 뛰어난 사람들이다.

詩社(시사)에서 시를 응모 받아 賞(상)을 주어 다시 詩法(시법)을 베푸는 것은 넓디넓은 거친 물결 가운데에도 쓰러지지 않는 돌기둥을 단단히 세우고, 五夜(오야)[89] 어두운 거리에나마 외로운 촛불이라도 밝히고자 함이다.

---

86) 晉(진)나라의 王羲之(왕희지)가 蘭亭序(난정서)를 쓴 모임.

87) 宋(송)나라 二程(이정: 정호와 정이) 등의 모임.

88) 주역에서 6효 모두가 陰(음)인 괘는 坤爲地(곤위지) 괘이다. 여기에서 제일 밑의 初爻(초효) 하나가 陽(양)으로 바뀌면 地雷復(지뢰복) 괘가 된다. 여기에서는 '服(복)'의 의미를 살려, 다시 시작한다라는 의미로 쓰임.

89) 저녁 7시부터 다음날 새벽 5시까지를 5등분하여 五夜(오야)라 하고, 7~9시는 甲夜(갑야), 9~11 시는 乙夜(을야), 11~1시는 丙夜(병야), 1~3시는 丁夜(정야), 3~5시는 戊夜(무야)가 됨.

이번은 제15회로서, 주어진 시의 제목은 '中秋月(중추월)'이다. 月(월)이라는 것은 太陰(태음)의 精粹(정수)로서 차고 이지러지는 것이 정해진 數(수)가 있어, 초하루엔 어두웠다 보름에는 둥근 달로 번갈아 비친다. 望(망)이란 것은 달이 꽉 찼을 때의 이름이니, 해와 달이 서로 바라본다는 뜻이다. 1년 중 中秋(중추)의 보름달이 제일 맑으니, 千里(천리)가 한결 같이 맑은 밤이다.

지금 풍속으로는 7월 보름에 농사일을 끝내고 호미를 씻는다 하여, 白踵(백종)이라 부르고 8월 보름에는 五穀(오곡)이 모두 익어 農家(농가)에서 햅쌀로 떡을 짓고 단란하게 가족이 모여 조상에게 제사를 지내며 잔치를 열어 춤과 노래를 즐긴다 하여 세속에서는 嘉徘(가배)라 부른다. 新羅(신라) 儒理王(유리왕) 때에, 六部(육부)를 가운데 나눠 둘로 만들고, 王女(왕녀) 두 명으로 하여금 도읍의 여자들을 나누어 무리 지어 7월 16일부터 매일 아침 일찍 육부의 뜰에서 길쌈을 하여 乙夜(을야)가 되면 끝나게 했다. 8월 보름에 이르러 그 한 일의 많고 적음을 살펴서, 진 사람들이 술과 음식을 내어 이긴 사람들에게 감사했다. 이때 노래 부르고 춤추며 온갖 놀이를 아울러 하니 이를 일러 가배라 하며, 1년 중 제일 좋은 시절이라 하였다. 지금은 비록 길쌈은 하지 않지만, 가족을 모이게 하여 조상에게 제사를 지내는 것은 옛일에 따라 하고 있다. 나그네가 되어 돌아가지 못한 사람은 다른 때보다 고향을 그리는 생각이 더욱 간절하리라.

다행히 江湖(강호) 諸賢(제현)이 많이도 좋은 글을 내주셔서, 이 詩集(시집)을 끝내 이루게 되었으니 感銘(감명)함이 깊고도 절절하다. 시는 뜻을 말한 것이므로, 그 시를 보면 그 사람의 意志(의지)와 心情(심정)을 알 수 있다. 심정이 각각 사람마다 다르다. 변경 요새의 찬 서리 내리는 가을이면, 壯士(장사)는 무너져가는 세상을 격렬히 찢는 소리를 내고 깊은 閨房(규방) 차가운 달빛 내리는 밤이면, 젊은 아낙네는 溫雅(온아)하고 豊美(풍미)스러운 말을 낸다. 그러나 글을 짓는 사람의 생각과, 그 글을 가려 뽑는 사람의 뜻 또한 같지 않다. 그저 시를 짓는 것만 어려울 뿐이 아니라, 시를 아는 것 또한 어려우니 陽春白雪(양춘백설)[90]이 저자거리에 함께 할 수 없음과 밝은 달이 魚目

(어목)⁹¹⁾과 맞지 못함의 한탄이 없을 수 없다. 시를 읽어보시는 분들께서 헤아려주심이 어떠한가?

　自古士者 或貴而在朝則 鳴笙鏞繡黼黻 或窮而在野則 棲雲林樂山水 晉之蘭亭文章風流之禊 宋之洛園道德同志之會也 國朝倡明道學儒賢輩出 近來西俗東漸 倫綱幾乎墮地 故欲扶一線之陽於衆陰之中 設詩社鼓吹詩學 惟我江南詩社 諸公文章 雖不及蘭亭而風流還勝 道德不及洛園而同志甚多 皆厭俗波不汩汩於塵臼 念絶斯世 託意觴詠 徜徉乎山水之間 優遊自適 以度餘生 晠世逸民也 詩社之募詩 施賞更長 詩法將欲立砥柱於萬頃洪流 明孤燭於五夜昏衢 今爲第十五回而詩題中秋月也 月者太陰之精 圓缺有數 晦朔弦望 代謝望者 月滿之名 日月相望之意也 一年中中秋之望月最淸 而千里同陰晴之夜 今俗七月之望 田事畢而洗鋤 故稱白踵 八月之望 五穀皆熟 農家作新米餠飯而團會 家族祭其祖而設宴 以歌舞爲樂 俗稱嘉俳 新羅儒理王時 中分六部爲二使 王女二人 閣率都內女子分黨 自秋七月旣望 每日早集六部之庭績麻 乙夜而罷 至八月望 考其功之多少 負者置酒食以謝勝者 於是歌舞百戱 幷作謂之嘉俳 一年中最好之節也 今雖不績 會族祭祖依舊行之 而作客未還之人 懷鄕之思 切於他時也 幸因江湖諸賢之多 投瓊章終成此集 深切 銘感詩言志 故觀其詩知其人之志與情 情各不同 邊塞寒霜之秋 壯士有頹波激裂之聲 深閨冷月之夜 少婦有溫雅艶美之語 然作人之想選者之意亦不同 非徒作詩之難 知詩亦難 不無陽春白雲 難諧於下俚 明月不合於魚目之歎 賢者恕之如何

---

⁹⁰⁾ 楚(초)나라의 高尙(고상)한 樂曲(악곡)으로 저자의 일반인 은 따라 부르기 어렵다 함.

⁹¹⁾ 魚目(어목: 물고기 눈)이 진주와 비슷해 보이나 실은 진주가 아님에 빗대어, 가짜가 진짜를 어지럽힘을 은유하는 말.

白日場詩集序

백일장시집서

대저 道(도)는 하늘에 근원을 두고 마음에 갖추어져 그 뜻을 말하는 것이다. 詩(시)도 뜻을 말하는 것이니 시는 반드시 바른 취향으로 잡다하고 번잡한 소리가 없어야, 바야흐로 소리의 精粹(정수)를 얻었다 할 수 있는 것이다. 그 시를 보면 그 사람의 의지와 심정을 알 수 있으니, 시를 어찌 쉽게 말할 수 있겠는가! 高麗朝(고려조) 이래로 儒學(유학)하는 賢人(현인)의 무리가 나와, 道學(도학)의 流風(유풍)과 餘韻(여운)을 떨쳐 밝히니 집집마다 시와 禮(예)로 소리를 높였다. 근래에 歐米(구미: 유럽과 미국)의 풍습이 동방으로 젖어와, 시와 書(서)는 닦여지지 않고 윤리와 기강이 밝지 못하니 斯文(사문: 유학)의 한 맥이 거의 땅에 떨어졌다. 이를 생각할 때면, 개탄하지 않을 수 없다.

乙巳(을사: 1965)년 봄에 漢城文友社(한성문우사)가 성립되었다. 社友(사우)는 근 100여 인인데, 모두 이익이 되는 곳이라 하여 무작정 달려가지 않고 세상의 먼지 구덩이에 골골하지 않으니 은연중에 밝은 세상에 빼어난 인걸들이다. 고아한 성품이 높고 깨끗하여 세상과 더불어 높낮이나 무겁고 가벼움을 비교하려 하지 않고, 산과 물 사이로 어슷거리며, 바람과 달의 정취를 풀어내고, 義理(의리)를 익히고 닦으며, 文章(문장)을 토론한다. 봄가을 총회와 월 1회 모임에서 지어진 것을 몇 차례 인쇄해 묶어 반포했으나, 이제 創寺(창사) 15주년을 맞아 그 기념으로 全國(전국) 白日場(백일장)을 紙上(지상)으로 열었다. 글 제목을 闡明儒學(천명유학: 유학을 드러내 밝힘)으로 한 것은 當수(당금) 유학이 점차 피폐해지므로 士林(사림: 유림)에 호소하여 다시 우리의 道(도)를 진작시키기 위함이다. 사방에서 많은 선비들이 같은 소리로 서로 응하여 좋은 문장을 많이도 내주시어, 이 詩集(시집)[92] 篇(편)이 이루어졌으니 가슴

---

92) 현재 이 시집은 『한성문우사백일장집』으로 서울특별시교육청이 운영하는 정독도서관에 소장되어 있음.

에 새기는 감사함이 깊고도 간절하다. 인쇄비는 社友(사우) 여러분들의 찬조금으로 갚았고, 일의 주선 등 어려운 일은 모두 총무를 맡고 있는 崔勉承(최면승) 님께서 해주셨다.

시는 대개 그 사람의 心情(심정)으로 인해 소리로 표출돼 나오는 것이니, 같은 소리로 표출돼 나와도 심정이 같은 것이 아니다. 또 詩(시)는 많이 짓지 않으면, 그 의지와 심정의 깊숙한 속내를 모두 쏟아내기 어렵다. 또 詩(시)를 이해하는 것 또한 어렵다. 意思(의사)가 혹 서로 맞지 않으면, 덩달아 피리불고 북치며 줄 튕기는 느낌이 없지 않게 된다. 그러나 이로 인해 천하의 모든 사람들이 풍화의 교훈을 듣고 감흥되어 일어나게 되는 즉, 어찌 풍속의 교화에 만분지일이라도 도움이 되지 않겠는가! 여러 군자들께서 꼭 헤아려주시면 다행이겠다.

夫道原於天而具於心 發於心而言其志 詩言志者 而詩必正趣 向不雜煩聲 方可謂得聲之精矣 觀其詩知其人之志與情 詩豈易言哉 麗朝以來 儒賢輩出 倡明道學 風流餘韻 家詩禮而戶絃誦 近來歐美之風東漸 詩書不習 倫綱不明 斯文一脈 幾乎墮地 有時思之莫不慨然 乙巳春創立漢城文友社 社友近百餘人 而皆不役役於利竇 不汨汨於塵臼 隱然爲晟世逸民也 雅性高潔 不欲與世軒輊 逍遙於山水 敍情於風月 講磨義理 討論文章 春秋總會及月一回吟詩者數次 印刷頒帙 今當創社十五周年 欲紀念而設全國紙上白日場 題以闡明儒學者 當今儒學漸廢 故欲呼訴於士林諸公 更振吾道而四方多士同聲相應 多投瓊章以成此篇 銘感深切矣 其印刷費 以同社諸公之贊助金償之 其周旋之賢勞 皆出於總務崔勉承甫也 詩蓋因其人之情而聲出 聲出而情閣不同 且詩非多作 不能盡發其志情之蘊奧 且知詩亦難意思 或不相合 不無好竽鼓瑟之感 然因此而天下之人聞風而興起 則豈不補風化之萬一乎 幸須僉君子恕之

宋氏花樹會序

송씨화수회서

대개 사람이 後孫(후손)을 두는 것은 나무가 한 뿌리에서 나뉘어 萬億(만억: 헤아릴 수 없이 많음)의 가지가 되는 것과 같고, 사람의 祖先(조선)이 된다는 것은 물의 천 갈래 만 갈래 줄기가 결국은 바다로 가서 하나가 되는 것과 같다. 뿌리가 튼실하지 못하면 그 가지가 무성할 수 없고, 근원이 깊지 않은 물은 그 흐름이 길 수 없다.

우리 宋(송)씨의 선조 執端府君(집단부군)은 李(이)씨의 집안이 나라를 차지하는 날 罔僕(망복)[93]의 의리를 굳게 지켜 松京(송경)으로부터 懷德(회덕) 土井村(토정촌)으로 옮겨 사셨다. 이후 지금까지 600여 년 자손이 번성하여 나뉘어 33파에 십여만 명의 겨레가 되었다. 팔도에 나뉘어 살면서도 遺風餘韻(유풍여운: 선조가 남기신 풍속의 교화와 자취)이 쇠퇴해 작아지지 않은 것은 오직 우리 선조께서 덕을 쌓으셨기 때문이다. 儒賢(유현)과 達士(달사)가 많이 나와 선조의 빛난 업적을 잇고, 후손들에게는 너그럽게 아름다운 실마리를 넘겨주셔서 그 뿌리를 배양하셨다. 그리하여 가지는 더욱 무성해지고, 그 근원을 깊이 하시니 물은 반드시 길이 흐르는 것이다.

근본에 보답하는 도리는 선조의 빛남을 잇는 데 있다. 아버지와 아들 형제들이 한 방에 같이 사는 것을 家族(가족)이라 하고, 同姓同本(동성동본: 성씨와 본관이 같음)을 氏族(씨족)이라 한다. 祖先(조선)으로부터 본다면 모두가 고르게 後孫(후손)이요, 뒤로부터 근원을 거슬러 올라가면 同族(동족)이 아님이 없다. 그러나 각처에 산재하여 世代(세대) 수가 점차 멀어지면, 친밀도는 점차 소원해지고 슬퍼해줄 일이나 기뻐해줄 일을 알지 못하게 되니, 그저 길에서 마주치는 사람들과 다름이 없게 된다. 그러므로 여러 종족들이 친목회를 여는

---

93) 書經(서경) 微子(미자)에 나오는 말로, 箕子(기자)가 망국의 신하로서 의리를 지켜 새 나라의 臣僕(신복)이 되지 않겠다고 한 데서 나온 말임.

것이 실로 여기에 연유하는 것이다. 세대가 멀다 하여 먼 겨레가 아니고, 뒤에 모임이 소원하다 하여 소원하게 볼 겨레가 아니다.

매년 雙淸堂(쌍청당)에서 모여 天倫(천륜)의 즐거운 일을 풀어내고, 宗親(종친)의 도리를 익히니 소원했던 친족이 더욱 친밀해지고, 慶事(경사)가 있으면 축하해주고, 哀事(애사)가 있으면 위로해주니 돈목한 정분이 뭉게구름처럼 마음에 피어오른다.

옛날에 어찌 韋氏花樹會(위씨화수회)[94]만 아름다움을 독차지 했겠는가! 아! 나라가 망한 후에 儒風(유풍)이 해이해지고, 倫理(윤리)가 땅에 쓸리고, 오직 이익만 쫓아 舊學(구학)은 쓸 데 없다 하고, 舊風(구풍)은 무익하다 하니 어찌 개탄하지 않을 수 있겠는가!

내가 기력이 점차 약해지고 멀리 서울에 있으니 가서 참여할 수가 없는데, 손자 아이들이 가 참석한다 하니, 그 정성에 감복하여 삼가 이리 쓴다.

蓋人之有後孫 如木之一根分爲萬億條 人之爲祖先 如水之千百派 宗於一海也 根不厚則其枝不茂 源不深則其流不長 吾宗先祖執端府君李氏 化家爲國之日 固守罔僕之義 自松京移住于懷德土井村以後至于今六百餘年 子孫繁盛 分爲三十三派 十餘萬之族 分居八域 遺風餘韻 向不衰微者 惟吾先祖積德 故儒賢達士輩出以繼述元徽垂裕後昆以遺嘉緒 培其根而枝益茂 浚其源而流必遠也 報本之道 在於繼述 先徽父子昆季 一室同居曰家族 同姓同本曰氏族 自祖先視之則均是後孫 自後承溯源則無非同族 而散在各處 代漸遠而屬漸疎 哀慶之不知無異於路人 故諸宗設親睦會者 實由於此而不以世代之遠而遠其族 不以後屬之疎而疎其族也 每年會于雙淸堂 序天倫之樂事 講宗親之誼 疎遠之族 益爲親密 慶而賀哀而弔 敦睦之誼 油然而生於心 韋氏花樹會何獨專美於古哉 噫屋社以後 儒風解弛 倫理掃地 惟利是求

---

94) 중국 唐(당)나라 시절 韋(위)씨가 번성해서 꽃나무 밑에 모여 일가들이 즐겨 놀았다는 얘기에서 종친 친목회라는 의미가 됨.

謂舊學以無用 謂舊風而無益 曷勝慨嘆哉 余氣力漸衰 遠在京師 未能往參
而孫兒輩往參 感其誠而謹書

水曜會詩集序
수요회시집서

君子(군자)가 벗과 함께 함은 믿음으로써 사귀고 마음으로써 허락하는 것이
다. 그러므로 그 날카로움은 쇠도 끊고, 그 내음은 난초와 같이 향기로운 것이
다. 만약 貴(귀)하다고 해서 사귀고 賤(천)하다 해서 버리면 벗이 아니다.

晉(진)나라의 蘭亭(난정)은 文章(문장)과 風流(풍류)의 맺음이요, 宋(송)나
라의 洛園(낙원)은 道德(도덕)과 同志(동지)의 모임이다. 王羲之(왕희지)는 山
陰(산음) 땅 난정에서 벗을 모아 修禊(수계)[95]하며 詩(시)를 읊었으니, 謝安(사
안) 이하 26인이 모였다. 文彦博(문언박)[96]은 洛陽(낙양) 留守(유수)를 지내며,
士大夫(사대부)들을 富弼(부필)[97]의 집에 모아 술을 내고 서로 즐겼으니, 司馬
(사마)공 등 12인으로, 당시 사람들이 낙양 耆英會(기영회)라 불렀고 후세 사람
들이 仰慕(앙모)했다. 나 또한 그를 추모하여 고향 집에서 서울에 잠시 살려고
이사하면서 이 모임(기영회)을 설립했다.

세월이 멀어지고 사람이 사라지면서 南樵(남초) 徐永錫(서영석) 님과 다시
水曜會(수요회)를 결성하였으니, 모이는 사람은 20여 인으로 모두 고향을 떠나
서울에 잠시 머무는 사람들이다. 文章(문장)은 비록 난정의 모임에 미치지 못
하지만, 風流(풍류)는 그보다 낫고 德望(덕망) 또한 洛園(낙원)의 賢者(현자)들
을 못 따르지만, 뜻을 같이 하는 것인즉 매한가지다. 공경하여 생각하면, 모임

---

95) 고대 중국에서 봄 가을로 물가에서 푸닥거리 식의 제사 예식을 행하던 일.
96) 중국 宋(송)나라 때 洛陽(낙양: 당시 서경) 留守(유수)를 지낸 사람.
97) 당시 모인 士大夫(사대부) 중의 한 명임.

여러 분들의 性稟(성품)이 본디 고결하여 세상과 高低輕重(고저경중)을 비교하지 않고, 궁핍하여도 절개를 굳게 하고 가난을 편안히 여기며, 功利(공리)에 목매 쫓아다니지 않고, 세상 더러운 구덩이에 골골하지 않으며, 道義(도의)를 익히고 닦는다. 三益(삼익)[98]을 띠를 둘러 모으니 錦心繡肚(금심수두)[99]하여 李太白(이태백)의 文章(문장)을 흠모하지 않는 이가 없고, 강한 필치 은고리 같은 글씨 또한 王羲之(왕희지)의 筆法(필법)을 배운 이들이다. 산과 물 사이로 어슷거리며, 軒馼(헌사: 부귀영화)를 뜬구름으로 보고, 물고기와 새에서 天機(천기: 하늘의 조화를 부리는 기밀)를 희롱하고, 시와 술로써 그윽한 감회를 펼쳐내니 은연중 밝은 세상의 빼어난 인물들이다.

매주 산 좋고 물 좋은 곳 하나 골라 시 지을 곳에 모이니, 세상 티끌은 들어오지 않고 사철 글 짓기 좋은 자리에 奎璧(규벽)[100]이 빛을 뿌리니, 사계절 기후 아침저녁 경치가 모두 시 읊기를 피해 도망칠 수 없다. 宇宙(우주)는 아득하니, 삶이 같은 시절 세상이 아니면 친구를 만들 수 없고 四海(사해)는 광활하니, 사는 곳이 같지 않으면 또 친구를 만들 수 없다. 이 모임 여러분들은 다행히 같은 시절 세상에 살고 사는 거처도 지역이 같아, 때때로 서로 볼 수 있고 또 뜻도 같아서 10여 년을 찰떡같은 정으로 어울렸으니, 東南之美(동남지미)[101]를 다하였고 二難(이난)[102]을 騷壇(소단: 시인 모임)에 아울렀다.

세상 근심을 物情(물정) 밖으로 털어버리고, 몸뚱어리는 강과 산 사이에 내맡겨서 느긋이 스스로 즐겨, 是非(시비)를 듣지 않으니 늙음이 눈앞에 다가온다는 것도 모른다. 胸次(흉차: 흉금)이 물 뿌린 듯 시원하여 光風霽月(광풍제월:

---

98) 사귀면 유익한 세 부류의 친구: 정직한 사람, 성실한 사람, 지식 많은 사람.

99) 비단 심장 수놓은 간담이란 말이나, 의미하는 뜻은 詩文(시문)에 아름다운 글귀를 지어내는 뛰어난 능력을 소유함임.

100) 經書(경서)를 줄여 박아서 작게 만든 책.

101) 왕발의 등왕각서에서 "주인과 손님은 동쪽 남쪽에서 온 모두 아름다운 사람이다"라고 한 말에서 나와, 모인 사람이 모두 좋은 사람이란 뜻임.

102) 왕발 등왕각서에서 "주인도 현명하고 손님도 아름답기 어렵다"라는 말에서 나와, 모임의 주최자나 모인 사람이 모두 좋다라는 뜻임.

맑게 갠 하늘 밝은 달에 스치는 바람) 같고, 意氣(의기)는 마치 날개 돋아 신선이 되는듯하다. 사람이 萬物(만물)의 靈長(영장)이 되어, 당금 세상에 功績(공적)도 없고 또 후일에 넘겨줄 文字(문자)도 없이 하루아침에 홀연히 草木禽獸(초목금수)와 더불어 사그라져서 아무것도 들림이 없게 된다면 그 어찌 슬프지 않겠는가!

비록 문자가 있어도 자손이 매미나 쥐가 되어 돌아간다면, 그 어찌 땅속에서 恨(한)이 없겠는가! 生前(생전: 죽기 전)에 刊行(간행)함만 못하다. 그러므로 내가 여러 친구들과 그 시를 수집하여 장차 세상에 공표하려 한다. 이에 그 서문을 써서 책머리에 같이 싣는다.

君子與友 交之以信 許之以心 故其利斷金 其臭如蘭 若貴交而賤棄非友也 晉之蘭亭文章風流之禊 宋之洛園道德同志之會 王羲之會友山陰之蘭亭 修禊詠詩 謝安以下四十六人也 文彦博留守洛陽 集士大夫於富弼之第 置酒相樂 司馬公等十二人而時人稱洛陽耆英會也 後人仰慕 而余亦追慕 自鄕第移寓京師 而亦設此會 歲遠人亡 與南樵徐永錫甫 更結水曜會 會者二十餘人 而皆離鄕寓京者也 文章雖不及蘭亭之會 而風流過之 德望亦不及洛園之賢 而同志則一也 恭惟諸公 性本高潔 不欲與世軒輊固窮 安貧不役役於功利 不汨汨於塵臼 講磨道義 會三益於經席 錦心繡肚 無非慕太白之文章 鐵畵銀鉤 亦是學羲之筆法 逍遙於山水 視浮雲於軒駟玩天機於魚鳥 以詩酒暢敍幽懷 隱然爲晟世逸民也 每週共會於山水佳處一區 藚軸之阿 風塵不入四時 詞藻之席 奎璧交輝 四時之候 朝暮之景 莫有逃於吟哦宇宙遠矣 生不幷世則不得以爲友 四海廣矣 居不同域 則不得以爲友 諸公幸得爲生幷世 而居同城 以時日而相見 志又相同 同遊十餘年 以膠漆之情 盡東南之美 幷二難於騷壇 消世慮於物外 放形骸於江山之間 優遊自樂 是非不聞 不知老之將至 胸次灑然 若光風霽月 意氣若羽化而登仙矣 人爲萬物之靈 無功績於當世 又無文字於後日 一朝奄忽 與草木禽獸同歸泯滅 而無聞則豈不哀哉 雖有文字 子孫歸於蟬竄則豈無恨於地下哉 不如生前刊行 故余與諸友 收集

其詩 將欲公諸世作序而弁其首

八耋生朝自序
팔질생조자서

人生(인생) 한 세상에 백 살까지 사는 이가 몇이나 될까 보냐! 70까지 사는 이도 오히려 드물고 많게는 으레 4~50이다. 세상에 몸을 부친 것이 홀홀히 달리는 천리마가 문틈으로 뵈는 것 같고, 그 길고 짧음은 비록 같지 않지만 끝내는 草木(초목)과 같이 썩어진다. 그러므로 君子(군자)가 근심하는 바는 그렇게 썩어 없어지지 않을 수 있는 것을 생각하는 것이다

선비에게는 세 가지 썩어 없어지지 않는 것이 있다. 德行(덕행), 功業(공업)과 文章(문장)이 그것이다. 나의 배움을 구하고자 하는 의지는 젊어서나 장성해서나 쉼이 없었지만, 늙고 병든 이날에도 道(도)를 깨우칠 수 없구나. 나라가 망한 이후 나라를 되찾으려는 일에 돈을 벌어내는 일은 잃어버리고 공업도 상업도 하지 않으며, 혹은 농사짓고 혹은 글을 지으며 서울과 시골을 드나들었다.

예와 지금의 배움이 다른데다, 덕행도 닦지 못했다. 庚戌(경술: 1910)년 나라가 망하니, 왜적의 문 앞으로 분주히 달려 나가지 않는 자 없었다. 그러나 비록 내 한 몸에 綱常(강상: 3강과 5상, 즉 사람이 지켜야 할 도리)의 무거움을 다 떠맡기지 않는다 해도, 어찌 어찌 그 문으로 들어가겠는가! 공업 또한 命(명)이 있는 것이니, 억지로 구할 수 없는 것이다.

선비의 배움이 뒤로 전해지는 것은 시와 書(서)와 畵(화)인데 이 세 가지를 다 할 수 없으므로, 시에 힘을 다했다. 또한 돌아다니며 경치 감상하기를 좋아해서, 천 년에 나올까 말까 한 훌륭한 사람들을 벗으로 삼아 두둑이 무거운 봉록도 겨자씨처럼 작게 보고, 오동나무로 지은 궁벽한 오막살이에 살면서, 天性(천성)을 배양하는 긴 계책으로 삼았다. 지팡이를 짚고 빈 계곡에서 경치

좋은 곳을 찾아다니는 길을 다녔다. 그러나 병과 늙음이 찾아와서는 도리어 여느 말과 함께 마구간에 같이 묶여 있는 천리마 신세와 같이 되었다. 뜻은 세월과 함께 가버리니, 공연히 횃대에 앉아있는 매가 공중으로 박차 오를 수 있음을 부러워한다.

대략 역사의 잘 다스려짐과 어지러움의 자취 천년 말할 거리를 아니, 어느 하루 山川(산천)의 기이하고 험한 아름다운 경치를 두루 유람하고, 지나치는 천 리 중 한 구역의 아름다운 경치를 거두어 시에 담는다. 이리 세상 근심을 시와 술에 녹여버리고 산과 물에 제비가 집 찾아오듯 함은 그저 경치나 희롱하고 자취를 세상 밖으로 쫓아내고자 함은 아니다. 마음에 기약한 것은 자손을 많이 두고 선조를 위하는 것이니, 지금 모두 뜻대로 되었다.

나는 言行(언행)의 덕이 없고 공업의 업적도 없이 그저 詩文(시문)으로 세대를 전하니, 비록 썩 좋은 글은 못 되나 글이 없다 할 수는 없다. 나무가 산에 있다 해도 匠石(장석)[103]이 눈길을 주어야 아름답고 고운 재목임을 알 수 있다 한다. 녹나무가 오래 살지 못하는 것은 그것이 재목 감이 되기 때문이며, 가죽나무나 도토리나무가 오래 사는 것은 그것이 재목 감이 못 되기 때문이다. 先祖(선조) 이래로 수명이 80이 넘지 않았고 또한 回婚(회혼: 결혼 60주년)의 일도 없었다. 이제 집사람과 같이 늙어가고 있고 아들 다섯에 딸 하나를 두었으니 남자 아이 여자 아이 아울러 28인이다.

옛사람이 말하기를 자기 몸을 다 이루지 못하고서도 후세에게 넉넉함이 돌아가게 하는 것은 范氏(범씨)[104]가 덕을 쌓은 지 백 년이나 되어서야 비로소 이루어졌다. 나는 재목으로 치면 가죽나무나 도토리나무 같은 부류이나, 오래 살고 또 자손도 많으니 어찌 先祖(선조)께서 덕을 쌓아 이리 이루어진 것이 아니겠는가!

---

103) 莊子(장자) 徐无鬼(서무귀)편에 나오는 楚(초)나라의 유명한 목수. 사람 코에 흙을 묻혀 놓고 도끼를 휘두르면 흙만 떨어지고 사람 코는 전혀 다치지 않았다 함.

104) 중국 고사에 富(부)는 3대를 넘지 못하나 范仲淹(범중엄: 북송시대 명재상)의 일가에게는 800년이나 갔다는 얘기가 있는바, 范氏(범씨)는 范仲淹(범중엄)이 아닐까 추측한다.

辛酉(신유: 1981)년 설날 아침에 아들과 손자들이 성대하게 잔치를 열어 慶事(경사)를 稱賀(칭하)하려 했지만, 내가 덕도 없고 한 일도 없이 그저 술과 밥만 허비한 존재이니 어찌 그리 성대한 칭하를 받겠는가! 간략하게 준비를 마련하고 아들과 손자를 모아 지냈다. 그러나 나를 낳고 길러주신 부모의 은혜에 감사함을 어쩌지 못하니, 지난 일이 꿈만 같다. 그러므로 이렇게 그 일을 적는다.

人生一世能享白年者有幾 七十歲猶稀 而四五十者例多矣 其寄世也 忽忽如缺隙之過驥 其脩短雖不齊 而及其終而舉草木同腐 故君子所以疾之 思有以不朽 士有三不朽 德行也功業也文章也 余求學之志 無間於少壯老病之日 不能悟道 屋社以後 失産業於復國之事 不工不商 或農或文 出入京鄉 古今殊學未修德行 庚戌國亡 莫不奔走於倭賊之門 然雖不能以一身任綱常之重 豈可入其門乎 功業亦有命焉 不可強求也 士者之學傳後者 詩書畵而不能兼三 以詩專工亦好遊賞尙友 千載之高人 芥視萬鍾之重祿 據梧窮廬 長爲養性之策 扶筇空谷 轉作探勝之行 病與老尋還同櫪驥之絆馬 意與歲去 空羨架鷹之摩空 略知歷史治亂之蹟 所言千載一日 周遊山川奇險之勝 所經千里 一區收勝景於詩 消世慮於酒 寓樂於山水 非徒玩景放跡 物外期於心者多 子孫爲先祖而今皆如意 而余無言行之德 功業之蹟 只以詩文傳世 雖非健筆 不可謂無文也 木在山而匠石睨之 後知美麗之材 橡樟之不壽 以其材也 樗櫟之長壽 以不材 先祖以來 壽未過八十而亦無回婚之事 余蒙先蔭 今爲八耋而曾過回婚 尙今偕老 五子一女所生男女幷二十八人 古人云 身不逐者 歸贏於後人 范氏積德百年而始發 余以樗櫟之材 而壽且多孫 豈非先祖積德所致耶 辛酉元朝 兒孫欲盛設稱慶 而余以不德無業 徒費酒食之輩 豈可稱慶乎 略設備會子孫而過之 然不勝劬勞之感 往事如夢 故敍其事也

會賢詩社序

회현시사서

同門(동문: 같은 선생님에게서 배운 사람)을 朋(붕)이라 하고, 合志(합지: 뜻이 합해진 사람)를 友(우)라 한다. 子夏(자하: 공자의 제자)가 이르기를 '혼자 공부하며 벗이 없으면, 고루해지고 지식이 얕아진다'라고 했고 孔子(공자)가 말씀하신 바 '세 사람이 길을 가면 그중에 반드시 내 스승을 삼을만한 사람이 있다'라고 하신 것은 혹시 氣稟(기품)이 같지 않거나 혹시 趣味(취미)가 같지 않거나 해도, 善(선)한 자가 본디 있으니 취하면 도리를 얻을 것이요, 惡(악)한 자가 있다 해도 오히려 그를 보고 고칠 수 있는 이익이 있으니 朋友(붕우)의 서로 보탬됨이 어찌 아니 좋을 수 있겠는가!

朋友(붕우)는 五倫(오륜)[105]의 하나로서, 天子(천자)로부터 庶人(서인)에 이르기까지 벗이 없이는 관계를 이룰 수 없는 것이다. 그러므로 君子(군자)의 사귐은 글로써 벗을 모이게 하고, 벗으로써 어질게 되기에 보탬이 되도록 하는 것이다. 이리 믿음으로써 사귐으로, 그 날카로움은 쇠도 끊고 마음으로써 터놓으므로 그 향기는 난초와 같은 것이다. 千里(천리)를 떨어졌어도 마음으로 정신적으로 사귀어 范張(범장)[106]의 友好(우호)를 맺고, 두 집안이 봄의 아름다움을 즐기려 집터를 元白(원백)[107]이 이웃이 되게 했다 하는 것은 정말로 그럴만한 이유가 있는 것이다. 小人(소인)의 사귐은 이익을 챙기는 것으로만 사귐을 하고, 마음을 터놓는 것은 오직 모양만 보고 하니 貴(귀)하게 되면 사귀고 賤(천)하게 되면 버려, 아침의 은혜가 저녁에는 원수가 됨이 많다. 張陳(장진)[108]은 그 끝이 흉했고, 蕭朱(소주)[109]도 마지막엔 틈이 벌어졌다. 그러므

---

105) 父子有親(부자유친) 君臣有義(군신유의) 夫婦有別(부부유별) 朋友有信(붕우유신)의 五倫(오륜) 중에 붕우유신이 하나 들어 있다라는 말임.
106) 東漢(동한) 사람으로 范式(범식)과 張邵(장소)를 말한다. 둘이 교분이 매우 좋은 것으로 알려짐.
107) 唐(당)나라의 元稹(원진)과 白居易(백거이)가 같은 詩派(시파)임.
108) 楚漢(초한)이 다툴 때 사람들로 張耳(장이)와 陳餘(진여)임. 둘이 처음엔 사이가 좋았으나 권세를 다투다 끝에는 장이가 진여의 목을 벰.

로 벗을 사귀는 도리는 쉽게 말하기 어렵고 그 끝이 처음처럼 온전한 사귐은 드물다.

내가 불행한 때에 태어나니, 나라의 운명은 이미 끊어졌다. 先君(선군: 돌아가신 부친)께서는 항상 光復(광복)의 뜻을 항상 품으시고 서울과 시골 각지를 드나드셨으나, 일은 이루지 못하고 집안은 기울어졌다. 錦山(금산)으로 옮겨 살아 농업으로 생계를 삼고, 한가한 틈엔 中庸(중용)과 大學(대학) 등 책을 읽고 性命(성명)의 근원에 대해 묵묵히 탐구하며, 身心(신심) 일생을 체험하니 힘을 쓰는 것이 程子(정자)와 朱子(주자)의 학문을 떠나지 않았다. 또 경치 좋은 곳을 찾기 좋아하여 자취를 산과 물에 맡기고, 자연에 묻혀 혹은 술잔을 당겨 달에 취하고 혹은 두루마리를 끼고 꽃을 글에 담으니 世間(세간)의 세월은 잊어버리고 바로 가슴을 활짝 펴 그 超然(초연)한 스스로 얻는 취미를 구하였으니, 특별히 짬을 내어 경치를 감상한 것은 아니다.

내가 어린 나이에 同窓(동창: 같은 곳에서 배움)의 學友(학우)가 있었으나, 각각 생계를 쫓아 흩어졌고 지금은 모두가 신선으로 변했다. 중년이 되어 大田(대전)으로 이주하여 白吟詩社(백음시사)를 결성하였으나 모였던 사람들이 모두 타향에서 와 살던 사람들로 세상일이 다단하여 혹은 고향으로 돌아갔고 혹은 옥황상제를 찾아갔다.

나 또한 서울로 다시 이사하여 20년이 지나 일은 모두 아들에게 맡기니, 역시 한가로운 사람이다. 몸은 억지로 끌어다 할 일 없고, 마음은 밝고 넓은 취향이 있으니 山林(산림)은 그 취미에 맞출 수 있고, 詩書(시서)는 그 도리에 맞추기에 족하다. 일찍이 晉(진)나라 때 蘭亭(난정)의 文章(문장)과 風流(풍류)의 맺음과 宋(송)나라 때 道德(도덕)과 同志(동지)의 모임을 흠모하여, 먼저 耆英會(기영회)를 결성하고 또 會賢詩社(회현시사)에 참석했다. 본래 栗里詩社(율리시사)라 불리고 日堂(일당) 鄭承澤(정승택)이 창립한 모임이나, 이제 南樵(남초) 徐英錫(서영석)이 대신하여 사장이 되고 지금의 이름으로 바꾸었다.

---

109) 前漢(전한)시대의 蕭育(소육)과 朱博(주박).

每月(매월) 산이나 강가의 정자에 社友(사우)들이 모여 술도 마시고 글도 짓는데, 모임은 날짜와 장소를 정해 어울린다. 높은 곳에 올라 멀리 바라본즉 孔夫子(공부자: 孔子)께서 泰山(태산)에 오르신 氣像(기상)이요, 물가에 임해 詩(시)를 지은즉 程先生(정선생: 程子)이 냇가에 계시면서 시를 읊음이다.

나이는 이미 해 저물 때라 몸은 이미 늙었지만, 기상은 오히려 장상해 천성이 산과 물에 있고, 뜻은 게으르지 않아 걸음도 능히 다닐 수 있다. 천길 높은 언덕에 옷자락 떨치고, 만 리 파도에 발을 씻으며, 자연 속에서 배회하고, 물고기와 새우를 짝하며 사슴과 벗하여 悠悠自適(유유자적)하니 세상에 어떤 즐거움을 이와 바꿀 수 있는지 모르겠다. 강산의 진정한 즐거움을 실제로 얻고, 사람으로서 만물의 영장이 되니 비록 그 포부를 지금 세상에 펴지 못한다 해도, 어찌 草木禽獸(초목금수)와 더불어 흔적 없이 스러질 수 있겠는가!

내가 문학에 전적으로 힘을 쏟은 지 50여 년으로 지은 시문 수천 편을 간행하여 세상에 전하니, 후세 사람이 알아주고 못 알아주고는 내가 관여할 바 아니요, 내가 바라는 바는 끝낼 수 있나 하는 것이다. 강산의 즐거움은 三公(삼공)의 존귀함도 넘어설 수 있는 것이로되, 삼공이 智力(지력)으로 만으로는 될 수 없는 것이니 왕왕 저곳에서 얻지 못하면, 이곳에서 잠시 머물러 즐기는 것이 어떠한가?

夔龍(기룡)[110]이 구덩이에 스러지지 않음은 때를 만났기 때문이요, 巢許(소허)[111]가 높은 관직을 얻지 못함은 때를 만나지 못했기 때문이다. 나 또한 때를 만나지 못한 자로 느긋이 돌아다니며 스스로 만족하고 시비를 듣지 않으며 강산으로 다니며 물고기 및 새와 서로 즐긴다. 모임을 결성한 취미가 어찌 지극히 즐거운 것이 아니겠는가!

同門曰朋 合志曰友 子夏曰 獨學而無友則孤陋而寡聞 孔子所謂三人行

必有我師 或有氣稟之不同 或有趣味之不同善者 固有取則之道惡者 猶爲
戒懲之益 朋友之相資其益 豈不好哉 朋友五倫之一 而自天子至於庶人 未
有不須友而成 故君子之交 以文會友 以友輔仁 交之以信 故其利如金 許之
以心 故其臭如蘭 千里神交 結范張之好 兩家春色 卜元白之隣 良由以也 小
人之交 其交也以利 其許也以貌 貴交而賤棄 朝恩而暮讐者多矣 張陳凶其
終 蕭朱隙其末 故交友之道未易言 而全其終始者鮮矣 余生丁不辰 國祚已
絶 我先君常懷光復之意 出入京鄕 事不成而家敗 移居錦山 營農爲業 閒讀
庸學 諸書潛究乎 性命之源體驗乎身心 一生用力不離乎程朱之學矣 又好
探勝托跡於山水 寓樂於林泉 或引觴而醉月 或携軸而賦花 忘世間之甲子
即開豁心胸 以求其超然 自得之趣而非特儵閒玩景矣 余早年有同窓之學友
而各隨生計分散 今皆化仙 中年移住於大田 結白吟詩社 所會之人皆是他
鄕來住者 世事多端 或歸故里 或朝玉京 余亦更移于漢城二十年一 事皆任
子 亦是閒人 身無事務之牽 心有昭曠之趣 山林可以適其趣 詩書足以進其
道 嘗慕晉之蘭亭文章風流之禊 宋之洛園道德同志之會 先成耆英會 又參
會賢詩社 本稱栗里日堂鄭承澤創立 而今南樵徐永錫 代爲社長 改今名而
每月會社友於山榭江亭 觴詠而樂社 朋有期而會定處而遊登高而望遠 則想
孔夫子登泰山之氣像 臨流而賦詩 則學程先生在川上之嘯詠 年在桑楡 身
已老而氣猶壯 性在山水志不倦而步能行 振衣於千仞之崗 濯足於萬里之波
逍遙於烟波之上 徘徊於泉石之間 侶魚蝦而友麋鹿 悠然自適而不知世間何
樂 可以易此 實得江山之眞樂而人爲萬物之靈 雖不能施其抱於當世 豈可
與草木禽獸同歸於泯滅乎 余專工文學五十餘年 著詩文數千篇 刊行傳世後
人之知與不知 非余關吾之所望畢矣 江山之樂 可以傲三公之貴 三公非智
力可求者 往往不得於彼而寓樂於此 夔龍之不丘壑遇時也 巢許之不冠冕不
遇也 余亦不遇者 優遊自得是非不聞 與魚鳥相樂於江山之上 結社之趣 而
豈非至樂乎

環碧亭詩序
환벽정시서

山川(산천)의 맑은 기운이 떠밀려와 모여 퍼진 곳이 나라의 서울을 지키는 鎭山(진산)인데 三角山(삼각산)이 그것이다. 한줄기가 북으로 갈려 나와 北漢山(북한산)이 되고, 또 한줄기가 갈려 나와 北岳山(북악산)이 된다. 拱極峰(공극봉)에 미치기 전에 먼저 한 골짜기가 지어졌는데, 바로 貞陵洞(정릉동)으로서 바로 神德王后(신덕왕후)[112] 康(강)씨의 묘역 안이다.

일찍이 日曜詩會(일요시회)가 있었는데, 芝崗(지강) 尹彝炳(윤이병)이 주관했었다. 몇 년 전 지강이 세상을 떠난 후 淡溪(담계) 李種昌(이종창)이 뒤를 이어 이곳에서 詩會(시회)를 열었다. 그래서 陵(능)에 올랐는데, 왼쪽 계곡에는 白鹿潭(백록담)이 있다. 더위 피하는 사람들이 많이 와서 몸을 씻는다. 綠陰(녹음) 안에는 물 또한 맑고 차게 흐르는데, 왼쪽 길을 거쳐 숲으로 들어가면 골짜기는 더욱 아름답다. 점차 물소리가 가까이 들려오면 개울가 봉우리 바위 평평한 곳에 작은 八角亭(팔각정)이 우뚝 솟아있은즉 早起會(조기회)가 지은 環碧亭(환벽정)이다. 뭇 산이 비춰 빛 냇물 하나를 끼어 구슬을 쏟아 내고, 숲은 무성하며 돌은 기이한 모양이니 마치 別世界(별세계)인 것 같다. 산을 바라본즉 노을이 걷히고 구름이 나는 想像(상상)이 들고, 물가에 다다른즉 바람도 쐬고 몸도 씻는 즐거움이 있다.

요즈음 漢城(한성: 서울) 백 리 안팎 땅에 높고 큰 건물들이 鳳(봉)이 춤추고 蛟龍(교룡)이 하늘로 오르듯 솟아나, 시원하고도 따스한 집들이 이리저리 얽혀 즐비하니 금빛과 푸른빛이 휘영청하다. 시장은 시끌벅적하여, 이런저런 물건들이 산처럼 쌓여있고, 차들이 뒤얽혀 달리고, 남녀가 잡다히 모여 떠드니 먼지는 해를 가리고, 노랫소리 나팔소리는 하늘에 쩌렁거린다. 그러나 오직 貞陵(정릉) 한 구역만은 王家(왕가)의 齋宮(재궁: 재실)으로 境內(경내)가 넓고

---

[112] 太祖(태조) 이성계의 繼妃(계비).

시원하며, 냇물과 산은 그윽이 깊고, 널따란 길에 나는 요란한 소리도 없이, 깨끗하고 조용한 골짜기이다. 물과 돌이 물 뿌려 씻은 듯 시원한 느낌을 주며, 산봉우리들이 층층이 겹쳐 뒤에서는 옹호하고 있고, 앞에서는 팔짱 끼어 인사하고 있다. 그리 솟았다 낮아졌다 하는 것이 마치 용이 날아오르고 호랑이가 웅크려 앉아있는 형세로, 겹겹이 나뉘어 秀麗(수려)한 빛을 내고 있다. 물 솟기 시작하는 샘과 작은 시냇물이 왼쪽으로 돌고 오른쪽으로 꺾이며 점차 급히 떨어지는 폭포가 되었다. 다시 고요히 괴어있는 연못 같은 흐름이 되어 굽이굽이 돌아 잔잔하고 완만한 소리를 이룬다. 진귀한 나무와 이름난 꽃들로 붉은 색 빽빽하고 푸르름도 무성하게 향기를 펼치고 녹음을 펴서, 다투어 아름다움을 뽐낸다. 언덕의 꽃이며 냇가의 버드나무의 아름다움과 냇물 샘과 숲의 기이함이 詩人(시인)의 글 짓고자 하는 의욕을 샘솟게 하니, 고요히 숨어사는 사람이 머물러 쉬기에 마땅한 곳이다.

나는 본래 湖西(호서: 충청도)의 평민으로 항상 湖南(호남)[113]에서 버들가지에서 날리는 솜이나 주워 모으려 하였고, 關東(관동: 강원도)에서 桃源(도원)[114]을 찾아보려 하였으나 일이 뜻대로 되지 않았다. 아들을 따라 貞陵(정릉)에 집터를 잡았으나, 여가가 없어 眞景(진경)을 찾아보지 못했다. 倭亂(왜란)이 점차 급해져 고향으로 돌아갈 길이 없다가, 나라의 운명이 회복돼 태평해지면서 다시 西大門(서대문) 밖에 거주하게 되니 늙어서 하는 일은 없고, 자취를 바람과 달을 읊는 데 맡겼다.

자리에 가득 찬 높은 벗들은 모두 이 세상에 숨어 사나 빼어난 인물들로 머리 흰 가난한 선비들이다. 바둑판을 끌어대 신선과 같이 바둑 두며, 세간의 시간 감을 잊고 詩(시) 짓는 벗들과 머물러 좋은 詩句(시구)를 읊는다. 이미 취한 세상에 좌우에서 다시 술 권하니, 술상은 어지러이 얽혀 있는데 늙은이 젊은이 같이 읊는다. 먹과 붓고 종이가 낭자하니 즐거운 情景(정경)이요, 흠뻑

---

113) 耕南(경남) 선생이 고향을 떠나 처음으로 이주한 錦山(금산)이 당시에는 전라북도로 湖南(호남)에 속함.

114) 陶淵明(도연명)의 道源記(도원기)에 나오는 이상향. 즉 武陵桃源(무릉도원).

취해선 누가 주인인지 누가 손님인지도 알지 못한다. 風采(풍채)는 맑고 빼어나며, 흉금은 속세를 벗어나 빼어나니 개운하고 깨끗한 기분이 적지 않다. 아침에 빛났다 저녁에 어두워지는 변화에 어찌 눈 부릅뜨고 정신 차려 바라보지 않아도 될 것이 있겠는가! 神(신)의 경지에 들어선 畵伯(화백)이 아니고 교룡 날아오르는 듯한 詞伯(사백)이 아니라면 어찌 이 아름다운 땅의 경치를 그대로 그려낼 수 있겠는가! 각자 律詩(율시) 하나씩 지어 두루마리에 담고, 산을 내려와 손을 놓고 차를 타니 이미 저녁이다.

山川淑氣 扶輿磅礴爲國都之鎭山者 三角山而一枝北分爲北漢山 又南分爲北岳山 未及拱極峰而先作一洞壑 卽貞陵洞而神德王右康氏陵局內也 曾有日曜詩會 而芝崗尹彛炳主之 年前芝崗歿 淡溪而種昌繼之 設詩會于此 故登陵左谷有白鹿潭 避暑者多來浴 而綠陰之中 水亦淸冽 由左路而入林壑尤美 漸聞水聲而溪上峰 回岩平處 聳立八角小亭 卽早起會所築環碧亭 群山擁翠一溪瀉 玉林茂而石奇 髣髴若別界 望山則有霞擧雲飛之想 臨水則有風乎浴乎之樂 近日漢城內外環百里之地 豊樓傑閣 鳳舞螭起 凉軒燠室 鱗錯櫛比 輝暎金碧 市朝紛鬧 百貨山積 車馬騈塡 士女雜聚 囂塵遮日 歌管喧天 而惟貞陵一區 王家齋宮 境內廣闊 溪山幽深 無紫陌喧囂之聲色 洞壑淸淨 有水石瀟灑之感想 層巒重蜂 後擁前拱 起伏若龍騰虎踞之勢 重重分作秀麗之色 源泉小澗 左轉右旋 漸成急瀑 平潭之流 曲曲轉成 潺潺之聲 珍木名花 紅稠綠盛 敷香布蔭 爭姸競媚 岸花溪柳之美川 原林泉之奇 聳動騷人之諷 詠適宜逸民之棲息 余本湖西布衣 常拾柳絮於湖南 求桃源於關東事不如意 隨子占宅於貞陵 而無暇尋眞 倭亂漸急 無奈還鄕 國運回泰 更住又西門外 老無所業 托跡於吟風詠月矣 滿座諸高朋 皆此世逸民而白首寒士也 引棋朋而對仙局 忘世間之甲子 留詩伴而唱健句 醉壺裡之乾坤 左右勸酬 杯盤交錯 老少共吟 翰墨狼藉 怡愉情景 陶然不知誰主誰賓 風神淸秀 衿韻超逸 不少灑落之懷 朝暉夕陰之變態 無非駭矚盈視 非入神之畵伯騰蛟之詞宗 詎可摹出成章 眞勝地也 各賦一律而題軸 下山分手乘車 日已暮矣

琴南序

금남서

옛날의 君子(군자)들은 반드시 거처하는 곳의 명칭이 있어 혹 齋(재)라 하고, 혹 軒(헌)이라 하고, 혹 庵(암)이라 하고, 혹 窩(와)라 한다. 또한 標識(표지)하는 바의 명칭도 없어서는 안 되니 그러므로 혹 내가 부지런해야 할 바나 혹 내가 하는 바의 일로써 이름을 짓는다. 그저 이름만 짓는 것이 아니라, 또한 그것을 실천하고 그를 위해 취한 것을 기록한다. 中國(중국)의 牧齋(목재)[115] 錢謙(전겸), 南軒(남헌) 張載(장재), 晦庵(회암) 朱熹(주희), 安樂窩(안락와) 邵雍(소옹) 같은 여러 선생이 이런 것이다.

근래 풍속은 과시하고 호사롭게 꾸미기를 좋아하여, 젊어서부터 옛사람들을 흠모하여 號(호)를 갖지 아니한 자가 없다. 혹은 山(산)이라 칭하고, 혹은 江(강)이라 칭하고, 혹은 松(송)이라 칭하고, 혹은 梅(매)라 칭하니 모두 우리나라의 春山(춘산) 金弘根(김홍근), 秋江(추강) 南孝溫(남효온), 梅溪(매계) 曺偉(조위), 松谷(송곡) 趙復陽(조복양) 같은 여러 先賢(선현)이 이런 것이니, 무릇 天地之間(천지지간)에 즐길만하고 사랑할만한 물건이 많은즉 그 德(덕)을 대표하는 것이다.

洪淳皓(홍순호) 님은 南陽(남양) 사람으로서, 判中樞府事(판중추부사)를 지내시고 良靖公(양정공) 諡號(시호)를 받으신 洪處亮(홍처량) 공이 그 9세 할아버지이시다. 양정공의 아들 九齡(구령)께서 永川(영천) 군수가 되셨고, 그 아들 중 하나가 계속 영천에 살다가 大邱府(대구부) 新川洞(신천동)으로 이주하셨으니, 사시던 곳이 琴湖江(금호강)과 가깝다. 대구 팔공산이 그 동쪽을 둘러 있고, 금호강이 그 남쪽을 지나는데 물 근원이 영천의 普賢山(보현산)과 母子(모자)

---

[115] 耕南文稿(경남문고) 原文(원문)에 誤脫字(오탈자)가 있는 듯하다. 牧齋(목재)의 이름은 錢謙益(전겸익)이나 "益"자가 뵈지 않고, 南軒(남헌)은 張載(장재)와 같은 사람이 아니다. 南軒(남헌)은 字(자)가 叔後(숙후)이고 號(호)가 陽谷(양곡)이며, 張載(장재)는 字(자)가 子厚(자후)이고 號(호)가 橫渠(횡거)이다.

산 두 산에서 나와 河陽(하양)에서 합쳐져 대구에 이르러 猪灘(저탄)이 되고, 남쪽으로 흘러 達川(달천)이 되고, 나루가 낙동강과 합쳐져 김해에 이르러서는 三叉江(삼차강)이 되어 바다로 들어간다. 그 흐르는 길이가 700리인데 굽이굽이 기이한 풍경을 이루고, 곳곳에 이름난 터전이 되어 옛사람들의 위대한 자취가 많다.

내가 甲戌(갑술: 1934)년 여름에 太白山(태백산)에 놀러 갔다 대구에 이르러 詩(시) 짓는 친구 서너 명과 금호강 가운데로 배를 띄웠다. 양쪽 강 언덕의 산 형세는 두루 중첩된 층층 산봉우리들을 만나 완연히 그림과 같다. 갈매기와 해오라기는 날아서 물가 모래톱에 모이고, 물고기와 새우들이 배 밑에서 팔딱인다. 江湖(강호)에서 서로를 잊으니, 밝은 달이 하늘 가운데 이르고, 맑은 바람은 水面(수면)에 불어오고, 술 마시며 시 지으니, 술기운 흥취와 시 읊는 정신이 호호탕탕하여 하늘에 떠 바람을 몰아 훌쩍 떠나는 것이 세상 버려버리고 홀로 서있는 것 같으니, 富貴(부귀)나 貧賤(빈천)이 내게 苦惱(고뇌)를 주던 것이 모두 가슴 속에서 사라져 날개 돋아 신선이 된 것만 같았다.

洪(홍) 군이 서울에 일이 있어 江西(강서) 禾谷洞(화곡동)에 사는데, 稟性(품성)이 본래 시를 좋아한다. 江南詩社(강남시사)의 모임이 있다는 말을 듣고, 辛酉(신유: 1981)년 초여름에 上道洞(상도동) 詩會(시회)로 나를 찾아왔다. 그의 先世(선세)가 지내온 일의 자취를 들으니, 나와는 집안 간에 대대로 우의가 있어 나를 따라 몇 달을 같이 어울렸다. 그 天姿(천자: 타고난 바탕)가 순수하고 아름다우며, 風度(풍도: 풍채와 태도)가 쾌활하다. 또 德器(덕기)가 寬厚(관후)하여 안으로는 곧고 강직한 지조가 있고, 밖으로는 온화하고 유순한 모습이 있다. 행동거지와 말해야 할 때 하고 말하지 않아야 할 때 말하지 않아 지켜야 할 한계를 넘지 않으니, 진정 법도 있는 집안의 후예이다. 뼈를 깎는 것처럼 시를 공부하니, 사람들이 모두 아껴주고 무겁게 여겨준다. 또 고향이 琴湖(금호)의 남쪽이라 하여, 내가 금호의 경치를 想起(상기)하고 洪(홍) 군에게 琴南(금남)이라 號(호)를 지어주니 집이 琴湖(금호)의 남쪽에 있으니 고향의 의미를 잊지 말라는 뜻에서다.

옛사람들의 시 짓는 취향을 배워서 그 사람들과 같은 덕을 이루어, 이름을 후세에 남겨야 하니 그대는 힘써 노력하게나. 간략하나마 거친 글로라도 그 개요를 쓴다.

古之君子 必有所處之名 或謂齋 或謂軒 或謂庵 或謂窩 亦不可無所識之名 故或以吾之所勉 或以吾之所事名之 非徒名之 亦爲踐其實記 其趣中國有錢牧齋謙張南軒載朱晦庵熹邵安樂窩雍 諸先生是也 近俗好誇 而靡文少年俗子 亦慕古人而無無號者 或稱山 或稱江 或稱松 或稱梅 皆學於我東之金春山弘根南秋江孝溫曺梅溪偉趙松谷復陽 諸先賢是也 而凡天地之間 多可樂可愛之物 因其趣而各稱 卽代其表德也 洪君淳皓甫 南陽人 判中樞府事謚良靖號北河公諱處亮 其九世祖也 良靖之胤諱九齡爲永川郡守 而其一子 因居永川 其後移住大邱府新川洞 其所居近琴湖江 大邱八公山環其東琴湖江經其南 源出永川 普賢母子二山而合于河陽至大邱爲猪灘 南遊爲達川津 合洛東江至金海爲三叉江 而入于海 其流長七百里而曲曲成奇景 處處成名基 多古人偉蹟矣 余甲戌夏 遊賞於太白山至大邱 與數三詩朋 放舟于琴湖之中流 兩岸山勢 周遭層巒 重嶂宛如畫境 鷗鷺翔集於洲渚 魚蝦潑刺於舵底 相忘於江湖之上 而明月到天心 淸風來水面 飲酒賦詩 醉興吟魂浩浩焉 如憑虛御風 飄飄乎如遺世獨立 富貴貧賤之 惱我苦我者 全忘義於中而如羽化登仙矣 洪君有事于漢城 居於江西之禾谷洞 性本好詩 聞有江南詩社之會 辛酉初夏訪余于上道洞詩會 聽其先世經來事蹟 與余家有世誼 從余遊數月 其天姿粹美 風度快活 又德器寬厚 內有剛毅之操 外有和順之容 動止語默 不踰繩墨 眞法家後裔 刻苦工詩 人皆愛重之 且故鄕在琴湖之南 故余想起琴湖之景 贈君以琴南之號 卽家在琴湖之南 莫忘故鄕之意 而學古人作號之趣 成其德而名於後世 君其勉勵 畧以荒辭書其槩矣

九千洞詩序

구천동시서

名勝地(명승지) 구역의 소문이 사방에 흘러, 점잖은 풍류객이라면 모두 한번 보고 감상해 보는 것이 그 평소의 바람이다. 山川(산천)의 빼어난 형세는 어디서나 들려 전해지는 얘기지만, 멀리서 생각만 한다는 것이 직접 올라 둘러보는 것만 못하다. 그리하여 辛酉(신유: 1981)년 봄에 서너 명 동지들과 더불어 九千洞(구천동)에 도달했다.

나는 일찍이 錦山(금산)에 산 일이 있어 서로 떨어진 거리가 멀지 않지만, 길이 험하고 기회가 없어 가보지 못했다. 이제 친구의 말로 인해 둘러 돌아본즉 안개 속 산봉우리들은 푸른 눈썹 같은 아리따움을 뿜내고, 맑은 못들은 담백하게 꾸민 고운 자태를 지어 산은 매우 훌륭하고, 물도 매우 아름답다.

德裕山(덕유산)은 본래 匡廬山(광려산)으로 영남과 호남 사이에 우뚝 솟아 있다. 壬辰倭亂(임진왜란) 때에 明(명)나라 장수 李如松(이여송)이 이곳을 지나가며 바라보고 말하기를 "德(덕) 있도다! 사람 생명을 살리겠구나!"라 하였다 하여, 후세 사람들이 덕유산이라 이름하였다 한다. 最高峰(최고봉)은 香爐峯(향로봉)인데 혹 香積峰(향적봉)이라고도 한다. 그 아래에 구천동이 있는데 남쪽으로는 七淵瀑布(칠연폭포)가 있고, 동쪽으로는 白雲庵(백운암)이 있다. 이곳으로부터 90여 리 계곡을 통칭 구천동이라 부른다. 세속에 전하기로는 佛敎(불교)를 닦으려 모인 사람이 구천 명이라 이 이름을 얻었다라고 하기도 한다.

산 정상에서 물이 나기 시작하여 羅濟通門(나제통문)을 거쳐 安心坮(안심대) 九月潭(구월담) 印月潭(인월담)을 두루 지나며 沼澤(소택)과 瀑布(폭포)를 만들고, 동굴은 기이하고 험하다. 가운데에 기이한 풀과 진귀한 나무 또 奇岩怪石(기암괴석)이 있으니 봄에는 철쭉꽃, 여름에는 綠陰(녹음), 가을에는 단풍, 겨울에는 雪景(설경)이 나누어 33경의 살아 움직이는 그림을 울창한 깊은 숲속에 만들어 놓고, 칠연폭포를 지나 계곡을 따라 가며 아직도 천연의 모습을 보존하고 있다. 지금은 茂朱邑(무주읍)부터 구천동까지 도로 확장 공사를 해서 국립공원으로 만들려 하니, 茂朱郡(무주군) 雪川面(설천면) 三公里(삼공리)이다. 白蓮寺(백련사)를 향해 푸른 물 시내를 건너고 폭포를 올라 지나면, 숲이 하늘을 가려 낮인데도 컴컴하다. 줄 출렁다리를 놓아 아주 장관으로 비할 데 없이 기이한데, 庚寅(경인: 1950)년 전쟁 통에 불에 타 없어졌던 것을 다시 놓았다. 앉아서 바라보니 한 골짜기 기이하게 멋진 경치가 마루 창문 아래로 다 모여 보인다. 돌이켜 보고 읊조리는 즈음에 마음은 넓어지고 정신은 즐거워져 남들이 좋아하는지 싫어하는지 모두 잊으니, 흉금은 유연해지고 세상과 내가 무관해지니 '吾與點(오여점)[116]'의 氣象(기상)이 생각난다.

멀지 않은 곳에 橫川(횡천) 땅이 있는데, 山水(산수)가 화려하게 아름답고, 땅은 그윽이 가려진 곳에 연못이 있어 桃花潭(도화담)이라 한다. 맑은 물이 盤石(반석)을 타고 흐르다 휘돌아 못을 이루니 작은 배를 띄울만하다. 淵齋(연재) 宋秉璿(송병선) 선생이 이 땅을 골라 樓碧亭(누벽정)을 짓고 와서 사셨다. 커다란 바위가 그 서쪽에 솟아 있으니, 초연하게 세상을 버리고 홀로 선 형상이 있어 이름 짓기를 一士坮(일사대)라 하였다. 선생이 일찍이 스스로 부르기를 東方一士(동방일사)라 하였으므로 그 이름을 취해 지은 것이다.

한 골짜기 수십 리에 그윽한 샘과 빛나는 돌이 굽이굽이 그 취향을 다하니 그 형상을 이루 다 이름 지을 수 없다. 물 흐름이 올라갔다 내려갔다 흩어져 올라가 아홉 굽이가 되니 모두를 이름 지어 武溪(무계)라 하며, 그 남쪽에 武夷峰(무이봉)이 있다. 무리 진 산봉우리가 푸르른 시냇물 한 가락을 싸 안아 옥구슬을 쏟아내고, 이른 봄 좋은 시절에 갖가지 풀들이 화려함을 다투니 붉은 색 깊어지고 또 담백해진다. 바람결에 하늘하늘 춤추고 가랑비가 도롱이를 파고드니, 고기 잡는 늙은이 굽어볼새 석양에 부는 피리 소리가 멀리 목동에게까지 들린다.

선생이 낚싯줄 던져 잔물결 희롱하고 거문고 타고 책 읽으며 소박하게 글

---

116) 孔子(공자)가 제자들에게 각자 하고 싶은 일을 묻자, 대개는 나라를 위한 정치에 대해 얘기했으나 曾點(증점)만은 냇가에서 바람 쐬고 춤추다 노래 읊으며 돌아오리라고 하니, 공자가 '吾與點也(오여점야)'-나는 증점과 뜻을 같이 하겠다-라고 했다는 말이 논어에 나온다.

짓는 즐거움은 진정 속일 수 없는 것이다. 그러나 오호라! 산수는 변하지 않으나 사람 일은 쉬 변하니 선생이 舊韓國(구한국) 乙巳條約(을사조약) 때에 殉節(순절)하시면서, 이 정자의 주인 또한 다른 사람으로 바뀌었다.

우리 삶의 興亡(흥망)과 得失(득실)이 百年(백년) 안에 변했으니 개탄하지 않을 수 없어, 선생의 詩(시) 원래 韻字(운자)에 따라 읊으니,

> 백련사에 왔다 돌아가는 나그네가
> 다시 옛사람의 정자에 오르네
> 흐르는 물은 맑은 거울 열어 놓았고
> 푸른 산은 둘러 그림 병풍 쳤네
> 돌에 낀 이끼는 흐릿한 새 발자국 같고
> 숲 속에 새들은 너그러이 길 다니네
> 세월 감에 주인도 일찍이 바뀌었으니
> 마음 아파하며 다시 뜰로 내려오네

내 재주가 졸렬하여 모두 표현해 내고자 하나 비슷하게도 할 수 없고, 시를 읊고자 해도 좋은 글귀 만들지 못하니, 이것이 부끄러운 바이다. 그 일을 위와 같이 풀어 써 뒷사람들에게 보여주노라.

名區勝狀 流聞四方 縉紳風流之輩 咸欲一見其地償其素願焉 山川形勝
因道聽傳說而遐想焉 不如登覽故 辛酉春 與數三同志到九千洞 余曾居錦山
相距不遠 而以險路無勝故不行矣 今因友人之言 周覽則烟岀呈翠眉之修嫭
清潭作淡粧之嬋娟 山甚佳水甚美矣 德裕山本匡廬山而聳立於嶺湖之間 壬
辰倭亂時 明將而如松過此而望之曰 德哉可活人命 故後人因名之 最高峰卽
香爐峯 而或稱香積 下有九千洞 南有七淵瀑布 東有白雲庵 自此至九十餘
里溪谷 通稱九千洞 世傳佛功會者九千故得名云 生水始發於山頂 過羅濟通
門歷安心岾九月潭印月潭 作沼澤及瀑布 洞窟奇險 中有異草珍木 奇岩怪石
春之躑躅花 夏之綠陰 秋之丹楓 冬之雪景 分作三十三景之活畵 於鬱蒼密

林之中 經七淵瀑布 隨溪谷而尙保天然之態 今自茂朱邑至九千洞 作道路擴
張工事 將爲國立公園 卽茂朱郡雪川面三公里向白蓮寺 緣溪涉登登瀑布 樹
林遮天 晝昏架繩橋 甚爲壯觀奇絶 被火燒燼於庚寅兵火 而重建坐而看一洞
之奇觀 勝槩擧集於軒窓之下 顧眄嘯詠之際 心曠神怡 寵辱皆忘 胸次悠然
物我無關 可以想吾與點之氣象也 不遠地有橫川 山水華美 地幽而敞 潭曰
桃花淸流 駕於盤石匯而成潭 可汎小舟 淵齋宋先生秉璿 卜此地而建棲碧亭
來居之 鉅岩峙其西 超然有遺世獨立之像 名之曰一士坮 先生嘗自號東方一
士故 取以名 一洞數十里 幽泉瑩石 曲盡其趣 不可名狀 溯流選勝爲九曲總
名以武溪 以南有武夷峰也 群峯擁翠一溪瀉玉 陽春正殷 百卉爭華 深紅淡
白 舞風婆娑 細雨披簑 俯見於漁翁 夕陽吹笛 遠聞於牧童 先生之投綸弄瀞
彈琴讀書 薖軸之樂 眞可謂弗諼然 嗚呼山水不變 而人事易變 先生殉節於
舊韓國乙巳條約時此亭 又易主於他人 吾生興亡得失 變於百年之內 不勝慨
歎次 先生元韻曰 白蓮歸去客更上 古人亭流水開明 鏡靑山繞畫屛石苔 潭
似篆林鳥慣窺 經時事主曾換 悵然更卜庭恨 吾才拙欲畫而 難得髣髴 欲吟
而亦未健 全是所愧焉 序其事如右而示後

金省雲大泳頌壽詩集序
김성운대영송수시서집

옛사람이 이르기를 어질게 산 후에야 하늘이 반드시 福(복)으로 보답을 하
고, 효도를 한 후에야 어진 삶이 이루어진다 하였다. 이런 어짊 즉 仁(인)이
四德(사덕)[117]의 머리가 되니, 사람은 반드시 어진 삶을 살아야 오래 살 수 있게
되는 것이다. 부모가 자녀를 기름에 오래 살라 기원하지 않음이 없고, 자녀가
부모를 봉양함에 오래 살라 축원하지 않음이 없다. 오래 산 연후에야 그 뜻을

---

117) 仁(인) 義(의) 禮(예) 智(지) 네 가지 덕을 이름.

이룰 수 있고, 그런 후에야 福(복)을 누릴 수 있는 것이다. 그러므로 洪範九疇(홍범구주)[118]의 五福(오복)에 壽(수: 오래 삶)가 먼저가 된다. 孟子(맹자)의 三達尊(삼달존: 세 가지 존경해주는 조건으로 지위, 나이, 덕)에도 齒(치: 나이)가 하나를 차지하고 있다. 옛사람이나 지금 사람이나 오랜 삶을 누리고 싶지 않은 이가 없으나, 삶에는 길고 짧음이 있고 福(복)을 누리고 싶지 않은 이가 없으나, 운수는 필 때도 있고 시들 때도 있다. 오래는 사나 부유하지 못하면 궁벽한 사람이요, 부유하기는 하나 건강하지 못하면 병든 사람이요, 오래 살고 돈도 있으며 또 건강하기까지 하여도 좋은 德(덕)이 없으면 먹고 사는데 부림을 당하는 사람일 뿐이요, 德(덕)이 좋다 해도 대를 이을 후손이 없으면 오래 산다는 것이 사람에게 귀할 것이 못 된다.

나는 본래 벼슬 높았던 오랜 전통의 족속으로서 버들가지에서 날리는 솜이나 주워 모으며 숨어 살려는 뜻을 갖고, 애써 물고기 대신 꽃이나 그물로 걸어 올려도 되는 땅을 찾으려 하였다. 나라는 깨지고 집안은 망하여, 이리저리 떠도는 신세를 면치 못하니 고향으로부터 서울로 옮겨와 세상 걱정을 詩(시)와 술로 녹여버리고, 서울로부터 시골로 옮겨 물결 같은 자취를 산과 물의 고장에 부쳤다. 마침 나라를 되찾은 때를 맞아 촌에서 도시로 옮겨 사는 이 또한 많았다.

省雲(성운) 金大泳(김대영) 옹은 善山(선산) 사람으로, 省庵(성암) 金孝元(김효원) 공의 후예이다. 배움과 마음이 어긋나, 山水(산수)의 아름다움을 사랑하니 대대로 살던 고향인 江陵(강릉)으로부터 湖西(호서)로 옮겨 살았다. 나와는 大田(대전) 詩會(시회)에서 서로 만났다. 資稟(자품)이 호탕하고 고매하여 장부의 風儀(풍의)가 있고, 뜻은 항상 고결하며, 군자의 언행을 배웠으니 일찍이 세상과 비교하지 않았으며, 궁박해도 굳게 지키고 가난도 편안히 여기며, 화려한 것은 내치고 실질적인 것에 힘써 온화한 기운이 뭉게구름 일 듯하니 항상 봄바람과 같아 확연하게 빼앗을 수 없는 지조가 있다. 밖으로는 비록 온화하고 순탄하나, 안으로는 깊이 신중하니 사람들로 하여금 사랑하고 존경하게

---

118) 전 각주 50) 참조.

하여, 모두 기쁘게 따랐다. 반세기 동안의 學術(학술)은 헛것이 돼버려, 원대하게 품은 앞길은 펴보지 못했다. 중년에 仁術(인술)로 천리마의 뜻을 삼고자 함이 오래이나, 때에 따르지 못하게 되면 산과 물 사이로 어슷거리며 그 그윽한 심정을 풀어냈다.

사람 없는 깊은 산의 달은 방을 어둡게 해놓는다 해도 빛이 없는 것이 아니요, 깊은 계곡의 난초는 사람이 없다고 해서 향기를 내뿜지 않는 것이 아니다. 그러므로 글 짓는 사람들이 소문을 듣고 찾아오는 이들이 매우 많았다. 벼루를 밭 삼아 갈기를 그치지 않고, 간혹 좋은 詩(시) 짓기 내기도 하였다. 翁(옹)은 나보다 나이는 조금 적으나, 널리 배우고 많이 들었으니 오히려 쉽게 볼 수 없는 친구로 대해 詩(시)와 술로 서로 어울린 지 10여 년으로 쟁쟁한 소리를 많이 냈다.

내가 하는 일 없이 아들을 따라 다시 서울에 살게 되면서 翁(옹)과는 드물게 만났는데, 辛酉(신유: 1981)년 가을에 추석 성묘 일로 大田(대전)에 가서 大興洞(대흥동)으로 翁(옹)을 찾아갔다. 翁(옹)이 이르기를 "금년이 내 칠순인데 축하하는 詩(시)가 있으니 생일 때의 축하 詩(시)와 합해서 간행하고자 하니, 원컨대 玄晏(현안: 옛 중국인)이 쓴 것 같은 좋은 서문을 써주어 우리 집안에 빛이 나게 해주는 것이 제일의 소망이다"라 한다.

내가 이르기를 "70년을 살았으면, 부모가 그 자녀의 오래 삶을 기원하신 것은 이미 그대로 되어 능히 오래 살 수 있다. 顔淵(안연: 공자의 제자)은 도시락과 표주박으로 생애를 보내면서도 군색하지 않았는데, 지내는 세월 넓고 밝으니 그 몸은 이미 강녕하다. 참새 쏘아 맞추는 작은 일부터 용을 타는 큰 일까지 하여 자식들 시집 장가까지 다 들였으니, 좋은 말과 善行(선행)의 맑은 덕이 있는 바로 翁(옹)의 德(덕)은 완벽하다"라고 하였다.

3월 18일 翁(옹)의 생일 아침에 4남 4녀가 성대한 잔치를 차리고 南山(남산)처럼 오래 살라 축원하는데 술과 안주는 여덟 가지 아름다운 음식이 다 갖추어져 있고, 손님과 주인 모두 한껏 즐겼다. 文章(문장)이 가지런히 모여 좋은 글귀가 사람들을 놀라게 하는데, 이를 간행하여 뒷사람들에게 보여준다 하니 이 어찌 한갓 翁(옹)의 집안의 보물만 될 뿐이리오.

내가 비록 그 자리에 참석은 못했지만 들어 알았으니, 어찌 찬미하여 축하하지 않으리오. 거친 글로나마 엮어서 다시 오래 사시기를 축원하고 책의 앞에 놓여질 수 있도록 한다.

古人云 仁而後天必報之以福 孝而後仁可成矣 仁爲四德之首 人必仁而後壽可躋也 父母之養子女 無不以長壽祈之 子女之奉父母 無不以長壽祝之 有壽然後成其志 而能享其福 故洪範九五福 壽爲先 孟子三達 尊齒居一 古今之人 未有不欲享壽而生有長短 未有不欲享福而運有榮枯 壽而不富 則窮人也 富而不康 則病人也 壽富且康而無好德而役於衣食之人也 好德而若無血嗣則壽不足貴於人也 余本簪纓舊族 謾有拾絮之志 强求網花之地 國破家敗 未免漂泊 自鄕而移京 消世慮於詩酒之場 自京而移鄕 寄浪跡於山水之鄕 適値復國而自村而移市者亦多 省雲金大泳翁 善山人 省庵公諱孝元之後裔 學與心違愛山水之美 自江陵世鄕 移寓於湖西 與余相逢於大田詩會 資品豪邁 有丈夫之風儀 志向高潔 學君子之言行 曾不與世軒輊 固窮安貧 去華務實 和氣藹然 常如春風有確然 不可奪之操 外雖和順而內實沈重 能使人愛而敬之人皆悅服 半世學術 虗成鵬程之未伸中年仁術 故作驥志之久屈 時或逍遙於山水之間 以敍其幽情 空山之月 不以暗室而無光 幽谷之蘭 不以無人而不芳 故騷人之聞風而來往者甚多 硯田之耕 不廢詩城之戰間作 翁於余年雖差少而博學多聞 待以畏友 以詩酒相遊十餘年 多鏗金之聲 余無事業 隨子更寓京師 與翁罕遇 而辛酉秋 因省楸事往大田 訪翁于大興洞 翁曰今年余之七旬而有賀詩 合初慶時 賀詩欲刊行 願作玄晏之文 以爲我家之生光 最是所望焉余曰翁年七十 則父母之祈士女之祝已應 而能享長壽 顔淵簞瓢生涯 不窘弘景日月 身其康寧 射雀乘龍 嫁娶已畢 嘉言善行攸好淸德翁之福完矣 三月十八日 翁之生朝而四子四女 設北海之華筵 祝南山之遐壽 盃盤窮八珍之美 賓主盡一時之歡 文章齊會 健句驚人 今將刊行以示後人 豈徒爲翁家之寶哉 余雖未參聞而知之 豈不讚賀 謹搆荒辭 更祝遐齡而爲弁卷之文

贈梁悠堂兌錫詩序
증양유당태석시서

天子(천자)로부터 庶人(서인)에 이르기까지 친구가 없이 삶을 이룰 수는 없다. 이 때문에 공부를 혼자 하고 친구가 없으면 고루하고 앎이 적어진다. 옛사람들의 學友(학우)는 서로 착하게 되는 것을 도왔다. 믿음으로써 사귀는 고로 그 날카로움은 쇠와 같고, 마음으로 터놓는 고로 그 향기는 난초와 같다.

만약 朋友(붕우)의 도리에 흠결이 있으면 貴(귀)하게 된 사람은 사귀고 賤(천)하게 된 사람은 버려서, 아침엔 은혜를 베풀다가도 저녁엔 원수가 된다. 그 사귐은 이득만 챙기려 해서이고, 마음을 주고받음은 모양만 보고 할 뿐이다.

만약 善(선)한 것은 취하고 惡(악)한 것은 징계하면, 善惡(선악)이 모두 내 스승이 되니, 지금 세상에서 친구를 구해야 한다. 우주는 멀고 머니 같은 세대에 아울러 살지 않으면 친구가 될 수 없고, 四海(사해: 온 세상)는 넓으니 사는 지역이 같지 않으면 친구가 될 수 없다. 같은 세대에 살고, 사는 지역도 같아도 늙도록 친구 하나 못 얻는 것이 허다한 일이다. 혹 나이가 비슷하거나 집이 이웃해서 아침저녁으로 서로 본다 해도, 뜻이 합해지지 않고 배움이 같지 않으면 친구가 되기 어려우니 친구를 얻는 어려움이 이와 같이 있는 것이다.

내가 좋지 않은 때에 태어나, 나라는 망해 광복의 기미는 보이지 않았고, 백성의 아버지인 임금은 원수 갚을 수 있는 세력이 없었다. 속내를 펴지 못하고, 숲 속 울타리를 굳게 지켜 홀로 도리를 다했으나 이미 기약한 것이 어긋나 일찍이 버들가지에서 흩어지는 솜이나 주워 모으며 숨어 살려는 뜻을 갖고, 널리 그물로 물고기 대신 복사꽃이나 건져 올려도 되는 이상향을 찾으려 하였다. 그리하여 숨어 글이나 쓰는 것이 이득으로 삼았고, 돌밭을 갈아 옥토로 만들려 하였으며 禮(예)로 밭 갈고, 仁(인)으로 김매며 친구를 불러 모아 가는 곳마다 詩社(시사)를 열어, 詩(시)와 술로 스스로 즐겼다.

높은 곳에 올라 멀리 바라본즉, 孔子(공자)님이 泰山(태산)에 오른 氣像(기상)을 생각했고 물가에 임해 시를 지은즉, 程子(정자)님의 냇가에서 읊으신 것을 배웠다. 바람에 스치는 달과 안개 노을 끼는 시골에 느긋이 돌아다니며, 세상 염려는 江山(강산) 사이에 녹여버렸다. 사물에 부닥치면 품격을 붙였고, 경치에 부닥치면 시를 지으니 세상 물정에 초연한 몸가짐에 天地(천지)의 운행이 무궁한데, 사계절 경치가 같지 않으니 나의 즐김도 또한 같지 않다.

붕우 중에 儒學子(유학자) 悠堂(유당) 梁兌錫(양태석)이 있는데 사는 세대도 한 세대요, 사는 곳도 같은 충청도다. 근래에 서울로 이사 와서 아름다운 산과 고운 물 사이에서 서로 대하니, 공자께서 말씀하신 三益(삼익)[119]의 친구이다. 재주는 두루 갖췄으되 세속으로 흐르지 않고, 뜻은 높되 세상에 나서지 않았다. 배움은 넓지만 邪道(사도)로 빠지지 않았고, 단정한 모습으로 옛사람의 風道(풍도)가 있으니 이것이 내가 그와 같이 좋아하는 것이다.

매번 서로 대할 때마다 난초 펴있는 방에 들어가는 것 같이 온화한 기운이 뭉게뭉게 피어오르고, 세간의 시비는 입 밖에 나오지 않으니 확연히 빼앗을 수 없는 지조가 있다. 밖으로는 극히 온화하고 순탄하나, 안으로는 실로 진중하여 사람들로 하여금 사랑하고 존경하게 한다. 진정 소위 깊은 산속의 달이 어두운 방이라 하여 빛이 없는 것이 아니며, 그윽한 계곡의 난초가 사람이 없다 하여 향기가 없는 것이 아니라 하는 것이다.

나와는 사귄 지가 얼마 되지 않기는 하나, 흠모하여 우러러보는 마음이 날로 깊어진다. 그 博學多聞(박학다문: 널리 배워 지식이 많음)함과 詩文(시문)에 능함이 보탬이 되는 바가 매우 많다. 그러므로 삼가 졸렬한 시[120]이지만 드려서, 우매한 나의 衷情(충정)을 표한다.

自天子至于庶人 未有不須友以成者 是獨學而無友則孤陋寡聞也 古人與友相善也 交之以信 故其利如金 許之以心 故其臭如蘭 若朋友道缺 貴交而賤棄 朝恩而暮讐 其交也以利 其許也以貌 若取善而懲惡 則善惡皆吾師也

---

119) 전 각주 98) 참조.
120) 시는 耕南文稿(경남문고) 卷之二(권지이)에 실려 있다.

求友於當世宇宙遠矣 生不幷世 則不得以爲友 四海廣矣 居不同域則不得以
爲友 生幷世居同域 而至老死不獲一遇 許多之事 其或年相近家相接 朝夕
相見而志不合學不同 則又未可爲友矣 得友之難有如此也 余生丁不辰 王社
蓋屋無可復之機 君父抱恨 無可雪之 勢所蘊莫展 固守林樊獨行吾道 已違
所期 早懷絮捿之志 廣求網花之地 而以彤管爲利 耒石鄕爲良田 耕之以禮
耨之以仁 招朋相會 到處設詩社 以詩酒自樂 登高望遠 則想孔夫子登泰山
之氣像 臨流賦詩 則學程先生在川上之嘯詠 優遊於風月烟霞之鄕 消世慮於
江山之間 寓物題品 寓景吟詩 超然物外之態 天地之運無窮而四時之景 不
同吾之樂亦不同 朋友之中 有悠堂梁斯文兌錫 生幷一世居 又同道而近住京
師 相對於佳山麗水之間 孔子所謂三益之友也 才周而不流於俗 志高而不出
乎世 學博而不違於道 峨冠博帶 尙有古人之風 此吾與子同好矣 每相對如
入芝蘭之室 和氣藹然 世間雌黃 不出於口而有確然不可奪之操 外極和順而
內實珍重 使人愛而敬之 眞所謂空山之月 不以暗室而無光 幽谷之蘭 不以
無人而不芳 與余所交日淺而欽仰之心日深 其博學多聞 能於詩文資益甚多
故謹呈拙詩 以表愚衷云爾

大浦詩序
대포시서

옛사람의 事業(사업)을 方冊(방책)에서 보고 높여 따르느니, 그분들이 살던
땅을 찾아가 그 遺風(유풍)을 생각해봄만 못하고 길에서 떠도는 山川(산천)의
빼어난 형세를 듣고 멀리서 상상하느니, 직접 가서 돌아보고 그 경치를 다 감상
함만 못하다라고 했다. 이는 옛사람의 말이로되, 내가 訥齋(눌재) 梁誠之(양성
지) 公의 초상화 贊文(찬문)을 읽음에 이러한 감정이 있음이 오래되었다.
  辛酉(신유: 1981)년 5월에 그 후손 兌錫(태석) 님이 大浦書院(대포서원) 講

堂(강당) 落成(낙성) 잔치를 같이 보자고 함으로 인하여, 다행스럽게도 그 별장의 경치를 두루 둘러볼 수 있었다.

눌재공은 南原(남원) 사람으로, 世宗(세종) 임금 때 과거에 급제하여 集賢殿(집현전) 校理(교리)로부터 시작해서 拔英試(발영시)[121]의 감독관으로도 뽑혔고 官職(관직)은 吏曹判書(이조판서)까지 관직이 이르렀다. 佐理功臣(좌리공신)으로 南原君(남원군)에 책봉되었으나, 이내 벼슬을 사양하고 초대된 친구들과 나이 많은 儒者(유자)들과 더불어 자신이 지은 詩(시)와 歷史(역사)[122]를 상의하여 확정했다. 東國圖經(동국도경)에 각 고을의 興廢(흥폐)와 풍속 및 경치 좋은 곳을 두루 기술하며, 이름난 산과 큰 내를 날줄과 씨줄로 하였다. 高城(고성)의 큰 砦(채: 군 진지)를 지켜야 할 중요지로 삼아 사람들을 거주하게 하여, 지금 세상까지 대대로 그 자취가 있게 하였다. 都邑(도읍) 아래에 거처하며 八道(팔도)의 먼 곳까지 살펴보았다.

四佳(사가) 徐居正(서거정)이 公(공)의 肖像贊(초상찬)에서 이르기를, "나라의 다스려짐과 어지러움의 자취를 살피는 데는 千年(천년)을 하루같이 보았고, 산천의 험하고 평탄함을 보기는 만 리를 방 하나처럼 보았네. 황하가 마르도록 띠를 띠어서 변치 말자는 맹세에 마음은 구르지 않았고, 큰 기러기 그물에 얽어매는 비방에 걸려서도 의지는 어그러지지 않았네. 公(공)의 글은 곡식과 의복으로, 공의 마음은 못 가는 한계도 없고 갇혀진 城郭(성곽)도 없네. 한 폭 단청 친 새 그림이, 백 세대 지나도록 우리의 泰山北斗(태산북두)로 남을 것이네."라고 하였다. 여기에서 公(공)의 위대한 업적이 있어 마땅히 대대로 제사를 받을 수 있음을 알 수 있다. 공의 별장은 通津縣(통진현) 남쪽의 大浦谷(대포곡)에 있다. 通津邑(통진읍)은 서쪽으로 甲串(갑곶)나루를 등지고 있고, 동쪽으로는 三峯(삼봉)이 줄지어있고, 푸른 바다가 그 오른쪽을 고리처럼 감싸고, 큰 강이 그 왼쪽을 지난다. 大浦(대포)는 통진현에서 30리 거리에 있는데, 물 근원은

---

121) 世祖(세조) 임금 때 문무관원을 대상으로 실시한 임시 과거.

122) 高麗史(고려사) 개찬에 참여했음.

金浦(김포)의 加乙賢山(가을현산)에서 나와 서쪽으로 흘러 바다로 들어간다.

四佳(사가)가 읊은 大浦八景詩(대포팔경시)의 韻(운)에 맞추어 따르니, 그 첫째는 北岡靑松(북강청송: 북쪽 언덕의 푸른 소나무)이다. 늙은 소나무가 언덕에 줄 지으니, 그 송진 기름이 엉기어 琥珀(호박)이 되고 맞추어 내는 소리는 피리 연주와 같다. 눈서리 거쳐도 세월 지키는 마음 바꾸지 않으니, 시로 읊기를,

> 푸른 수염 검푸른 색은 예나 지금이나 같으니
> 하늘 덮인 것 같아 興(흥)이 그치지 않네
> 푸른 그림자에 바람은 한밤중 달을 옮기고
> 파도 소리는 굴러 나와 하늘에 떠도네

그 둘째는 南海諸島(남해제도: 남쪽 바다의 여러 섬)로, 무린 진 섬이 서로 바라보아 신기루 같이 은연중에 나타나니, 자라 등 같이 작은 섬들이 안개와 노을 아득한 사이로 나왔다 들어갔다 한다. 이를 시로 읊으니,

> 바다 바람 살랑살랑 불어 龍宮(용궁) 열어 놓고
> 층층이 흰 파도 물결은 흩어졌다 다시 쌓이네
> 이곳에 마땅히 三神山(삼신산)이 있을 것이니
> 고래 타고 오는 神仙(신선)은 언제나 오려나

그 셋째는 東望三峯(동망삼봉: 동쪽으로 바라 뵈는 세 봉우리)으로, 세 봉우리가 나누어 서서 푸르름이 누런 밭두둑 가운데 솟아났다. 이를 시로 읊으니,

> 세 봉우리가 완연하게 玉(옥)으로 빚은 芙蓉(부용: 연꽃) 같으니
> 더욱이 하늘의 자연 빚어 만든 조화 솜씨를 깨닫네
> 구름 뒤 고향 가는 關門(관문)은 어디에 있는고
> 江湖(강호)에서 고향 돌아감이 꿈속에서도 가슴에 드네

그 넷째는 西拱江都(서공강도: 서쪽에서 허리 굽히는 강화도)로, 너울 큰 파도가 소리쳐 부르짖고, 흰 포장 친 수레가 바람에 바삐 달리는 것 같다. 암수

고래가 파도 내뿜으니, 해안에는 부서지는 銀山(은산)이다. 이를 시로 읊으니,

> 흰 구름 끝에 摩尼山(마니산)이 우뚝 솟아 있고
> 푸른 물결은 망망하게 石壇(석단)을 둘러쌌네
> 이전 세상에선 하늘에 제사 지내고 지금도 불을 들건만
> 봄제사 가을제사 이미 없어져 나라에선 관여치 않네

그 다섯째는 葛峴僧舍(갈현승사: 갈현의 절 집)로, 산은 깊고 길은 그윽한데 목탁소리가 멀리서 울려 나오고, 푸른 아지랑이 속 밖에 서있는 塔(탑) 그림자가 반쯤 어지러이 소나무 사이로 가로 놓였다. 이를 시로 읊으니,

> 멀리 옛 절 찾아오는데 길은 거듭거듭 겹쳤고
> 만 길 높은 푸른 산엔 봉우리가 몇 개나 되나
> 겨우 문 앞 이르러 지팡이 내리고 발걸음 쉬는데
> 구름 속에선 벌써 점심때라고 종소리 울려 나오네

그 여섯째는 桂陽秋月(계양추월: 계양산의 가을 달)로. 산은 富平(부평)에 있는데, 三面(삼면)이 모두 물이다. 가을 달이 하늘에 뜨면, 높이가 천 길이나 된다. 이를 시로 읊으니,

> 멀리 계양산 바라보니 가을빛 짙어져
> 하늘빛은 물과 같고 달은 물결 같네
> 저물녘 몇 마디 피리 소리는 어디서 오는고
> 한 조각 고깃배가 여뀌꽃 옆에 있네

그 일곱째는 隔岸漁火(격안어화: 언덕 건너 고기잡이 불)로, 밝은 모래가 하얗게 펼쳐져 있는데, 해당화는 붉게 번득인다. 물고기는 파도 사이로 헤엄치는데, 무수한 고기잡이 불이 하늘에 듬성듬성한 별처럼 어지럽다. 이를 시로 읊으니,

> 나라와 집안에 큰 탈 없이 풍년 들었는데
> 멀리 어촌엔 수십 개 등불 비치네

장마 끝나 물결 맑아지고 가을걷이 끝났는데
물고기 게 잡는다 또 그물 펼치네

　그 여덟째는 南浦漕船(남포조선: 남포의 조운선)으로, 堀浦(굴포) 위에 큰 배
들은 점점이 파도 위에 떠있는 것이 기러기 헤엄치는 것 같고, 작은 배들은
물에 떠 있는 것이 살짝 머리 내민 듯하다. 이를 시로 읊으니,

크고 작은 돛배들 어지럽기가 삼대 같은데
사방에 조운선은 예년에 비해 많네
올해는 다행히 풍년 든 세월이니
농가에서 세금 내기 어렵지 않겠네

　公(공)이 돌아가신 지 수백 년 후에도, 사람들이 꼭 집어 흠모하여 우러르기
를 魯齋(노재)가 金華(김화)[123]에게 한 것처럼 하여 사당을 세우고 제사를 지내
니 公(공)이 時流(시류)에 굴복하지 않으셨기 때문이라, 또 무궁하게 펼쳐 나가
실 것이다.

　觀古人事業於方冊之間 而尙友焉 不如尋居處之地 而想其遺風 聞山川
形勝於道聽之說 而遐想焉 不如登覽之遊 而盡其景物 此是古人語而余於訥
齋梁公誠之 讀其肖像贊 亦有此感者有年矣 辛酉五月 因其後孫兌錫甫 觀
光大浦書院講堂落成宴 幸得周覽其別墅之景矣 公南原人 世宗朝登科 自集
賢校理擢拔英試官 至吏曹判書冊佐理功臣封南原君 仍爲謝事與賓朋儒老
商確詩史所著東國圖經 編各邑興廢 風俗形勝 以名山大川爲之經緯 以高城
大岵 爲之襟抱使人居 今世而窮歷代之迹 處都下而考八域之遠 四佳徐公居
正贊公之畫像曰 國家治亂之跡 千載一日識山川險夷之勢 萬里一室參河帶
之誓 而心不轉 遭鴻罹之謗 而志不爽公之文 穀粟布帛公之心無崖 岸城府

---

123) 魯齋(노재)나 金華(김화) 모두 사람 이름으로 보이나, 번역자의 지식으로는 그와 관련된 사실을
　　알 수 없음.

一幅丹青新畵 百世斯文山斗於此知公之偉蹟 而宜享血食也 公之別墅在通
津縣南之大浦谷 通津之邑西負甲串津 東列三峰 滄海環其右 大江經其左
大浦在縣之三十里 源出金浦加乙賢山 西流入海 遂次四佳所吟大浦八景詩
其一 北岡青松老松列 岡脂凝琥珀韻 奏笙簧雖經霜雪 不改歲心詩曰 蒼鬐
黛色古今同 似蓋如幢興不窮 清影風彩三夜月 濤聲轉出半空中 其二 南海
諸島群島 相望蜃樓隱現 鰲嶼出沒於烟 雲杳靄之間詩曰 海上風微鰲殿開
層層白浪散還堆 此間應是三山在 仙子騎鯨何日來 其三 東望三峰 三峰分
立攢青 聳碧於黃畦綠塍之中詩曰 三峰宛似玉芙蓉 剩覺乾坤造化工 雲裡鄉
關何處在 江湖歸夢入懷中 其四 西拱江都 洪濤怒號 素草奔風 鯨鯢噴波 銀
山碎岸詩曰 摩尼聳出白雲端 碧浪茫茫繞石壇 前世祭天今擧火 蒸嘗已廢不
由官 其五 葛峴僧舍 山深路幽 鐸聲逈出 青靄外塔 影半橫亂松間詩曰 遠尋
古寺路重重 萬丈青山有幾峰 纔到門前休倦屐 雲中流出午時鐘 其六 桂陽
秋月 山在富平 三面皆水秋月 浮空高千尋詩曰 遙看桂陽秋色多 天光如水
月如波 數聲暮笛來何處 一片漁舟傍蓼花 其七 隔岸漁火 明沙鋪白 海棠翻
紅 魚遊波間 無數漁火亂如疎星詩曰 家邦無事野豊登 遠照漁村數十燈 潦
盡波清秋事畢 欲求魚蟹又張罾 其八 南浦漕船 堀浦之上 大舶點波 浮若鷗
泳 小舟泛水微露其頭詩曰 大小帆檣亂似麻 四方漕運比年多 今年幸得豊登
歲 租賦無難出野家 公歿數百年 後人之指點慕仰 若魯齋之金華 立祠祭之
公其不屈於時 而又伸於無窮也

賞秋詩集序
상추시집서

士(사: 선비)라는 것은 나라의 근본이 되는 힘이요, 文(문: 글)이라는 것은
道(도)를 담는 그릇이니 道(도)로써 사람을 교화하고, 德(덕)으로써 사람을 수

양시킨다. 詩(시)라는 것은 글의 일단으로 소리가 없는 음악이다. 사람이 天地(천지)에 참여하여 능히 人極(인극)[124]을 세울 수 있는 것은 다름이 아니라 心(심: 마음)이 있기 때문이다.

마음이 움직이면 감정이 생겨나고, 감정이 생겨나면 詩(시)가 이루어진다. 詩(시)에는 興(흥)·賦(부)·比(비)[125]가 있는데 周(주)나라의 國風(국풍)에서 비롯됐고, 또 높고 낮은 韻調(운조)가 唐(당)나라와 宋(송)나라 때 구비되어 세상일의 다스려짐과 어지러움을 알 수 있고, 人情(인정)의 悲嘆(비탄)을 살필 수 있다.

우리나라에서는 新羅(신라)와 高麗(고려) 이래로 과거를 열어 관리를 뽑았으므로, 文章(문장)에 능한 사람들이 배출되었고 위로는 人倫(인륜)을 밝혔고, 아래로는 敎化(교화)를 행했다. 불행하게도 世界大戰(세계대전) 후에 서양의 풍조가 동양으로 넘쳐나서 옛날의 文事(문사)는 점차 폐지되고 彛倫(이륜: 사람이 꼭 지켜야 할 윤리)이 뒤집혀 없어질 즈음에, 京鄕(경향: 서울과 지방)의 士林(사림)이 時事(시사)를 설립하니 우뚝 솟은 것이 거친 물결 가운데 굳건히 선 돌기둥 같고, 환하게 밝은 것이 어둠 지는 거리에 밝은 촛불 같다. 江南詩社(강남시사)가 그중 하나이니, 깜깜한 어둠 중에서도 한 줄기 미약한 빛이나마 붙들어 보려고 創社(창사) 이래로 좋은 계절이면 雅會(아회: 시회)를 열었다. 저이가 노래하면 내가 따라 부르면서 잘되고 못되고를 따지지 않고, 그윽한 회포를 산과 물 사이에서 펴 풀고, 뜻에 따라 맘 내키는 대로 하였다. 또 널리 詩(시)를 모집하여 施賞(시상)하고 刊行(간행)하여, 선비의 기운을 떨쳐 일으키기가 10여 년이다.

---

124) 天極 地極 人極을 三才(삼재)라 하는데, 사람이 天地와 더불어 삼재가 될 수 있음은 마음이 있기 때문이다라고 范浚(범준)의 心箴(심잠)에서 말하였다.

125) 詩經(시경)에서 詩(시)의 분류를 여섯으로 나누어 보는 것을 六義(육의)라 하는데, 내용상 분류는 風(풍)·雅(아)·頌(송)으로 나누고, 표현방식상으로는 興(흥)·賦(부)·比(비)로 나눈다. 興(흥)은 뒤에 나올 내용의 도입을 위해 다른 일로 시작을 일으키는 것이요, 賦(부)는 본 내용을 이르는 것이요, 比(비)는 比喩(비유)로 표시하는 것이다.

鶴皐(학고) 黃深淵(황심연) 님이 금년에 詩社(시사)를 주관하여, 제목을 賞秋(상추: 가을 감상)로 하여 京鄕(경향) 각지에 詩(시)를 모집하였다. 江湖(강호)의 여러 賢士(현사)들이 서로 살기는 궁벽하고 먼 곳에 떨어져 살더라도, 같은 소리가 서로 응하듯 投稿(투고)해주신 분들이 매우 많으니 이 유학의 글 운명이 아직도 현재 세상에 살아있음이 그 어찌 기쁘지 않은가!

내가 얕은 배움으로 詩(시)의 우열 순서를 참고하였으니, 진정한 보석은 빠뜨렸다는 비난이 없을 것이라 보장하기는 어려울 것 같다. 대략 품은 회포를 펴서 여러 君子(군자)들께 감사드리고자 한다.

士者國之元氣 文者貫道之器 而敎人以道 修人以德 詩者文之一端而無聲之樂也 令人隨興而歌舞隨感 而悲歡存諸心而發於詩也 人能參天地立人極非他而心也 心動而情生 情生而詩成 詩有興賦比而始於周之國風 風又有高低之韻 備於唐宋 知世事之治亂 察人情之悲歡也 我國自羅麗以來設科而取士 故文章輩出 人倫明於上敎花行於下 不幸世界大戰後 西潮東漲 古之文事漸廢 彝倫斁喪之際 京鄕士林創立詩社 而屹然若洪流之砥柱皎然若昏衢之明燭 江南詩社 其一而欲扶一線 微陽於衆陰之中 創社以來良辰雅會間吟風月 彼唱我和 不計工拙 暢敍幽懷於山水之間 隨意自適 又廣募詩施賞 刊行振興士氣十餘載 而鶴皐黃深淵甫 今年主管社務 而題以賞 秋募詩於京鄕 獎勵詩道 江湖諸賢 相居涯角而同聲相應投稿者甚多 斯文之運 向存於現世 豈不喜哉 余以淺學參考試之列 難保無遺珠之譏 是所愧也 略敍所懷以謝諸君子

公州八詠詩書
공주팔영시서

公州(공주)는 본래 百濟(백제) 때에는 熊川縣(웅천현)이었다. 옛날에 어떤 한 사내가 암컷 곰에게 납치되어 굴속에 살며 억지로 부부가 되어 아들 하나를 낳았는데, 어느 하루 틈을 보아 도망을 쳐서 배를 타고 강물 위에 떴다. 곰이 아들을 업고 강 머리까지 달려와서 슬프게 울부짖었으나, 응답하지 않아버리니 곰이 아들을 안고 물에 몸을 던져 죽었다. 그리하여 熊津(웅진)이라 불리게 되었다 한다. 新羅(신라) 때에는 熊州(웅주)라 불렸다. 高麗(고려) 때에 公州(공주)라 불렸으니, 산의 모양이 公(공) 자와 같아 그 이름을 얻었다 하며 忠淸道(충청도)의 首府(수부: 제일 높은 관청이 있는 지역)였다.

내가 일찍이 일이 있어 여러 차례 이곳을 지나쳤다. 지금은 다행히 별일이 없으므로 삼가 四佳(사가) 徐居正(서거정)의 公州十詠(공주십영)에 韻(운)을 맞추어 글을 짓고자 하나, 그중에 金池菡萏(금지함남: 금지의 연꽃)과 石甕菖蒲(석옹창포: 돌 항아리의 창포 꽃)은 살펴볼 수 있는 것이 없어 단지 八詠(팔영)만 짓는다.

그 첫째는 錦江春遊(금강춘유: 금강의 봄놀이)이다. 淸州(청주)의 鵲川(작천)이 남으로 흘러 東津(동진)이 되고, 燕岐(연기)에 이르러 荊江(형강)과 합해 合江(합강)이 되고, 공주로 들어가서 錦江(금강)이 된다. 물 흐름 형세가 바다처럼 넓은데 근래에 큰 다리를 놓아 강 건너 평야 교외로 통한다. 절벽에 핀 꽃은 붉게 水面(수면)에 잠기고, 긴 강둑에 늘어진 버들은 나루터 입구를 푸르게 덮어 가린다. 이를 詩(시)로 읊으니,

> 錦江(금강)에 시 모임에 봄이 한창인 때니
> 四面(사면) 風光(풍광) 모든 것이 새롭네
> 한가히 작은 배 띄워 興(흥) 나는 대로 가다 보니
> 어느새 어둠 찾아와 시 읊으며 돌아가는 사람 되었네

그 둘째는 月城秋興(월성추흥: 월성산의 가을 흥취)이다. 月城山(월성산)은 동쪽으로 5리에 있는데, 옛날 烽燧臺(봉수대) 터가 남아있고 남아있는 성가퀴를 등지고 큰 강에 임해있다. 노란 국화가 陶淵明(도연명)[126]의 고향으로 돌아가고자 하는 감정을 북돋우고, 붉은 단풍이 王粲(왕찬)[127]의 누각에 오르는 흥을 일으키니 그림 병풍 가운데서 새가 날고 물고기가 뛰어오른다. 이를 시로 읊으니,

詩興(시흥)이 올라 모든 것 잊어버려 모자는 떨어지려 하는데
단풍 노래하고 국화 감상하며 취해버리니 글 짓기 어렵네
江山(강산)은 그림 같고 하늘엔 비 오지 않으니
자리에 앉은 사람 중 누가 제일 좋은 글 지을까?

그 셋째는 熊津明月(웅진명월)이다. 熊津(웅진) 나루는 赤登江(적등강) 하류인데 또한 濯錦江(탁금강)이라고도 하며, 남쪽으로 7리에 있다. 가을 하늘에 밝은 달이 떨어지는 해를 따라 둥글게 수레바퀴처럼 떠올라서는 만 리나 되는 뜬 구름 위로 불쑥 솟구쳐 淸明(청명)하니 누각 위에 높게 가로지르고, 강물 위에는 빛을 비쳐 하늘 빛과 강물 색이 일반이다. 이를 시로 읊으니,

熊津(웅진) 나루에 달빛 비쳐오니
계수나무 그림자가 하늘하늘 살아있는 그림 여네
故國(고국)의 興亡(흥망)은 물어볼 데 없는데
지는 꽃에 지저귀는 새는 봄을 몇 번이나 지냈는고

그 넷째는 鷄岳閒雲(계악한운: 계룡산 한가한 구름)이다. 鷄龍山(계룡산)은 동쪽 40리에 있는데, 한가한 구름이 삼산 흩어졌다 잠깐 모였다 하고 혹은 동으로

---

126) 歸去來辭(귀거래사)를 지은 시인.
127) 後漢末(후한말) 魏(위)나라 사람으로 董卓(동탁)의 난리를 피하여 荊州(형주)의 劉表(유표)에게 의탁하였는데, 제대로 대우를 받지 못해 江陵(강릉)의 城樓(성루)에 올라가서 고향을 그리는 내용의 登樓賦(등루부)를 지었다.

갔다 혹은 서로 갔다 하며 끌어당겨서 긴 비단 필이 되어 산허리에 감기고 쌓여서는 높은 모자가 되어 산꼭대기에 씌워져 갑자기 홀연한 사이에 날씨가 천만 가지로 변한다. 이를 시로 읊으니,

> 鷄龍山(계룡산)이 우뚝 솟아 푸른 하늘에 닿으니
> 산봉우리가 뜬구름 위로 나와 하얗게 되네
> 요즈음 農家(농가)에 가뭄 걱정 있었는데
> 홀연히 비 내려 백성에게 은택 베푸네

그 다섯째는 東樓送客(동루송객: 동쪽 누각에서 보내는 나그네)이다. 錦江樓(금강루)는 일찍이 강가에 지었었는데, 지금은 없다. 강은 맑고 한가히 흐르는데, 石壁(석벽)이 있어, 긴 피리 소리 짧은 노래가 강 머리에서 서로 응답한다. 수양버들과 떨어지는 꽃이 번갈아 물위에 비치고, 만 리 떨어진 고향에 돌아가고픈 마음에 그대가 묶여있지 않음이 기뻐 한 잔 離別酒(이별주)를 마시니 서글픔이 내게 밀려온다. 이를 詩(시)로 읊으니,

> 눈물 머금고 강가 누각에서 서로 바라보니
> 먼먼 이별이 한스러운데 물만 유유히 흐르네
> 陽關(양관)[128] 한 구비에서 이제 잡았던 손 놓으니
> 남쪽으로 북쪽으로 길가는 사람들 며칠이나 쉬었는고

그 여섯째는 西寺尋僧(서사심승: 서쪽 절 찾는 스님)이다. 艇止寺(정지사)는 艇止山(정지산)에 있는 것으로, 서쪽으로 5리에 있다. 소나무와 대나무가 줄지으니 새들이 무리 지어 숲 속에서 울고, 담장 아래엔 꽃들이 활짝 핀다. 향기로운 연기 퍼지고 黃金佛(황금불)이 미미하게 미소 짓는데, 종소리 떨어지는 곳에 청산이 은은하게 메아리친다. 이를 시로 읊으니,

---

128) 중국의 敦煌(돈황)에서 西域(서역)으로 가는 관문으로 이별의 장소를 의미함.

봄바람 불어 유명한 절 艇止寺(정지사) 찾으니

강 머리에 들어난 길은 높았다 낮았다 하네

몇 해 지나 찾아와 봐도 모습은 예와 같은데

숲 속에 자리 펴고 또 나누어 글 짓네

그 일곱째는 三江漲綠(삼강창록: 삼강의 푸르게 불은 물)이다. 嶺南(영남) 湖南(호남) 湖西(호서)의 물이 합쳐 흐르므로 三歧江(삼기강)이라 하니 북쪽으로는 元帥山(원수산)에 가깝고, 남쪽으로는 鷄龍山(계룡산)이 높이 솟아 있어 그 가운데로 강이 흐른다. 3일쯤 비에 물이 불으면 바람을 탄 배가 하늘에 떠있는 것 같아, 나그네를 千里(천리)나 위로 보내니 배나 사람이나 마치 거울 속에 다니는 것 같다. 이를 시로 읊으니,

큰 비가 며칠 동안 지루하게 내리니

三江(삼강)의 봄물이 이끼보다도 더 푸르네

물결 파도 크게 일어 작은 배 띄우기 어려우니

흡사 예전에 포도 걸러 술 담는 곳 같네

그 여덟째는 五峴積翠(오현적취: 다섯 고개에 쌓인 푸르름)이다. 五峴(오현)은 車峴(차현) 板峴(판현) 火峴(화현) 馬峴(마현) 狄踰峴(적유현) 등이다. 사면으로 고을을 감싸고 있고, 깎아 나르는 듯한 절벽이 그 위에 흩어져 있다. 단풍과 푸른 솔이 그 가운데 연이어 있고, 돌은 희고 물은 깨끗해 저절로 살아있는 그림 한 폭을 이룬다. 이를 시로 읊으니,

五峴(오현)을 일찍이 지나며 몇 번이나 겨울을 넘겼는고

푸르른 빛은 사계절 얼굴 변치 않네

흰 구름 깊은 곳에 신선 찾아 이르니

鶴(학) 타고 멀리 가서 아직 돌아오지 않았다 하네

公州本百濟熊川縣 昔有一夫 爲雌熊所拉置窟中 强爲夫婦生子 一日窺隙

而逃 乘舟泛江 熊負子到江頭 哀號不應 熊抱其子投水而死 故稱熊津 新羅
稱熊州 高麗稱公州 山如公字而得名 忠清道之首府 余嘗因事屢過此地 今
幸無事謹次四佳徐公居正公州十詠 而其金池菡萏 石甕菖蒲無可考 故只賦
八詠 其一 金剛春遊 清州鵲川 南流爲東津至燕岐合荊江 爲合江入公州 爲
錦江水勢汪洋 近架大橋而通江外之平郊 花開絶壁 紅沈水面 柳垂長堤 翠
拂渡口詩曰 錦江雅會際 殷春四面 風光物物 新聞泛輕 舟隨興去 謾成薄暮
詠歸人 其二 月城秋興月城山在東五里有烽燧舊址 背殘堞而臨大江 黃花催
淵明歸鄉之感 紅葉惹王粲登樓之興 鳥飛魚躍於畫屏之中詩曰 詩興渾忘帽
欲欹 吟楓賞菊醉難辭 江山如畫天無雨 座上誰成最好詞 其三 熊津明月熊
津渡 赤登江下流而亦曰 濯錦江在南七里 秋天明月追隨落日一輪正圓 聳出
浮雲 萬里清明 高橫樓上 低映江中 天光水色 一般清詩曰 熊津渡上月光來
桂影婆娑活畫開 故國興亡無處問 落花啼鳥幾春回 其四 鷄岳閒雲鷄龍 山
在東四十里間 雲乍離乍合 或東或西 引爲長正練拖於山腹 積爲高峩 冠戴
於山頂 倏忽之間 氣象萬千詩曰 鷄龍山屹連天碧 出岫浮雲閒成白 近日農
家有旱騷 忽然降雨施民澤 其五 東樓送客錦江樓 曾架江上而今無 江流清
而間有石壁 長笛短歌 互答於江頭垂柳 倒花交映于水中 萬里歸心 喜君無
滯 一樽別酒 惹我怊悵詩曰 含淚相看江上樓 迢迢別淚水悠悠 陽關一曲今
分手 南北行人幾日休 其六 西寺尋僧艇止 寺在艇止 山在西五里 松竹成行
群鳥鳴於林中 百花發於墻下 香煙動而金佛微微 而笑鍾聲落處 靑山隱隱而
應詩曰 春風艇止訪招提 路出江頭高復低 隔歲相逢同舊態 林間設席又分題
其七 三江漲綠 嶺南湖西湖南之水 合流故曰 三岐江北近元師 山南聳鷄龍
山 江流其中 水漲三日 雨乘風船如天上泛客 上千里船 人似鏡中行詩曰 豪
雨支離教日來 三江春水碧於苔 流波大漲難汎艇 恰似葡萄舊所醅 其八五
峴積翠五峴 車峴板峴 火峴馬峴 狄踰峴等 而四面擁州 而飛泉絶壁 散在於
上丹楓 蒼松相連於中石 白水淨而自成活畫一幅詩曰 五峴曾過閱幾寒 翠光
不變四時顏 白雲深處尋仙到 鶴駕迢迢尚未還

甲寺詩序
갑사시서

辛亥(신해: 1971)년 봄에 내가 新都內(신도내: 신도안)로부터 西門峙(서문치)를 넘어 敬天(경천) 옛 驛(역)에서 하룻밤을 자고 차츰 甲寺(갑사)로 들어갔는데, 본래는 鷄龍山(계룡산) 갑사였다.

골짜기가 그윽이 깊고 좌우 양쪽 언덕엔 늙은 나무들이 하늘을 찌르니, 구비구비 조금 평평한 곳엔 사람 사는 집들이 있고 그 가운데로 시냇물이 흘러 간간히 돌을 때려 폭포를 이룬다. 차츰 시냇물 구비를 따라 올라가니, 밤새 내린 비가 새로 개어 가벼운 바람이 옷깃에 나부낀다. 새들은 나뭇가지 사이로 베짜듯 들락날락 날고, 꽃 그림자는 살짝 움직이고, 물고기들이 물에 뜬 水草(수초)를 뒤집어쓰느라 물결이 동그라미를 이룬다.

계곡이 다한 곳에 三佛山(삼불산)이 있다. 그 아래로는 將軍峰(장군봉)이 왼쪽에 있고, 七星峰(칠성봉)이 오른쪽에 있다. 가운데에 大寂殿(대적전)이 있으니 新羅(신라) 때 阿廣和尙(아광화상)이 처음 건립했고, 眞興王(진흥왕) 17년에 惠明大師(혜명대사)가 중건했고, 義湘祖師(의상조사)가 道場(도량)을 설치하고 法堂(법당)을 重修(중수)하니 규모가 더욱 커졌다.

山勢(산세)의 오르내림이 용이 날아오르고 호랑이가 웅크려 앉아있는 것 같고, 냇물은 반석 위를 돌아 흐르는 것이 마치 갔다가 다시 오려는 듯하다. 소나무와 삼나무가 울울창창하여, 안개와 노을이 그 가운데를 덮으니 맑고 그윽한 골짜기가 하나 같이 의연하게 신선의 경지로 들어가는 것 같다. 시냇물 소리가 난간 안으로 들어와 문득 속세 나그네의 미혹된 꿈을 깨운다. 산 아지랑이 기운이 이미 길가는 나그네의 가벼운 옷소매를 적시니, 大寂殿(대적전) 앞에는 義湘祖師(의상조사)가 세운 釋迦舍利塔(석가사리탑)이 있다. 이는 높이가 8척이고, 맨 위는 8각형으로 덮었으며, 木造(목조)양식과 같이 四天王像(사천왕상)을 새겨 놨으니 지극히 정교하다. 鐵筒(철통)으로 된 원형의 幢竿支柱(당간지주)가 있는데 24마디로 돼있고, 높이가 45척이다. 또 천근이나 되는 梵鍾(범종)

및 月印千江(월인천강)의 목각 경판이 있다. 위에 말한 것들이 모두 國寶(국보)로 돼있다.

절 뒤에는 龍門瀑布(용문폭포)가 있다. 돌길을 따라 毘盧峯(비로봉)을 넘으면서 풀을 헤치며 발걸음을 떼니, 지팡이 머리에서는 향기가 나고 돌을 부여잡고 오솔길 찾아가니, 서늘한 기운이 옷소매를 파고든다. 칡덩굴이 바위 모서리에 얽혀있고, 나무들이 빽빽하게 산꼭대기에 무리 져 있는 것이 바로 連天峰(연천봉)이다. 큰 강이 비단처럼 산 아래를 멀리 빙 두르고, 무리 지은 산봉우리들이 거무튀튀하게 층층이 구름 사이로 나온다. 서남쪽으로는 바다와 통하니, 눈으로 여덟 고을을 다 볼 수 있다. 좌우로 하늘에 닿으니, 머리는 三淸(삼청)[129]에 가깝다. 그 앞을 바라보니 웅장하게 큰 깎아지른 바위들이 있고, 그 뒤를 살펴보니 돌들이 널브러져 펼쳐져 일대 널찍한 곳이 펼쳐진다.

淸凉寺(청량사) 옛터를 지나니, 그 옆에 鷄鳴精舍(계명정사)가 있다. 그 앞에 돌 틈에서 흘러나오는 샘이 있고 또 弟妹塔(제매탑: 남매탑)이 있다. 전설에 이르기를, 신라 때 남자 중이 이곳에서 수도를 하고 있었는데 큰 호랑이 한 마리 목구멍에 커다란 뼈 하나가 걸려 있어 몸부림치며 죽으려 하고 있었다. 중이 손으로 그 뼈를 꺼내준 후에 그 호랑이가 처녀를 업고 와서 같이 도를 닦았다. 여자가 중을 사모하여 부부 되기를 원했으나, 중은 듣지 않고 男妹之間(남매지간)의 義(의)를 맺었다. 수도승은 위로 올라가 祖師(조사)가 되었으나, 여자는 和尙(화상)에 대한 남매의 의를 지켰으니 여자의 부모가 그 도를 닦는 지성에 감동하여, 이 弟妹塔(제매탑)을 세웠다 한다.

때는 마침 늦은 봄이라, 진기한 나무와 이름 난 꽃들이 향기를 내뿜고 그늘을 펼치니 황홀하기가 마치 비단 병풍 속에 있는 것 같다. 靑春男女(청춘남녀)들이 짝지어 와 녹음 아래 자리를 펴고, 술자리 어지럽게 펼치고선 푸른 대나무 사이에서 번갈아 일어나 춤추고 노래하며 즐기니 風情(풍정)이 매우 괴이하다.

---

129) 道家(도가)에서 신선이 사는 곳을 玉淸(옥청) 上淸(상청) 太淸(태청)이라 하고, 이를 합쳐 삼청이라 함.

나는 대여섯 친구들과 같이 왔는데, 모두 白髮(백발) 詩客(시객)들이다. 산을 바라보면 노을을 걷어내고 구름을 날려 보내는 想像(상상)이 있고, 물가에 다다르면 바람 쐬고 몸 씻는 즐거움이 있다. 그 물 뿌린 듯 시원한 감정에서 저절로 보고 느끼는 興(흥)이 있어, 詩(시)를 짓고 돌아가면서 그 일에 대해 쓴다.

辛亥春 余自新都內 踰西門峙到敬天舊驛 一宿而漸入甲寺 本鷄龍山岬寺 洞壑幽深 左右兩岸 老木參天 曲曲稍平 處有人家 石溪中流 間間激石而成瀑 漸隨溪曲而上宿雨新晴 輕風吹衫 鳥下織枝 花影乍動 魚穿浮藻 浪痕成圓 至溪窮處 三佛山下 將軍峰在左七星峰在右 中有太寂殿 新羅阿廣和尙始建而眞興王十七年惠明大師重建 義湘祖師設置道場 重修法堂 規模益大 山勢起伏如龍騰而虎踞 川流盤廻 若欲去而復來 松杉鬱乎蒼蒼烟霞掩其中 淸幽一洞 依然如入仙境 溪聲入檻 頻醒俗客之迷夢 嵐氣滿路已潤行旅之輕袖 殿前有義湘所立釋迦舍利塔 故八尺 屋蓋八角形 刻四天王像如木造樣式極其精巧 有鐵筒圓形竿支柱二十四折 高四十五尺 又有千斤梵鍾及月印千江之木刻經板 幷爲國寶寺 後有龍門瀑布 從石遙踰毗盧峯 披草放屐香生杖頭攀石 尋逕寒透 袖中藤蘿 屈盤于岩角 樹木叢雜於山頂 卽連天峰 大江如練而遠繞於山下 群峯似黛而層出雲間 西南通海而眼窮八州 左右連天頭近於三淸看其前 雄偉嶄岩而察其後 透迤磅礴 闢一大局 淸凉寺舊址 其傍有鷄鳴精舍 前有石泉 又有弟妹塔 傳說云 新羅時男僧修道於此 見大虎喉口 橫一大骨 起伏欲死 僧以手出之後 虎負處女而來 共修道而女慕僧而願爲夫婦 僧不聽而結爲弟妹修道 僧爲上願祖師 女爲栗義和尙 女之父母感其修道之誠 立此弟妹塔也 時値暮春 珍木名花 敷香浦蔭 怳然如在錦屏中 靑春男女 作件設座於綠陰之下 盃盤交錯絲竹間 作迭起爲舞 怡愉風情 甚可怪也 余件五六人 皆白髮詩客 望山有霞 擧雲飛之想 臨水則有風乎浴乎之樂 其灑落之懷 自有觀感之興 題詩而還 叙其事

寒碧樓記
한벽루기

樓臺(누대)를 사랑하여 올라보는 것은 그 높이 올라 멀리 바라보아 멀리 노닐고 싶은 마음으로 눈을 치달아 山川(산천)을 볼 수 있는 데까지 보고, 그 경치를 거두어서 그 風情(풍정)을 읊음으로 노닐며 보는 즐거움의 바탕으로 삼고자 하기 때문이다.

己未(기미: 1979)년 봄에 忠州(충주) 彈琴臺(탄금대)를 거쳐 淸風邑(청풍읍)으로 들어가니, 漢江(한강)을 등지고 鳳嶺(봉령)을 마주하여 푸른 강물 가에 고을을 이루었다. 동쪽에 寒碧樓(한벽루)가 있으니, 강가에서 강물을 굽어보고 있다. 朝鮮(조선) 초기에 창립된 것으로, 浩亭(호정) 河崙(하륜)이 記(기)에 이르기를, '錦屛山(금병산)이 강 건너에 서있으니, 한 떨기 살포시 앉은 얼굴이 높지도 않고 낮지도 않으며 멀지도 않고 가깝지도 않게 교묘하게 누각의 한 면을 감싸 안고 있다. 매년 봄에 살구꽃 피거나 가을에 단풍 드는 때에는 문드러지듯 찬란하게 빛나는 것이 마치 비단 장막을 치고 채색 병풍을 두른 듯하다. 달이 錦屛山(금병산)을 따라 떠올라서 달빛이 강물에 드리우면 마치 玉(옥)이나 浮圖(부도)[130]가 강물에 잠겨 있는 듯하다. 강물은 흘러 가파른 절벽을 때리고, 여울물 소리는 항상 비바람 치는 듯하다.'라고 하니 이 누대의 기이한 경관을 제대로 표현한 좋은 글이다.

창문에 발을 걷으니 십 리에 산 아지랑이가 방으로 들어와 안개 속 풍경이요, 금병산의 층층이 쌓여 있는 바위가 널브러진 것이 마치 나르는 봉황새가 구름 사이에 우뚝 서있는 것 같아, 金谷(금곡)[131]의 장막을 온통 걷어낸 것 같다. 난간에 기대서니 만 이랑 파동 치는 빛이 난간을 흔들어 비단처럼 눈 쌓인 듯하고, 북쪽으로는 한강의 푸른 물결이 번득여 마치 걸어놓은 거울이 비치는 것이

---

130) 高僧(고승)의 私利(사리)나 여타 유품을 수습해 간직한 돌탑.
131) 晉(진)나라 石崇(석숭)의 별장. 석숭이 이곳에 손님을 부르고 시를 짓게 하여 시를 못 지은 사람에겐 罰酒(벌주)를 주었다 함. 李白(이백)의 春夜桃李園序(춘야도리원서)에도 인용돼 있음.

하늘 끝까지 돌아 흐르는 것 같고, 馮夷(풍이)[132]의 궁전을 굽어보는 것 같다.

바람 맞는 돛배와 모래밭의 새들이 나왔다 들어갔다 하고, 내가 흐르는 들의 수풀과 샘물은 시원히 뚫려 도시 큰길의 시끌벅적한 소리나 모습도 없으니 隱士(은사)의 맑고 한가로운 취지가 있다. 어부가 물결을 거슬러 배를 몰아 이르러 흐름에 대항해 지나가고, 나무꾼은 나뭇짐 지고 왔다가 구름 뚫고 가버린다. 밭고랑과 두둑이 繡(수)놓듯 엮여있고, 밀과 보리가 눈에 꽉 차게 출렁여 움직이니 시인의 風流(풍류)로 숨어살려는 사람이 머물러 쉬기에 딱 좋다.

錦屛山(금병산) 앞에는 바람 동굴이 있어 천연적으로 차가운 바람 골을 이루는데, 봄여름 시절부터 생겨서 찬바람 기운이 더욱 세진다. 물결을 거슬러 위로 올라가면 芙蓉壁(부용벽)이 강가에 우뚝 솟아 있어, 완연히 연꽃이 가파르게 서있는 듯하다. 평지에는 여염집이 들어서 있어, 집집마다 피어오르는 연기를 서로 볼 수 있으니 구름과 연기가 모습을 바꾸어 氣象(기상)이 천태만상이다. 강은 맑고 달은 밝으니 차가운 빛이 서로 젖어 조용히 있기는 玉(옥)을 물에 잠겨 놓은 것 같고, 움직이는 모양은 금빛이 날뛰는 것 같다. 가로 지르는 것이 흰 비단 같으니, 그 어울림과 밝기가 물과 하늘이 같은 색이다.

여기에 오르는 자들은 대개 妓女(기녀)를 끼고 소리 질러 노래 부르고 춤을 추며 눈과 귀가 가는 제멋대로 악기를 두들겨 대니 그 本心(본심)의 바름을 잃었으되, 雲山風月(운산풍월: 아름다운 자연)은 기리 적막한 가운데 남아있다.

내가 작은 배에 술을 싣고 물 가운데 떠서 아름다운 손님들과 술잔을 주고받으며 꽃과 새의 글을 짓고 심정의 회포를 풀어내며 세상 걱정은 강산 밖으로 떨쳐 내버리고, 육신의 모습은 우주로 쫓아내버리니 가슴이 시원히 뚫려 유유하고, 돌아가기를 잊으니 진정 江湖(강호)에 숨어사는 자취이다. 세력의 이익만 쫓고 헛되이 酒色(주색)만 탐하는 무리들은 天淵(천연)[133]이 아닐 뿐인즉,

---

132) 河伯(하백) 즉, 물의 神(신).

133) 詩經(시경)에 "鳶飛戾天 魚躍于淵"-연비려천 어약우연: 솔개는 하늘에서 날고, 물고기는 연못에서 뛰어오른다-라는 구절이 있고 이는 자연의 섭리를 말하는 것임. 여기에서 天과 淵을 따와 자연의 섭리라는 뜻으로 쓰임.

그 (숨어 삶이) 어찌 아름다운 일이 아니겠는가!

그 山水(산수)와 煙霞(연하)의 풍경이 騷人(소인: 시인)의 술 마시며 글 지으려는 마음을 일으키니, 어느 것 하나 눈을 크게 뜨게 하고 마음을 놀래지 않는 것이 없지만 글이 졸렬하여 그 진정한 풍경을 그려낼 수 없으니, 매우 부끄럽다.

愛樓坮而登臨者 以其登高望遠 遊心騁目 窮山川而收其景 引風月而吟
其情 以資遊觀之樂 己未春 由忠州彈琴坮入淸風邑 背漢江而面鳳嶺 緣江
而成邑 東有寒碧樓 俯臨于江上 國初剏立而河浩亭崙有記曰 錦屛山隔江
而立一朶屛顔 不高不低 非遠非近 巧抱樓之一面 每當春杏秋楓之時 璀璨
炫爛 有若渾然錦帳彩屛之狀 月從屛山而上影倒江中 若沈玉浮圖 江流激
於峭壁 灘聲常如風雨至 此樓之奇觀而善形言也 捲簾則十里嵐氣入戶 霧
鬢錦屛山之層岩 磅礴如飛鳳之屹立於雲間 全開金谷之帳 憑欄則萬頃波光
搖紺雪練 北漢江之蒼浪 翻騰若掛鏡之照 明巴字回於天際 俯瞰馮夷之宮
風帆沙鳥之出沒 川原林泉之寬 敞無紫陌喧囂之聲色 有隱士淸閒之志趣
漁父逆舟而至抗流而過 樵子荷檐而來 穿雲而去 溝塍繡錯 牟麥盈眸 聳動
騷人之風流 適宜逸民之棲息 屛山前有風穴 天然穿成冷風 自生春夏之時
風勢尤盛 溯流而上有芙蓉壁 臨江而聳出 宛然如芙蓉削立 閭閻撲地 烟火
相望 雲烟變態 氣象萬千 江淸月朗 冷影相涵 靜如沈璧 動如躍金 橫如素練
其冲融晃朗 水天一色 登此者蓋携妓女 放歌舞爲務聽 絲竹之娛 縱耳目之
慾 失其本心之正 而雲山風月 長閒於寂寞之中矣 余以小船載酒泛于中流
與嘉賓獻酬交錯 賦花鳥舒情懷 遣世慮於江山之外 放形骸於宇宙之間 胸
次豁然悠悠焉 忘歸眞遯跡於江湖者也 其視苟求 勢利徒貪酒色之輩 不啻
若天淵 則豈非美事哉 其山水烟霞之景 惹騷人觴詠之心 無非駭目驚心 而
辭拙不能摹出其眞景 甚愧也

愛松序

애송서

산과 물에서 자라면서 사람에게 사랑을 받는 바의 것들이 많다. 淵明(연명)[134]은 菊花(국화)를 벗했고, 子猷(자유)[135]는 竹(죽: 대나무)을 벗했고, 和靖(화정)[136]은 梅花(매화)를 벗했고, 濂溪(염계)[137]는 蓮(연꽃)을 벗했으니 혹은 그 향기로운 德(덕)을 취했고, 혹은 그 맑은 情節(정절)을 취했다. 그러나 생각해보면 소나무 오동나무와 뽕나무가 사람에게 제일 많이 소용되는 바이다. 소나무는 집 짓는 재목으로 쓰이고, 뽕나무는 옷 만드는 재료로 쓰이고, 오동나무는 악기 만드는 데 쓰인다. 그렇지만 생각해보면 제일 많이 쓰이는 것은 소나무로 그 쓰임이 많다. 옛날에 香山(향산) 白樂天(백락천)이 養竹記(양죽기)를 지었고, 周濂溪(주렴계)는 愛蓮說(애련설)을 지었고, 나는 愛松說(애송설)을 지으니 모두 사물에 느낌이 있어 그 회포를 쓴 것이다.

나의 집안 선조들께서는 소나무를 사랑하셨다. 9세조 牧使公(목사공)께서 松月(송월)로 그 堂名(당명)으로 삼으셨으니, 그를 취한 뜻은 孤松(고송)을 어루만지며 靖節(정절)의 취지를 맡김이 있고, 明月(명월)을 대하여 晦翁(회옹: 朱子(주자))의 즐거움을 찾을 수 있음이다. 曾祖(증조) 參議公(참의공)께서는 松石(송석)으로 그 號(호)를 삼으셨으니, 그를 취한 뜻은 松(송)에서 사계절 바꾸지 않는 지조를 취하였고, 石(석)에서 천길 높이 서있는 돌 벽의 굳센 힘을 취했다.

松月堂(송월당) 앞의 소나무는 늙어서 돌에 기대어 서있는데 나서 자라기는 2백 년이요, 그 높이는 十丈(십장) 남짓하다. 비와 이슬을 받아 나뭇잎이

---

134) 陶淵明(도연명): 東晉(동진) 시대의 유명한 시인. 歸去來辭(귀거래사) 桃花源記(도화원기) 등으로 유명함.
135) 王羲之(왕희지)의 아들 王徽之(왕휘지)의 字(자). 대나무 없이는 하루도 살 수 없다고 했다 함.
136) 北宋(북송)의 隱士(은사)인 林逋(임포)의 諡號(시호). 梅妻鶴子(매처학자)라 하여 매화를 아내로 삼고 학을 자식으로 삼아 살았다 함.
137) 周敦頤(주돈이). 北宋(북송)의 儒學者(유학자). 愛蓮說(애련설)을 지었다.

연기처럼 무성하게 푸르며, 맑은 그늘을 만들어 장막을 치고 지붕을 덮은 것 같아 쉬는 사람들이 더위를 피한다. 얼음과 눈을 물리치니 서리 맞는 나무껍질이 단단하고 두텁다. 가지는 붉은 솔방울을 떨어뜨리니 구슬과 같고, 뿌리에는 白茯笭(백복령)이 맺혀 있어 藥(약)으로 쓰기에 마땅하니 먹으면 수명이 늘어나니 白香山(백향산: 백락천)의 詩(시)와 딱 들어맞는다. 그 시에 이르기를,

> 亭亭(정정)하게 우뚝 솟은 산 위의 소나무
> 하나하나 아침 햇살 받으며 서있네
> 森森(삼삼)하게 빽빽이 위로는 하늘을 찌르고
> 뻗은 가지들은 百尺(백척)이나 자랐네
> 歲暮(세모)에 온통 산이 눈에 덮였는데
> 소나무 빛은 우거져 푸르고 푸르네
> 저렇게도 君子(군자)의 마음과 같아
> 지조를 지켜 얼음과 서리의 세월을 뚫네

라고 하였다. 가을 하늘 달 밝은 밤에 내가 그 소나무를 어루만지며 사랑하니 바람이 불어오면 홀연히 그 소리를 높이는 것이 생황과 퉁소의 소리를 울리는 것 같고, 달이 비치면 그 형태가 용과 호랑이의 그림을 이룬다. 그 깊은 겨울에 미쳐서는 온갖 나무들이 다 고요하고 쓸쓸한데도, 잎은 푸르고 푸르게 사계절을 관통하여 변치 않으니 능히 얼음과 서리의 지조를 이룬다. 옛사람이 혹은 君子(군자)라 부르고 혹은 處士(처사)라 부르니 빈말이 아닌지라, 비로소 내 先祖(선조)께서 이러함을 취한 것임을 알겠다.

　鶴(학)은 소나무에 깃들고, 鳳(봉)은 오동나무에 깃들고, 누에는 뽕나무에서 먹으니 微物(미물: 하찮은 존재)도 그 뜻에 따라 적합하게 취하고, 나도 이 모두를 사랑한다. 용마루를 바라보면 소나무를 생각하고, 가야금을 안으면 오동나무를 생각하고, 비단옷을 입으면 뽕나무를 생각한다. 그러나 제일 잊지 못할 것은 소나무요, 어디를 가나 소나무가 있다. 그리하여 선조께서 제일 사랑하던

바를 잊기 어렵고, 또 그 얼음과 서리의 지조를 취함이 烈士(열사)가 위력과 힘에도 굽히지 않음과 비슷하므로 유독 사랑하여 회포를 쓴다.

生長於山水而爲人所愛者多 而淵明之友菊 子猷之友竹 和靖之友梅 濂溪之友蓮 或取其馨德 或取其淸節也 惟松梧與桑爲人所用最多 松用於家材 桑用於衣料 梧用於樂器 最多於世者 惟松而其用多也 昔白香山樂天作養竹記 周濂溪作愛蓮說 余作愛松序 皆有感於物而書其懷也 余家先世愛松 而九世祖牧使公 以松月冠其堂名所取之意 撫孤松而靖節之趣 有托對明月而晦翁之樂可尋也 曾祖參議公 以松石稱其號 所取之意 松取四時不改之操 石取壁立千仞之勢也 松月堂前 松老倚石 而立生長二百年 其高十餘丈 承雨露而烟葉葱蘢成淸陰 而如幢如蓋 休者避暑攘氷雪而霜皮堅厚枝落丹子而如珠根結白茯 而宜藥食者 延齡正如白香山之詩 其詩曰 亭亭山上松一一 立朝陽森森上參天 柯條百尺長 歲暮萬山 雪松色鬱蒼蒼 彼如君子心 秉操貫氷霜 秋天明月之夜 余撫松而愛之 風來而忽揚其聲 奏笙簫之韻 月照而始成其形 塵龍虎之形 及其深冬 萬木蕭條而葉蒼蒼 貫四時而不變 能成氷霜之操 古人之或稱君子 或稱處士 非虛語而始知 余先祖之取於此也 鶴巢於松 鳳巢於梧 蠶食於桑 微物亦取其適於志 而余盡愛之望 棟而思松 抱琴而思梧 衣帛而思桑 然最不忘者松而到處 有松然難忘先祖之所愛 又取其氷霜之操 似烈士之不屈於威武 故偏愛而書懷

林下風流序[138]補遺
임하풍류서보유

대저 벗한다는 것은 그 德(덕)을 벗함이니 같은 시대에 살지 못하면 벗이 될 수 없고, 사는 곳이 같지 않아도 벗이 될 수 없다. 같은 시대에 살고 사는 곳도 같아도, 배움이 같지 않으며 뜻이 같지 않으면 벗이 될 수 없다.

乙酉(을유: 1945)년 봄에 내가 서울로부터 고향으로 돌아가 弘道洞(홍도동: 대전시 안에 있음)에 살았는데 우연히 벗인 觀海(관해) 羅貞熙(나정희)를 元洞(원동: 대전시 안에 있음)에서 만났으니, 이내 錦山(금산)에 잠시 살 때 사귄 옛 친구이다. 이때부터 점차 文學(문학)하는 사람들을 알게 되어 벗을 삼았으니, 모두 제 세상을 만나지 못해 처자거리에 이름을 숨긴 이들이다. 이로부터 취향을 風流(풍류)와 詩(시)에 맡기고, 산꼭대기와 물가 언덕에서 한가히 돌아다니며 心情(심정)을 꽃의 모습과 새의 울음소리에 부쳤다. 事物(사물)을 보면 그 품격을 먹이고, 경치를 보면 시를 읊으며 초연하게 이 세상 밖의 생각으로 살았다.

내가 여러 벗들에게 일러 이르기를, "때때로 만나는 것이 어려우니, 모임을 맺어 정기적으로 모여 술 한 잔 하며 시도 읊으며 즐김만 같지 못하다" 하니, 모두 좋은 일이라 하였다. 그리하여 처음으로 白吟詩社(백음시사)를 결성하고 정기적으로 모여 어울렸으니, 戊子(무자: 1948)년 봄이다.

수양버들이 솜털을 바람에 날리고, 복사꽃 오얏꽃 흐드러지게 피면, 沂水(기수)에서 목욕하고 舞雩(무우)에서 바람 쐬고[139] 여름날 푹푹 쪄 酷炎(혹염)이 사람을 핍박하면, 구름 돛배를 타고 江湖(강호)에서 유람하고 가을 비 처음 개어 들 밖이 새로 서늘해지면, 산 위에서 단풍 구경하며 국화에 대한 시를 읊고 겨울 기운이 매섭게 싸늘하고 눈바람이 창문을 때리면, 화로를 껴안고

---

138) 補遺는 빠졌던 것을 채워 넣는다는 의미임.
139) 孔子(공자)와 曾點(증점)에 대한 전 각주 116) 참조.

술잔을 주고받으며 매화를 대해 시를 지었다. 사계절 풍경이 이리 무궁하니, 나의 즐거움 또한 무궁하다.

시라는 것은 志(지: 품은 뜻)을 말로 한 것이니, 그 시를 읽으면 그 사람됨을 알 수 있다. 사람이 萬物(만물)의 靈長(영장)이 되어 하루아침에 문득 홀연히 草木禽獸(초목금수)와 더불어 같이 흔적 없이 사라져 알려짐이 없다면, 그 어찌 슬픈 일이 아닐 수 있겠는가! 그러므로 여러 벗들과 뜻을 모아 林下風流(임하풍류)를 창간하고 詩社(시사)의 原韻(원운)에 따른 시를 싣고, 大田八景(대전팔경)을 그려 각각 시를 지어 그 八景(팔경)마다 따라 붙였다.

그 첫째는 龍山落照(용산낙조: 계룡산 저녁 햇빛)이니, 시로 이르기를,

> 鷄龍山(계룡산) 꼭대기에 夕陽(석양) 가로지르니
> 나무 그림자 들쭉날쭉 산 반쪽 면만 밝네
> 스러지는 저녁 빛은 돛배 따라 이별하는 물가로 돌아가고
> 그나마 남은 빛이 황량한 城(성) 위에 나그네와 짝해주네

그 둘째는 甑峰曉月(증봉효월: 시루봉−계족산 옆에 있음− 새벽달)이니, 시로 이르기를,

> 새벽 외치는 金鷄(금계: 닭) 소리에 나그네 꿈 깨어
> 산에 올라보니 玉兎(옥토: 달)가 그윽이 뜰을 비추네
> 티끌 하나 떠있지 않아 물과 같이 맑은데
> 온갖 형상 감추기 어려워 모두 모습 보여주네

그 셋째는 石橋垂柳(석교수류: 돌다리 수양버들)이니, 시로 이르기를,

> 옛 돌다리에 늙은 버드나무 유독 많으니
> 나뭇잎은 따뜻한 날 노래하고 푸른 가지 희롱하네
> 하늘에 번득여 나는 솜털은 파란 눈 트이고
> 땅을 쓰는 늘어진 그림자는 가는 허리 춤 추네

그 넷째는 寶文樵歌(보문초가: 보문산 나무꾼 노래)니, 시로 이르기를,

> 나무꾼 노래 한 곡조 숲과 언덕 울려대니
> 십 리 푸른 산을 맘 내키는 대로 오가네
> 물결 같은 흔적 원숭이와 학의 꿈 자주 깨게 하는데
> 한가한 정취는 몇 번이나 사슴과 같이 했는고

그 다섯째는 柳川漁笛(유천어적: 유천 고기잡이 피리소리)다.

> 漁夫(어부) 부는 피리소리 유천 냇가에 울리는데
> 취하고 나니 지는 해에 興(흥)이 가볍지 않네
> 맑은 날 소리쳐 모래사장에 잠자던 해오라기 깨워 보내니
> 피리소리에 남은 저녁 햇빛에 떠나는 사람 서럽네

그 여섯째는 沙塢落雁(사오낙안: 모랫둑에 내려앉는 기러기)이니, 시로 이르기를,

> 모랫둑 평평한 백사에 기러기 그림자 가로질러
> 어울려 무리 지어 날아 내려 가을 소리 알려주네
> 어느 때나 소리 질러 江南(강남)으로 가는 꿈 끊었는가
> 千里(천리)나 날아와서 변방 북쪽과 마음 통하게 하네

그 일곱째는 飛寺暮鍾(비사모종: 비래암 저녁 종소리)이니, 시루봉 옆에 있다. 시로 읊으니,

> 시루봉 아래 작은 암자 이루었는데
> 벽에 걸린 기이한 종이 가락 맞혀 울리네
> 금불상 모신 전각 머리 저녁 빛 재촉하는데
> 파란 비단 초롱 밖에 남은 소리 있네

그 여덟째는 蘇湖浣紗(소호완사: 소제동 호수 비단 빨래)인데, 호수 둘레가 수

백 걸음 된다.

> 비단 빨래하는 아낙네 호수 둑에 앉았는데
> 纖纖玉手(섬섬옥수)에 빨래 방망이 들려있네
> 나그네 꿈 놀래 돌아오게 하는 소리 끊어졌다 이어졌다
> 두들겨 고향 마음 부수니 그림자도 높았다 낮아졌다 하네

이것이 그 시이다.

우리네가 높이 올라 멀리 바라보고 마음을 노닐게 하며, 꽃피는 샘물과 돌 옆의 버들과 바람 스치고 달빛 비치는 누대에 눈을 달려서 정신을 휴양하고, 회포를 풀어내며 구차한 謀利輩(모리배: 이익만 탐하는 무리들)는 하늘과 땅의 차이가 있는 것뿐만도 아니게 보니 이 어찌 아름다운 일이 아닌가!

晋(진)나라의 蘭亭(난정)은 文章(문장)과 風流(풍류)의 모임이요, 宋(송)나라의 洛園(낙원)은 道德(도덕)과 同志(동지)의 모임이요, 우리 詩社(시사)는 자주 모여 禮(예)로 움직이고 물질은 薄(박)하나 情(정)은 厚(후)하다. 그 시의 優劣(우열)은 뒷사람들 재량에 맡기겠지만, 그 술 마시며 읊조리는 敍情(서정)은 옛사람들에게 많이 양보하지는 않는다.

이 詩集(시집)이 후일에도 만약 남아있는다면, 후세 사람들이 지금을 보는 것이 지금 우리가 옛 사람들을 보는 것과 같을 것이다. 만약 후세 사람들이 우리네가 오늘 유람한 것을 알고, 그것을 난정과 낙원에 비길 수 있게 한다면 우리 모임을 맺은 뜻을 저버리지 않는 것이리라.

夫友者友其德也 而生不幷世 則不得爲友 居不同域 則不得爲友 生幷世 居同域 而學不同志不同則不可爲友也 乙酉春 余自漢城返鄕而住弘道洞 偶逢觀海羅友貞熙於元洞 乃錦山寓居時舊交也 因此漸知文學之人而爲友 蓋不遇於世 隱名於市也 自此托趣於風騷 優遊於山巓水涯 寓情於花色鳥 聲 遇物題品 遇景吟詩 超然有物外之想 余謂諸友曰 時時相逢難矣 不知結 社定期而會觴詠爲樂 可矣 皆稱好事 故始結白吟詩社 定期而會遊 卽戊子

之春也 楊柳飄絮 桃李開花 浴乎沂風乎舞雩 夏日薰蒸酷炎逼人 則駕雲帆

而江湖遊 秋雨初霽 新涼生郊 則賞楓吟菊於山上 冬氣栗烈 風雪打窓 則擁

爐而酌酒 對梅而賦詩 四時之景無窮 而余之樂亦無窮也 詩言志者 讀其詩

而可以知其人 人爲萬物之靈長 一朝奄忽 與草木禽獸 同歸於泯滅而無聞

豈不哀哉 故諸友合議創刊 林下風流 載詩社原韻 畵大田八景 而作詩付之

其八景 一曰 龍山落照詩云 鷄龍山頂夕陽橫 樹影參差半面明 殘照隨帆歸

別渚 餘暉伴客上荒城 二曰 甑峰（在鷄足山）曉月詩云 唱曉金鷄客夢醒 登

山玉兎照幽庭 一塵不動淸如水 萬像難藏盡露形 三曰 石橋垂柳詩云 老柳

偏多古石橋 葉舒暖日弄靑條 翻天飛絮開靑眼 拂地垂影舞細腰 四曰 寶文

樵歌詩云 樵歌一曲動林丘 十里靑山任去留 浪跡頻驚猿鶴夢 閒情幾伴鹿

麋遊 五曰 柳川漁笛 漁夫吹笛柳川濱醉後 斜陽興不貧 叫送晴沙驚宿鷺 吹

殘落照感離人 六曰 沙塢落雁詩云 沙塢平沙雁影橫 伴群飛下報秋聲 幾時

叫斷江南夢 千里來通塞北情 七曰 飛寺暮鍾 在甑峰之傍詩云 甑峰之下小

庵成 壁掛奇鐘應律鳴 金佛殿頭催暮色 碧紗籠外有餘聲 八曰 蘇湖浣紗湖

周數 百步浣紗佳女坐 湖堤玉手織織砧 杵携驚回客夢聲 斷續搗碎鄉心影

高低此其詩 吾人之登高 望遠遊心 騁目花泉 石柳風月 樓坮休養 精神暢敍

懷抱其視 苟求謀利輩 不啻若天壤矣 豈非美事 晉之蘭亭文章風流之禊也

宋之洛園道德同志之會 而吾社會 數禮勤物薄情 厚其詩之優劣 後人之裁

量而其觸詠敍情 非多讓於古人矣 此集若存於後日 則後之視今 猶今之視

昔 若使後人知吾人今日之遊 而擬於蘭亭洛園 則庶不負結社之意也

洗膈亭序

세격정서

懷德縣(회덕현)의 法川(법천)은 林川(임천) 先祖(선조)가 사시던 곳이다. 그 아들 榮川府君(영천부군)의 淸坐窩(청좌와)가 이곳에 세워졌다. 文正公(문정공: 송준길)이 宋村(송촌)으로 移住(이주)한 후, 그 집은 종8대조 息影窩公(식영와공)이 사시는 곳이 되었다. 鷄足山(계족산)이 뒤를 감싸고 있고, 甲川(갑천)이 앞을 지난다. 숲은 무성하고 대나무는 길쭉길쭉한데, 수십 칸 단청한 마룻대가 해와 달에 빛나고 처마는 두 겹 졌으며 난간은 둥그스름하다. 사방을 바라보아도 모두 탁 터져서 무리 지은 산들이 푸르게 솟아 안개와 구름 속에 들어갔다 나왔다 하고, 넓은 들이 평평히 열려 누렇고 푸르른 밭두둑이 시내와 산 가장자리에 가로 세로로 엮여있다.

公(공)이 어려서부터 孝(효)로써 근본을 세우시고, 族戚(족척)과 동네 사람들에게 이르기까지 忠厚(충후)로써 대하시니 옛사람의 풍모가 있어 사람들이 모두 존경했다. 품성 또한 구차하지 않으셨고, 일찍이 小科(소과)에 급제하셨다. 사시는 곳에 扁額(편액)을 걸어 이르시기를 息影窩(식영와: 그림자도 쉬는 간소한 집)라 하였으니 바로 몸이 한가한 즉 그림자도 쉰다라는 것이다. 이는 莊子(장자)가 이른 바 그늘에 들면 그림자를 쉬게 하고, 조용한 곳에 들면 자취를 쉬게 한다는 것이다. 대저 움직임과 조용함은 일정함이 없으며, 수고로움과 편안함은 서로 말미암는 것이므로 조용하게 되면 움직이지 않을 수 없게 됨이 움직이면 조용하게 되지 않을 수 없는 것과 같다. 하루 종일 일을 하느라 마음이 이미 피로하게 되면, 물러나 조용한 곳에서 마음을 가다듬고 기운을 기르게 되니 이 모두 마땅히 그리 되는 것이다. 공이 졸졸 흐르는 시냇물로 못을 만들고, 못 안에 정자를 지었다. 꽃과 풀을 줄 나누어 심고, 매번 좋은 때를 만나면 여러 조카들과 돌에 앉아 술잔을 들고 詩(시)를 짓는 것으로 즐거움을 삼았다. 그러면서 이르시기를 "내가 그대들과 이리 즐기며 죽음을 잊는다"라고 하셨다.

7세조 醫俗軒(의속헌) 府君(부군)이 작은 아버지의 韻(운)에 맞추어 시를 지으시기를,

> 정녕 담장 따라 달리는 것을 배우느니
> 일찍이 그늘에 들어 쉼만 못하네
> 私利(사리: 사적인 이득) 끊어내고 항상 별일 없으니
> 機心(기심: 교사한 마음)을 쉼이 이미 마음에 맞았네
> 하늘이 이 세상 변함을 살펴보니
> 玄牝(현빈)[140]이 뿌리를 깊이 길렀네
> 길게 읊으면 새나갈까 염려되니
> 감춰놓고 길게 읊는 수고 말게나

라고 하였다. 公(공)은 불행하게도 일찍 돌아가시고, 자손이 6세를 서로 전해 내려왔다.

내가 어려서 이 집에 왔는데, 동쪽으로 수백 걸음 되는 마을 위 시냇가에 '石沜(석총: 물가의 돌 언덕)' 두 글자가 새겨진 커다란 바위가 있었다. 돌 사이로 물이 흘러 수백 경 되는 네모난 연못에 고였는데 그 물결 속에 작은 섬을 만들어, 그 안에 돌로 坮(대)를 쌓고, 그 위에 누대를 설치하고 이름을 洗膈亭(세격정: 가슴을 씻는 정자)이라 하였다. 가운데에 온돌방이 있고, 밖으로 시원하게 마루로 둘렀으니 네 칸 규모다. 물고기를 기르고, 연꽃을 심고, 오리를 풀어놓고, 외나무다리를 간략히 걸쳐 오가니 騷人(소인: 시인)이 주인과 함께 술 한 잔에 시 한 수 읊기에 마땅한 곳으로, 憲淳(헌순) 아저씨께서 작은 조각배를 타고 물길에 떠서 위아래로 오르내린다.

때는 마침 초가을이라 연꽃이 떨어져 흩어져 푸른 연닢 덮개는 우뚝우뚝하고, 붉은 옷 입은 것 같은 연꽃은 뭉텅뭉텅 바람에 비껴 들쭉날쭉하다. 개구리는 연잎 위에서 뛰어 놀고, 물고기는 꽃 밑에서 장난친다. 이 모두 정말 총총히

---

140) 道家(도가)에서 思惟(사유)의 활동을 하는 腦髓(뇌수)를 이르는 말.

모여서 비단에 수놓은 것 같이 푸른 유리가 솟아 나온 것 같고, 향기는 십 리
밖까지 퍼진다.

나는 한 평생 程子(정자)와 朱子(주자)의 학문에 힘을 쏟아 산과 물로 읊조리
며 다녔고, 바람과 달에 즐거움을 맡겼다. 마음으로는 하늘에 더러움이 있으면
씻을 생각을 했고, 배움으로는 바다에 찌꺼기가 있으면 닦을 생각을 했다. 바야
흐로 그 밤이 청명하니 달은 하늘 가운데 이르고, 바람은 물위로 불어온다.
푸른 산을 대하고 맑은 물에 임하여 세상 염려는 강산 밖으로 보내버리고, 몸뚱
어리는 우주 사이로 쫓아내버리니 가슴이 확 트여 호호탕탕하기가 바람을 부려
하늘을 나는 것 같다. 이러니 저 내 마음을 괴롭히는 富貴(부귀)와 내 몸을
궁하게 만드는 가난이라는 것은 내 마음속에 끼어들 수가 없어, 자연히 公(공)
이 洗膈(세격)이라고 정자 이름을 지은 뜻을 비로소 이에 느끼게 된다. 이를
시로 지으니,

> 한 구역 돌 사이 샘물은 십분 맑고
> 玉宇(옥우: 하늘 궁전)는 높고 높은데 밤새 내리던 비 개었네
> 물에 떨어진 연꽃엔 겹겹이 이슬 내리고
> 하늘에 번득이는 버들잎은 바람에 맡겨 가볍네
> 술 마심에 적수 만났으니 누가 취하기를 사양하리요
> 시로는 사람들 놀래려 하련만 그 어찌 쉬우리오
> 빼어난 경치 와서 보니 진정 별세계인데
> 가없는 밤빛에 달만 두루 밝네

시 읊기도 끝나고 술도 깨서 돌아오니 오호라! 사물이 이루어졌다 부서지는
것이 운수가 있고, 일이 일어났다 엎어지는 것도 때가 있다. 이루어짐으로 인해
부서지고, 엎어짐으로 인해 일어나니 순환은 무궁하다. 사물과 일이 합해지지
않음이 없으며, 운수와 때가 합해지지 않음이 없는 것이다. 불과 수십 년에
집은 이미 주인이 변했고, 정자 또한 이미 허물어졌고, 연못 또한 엎어져 논이
되었다. 수백 년 전해온 십 세의 터전이 한바탕 봄꿈으로 돌아갔으니, 이 어찌

한스럽지 않은가! 간략히 느낀 바를 적는다.

　　懷德縣之法泉林川 先祖所居之地 其胤榮川府君之淸坐窩 建於此而文正
公移住宋村後 其第宅爲從八代祖息影窩公所居鷄足山擁後甲川 過前林茂
而竹脩數十間 畫棟照耀 日月重簷 曲欄四望 皆通群山聳碧出沒於烟雲之間
大野平開黃畦 綠塍縱橫於溪山之邊 公自年少而孝立本 至於族戚鄕人 待以
忠厚 有古人之風 人皆敬之 性又不苟 嘗赴擧發 解扁其所處曰息影窩 卽身
閒則影息 而莊子所謂處陰以休影 處靜以息跡也 夫動靜無常 勞逸相仍 故
靜之不能無動 猶動之不能無靜也 終日治事 心已勞矣 退就靜處 存心養氣
應事接物 皆得其宜也 公疏澗治沼 沼中築亭 分列花卉 每遇良辰 與諸姪坐
石 濯泉傳觴賦詩 以爲樂曰 吾與君輩 樂此而忘死也 七世祖 醫俗軒府君 次
季父韻曰 寧學循墻 走不如早處 陰絶利 常無事息機 已會心天門觀物化 玄
牝養根 深長吟嫌漏淺遮 莫費長吟 公不幸早卒 子孫六世相傳矣 余少時來
於此家 東數百步村上溪傍 左右有巨石 刻石漈二字 水流石間 貯十方塘數
百頃 築假島於波中 以石築垁架樓于其上 題以洗膈亭 澳室在中凉軒 外圍
四間也 養魚種蓮 放鳧鴨設略彴而通往來 宜於騷人之觴詠 與主人族叔憲淳
甫 乘一葉小舟 汎於中流 溯洄上下時 當新秋菡萏 離披亭亭 翠蓋濯濯 紅衣
斜風 參差蛙遊 葉上魚戲 花底正是簇成紅 錦繡聳出碧琉璃 香聞十里 余一
生用力於程朱之學 而其嘯詠於山水 寓樂於風月心天之汚穢 思所以洗之學
海之渣滓 思所以滌之 方其夜靜 明月到天心 淸風來水面 對碧山而臨淸流
遣世慮於江山之外 放形骸於宇宙之間 胸次豁然 浩浩然若御風凌虛而彼富
貴之惱我心者 貧賤之窮我身者 不能介乎胸中 而自然洗膈 公之名亭之義
始覺於此而賦詩曰 一區泉石十分淸 玉宇崢嶸宿雨晴 倒水蓮花垂露重 翻天
柳葉任風輕 酒逢敵手雖辭 醉詩欲驚人豈易 成勝景看來 晉別界 無邊夜色
月偏明吟罷 酒醒而還矣 嗚呼物之成毁有數 事之興廢有時 因成而毁 因廢
而興 循環無窮 莫非物與事合 數與時合者也 不過數十年 家已變 主亭亦已
毁 池廢爲水田 百年傳來十世之基 歸於一場春夢 豈不恨哉 略記所感

松坡上巳[141]詩序

송파상사시서

　宋(송)나라의 洛園之稧(낙원지계)는 道德(도덕)과 同志(동지)의 모임으로 비록 그 도덕을 따라갈 수 없다 하더라도, 晉(진)나라의 蘭亭之稧(난정지계)는 文章(문장)과 風流(풍류)의 모임으로 오히려 우리네들이 그 문장을 배울 수 있다. 그러므로 이제 王羲之(왕희지) 공이 떠나신지 27 甲子(갑자)가 되는 癸丑(계축: 1973)년 3월 3일에 蘭亭(난정)의 餘韻(여운)을 잇기 위해 詩(시) 짓는 친구 열세명과 松坡江(송파강) 너른 들 가운데에 이르렀다.

　周(주)나라 시대에 제후국 鄭(정)나라의 풍속에는 3월 上巳(상사)[142]일에 溱水(진수)와 洧水(유수) 두 강가에서 난초를 잡고 혼을 불러 지난 때를 말끔히 씻어 내는 것을 일러 祓稧(불계) ─여자 무당이 굿을 함─ 라 하였다. 魏(위)나라 이후에는 단지 초사흘만 쓰고 上巳(상사)일은 쓰지 않았다. 晉東晳(진동석)傳(전)에, 武帝(무제)가 三日曲水(삼일곡수)가 무슨 뜻이냐 묻자, 대답하기를 "東漢(동한) 때에 平原(평원) 땅의 徐肇(서조)가 딸 셋을 두었는데 사흘 만에 모두 모두 죽으니, 세속에서 이를 괴이하게 여겨 이내 서로 안고 물가에 와서 씻어내고 술잔을 曲水(곡수: 물굽이)에 띄웠고 周公(주공)이 洛陽(낙양)에 성을 쌓고 이어 흐르는 물에 羽觴(우상: 술그릇)을 띄워 그리 이름이 되었습니다."라고 하였다. 晉(진)나라 穆帝(목제) 永和(영화: 연호) 9년 癸丑(계축)[143]년에 王羲之(왕희지) 등이 會稽(회계) 山陰(산음)의 蘭亭(난정)에서 稧事(계사)를 열었는데 여러 현자들이 모두 이르러, 젊은이 늙은이 모두 모여, 曲水(곡수)에 술잔을 흘려보내며, 차례대로 앉아 술 한 잔에 詩(시) 한 수씩 읊으며 그윽한 심정을 풀어냈다. 왕희지와 謝安(사안) 이하 열한 명이 4언 혹은 5언으

---

141) 음력 3월 3일 삼짇날.

142) 어느 달에 十二干支(십이간지) 중 처음으로 巳(사)가 드는 날.

143) 이때가 서기 353년으로 1973년 癸丑(계축)년은 그로부터 정확히 27 × 60 = 1,620년 후이다. 앞에 말한 27甲子(갑자)가 된다는 말은 바로 이를 이름이다.

로 각각 한 수씩 지었고, 王豊之(왕풍지) 등 열다섯 명도 혹 4언 혹 5언으로 각각 시 한 수씩 지었으나 王獻之(왕헌지) 등 열다섯 명은 시가 각기 이루어지지 않아, 罰酒(벌주)를 큰 잔으로 석 잔씩 마셨다. 송나라 眞宗(진종) 황제 景祐(경우) 연간에 會稽太守(회계태수)가 위의 永和(영화) 연간 옛일을 다시 하며 일찍이 이르기를,

> 한줄기 서쪽 동산에 물굽이 소리치는데
> 물가에선 온종일 簪纓(잠영: 고귀한 신분 사람들) 모였네
> 수많은 시 짓는 붓들이 멈춤 없으니
> 그 옛날 벌주 큰 술잔 있던 것과는 같지 않네

라고 하였다. 王羲之(왕희지)가 禊帖(계첩)을 썼는데 그 글자의 劃(획)이 오묘하여, 그 文章(문장)과 함께 不朽(불후)의 명작이라 일컬어진다.

이곳은 일찍이 丙子胡亂(병자호란)을 겪은 곳이니, 그 옛날의 쓰라린 감정이 없을 수 없다. 호란 때에 御駕(어가: 임금의 행차)가 南漢山城(남한산성)을 향해 가면서 이곳에 이르렀는데, 한양 도성의 남녀 避亂(피난) 가는 사람들이 뒤따라 와서 다투어 물을 건너려 하여 배를 움직일 수 없었다. 장수와 신하들이 부득이 칼을 빼어 수백 명 목을 베었고, 물에 빠져 죽은 사람들도 또한 수천에 이르렀다. 그러므로 난리가 진정된 후에, 임금이 이를 불쌍히 여겨 매년 그날이 오면 물과 뭍에 제단을 차려놓고 冥福(명복)을 빌었다. 뒤에는 비용이 많이 들어 閏年(윤년)에만 奉恩寺(봉은사)에서 齋(재)를 지냈다.

나 또한 난초를 잡고 혼을 불러 술을 올리고 묵은 때를 깨끗이 씻어내며 술 한 잔에 시 한 수를 읊으며 심정을 풀어낸다. 韻字(운자)를 뽑고 경치를 감상하니 一帶長江(일대장강)의 거울 같은 물결은 푸르고도 맑게 바람에 잔잔히 출렁이고, 모래밭 물오리와 새들은 떴다 갈아 앉았다 하며 오간다. 사방 둘러싼 푸른 산들은 겹겹이 쌓였고, 풀은 무성하고 소나무는 푸르다. 끝없이 넓은 경치는 한눈에 들어오는 평원이 가로세로 길이가 십 리는 된다. 봄날은 따뜻하고도 아름다운데 온갖 새들은 어울려 울고, 수양버들은 솜털을 바람에

날리고, 복사꽃 오얏꽃 활짝 피어 한 폭 그림 병풍을 둘러친 것 같다. 강 가운데로 배를 놓아 물결 따라 오르내리며 즐기니 해는 모래밭에 길게 비스듬히 비치고, 강 언덕은 환히 넓게 터졌으며, 파도는 일지 않는다. 마음에 품은 회포가 활짝 터지는 것이 마치 몸은 넓은 바다에 놓고, 뜻은 우주에 형체를 맡긴 것 같다. 아름다운 경치가 끝이 없으니 시로도 적을 수 없고, 그림으로도 담을 수 없다.

술도 떨어졌고, 시도 다 지어 벌주 마신 사람도 없으니 예전 사람들보다 오히려 낫지 않은가! 한번 소리쳐 읊고 돌아오니, 날은 이미 저물었다.

宋之洛園禊 道德同志之會 而雖不及其道德 晉之蘭亭風流之會 而吾儕猶可學其文章 故今當王公去後 第二十七周癸丑三月三日 欲紹蘭亭餘韻 與詩朋十三人 至松坡江中 原周代鄭國之俗 三月上巳於溱洧兩水之上 執蘭招魂 洗濯祓除去垢謂祓禊 (女巫淫祀) 也 自魏以後 但用初三而不用初巳也 晉東晳傅武帝問三日曲水何矣 對曰 東漢時 平原徐肇生三女 而至三日俱亡 俗爲怪 乃相携於水濱而洗 遂因泛觴曲水 周公城洛邑 因流水以泛羽觴 (酒器名) 也 晉穆帝永和九年癸丑 王羲之等 會于會稽山陰之蘭亭 修禊事 群賢畢至 少長咸集 爲流觴曲水 列坐其次 一觴一詠 暢敍幽情 羲之與謝安以下十一人 四言五言各一首 王豊之等十五人 或四言或五言各一首 王獻之等十五人 詩各不成罰酒三觥 宋眞悰景祐中 會稽太守修永和故事 嘗云 一派西園曲水聲 水邊終日會簪纓 幾多詩筆無停綴不似當年有罰觥 羲之書禊帖而字劃之妙 與文章爲不朽稱焉 此是丙子胡亂 曾經之地 不無感古之心 胡亂時御駕向南漢山城 而到此都中男女之避難者 隨後而來 爭渡故 舟不能行 將臣不得已拔劍斬者數百 而淹死者亦數千 故亂定後王憐之 每年其日 設水陸齋而薦冥福 後以費多 每閏年一回設齋于奉恩寺 余亦執蘭招魂 供酒祓除洗濯去垢 觴詠而敍情 拈韻探景 一帶長江 鏡波澄清 而風漪溶漾 沙鷗水鳥浮沈往來 四圍青山 峯巒重疊 草茂松靑而烟光縹緲 一望平原 延袤十餘里 春日暄妍 禽鳥和鳴 楊柳飄絮 桃李開花 展一幅畫屛 放舟江中 溯洄爲樂 烟

沈極浦 日斜長汀 涯岸弘闊 波濤不興 衿懷軒豁 怡若置身於滄溟之間 忘其
寓形宇內 勝景無邊 而詩不能記 畵不能摹 酒罷詩成而無罰觥 猶勝於前人
一唱而歸 日已夕矣

賞春詩集序
상춘시집서

　江南詩社(강남시사) 創社(창사) 이래로 여러 번 모여 禮(예)는 은근하고, 물
질은 부족했으나 情(정)은 두터워서 술 한 잔하며 읊어서 그윽한 심정을 풀어냄
을 옛 사람들보다 못하게 하고 싶지 않았다.

　매번 좋은 때 좋은 경치가 있으면 산에 오르고 물가에 나가 혹은 바둑 친구를
끌어당겨 신선처럼 바둑 두며 속세의 세월 감을 잊고, 혹은 詩(시) 짓는 짝을
머무르게 하여 옛사람의 韻(운)에 맞춰 읊으며 술병 속의 세상에 취했다. 風月
樓臺(풍월누대: 달빛 속에 바람 스치는 누대)와 煙霞泉石(연하천석: 아름다운 자연)
에서 精神(정신)을 펴 풀고 性情(성정)을 休養(휴양)하니, 구차하게 세력과 이
득만 추구하는 무리들은 天淵(천연: 자연의 섭리)[144]이 아닐 뿐이라 본다.

　만약 詩文(시문)을 책에 실어 후세 사람들이 우리네들이 오늘 노니는 것을
보고, 蘭亭(난정)과 香社(향사)[145] 사이는 된다 일컬어 주어 우리가 모임을 맺은
뜻을 져버리지 않게 되길 바란다. 그래서 시를 응모 받아 책을 만든 것이 여남
은 차례이다.

　社長(사장) 鶴皐(학고) 黃深淵(황심연) 님은 博學(박학)하고 시에 능하여,
퇴폐한 詩道(시도)를 다시 일으키고자 작년 가을에 '賞秋(상추)'라는 제목으로

---

144) 전 각주 133) 참조.
145) 蘭亭(난정)은 晉(진)나라 王羲之(왕희지)의 모임이고 香社(향사)는 唐(당)나라 白居易(백거
　　이)의 모임임.

시를 응모 받았고, 금년 봄에 또 '賞春(상춘)'이라는 제목으로 시를 응모 받았으니 모두 이득을 찾아서가 아니고, 깨어있는 선비의 마음을 불러서 詩道(시도)를 다시 일으켜 깜깜한 어둠 속에서 한 줄의 희미한 빛이라도 일으켜 세워보고자 함을 바래서이다.

사람이 萬物(만물)의 靈長(영장)이 되고 心(심: 마음)은 한 몸의 주인이 되니 모든 일의 부리가 되는 몸으로, 스스로 맑게 다 내려놓아 모든 이치가 다 구비되어 있다. 言(언: 말)이라는 것은 이 마음이 나타나는 것이요, 시라는 것은 이 말의 精華(정화)다. 그 나타남은 각각 다르고, 그 빛남도 같지 않으니 德(덕)에 근본을 둔 것은 그 뜻이 善(선)하고, 재능에 따라 지어진 것은 그 표현이 아름답다. 이리 선하고 아름다울 수 있으면, 詩道(시도)는 다 이루어진 것이다.

나는 본래 詩道(시도)가 쇠약해지고 희미해짐을 탄식하고 세상일이 옛 것을 잊음에 마음 아파하는 사람이다. 이제 詩題(시제)를 듣고 상춘의 시를 짓고자 몇몇 동지들과 남산 꼭대기에 올라 境內(경내) 사방을 굽어 바라보니 모든 산들이 아울러 빼어나 층층이 우뚝하고, 한강이 에둘러 흘러 푸른 물결이 출렁인다.

절기도 마침 3월이 반을 지난 이날에 天氣(천기)는 밝고도 맑으며, 부드러운 바람은 화창하고, 보리 이삭이 푸르게 넘실대니 바람은 온 들에 물결 일게 하고, 버들잎은 푸르게 화장하여 천 줄기 이슬에 젖어있다. 온갖 풀들이 다투어 빛나고 나무마다 꽃피니, 붉음은 더욱 붉어지고 푸르름은 더욱 담백하다. 바람에 하늘하늘 춤추는 것이 예쁜 것은 웃는 것 같고 흐느적거리는 것은 취한 것 같다. 꾀꼬리는 애초에 지저귐을 배웠고 나비는 이미 춤추니, 물 색과 산 빛이 모두 그림의 밑바탕이다. 새의 지저귐과 꽃향기가 모두 詩情(시정)이니, 황홀하기가 그림 속에 있는 것 같아 마음은 넓어지고 정신은 기쁘게 되니, 그 興(흥)이 무궁하여 술 마시며 회포를 풀고 시를 지어 경치를 그렸다.

돌아와 선비들이 투고한 시를 보니 이미 수백 편이 넘으니, 진정 소위 同病相憐(동병상련)이요 同聲相應(동성상응)이다.

뜻이 같은 사람이라도 같은 세대에 살지 않으면 친구가 될 수 없고, 같은 곳에 살지 않아도 친구가 될 수 없다. 이제 투고해 주신 여러 시 짓는 선비들과 같은 세대에 살고 또 같은 곳에 거주하나, 항상 진정 찾아보고 싶은 소원은 있으나 그 인연과 때를 얻지 못함이 항상 개탄스럽다.

다행히 상춘 시로 인해 자리는 함께 할 수 없더라도 회포를 같이 풀 수 있다. 그 굳센 글 솜씨를 보니 느끼는 바가 많아, 그 사실을 기록하여 그 일의 序(서)를 쓴다.

江南詩社 創社以來 會數而禮勤 物薄而情厚 觴詠而暢敍幽情 不欲多讓 於古人每良辰 淑景登山臨水 或引棋朋對仙局而忘世間之甲子 或留詩伴 次 古韻而醉壺裡之乾坤風月 樓坮烟霞泉石暢敍精神 休養性情 其視苟求勢利 之輩 不啻若天淵矣 若以詩文載冊 使後人觀吾儕今日之遊 而幷稱於蘭亭香 社之間 則庶不負結社之意 而募詩作冊十餘回矣 社長鶴皐黃深淵甫 以博學 能詩 欲復詩道之頹廢 昨秋題以賞秋募詩 今春又題以賞春募詩 皆非求利而 嗅醒士子之心 期復詩道而欲扶一線微陽於窮陰之時也 人爲萬物之靈長 而 心爲一身之主 萬事之根體 自虛明而衆理具焉 言者心之發也 詩者心之華也 其發各殊 故其華不同 本於德者 其旨善作於才者 其辭美能善而且美 則詩 之道盡矣 余本歎詩道之衰微 病世事之忘舊也 今聞詩題欲賦賞春之詩 與數 三同志 登南山之顚 俯瞰境內四方諸山 幷秀而層巒突兀 漢江迂廻而蒼浪翻 騰 節値三月春過半分是日也 天朗氣清 惠風和暢 麥穗綠漲 而風飜四郊之 濤 柳葉靑粧 曉浥千絲之露 百卉爭華 萬樹開花 深紅淡綠 舞風婆娑嫣者如 笑傲者 如醉鶯初學囀蝶 已試舞水色山光 皆畫本鳥語花香摠詩情 怳然如在 畫境 心曠神怡 其興無窮矣 飮酒以敍懷 題詩以寫景 而歸閱詩士之投稿 已 過數百篇之多 眞所謂同病相憐 同聲相應也 同志之人 生不幷世 不得以爲 友居不同域 則不得以爲友 今與投稿諸詩士 生幷世居同域 而常有識荊之願 而無御李之綠 常慨歎矣 幸因賞春詩 雖不得連席敍懷 然觀其健筆多感之餘 記其實而序其事

晦泉文集序

회천문집서

　文(문: 글)이라는 것은 道(도)를 관통하는 도구이다. 옛날 융성했던 시대에
는 道(도)로써 배움을 삼아서 文(문)은 본디 바랐다. 道(도)는 형태가 없으나
文(문)은 자취가 있어, 文(문)과 道(도)가 서로 합하여 잠시라도 떨어질 수 없
다. 中世(중세)에는 글이나 쓴다고 하는 선비들이 그 辭(사: 짜여진 글)를 대충
이해하고 글을 짜 맞추어 놓고 글이라 자랑할 뿐이었다. 마땅히 辭(사)는 理
(리: 이치) 함께 합해져서, 기교와 힘이 아울러 칭찬할만해야 제대로 됐다 할
수 있다.

　學者(학자)는 재주는 두루 있어도 俗(속)되게 흐르지 않아야 하고, 뜻이 높
아 세상에서 잊히지 않고, 널리 배워 道(도)에 위반되지 않아야 한편으로 치우
치지 않고 깊은 조예가 있는 사람이라 할 수 있다. 도에 뜻을 두고 時運(시운)을
얻어 도를 행하면, 當世(당세)에 大業(대업)을 이루고 시운을 얻지 못했으나
지조를 지키면, 글로 마음을 전해 우리의 도의 한 맥을 일으키게 된다.

　晦泉(회천) 馬長華(마장화) 옹은 文(문)이 쇠퇴한 이때에도 세상에 道(도)를
붙잡아 일으키려 하는 사람이다. 翁(옹)은 조선 초기의 長興府院君(장흥부원
군) 忠靖公(충정공) 馬天牧(마천목)의 후손이다. 嶺南(영남)에 살면서, 재주와
지혜가 뛰어나고 배움을 좋아했다. 深齋(심재) 曺競燮(조경섭) 공의 문하에 드
나들며 교유한 사람들이 모두 文學(문학)하는 선비들이다. 經傳(경전)의 심오
한 뜻에 모두 통달했고, 여러 역사서와 문집을 두루 섭렵했다. 성품도 공손하
고 검약하여 속되 것을 높여 익히지 않았다. 그 배움으로 삼음은 하늘과 사람
의 性命(성명)의 근원이요 날마다 지켜야 하는 윤리의 常道(상도)이니, 안으로
는 涵泳(함영: 자맥질하듯 자유자재로 찾음)하고 밖으로는 省察(성찰)하였다. 뜻
을 세움은 틀림이 없어 청렴하여 함부로 하지 않았고, 겸손하여 지킴이 있었
다. 나라를 걱정하는 마음은 天性(천성)에 뿌리를 두어 굽힘이 없었다. 뜻한
바는 나아감에 두어 俗人(속인)의 생각을 어여삐 여겨, 人情(인정)에서 나왔으

나 구태여 합치하려 하지는 않았다. 翁(옹)의 배움을 구해 씀으로서 文(문)과 道(도)가 서로 부합하고, 그 性理之說(성리지설: 유교 성리학의 이론)의 조리가 분명해지고, 詩(시)와 書(서)의 글의 체제가 법규에 맞게 되니 내가 미칠 바가 아니다.

나라의 運(운)이 다시 빛을 본 후에, 漢學(한학)으로 추천되어 중학교 선생님을 맡게 되니 後生(후생)을 지도한 지가 십수 년이다. 그 아들로 인해 서울에 살게 되면서, 나와 詩社(시사)에서 서로 만나게 되어 글 짓고 배우는 일에 종사하게 되니 情誼(정의)가 매우 돈독하다.

지은 바 詩文(시문)을 내게 보여주고 그 책 머리말을 지어달라 청하면서 이르기를 "내가 지은 글이 후세 아이들에게 남겨주기에는 부족함이 있으나, 썩어 없어지지 않게 하기 위해서는 公(공)이 꼭 머리말을 써주어야 합니다."라고 하였다. 내가 비록 그럴만한 사람이 되지는 못하지만, 서로 친한 友誼(우의)를 생각해서 한마디하지 않을 수 없으므로 사양하지 못하고 이리 쓴다.

文者貫道之器也 在昔盛時 以道爲學 而文固正矣 道無形而文有跡 文與道相合而不可須臾離也 其在中世操觚之士 粗解其辭 組織其文而已 當辭與理俱合巧 與力竝稱 斯可矣 學者才周而不流於俗 志高而不忘乎世 學博而不畔於道 可謂不偏而深造者也 志於道而得時行道 則大業成於當世 失時守操則以文傳心扶吾道之一脈 晦泉馬翁長華文衰之時 欲扶世道者也 翁長興人 國初長興府院君忠靖公諱天牧之後 世居嶺南 才慧穎而好學 出入於深齋趙空兢爕之門 所與交遊 皆是文學之士 經傳奧旨 皆曉而諸史文集無不涉獵 性又恭儉 不以俗尙爲習 其爲學也 天人性命之源 日用彝倫之常涵泳乎內 而省察乎外 立志不差廉而不劌 謙而有執 憂國之心 根於天性而不枉志以來 進憫俗之意 出入於人情 而不苟合以求用 翁之學文與道而相合 其性理之說 條理分明 詩書之文 體制合規 非吾之所及也 國運光復後 以漢學薦授中學校師指導 後生十數年 因胤君而寓京 與余相逢又詩社 從事于詞章之學 情誼甚篤而以所作詩文示余 而請其弁卷之文曰 余之所作 不

足以遺後 兒輩欲圖不朽 公須敍之 余雖非其人相親之誼 不可無言 故不辭
而爲之敍

寒食日登山詩序
한식일등산시서

介子推(개자추)가 晉文公(진문공)을 따라 나라 밖으로 도망쳤다 뜻을 이루
고 제 나라로 돌아와서 狐偃(호언)[146]이 으뜸 功(공)의 자리를 차지했다는 말
을 듣고는 그와 같은 반열에 있기를 더럽게 여겨 이르기를 "남의 재물을 훔치
는 것을 도둑이라 하거늘, 하물며 하늘의 功(공)을 자기의 공으로 하려는 자임
에랴!"라고 하고는, 어머니를 업고 綿山(면산)에 숨었다. 진문공이 나오라 요
구하였으나 나오지 않자 그 산을 불태우니, 개자추는 나무를 얼싸안고 죽었
다. 진문공이 이 산에 작위를 봉해주어 介山(개산)이라 부르고 이로 인해 불
때 음식 짓는 것을 금지하였으므로 寒食(한식)이라 부르니, 동지로부터 105일
뒤이다. 唐(당)나라 開元(개원) 연간에 황제의 칙명으로 관리와 서민들의 집
에서 墓(묘)에 올라 배알하고 청소하도록 허락하니, 우리나라 또한 이날에 墓
(묘)에 간다.

내가 고향을 떠나 서울에 붙어살게 된 이래로 해마다 산소에 가서 배알하고
성묘할 수가 없어서 자못 감회가 많아, 木覓山(목멱산: 남산)에 올라 남쪽으로
고향 산을 바라보며 배알하고 사온 술을 마시며 감회를 풀었다.

산꼭대기 팔각정에 앉으니, 긴 강이 동에서 서로 흐르는데 큰 자라와 교룡이
굴을 파고 물고기와 작은 자라가 나왔다 들어갔다 한다. 굽이져 가로질러 흐르
는 것이 황홀하기가 은 빛 무지개 아래 늘어진 玉龍(옥룡)같이 천 길을 노 저어

---

146) 앞의 介子推(개자추)와 여기의 狐偃(호언)은 모두 晉文公(진문공)의 신하이다.

노닌다. 큰 산의 뒤는 화려하고, 앞의 고개와 산등성이들은 언덕 벽을 병풍처럼 둘러싸 깎아지른 듯이 허리 숙여 인사하는 것이 마치 大鵬(대붕: 전설상의 큰 새)이 날개를 드리우고 靑鶴(청학)이 모여 나는 것 같다. 동북쪽에 우뚝 푸르름을 모아 서있는 것은 三角山(삼각산)이요, 서남쪽에 으스대며 높이 솟은 것은 冠岳峰(관악봉)이다. 큰 저자가 百里(백리) 평지에 고리 지어 열려있고, 가운데에 漢江(한강)의 구역을 안아 百萬(백만) 가구를 품고 있다. 상업지구와 공업지구를 나누어 열어, 높고 큰 건물들이 가로세로 사방으로 낭하의 허리는 구불구불 돌고 처마는 삐죽이 높이 솟아 봉황새가 춤추고 이무기가 올라가는 것 같다. 시원한 마루와 따뜻한 방들이 비늘처럼 차곡차곡 즐비하여, 금빛을 내뿜는다. 진기한 나무와 기이한 풀들 이름난 꽃들이 향기를 퍼뜨리며 그늘을 펼쳐, 다투어 아름다움을 뽐낸다.

四民(사민: 사농공상)의 생애는 호화로움을 숭상하여 아롱진 비단 좌석에 피리소리 북소리 울려대고, 낙타 등이나 곰 발바닥도 물리면 뱉어버린다. 사는 곳은 반드시 화려해야 하고, 먹는 것은 반드시 맛이 있어야 해서 눈으로 보고 귀로 들어 노는 것을 할 수 있는 데까지 해서, 꾸밈의 사치를 과시한다. 근래 서양의 물질문명이 동양에서도 성행해서 기술과 예술이 서로 도우니, 비행기와 철도가 산을 넘고 바다를 건너 삽시간에 천릿길을 통해 서로 오감을 이웃처럼 한다. 전화의 전파가 형체를 감추고 그림자를 희롱하여 잠깐 동안에 萬國(만국)의 말을 전하여 같은 자리에 있는 것처럼 통화할 수 있으니 진정 좋은 세상이다. 단, 民俗(민속)이 功利(공리)만 귀하게 여기고 仁義(인의)는 천하게 여기니, 이것이 개탄하는 바일 뿐이다.

산은 기이하고 물은 맑아 봄날에 아름다움을 뽐내고, 온갖 풀들이 아래에서 화려함을 다투고 뭇 새들은 위에서 서로 부른다. 목련은 하얀색을 토해내고, 개나리는 노랗게 흔들리며, 수양버들은 푸르게 번득이며, 진달래는 붉은 꽃 터뜨리며 이슬을 머금어 아름답게 바람 맞아 하늘하늘 춤춘다. 예쁜 것은 웃는 것 같고, 흔들리는 것은 취한 것 같이 맑은 향기가 펄펄 날리고, 푸른 그림자가 꽉 들어차 있다. 그 사이에 벌은 노래하고 나비는 춤추니, 진정 아름답고 맑은 풍경이다. 도시의 남녀들이 옷깃을 연잇고 어깨를 나란히 해 꽃을 찾고 버들을 따르니, 날씬날씬한 자태와 빼어난 형상이 혹은 노래하고 혹은 춤춘다. 붉은 치마가 땅을 쓸고 푸른 옷소매가 바람에 휘날리니, 반은 웃고 반은 찡그려 봄 마음이 호탕하다.

　예와 지금을 굽어보고 우러러보니, 天時(천시)나 人事(인사)의 융성함이 전보다 백배나 되니 진정 陽春(양춘: 새봄)이 아름다운 풍경으로 나를 부르는 것이다. 그 보고 들음에 놀라운 情景(정경)이 神(신)의 경지에 들어선 화가의 손과 하늘에 오르는 용의 솜씨를 지닌 뛰어난 문장가가 아니면 그 眞景(진경)을 그려내기 어려우나, 졸렬한 재주를 돌아보지 않고 위와 같이 쓴다.

　介子推從晉文公出奔 及得意回國 聽狐偃居元功之語 恥居其列曰 竊人之財 謂之盜而況貪天之功 以爲己功乎 負母而隱綿山 文公求不得 焚其山 子推抱木而死 公封其山曰介山 由此而禁此日烟炊 故稱寒食 冬至後一百五日也 唐開元中 勅士庶家許上墓拜掃 我國亦此日上墓 而余自鄕寓京以來 不能年年拜掃 偏多感懷 上木覓山南望鄕山而望拜 沽酒消懷 坐山頂八角亭一帶 長江自東而西來 鼂蛟作窟 魚鼈出沒 屈曲橫流 怳若銀虹下垂 玉龍掉遊 千仞巨岳 後華前峙 岡巒屏圍 崖壁削立 拱揖如大鵬 垂翼靑鶴 斂翔屹然攢靑于東北者 卽三角山也 巍乎聳碧于西南者 卽冠岳峰也 大市平開 環百里之地 而中包漢江之域 擁百萬之戶 而分設商工之街 層樓傑閣 縱橫四方 廊腰縵廻 簷牙高啄 鳳舞螭起 凉軒燠室 鱗錯櫛比輝映金 珍木異卉 名花佳葩 敷香而布陰 爭姸競媚 四民生涯尙豪華 玳筵綺席 笙歌鼓吹 馳峰熊掌 厭飮唾棄 居必華屋 食必兼味 極耳目之娛 誇服餙之奢 近來西洋物質文明 盛行于東 技藝相尙 飛機走轍 越山渡海 數時之間 能通千里之路 互相往來如近隣 金線電波 潛形弄影 須臾之間 能傳萬國之語 互相通話如同席 眞好世界而但民俗貴功利賤仁義 是所慨歎者也而已 山奇而水淸 春日暄姸 百卉爭華于下 禽鳥相呼于上 木蓮吐白華莘芺揚黃 楊柳翻碧 杜鵑綻紅 含露嬋娟 舞鳳婆娑嬀者 如笑傲者 如醉淸香 霏霏翠影 粼粼蜂歌 蝶舞於其間 眞是佳麗

之景 都中士女 連衿比肩 訪花隨柳 綽約之態 表逸之像 或歌或舞 紅裙拂地
翠袖飄風 半笑半嚬 春心浩蕩 俯仰古今 天時人事之盛況 百倍於前 眞所謂
陽春召我以烟景也 其駴矚驚耳之情景 若非入神之畵 手騰蛺之詞宗 則難摹
其眞矣 不顧才拙 略記如右

南怡島詩序
남이도시서

　壬戌(임술: 1982)년 춘삼월에 경노당 여러 사람들과 남이섬 관광 여행을 했
다. 佳人(가인)[147] 또한 참여했다. 나는 가지 않으려 했으나, 친구 한 명이 가기
를 권하며 말하기를 "뜬구름 인생이 꿈과 같은데 즐겨 놀 수 있는 것이 몇 번이
나 되겠는가? 하물며 새봄이 나를 아름다운 경치로 부르고 대자연이 나에게
文章(문장) 능력을 빌려주었음에랴!'라고 한 것이 李白(이백)의 말인데 이미
새봄도 맞았고, 그대는 또 문장도 있으며, 나이도 80이 넘었는데 어찌 같이
놀러 가서 그윽한 심정을 펴보지 않는가?"라고 하였다. 나는 본래 산과 들로
나다니는 버릇이 있어, 그런 모임에 또한 참여했고 별 계획 없이 가벼운 차림으
로 혹은 산에 올라 꽃을 찾아보고, 혹은 물가에 나가 물고기를 바라봤다. 노래
하며 거닐어 근심을 삭이고, 앉아서 읊으며 심정을 펴니 내 삶에 즐기는 바가
그 외에 그리 많지는 않다.

　차로 달려가서 배를 타고 그 섬에 들어가니 南怡(남이)의 무덤이 그곳에 있
어, 그 이름을 얻었다. 南怡(남이)는 宜山君(의산군) 南暉(남휘)의 아들이고
太宗(태종)의 외손이다. 용모가 크고 씩씩하게 훌륭하며, 어디에 매이는 바가
없었다. 어린 시절에 거리에서 놀다가 여자 귀신이 좌의정 權擥(권람)의 집에

---

147) 어느 분인지 불명.

들어가는 것을 보고, 그 집에 따라 들어가 그 넷째 딸의 생명을 구했다. 권람이 기이하게 여겨 그의 딸과 定婚(정혼)을 하려고 점쟁이에게 점을 치게 했다. 점쟁이가 이르기를 "이 사람은 반드시 죄를 받아 죽을 것입니다."라고 하였다. 다시 그 딸의 운명을 점치게 하니, 이르기를 "명이 아주 짧고 또 아이도 없습니다. 그러니 福(복)은 응당 누리고, 禍(화)는 살아서는 당하지 않습니다."라고 하였다. 권람이 이에 사위로 삼았다. 17살에 武科(무과)에 壯元及第(장원급제) 하여 世祖(세조)의 총애를 입었다. 驍勇(효용: 날래고 용맹함)이 絶倫(절륜)하여 北(북)으로는 李施愛(이시애)를 토벌하고, 西(서)로는 建州(건주)의 衛(위)를 정벌하는 데 모두 선봉에 서서 힘써 싸워 공을 세워, 일등공신 공훈을 책봉 받았다. 回軍(회군)할 때 시를 지어 이르기를

백두산 돌은 칼을 갈아 다 닳게 하고
두만강 물은 말이 마시게 하여 다 마르게 하네
男兒(남아) 스무 살에 나라를 평안케 못하면
후세에 어찌 대장부라 일컬으리오

라고 하였으니, 氣槪(기개)가 매우 웅장했다. 병조판서에 임명되니, 나이가 스물여섯이었다. 세조가 돌아가시고 睿宗(예종)이 즉위하실 때 彗星(혜성)이 보였다. 마침 南怡(남이)가 궁중에서 숙직을 하며 다른 사람들과 혜성에 대해 얘기했는데, 이내 옛 것을 없애고 새로운 것을 펼치는 표상이라 하였다. 柳子光(유자광)이 이를 훔쳐 듣고, 그 말을 부연해서 허구로 날조해 남이가 謀反(모반)했다고 고발하여 증거가 이루어져 연좌되어 죽임을 당하니, 스물여덟 살때이다. 권람의 딸은 그보다 몇 년 전에 죽었으니, 점쟁이의 말이 과연 징험이 있었다.

　一帶長江(일대장강: 한 줄기 긴 강)이 에돌아 흘러 푸른 물결이 번득이고, 물새와 해오라기가 날개 퍼덕여 모래톱에 모이고, 물고기와 새우는 배 밑에서 발랄하다. 양쪽 강 언덕으로는 푸른 산이 높고 낮게 봉우리들을 층층이 겹쳐 구름 사이로 내보이고, 언덕 위에는 꽃들과 버드나무가 붉고 푸르다. 꿩과 제비

가 수풀 사이를 오가고, 어부는 물결을 거슬러 배 저어 지나가고, 나무꾼은 나뭇짐 지고 사라진다. 아침에 햇살 비추고 저녁에 어스름해지며 변하는 모습은 눈 부릅뜨고 볼 수 있는 데까지 다 봐야 하지 않은 것이 없다. 이에 붉은 치마 푸른 저고리 뭇 사람들이 시끌벅적 맞이하고 보내는 사이에, 술 한 잔 하며 시를 읊으면서 백 리 밖까지 모든 풍경을 다 보니 피리 소리와 노래 소리가 어울려 울리고, 술잔이 오가며, 노래 소리가 바람을 타고, 나는 듯 춤추는 소맷자락은 바람에 나부껴서 초연하게 스스로 얻는 풍취에 뼛속까지 취하여 마음이 흥청거림을 깨닫지 못한다.

신선의 경지에 들어선 화가의 손이 아니고 하늘을 나는 용 같은 문장 솜씨가 아니면 이 정경을 비슷하게라도 그려낼 수가 없구나!

壬戌之春三月 與敬老堂諸人 作南怡島觀光之行 佳人亦參 余欲不參 有一友勸之曰 浮生若夢 爲歡幾何 況陽春召我以烟景 大塊假我以文章 此是李白之語 而旣逢陽春 君有文章 年過八耋 何不同遊暢敍幽情乎 余本有山水之癖 亦參其會 短策輕裝 或登山而訪花 或臨水而觀魚 行歌而消愁 坐吟而敍情 吾生所樂 不幾何矣 馳車而去 汎舟而入 其島南怡之葬在此而得名 南怡宜山君暉子 太宗外孫也 魁偉不羈 幼時遊街上 見女鬼入左相權擘之家 隨鬼而入其家 救其第四女之命 擘奇之欲定婚 命求卜者卜之曰 是人必罪死 更卜其女之命曰 極短且無子 當享其福而不見其禍 擘爲婿 怡年十七魁武科 被世祖寵遇 怡驍勇絶倫 北討李施愛 西征建州衛 皆先登力戰有功 策勳一等 回軍時有詩曰 白頭山石磨刀盡 豆滿江水飮馬無 南兒二十未平國 後世誰稱大丈夫 其氣槪甚壯 拜兵曹判書 時年二十六 世祖昇遐睿宗卽位時彗星見 適怡直宿禁中 餘人論彗 乃除舊布新之象 柳子光竊聽之 因敷演其言 搆捏告怡謀反徵成而坐誅 時年二十八 擘女先死數年前 卜者之言果驗矣 一帶長江迂迴而蒼浪翻騰 鷗鷺翔集於洲上 魚蝦潑剌於船底 兩岸靑山高低 而層巒疊出雲間 花柳紅綠於岸上 雉燕往來於林間 漁父逆舟而過 樵子荷擔而去 朝暉夕陰之變態 無非駭矚 盈視於是 紅裙翠衫 喧聒於迎

送之間 而酌酒吟詩 眼窮百里 收拾百景 笙歌幷奏 獻酬交錯 歌聲迎風 而
飛舞袖飄風 而擧其超然自得之趣 不覺骨醉而心醺 非入神之畫手 騰蛟之
詞宗 則不能摹其彷彿矣

玉泉庵詩序
옥천암시서

옛사람이 한 일을 책에서 보고 따라 하려 하기보다는 그 사람들이 살던 곳을
찾아가 그 남긴 풍취를 상상해 보는 것이 낫고, 아름다운 경치의 산과 내의
형세를 길에서 얻어 듣고 멀리서 상상하기보다는 직접 그곳에 가서 노닐어 보
고 그 경치를 모두 담아 보는 것이 낫다. 사람이 사는 곳이 다르면 즐기는 것도
다르다. 산 과 숲은 은둔하는 사람들의 즐기는 바요, 좋은 집과 멋진 옷의 富貴
(부귀)는 영화를 탐하는 자들의 즐기는 바다. 피어남과 시듦이 비록 다르더라도
좋은 것을 보고 들어 즐기는 것과 마음에 뜻하는 대로 즐기는 것이 마음먹은
대로 되지 않는 것이 없다면 또 무엇을 더 구하겠는가! 舜(순)임금의 신하 夔
(기)와 龍(용)은 언덕이나 골짜기에 숨지 않았고, 堯(요)임금이 나라를 물려주
려 한 許由(허유)와 巢父(소보)는 세상에 영달하기를 원치 않았던 것이 바로
이 때문이다.

나는 본래 산과 물을 좋아하는 버릇이 있어 江山(강산)을 두루 돌아다니며,
壯觀(장관)을 보고는 회포를 넓히고, 先賢(선현)이 남기신 옛터를 보고는 우러
러 흠모하는 감정을 어려서부터 늙을 때까지 펼쳤다.

어렸을 때 한 나그네가 와서 말하기를 "옛사람의 詩(시)에 '千年石佛水聲(천
년석불수성: 천년 묵은 돌부처에 물소리)' 다음에 한 글자가 빠졌는데, 무슨 글자가
좋은가?" 하니, 앉아있던 사람들이 각각 말했으나 맞지 않았다. 맞는 글자는
聾(롱: 귀머거리)이었다. ─천 년이나 앉아있는 돌부처가 물소리에 귀먹었다는 뜻.─ 50년

전에 洗劍亭(세검정)을 지나는데, 아래 냇가에 돌부처가 있어 앞서 말한 글귀와 비슷하니 이상한 일이다 하였다.

올해 봄에 다시 돌부처를 찾아보았다. 세검정으로부터 石佛(석불)까지의 사이에 두 시냇물이 합쳐 흘러, 玉(옥)구슬로 양치하고 모래로 쌀 이는 듯하다. 천 개도 넘는 바위가 나뉘어 줄 서서 기이함을 다투고, 바위가 끊어진 곳엔 절벽을 이룬다. 물이 절벽에 뿌려져 기우는 해에 흰 무지개 일고, 흩어지는 물방울은 구슬 튀듯 한다. 높은 소나무가 그 위에 그늘을 지우고, 바위를 끼고 있는 것은 모두 개나리와 진달래와 단풍잎이니 붉고 푸르름이 번갈아 비친다. 냇가에 한 길도 넘는 커다란 바위가 서있는데, 觀音普薩(관음보살)이라고 도드라지게 새겨있다. 앉아있는 불상에는 하얀 분칠을 했고 위에는 기와로 덮었으니, 普渡閣(보도각)이라 하고 세상에서는 玉泉庵(옥천암) 白佛(백불: 흰 부처)이라 부른다. 新羅(신라) 때의 義藏寺(의장사) 터에 있으니, 아마도 신라 때 새긴 글자인 것 같다. 이제 그 위에 새로 단청을 칠하고, 또 玉泉庵(옥천암)을 지었다. 위에 修德殿(수덕전)이 있고, 아래에 僧舍(승사: 중들의 생활공간)가 있으니 지난해에 지은 것이다. 겹쳐진 산 형세가 지는 해를 띠고 높고 낮으며, 어렴풋이 넓은 나무 색깔은 대낮 안개를 품어 들쭉날쭉하다. 담은 회 칠하여 높이 빛나고, 단청한 누각은 높이 솟아 화려하고, 창문에 주렴은 햇빛에 은은히 비치니 영롱하고 장엄하여, 먼지 한 점 들어오지 않는다. 바람에 나부끼는 것이 마치 몸이 반 공중에 떠서 아래를 굽어보는 것 같다.

때는 늦은 봄이라 아름다운 나무들이 줄을 지어 사양에 비쳐 늘어지니, 푸른 장막에 기이한 꽃들이 흐드러지게 피어 봄바람을 띠고 붉은 비단을 번득인다. 벌 나비가 그 사이에 무리 지어 모이니, 아름다움 찾아온 이들이 푸르름에 젖는다. 놀러 온 사람들이 혹은 앉아있고 혹은 걷고 있고, 반은 깨어있고 반은 취해있어 질탕하게 노래 부르는 소리가 푸른 하늘에 쨍쨍 울린다. 연이어 춤추는 그림자가 부드러운 바람에 흐느적대는데, 僧侶(승려)는 삽살개 눈썹에 푸른 눈을 하고, 검은 오딧물 상의에 노란 국화 하의를 입고 설법을 전하니 禮佛(예불)하는 사람들이 적지 않다.

내가 이를 대해보니, 산은 더욱 좋고 물은 더욱 아름다워 情(정)을 품지 않은 것이 없어 모습이 앞뒤로 아름다우니, 예전에 들은 것보다 훨씬 낫다. 마침 시 짓는 사람들이 몇이 있어, 같이 어울려 푸른 그늘 아래 자리를 깔고 서로 술잔을 주고받으며, 푸른 대나무 사이로 번갈아 일어나 춤추며, 다시 겸하여 노래 부르니 情景(정경)을 흐뭇하게 즐기는 사이에, 날이 이미 저문 것도 몰라 달빛을 띠고 집으로 돌아왔다.

觀古人事業於方冊之間 而尙友焉 不如尋居處之地 而想其遺風聞山川形勝於道聽之說 而遐想焉 不如登臨之遊 而盡收其景也 人之所處不同 則所樂亦不同 山林肥遯淡泊者之所樂 軒冕富貴貪榮者之所樂 榮枯雖殊 悅耳目之所好 享心志之所樂 無不如意 何事求於外乎 夒龍不丘壑 巢許不冠冕是也 余本淡泊者 有山水之癖 周遊江山而增壯觀之懷 歷覽先賢遺墟 敍仰慕之感 自少至老矣 幼時有客來言古人詩 有千年石佛水聲下 缺一字置何字可乎 座上各言而不合 卽聾字也 五十年前 過洗劍亭下有石佛立于溪上 與前句語相似異哉 今春更訪石佛 自洗劍亭至石佛之間 兩溪合流而漱玉淘沙 千岩分列 而爭奇 斷岩成厓水灑 崖角而白虹 斜日散沫如跳珠 長松交蔭於上 挾 岩皆是莘荑杜鵑楓葉 而翠紅交映 溪上有丈餘巨岩立 而陽刻觀音菩薩坐像施以白粉 蓋屋以瓦扁 楣曰普渡閣 世稱玉泉庵 白佛而在於新羅時義藏寺址 則似是新羅時所刻也 今新施丹靑其上 又建玉泉庵 上有修德殿 下有僧舍 去年所建也 重複山勢帶斜陽 而高低迷茫 樹色含午烟而參差 粉墻高而照耀 畵閣聳而華麗 簾旌隱映 窓戶玲瓏而莊嚴 點塵不到 飄飄然若身在半空俯視地上也 時値暮春 嘉木成行映斜陽而垂翠幕 奇花爛開帶春風 而翻紅錦蜂蝶 群集於其間 尋芳遊子 拾翠佳人 或坐或步 半醒半醉 迭蕩歌聲 嘹喨於碧空 聯翩舞影 飄揚於和風 僧侶以尨眉碧眼 衣棋袍菊裳 迎送而傳法禮佛者不少 余到此而觀則山益佳而水益美 莫不含情作態 媚嫵於前後 勝於舊聞 適有騷客數人 同伴而設席於淸陰之下 左右獻酌 盃盤交錯 絲竹間作 迭起而舞蹈 更兼歌詠 怡愉情景 不知日已暮 而帶月還家

大淸湖序

대청호서

내가 일찍이 山水(산수)에 노닐기 좋아하여, 별 계획 없이 가벼운 차림으로 혹은 산에 들어가 꽃을 찾으니, 구름 낀 푸르고 푸른 산과 깊고 그윽한 계곡과 졸졸 흐르는 시냇물을 에둘러 나오기도 하고 혹은 물가에 이르러 물고기를 보니, 깊숙한 물굽이가 사방을 둘러싸 호수를 만들어 돛 단 구름이 그 위를 가볍게 가로 세로로 떠다니고, 모래밭에 물새들이 한가롭게 날아 모였다 흩어졌다 한다. 노래 부르고 다녀 호탕해지고, 앉아서는 興(흥)이 나서 마다 않고 놀러 가서 구경하는 즐거움을 詩(시)로 읊는다. 구름 사이로 소요하는 것처럼 떠도니, 뜬구름 인생에 行樂(행락: 즐겁게 노님)이 몇 번이나 되는가? 江山(강산)은 아름다운 경치로 나를 부르고, 친구는 좋은 인연으로 나를 일으키니 어찌 노닐며 구경하지 않겠는가!

壬辰(임진: 1952)년 봄에 雲坡(운파) 鄭明奎(정명규)와 化日津(화일진)에서 노닐며 배를 물 가운데로 띄웠다. 뱃전을 두드리며 노래하고 할 일 제쳐두고 詩(시)를 지으며, 石逕(석경)을 경유하여 塔山里(탑산리)에 이르러 친구 金洪德(김홍덕)을 찾았다. 대대로 내려온 정의를 익히고, 沖庵(충암) 金淨(김정) 선생의 묘에 배알했다.

선생은 中宗(중종) 임금 때 文科(문과) 과거에 장원급제하여 湖堂官(호당관)으로 뽑혔고, 刑曹判書(형조판서)에까지 이르렀다. 어머니 섬기기에 지극히 효도했고, 文章(문장)은 中庸(중용)과 大學(대학)에 근본을 두었다. 訥齋(눌재) 朴詳(박상) 선생과 함께 愼妃(신비)[148]의 復位(복위)를 上疏(상소)했고 靜庵(정암) 趙光祖(조광조) 선생과 뜻과 길을 합쳐 같이하여 제대로 다스려지는 세상이 돌아오도록 기약했다가 반대로 간신배 무리의 해를 입었다. 己卯(기묘)년에 곤장을 맞고 錦山(금산)으로 유배를 가는데 도중에 병든 어머니를 보러 갔다가

---

148) 中宗反正(중종반정) 후 바로 왕비에서 폐위된 愼守勤(신수근)의 딸.

미처 돌아오지 못해 유배의 명령을 어기게 됐는데, 일이 발각되어 獄(옥)에 갇히게 되었다. 옷을 찢어 상소를 올리니 죽을죄를 감해 제주도에 안치되었다가 辛巳(신사)년에 결국 사약을 받아 죽었다. 諡號(시호)는 文簡(문간)이다. 그 부인 宋(송) 씨는 선생이 화를 입은 후 늙은 시어머니가 집에 계심으로 차마 따라 죽지 못하다가, 시어머니가 돌아가신 후 8일에 먹기를 끊어 따라 돌아가시니 旌閭(정려)가 마을의 楚江(초강) 가에 있다.

化日津(화일진)에서 오다 보면 塔峰(탑봉)이 물가에 우뚝 서있으니 바로 滄丘(창구)이다. 위에 작은 塔(탑) 및 물웅덩이가 있어 멀리는 넓은 강을 비추고, 가까이는 산 빛을 끌어안는다. 붉은 꽃이 강둑에 비 내리는 것처럼 흩어지고, 버드나무 늘어선 물가에는 녹음이 깊다. 노 젓는 뱃노래가 위아래로 서로 접하고, 물고기 은비늘이 강물 속에 스스로 즐기니 광경이 맑고도 아름다운데, 滄丘(창구)에 아직도 정자 하나 지어지지 않은 것이 안타깝다. 楚江(초강)을 건너 花溪山(화계산)에 이르니, 아름다운 호수로부터 장막이 열려 마을을 끌어안으니 맑고도 빼어나다. 강은 金谷(금곡)을 따라 에둘러 흘러 둘레를 껴안아 깊어졌다 다시 넓어지니 몇 리나 되나 맑은 모래가 밝기가 눈과 같고, 늙은 소나무가 마을을 보호한다.

친구 吳在德(오재덕)을 찾아 약속한대로 하룻밤을 자고, 강을 따라 5리를 가니 荊江村(형강촌)이 있은즉 楚江(초강)의 하류이다. 文義(문의)읍에서 오다 보면 높고 낮은 산기슭이 강을 향해 나뉘어 줄져있고, 크고 작은 마을들이 산을 의지하여 산재해있다. 동쪽과 서쪽의 절벽에는 꽃들이 활짝 펴있고 사람 없는 물가에는 버드나무가 늘어져 푸르름과 붉음이 서로 교차한다. 맑은 모래와 흰 돌 사이로 물이 흐르니, 한가한 사람이 쉬어 살만한 곳임에 틀림없다. 옛날에 桂潭(계담) 鄭復(정복) 공이 이곳에 비로소 살기 시작하였다. 일찍이 기미를 알아채셔서 參議(참의) 官職(관직)에서 사퇴하셔 고향으로 돌아오시니, 乙巳士禍(을사사화)를 면하셨다. 지금도 그 후손이 부근에 나뉘어 산다.

물가를 따라 廣院村(광원촌)에 이르러 石逕(석경)을 경유하여 懸岩寺(현암사)에 오르니, 절은 백 길이나 높은 절벽 위에 있다. 荊江(형강)이 아래에 에돌아 흐르니 위로는 구름 속 하늘 북두칠성까지 찔러 기댈 만하고, 아래로는 파도를 눌러 물고기와 새우를 볼 수 있다. 옛사람이 "僧語落漁船(승어낙어선)"—중의 말이 고깃배로 떨어진다—라는 구절을 두고 對句(대구)를 찾았으나, 세상 사람들이 대지 못했는데, 나는 "波聲上佛殿(파성상불전)"—물결 소리가 부처님전으로 올라간다—라 하고 싶다. 절 뒤에 돌구멍이 있는데 세상에 전해지기를, 중이 몹시 가난하여 하루 살기가 어려웠다. 하루는 돌구멍 속에 하루치 먹을 쌀이 흘러나오는 것을 보고 매일 이 쌀을 취해 연명했는데 어느 날 갑자기 탐욕의 마음이 생겨 지팡이로 구멍을 뚫으니, 쌀은 영원히 나오지 않고 바람만 나온다라고 한다. 지금은 그래서 風穴(풍혈: 바람구멍)이라 부르니 그윽한 꽃과 늙은 소나무가 절벽에 거꾸로 드리워지고, 조각배와 쌍쌍이 나는 물새가 잔잔한 물결을 서로 쫓는다.

그 후 乙卯(을묘: 1975)년에 정부가 德留里(덕유리)에 호수를 짓기 시작하여 庚申(경신: 1980)년에 완공하였으니 깊기는 安東湖(안동호)보다 깊고, 길기는 昭陽湖(소양호)보다 길어 물이 주는 이익이 매우 많다. 아래에 五佳里(오가리)가 있은즉 錦江(금강)의 하류이다. 마을이 五佳(오가: 다섯 가지 아름다움)라는 이름을 얻게 된 것은 강이 아름답고, 석양이 아름답고, 산의 형세가 아름답고, 바위에 매달린 절—懸岩寺(현암사)—이 아름답고, 단풍이 아름다워서 이로 인해 이름이 되었다 한다. 부근에 八角亭(팔각정)을 지었다.

부근 南溪里(남계리)에 水越峙(수월치: 물이 넘는 고개)가 있다. 천 년 전 高僧(고승) 靜眞國師(국사)가 널리 절의 터를 구하다 이곳에 이르러 절터를 정했는데, 꿈에 물이 고개를 넘어와 마을이 물에 잠겨 떠내려갔다. 꿈에서 깨어 이르기를 "천 년 후에 이 땅이 물에 잠길 것이다."라 하였다 한다. 물이 마을 뒤 산을 넘어 이곳에까지 이르니, 그 말이 빈말이 아닌가 보다.

壬戌(임술: 1982)년 봄 고향 가는 길에 우연히 詩會(시회)에 참석하게 되어, 호수 안에서 배 띄워 놀고 다시 팔각정 위에서 쉬게 되었다. 밝은 모래가 펼쳐지고, 진달래는 붉게 번득이고, 물고기와 새우는 물결 속에서 희롱한다. 굽어보면 긴 강이 흰 비단처럼 가로지르고, 우러러보면 푸른 산이 둘러쳐져 있어 그림 병풍 같다. 실로 직접 가서 보기에 적합한 곳으로, 산과 물의 즐거움이 모두 갖추어져 있으니 하늘이 만들어낸 기이함이 아니요 사람이 만들어낸 묘한 풍경으로 감탄하지 않을 수 없다.

余嘗有山水之癖 短策輕裝 或入山而訪花 雲山蒼蒼 洞壑幽邃 溪澗迂廻 或臨水而觀魚 奧灣四圍而作湖 雲帆輕飄而縱橫沙鷗閒飛 而翠散行 放歌 以浩蕩 坐吟詩以興幽 枉遊觀之樂 飄乎如雲間之逍遙 浮生行樂能幾時 江 山召我以勝景 朋友起我以佳緣 何不遊觀乎 壬辰春 與鄭雲坡明奎 遊化日 津 放舟中流 扣舷呼歌 橫槊賦詩 更由石逕至塔山里 訪金友洪德 講世誼 拜冲庵金先生淨之墓 先生中宗朝 魁文科 選湖堂 官至刑曹判書 事母至孝 文章本於庸學 與訥齋朴先生詳 上疏請復愼妃與靜庵趙先生光祖 志同道合 期回至治 反被群奸之害 己卯秋配錦山 往見病母 未及還有移配命 事覺下 獄 裂衣上疏 減死安置于濟州 辛巳竟賜死 諡文簡 夫人宋氏 先生被禍後 以老姑在堂 不忍下從而姑歿後 八日絶食 下從旌閭在村傍楚江 自化日津 而來 塔峰聳其渚卽滄丘 上有小塔及窪樽 遠照江灝而近把山光紅雨 散於 花塢 綠陰於柳汀 棹歌相接於上下 銀鱗自樂於中流 景光明媚而尙未建亭 於滄丘可惜也 渡楚江至花溪山 自佳湖開帳 抱村而明且秀 江從金谷紆廻 抱郭 而深復闊數里 晴沙明如雪 老松護洞 訪吳友在德有契 歇宿一夜 隨江 而行五里 有荊江村 卽楚江下流 自文義邑而來 高低山麓 向江而分列 大小 村落 依山而散 在東西絶壁 花開空汀 柳垂翠紅 相交晴沙 白石水流 其間 可爲閒人棲息之所 昔桂潭鄭公復始居於此 嘗有知機 以參議辭官 歸鄕免 乙巳禍 今其後孫分居附近 隨渚至廣院村 由石逕而登懸岩寺 寺在百丈絶 壁上 荊江彎廻于下 上干雲霄星斗可倚 下壓波濤魚蝦可見 古人有僧語落 漁船之句 而世無其對句 余和曰 波聲上佛殿寺 後有石穴 世傳僧甚貧難活 一日見石穴中流出一日之粮米 每日取米延命 一日忽生貪心 以杖穿穴米 永不出而風出 今稱風穴 幽花老松 倒垂於絶壁 扁舟雙鷗 相逐于平波 其後 乙卯政府始設大淸湖於德留里 至庚申完功 深過於安東湖 長過於昭陽湖

水利甚多 下有五佳里 卽錦江下流也 里名有五佳之稱 江佳夕陽佳山勢佳
懸寺佳丹楓佳 因此爲名 附近建八角亭 附近南溪里有水越峙 千年前有高
僧靜眞國師 廣求寺址而至此定寺址 而夢中水越峙洞中漂沒 覺而追想曰
千年後此地沈沒而水越村 後山到此 其言不虛云 壬戌春 故鄕之行 偶參詩
會 泛舟遊於湖內 更休於八角亭上 明沙鋪白 鵑花翻紅 魚蝦戲於波間 俯瞰
長江 橫如素練 仰見靑山 繞若畵屛 實有登臨之適 而山水之學具備 非徒造
化之奇人工之妙 不勝感歎矣

剛齋宋先生穉圭文集序

강재송선생치규문집서

난초는 그윽한 계곡에 나 일부러 퍼뜨리지 않아도 향기 퍼지고, 玉(옥)은
깊은 산속에 감추어져 있어도 광채가 퍼진다. 사람이 세상에 살면서 알아주기를
구하지 않아도 남이 알아주고 나서면 온 나라의 師表(사표)가 되고, 들어앉아서
면 한 고을의 標準(표준)이 되는 사람은 예나 지금이나 드문데 가깝게는 예전의
剛齋(강재) 宋(송) 선생이 이러한 분이시다. 尤庵(우암) 선생의 6세손으로 大賢
(대현)의 집안에서 자라셔서, 器度(기도)가 넓고 따뜻하셨으며, 정신은 순수하
셨고 뜻은 專一(전일)하시게 자신의 수양을 위한 배움에 바르게 나가셨다.

于心齋(우심재) 宋(송) 선생이 가정을 바르게 물들여 놓으셔서, 어려서부터
배우고자 함이 컸다. 過齋(과재) 金(김정묵) 선생 문하에서 더 배우기를 청해
大道(대도)의 요지를 익혀 얻으셨다. 책을 읽어 이치를 궁극적으로 깨치는 것
을 우선으로 삼으셨고, 몸에 돌이켜 실천하시는 것을 근본으로 삼으셨다. 中庸
(중용)과 大學(대학)의 여러 책들을 아침저녁으로 생각하며 읽어, 朱子(주자)와
宋子(송자: 우암 송시열) 두 분의 大全(대전)을 평생 다하도록 몸으로 본받아야
할 것으로 삼았다. 근원을 기르고 두터이 쌓아 나이가 들수록 德(덕)도 더욱

높아졌다. 그 배움은 넓고 또 정밀했으며, 그 힘을 쓰심은 확실하고도 또 굳세었다. 정신을 전일하게 하고 이치를 찾아서 종래는 마음과 정신이 융화되어 모이게 하였다. 품성과 자질은 순박하고 조화로우셨으며, 굳은 규격의 틀로 일을 다스리셨다. 造詣(조예)는 정밀하고 완숙하여, 그 하시는 말은 상세하고 한결같으셨다. 晦翁(회옹: 주자)의 진정한 근원으로 자신을 바르고 크게 규율하셨고, 尤翁(우옹: 송자)이 적통으로 전해주신 대로 살림이 빈곤하여 여러 차례 쌀독이 비어도 누추한 골목에 있는 것을 달게 여기시니 사람들의 우러러봄이 가득했다.

正祖(정조) 임금 己未(기미)년에 특별히 庭招之典(정초지전)[149]을 내리셔서 諮議(자의)와 持平(지평) 벼슬을 주시었으나, 모두 나가지 않으셨다. 상소를 올려 過齋(과재) 선생이 집안에 일어난 재앙으로 削逸(삭일)[150]되었던 것을 마침내 다시 제대로 되게 하였다. 두루 祭酒(좨주) 贊善(찬선)을 거쳐 刑曹判書(형조판서)에까지 이르렀으나, 모두 상소를 올려 사양하고 취임하지 않았다. 3대의 임금을 두루 섬기며 庭招(정초)가 빈번하였으나, 굳게 東岡(동강)[151]을 지키셨다. 나이는 80을 넘겨 세 임금을 거치는 시절에 탁월하게 스승으로 대접받는 사람이셨으며 한 나라의 元老(원로)이셨다. 존경은 三達(삼달: 나이 관직 덕망으로 두루 존경 받는 것)을 아우르셨고, 우러러 뵈기는 그 시대의 泰山北斗(태산북두)처럼 무거웠으나 자연에 은거하여 새봄이 화창함을 펴는 것처럼 온화했으며, 세찬 물결 속에서도 굳건히 서 있는 돌기둥같이 의연하셨다. 돌아가신 후 3년에 大臣(대신)들이 諡狀(시장)[152]을 기다리지 말고 諡號(시호)를 내려달라고 특별히 청하니 文簡(문간)이라는 시호가 내려졌다. 또 沃川(옥천)의 龍門影堂(용문영당)에도 모셔졌다.

---

149) 과거시험을 거치지 않고 특별히 관리에 임용하는 것.
150) 과거에 급제하지는 않았으나 덕망이나 학식이 높아 관리로 등용할만하다고 나라에서 지명한 사람을 遺逸(유일)이라 하고, 그러한 사람에서 제외시키는 것을 削逸(삭일)이라 함.
151) 벼슬에 나가지 않고 물러나 있는 곳. 後漢(후한)의 周燮(주섭)이 집안 대대로 벼슬했으나, 주섭만이 벼슬에 나가지 않고 동쪽 산비탈을 지켰다 하여, 벼슬 않고 사는 곳의 뜻으로 쓰이게 됨.
152) 시호를 추천해서 임금이 정하도록 올리는 문서.

선생의 文字(문자)가 본래 12책이었으나 그 후손 騏洙(기수)가 번잡한 것은 깎아내서 高宗(고종) 임금 乙丑(을축)년에 7책으로 간행하고, 깎아낸 것은 별도로 逸書(일서)로 하여 6책을 巾衍(건연: 작은 책 상자)에 보관하였다. 이제 7세손 永哲(영철) 등이 逸書(일서)를 原集(원집)과 합하여 影印(영인)해서 세상에 내보내고자 하는데, 그 6세손 鎬(호)가 내게 그럴듯한 서문을 써 달라 요청했다.

선생의 道德(도덕)과 學行(학행)은 백 세대는 지나야 견줄만한 것이 나올 정도이니 後學(후학)의 좀먹은 붓 자루로는 엿보아 잴 수 있는 것도 아니요, 나의 지위나 德(덕)이 비길 만한 것도 못됨과 아울러 내 글 솜씨도 그럴만하지 못하여 여러 차례 사양하였으나 끝내 그럴 수 없었다.

선생의 학행과 履歷(이력)은 이미 여러 문서에 실려 있으니, 감히 다시 혹을 붙이지 못한다. 다행히 이번에 간행되어 세상에 널리 알려지게 되니, 거친 말로나마 간략히 뽑아 삼가 위와 같이 쓴다.

蘭生幽谷 不播而香 玉蘊深山 不琢而章 人之處世 不求知而人知 出而爲一國之師表 入而爲一鄕之表準 稀於古今而近古剛齋宋先生是也 尤庵先生之六世孫 生長大賢之門 器度潤溫 精粹專意 爲己之學 就正于心齋宋先生 撝染家庭 早自向學 請益於過齋金先生門 得聞大道之繞 以讀書窮理爲先 反躬實踐爲本 取庸學諸書 晨夕念誦以朱宋兩夫子大全爲畢生之體 效養源積厚 年彌高而德彌卲 其學也博以且精 其用功也 旣確且剛 專精玩理終致心融神會 稟質淳和 濟以剛方 造詣精熟 其立言之精一 晦翁之眞源 律己之正大 尤翁之嫡傳 簞瓢屢空而甘處陋巷 聲望蔚然 正祖己未特賜旌招之典 拜諮議持平 而皆不出 疏陳過齋先生 因家禍削逸 竟得伸復 歷拜祭酒讚善 至刑曹判書 皆上疏辭不就 歷事三朝 旌招頻繁 而固守東岡 壽洽大耋 卓然爲三朝之賓師 一國之元老 尊幷三達 望重一世之山斗 然固守林樊 藹然若陽春之敷和 屹然如砥柱之峙流也 歿後三年 因大臣請特命不待諡狀 賜諡文簡 又躋享于玉川龍門影堂 先生文字本有十二冊 其孫騏洙刪其煩而 高

宗乙丑 以七策刊行 所刪者別爲逸書六冊 藏于巾衍 今七世孫永哲等 將刊行逸書幷原集 合爲影印行于世 其六世孫鎬請余以玄晏之役 先生之道德學行 俟百年而可質 非後學之蠡管窺測 而余無位德之可擬 而兼無文屢辭不獲 先生之學行履歷 已載狀誌 不敢更贅 而幸今刊行 公諸世荒辭 畧撮而謹敍如右

晩悟序丙子追錄
만오서병자-1966-추록

대저 心(심: 마음)이라는 것은 그 몸의 주인이요 모든 일의 근본이니, 실체는 아무것도 없는 것처럼 밝아 모든 이치가 구비되어 있는 것이다. 지극히 크고 지극히 넓은 것이 마음의 실체이니 거울처럼 밝고 물처럼 맑아, 움직이면 무궁하고 쉬면 조용하고 텅 비게 밝아 天地(천지)와 같은 것이다. 그 크고 洞然(통연: 막힘없이 밝고 환함)에 온 세상 萬物(만물)이 모두 내 주위에 있게 되는 것이다. 事物(사물)을 대함에 君子(군자)가 바름을 지키면 힘의 위세에도 굽히지 않게 되고, 아는 것 많다 해도 그에 막히지 않아 확연히 흔들리지 않으니 貧賤(빈천)에 응어리 지지 않고, 권력에 마음 쓰지 않게 되는 것이다.

사람의 修身(수신)과 處事(처사)에 過(과: 잘못)가 없을 수 없다. 그러므로 過(과)가 있으면 悟(오: 깨달음)가 있어야 하고, 깨달았으면 悔(회: 뉘우침)가 있어야 하고, 뉘우쳤으면 고쳐야 한다. 悟(오)라는 것은 그것이 나빠서 뉘우쳐야 함을 아는 것이요, 悔(회)라는 것은 장차 고쳐서 善(선)을 향해 나가려는 것이다. 오직 上智(상지: 이 세상 최상의 지혜가 있는 사람)와 下愚(하우: 이 세상 최하로 우매한 사람)만이 뉘우침이 없고, 賢人(현인)이라도 뉘우침이 있게 됨은 어인 일인가? 上智(상지)는 일찍이 일의 기미를 알아 하는 일마다 善(선)하지 않음이 없고, 下愚(하우)는 過(과)가 있어도 스스로 깨닫지 못하거나 혹 깨닫는다 해도 뉘우쳐 고칠 줄을 모르기 때문이다. 賢人(현인)은 過(과)가 있으면 반드시 깨닫게 된다. 혹은 다른 사람으로 인해 깨닫게 되니 깨달으면 반드시 뉘우쳐야 하고, 뉘우치면 반드시 고쳐야 한다. 그러므로 禹(우: 중국의 하우씨)임금도 길에서라도 훌륭한 말을 들으면 그에게 절했고, 자기 잘못을 지적함을 들으면 기뻐했다. 만약 세상에서 하는 것처럼 말은 이렇다 하고 마음은 아니다라고 하거나 밖으로는 똑똑한 척 하면서 안으로는 우매한 것은 엄연히 그 잘못을 가려 덮어서 뉘우쳐 고칠 줄을 모르고 억지로 말로 풀려는 자이니, 마치 하늘과 땅이 서로 다른 것일 뿐만이 아닌 것이다. 우리나라의 正郞(정랑) 權得已(권득이) 공은 晚悔(만회)로 號(호)를 삼았으니, 뉘우쳐서 장차 고치겠다는 것이다. 議政府(의정부) 韓用龜(한용구) 공은 晚悟(만오)로 號(호)를 삼았으니, 깨닫고 이미 뉘우쳐 종래는 成德君子(성덕군자)가 되겠다 한 것이다.

내 친구 金鵬圭(김붕규) 옹은 文正公(문정공) 淸陰(청음) 金尙憲(김상헌) 공의 후예로 가깝게 大田(대전)에 살아 나와는 자리를 같이 하여 술도 마시고 詩(시)도 읊는 사이다. 누가 더 똑똑하고 누가 더 바보인지는 알 수 없지만, 情誼(정의)는 매우 두터워서 간이나 쓸개도 서로 빼줄 사이이다. 취미 또한 합치해서 자리를 같이 하면 친절하고 정성스럽고, 옷깃이 떨어지면 섭섭하니 姓(성)은 다르지만 형제 사이나 같다. 태어나며 받은 기품이 각박하지 않고, 머리털이 반백이 되도록 오히려 정력이 쇠퇴하지 않으며, 총명하기가 보통 사람을 뛰어넘으니 오래 살 징조인가 보다.

일찍이 晚悟(만오)로 號(호)를 지어놓고서, 내게 그 호에 맞는 글을 지어달라 부탁하므로 대략 그 뜻을 이리 쓴다. 만약 깨우칠 수 있으면서도 고치지 않으면 깨우침을 모르는 것이요, 깨우치고서 고치면 거의 군자에 가까운 것이다. 옹의 집이 전에 산과 물 사이에 있어, 자취를 자연에 맡기고 마음 내키는 대로 책을 읽으니 맑은 인연이다. 學文(학문)과 醫術(의술)을 겸해서 은혜를 베풀고, 혹 詩社(시사)에 참여하여 시름을 풀려 취하기도 하고, 경치에 따라 시를 읊기도 하니 운치와 격조가 비할 데 없이 기이하다. 재물의 이득에 관한 말은 입 밖으로 나오지도 않았고, 일과 관계도 없는 잡기에는 가까이 하려 하지 않았다. 말의 기운은 화평했고, 성품은 화려하고 사치스러움을 내켜 하지 않았다. 家學(가학: 집안 전통의 배움)을 이어 받았으니 배움의 연원이 바르다. 떨치고자 하는 바는 義理(의리)요, 하고자 하는 바는 孝悌(효제: 효도와 공경)이다.

그대는 내 말을 듣고 더욱 부지런함을 더해서 成德君子(성덕군자)가 되게나! 이것이 내가 그대에게 바라는 바라네!

夫心者一身之主 萬事之根體 自虛明衆理具焉 至大至廣者 心之體也 如鏡之明 如水之澄 用則動而無窮 休則靜而虛明 與天地同其大 洞然八荒萬物 皆在我圍矣 酬酢事物 君子守正 威武不能屈 智力不能阻 確然不撓 貧賤無介於懷 勸力無怵於心矣 人之修身處事 不能無過 故有過而悟 悟而悔 悔而改悟者 知其惡而有悔也 悔者 將欲改而向善也 惟上智與下愚無悔 賢人有悔 何也 上智知機而動未嘗有不善 下愚有過而不自悟 或悟而不知悔改也 賢人有過必悟 或因人而悟 悟而必悔 悔而必改 故禹拜昌言 子路聞過而喜也 若比於世之言 是而心非外 賢而內愚 儼然掩其不善而不知悔改 強辯解之者 不啻若天壤之殊也 我國正郎權公得已 號以晚悔 悔而將改也 議政韓相用龜 號以晚悟 悟而旣悔而終爲成德君子也 吾友金翁鵬圭 淸陰文正公諱尙憲之後裔 近住大田 與余相逢於觴詠之席 而賢愚雖殊 情誼甚厚 肝膽相照 趣味亦合 連席而款洽 分衿而怊悵 姓不同之兄弟也 受氣不薄 髮猶半白 精力不衰 聰明絶人 此壽徵也 嘗以晚悟稱號 而請余以號序 故略敍其意 而若能悟而不改 不如不悟 悟而改之 近於君子矣 翁家前在於山水之間 托跡於林泉 隨意讀書淸緣也 兼學醫人之術而施恩 或參詩社 緣愁而醉 隨景而吟詩 韻格奇絶 貨利之言 不出乎口 閒雜之技 不近乎手 辭氣和平 性不喜華 靡承家學淵源之正 而所闡者義理也 所行者孝悌也 翁聽我言 益加勉勵 而爲成德君子 是所望於翁也

自在庵詩序

자재암시서

辛酉(신유: 1981)년 늦은 가을 단풍 구경을 떠났다. 牛耳洞(우이동)을 거쳐 楊州(양주)와 東豆川(동두천)에 이르러 逍遙山(소요산)을 찾았다. 기암괴석이 층층이 언덕에 제멋대로 서있고, 단풍과 푸른 소나무가 깎아지른 절벽에 어울려 서있다. 늦은 서리가 바야흐로 막바지 가을에 차갑고, 밤새 내리던 비는 지난밤에 이미 멎었다. 이제 남아있는 나뭇잎에는 푸른 기운 머무름이 없고, 듬성해진 숲에 온 산이 반은 붉게 물들어 온통 들에 불 난 것 같은 것이 황홀하게 물들어 무럭무럭 피어오른다. 깊은 골짜기에는 노을이 져 푸르고, 늦가을 숲에는 붉은 비단이 흩어져있다. 새들은 그림 같은 풍경에서 짹짹거리고, 물고기들은 거울 같은 물결에 팔딱거린다. 계곡의 물은 굽이굽이마다 폭포를 이루어 푸른 언덕에 음악소리 울리고, 소나무와 단풍나무가 가는 곳곳에 숲을 이룬다. 龍(용)의 수염이 기우는 해에 흔들리니, 가히 隱士(은사)가 깃들어 숨쉴만 하고 또한 벼슬 그만두고 노후에 여생을 보낼만한 곳이다.

시냇물이 다하는 곳까지 가보니, 自在庵(자재암)이란 곳이 있다. 경내에는 고목이 무리 져 있고, 담 밖에는 화초를 여러 종류 심어 놓았다. 하루가 다 가도록 찾는 사람 없으니, 오래된 부처와 늙은 중은 편하게 세속 밖 한가한 몸이 된다. 불교는 天竺國(천축국)으로부터 중국으로 들어와 마침내 천하에 만연하게 되었는데, 우리나라에는 阿道和尙(아도화상)이 新羅(신라)에 전한 것으로부터 시작되었다. 그 說法(설법)이 禍福(화복)으로 세상 사람을 움직이므로 많은 사람들이 혹하게 되어 따르니, 지금은 더욱 독실히 믿게 되었다. 중은 모두 佛像(불상)을 설치해 놓고 귀의하니, 쇠를 녹이거나 돌을 쪼아 만든 불상이 단정하고 엄숙하게 평상 위에 앉아있고 종소리 북소리가 사방에 서로 들린다. 신라 宣德女王(선덕여왕) 34년에 元曉大師(원효대사)가 옛 암자를 고쳐 지었고, 고려 毅宗(의종) 때에 覺冷禪師(각랭선사) 다시 고쳐 늘려 지었고, 조선 高宗(고종) 때 또 고쳐 지어 靈源寺(영원사)라 고쳐 불렀으나, 전쟁

통에 불에 타 純宗(순종) 甲寅(갑인)년에 다시 지어 옛 이름을 회복했다. 건물은 정결하고 주변 시내와 계곡은 물 뿌린 듯 시원해 오만 가지 잡념이 모두 비워지고 티끌 하나 더럽혀지지 않으니, 마음을 닦고 정신을 가다듬기에 마땅한 곳이다.

주지스님에게 찾아가니, 스님이 삽살개 눈썹에 푸른 눈을 하고 감색 僧袍(승포)와 노란 국화색 하의를 입고 祝聖(축성)의 분향을 하니 낮인데도 하늘에서 눈이 내리듯 法雨(법우: 불교의 설법)가 맑은 하늘에 날아간다. 푸른 산과 흰 구름 사이에 몸을 숨기어 놓아 세상의 시끄러움과 번잡한 곳에 들어가지 않으나, 복을 비는 세속의 남녀들은 사계절 그치지 않는다. 내가 다행히 훌륭한 스님을 만나 오늘에 도리를 논하게 되니, 가히 다행이라 할 수 있다. 내가 놀러 온 것도 다행히 고쳐 지은 후이니 이 또한 기이한 일이다. 옛사람의 詩(시)에

逍遙山下逍遙客(소요산하소요객): 소요산 아래 소요하는 나그네 있고
自在庵中自在僧(자재암중자재승): 자재암에는 본래 스님 있네

라 했다 하니, 세상에서 기이한 말이라 했다 한다. 나 또한 시 한 수 짓고 돌아가니 누가 있어 알아주리오!

辛酉晩秋 作觀楓之行 由牛耳洞轉至楊州東豆川 尋逍遙山奇岩怪石 縱橫於層崖 丹楓翠松 竝立於斷岸 晩霜方肅於暮秋 宿雨已收於前夜 殘葉此時無留碧疎林 全山半染 紅渾如野火 怳若晴靄染翠霞於深壑 散紅錦於晩林 鳥喑喑於畵境 魚潑潑於鏡波 溪谷之水 曲曲成鳳瀑 竿出於翠崖松楓之木 處處成林 龍髥掀於斜日 可作隱士之棲息 亦宜退宰之菟裘 及到溪窮處 有自在庵 古木叢雜於境內 奇石分散於墻外 而雜植花卉 盡日人不到而古佛老僧 便作物外閒身 佛自天竺國 入中國 遂蔓延于天下 而我東自我道和尙 始傳于新羅 其說動人以禍福 故世人多惑而從之 至今尤爲篤信 僧皆像設而歸依鎔金琢石之像 端嚴而坐於榻上 鐘鼓之聲 相聞於四方 新羅善德女王十四年 元曉大師修舊庵 高麗毅宗時 覺冷禪師重修加築 我朝高宗時 重修而改

稱靈源寺 而因兵火燒失 而純宗甲寅重建而復古稱 精潔之棟宇 瀟灑之溪壑
萬念皆空 一塵不染 便宜修心以怡身之地 問主僧 僧以尨眉碧眼 衣椹袍菊
裳焚祝聖之香 天花畫下 法雨晴飛 逃身於青山白雲之間 不入於紅塵紫陌之
中 然俗人男女之祈福者 不絶於四時 余幸遭蒲公而得以論道於今日 可謂幸
矣 余之來遊 幸逢重建之後 亦是奇矣 古人有逍遙山下逍遙客自在庵中自在
僧之句 後世稱奇語 而余亦題詩而歸 有誰知之

大西門樓詩序

대서문루시서

사람의 처지가 다르면 즐기는 바 또한 같지 않다. 山林(산림)은 숨어사는
담백한 사람의 즐기는 바요, 높은 관직과 번영은 부귀한 자의 즐기는 바이다.
謝傅(사부)[153]가 東山(동산)에 있어서와 和靖(화정)[154]이 西湖(서호)에 있어서
는 좋기는 하나 버릇이 되었다.

漢城(한성: 서울)은 근래 큰 도시가 되어 백여 리의 땅 안에 백만의 인구를
품고 있다. 부귀한 자들의 높은 고층 건물들이 비늘처럼 겹쳐 즐비하여 금빛과
푸른빛을 비춘다. 혹은 정원이 있기도 하여, 진기한 나무와 이름난 꽃들이 푸르
게 빽빽한 가운데 점점이 붉음을 찍어 놓아 그늘을 펴놓고 아름다움을 다툰다.
아침 햇살과 저녁달에 그 경치가 건물 사이로 화려함을 다하여, 차를 타고 갈
수고로움 없이도 그 아름다움을 다 감상할 수 있으니 이는 부귀한 자의 즐기는
바이다.

江湖(강호) 사이에 머무르며 詩(시)와 술과 거문고와 바둑으로 손님이나 친

---

153) 東晉(동진)시대 사람 사안(謝安)을 이름.
154) 北宋(북송)시대의 隱士(은사) 林逋(임포)의 諡號(시호).

구와 같이 사계절 경치를 보며 하루 하루 보내고, 누대나 정자에 들어가 느긋이 맘 내키는 대로 돌아다니며 남들이 좋아하는지 싫어하는지도 알지 못하고, 날마다 江山(강산)에서 물고기와 새들과 서로 맹세하니 이는 담백한 자의 즐기는 바이다.

내가 좋지 못한 때에 태어나 담백한 자들 무리에 끼었으나, 강산에 자취를 맡기지 못하고 아들을 따라 都城(도성) 가운데 붙어살게 되었다. 수시로 산에 오르고 물가에 나가 시와 술로 즐거움을 삼았다. 들보 툭 던져 놓고 그 위에 마룻대 얽어 놓아 억지로 집이라고 부르니, 지금 타는 듯한 더위에 찌는 듯한 답답한 마음을 갖고 강가로 나가거나 산꼭대기에 올라 내 가슴 속 억울함을 씻어버리려 한다.

壬戌(임술: 1982)년 윤4월에 栗里吟社(율리음사) 사장이신 南樵(남초) 徐英錫(서영석) 님이 北漢山城(북한산성)에서 詩會(시회)를 여셨다. (이곳은) 옛날 百濟(백제)의 옛 서울이었으나, 남쪽으로 서울을 옮긴 후 城(성)은 허물어졌다. 일찍이 重興寺(중흥사)라는 절이 있었고, 조선시대에 성의 규모를 늘려 쌓았다. 僧軍(승군)을 두어 수호하였으나, 甲午更張(갑오경장) 때 승군을 해체하고 절 또한 닫혀졌다.

느릿느릿 발걸음으로 명아주 지팡이를 짚고 그 꼭대기에 오르니 모인 자가 열댓 명이다. 굽혀서 내려다보니, 긴 수풀 너른 들이 수백 리 꽉 차게 보이고 멀리 바라보니, 도봉산 관악산 여러 산들이 푸르고 푸르게 안개와 구름이 아득히 자욱한 가운데 우뚝 출몰한다. 때는 마침 한창 더워질 때니 흰 죽 같은 땀이 비 오듯 쏟아지고, 몸과 기운이 피곤하다. 옷소매를 펼쳐 바람을 쐬니, 飄然(표연)한 것이 마치 날개를 펴고 하늘에 올라 은하수 물가에서 번뇌는 씻어버리고 정신을 활짝 피는 것 같다. 옛날에 聖能(성능)이라는 중의 다음과 같은 시가 있다.

우뚝우뚝 기이한 형태 몇 만개나 겹쳤나
구름 속에 빼어나온 푸른 연꽃이로세

신비로운 빛 황금 세상에 영원히 비치니
맑은 기운 길이 길이 白玉峰(백옥봉)에 남아있네
불쑥 솟은 산등성이 달빛 머금고
그윽이 깊은 골짜기엔 숨겨진 신선 발자취네
더 즐기려 다시 높이 꼭대기까지 오르려다
굽어 내려다보니 너른 바다 한결 같이 가슴이 툭 터지네

　　그 시를 읊고 회포를 풀고 내려와서는 大西門樓(대서문루)에 앉으니, 산의
형세 높았다 낮았다 하는 것이 용이 하늘로 나르고 호랑이가 웅크려 앉은 것
같다. 냇물은 돌 위를 돌아 흐르니, 어둑한 냇물 빛이 멀리는 옅고 가까이는
짙다. 누대 안에서 반갑게 인사하니, 소나무와 잣나무는 빽빽하고 장미와 앵두
꽃은 흐드러지게 피었다. 꾀꼬리는 녹음 속에서 지저귀고, 나비는 붉은 꽃잎에
서 춤춘다. 오히려 늦은 봄 풍경 같은 것이 누각 아래를 둘러 있고, 높은 누각은
성가퀴를 넘어 푸른 언덕에 닿아 있다. 고기 잡는 늙은이는 낚시 드리우고,
목동은 피리 불고, 처녀들은 나물 뜯으면서 산봉우리에서 노래하고 어린 아이
들은 옷 벗어 제치고 냇물에서 목욕한다. 白石灘(백석탄) 머리에 졸졸거리는
물소리와 푸른 버드나무 그림자 뒤에 그네 타는 형상이 그림의 경지가 아닌
것이 없다. 나의 그림과 시에 모자란 재주로는 이를 모두 담아낼 수 없으나,
각자 시를 읊고 회포를 풀고 돌아갔다.

　　人之所處不同 則所樂亦不同 山林肥遯淡泊者之所樂 軒冕繁榮富貴者之
所樂也 謝傅之於東山 和靖之於西湖 好而爲癖矣 漢城近作大市 環百餘里
之地 擁八百萬之衆 富貴者 層樓傑閣 鱗錯櫛比 輝映金碧 或有庭園 珍木名
花 綠稠紅蔆 敷陰爭姸 朝暉月夕 其景悉華於軒楹之間 不勞車騎而盡賞其勝
此富貴者之所樂也 處江湖之間 以詩酒琴棋 與賓朋消日四時之景 入於坮榭
之內 優遊自適 寵辱不知 日與魚鳥相盟於江山之上 淡泊者之所樂也 余生
丁不辰 參於淡泊者 而未托跡於江山 隨子寄生於都城之中 隨時登臨 詩酒

爲樂 而抛樑架棟 强名家屋而當今炎天鬱烝之懷 將欲臨江流而登山頂 盪我
胸中之抑鬱矣 壬戌閏四月 栗里吟社長南樵徐永錫甫 設詩會於北漢山城 古
百濟舊都 而南遷後城廢 曾有重興寺 我朝築城而增其制 治僧軍守護 甲午
罷僧軍 而寺亦廢矣 携倦屐扶藜杖 而上其顚會者十數人 俯瞰則長林大野
彌望數百里 願望則道峯冠岳諸山 攢青聳碧 出沒於烟雲杏靄之間 時當炎天
白汗翻漿身 疲氣困被衿 灑風飄然 若羽擧於霄漢之上 滌煩暢神 古僧聖能
有詩曰 矗矗奇形幾萬重 雲中秀出碧芙蓉 神光永照黃金溪 淑氣長留白玉峰
突兀岡巒含月色 幽深洞壑 秘仙蹤將遊 更欲登高頂 俯瞰滄溟 一快胸詠其
詩而敍懷 因下而坐大西門樓上 山勢起伏如龍騰而虎踞 川流盤廻 黛色川光
遠淡近濃 拱揖于樓中 松柏鬱然 薔薇櫻花爛開 鶯啼綠陰 蝶舞紅藥 尙似暮
春之景 圍於樓下 高樓跨雉堞而臨蒼厓 漁翁垂釣 牧童吹笛 佳女採蔬 而歌
於岀稝 旣脫衣而浴於水白石灘頭 洴澼之聲綠楊影裡 鞦韆之形 無非畵境也
以我疎材於畵於詩 未能全收 然各吟詩而敍懷以還

幸州端陽詩序
행주단양시서

내가 일찍이 山水(산수)를 즐기는 버릇이 있어 별 계획 없이 가벼운 차림으
로 산에 들어가 꽃을 찾거나, 물가에 나가 물고기를 구경했다. 노래하며 다녀서
호탕했고, 앉아서 詩(시) 읊어 興(흥)은 그윽했으니 뜬구름 인생에 즐겁게 노는
것이 몇 번이나 될까나!

내가 태어난 때가 좋지 않아 세상과 취향이 다르니 齊門之瑟(제문지슬)[155]

---

155) 濟(제)나라에서 등용되기를 구하는 자가 濟(제)나라의 도성 성문 밖에서 濟(제)나라 제후가 듣기
   를 바라며 거문고를 뜯었다는 고사가 있음.

을 뜯지 않고, 친구를 구해 뜻을 합해서 흐르는 물의 거문고와 가락을 같이했다. 혹은 바둑 친구를 데려다 신선 같이 바둑 두며 世間(세간)의 시간 감을 잊고, 혹은 시 짓는 친구를 따라 옛 노래를 부르며 술병 안의 세상에서 취하기도 했다.

壬戌(임술: 1982)년 여름에 大塊(대괴: 대자연)가 내게 文章(문장)을 빌려주었고 江山(강산)이 나를 좋은 경치로 부르는데, 어울리는 무리들이 나를 좋은 인연으로 일으키니 바로 天中節(천중절)이요 지금은 端午(단오)라고 부르는 날이다. 나는 辟兵符(벽병부)[156]를 차 그 재해를 빌어 물리치고, 長命縷(장명루)[157]를 둘러 그 염병 기운을 없이하고, 위에는 쑥 호랑이를 걸어 그 毒氣(독기)가 없어지기를 빌고, 龍舟(용주)를 띄워 弔喪(조상)하는 뜻을 표하고, 난초 물에 씻어 몸을 깨끗이 하고, 창포 술을 마셔 흥을 일으킨다.

여러 친구들을 幸州(행주) 鎭江亭(진강정)에 모으니 北(북)으로는 鎭德(진덕) 陽山(양산)인데 城(성)안에 그 터를 이루었고, 西(서)로는 幸州橋(행주교)가 놓여 金浦(김포) 가는 길로 통한다. 漢江(한강)이 앞에 가로질러 흘러서 밝은 거울을 열었고, 北岳(북악)이 겹쳐 3면을 둘러싸 그림 병풍 같고, 너른 들은 어렴풋이 망망하여 바둑판 같이 평평하고, 기이한 바위는 층층이 높아 珠玉(주옥)처럼 흩어져 있으니 이곳이 바로 행주 奇氏(기씨)의 조상이 나온 땅이요, 晚翠(만취) 權(권) 공-권율 장군-의 大捷(대첩)의 땅이다.

향기로운 풀이 계단에 가득 차고, 푸른 소나무가 언덕을 두르고, 밝은 모래가 하얗게 펴져 있고, 해당화가 붉게 번득이는데 一葉片舟(일엽편주)를 타고 물결을 거슬러 올라 屈原(굴원)의 죽음을 애도하며 다투어 물을 건넌다. 굴원은 楚(초)나라의 三閭大夫(삼려대부)로 세상에 뜻을 얻지 못하고 이날에 汨羅水(멱라수)에서 죽었다. 후세 사람들이 이를 슬퍼하여 대나무 통에 쌀을 담고 제사를 지내므로 배에서 사람을 건져내는 형상을 만듦으로 그 풍속이 아직 남

---

156) 武器(무기)에 의한 傷害(상해)를 피할 수 있게 해주는 부적.

157) 생명을 늘려주게 해준다는 실 꾸러미.

아있다. 齊(제)나라의 田文(전문)이 이날 태어났는데, 그 아비 田嬰(전영)이 기르고자 하지 않았으나, 그 어미가 몰래 길러 뒤에 孟嘗君(맹상군)이 되었으니 이날 태어난 자가 자라서 문 높이와 가지런하게 되면 부모에게 불리하다는 얘기에 현혹된 것이다.

산수를 즐김은 三公(삼공)의 존귀함보다 나을 수 있는 것이나, 삼공이라도 구할 수 없는 것이 왕왕 저 존귀함에 뜻을 얻지 못하면 이 강산을 즐기는 것이다. 여러분들이 천지가 무정하여 세속 티끌 속에서 괴로운데, 나이가 80이 넘으면서 잘 풀리고 못 풀리고는 운수가 있는 것이다. 靑雲(청운: 높은 이상이나 벼슬)은 꿈 밖으로 떼어 내버리고 삼천리 물에 빠져 江山(강산)에 즐김을 부쳐 높은 곳에 올라 멀리 바라보고 흐르는 물가에 나가 시를 지으며 진정한 즐거움을 찾을 뿐이다. 안개 낀 물결 위에서 逍遙(소요)하며, 물고기와 새우를 짝하고 갈매기와 해오라기를 벗한다. 눈에 뵈는 것이 확 트여서, 마음은 드넓어지며 정신은 편안해지니 하늘에 바람을 몰아 세상 먼지 밖으로 떠 노는 것 같다. 悠然(유연)하게 하고픈 대로 하니, 江山(강산)의 진정한 즐거움을 얻은 것 같아 술 한 잔에 시 한 수가 없을 수 없다.

배를 버리고 정자에 올라 술통을 열고 맘껏 마시며 韻字(운자)를 뽑아 시를 지으니 자리에 손님들은 좋은 사람은 다 모였고, 상 위에 안주는 온갖 진미를 다 갖추었다. 실컷 마시고 깨어나서 아름다운 글귀를 읊으니 李翰林(이한림: 이태백)의 문장이 아님이 없고, 좋은 글 섬세한 그림은 모두 王右君(왕우군: 왕희지)의 字法(자법)이다. 아침 햇살과 저녁 그늘이 사계절 서로 바뀌니 꽃과 풀의 피고 짐이 정해지지 않은 것이 없고, 氣象(기상)도 같지 않다.

내 삶에는 끝이 있으니, 이 몸뚱어리의 수고로움이 서글플 뿐이요, 조물주는 다 함이 없으니 우주의 망망함을 깨닫게 된다. 언덕 머리에 붉은 흔적은 산이 장차 지려는 해를 머금은 것이요, 물결 위의 하얀 점은 강에서 날라 돌아가고자 하는 거위이다. 어부는 물 거슬러 배 몰아 가버리고, 나무꾼은 나뭇짐 지고 지나간다. 이때 술잔 씻어 다시 술 마시고 모임을 끝냈다. 오늘 아침 타향에서 다행히 경치 좋은 곳에서 같이 즐김을 가졌다. 저녁이 가까워 구름이 흩어지니 어찌 이 좋은 일을 서로 전하지 않을 수 있겠는가! 졸렬한 글임에도 불구하고 그 경치와 일을 이리 기록한다.

余嘗有山水之癖 以短策輕裝 入山而訪花 臨水而觀魚 行放歌而浩蕩 坐吟詩而興幽 浮生行樂能幾時 余生丁不辰 與世殊趣 不鼓齊門之瑟 求朋志合 同調流水之琴 或引某朋 對仙局而忘世間之甲子 或隨詩伴唱古詞而醉壺裡之乾坤 壬戌之夏 大塊假我以文章 江山召我以勝景 儕輩起我以佳緣 卽天中節而今稱端午也 是日也 余着辟兵符而禳其灾害 佩長命縷而除其病瘟 門上掛艾虎而禱毒氣 將泛龍舟而表弔 意浴蘭湯而潔身 飮蒲酒而惹興會諸朋于幸州鎭江亭 北鎭德陽山而成基山城之內 西架幸州橋而通車金浦之路 漢江橫流於前而開明鏡 北岳重圍於三面 而繞畫屛廣野 微茫平如棋局 奇岩嶙峻 散如珠玉 此地卽幸州奇氏發祥之地 晚翠權公大捷之城也 芳草盈階 蒼松繞岸 明沙鋪白海棠翻紅 駕一葉之扁舟 溯洄於波間 弔屈原而競渡 屈原楚三閭大夫 不得志於世 以是日死於汨羅水 後人哀之 至是日以竹筒貯米祭之 故作以舟拯人之像 今其遺俗齊田文 是日生而其父嬰不欲養命 勿養其母 竊養之後爲孟嘗君 此日生者 長與戶齊 將不利其父母之說所惑也 山水之樂 可以傲三公之貴 然三公不能求者 往往不得志於彼 而樂此江山也 恭惟諸公 天地無情 困白首於塵中 行年八十餘 窮達有數 隔靑雲於夢外 弱水三千里 寓樂於江山 登高望遠 臨流賦詩 求其眞樂也 逍遙於烟波之上 侶魚蝦而友鷗鷺 眼界空闊 心曠神怡 若憑虛御風 而浮遊於塵埃之外 悠然自適如得江山之眞樂 而不可無觸詠 捨舟登亭 開樽痛飮 拈韻賦詩 席上嘉賓 盡東南之美 盤中珍味 供江山之羞 渴飮而醒則吟 錦心繡肚 無非李翰林之文章 銀鉤鐵畫 盡是王右軍之字法 朝暉夕陰 四時相禪花卉之榮瘁 無非數而氣象不同 吾生有涯 慨形骸之勞勞 造物無盡 覺宇宙之茫茫 岸頭紅痕 山含將落之日 波上白點江飛欲歸之鵝 漁父逆舟而去 樵子荷擔而行 於是洗盞更酌而罷會 今朝萍逢 幸做勝地之同樂 薄暮雲散 詎無勝事之相傳乎 不拘辭拙 記其景而敍其事

月岳山詩序

월악산시서

天地(천지)가 開闢(개벽)하고 사람이 그 사이에 같이 아울러 서있으나, 人生(인생)은 백 년을 기약하기 어렵고 마음에 품은 포부는 이루어지지 않았는데, 오늘은 쉬 가버리고 남은 살날도 많지 않다. 다행히 그 사이에 살고 있는 자는 삶에 즐거움이 있음을 모르면 안 된다. 또한 헛살았다는 느낌이 없도록 다 떨쳐 버리지 않는다면 어찌 슬프지 않을쏘냐! 그러므로 自古(자고)로 군자의 나고 숨음은 그 道(도)의 나타나고 어두워짐에 따라 각각 다른 것이다. 밝은 시절을 만나면 廟堂(묘당)에 몸을 세워 혜택이 백성에게 젖어 들도록 하고, 혹 좋지 못한 때를 만나면 林泉(임천)에 몸을 숨겨서 자기를 깨끗이 하고 性命(성명)을 보존하는 것이다. 이제 天運(천운)이 否塞(비색: 운수가 꽉 막힘)하고 道脉(도맥)이 거의 끊어져, 오랑캐 짓을 하지 않는 자가 거의 드물다.

내가 좋지 못한 때를 만나 태어나서 재주는 둔하고 배움은 얕은데다 겸해서 예와 지금의 배움이 다름으로 해서 세상에 뜻을 얻지 못하고, 江山(강산)을 지나치게 사랑했다. 세상을 잊고 날을 보내니 가슴은 물 뿌려 씻어낸 듯하고, 사물을 대하면 情(정)을 느낀다. 외로운 구름 낀 들판의 鶴(학)을 보고 속세를 뛰어넘는 생각을 일으키고, 돌 틈을 흐르는 시냇물과 연못물을 지나치기만 하면 세상 티끌 생각을 씻어버린다. 봄날은 따뜻하고 아름다우니, 버들은 푸르고 꽃은 붉어 沂水(기수)에서 몸 씻고 舞雩(무우)에서 바람 쐬고 여름 경치는 찌는 듯 더우니, 구름 배를 타고 江湖(강호)에 노닐고 가을장마가 처음 개면 농어가 또한 살찌니, 물가에 나가 낚시를 던진다.

辛酉(신유: 1981)년 가을에 月岳山(월악산) 관광 여행을 했다. 소백산맥의 북은 백운산이 되고, 동은 금수산이 되며, 남은 충주 월악산이 된다. 세상에 전해지기를 충주 기생 丹月(단월)이 낭군과 이별할 때 맹세하며 말하기를 '월악산이 비록 무너진다 해도, 내 마음은 변치 않을 것입니다'라고 해놓고 며칠 되지도 않아서 다시 단월이 察訪(찰방)의 사랑하는 바가 되니, 그때 사람들이 이를 희롱하여 노래 가사를 지어 불러 조롱하였다. 이 때문에 월악이라는 이름이 세상에 더욱 알려지게 되었다.

水安堡(수안보)로부터 彌勒里(미륵리)에 이르러 차에서 내려 걸어서 松山里(송산리)에 이르면 위에 월악산이 푸른 이끼로 땅을 빙 두르고 있다. 땔 나무 베어내느라 희미하게 들어난 돌 길 언덕에는 늙은 나무들이 가지 내리고 있고, 바람과 서리에 시달려서는 나뭇가지에 잎이 반이나 떨려 나가니 땅의 형세는 높게 골짜기 뚫려서 조망하기에 좋다. 밖으로는 층층이 겹쳐진 산봉우리들이 손잡고 인사하고 있고, 안으로는 무성한 풀이 평평한 들을 이루어 띠처럼 비치니 사람들로 하여금 세속 밖으로 나온 상상을 하게 한다.

마을 서쪽으로 50리를 가면 彌勒寺(미륵사) 터가 있다. 新羅(신라) 말에 敬順王(경순왕)의 자식 麻衣太子(마의태자) 및 德周(덕주) 공주 남매가 망국의 한을 품고 금강산으로 가는 도중에 이곳에 머물러 이 절을 짓고 오층석탑을 세웠으니 지금 또 石燈(석등) 및 거북 좌대가 남아있다. 신라 때 金生(김생)의 글씨와 任强首(임강수)의 글과 于勒(우륵)의 가야금이 모두 충주에서 이름을 떨쳤다.

北津(북진)의 물 근원은 강릉의 오대산 아래에서 나와 충주에 이르러 서북쪽의 達川(달천)과 합해지니 이것이 錦遷(금천)이 되어, 지금의 月灘(월탄)이다. 언덕 위에 金生寺(김생사)의 옛터가 있다. 金生(김생)은 신라 사람으로, 부모가 미천하여 그 世系(세계)를 알지 못한다. 景雲(경운) 2년에 태어나 어려서부터 글씨를 잘 썼으며 평생 다른 재주에는 힘쓰지 않았다. 나이가 80을 넘어서도 오히려 붓을 잡고 쉬지 않았다. 예서 행서 초서가 모두 神(신) 같으니 지금까지도 왕왕 眞跡(진적)이 있어 학자들이 보물로 일컫는다. 崇寧(숭녕) 연간에 고려의 사신 洪灌(홍관)이 奉使(봉사)를 따라 宋(송)나라에 들어가서 汴京(변경)의 翰林(한림)에 묵으면서 황제의 부름을 기다리고 있었는데, 楊球(양구)와 李革(이혁)이 황제의 칙령을 받들어 왔다. 홍관이 김생의 行草(행초: 행서와 초서) 한 권을 보여주었다. 두 사람이 깜짝 놀라 말하기를 '오늘 王右軍(왕우군: 왕희지)의 글씨를 보게 될 줄은 생각도 못했다' 하니, 홍관이 말하기를 '이는 그것이 아니고 신라 사람 김생이 쓴 바의 것이다' 하였다. 두 사람이 말하기를 '천하에 왕우군을 빼고는 이처럼 글씨를 잘 쓰는 사람이 있겠는가!' 하였다. 홍관이 누차 말했으나, 끝내 믿지 않았다. 김생이 불법을 수행하며 이 절에 묵음으로 해서 이름이 金生寺(김생사)가 되었다.

松界里(송계리)로 향하면서 기암괴석이 길가에 어지러이 흩어져 있고 또 반나절 지나 가면 흐르는 물이 이르는 곳에 場岩沼(장암소)가 있다. 盤石(반석)과 작은 폭포가 흩어져 있으니 또 八娘沼(팔낭소)가 된다. 걸어서 몇 리를 더 가면 盤石(반석)이 있는데 위로는 폭포가 흐르고, 아래로는 둥근 못이다. 예부터 기우제를 지내던 곳이니 성난 물결이 바위를 때리고, 우렛소리가 골짜기에 울려 퍼지고, 물보라가 눈처럼 퍼져 은빛이 하늘에 번득인다. 처음에 보면 흰 비단이 끝없이 펼쳐진 것 같다가, 다시 보면 얌전한 흰 무지개 같으니 그 부서짐이 玉(옥)이 튀어 오르고 구슬이 흩어지는 모양으로, 사람을 쾌활하게 한다.

다시 큰길을 따라 다리를 건너면 籠岩(농암)이 있다. 여기를 따라 望瀑橋(망폭교)를 건너면 德周山城(덕주산성)으로 들어간다. 둘레는 36,700척으로 월악산 아래에 있다. 德周寺(덕주사)가 있으니, 덕주 공주가 이 절을 지어서 그 이름을 얻었다.

任强首(임강수)는 그 어미가 꿈에 뿔 달린 사람을 보고 낳았으니, 머리 뒤에 뼈가 높이 솟았다. 장성해서는 그 아비가 어느 날 저녁에 돌아와 묻기를 '너는 불교를 배우느냐? 유교를 배우느냐?' 하니, 대답하기를 '불교는 세상 밖의 가르침인데, 저는 인간입니다. 사람이 어찌 불교를 배우겠습니까!' 하였다. 아비가 말하기를 '네가 좋은 바를 따르거라' 하니, 마침내 스승을 따라 孝經(효경) 曲禮(곡례) 爾雅(이아) 文選(문선)을 읽어 으뜸으로 당세의 俊傑(준걸)이 되었다. 太宗(태종)이 즉위하여 唐(당)나라 사신이 조서를 갖고 이르렀는데, 조서에 난해한 곳이 있었다. 왕이 강수를 불러 물어보니, 한 번 보고 풀어내는 데 막힘이 없었다. 왕이 놀라 기뻐하며 서로 봄이 늦은 것을 한탄했다. 회신 謝表文(사표문)을 짓게 하니, 글 도 훌륭하고 뜻도 다 표시했다. 왕이 더욱 기특히 여기고, 손뼉 치며 칭찬하기를 이루 무어라 할 수 없었다. 任(임)의 생가는 가난하나 화락했으니, 왕이 有司(유사: 관리)에게 명하여 해마다 新城(신성)에서 거둔 租穀(조곡: 세금으로 거둔 곡식) 1백석을 하사하였다. 文武王(문무왕)이 沙飡(사찬) 벼슬을 내리고 2백석을 더해 祿俸(녹봉)을 주었다.

고을 서쪽에 犬門山(견문산)이 있으니, 지금의 彈琴臺(탄금대)이다. 아래에 큰 내가 있는데 琴休浦(금휴포)라 한다. 푸른 절벽이 험준하여 높이가 스무 자가 넘는다. 소나무와 삼나무가 울창하고, 구부려 보면 楊津(양진)에 닿아있다. 伽倻國(가야국) 嘉悉王(가실왕)이 당나라의 음악이 아름다움을 보고 가야금을 만들어서 樂師(악사)에게 나라 사람들을 살펴 숙련시키라 명했다. 于勒(우륵)이 열두 곡을 만들었는데, 뒤에 우륵이 그의 나라가 장차 망하려 하므로 가야금을 갖고 新羅(신라)에 이르렀다. 신라 眞興王(진흥왕)이 國原(국원: 충주의 삼국시대 지명)에 안치하고, 注知階(주지계) 古萬德(고만덕) 傳其業(부기업) 세 사람을 보내 열한 곡을 익혔는데 서로 이르기를 '이는 번거롭고 또 음란하다. 고아하게 고치지 않을 수 없다'라 하고, 마침내 줄여서 다섯 곡으로 만들었다. 우륵이 처음에는 이를 듣고 화를 냈으나, 그 소리를 들어보고는 눈물을 흘리며 탄식하며 이르기를 '즐거우나 음란하지 않고, 서글프나 슬프지 않으니 가히 바른 음악이라 할 수 있다' 하였다. 왕 앞에서 연주하게 하니, 왕이 기뻐하였다.

절터를 지나며 김생을 사모하여 우러러보고, 탄금대에 올라 또한 樂聖(악성)을 흠모하니 비석 네 면 주위 계곡과 산은 그윽이 깊어 돌 위를 흐르는 시내는 돌아 돌아 흐르는 것이 산을 멀리서 본 것이요, 산봉우리들이 겹겹이 쌓여 구름과 노을이 환히 어여쁜 것이 산을 가까이서 본 것이요, 모래밭 물새들은 한가히 날아 모였다 흩어졌다 하는데 거울 같은 물결이 맑고도 맑게 출렁이는 것이 누대에서 물을 본 것이다.

詩(시) 읊으며 情(정)을 풀고 다시 송계리를 거쳐 내려오니, 그 높이 올라 멀리 바라봄이 마음과 눈을 山川(산천)이 다하는 데까지 치달아 노닐게 한다. 風月(풍월)을 읊어 노닐어 보는 즐거움에 보탠다.

天開地闢 人生其間 與之幷立 然人生難期百年 而宿抱未成 易過此日 而

餘生不多 幸生其間者 不可不知有生之樂 亦不盡無慮生之感 豈不悲哉 故
自古君子之行藏 隨其道之顯晦而各殊 若遇明時則立身於廟堂 惠澤洽于生
民 或丁不辰則遁迹林泉潔己以保性命也 今天運否塞道脉幾絶人不爲左袵
者幾稀矣 余生丁不辰 才鈍學淺 兼値學殊古今 而不得志於世 偏愛江山 而
消日忘世 胸次瀟灑 觸物感情 見孤雲野鶴 而起超俗之想 過石澗潭水 而動
滌塵之思 春日暄妍 綠花紅浴于沂而風于舞雩 夏景炎蒸 駕雲帆遊江湖 秋
霖初霽 鱸魚亦初肥 而上臨水而投釣 辛酉秋作月岳山之觀光 小白山脈北爲
白雲山 東爲錦繡山 南爲忠州月岳山 世傳忠州妓丹月 別其愛郎時 誓曰月
岳雖崩 我心不變 而不幾日 更爲丹月察訪所愛 故時人作其戲詞而嘲之 以
此月岳盆知名於世 自水安保至彌勒里 下車步行 至松山里上月岳山 匝地綠
苔 因樵採而微有石逕 倒厓老樹 因風霜而半無枝葉 地勢高嶠 宜於眺望 層
巒重嶂 拱揖於外 茂草平楚 映帶於內 使人有出塵之想 州西五十里有彌勒
寺址 新羅末敬順王子麻衣太子及德周公主男妹 抱亡國之恨 往金剛山道中
留此創此寺 立五層石塔 今只有石燈及龜趺矣 新羅時金生之筆 强首之文
于勒之琴 皆擅名於忠州 北津水源出江陵五臺山 下至忠州西北 與達川合是
爲金遷今月灘也 岸上有金生寺古址 金生新羅人 父母微賤 不知其世系 生
于景雲二年 自幼能書 平生不攻他藝 年踰八十 把筆不休 隷書行草皆神 至
今往往有眞蹟 學者稱寶 崇寧中高麗使洪灌 隨奉使入宋 灌於汴京 翰林待
詔楊球李革 奉帝勅至館 灌以金生行草一卷示之 二人大驚曰不圖今日得見
王右軍書 灌曰此非是乃新羅人金生所書也 二人笑曰 天下除右軍 焉有妙筆
如此哉 灌屢言之終不信 生修頭陀行居是寺 因以爲名 向松界里奇岩怪石
亂在路邊 又過半晌之間 水至此有場岩沼 盤石及小瀑散在 又爲八娘沼 步
行數里有盤石 上瀑布流下成圓沼 自古祈雨處 怒濤激石 雷聲振於丘壑 噴
沫如雪 銀色翻於日月 初疑素練之縹緲 更看白虹之窈窕 其碎玉跳珠之像
令人快活 更從大路渡橋 則有籠岩 從此渡望瀑橋 入德周山城 周三萬二天
六百尺 在月岳山 下有德周寺 德周公主建此寺 故因名焉 任强首 其母夢見
人有角而妊娠 及生頭後有高骨 及壯父昔歸 問爾學佛乎學儒乎 曰佛世外敎

也 我人間人 安用學佛願學儒 父曰從爾所乎 遂從師讀孝經曲禮爾雅文選
魁然爲一時之傑 太宗卽位 唐使至傳詔書 有難解處 王召强首問之 一見說
釋無礙滯 王驚喜恨相見之晚 使題回謝表 文工而意盡 王益奇之 不名常稱
任生 家貧而怡如 王命有司歲賜新城租一百石 文武王授沙飡 增俸二百石
州西有犬門山 卽今之彈琴坮 下有大川曰琴休浦 蒼壁斗絶 高二十餘尺 松
杉蓊蔚 俯臨楊津 伽倻國嘉悉王見唐樂 嘉而造琴 命樂師省熱縣人于勒造十
二曲 後勒以其國將亡 携琴至新羅 眞興王安置于 國原王遣注知階古萬德傳
其業 三人習十一曲 相謂曰此繁且淫 不可不雅 遂約爲五曲 勒始聞而怒 及
聽其音 流涕歎而喜之曰 樂而不淫 哀而不悲 可謂正也 命奏王前 王說過寺
址而景仰 金生登琴坮而亦慕樂聖 碑四面溪山幽深 盤溪迂回 山之望遠也
峯巒重重 雲霞明媚 山之近望也 沙鷗閒飛而聚散 鏡波澄淸而溶漾 樓之九
望也 吟詩敍情 而更由松溪里而下 其登高望遠遊心 騁目窮山川 而吟風月
以資遊觀之樂也

月精寺詩序
월정사시서

混沌(혼돈)[158]이 한번 나뉘어 天地(천지)가 開闢(개벽)하고, 人(인: 사람)이
그 가운데서 낳았다. 땅이 높은 곳은 산이 되었고, 깊은 곳은 물이 되었으니
草木(초목)과 禽獸(금수)와 물고기와 벌레들이 모두 그 사이에 산다. 오직 인간
이 홀로 萬物(만물)의 靈長(영장)이 되어 그 흐름과 솟아남의 본질을 보고, 내
動靜(동정)의 德(덕)을 알아준다.

내가 일찍이 山水(산수)를 즐기는 버릇이 있다. 별 계획 없이 가벼운 차림으

---

158) 천지개벽 전에 하늘과 땅이 나뉘지 않은 상태.

로 산에 들어가 꽃을 보고 바다에 나가 물고기를 바라보며, 노래하며 다니면서 마음을 쾌활하게 하고, 앉아서 詩(시)를 읊으면서 興(흥)이 나면 그저 놀러 나가 보는 즐거움을 가졌다.

辛酉(신유: 1981)년 가을에 江山(강산)이 아름다운 경치로 나를 부르고 친구 들이 맑은 인연으로 나를 일으켜서 月精寺(월정사) 관광을 했다. 월정사는 平昌郡(평창군) 道岩面(도암면) 橫溪里(횡계리) 王坮山(왕대산) 중에 있다. 산은 강릉에 가까워 산에 올라 보면 동쪽으로는 滿月(만월)이요, 남쪽으로는 麒麟 (기린)이요, 서쪽으로는 長嶺(장령)이요, 북쪽으로는 象玉(상옥)이요, 가운데 는 智爐(지로)의 다섯 봉우리로, 빙 둘러 坮(대: 주변보다 높은 땅)가 되기에 모두 적합하므로 이 이름을 얻었다.

世祖(세조) 12년 關東(관동)에 행차하실 때, 골짜기 어귀에서 과거시험을 치도록 해서 陳祉(진지) 등 18인을 뽑았다. 산속 中坮(중대)에 암자가 있는데, 獅子庵(사자암)이라 부른다. 新羅(신라)의 두 왕자가 이곳에서 道(도)를 배워 깨우침을 얻고 신선이 되었다는 곳으로, 세워진 지 오래되었으나 중간에 부서 졌다. 世祖(세조)가 工人(공인)을 보내 중건하였으니 규모는 비록 작지만 사치 스럽지 않고, 짜임새가 정밀히 꽉 찼고, 마룻대에 걸린 주렴은 시원하게 터졌 다. 난간에 기대로 눈을 이리저리 돌려보면 온갖 경치가 그윽하고 깊으며, 소나 무 숲이 빽빽이 푸르고, 안개와 아지랑이가 옅게 덮여져 아침저녁으로 변하니 고요하게 景勝(경승) 하나를 만든다. 다 지었다고 아뢰니, 世祖(세조)가 친히 오셔서 落成(낙성)을 보시고 參贊(참찬) 權覽(권람)에게 명하여 그 사실을 기 록하게 했다.

月精寺(월정사)는 신라 善德女王(선덕여왕) 14년에 慈藏律師(율사)가 창건 하였으니, 우리나라 3대 本山(본산) 중 하나이다. 庚寅(경인: 1950)년 난리에 불타 없어졌으나 다시 세웠다. 32봉우리가 이루어져 있고 폭포 및 연못이 52개 소에 이른다. 서리가 내리면 단풍이 붉게 물들어 그 색깔이 매우 화려하니 지금 은 국립공원이 되었다. 산에서 멀리 보이는 것은 골짜기 계곡이 천 겹으로 구름 과 노을이 아득히 멀고, 가까이 뵈는 것은 산봉우리가 십 리에 이어져 풀과 나무가 푸르게 빽빽하다. 연못에 이르면 거울 같은 물결이 맑고 맑게 바람에 잔잔히 일렁이고 모래밭에 물새들이 오가는 사이에 구름이 위에 떠 혹은 동쪽으로 혹은 서쪽으로 끌어 긴 비단 폭을 산허리에 둘러놓으니, 쌓여서 높은 곳에 이르면 산이 높은 양반 모자 쓴 모습이 된다. 그 산봉우리의 수려함과 돌 골짜기의 그윽함은 마치 사람이 깎아 빚어 놓은 것을 방불케 한다.

절로부터 20리에 上院寺(상원사)가 있다. 월정사 가까이에 金剛淵(금강연)이 있는데, 사면이 모두 반석이고, 흐르는 폭포는 10여 자로 돌아 흘러 연못이된다. 붉은 언덕과 푸른 절벽 사이에 폭포가 콸콸 흘러 붉고 푸른 기운이 주위를 감싸 미친 듯 그 앞을 때려댄다. 거센 물결이 그 아래를 씹어 깎으니 마치 하늘의 띠가 아래로 내려와 흰 비단을 펴 감아 도는 것 같아, 은하수가 내려쏟아지는 것이 아닌가 의아해진다. 가벼운 우레 소리가 산골짜기에 온통 울리고, 그 뿜어내는 물보라의 경치는 옥구슬을 깨어 빻는 모양이니 사람의 마음을 상쾌하게 한다. 세상에 전해지는 말로 神龍(신룡)이 감춰놓은 바라 하니, 봄에는 열목어 수천 마리가 떼를 지어 물결을 거슬러 올라 연못 속에 이르러 배회한다. 서쪽 바위 아래에 솟아 나오는 샘이 하나 있는데, 于筒水(우통수)라 한다. 수백 리를 흘러 漢江(한강)의 근원이 되어 바다로 흘러 들어간다. 우통수의물 근원에 암자 하나가 있는데, 水精庵(수정암)이라 한다. 하룻밤 빌려 자고다음날 강릉을 향해 가며, 그 사실을 위와 같이 적는다.

混沌一判 天開地關 人生其中 地之崇者爲山 深者爲水 草木禽獸魚蟲 皆生於其間 惟人獨爲萬物長 觀其流峙之性而知吾動靜之德 故見山水之奇麗而愛悅者 古今之同情也 余嘗有山水之癖 短策輕裝 入山而訪花 臨海而觀魚 行放歌而心快 坐吟詩而興動 枉作遊觀之樂 辛酉之秋 江山召我以烟景朋友起我以淸緣 作月精寺之觀光 月精寺在平昌郡道岩面橫溪里五坮山中山據江陵山上東滿月 南麒麟 西長嶺 北象玉 中智爐之五峰 環作吳坮均適故名之 世祖十二年幸關東時 駐輦于洞口 設科取陳祉等十八人 山之中坮有庵曰獅子庵 新羅二王子學道于此 得道入禪處也 創久而中廢 世祖遣工重建

規模雖小 而不侈 結構精緻 簾棟通敞 憑欄縱目 萬景幽深 松林葱翠 烟嵐淡

粧 朝變夕改 窈然作一區勝景也 功告屹 世祖親臨而落其成 命參贊權近 而

記其實 月精寺新羅善德女王十四年 慈藏律師創建我國之三大本山之一 庚

寅亂燒失而再建 峰成三十二 而瀑布及沼池五十二所 霜降而染楓其色甚麗

今爲國立公園 山之遠者 洞壑千重 而雲霞縹緲 近者峯巒十里而草樹青葱

臨淵則鏡波澄淸 清風漪溶 沙鷗水鳥 往來之間 雲浮於上 或東或西 引而爲

長疋練拖於山腹 積而爲故則峨冠戴於山 其峯巒之秀麗 岩壑之窈窕 殆似人

巧之彷彿也 自寺二十里有上院寺 月精寺近有金剛淵 四面皆盤石瀑流十餘

尺 匯而爲淵 丹厓靑壁之間 瀑流喧豗 紅暈罩壁 狂瀾衝其前 激浪嚙其下 有

若天紳 下垂白練橫布 轉訝銀河之傾 注輕雷之聲 山谷盡鳴其噴霧 吹雨之

景碎玉春珠之象 令人快心 諺傳神龍所藏 春則餘項 魚千百爲群 溯流而上

至淵中徘徊 西岩之下有泉涌出曰于筒水 而流數百里 爲漢江之源 入于海于

筒之源 有庵曰水精庵 而借宿一夜 翌向江陵而舒其事如右

鏡浦臺詩序
경포대시서

옛사람이 이르기를 '땅이 영검하면 걸출한 인물이 나온다'라 하니, 대개 땅이
靈驗(영검)하면 人傑(인걸)이 나오고, 인걸이 나오면 그 땅은 더욱 영검해진다.
黃岡(황강)땅이 蘇東坡(소동파)를 못 만났으면 赤壁(적벽)이 어찌 이름을 날렸
을 것이며, 武夷(무이)땅이 晦庵(회암: 주자)을 못 만났으면 雲谷(운곡)이 어찌
이름을 알렸을 것인가! 사람 때문에 땅이 더 영검해지는 것이다.

五臺山(오대산)은 웅장한 기운으로 咸鏡道(함경도)로부터 수백 리 영험함을
길러 서쪽에 아름다운 月精寺(월정사)를 만들었고, 동쪽 바닷가에 아름다운
江陵(강릉) 鏡浦臺(경포대)를 만들었다. 또 기운을 모아 一代(일대)의 偉人(위

인) 栗谷(율곡) 李(이) 선생을 여기에 내셨으니, 이것이 江山(강산)이 그 精氣(정기)를 發(발)하여 그 아름다움을 더하는 것이다.

烏竹軒(오죽헌)은 江陵市(강릉시) 烏竹洞(오죽동)에 있으니 옛날에는 北坪洞(북평동)이라 불렀다. 율곡의 어머니인 夫人(부인) 申(신) 씨는 號(호)가 師任堂(사임당)으로 이곳 그 외할아버지 李思溫(이사온)의 집에서 태어났다. 그 어머니가 無男獨女(무남독녀)로 處士(처사) 申命和(신명화)에게 시집가서 이에 친정을 따라 李(이) 씨 집에서 살았다. 아들은 두지 못하고 딸만 다섯을 두어 여러 딸을 곁을 떠나지 못하게 했다. 申(신) 씨는 혹은 坡州(파주) 栗谷(율곡)에 머물다 혹은 烏竹軒(오죽헌)에 머물다 하였다. 그 외할아버지의 배움을 받들었으니, 經書(경서)와 史書(사서)에 통달했고 글씨와 그림을 잘 그렸다. 일곱 살에 安堅(안견)의 山水圖(산수도)를 따라 그렸고 또 夢中仙女(몽중선녀: 꿈속의 선녀)라는 이름의 詩(시)가 있으니, 東海(동해) 물속에서 흰 玉童子(옥동자)를 품고 와 주니 그 후 임신하였고 또 꿈에 龍(용)이 방 안에 똬리틀고 있음을 보고 栗谷(율곡)을 낳으니, 兒名(아명)을 見龍(견룡)이라 하고 그 방을 夢龍室(몽룡실)이라 불렀다. 신 씨의 어머니가 그 방을 넷째 딸의 아들인 權處均(권처균)이 전적으로 쓰도록 했다. 뒤에 그는 參判(참판)까지 벼슬이 이르렀다.

許蘭雪軒(허난설헌) 또한 이 고향에서 났으니 草堂(초당) 許曄(허엽)의 딸이요, 西堂(서당) 金誠立(김성립)의 妻(처)이다. 김성립은 임진왜란에 죽었으니, 서른한 살 때이다. 許(허) 씨는 타고난 자질이 똑똑했고 시에 놀라울 정도로 뛰어났다.

> 물 건너 낭군을 만나 연꽃 씨를 던졌더니
> 멀리서 사람들이 알아봐 한나절이나 부끄러웠네

또

> 방 속 깊이 앉아 눈 아프도록 봄빛을 바라봐도
> 풀 푸른 江南(강남)으로 님은 돌아오지 않네

와 같은 것은 가히 절묘한 가락이라 할 수 있어, 芝峰(지봉) 이수광 같은 이는 蕩(탕)[159]에 가깝다 하였다. 또 그림도 잘 그렸으니, 그 동생 許筠(허균)이 遺稿(유고)를 간행하였다. 己丑(기축)년에 죽었으니, 스물일곱 살이었다. 明(명)나라 사신 朱之蕃(주지번)이 그 遺稿集(유고집)을 구해 가서는 마침내 중국에서 盛行(성행)하게 되었다.

鏡浦(경포)는 江陵府(강릉부)에서 15리 떨어진 곳에 있는데 한 작은 산기슭이 남쪽으로 뻗었는데 그 위에 높은 누대가 있고, 앞에는 호수가 있어 넓기가 30리는 된다. 물이 거울 면처럼 맑아 그 이름을 얻었다. 깊은 곳은 어깨를 넘지 않고 얕은 곳도 무릎 아래로 내려가지 않는다. 高麗(고려) 忠肅王(충숙왕) 丙寅(병인)년에 存撫使(존무사) 朴淑(박숙) 공이 누대를 지었고, 安軸(안축) 공이 記文(기문)을 지었다. 옛 정자 터에 있는 누대 옆에 石臼(석구: 돌절구)가 있는데, 세속에 전하는 말로는 永郎(영랑)이 丹藥(단약)을 짓던 곳이라 한다. 동쪽에는 江門橋(강문교)가 있어 호수의 모양이 바다로 통한다. 다리 밖에는 섬이 있고, 섬 주변에는 흰 모래 둑이 있고, 모래 둑 밖으로는 푸른 바다가 망망하니 이 둑이 호수와 바다의 한계이다. 높은 소나무가 숲을 이루고 사람 사는 집이 그 사이에 은은히 비치니 아래에 땅이 있는 것이 아니요, 城郭(성곽)을 보아야 겨우 위를 분간할 수 있다. 밤이 깊어지자 나와서 뭇 별들을 바라보니 돛단배가 바로 옆에 있고, 모래밭에 새들이 오가고, 뱃사공의 노래와 어부의 피리 소리가 끊어졌다 이어졌다 하니 바닷가의 아름다운 풍경으로 關東八景(관동팔경) 중의 하나이다.

또 동쪽으로 10리쯤에 文殊寺(문수사)가 있으니, 俗稱(속칭) 寒松亭(한송정)이다. 李穀(이곡) 공의 東遊記(동유기)에 이르기를 '사람들이 말하는데, 文殊(문수)와 普賢(보현) 두 불상이 땅에서 솟아 나왔다'라 한다. 동쪽으로 四仙碑(사선비)가 있었는데, 胡宗朝(호종조)[160]가 가라앉히고 오직 거북 座臺(좌대)

159) 詩經(시경) 齊風(제풍)의 南山(남산) 詩(시)에 '魯道有蕩'-노나라 가는 길은 평평히 넓찍한데-라는 구절이 있는 바, 여기에서 쓰인 蕩(탕)의 의미로 보임.
160) 宋(송)나라 사람 胡宗旦(호종단)으로 고려 때 우리나라에 귀화하였다 함.

만 남아있다. 정자 주변에 茶泉(다천)과 石臼(석구)가 있는데, 述郎(술랑)이 노닐던 자취이다. 옛날에 寒松亭曲(한송정곡)이란 노래가 있었는데, 고려 사람 張晉山(장진산)이 풀어 이르기를 '달빛 희게 비쳐 소나무도 추운데 밤물결 편안하고, 경포의 가을은 애달픈데 기러기가 왔다 또 가네'라 했다. 소식 전하는 모래밭 새 한 마리가 있어 동쪽으로 바닷가에 이르고, 푸른 소나무 빽빽하여 서쪽으로 산봉우리와 접했다. 붉은 단풍나무가 예쁘다고 뽐내고, 떨어지는 노을이 외로운 오리와 나란히 날고, 가을 물은 긴 하늘과 같은 색이다. 월정사로부터 同志(동지) 두세 명과 이곳에 와서 누대 위에 같이 앉아 옛일과 지금 일에 대해 담소하고 하늘과 땅을 우러러보고 굽어보니, 지는 해는 하늘 가운데 있고, 맑은 바람이 水面(수면)에 불어와 호수의 광경이 거울과 같다. 그 가운데 그림과 같은 배 몇 척이 떠있어, 어부가 뱃머리 두드리며 노래 부르니 눈에 닿는 풍광이 근심을 삭이기에 충분한 진정 아름다운 경치이다. 赤壁(적벽)과 武夷(무이)가 이보다 난지 알 수 없으되, 소동파의 신선과 같은 재주가 없음이 한스럽다.

興(흥)도 다하고 술도 깨 구경을 끝내고 또 60리를 가니 襄陽(양양) 洛山寺(낙산사)에 이르렀다. 降仙驛(강선역) 남쪽 五峰山(오봉산) 속에 있으니, 혹 洛山(낙산)이라고도 부른다. 신라의 義湘祖師(의상조사)가 낙산에 이르러 觀音窟(관음굴) 안에 들어가 道(도)를 닦으며 觀音眞像(관음진상)을 보기를 원했으나 보지 못했다. 바닷속에 몸을 던지니 海龍(해룡)이 붙잡아 꺼내주고, 관음보살이 전신을 나타내며 水精(수정) 염주와 아울러 용왕의 보물 구슬을 의상에게 주면서 이내 말하기를 '이 안 산봉우리에 대나무가 쌍으로 솟아나는 곳이 있으면, 그곳에 觀音殿(관음전)을 만들라' 하였다. 산봉우리에 과연 대나무와 함께 향단목이 솟아나니, 흙으로 眞像(진상)을 빚고 관음전을 세웠다. 世祖(세조) 임금이 동쪽으로 나라를 돌아보시며 금강산에서 바닷가를 따라 남쪽으로 이곳에 이르러서 王妃(왕비) 및 世子(세자)가 향불을 피고 부처에게 폐백을 올리니, 기이한 향기가 십 리에 뻗쳤다. 절 집이 좁고 누추하여 다시 지으라고 명하시니, 무릇 백 칸으로 극히 웅장하고 화려했으며, 金守溫(김수온)에게 명하여 種

銘(종명)을 짓도록 했다.

> 바다 기운이 하늘에 닿아
> 평평히 뜬 맑은 거울이요
> 산 빛은 구름에 이어져
> 멀리 그림 병풍을 둘렀네
> 자연이 그윽이 적막하여
> 구애됨 없는 새의 성격이니
> 텅 비어 밝은 물에 비친 달이
> 하늘에서 사람의 마음을 비춘다

의상대는 의상이 도를 닦던 곳으로 천 길이나 되는 절벽 위에 있다. 굽어 바라보니 만리 푸른 파도의 호탕함에 흉금이 상쾌하여 날개 돋아 신선이 될 듯하여 자신이 푸른 바다에 좁쌀 한 톨 밖에 안 되는 작은 존재임을 깨닫지 못한다. 바닷가에 굴이 있는데, 높이가 백 척이요, 넓기는 곡식 만 섬을 실은 배를 들일 만하니, 세속에 전하기를 관음보살이 연꽃 한 잎을 타고 와서 정박한 곳이라 하여, 불상을 빚어 봉안하고 암자를 세웠다 한다. 紅蓮菴(홍연암) 아래로 해서 굴에 들어가 미소를 띤 관음보살의 자태를 받들어 살펴보니, 바닷물 위에 널판 나무를 놓고 그 위에 불상을 봉안하였다.

古人云人傑由地靈而生　蓋地靈則人傑出　人傑出地尤靈　黃岡不遇東坡 赤壁何由而顯名　武夷不遇晦庵　雲谷何由而知名　以人而地尤靈也　五坮山 以雄壯之氣　自咸鏡道毓靈于數百里西作月精寺之勝　東臨海上而作江陵鏡 浦坮之勝　又鍾出一代偉人　栗谷李先生　此是江山發其精而增其勝也　烏竹 軒在江陵市竹洞　舊稱北坪洞栗谷　母夫人申氏號師任堂申氏生此軒　其外祖 父李思溫之家　其母以無男獨女　嫁于處士申命和　而仍隨親家而居　李氏無 男而生五女　而使諸女不離側　申氏或居坡州栗谷　或居烏竹軒　詩學于其外 祖父　通經史善書畫　七歲倣安堅山水圖　又有詩名夢中仙女　自東海水中抱

白玉 童子而授之 仍有娠 又夢龍盤在室而生栗谷 故兒名見龍 室稱夢龍室
申氏之母 以其室傳于第四女之子權處均 後官至參判 蘭雪軒許氏 亦生此
鄉 草堂曄之女 西堂金誠立之妻 誠立卒於壬辰倭亂 年三十一 許氏天姿穎
悟 詩警絕而如逢郎隔水投蓮子 遙被人知半日羞 又洞房極目傷春色 草綠
江南人 未歸可謂絕調而芝峰謂近於蕩 又能畫其弟均刊行遺稿 八歲作白玉
樓上樑文 己丑卒年二十七 明使朱之蕃得其集而去 遂盛行于中國 鏡浦在
府十五里 一小麓向南而峙 坮在其上 前有湖廣 可三十里 水淨如鏡面 故得
名 深不沒肩 淺不下膝 高麗忠肅王丙寅 存撫使朴公淑構坮 安公軸記之 舊
亭之址 坮畔有石臼 世傳永郎煉藥處 東有江門橋 湖形通海橋 外有島 島邊
有白沙堤 堤外碧海茫茫 堤爲湖海之限 長松成林 人家隱映於其間 下臨無
地見城郭 而纔分上出 重霄仰星辰而可接 風帆沙鳥之往來 棹歌漁笛之斷
續爲海上勝景 關東八景之一 又東十里有文殊寺 俗稱寒松亭 李公穀東遊
記云 人言文殊普賢二像 從地聳出者也 東有四仙碑 爲胡宗朝所沈 惟存龜
趺 亭畔有茶泉石臼 述郎遊跡 古有寒松亭曲 高麗人張晉山解之曰 月白寒
松夜 波安鏡浦秋 哀鴻來又去 有信一沙鷗 東臨海濱 蒼松鬱密 西接峰巒 紅
樹妍艶 落霞孤鶩 左右齊飛 秋水長天一色 自月精寺與二三同志來此 而共
坐樓上 談笑古今 俯仰乾坤 斜陽倒天心 清風來水面 湖光如鏡而中有畫舫
數隻 漁子扣舷而歌 觸目風光 足以消愁 眞勝景也 未知赤壁武夷 果勝於此
而恨無蘇仙之才 與盡酒醒而罷 又行六十里 到襄陽洛山寺 在降仙驛南五
峰山中 或稱洛山 新羅義湘祖師 至洛山入觀音窟中修道 而願見觀音眞像
而未覩 投身海中 海龍扶出觀音現全身 以水晶念珠幷龍王寶珠 授義湘仍
言 此中峰上雙竹湧出則成觀音殿 峰上果湧出 竹與栴檀土塑眞像 而仍作
觀音殿 世祖東巡金剛山 沿海而南幸于此 王妃及世子 獻香幣于佛 異香聞
于十里 以殿舍狹陋 命重建寺凡百餘間 極其壯麗 命金守溫撰鐘銘矣 海氣
連天 平浮明鏡 山光連雲 遠繞畫屏 林泉幽寂 自悅鳥性 水月虛明 空照人心
義湘坮義湘修道處 而在寺傍千仞絕壁之上 俯視萬里蒼波之浩蕩 胸衿爽然
如羽化登仙 而自不覺其渺 蒼海之一粟 海邊有窟 其高百尺 其廣容萬斛之

舟 世傳觀音乘一朶紅蓮來泊處 而塑像奉安㔾庵云 因下紅蓮庵入窟 奉審
觀音帶笑之姿 架板木於海水而奉安佛像

雲坡八十壽序
운파팔십수서

  孟子(맹자)의 三達尊(삼달존: 벼슬, 나이, 덕)에 나이가 하나를 차지하고 있
고, 洪範九疇(홍범구주)의 五福(오복)에도 첫째를 壽(수: 목숨)라 했다. 사람이
오래 살은 후에야 여러 복을 누릴 수 있는 것인데, 이 세상 인생이 백 살을
누리는 자가 몇이나 되는가! 오래 산다는 것은 사람이 본디 바라는 것이나 쓸
것이 모자라면 걱정이 생기고, 몸이 아프면 편안치 못하고, 좋은 德(덕)을 닦지
못하면 완전한 福(복)이 아니다.

  雲坡(운파) 金龍植(김용식) 옹의 바탕은 충청도의 陰城郡(음성군)에서 나고
자랐으며, 金海(김해)의 駕洛王(가락왕)의 핏줄을 이어받았다. 일찍이 웅대한
뜻을 품고 세상을 고치는 일을 하려 하였으나 마음과 때가 어긋나 농사를 일삼
아 삶을 유지하는 바탕으로 삼으며, 針術(침술)과 藥材(약재)를 배워 민중을
구제하는 덕을 폈다. 詩(시)에도 능통하고 술도 잘하여 이태백의 풍류에 못지
않으니, 山水(산수)에 노닐며 唐一行(당일행)[161]의 비결 또한 알았다.

  壬戌(임술: 1982)년 6월 11일에 敦岩洞(돈암동) 新興寺(신흥사) 豊年閣(풍
년각)에서 壽宴(수연)을 여니, 사람의 걸출함이 땅의 신령스러움에 응하여 이
복 많은 사람을 세상에 내리셨다. 이미 저 오랜 목숨의 영역을 넘어서서 칠순
을 지나 여든이 다되도록 모든 것을 다하고 통달하려 함에 곧 여든 살이 되려
한다. 丹沙(단사)와 玉液(옥액)으로 신선이 養生(양생)하는 方術(방술)을 알아

---

161) 漢(한)나라 때 사람으로 曆本議(역본의)의 저자, 천체의 운행 및 앞날 예측 능력이 있었다 함.

행하니, 나이 들어도 어린애 같은 얼굴에 鶴髮(학발: 흰머리)인데도 오히려 소
년의 앳된 좋은 모습을 하고 있다. 姿稟(자품)은 빼어나게 맑고, 風儀(풍의)는
엄숙하며 고요하고, 뜻은 항상 고결하고, 言論(언론)은 당당하니 들에 鶴(학)
이 무리에서 뛰어난 것은 郭林宗(곽림종)[162]의 높은 표준이요, 온화한 바람이
방에 들어오는 것은 孔文擧(공문거)[163]의 淸談(청담)이다. 예뻐 쓰다듬고 웃음
머금을 아들도 많고 손자도 많아 번갈아 음악을 울려 올리니 難兄難弟(난형난
제)이다. 공융이 연 북해의 잔치와 같은 자리를 열고, 南山(남산)만큼 오래 사
시라 축원해 올리니, 차려진 음식은 八珍味(팔진미)를 다 갖췄고 초대된 손님
은 전국의 좋은 사람들을 다 모았다. 탁자에 올려진 것은 雪梨(설리) 火棗(화
조)며 신선이 마시는 술이 잔에 가득하고, 고기가 산을 이루고 마른 고기도
숲을 이룬다. 손님들과 사귐을 얘기하니 소나무가 무성해지면 잣나무도 기뻐
함을 본다. 친척들과 마주해 情談(정담)을 나누니, 집안의 번성함이 사랑할만
하다. 색동옷 입고 재롱 춤추는 자손들이 오래 살라 술잔 올리고, 주옥 같은
문장으로 초대된 손님들이 다투어 축하 빌어 올리니 화창한 기운이 자리에 가
득 찼다. 아름다운 손님들 덩실덩실 춤추는 것도 볼만하여 한바탕 풍류가 있
다. 예쁜 기생의 노래도 부르는 것마다 빼어난 소리이니, 오직 翁(옹)의 정신은
퍼지고 기분은 상쾌하다. 興(흥)은 흡족하고 情(정)은 넘쳐나니, 삽살개 눈썹
에 저녁 빛이 걸렸다. 언덕은 까마귀들이 모자를 들쭉날쭉 씌워놓고 취한 눈앞
은 어른거리는데, 푸른 난간에 기대어 잠들어 보고자 하니 이 또한 즐거움 아
닌가? 가히 축하할만한 일이다. 聞見(문견)도 널리 많으니, 누가 산 속의 재상
이라고 아니할까 보냐! 자손이 효도로 섬기니 가히 땅 위의 神仙(신선)이라
불릴만하다.

이 耕南(경남) 어리석은 사내는 부평초처럼 타향을 떠도는 漢陽(한양)의 외
로운 나그네인데, 비록 친척 관계로 얽힌 인연의 情誼(정의)는 없지만 근래에

---

162) 漢(한)나라 때 사람 郭泰(곽태)로 천자도 신하로 삼을 수 없고 제후도 친구로 사귈 수 없을 만큼
    훌륭하다는 평을 들은 사람.
163) 삼국지연의에도 나오는 孔融(공융)으로 북해태수를 지냄.

쇠도 끊을만한 향기로운 사귐을 맺었다. 매번 詩(시)와 술의 모임으로 아름다운 산과 물의 경치를 즐기니, 나를 알아주는 친구가 翁(옹)과 같은 이가 없다. 쓸모 없는 도토리 나무 같은 솜씨이나 잣나무가 무성한 소나무를 보고 기뻐하는 情理(정리)로 보잘것없는 글임에도 불구하고 삼가 거북처럼 두루미처럼 오래 사시라 빌어 올린다.

三達尊齒居一九 五福一曰壽 人有壽而後 能享諸福 人生此世 能享百歲 自有幾 壽固人之所欲然 用不足則憂生 有疾則心不寧無攸 好德則壽而非完福也 雲坡金龍植翁 資生長於湖西之陰城郡 承璿源於金海之駕洛王 早抱雄志 欲試醫世之術 心與時違 務農桑而備養生之資 學針藥而生濟衆之德 能於詩酒 不下李謫仙之風流 遊於山水亦知唐一行之妙訣 壬戌六月十一日 設壽宴于敦岩洞新興寺之豊年閣 人傑應地靈而降此 多福之人 已隮彼遐壽之域已過 初度稀年之慶 窮八十欲盡而達八十將全也 丹沙玉液 認行神仙養生之術 韶顔鶴髮尙帶少年艾好之容 姿稟秀朗 風儀肅肅 志尙高潔 言論堂堂 野鶴超群郭林宗之高標和風 入室孔文擧之淸談 撫芝蘭而含笑 多子多孫 吹壎篪而迭奏 難兄難弟 敵北海之華筵 祝南山之遐算 盃盤陳八珍之味 賓客盡東南之美 飣飯登卓 雪梨火棗流霞 滿酌肉山脯林 與賓客而論交聿 覩松柏之悅 對親戚而情話 可愛花樹之繁斑 衣彩舞子孫奉獻壽觴 玉韻瓊章 賓客競呈頌祝 滿堂和氣 嘉賓之舞 倣倣可觀一場風流 佳妓之歌 曲曲絶唱 惟翁神舒氣爽 興洽情溢 厖眉帶曛 岸烏帽而不整 醉眼生纈 憑翠欄而欲眠 不亦樂乎 可以賀矣 聞見偏多 孰不曰山中宰相 子孫孝事 眞可謂地上神仙 顧此耕南愚夫 萍海浪跡 漢陽孤客 雖無瓜葛之誼 近有金蘭之契 每以詩酒之會 周遊山水之勝 知己之友無如此 翁以若櫟姿 只以栢情 不拘牛溲馬勃之文 謹頌龜齡鶴算之壽

南崗詩集序

남강시집서

蘭(난초)는 그윽한 계곡에 나서 퍼뜨리지 않아도 향기 퍼지고, 玉(옥)은 깊은 산에 감추어져 쪼지 않는다 해도 아름답다. 사람이 세상에 처해서 해야 할 일은 德(덕)을 행하고 본성에 따르며, 文藝(문예)를 학습하는 일이다. 그러나 덕을 행하는 것이 본디 할 일이요, 문예는 곁가지이다. 덕이 부족하고 재주에 남음이 있기보다는 재주가 부족하고 덕에 남음이 있음이 낫다.

내가 南崗(남강) 余(여) 공에 또한 느끼는 바가 있다. 公(공)은 자질이 아름답고 재주가 높으니, 일찍부터 詩書(시서)를 읽고 문예에 빠르게 성취하였다. 배운 바가 經書(경서)와 史書(사서)에 넓고 깊어, 하늘과 사람의 性命(성명)에 대한 오묘함과 물고기가 뛰어 오르고 솔개가 날아오르는 자연의 섭리를 강구하지 않은 것이 없었다. 그러나 글을 짓는 데 있어서는 지금 시대가 儒學(유학)을 존중하지 않아 강습에 들이는 힘이 도리어 독실하게 행동하는 일보다 적으니, 덕은 남음이 있고 재주는 부족하게 되었다. 타고난 성품이 청렴결백하여 사사로움이 없고, 의롭지 못한 富貴(부귀)는 마음에 두지 않는다. 효도로 부모를 섬기고, 우애로 형제에게 대하며, 자식을 의로운 방법으로 가르치고, 벗과 믿음으로 사귄다. 술과 시를 하는 친구들과 愛鄉同志會(애향동지회)를 결성하여 봄가을 좋은 때면 산과 물로 소요하며 옛 일을 담론하니, 지금은 세속을 벗어난 신선과 방불하다. 고향 동네에서 모두 벗할만한 친구로 칭하여 추앙하고 존중하니 나와서는 한 고을의 표준이요, 고향에서는 한 집안의 棟梁(동량)이 된다. 이러함이 모두 公(공)이 덕을 행하여서 난초처럼 향기 나고 주옥처럼 아름답게 된 것이다.

공은 宜寧(의령) 사람으로 이름은 泰東(태동)이요 字(자)는 東秀(동수)니, 典書(저서) 벼슬을 지낸 仲淹(중엄)의 후손이다. 辛丑(신축)년에 利川邑(이천읍)에서 태어나 그 읍의 읍장 및 典校(전교: 향교 책임자)를 지냈으니, 그 德行(덕행)이 한 고을의 최고이다. 고향 사람들이 頌德碑(송덕비)를 세우려 하였으나, 공이 사양하였으나, 지금 공이 세상을 떠난 후에 그 논의가 또 일어나고 있다. 공의 지은 바 詩集(시집)은 공이 직접 뽑아서 간행하려 하였으나 이루지 못하였는데, 그 아드님 尙模(상모) 군이 간행하고자 하여 그 숙부 東翰(동한) 님에게 일을 위촉하니, 나에게 교정하는 일과 좋은 서문을 부탁하였다. 내가 그럴만한 사람은 되지 못하나 일찍이 詩社(시사)에서 만나보니 엄연하게 長子 (장자)의 風度(풍도)가 있었는데 금년에 돌아가셨으니, 나보다 한 살 위로 날 앞서 가심으로 슬픈 감정이 넘쳐 끝내 사양하지 못하였다. 번잡한 것은 제거하고 그 精粹(정수)만을 취하여 대략 느낀 바를 위와 같이 쓴다.

蘭生幽谷 不播而香 玉蘊深山 不琢而章 人之處世 德行率性也 文藝學習也 然而德行之本也 文藝末也 與其德不足而才有餘 不若才不足而德有餘也 余於南崗余公 亦有感焉 公質美而才高 早讀詩書 文藝夙就 所學奄貫經史 天人性命之奧 魚鳶飛躍之理 莫不講求 然其於文辭 時不尊儒學講習之力 還少於篤行之事 卽德有餘而才不足也 素性廉潔無私不義之富貴 不介於心 事父母以孝 處兄弟以友 敎子以義 方與朋友交以信 與詩朋酒友 成愛鄕同志 會春風秋月 每逍遙於山水談古論今 彷彿如物外之仙 而鄕里咸稱士友 推重出而爲一鄕之表準 入而爲一門之棟樑 此皆公之德行而如蘭之香 如玉之章也 公宜寧人諱泰東字東秀 典書諱仲淹之後也 辛丑生于利川邑 而歷其及長及典校 其德行爲一邑之最 故鄕人欲立頌德碑 而公辭之 然公今辭世 而其議尙起 公所作詩集 公曾手抄欲刊而未成 賢胤尙模君 將欲刊行而屬於 其叔父之東翰甫 請余以校正之役 及玄晏之文 余非其人 然曾逢於詩社 儼 然有長者之風 而歿於今年 加余一歲而先余而逝 悲感之餘 義不可以不文終 辭而去 其煩而取其精 略記所感而敍之

海東詩社詩集序

해동시사시집서

天地間(천지간)에 萬物(만물)이 모두 소리가 있다. 草木(초목)은 소리가 없다 하나, 초목에서 소리를 내는 것이 있으니 風(풍: 바람)이요, 金石(금석)에도 또한 소리가 없다 하나, 금석에서 소리를 내는 것이 있으니 物(물: 만들어진 것)이다.

사람에겐 비록 소리가 있으나, 虛(허)와 實(실)이 있다. 글로 나타나게 된즉 實聲(실성)이 되고, 글로 나타나지 않은즉 虛聲(허성)이 된다. 情(정)에서 나온 뒤에 詩(시)에 글로 나타내진 후에야 드러나게 된다. 李白(이백)과 杜甫(두보)는 마주치는 것에 따라 회포를 썼고, 韓愈(한유)와 柳宗元(유종원)은 마주치는 일에 따라 情(정)을 글로 지었다.

平聲(평성)과 仄聲(측성)이 서로 변하고 情(정)과 景(경)이 서로 맞아야 비로소 시라고 말할 수 있으니, 말은 비로 쉬우나 격식을 갖추는 것은 어렵다. 晉(진)나라 蘭亭(난정)은 文章(문장)과 風流(풍류)의 모임이요, 宋(송)나라의 洛園(낙원)은 道德(도덕)높은 뛰어난 노인들의 모임이니, 모두 그윽한 회포를 풀어내고 세상 걱정을 풀어 없앴다.

우리네들은 모두 바다에 뜬 부평초처럼 외로운 자취만 있는 자들로 흰머리 남은 수명에 즐길 바가 별로 없으니 혹은 江南九老會(강남구로회)를 열어 다시 洛園(낙원)의 옛 취미를 잇거나, 혹은 海東詩社(해동시사)를 결성하여 난정의 남은 운치를 뒤따라 흉내 낸다.

斯文(사문: 유학자)이신 鳳庵(봉암) 朴泰三(박태삼) 님이 지난해에 모임을 여셨고, 詞伯(사백: 글에 뛰어난 사람)이신 源谷(원곡) 崔喆圭(최철규) 님이 금년 여름에 논의에 따라 모임을 여시니, 온 나라의 士林(사림: 선비)이 메아리처럼 서로 응해 모임이 이루어졌다. 맡은 일들이 이미 이루어졌고 모이는 기일도 또한 정해지니, 나이에 따라 순서를 삼고 道義(동의)로 서로 돕게 됐다. 여러 참여하신 분들의 뛰어난 글재주가 흩어져 있어도 비바람처럼 붓끝을 놀려주시니, 다섯 수레 배운 책이 종이 위에 휘날려 온다. 구름과 안개 같은 운치 있는 筆跡(필적) 사계절 새로 갈려지니 변화하는 중에 있는 萬物(만물)이 변천하는 아름다운 광경을 나누어 보여주고, 조용한 속에서 기이한 볼거리를 제공해준다.

講論(강론)에 여유가 있어 훌륭한 경치를 돌아볼 즈음에는 산이나 강가의 정차에 모두 모이니, 마음은 후련해지고 정신은 편안해진다. 총애 받거나 욕을 먹거나 모두 잊으니, 가슴이 활짝 펴져 세상과 나 사이에 간격이 없어져 曾點(증점)이 孔子(공자) 앞에서 벼슬 따위 필요 없고 물가에서 시원하게 바람이나 쐬고 몸이나 씻는 것이 자기의 바람이라 한 기상을 생각할만하다.

각자 시 한 수씩 짓고 서너 잔 술 마시고, 남은 興(흥)에 혹은 노래하고 혹은 춤추며 무한한 취미를 맛보니 노래하며 정을 발출함이 이보다 더할 수 없다. 이것이 예부터 내려오는 아름다운 풍속이니, 이제 지은 바 시의 원고를 인쇄해 출간해서 장차 서로 익힌 대대로 내려오는 우의를 뒤로 잇고자 한즉 집안 대대로 내려줄 보물이다.

이름난 산과 아름다운 경치는 반드시 주인을 기다려서야 그 이름을 떨칠 수 있으니 香山(향산)은 白居易(백거이)가 없었으면 어찌 이름을 알렸으며, 蘭亭(난정)은 王羲之(왕희지)가 없었으면 어찌 모임이 있었는지 알겠느냐! 비록 세상이 다르고 사람도 옛사람이 아니지만 회포를 일으키는 바는 한가지이니, 바꾸지 말고 맺을 것이다. 옛사람들이 모여서 어찌 뒤에 지금을 봄이 지금 사람이 옛날을 봄과 같으리라 알았겠느냐!

天地之間萬物 皆有聲 草木無聲 而聲於草木者風也 金石亦無聲 而聲於金石者物也 人雖有聲 虛實在焉 著於文則爲實聲 不著於文則爲虛聲 出於情而後 著書於詩而後顯李杜 隨愚而寫其懷 韓柳觸事而賦其情 平仄相變 情景相適 始可言詩言 雖易而得格則難矣 晉之蘭亭文章風流之禊 宋之洛園道德耆英之會 皆所以暢敍幽懷 消遣世慮也 吾儕皆萍海孤踪 白首殘年別無所樂 或設江南九老會 更續洛園舊趣 或結海東詩社 追倣蘭亭餘韻 鳳

庵朴斯文泰三甫 設會於去年 源谷崔詞伯喆圭甫 隨議創詩社 於今夏全城
士林 同聲相應 而成會也 所任已成 會期亦定 以齒爲序 道義相勗 恭惟諸
公八斗才 雄散作毫端風雨 五車學書 揮來紙上 雲烟四時代謝 分勝槩於化
中 萬物變遷 供奇觀於靜中講論之餘 顧眄之際 壯觀勝槩 咸集於山榭江亭
之中 心曠神怡 寵辱俱忘 胸次悠然 物我無間 可以想吾與點之氣像 各題一
首詩 飮數盃酒 以其餘興 或歌或舞 做得無限之趣味 詠歎感發之情極矣 是
古來之美風 而今以所作詩稿印出而將使後承 互相講其世誼 則傳家之寶也
名山勝景 必待主人而擅名 香山非白公 何以知名 蘭亭非王氏 何以知會 雖
世殊人非 所以興懷則一也 勿替而繼之 如古人之會 則安知其後人 視今如
今之視古也哉

藥城世稿序

예성세고서

이 세상 선비로서 기이한 뜻을 안고 經綸(경륜)을 품은 자가 현달하지 못해
세상에 그 품은 바를 펴지 못한즉, 혹은 선조의 빛남을 이어 펴서 그 그윽한
광채를 빛나게 하니 德(덕)을 감추고 있는 자는 그로 연유한 사모하는 마음이
오래되어도 바뀌지 않는다.

崔(최)씨의 선조는 唐(당)나라 淸河縣(청하현) 兵馬使(병마사) 崔陞(최승)
이 동쪽으로 와서 亂賊(난적)을 토벌하여 평정하라는 명을 받들고 와서 新羅
(신라)에서 벼슬을 하게 되고 이어 忠州(충주)에 籍(적)을 두고 살게 되면서부
터 나왔다. 高麗(고려)를 거쳐 우리 朝鮮(조선)에 이르기까지 천여년간 혹은
높은 벼슬로 세대를 잇거나 혹은 詩(시)와 禮(예)로 가문을 전해오니, 名公(명
공)과 巨卿(거경)이 나오고 孝子(효자)와 賢孫(현손)이 이어져 번영과 시듦은
그 간에 비록 다름이 있더라도 文章(문장)과 德行(덕행)은 예나 지금이나 같다.

吏曹(이조) 典書(전서) 崔資(최자)의 후손인 崔勉承(최면승) 님은 그 선조가 나아가 벼슬을 하면 충성을 다해 힘을 쏟고 궁벽해졌을 때에도 그 뜻을 고상하게 지켰다. 勉承(면승)은 어려서부터 근검 절약하여 집안을 이루었고 선조의 일을 이어 폈으며 先塋(선영)에 비석을 세웠으며, 그 남겨진 글들을 수습해 이제 世稿(세고)를 간행한다. 그 선조 일행이 행한 善(선)한 일과 선조 최자의 영광을 채집하지 않은 것이 없이 세상에 드날리려 하니, 근세 志士(지사)의 훌륭한 집안에 훌륭한 일이다.

族人(족인) 奎煥(규환) 님은 勉承(면승)의 從先祖(종선조)인 都總制(도총제) 菊堂(국당) 崔洵(최순)의 17대손으로 대대로 내려온 德(덕)이 서로 같다. 이제 世稿(세고)가 간행된다는 말을 듣고 기쁨을 이기지 못해 또한 그 선조의 남겨진 글을 수집하였으니, 菊堂(국당), 靜齋(정재), 潭雲(담운)의 詩(시)요, 白潭(백담), 五可齋(오가재), 少椒(소초), 錦南(금남) 從先祖(종선조)의 詩(시)이다. 鶴史(학사) 族兄(족형)과 鶴山(학산) 族孫(족손) 및 자신의 文稿(문고)를 책 끝에 붙여 합해서 世稿(세고)라 부르고, 내게 훌륭한 서문을 부탁했다.

내가 그럴만한 德望(덕망)도 없고 글 솜씨도 따를 수 없지만, 삼가 모아 기록된 것인즉 德行(덕행)의 文章(문장)이 있어 선조가 德(덕)을 쌓아 후손에게 내려줌이 있는 것이요, 자손들이 선조에게 효성을 펴서 아름답게 드러나게 하려 함이 있는 것이니 詩禮古家(시예고가)로 불림에 부끄러움이 없다. 그러므로 졸렬한 글임에도 불구하고 위와 같이 쓴다.

士生斯世抱奇志懷經綸者 不達而未得展其抱於世 則或繼述先徽 以闡其幽光潛德者 由思慕之情 久而不替也 崔氏之先 自唐之清河縣兵馬使諱陞奉命東來 討平亂賊 而仕于新羅 仍居忠州 而爲籍歷高麗至我朝千餘年間 或簪纓繼世 或詩禮傳家名公巨卿孝子賢孫 榮枯雖異於其間 文章德行 古今相同 吏曹典書公諱濱之後孫勉承甫 以其先出而爲仕 則竭忠其力 處窮而力穡 則高尙其志而勉承 自少勤儉 成家繼述先事 竪豊碑於先塋 收拾遺文 刊行世稿於今日 其先祖一行之善一資之榮 莫不採輯而擅揚于世 近世之志士

高門之勝事也 其族人奎煥甫 勉承之從先祖都摠制菊堂諱洵之十七大孫也
世德相同而今聞世稿之刊行 不勝欣感 亦搜輯其先世遺文 菊堂靜齋潭雲詩
也 白潭五可齋 少抵錦南 從先祖詩也 鶴史族兄鶴山族孫及自己之文稿 付
于篇末而合世稿 請於余以玄晏之役 余無位德之望 而兼無文辭之不獲 謹撮
所錄 則有德行文章有是祖 蓄其德而垂裕於後昆 有是孫 述其孝而有休於先
祖 眞不愧詩禮古家之稱 故不拘辭拙 謹敍如右

藥城詩社
예성시사

대저 道(도)는 天命之性(천명지성)에서 근원 하여 五倫之間(오륜지간)에서
행해지니, 하루라도 덮어둘 수 없는 것이다. 그러므로 맹자 가라사대 '庠序(상
서)[164] 學校(학교)를 열어 가르친 것은 모두 人倫(인륜)을 밝히기 위함이다.'라
고 하셨다. 학교는 풍속을 교화시키는 근원으로 人材(인재)가 그로부터 나오는
바이다. 우리나라는 고을마다 鄕校(향교)가 있어 개개인 몸을 닦고 덕을 이루
어 백성을 교화하고 풍속을 바르게 했다. 또 백성을 가르치기를 문장을 읽고
외우도록 연습시키고 문과와 무과의 과거를 열어 조정에 인재를 등용했다. 근
래에 서양 풍속이 동쪽으로 밀려와 비록 校宮(교궁)[165]에서 봄가을 제사를 올리
기는 하나 聖學(성학)은 강론하지 않는다.

  詩(시)와 文章(문장) 또한 道學(도학)의 일단인지라, 老師(노사)와 宿儒(숙
유)가 한줄기 미약한 빛이라도 붙들어 일으키고자 한다. 國運(국운)이 光復(광
복)된 후에 각 고을이 각각 漢詩(한시) 모임을 열어 산이나 강가의 정자에 서로

---

164) 古代(고대) 중국의 지방 학교.
165) 각 고을 향교에 있는 文廟(문묘).

모여, 혹은 시와 술로 서로 즐기거나 혹은 紙上(지상) 白日場(백일장)을 열어 글 제목을 내어 재주를 시험하기도 한다.

湖西(호서)의 忠州(충주)는 세상에서 알아주는 글의 고장으로 하늘이 만들어 낸 아름다운 곳이다. 강가에 이른즉 맑은 강이 서남쪽으로 띠를 두르니 멀리 達川(달천)의 물이 거울 면과 같이 빛나고, 산에 오른즉 무리 진 산들이 동북쪽으로 푸르게 우뚝 솟아 있으니 月岳(월악)과 鷄鳴(계명)의 산봉우리가 龍(용)이 똬리 튼 형세와 같다. 땅은 樂土(낙토)라 불리고 내와 들과 숲은 널리 시원하게 뚫렸으니, 진정 은둔자가 숨어 살기 좋고 詩人(시인)이 풍월 읊기에 마땅하다. 아침 햇살과 저녁 어스름이 모두 그림 같은 풍경 아님이 없으니, 神(신)의 경지에 들어선 화가의 손과 용트림하는 문장의 재주가 아니면 이 眞景(진경)을 그려낼 수 없다.

人傑(인걸)은 땅의 靈氣(영기)로 말미암아 태어난다. 新羅(신라) 때 세상에 强首(강수)는 문장으로 이름을 날렸고, 金生(김생)은 잘 쓴 글씨로 드러났으며, 于勒(우륵)은 음악으로 알려졌다. 高麗(고려) 말에 이르러서 陽村(양촌) 權近(권근) 선생이 經學(경학)으로 후세의 배움을 열었고, 林慶業(임경업) 장군은 忠節(충절)로써 綱常(강상)을 떠받쳤다.

근래에는 藥城詩社(예성시사)가 있으니 그 취지인즉 사람이 배우지 못하면 道(도)를 모르고 배움을 익히지 않으면 도가 밝아지지 않으니, 우리네들이 한 세상에 같이 살면서 서로 따르고 배우며 吾道(오도: 유학)을 강론하고 갈고 닦아 다 꺼져 가는 세상에 희미한 빛이라도 붙잡아서 장래에 지켜야 할 큰 윤리를 다 풀이내는 것이 우리의 직분이라는 것이다.

이에 典校(전교) 李源永(이원영) 님 이하 여러분이 합심 협력하여 시내 안에 儒林會館(유림회관)을 증축하여 한 달 걸려 落成(낙성)하니, 아름다운 일이다. 땅의 靈氣(영기)가 모아져 최고의 하늘이 준 완전한 곳이 되니, 좌우의 마루와 대청은 한 고을 훌륭한 사람들이 다 앉을만하다. 하나는 書室(서실)로 삼으니 붓에 먹물이 흥건하고, 하나는 독서실로 삼으니 글 읽는 소리가 끊이지 않는다. 이 어찌 무너진 풍속을 일으키는 깊은 계책이 아니겠는가!

사람마다 자기가 할 바를 얻으니, 선비는 모두 달빛 비치는 창문 바람 시원한 마루에서 거의 杜甫(두보)와 같은 아름다운 시 구절을 읊는다. 매화나무와 대나무 뵈는 창 안에선 때로 이태백의 술잔을 기울이며, 禮(예)로써 나아가고 義(의)로써 물러난다. 程子(정자)와 朱子(주자)의 학문으로 가히 퇴패한 풍속을 일으킬 수 있다. 뜻에는 숭상함이 있고, 배움에는 연원이 있으니, 歐陽脩(구양수)와 蘇東坡(소동파)의 풍모가 항상 많다.

낙성을 축하하는 제목으로 좋은 글을 쓰게 하여 유림회관 증축 준공을 축하하고 忠愍公(충민공) 임경업 장군의 忠烈祠(충렬사) 聖域化(성역화)를 제목으로 시를 모집하니, 士林(사림)의 투고가 적지 않다. 내가 모자란 재주로 요행히 시를 평가하는 대열에 참가하게 되니, 잘못 뽑았다는 비방이 없지 않을 것이나, 社長(사장) 李愚明(이우명) 님이 또 서문까지 부탁하는 고로 부득이하게 낯을 두껍게 하고 삼가 쓴다.

夫道源於天命之性 而行於五倫之間 不可一日廢也 故孟子曰設爲庠序學校以敎之 皆所以明人倫也 學校風化之源 而人村之所由出也 我國郡縣 皆有鄕校 餙躬成德花民正俗 又敎民以記誦詞章之習 設文武科而等庸于朝 近來西風東漸 雖有校宮薦蒸 嘗而聖學不講詞藻 亦道學之一段也 老師宿儒欲扶微陽一線 國運光復以後 諸郡各立漢詩之社 相會於山榭江亭 而以詩酒相娛 或設紙上白日場 出題詩才 湖西之忠州 世稱文鄕 天作名區 臨水則淸江暎帶于西南 繞渡㺚川之水 如鏡面之光 登山則群山礐翠于東北 月岳鷄鳴之崗 如龍盤之勢 地稱樂土 川原林泉之寬敞 正宜逸民之棲息 騷人之風 詠朝暉夕 陰無非畵境 若非入神之畵手 騰蛟之詞宗 難可摹其眞景也 人傑由地靈而生 新羅之世强首 以文章擅 金生以名筆顯 于勒以音樂著 至麗末陽村權先生以京學開來學 林將軍以忠節扶 綱常近有藥城詩社 其趣則人不學不知道學 不講道不明 我輩生幷一世相從遊 而講磨明吾道而扶微 陽村於剝盡敍彝倫於將來 是吾職也 於是典校李源永甫以下諸公 合心協力增築儒林會館於市中 彌月而落成 美哉 地靈之鍾聚 最是天府之完全 左右軒堂 可坐

一鄕之衣冠 一爲書藝室 而揮毫淋漓 一爲讀書室而絃誦不絶 豈非振頹之深
策乎 人各得其所 士皆詠於斯 月戶風軒 幾詠子美之句 梅窓竹牖 時傾太白
之盃 進以禮 退以義 程朱之學 可激頹風 志有尙 學有源 歐蘇之風 常多健筆
爲祝落成 題以祝儒林會館增築竣功 及林忠愍公忠烈祠聖域化之題而募詩
士林之投稿不少 而余以菲才 幸參考試之列 不無誤選之謗矣 社長李愚明甫
又托以玄晏之文 故不得已而强顔謹書

漢江旣望詩序
한강기망시서

赤壁(적벽)이 세상에 이름을 날린 것은 曹孟德(조맹덕: 삼국지의 조조)의 큰
싸움과 蘇東坡(소동파)의 웅장한 文章(문장)이 있음으로 해서이다. 적벽이 소
동파를 만나지 못했으면, 그 江(강)이 어찌 이름을 날렸겠는가! 소동파가 강산
초목에서 노닒이 그 강산의 아름다움을 더해 그 정신을 발출시켰으니, 동파의
문장은 필시 적벽의 도움이 있었을 것인즉 그 장소와 사람이 서로 만나면 그
바탕이 더욱 더욱 커진다.

소동파가 놀고 간 후 열다섯 번의 육십갑자가 지난 후 지난 壬戌(임술:
1922)년 칠월 旣望(기망: 음력 16일)에 錦江(금강)의 新灘津(신탄진)에서 놀이
를 가졌으니, 나이 스물한 살 때로 호탕한 情(정)이 적지 않았다. 지금 壬戌
(임술: 1982)년에 大地(대지)가 내게 문장 능력을 빌려주고 맑은 가을이 아름
다운 경치로 나를 부른다. 그러나 같이 놀던 사람들은 모두 나보다 먼저 떠나
버리고 나만 오직 나이 여든을 넘긴 노인이니, 백발이 성성하여 이미 지난날
의 모습은 아니다. 龍(용)을 죽이면 그 기량이 넓은 바다 속 구슬을 돌려놓지
못하고, 말에 기대어 문장을 지어도 공연히 洛陽(낙양)의 종이 값만 올려놓게
될 뿐이다.

그러나 마음은 늙지 않고 興(흥)은 남음이 있으니, 心山(심산) 崔勉承(최면승) 님과 함께 漢城文友社(한성문우사)의 여러 벗들을 모이게 하여 한강에서 배를 띄우고 놀았다. 어떤 이가 내게 말하기를 "한강과 적벽은 서로 떨어진 거리가 만여 리가 넘고 경치도 같지 않으며 宋(송)나라 때의 임술년이 지금 우리의 임술년과 서로 떨어진 것이 구백여 년이니, 마음에 느끼는 바도 같지 않으리라. 耕南(경남)의 식견도 동파의 식견과 같지 않고, 또 그대는 발로 그 땅에 이르지도 못하고 눈으로 그 경치도 못 봤으며, 재주도 그 사람에 미치지 못하면서 감히 스스로 동파가 그 좋은 곳에서 노닐던 것과 문장에 비한단 말인가!"라고 한다. 내가 웃으며 말하기를 "江山(강산)과 風月(풍월)은 본디 정해진 주인이 없고, 한가한 자가 주인이 된다. 漢城(한성)은 오백 년 동안 도읍지로 존중돼왔고 수십 리 맑은 물이 있는 아름다운 곳인데다, 이제 이미 글 친구 수십 명이 있어 술 한 말과 피리 한 자루 지니고 배 띄워 가을 물을 거슬러 오르며 밝은 달 아래에서 律詩(율시) 한 수씩 지은즉 어딘들 적벽이 아니며, 어느 때인들 임술년 기망이 아니며, 누군들 동파처럼 멋지게 노니는 사람이 아니겠는가! 문장인즉 서로 떨어짐이 멀다 해도 후세 사람에게 부쳐 평가하게 하면 될 뿐이다."라고 하였다.

서로 돌아보고 웃으며 술잔을 따르다 잔이 다 비어 안개 낀 물결 위에 소요하니, 산과 강의 아름다움은 다른 것에 비할 바가 아니고 모임도 우연이 아니니 실로 얻기 어려운 것이다. 앞을 바라보니 너른 들에 푸르고 누른 밭두둑이 사이사이 얽혀 있고, 몸 굽혀 긴 강가에 이르니 붉은 여뀌와 흰 갈대 속에 모래밭 새들과 여울물 물고기가 유유히 한가롭게 노닌다. 아지랑이 엷게 끼고 안개 낀 모래밭은 아득히 멀어 詩(시) 지을만한 경치를 제공한다. 밝은 달이 물을 비추고 맑은 바람이 배 안으로 들어오니 달빛과 강 풍경이 상쾌하게 서로 젖어 든다. 가는 것은 이 강물과 같아서 아주 가버리는 일 없고, 비워졌다 채워졌다 하는 것은 저 달과 같아서 아주 없어지거나 터져버리지 않는다. 하늘과 물이 한 가지 색이니 詩情(시정)을 일으켜 詩人(시인)이 술 마시며 읊게 한다. 세상 근심은 강산 밖으로 보내 버리고 몸뚱어리는 우주 사이에 덩그러니 놓아 버리니 가슴이 확 터진다. 낯 두껍게 시를 지으니, 글재주가 졸렬함은 알겠으나 이 아름다운 풍경을 져버릴 수가 없다. 예부터 지금까지 놀러 온 남녀가 몇이나 되는지 알 수는 없으나 미인이 술을 권하고 아름다운 손님과 자리를 같이 하며 생황과 노래가 어울려 울리고 술잔이 오가며 꽃과 새를 희롱하면서 정을 펼치니, 눈앞의 즐거움을 알고 그 흔적을 남기는 자는 많지 않다.

　나는 옛사람의 즐김을 다 알지는 못하나 지금 만약 문자로 이 즐거움을 남기지 않으면, 후세 사람들이 어찌 우리네가 이리 노닒을 알겠는가! 졸렬한 글임에도 불구하고 대략 위와 같이 적으니, 오직 후세에 전해지기를 바랄 뿐이다.

　赤壁之擅名于世者 以其有曹孟德之大戰 蘇東坡之雄文也 赤壁不遇東坡 其江何以顯名 東坡之遊 江山草木 增其勝而發其精 東坡之文章未必無 赤壁之助 則境與人之相遇 而其資益大矣 東坡遊後十五回 去壬戌七月旣望 遊於錦江之新灘津 年方二十一豪情不少 到今壬戌 大塊假我以文章 淸秋召我以烟景 然同遊之人 皆先我而逝 惟我年過八耋 星星白髮 已非舊時容 屠龍伎倆 未還滄海之珠 倚馬文章 空負洛陽紙價之貴 然心不老 而興有餘 與心山崔勉承甫 會漢城文友社諸友 泛舟遊於漢江之上 或謂余曰 漢江之於赤壁 地之相距萬餘里 景必不同 宋壬戌之於韓壬戌時之相去九百餘年 懷必不同 耕南之於東坡 息見不同 且公今足 不到其地 目不見其景 才不及其人 而敢自比於東坡之勝遊 與文章乎 余笑曰 江山風月 本無定主閒者爲主 漢城五百年 奠都之地 洌水數十里 佳麗之境 今已有詞朋數十人 携一斗酒 持一妓簫 泛舟溯洄於秋水明月之間 而賦一律則何處非赤壁 何夜非壬戌之旣望 何人非東坡之勝遊乎 文章則相距遠 而付於後人之評而已 相笑而酌酒 解渴逍遙於烟波之上 山河之美 非他之比 而會非偶然 實難得也 前眺廣野 綠疇黃塍 交錯其間 俯臨長江 紅蓼白蘆之中 沙鷗灘魚 攸開自在 嵐靄淡抹 烟沙浩渺 供詩之景也 明月照水 淸風入舟 月光江色 爽然相涵 逝者如斯而未嘗往 盈虛者如彼而卒莫消長 天水一色 惹詩之情 騷人觸詠之趣 遣世慮於江

山之外 放形骸於宇宙之間 胸次豁然 强顔作詩 知其拙而難負勝景也 自古
及今 士女之來遊者 不知其數而美人勸酒 嘉賓同座 笙歌竝奏 獻酬交錯 弄
花鳥而舒情 惟知目前之樂 而留其蹟者少 余不盡知古人之樂 而今若無文字
則後人 何以知吾儕之遊乎 不拘文拙 略記如右 惟冀傳後

內藏山詩序
내장산시서

文章(문장)이 드러나느냐 묵혀지느냐 하는 것은 세상에 道(도)가 衰(쇠)하
느냐 盛(성)하느냐에 달려있다. 제때를 만난 것은 풍부한 때에 길러서 자라고,
제때를 만나지 못한 것은 후일에 전해질 뿐이니 제때를 만난 것은 항상 적고,
제때를 만나지 못한 것은 항상 많다. 제때를 만나는 것은 본디 어려운 것이나,
후세에 전해지는 것 또한 어렵다. 나는 문장도 좋지 못한데다 또 제때도 만나지
못해서 느긋이 慷慨(강개)한 뜻을 품고, 詩(시)와 술에 마음을 깃들이고, 산과
물에 자취를 맡기고 별 계획 없이 가벼운 차림으로 때때로 산에 들어가 꽃을
찾거나, 혹은 물가에 나가 물고기를 구경하거나 하며 노래 부르며 다녀 호탕해
지고, 앉아 시를 읊으며 그윽한 興(흥)을 일으켜 멋대로 노닐며, 구경하는 즐거
움을 멋대로 부리니 뜬구름 인생에 이런 즐김을 몇 번이나 갖겠는가!

壬戌(임술: 1982)년 늦가을에 여러 친구들을 따라 內藏山(내장산) 관광을 했
다. 강산이 나를 아름다운 자연으로 부르고, 맑은 인연이 내게 기회를 주는데
어찌 노닐어 보지 않겠는가! 내장산은 井邑(정읍) 淳昌(순창) 長城(장성) 3개
군에 걸쳐있다. 안으로는 층층이 겹쳐진 산봉우리가 두 손 모아 인사드리고
있고, 밖으로는 무성한 숲과 평평한 들이 띠를 이어 비치고 있다. 땅의 형세는
높고 시원히 뚫려 있으니 조망하기에 마땅하다. 기이한 꽃과 특이한 풀이 많으
니 봄에는 앵두꽃이 아름다워 나물 캐는 사람들 많고, 여름에는 녹음의 상쾌하

여 더위 피하는 나그네가 많고, 가을에는 단풍잎이 요염하여 약초 캐는 노인네가 많고, 겨울에는 雪景(설경)이 기이하니 관광객이 하루에 만여 명을 넘는다. 옛사람들이 남쪽의 金剛山(금강산)이라 불렀고, 세상에서도 湖南(호남)의 五大名山(오대명산) 중 하나라 하며, 또한 韓國八景(한국팔경) 중에도 하나 낀다. 근래에는 국립공원이 되었다.

　秋領厓(추령애)를 거쳐 시냇물 흐름을 따라 그 지경 안으로 들어가면 山勢(산세)는 드넓고 웅장하게 높아, 형세가 험해질수록 경치는 더욱 좋아진다. 바위 빽빽한 봉우리와 계곡 사이에 단풍이 수놓은 것처럼 얽혀있어, 숲 전체 모습이 반이나 붉게 물들어 있고 푸르름은 남아있지 않으니 황홀하기가 맑은 날 노을 같고, 아련하기가 들에 불 번진 것 같다. 절 북쪽에 있는 西來峰(서래봉)이 제일 높은 봉우리이며 이 또한 단풍 숲을 이루고 있다. 조금 지나면 榧子(비자) 숲이 있는데 常綠樹(상록수)로 유명하다. 內藏寺(내장사)는 정읍군 내장리에 있다. 百濟(백제) 武王(무왕) 37년에 靈隱祖師(영은조사)가 창설하여 靈隱寺(영은사)로 불리다가 뒤에 지금의 이름으로 바뀌었다. 임진왜란에 불타 없어졌다 芙蓉大師(부용대사)가 중건하였으며, 庚寅事變(경인사변: 1950년 발발 6.25변란) 또 불타 없어지는 피해를 당했으니 무릇 일곱 번의 중건이 있었다 한다. 절은 층진 산꼭대기를 점거하고 있어, 굽어보면 절벽과 시냇물이 돌을 때려 찰랑이는 소리가 끊이지 않는다. 바위 골짜기는 그윽이 깊어 안개와 노을이 끝없이 아련하고, 마루와 기둥은 넓고 시원히 뚫려 바람과 비를 막아준다. 올라가서 휘파람불고 노래하니 가슴이 확 터져 넓어진다. 골짜기 어귀에 石城(석성) 터가 있는데 倭賊(왜적)의 丁酉再亂(정유재란) 때에 僧兵將(승병장) 希黔大師(희검대사)가 僧兵(승병)을 이끌고 抗戰(항전)하던 곳이요, 또 韓末(한말)에 義兵(의병)들이 전사한 곳이니 혹 習軍峰(습군봉)이라고도 부른다. 절벽 아래에 약수터가 있고, 그 위에 천연동굴이 있으니 임진왜란 때 王朝實錄(왕조실록) 및 全州史庫(전주사고) 서적이 모두 이 굴에서 兵火(병화)를 피했다. 그 위에 金仙瀑布(폭포)가 있으니 慵齋(용재) 成俔(성현)의 定慧樓記(정혜루기)에,

> 고을은 산을 얻어 이름이 있고
> 산은 절을 얻어 제일 아름다워진다

라는 글 구절이 있으니, 成(성) 공이 나보다 먼저 경치를 기록했다.

무리 진 산봉우리들이 푸른 시냇물 하나를 끼고 옥구슬을 쏟아내고, 여염집이 사방에 평퍼짐한 산등성이에 펼쳐져 있고, 주위는 깎아지른 절벽이 둘렀으니 별천지를 방불케 한다. 산을 바라본즉 노을이 걷히고 구름 위를 나는 생각이 들고, 물가에 이른즉 바람 쐬고 몸 씻는 즐거움이 있다. 높은 데 올라 우러러보나 굽어보나 가슴은 바다처럼 쾌활하여 좌우의 친구들과 서로 술잔을 주고받으니, 술잔과 안주상이 널브러졌다. 번갈아 일어나 노래하고 춤추니, 마음은 넓어지고 정신은 편안해져 흥임 무궁하다. 재주가 없음을 돌아보지 않고, 이 일을 적어 서문으로 삼는다.

文章之顯晦 係于世道之消長 遇其時者 化成於當時 不遇時者 傳諸後日 遇時者恒少 不遇時者恒多 遇時固難 而傳後亦難矣 余非文章 又不遇時 謾抱慷慨之懷 寓心於詩酒 托跡於山水 短冊輕裝 時入山而訪花 或臨水而觀魚 行放歌而浩蕩 坐吟詩而興幽 枉作遊觀之樂 浮生行樂能幾時 歲壬戌之晚秋 隨諸朋作內藏山之觀光 江山召我以烟景 機會起我以淸緣 何不遊乎 內藏山據淳昌長城三郡之地 層巒疊峯 拱揖於內 茂林平楚 映帶於外 地勢高豁 宜於眺望 多奇花異草 春有櫻花之美 多探蔬之人 夏有綠陰之爽 多避暑之客 秋有楓葉之艶 多採藥之翁 冬有雪景之奇 觀光者日常萬餘人 古人稱以南金剛山 世稱湖南五大名山之一 而亦參於韓國八景之一 近作國立公園 由秋嶺圧而從溪流入其境 山勢磅礴雄峙 勢愈阻而境愈密 巖峰溪谷之間 丹楓繡緖全面 林半染紅葉 無留靑 恍如晴霞 渾如野火 西來峰在寺北之最高峰 而亦成丹楓林 稍過有櫨子林 以常綠樹有名焉 內藏寺在井邑郡內藏里 百濟武王三十七年 靈隱祖師所創而稱靈隱寺 後改今名 壬辰倭亂燒失 芙蓉大師重建 庚寅事變 又被燒失 凡七次重建云 寺據層巓 俯臨絶壑 溪

流激石 琴韻不絶 岩壑幽深 烟霞縹緲 軒楹宏敞 風雨攸除 登臨嘯詠 胸次恢
廓 洞口有石城址 倭賊丁酉再亂時 僧兵將希默大師 年八十 引僧兵抗戰處
又有韓末義兵戰死處 或稱習軍峰 絶壁下有藥水 上有天然洞窟 壬辰亂時
李朝實錄及全州史庫 所藏書籍 皆避兵火於此窟 上有金仙瀑布 慵齋成公
(俔) 定慧樓記中有縣得山而有名山得寺 而最佳 成公先我記景也 群峰擁翠
一溪瀉玉 閭閻四布 平岡斷垕 擁衛周遭 彷彿若別界 望山則有霞擧雲飛之
想 臨水則有風吳浴乎之樂 登臨俯仰 胸海快活 左右諸人 相與酬酌 盃盤交
錯 迭起歌舞 心曠神怡 其興無窮矣 不顧才疎 敍其事而爲序

鷺梁重陽詩序

노량진중양시서 ※重陽: 음력 9월 9일

　강산의 경치가 아름답고 기이하게 절묘한 것은 하늘과 땅의 영검함이 모인
것이나 스스로 뽐내질 수는 없고, 반드시 사람을 기다려서야만 그 아름다움을
떨칠 수 있다. 滕王閣(등왕각)[166]이 王子安(왕자안: 왕발)을 만나지 못했으면
南昌(남창)이 어찌 이름을 나타냈을 것이며, 岳陽樓(악양루)[167]가 范希文(범희
문: 범중엄)을 만나지 못했으면 巴陵(파릉)의 이름이 어찌 알려졌겠는가! 鷺梁
津(노량진)은 正祖大王(정조대왕)으로 말미암아 그 이름을 떨쳤으니, 강산이
사람을 기다려 그 아름다움을 더하고 그 情(정)을 나타내는 것이다.
　내가 어려서부터 책 일기를 좋아하여 글짓기를 배우고 선배의 門下(문하)에
드나들며 자신을 닦고 사람을 다스리는 방법을 들어 익혔으나, 어찌 나라의

---

166) 滕王閣은 중국 南昌(남창)에 있는 누각으로 王勃(왕발)이 지은 등왕각서가 명문장으로 알려
　　졌다.
167) 岳陽樓는 중국 岳州(악주) 巴陵(파릉)에 있는 누각으로 范仲淹(범중엄)의 악양루기가 유명한
　　문장이다.

운명이 지극히 막혀 우리의 道(도)가 따라서 떨쳐지지 못하고 나라는 망해 회복될 기운이 없었다. 닦은 바를 펼치지 못하고 자연을 굳게 지켜 분수에 따라 때를 기다렸으나, 나라가 남북으로 나뉘어 세상 어지러운 일이 끊이지 않았다. 서양 학문이 동쪽으로 밀려와, 우리의 道(도)가 더욱 궁박해지니 어찌 한탄하지 않을 수 있겠는가! 주어진 운명이 매우 궁박하다. 나이 팔십 되도록 때를 얻지 못하니 몸은 한가하니, 산에 오르고 물가에 나가 근심을 잊는다. 놀기 좋은 때와 아름다운 경치가 있으면, 구름을 따라 돌 비탈길을 오르며 풀을 움켜잡으면서 느긋이 노닐며 세월을 보내지 않음이 없었다.

辛酉(신유: 1981)년 9월에 여러 친구들과 높은 곳에 올라 관망하는 모임을 가지니, 이른 곳이 노량진으로 산을 안고 아래로 흐르는 것이 漢江(한강)이다. 양쪽 강 언덕 산언덕의 형세는 빙 둘러 층층이 산봉우리가 겹쳐있어 그림과 같고, 물가에는 오리와 해오라기가 날아와 모이고, 헤엄치는 물고기는 배 밑에서 발랄하여 혹 물 위로 튀어 오르기도 하니 그 강산의 맑고 깨끗한 기운이 널리 펼쳐져 사람과 물산의 번영과 市街(시가)의 홍성을 북돋아 江南(강남)의 아름다움을 떨친다. 산허리 강가에 정자 하나가 날개 편 듯이 있으니, 정조대왕이 지은 바의 龍鳳亭(용봉정)이다. 水原(수원)으로 陵幸(능행)하실 때 우연히 강 머리에서 詩(시) 한 구절을 지으시기를,

구름이 옛 절을 감춰버렸는데 종소리는 감추기 어렵네

하시고는 對句(대구)를 열심히 생각하시다 이루지 못하셨다. 先廂大將(선상대장) 李桂國(이계국)이 대구를,

비가 강 마을을 적셨으나 연기는 적시지 못하네

라고 하니, 임금이 아름다운 글이라 찬탄하셨다. 단청한 마룻대에 푸르른 용마루 겹쳐진 주렴에 둘러친 난간이 여덟 면으로 골짜기에 열려 있어 사방이 다 뚫려 통한다. 마루와 기둥이 크게 시원하고, 주위 뭇 산에 비 내리다 새로 개니,

한줄기 시원한 바람이 불어오고, 국화는 처음으로 꽃을 피우고, 붉은 단풍이 바야흐로 아름답다. 북쪽으로는 소나무 숲 산등성이에 기대어 있고, 서쪽으로는 큰길과 통하고, 줄지은 산봉우리들이 사방에 둘러쳐있다. 奇巖怪石(기암괴석)이 호랑이와 표범이 뛰어 오르는 것 같이 좌우에 줄지어 있고, 아름다운 꽃과 진귀한 나무가 구슬처럼 빛나게 동쪽과 서쪽을 가리고 있다. 아지랑이는 흐릿하게 아련하고 안개 낀 모래밭은 널찍한데 푸르게 쌓여진 기운이 주렴 사이로 날아든다. 큰 강이 그 사이로 가로질러 흐르니, 멋진 차들과 배의 오감이 끊이지 않는다.

언덕에 올라 멀리 바라보니, 고향 땅이 구름 낀 산에 가려 막혀있다. 고향 생각하는 사람 마음이 다 같으니, 잘됐거나 못됐거나 어찌 다른 마음이겠는가! 사람 일에 정해진 분수가 있음을 한탄하며, 강의 흐름이 무궁함을 부러워한다. 비록 달밤 거니는 杜甫(두보)는 아니지만 또한 농어를 생각하는 張翰(장한)[168] 과 같이 이 정자에 올라 사방을 둘러보니, 애오라지 틈나는 대로 근심을 삭일 뿐이니 떨어지는 노을은 외로운 해오라기와 같이 날고, 가을 물은 긴 하늘과 한 가지 색이라는 것이리라. 너른 들은 희미하게 망망하니 평평하기가 바둑판 같고, 어부는 뱃전을 두드리며 물에서 노래하고, 나무꾼은 도끼를 버리고 산에서 피리를 부니 주위가 한바탕 볼만한 풍경으로 아름다운 경치가 모두 모여 창문으로 모여든다. 아침저녁으로 흐렸다 갰다 하니 사계절 풍경이 무궁하여, 산과 물의 영검함이 이 정자로 다 모인다. 수유의 붉은 꽃으로 주머니 차고, 국화로 빚은 맛난 술을 마시며 반나절 휘파람 불고 시 읊으니 가슴이 확 트인다. 검은 모자 바람에 날린 孟參軍(맹참군)[169]의 행동거지는 맑고 한가로웠으며, 흰옷으로 보내는 술을 마셨던 陶淵明(도연명)의 풍류는 쾌활했다. 눈에 닿는 風光(풍광)은 사람으로 하여금 근심 걱정을 문득 잊게 하기에 족하니, 즐기기

---

168) 晉(진)나라 때 장한이라는 사람이 고향의 농어가 먹고 싶은 생각에 벼슬을 그만두고 낙향했다는 애기가 있음.

169) 晉(진)나라의 孟嘉(맹가)라는 사람으로 參軍(참군)의 직책으로 征西將軍(정서장군) 桓溫(환온)이 초청한 주연에서 술에 취해 모자를 잃어버렸다는 고사가 있음.

에 진정 좋은 곳이다. 등왕각과 악양루의 경치가 이에 비해 어떤지는 알지 못하지만, 두 분의 문장을 따라갈 수 없음을 한탄한다.

　江山形勝之奇絶者 天地鍾靈而不能以自擅其勝 必待人而擅其勝 滕王閣不遇王子安 南昌何以顯其名 岳陽樓不遇范希文 巴陵何以知名 露梁津由正祖大王而擅其名 江山待人而增其勝而發其精也 余自少好讀書學詞藻 出入先輩之門 得聞修己治人之方 何國運之極否 吾道修而不振 國社蓋屋無可復之機 所經不展 固守林泉 安分待時 國運光復而南北分邦 風塵不息 西學東漸 吾道益窮 豈不歎哉 賦命甚窮 行年八耋 不得時而身閒 以登山臨水而忘憂 無値良辰勝境 躋雲磴披草木 優遊度日 辛酉九月 與諸朋成登高之行 到鷺梁津 抱山而順流者漢江也 兩岸山勢周遭 層峰重嶂 宛轉如畵 鷗鷺翔集於洲渚 遊魚潑剌船底 或上水面 其江山淸淑之氣磅礴 扶輿成人物之繁榮 市街之興盛 擅江南之美 山腹江上有亭翼然者 正祖大王所建龍鳳亭也 水原陵行時御休所 駐蹕江頭 偶得一句雲藏古寺難藏磬 苦思對句而未成 先廟大將李柱國 對以雨濕江村不濕烟句 上嘉歎之 畵棟翠甍重簷 曲欄八面 洞開四望 皆通軒楹 宏敞千山 積雨新晴 一葉西風吹涼 黃花初開 紅葉方姸 北倚松岡 西通官道 列峀重圍於四面 奇岩怪石 如虎豹之騰躍 而錯列左右 嘉花珍木如璣珠之璀璨而掩翳 東西嵐靄 淡沫烟沙 浩渺積翠之氣 飛動於簾櫳之間 大江橫流於其間 繡轂桂棹 往來不絶 登高阜以遙望鄕 里隔於雲山 人情同於懷土 豈窮達而異心恨 人事之有數 羨江流之無窮 雖非步月之杜甫 亦如思鱸之張翰 登斯亭而四顧 聊暇日以消憂 正是落霞與孤鶩齊飛秋水共 長天一色 廣野微茫 平如棋局 漁子扣舷而呼歌於水 樵夫棄斧而吹笛於山 一境之奇觀 勝槩畢集於軒窓 朝暮陰晴 四時之景 無窮山水之靈 聚于斯亭也 佩盛茱萸之絳囊 飮釀菊花之美酒 嘯詠半晌 胸次恢廓 烏帽靡風 孟參軍之擧止 淸間白衣送酒 陶處士之風流 快活觸目 風光足以令人頓釋憂愁 而爲樂眞勝地也 而未知滕閣岳樓之景 果如何於此 而恨非兩公之文章也

洛西詞藻續集序

낙서사조속집서

文(문)이라는 것은 道(도)를 꿰뚫는 수단이다. 道(도)는 형태가 없으되 文(문)은 흔적이 있으니 文(문)이 아니라면 道(도)가 어찌 행해지며, 道(도)가 아니라면 文(문)이 어디에 쓰이겠는가! 文(문)과 道(도)는 서로 합하여 잠시라도 떨어질 수 없는 것이다.

근래에 뽕나무 밭이 푸른 바다가 되는 커다란 변화의 때를 만나, 經典(경전)은 거의 쓰이지 않고 敎化(교화)는 해이해지니 文(문)과 道(도)가 아울러 쇠퇴했다. 그러므로 10여 년 전에 서울에 있는 斯文(사문: 유학자) 10여 명이 우리의 道(도)가 가라앉아 없어짐을 한탄하고 文辭(문사)가 떨쳐지지 않음을 걱정하여, 韶亭(소정) 金成基(김성기) 님이 詩會(시회)를 열고 洛西詩社(낙서시사)라 칭하고 社長(사장)이 되셨다. 여러 참여하신 분들이 모두 고향을 떠난 늙은 儒學者(유학자)로 溫良恭儉(온량공검)한 선비들로서 집안에서는 효도와 공경을 행했고 다른 사람들에겐 마음을 다해 믿음을 베풀었다. 때와 마음이 어긋나니, 자취를 풍월에 따라 읊조리는 데 맡기고 강과 산으로 느긋이 노닐었다. 風月(풍월) 중에 사물을 만나면 그 품평을 하고, 경치를 만나면 詩(시)를 읊어 초연하게 세상 밖의 생각을 가졌다. 혹은 香社(향사)[170]를 본떠 德業(덕업)을 서로 권하고, 혹은 蘭亭(난정)[171]을 본떠 詞藻(사조)를 서로 의논하니 이는 文(문)과 道(도)가 서로 합치함이다.

매달 산이나 강가의 정자나 공원 또는 절에 모여, 술 마시며 시 읊기로 같이 즐겼다. 떡 실신 되도록 취하지도 않으며 헛된 흰소리 하지도 않음을 즐거운 기쁨으로 삼으니, 진정 선비들의 모임이다. 시라는 것은 性情(성정)의 바름에서 나와 言(언)으로 형상화되니, 言(언)의 精華(정화)로 그 탄식과 한탄함 기쁨

---

170) 唐(당)나라 白居易(백거이)가 香山(향산)에 결성한 모임인 香火社(향화사)를 이름.

171) 晉(진)나라 王羲之(왕희지)가 모임을 가졌던 장소를 이름.

과 즐거움의 감정이 발출하는 것은 시만 한 것이 없다.

이러하니 봄날이 아름답고 따뜻하면 새들이 화창하게 지저귀는 소리를 들으며 복사꽃 배꽃이 예쁨을 다투는 것을 읊고, 여름에 하늘이 후끈 찌는 듯하면 강에서 구름 돛배를 타며 나무 그늘 아래 앉아 바람을 쐬고, 가을에 장맛비가 처음 개면 들에 나가 벼와 기장을 바라보며 단풍과 국화를 감상하고, 겨울에 날씨가 싸늘하면 화로를 끼고 맛있는 술잔을 주고받으며 좋은 글귀 시를 짓는다. 읊기가 끝나도 興(흥)이 남으면, 혹은 노래하고 혹은 춤추니 하루가 맑고 한가로워 곧 이것이 神仙(신선)이니, 늙음이 장차 이르리라는 것도 알지 못한다. 사철 경치가 무궁하니 시로는 모두 적을 수 없고, 그림으로도 모두 그릴 수 없다. 그러나 감정을 발출하는 마음은 지극하고, 마음을 펴서 하루를 보내는 즐거움은 흡족하다.

甲寅(갑인: 1974)년 봄에 여러분들의 시를 모아 洛西詞藻(낙서사조)를 편성하여 세상에 간행하였으니, 책상에 놓고 바라본즉 소리와 기운이 서로 통하여 완연하게 같은 자리에 앉아 있는 것 같다. 만약 자손이 보존하게 하여 서로 대대로 우의를 익히게 한다면 어찌 좋은 일이 아니겠는가!

지금 이 모임은 비록 향사와 난정과는 세대도 다르고 일도 다르지만, 흥을 일으켜 情(정)을 풀어내는 것은 한가지이다. 또 8년이 지나, 梅溪(매계) 李銓雨(이전우) 님이 그 임무를 대신하였다. 모임의 친구들도 전보다 더 많아졌고, 시도 예전 것보다 건실해지니 우리 道(도)에 다행이다. 매계께서 여러분들의 뜻을 좇아 다시 續集(속집)을 엮으면서 龍波(용파) 申鍾浩(신종호) 님께 수집을 맡기고, 내게 校正(교정)과 서문 짓기를 부탁했다. 前集(전집)에 참여했던 몇 사람이 幽明(유명)을 달리한 것이 매우 한스럽다. 이 속집이 이루어지면, 뒷사람이 지금을 봄이 응당 지금 사람이 옛날을 봄과 같을 터이니 어찌 다행스러운 일이 아니겠는가! 그 일을 위와 같이 적는다.

文者貫道之器也 道無形而文有跡 非文而道何行也 非道文何用焉 文與道
相合而不可須臾離也 近來時值滄桑經殘敎弛 文與道幷衰 故十餘年前 在京

十餘斯文 歎吾道之沈淪 憂文辭之不振 韶亭金成基甫 設詩會而稱洛西詩社
爲社長 恭惟諸公 皆萍鄕老儒 溫良恭儉之士 孝悌行于家 忠信施於人 時與
心違 托跡於風騷 而優遊於江山風月之中 寓物品題 寓景吟詩 超然有物外
之想 或倣香社德業相勸 或倣蘭亭詞藻相論 是文與道相合也 每月相會於山
榭江亭公園佛寺之中 觴詠共樂 不以泥醉爲樂 不以戲謔爲歡 眞士者之會也
詩者出於性情之正 而形於言 言之精華也 其咨嗟詠嘆 歡喜感發 莫如詩也
於是乎春日暄姸 聽禽鳥之和鳴 吟桃李之爭姸 夏天薰蒸駕雲帆而遊江 坐樹
陰而迎風 秋霖初霽 出野而觀稻粱 登山而賞楓菊 冬氣栗烈 擁爐而酌美酒
對梅而賦健句 詠罷餘興 或歌或舞 一日淸閒 便是仙而不知老之將至 四時
之景無窮而詩不能盡記 畫不能盡摹 然詠歎感發之情極矣 暢敍消遣之樂足
矣 甲寅春 收集諸公之詩 編成洛西詞藻行于世 置諸几案而寓目 則聲氣相
通 宛如在座 若使子孫保存而互講世誼 則豈不好哉 今此會雖與香社蘭亭
世殊事異 然所以惹興敍情一也 又過八年 而梅溪李銓雨甫 代其任 社友多
於昔日詩 工健於舊詩 爲吾道之幸也 梅溪遵諸公之議 更編續集 囑龍波申
鍾浩甫 收輯請余校正而作序 前集同參數人 幽明異路 甚可恨也 此集之成
後之視今 應如今之視昔 豈不幸哉 敍其事如右

普光洞詩序

보광동시서

위에는 하늘이 있고 아래에는 땅이 있는데, 사람이 그 사이에 살아 三才(삼
재: 천지인)가 된다. 흘러 쉬지 않는 것은 물이요, 오래되어도 억지가 없는 것은
산인데 내가 그것들과 더불어 서있다. 그러나 仁(인)과 智(지)의 본성을 갖추지
못하고 그저 보기 좋게 우뚝 서있는 것이 산이요, 그저 바삐 흘러만 가는 것이
물이니 단지 그 빼어나게 맑음만을 기뻐할 뿐이다.

내가 좋지 못한 때에 태어나 일찍이 나라가 망함을 만나니, 버들 솜이나 주워 모으며 살 마음으로 그물로 꽃을 건질 수 있는 조용한 곳을 찾아 이 세상과는 단절하려 생각하고는 뜻을 글과 술잔에 맡기고 밭 갈고 책 읽기를 아울러 했다. 先代(선대)가 마음을 편 것은 程子(정자)와 朱子(주자)의 道(도) 외에 있지 않았으며 배움에 반평생 힘을 쏟은 것은 歐陽脩(구양수)와 蘇東坡(소동파)의 문장에서 떠나지 않아, 비록 그 精粹(정수)를 얻지는 못해도 興(흥)을 타고 詩(시)를 읊으며 悠悠自適(유유자적)할만은 하다.

己亥(기해: 1959)년에 아들을 따라 서울에 붙어살게 된 지 10여 년에 물소리와 산 빛깔 사이에서 어슷거리며 거니는 중에, 자주 杜甫(두보)의 시 句節(구절)을 읊고 李白(이백)의 술잔을 기울였다. 사시사철 쏟아지는 변화 중인 아름다운 경치의 萬物(만물) 變化(변화)는 조용한 속에서도 기이한 볼 거리를 제공한다. 늙을수록 더욱 단단해져야 한다 하므로, 책 읽기는 그칠 수 없고 죽은 후에야 그만 둘 수 있으리니 어찌 흰머리 늙은이의 마음을 알겠는가! 거문고와 책에 즐거움이 있다 하니, 위로 천 년 전의 높은 벼슬엔 관심 없던 고상한 사람과 거슬러 벗하여 萬鍾(만종)의 무거운 俸祿(봉록)도 겨자씨처럼 본다.

유럽과 미국의 물질문명이 성행하여 비행기와 자동차가 經天縮地(경천축지)하여 순식간에 천 리를 서로 오가니 이웃과 같고, 전선과 전파로 너른 공간에 형체를 숨기고 그림자를 희롱하여 통화하니 같이 앉아 있는 것과 같아 기교로써 서로 잘 이용하니, 삶이 윤택해진 것이 전보다 낫다. 그러나 功利(공리)만을 귀하게 여기고 예절을 천하게 여기며, 綱常(강상: 3강5상 지킬 도리)이 미혹해지니 道(도)가 닦아지지 않음이 지금처럼 심한 때가 없다. 새로운 것을 쫓는 자는 쉽게 세력을 얻고, 옛 것을 지키는 자는 세상에 용납되기 어려워 백 년 천리마의 뜻은 펴지지 못하고, 만 리 鵬(붕)새의 갈 길은 이미 어긋났다. 그러므로 취미를 山水(산수)에 두면서도 뜻은 게으르게 하지 않았고, 나이는 삶이 저물 때가 되었어도 기상은 오히려 건장했다. 黃河(황하)가 맑아질 때까지라도 기다려 자위를 감추니 새가 산을 기뻐하고, 물고기가 물을 기뻐함이다. 詩會(시회) 있다 소리를 들으면 옷을 떨쳐 가니 나비가 꽃을 따르고, 기러기가 바다를 쫓는 것이다.

춘삼월에 東風(동풍)이 화창한 기운을 부채질해오니 숲 속의 꽃과 들판의 풀은 붉음이 선명하고 푸르름이 짙어 悠然(유연: 침착하고 여유 있음)하니, 孔子(공자)가 曾點(증점)에게 인정한 氣象(기상)이 있다. 오두막에 웅크려 길게 품성을 기르는 방책으로 삼다가, 지팡이를 짚고 경치 좋은 곳에 잠시 좋은 풍광 찾는 발걸음을 한다. 江南(강남)의 선비 친구들이 보광동에 모임을 열어 속히 오라는 부름을 받아 漢江(한강)에 이르렀다. 하늘과 땅이 모으고 기른 영검함과 맑음으로 강산의 빼어난 기이한 경치를 이루니, 이곳이 나라 도읍의 남쪽 끝이다. 木覓鎭(목멱진) 북쪽의 골짜기엔 십 리에 걸쳐 누대가 연이어 있고, 관악산이 남쪽에 봉우리를 점거하여 겹겹이 봉우리가 쌓였으니 풀과 나무가 푸르고 울창하다. 그 밖에 서쪽과 남쪽으로는 여러 산들이 안개와 물 밖으로 은은히 보이니, 한강은 서쪽으로 흘러 큰 도시를 가운데서 나눈다. 멀리 바라본즉 노량진 맑은 물이 드넓어 안개 속에서 물결 출렁이고, 가까이 바라본즉 동작의 거울 같은 물결이 맑고도 맑아 바람결에 찰랑인다. 강 가운데로 배를 놓아 물결 거슬러 올라가며 즐기니, 강가는 확 트였고 파도는 멀리 아득하다. 돛배가 오가고 모래밭에 새들도 오르내리니 경치다 주는 취흥이 무궁하여 세속의 먼지 한 톨 이르지 않는다. 가슴이 확 트여 飄然(표연)하기가 마치 하늘에 올라 바람을 타고 세속 티끌 밖에서 떠 노니는 것 같으니, 이 몸이 뱃속에 있다는 것도 모를 지경이다.

그러다 배에서 내려 강 북쪽 언덕에 올라 濟川亭(제천정)을 찾았다. 정자는 허물어 진지 오래여서 누가 진지도 모르고 언제 허물어 졌는지도 모른다. 일어섰다 허물어짐이 정해진 운수가 있다 하지만 정말 슬픈 일이다. 뒤에 보광동 노인정이 산허리를 점거하고 있으니 높이가 꽤 되고 정자는 그 위에 있다. 바라보니 소나무와 삼나무가 날개 편 듯 울창하고, 돌 언덕이 깎은 듯 가파르다. 멀리 산봉우리가 하늘에 떠 검은 빛이 하늘을 가로지르니, 멀리는 흐릿하게 가까이는 짙게 정자 위로 허리 숙이고 있다. 긴 강이 앞을 지나니 흰 비단이 가로 지른 것 같고, 평평한 모래밭이 눈처럼 펼쳐 있다. 포구 가득 안개가 자욱

하니 고깃배가 노래하고 있고, 너른 들이 밖을 둘러 사니 소와 양이 흩어져 있다. 여염집이 땅에 붙어있고 고층 건물들이 높고 낮게 서있으며, 큰 배들이 나루에 어지러이 있고 작은 배들은 종종 오간다.

절기가 춘삼월도 거의 7할이 가버리니 언덕의 버드나무는 눈썹을 피고, 꾀꼬리는 처음 울기 시작하고, 숲 속의 꽃은 향기를 토해내고, 나비는 이미 다투어 난다. 정자에 올라 자리를 빌려 십 리 안 모든 경치를 다 둘러보고, 피리 불고 노래하며 술잔을 주고받으면서 꽃과 새를 희롱하며 마음속을 풀어내니 그 情景(정경)이 비록 재주 있는 文士(문사)나 솜씨 좋은 畵家(화가)라 해도 비슷하게라도 그려 낼 수 없다. 멍하니 앉아 바라보다 날이 이미 저녁이니, 억지로라도 이리 적는다.

上有天下有地 人生於其間 是爲三才 流而不息者水也 久而無疆者山 而吾與之竝立 然不具仁智之性 而最樂觀 巍然而峙者曰山 觀奔然而逝者曰水 但喜其秀且淸而已 余生丁不辰 早逢王社蓋屋 以拾絮之心 求網花之地 念絶斯世 托意文樽 耕讀竝行 先代之專心 不外乎程朱之道學 半生之用力 不離乎歐蘇之文章 雖部得其精 猶可乘興賦詩 優遊自適 己亥隨子寓京十餘年 徜徉乎泉聲岳色之中 頻吟子美之句 又傾太白之盃 四時代謝 分勝槩於化中 萬物變遷 供異觀於靜裡 老當益堅 不廢黃卷之讀 死而後已 寧知白首之心 琴書有樂 尙友千載之高人 軒冕無心 芥視萬鍾之重祿 歐米物質文明盛行 飛機走轍經天 縮地瞬息之間 通于千里 互相往來如近隣 金線電光 潛形弄影於空曠之間 互相通話如同座 以技巧相尙 利用厚生 勝於昔日 然貴功利而賤禮節 綱常迷而道不修 未有甚於此時 從新者易 得勢守舊者難 容世百年 驥志莫展 萬里鵬程已違 故趣在山水而志不倦 年當桑楡而氣猶壯 待河淸而藏跡 鳥喜山而魚喜水也 聞詩會而振衣 蝶隨花雁隨海也 春日載陽 東風扇和 林花野草 紅鮮綠縟 悠然有吾與點之氣象 據梧窮廬 長爲養性之策 扶筇名區 暫作探光之行 江南士女設會于普光洞 被速而到 漢江天地 鍾毓靈淑之氣 以爲江山形勝之奇 此是國都之南端也 木覓鎭北 洞壑十里 樓垍相連 冠岳據南 峰巒千

重 草樹靑葱 其外西南諸山 隱見於烟水之外 漢江西流 中分大市 遙看則鷺
梁淸水浩瀚 而烟浪崢嶸 近看則銅雀鏡波澄淸 風漪溶漾 放舟于江中 溯洄爲
樂 其涯岸弘闊 波濤浩渺 風帆往來 沙鷗上下 景趣無窮 點塵不到 衿懷軒豁
飄然若憑虛御風而浮游於塵埃之外 不知身在舟中 於是捨舟而登江之北岸
尋濟川亭 亭廢已久 不知何人所建 又不知何年廢之 興廢有數而然耶 誠可慨
也 後有普光洞老人亭 占山之腹 而坮高數仞 亭在其上 望之翼如 松杉蔚然
石厓斬然 遠岫浮空 黛色橫天 遠淡近濃 拱揖于亭上 長江過前 橫如素練 平
沙鋪雪 極浦沈烟 漁舟呼歌大野外 繞牛羊散在 閭閻撲地 層樓高低 舸艦迷
津 桂棹縱橫 節逢三月 春去七分 岸柳舒眉 鶯初試啼 林花吐香 蝶已爭飛
登亭而借席 眼窮十里 收攬萬景 笙歌幷奏 獻酬交錯 弄花鳥而敍懷其情景
雖工文善畵者 難得其彷彿 嗒然坐看 日已夕矣 强記而敍之

洛城詩集序辛亥作追錄

낙성시집서신해-1971-작추록

　선비로서 책을 읽고 뜻을 숭상함이 그 어느 것인들 文章(문장)으로 스스로
기대되게 함이 아니겠는가 만, 한 세상 크게 울려지는 것은 드물다. 詩(시)라는
것은 문장의 일단이요 각각 그 뜻을 말하는 것이요, 생각함에 사특한 것이 없으
므로 세상의 도리에 관련되는 것이다. 한 세상 떨쳐 일어난 자는 그 힘찬 기운
이 넘쳐나는 소리가 있고, 궁벽한 골에 불우하게 사는 자는 그 글에 쓸쓸한
소리가 울린다. 李白(이백)과 杜甫(두보)는 부닥치는 대로 그 情(정)을 그려냈
고, 韓愈(한유)와 柳宗元(유종원)은 일이 있을 때마다 그 정을 읊었다.

　시는 본래 性情(성정)을 읊조리는 것으로 한편 안의 소리와 운율이 모두 다
르고, 두 구절 안의 가볍고 무거움도 모두 다르다. 만약 이런 이치를 안다면
시라고 말 할 수 있다. 정이 비록 같다 해도, 상태나 처지에 따라 만 가지 다름이

있어 사물에 따라 변화가 있으니 性情(성정)에서 같이 나왔다 해도 그 느낌은 다른 것이다. 오묘한 경지에 들어간즉 환하게 비치는 맑음이 물속의 달이나 거울 속의 꽃과 같다. 말은 다 했다 해도 뜻은 무궁하니, 말로는 쉽게 했다 해도 제 격식을 얻기는 어렵다.

周(주)나라에는 시를 채집하는 법이 있어 그 풍속의 善惡(선악)을 살폈고, 唐(당)나라와 宋(송)나라 이래로는 詩文(시문)으로 과거 급제 여부를 가렸다. 서양 풍속이 동쪽으로 스며와 때까치 소리 같은 말이 성행하고, 게 같이 기는 글이 세상에서 제일 높은 가치를 갖게 됐다. 漢文(한문)을 익히지 않게 되어, 시의 道(도)가 장차 폐해지게 되니 서울과 지방의 나이든 유학자들이 차마 앉아 바라보고만 있을 수 없다. 곳곳에 詩社(시사)를 결성하여 우리의 道(도)를 만회하니 계곡에 이르면 구름과 달을 읊고, 寺院(사원)을 두루 들려 정자를 찾는다. 동산에는 꽃이 피고, 꾀꼬리가 버드나무에서 울면 그곳이 시를 짓는 곳이다. 모자를 벗고 물가에 나가 옷깃을 헤쳐 바람을 쐬면, 그것이 시의 정이다.

내가 좋지 못한 때에 태어나, 六經(육경) 諸家(제가)의 책을 그 근원부터 다 파헤쳐 심오함까지 찾지는 비록 못했으나 이미 쏟아진 것은 섭렵하지 않은 것이 없다. 종이를 펴고 風月(풍월)을 읊어 내린즉 시인의 체통은 잃지 않는다. 그러나 뜻은 큰데 재주는 없는 채로 주어진 운명이 더욱 다해가니 나이가 일흔에 가까워지도록 뜻을 얻지 못했다. 좋은 경치를 만나면 한가롭게 시를 읊고, 술이 있으면 통음하여 몸뚱어리 밖에서 방랑한다.

己酉(기유: 1969)년 봄에 汕堂(산당) 金永琯(김영관) 님을 詩社(시사) 모임 자리에서 만났다. 戊申(무신: 1968)년 봄에 시인들이 남산에서 모였다. 꽃향기는 바람을 따라 코를 간지럽히고, 새소리는 숲을 뚫고 귀에 꽂히니 시의 흥취를 더했다. 시인들이 洛城詩社(낙성시사)를 설립하고, 星儂(성농) 朴南顯(박남현)이 열흘에 한 번 모임을 주관하여 술 마시며 시 읊는 즐거움을 가졌다.

女流詩人(여류시인) 香園(향원) 吳貞愛(오정애) 여사가 시에 能(능)하다 하여 같이 가기를 청했다 하니, 내가 듣고 좋아서 그 모임에 가 참석했다. 많은 선비들이 참석했고, 아름다운 여인 또한 참석했으니 바로 香園(향원)이다. 諧

謔(해학)하는 말이 조금도 없고 儀範(의범)을 잃지 않으니, 모인 곳이 바로 三角山(삼각산) 뒷면의 松湫(송추)이다. 줄지은 봉우리가 동서로 빙 둘러있으니 太行山(태항산)의 盤曲(반곡)과 같고, 맑은 시냇물이 좌우로 비쳐 띠 두르고 있느니 會稽(회계)의 蘭亭(난정)인 듯하다. 폭포 아래로 소요하며 샘과 바위 사이로 배회하니 물고기와 새우와 어울리고, 사슴을 벗 삼아 유유자적한다. 世間(세간)에 이곳과 바꿀만한 즐거움이 있는지 알지 못하니, 실로 강산의 진정한 즐거움을 얻었다. 백 세대 후에 이러한 고고한 풍취를 생각할 수 있겠는가? 이로부터 수십 회 모임에 지은 시가 근 천여 수에 이른다. 비록 때에 따라 잘 짓고 못 짓고의 다름은 있다 하겠지만, 그 뜻을 말하고 근심을 삭이기 위한 道(도)는 한가지이다.

辛亥(신해: 1971)년에 시 짓는 친구들이 그 간행을 논의하여 수집하니, 그 오래 전하고자 함이다. 漢文(한문)이 떨쳐지지 않는 때라, 비웃는 자도 많고 후일에 비웃음을 사겠지만 이리 어렵게 뱉어낸 것을 작은 상자에 감춰두고 한 조각도 내보이지 않는다면 그 어찌 죽은 자의 恨(한)이 아니며 자손의 불초함이 아니겠는가! 대략 始末(시말)을 써서 후세 사람에게 보여준다.

士之讀書尙志者 孰不以文章自期而大鳴一世者鮮矣 詩者文章之一端而各言其志也 思無邪故有關於世道也 立揚一世者 其詞有發揚之吟 落拓窮巷者 其詞有蕭颯之韻 李杜隨遇而寫其情 韓柳觸事而賦其情 詩本吟詠性情 一篇之內 音韻盡殊 兩句之中 輕重悉異 若知此理 則可言詩情難同而觸境有萬殊 應物有變 同出於性情而其感異也 至於入妙 則其瑩澈如水底之月鏡中之花 然言有盡而意無窮 言雖易而得格則難矣 周有采詩之法 觀其風俗之善惡 而唐宋以來 以詩文等科擧 今西風東漸 鳩舌之語盛行 而蟹行之文有節世之價 不習漢文 詩道將廢 京鄕老士宿儒 不仁坐視 處處結詩社 挽回吾道 臨谿谷而吟雲月歷寺院而訪亭樹 花開于園 鶯啼于柳 詩之境也 脫帽臨水 被衿迎風 詩之情也 余生不辰 六經諸家之書 雖不窮源探奧 而莫不涉獵其操弧 而引紙題詠風月 則不失詩人體裁 然志大才疎 賦命益窮年 迫七

十不得志而遇景則閒詠 遇酒則痛飲 放浪於形骸之外 己酉春逢汕堂金永琯
甫于詩社筵上 戊申春 騷人會於南山 花香從風而觸鼻 鳥聲穿林而侵耳 增
其詩趣 詩人設洛城詩社而星儂朴南顯主之 旬一會而取觴詠之樂 有女流詩
人香園吳貞愛女史 能於詩 云請同行 余聞而樂之 往參其會 濟濟多士參席
而佳人亦參 卽香園也 少無諧謔之語 不失儀範 卽三角山之後面 松楸也 列
峰環拱乎東西 似太行之盤谷 淸溪映帶乎左右 會稽之蘭亭 逍遙於瀑布之下
徘徊於泉石之間 侶魚蝦而友麋鹿 悠然自適 而不知世間何樂 可以易此實得
江山之眞樂 而百世之下 可以想其高風也 從此數十回 所著近千餘首 而雖
有當時巧拙之殊 而其言志消慮之道一也 辛亥詩友議其刊行 收輯而欲壽其
傳 漢文不振之時 嘲之者衆而貽笑於後日 然今若不傳咳唾巾衍之藏無寸礐
則豈非死者之恨 而子孫之不肖乎 略敍始末以示後人

漢都十詠詩序
한도십영시서

우리 太祖(태조)가 집안을 일으켜 나라를 만들고 漢陽(한양)에 도읍을 정했
으니, 古朝鮮(고조선) 馬韓(마한)의 지역이다. 북쪽으로는 華山(화산: 북한산)
이 지켜주어 성곽을 이루니 용이 똬리 틀고 호랑이가 웅크린 형세요, 남쪽으로
는 漢江(한강)이 띠를 둘러있고, 왼쪽으로는 관문과 같은 고개가 이어있고,
오른쪽으로는 渤海(발해)가 둘러 있으니 그 빼어난 형세가 東方(동방)에서 으
뜸이다. 風月亭(풍월정) 文孝公(문효공) 月山大君(월산대군) 李婷(이정)이 글
을 잘해 詩(시)와 술로 스스로 즐기고 도읍 안팎의 山水(산수)에 두루 노닐며
漢都十詠詩(한도십영시: 한양도읍 열 가지 경치를 읊음) 絶句(절구: 4행 시)를 지었
는데 當世(당세)에 文章(문장)과 功業(공업)으로 이름을 날린 姜希孟(강희맹)
공 徐居正(서거정) 공 李承召(이승소) 공 成任(성임) 공 여러분이 그 시의 韻

(운)에 맞추어 지은 시들이 興地勝覽(여지승람)에 실려 있다. 내가 그를 보고는 높이 그 문장을 앙모하여 졸렬한 글임에도 불구하고 그 두 편 중 한 편의 운에 맞추어 시를 짓고 겸해서 그 일을 적는다.

箭串(전곶: 살고지)는 지금 聖水洞(성수동)의 纛島(독도: 뚝섬)이다. 일찍이 작은 언덕이 있었는데, 世宗(세종) 임금이 樂天亭(낙천정)을 지었다 하나 지금은 없어져 거슬러 생각해 본다. 주위 몇 리에 걸쳐 평원이 있어 향기로운 풀이 많으니 말 기르는 목장이 되었다. 큰 강이 연못을 돌아 잔잔히 찰랑이고 잇닿은 산봉우리가 층층이 언덕을 둘러싸, 인사하러 오는 형세가 마치 별들이 벌려 있는 것 같으니 진정 꾀꼬리가 예쁘게 재잘거려 나그네를 맞아 주고, 꽃은 웃는 모습으로 사람을 이끌리라! 箭郊尋芳(전교심방: 살고지 들판 아름다움을 찾아서) 시의 운을 쫓아 읊으니,

> 평평한 들판에 가는 풀은 푸르기가 사철쑥 같아
> 담백하게 흔들리는 風光(풍광)이 진정 사람을 이끄네
> 술 사서 친구 따라 성대한 모임에 참석해서는
> 느긋이 호쾌한 흥취로 향기로운 봄에 취하네

城東橋(성동교) 아래는 바로 立石浦(입석포)이다. 입석포 남쪽 강 안에 楮子島(저자도)가 있고, 강 남쪽에 韓明澮(한명회)의 狎鷗亭(압구정)이 있으니 진정 손에 낚싯대 하나 들고 낚싯줄 길게 몇 자쯤 드리웠으리라! 立石釣魚(입석조어: 입석포에서 낚시하며) 시의 운을 쫓아 읊으니

> 입석포 머리에서 낚싯줄 구부려 드리우니
> 십 리 긴 강이 시리도록 푸르네
> 옅은 안개에 물결 잔잔한데 미끼 향기 풍겨내니
> 꼬리 흔드는 은빛 비늘이 잠겼다 다시 뛰어 오르네

漢南洞(한남동)에 濟川亭(제천정)이 있었으나, 지금은 없어졌다. 한강이 이 곳으로부터 두 갈래로 나뉘니, 북쪽 언덕은 龍山(용산)에 이르기까지 십 리나

되는 長湖(장호: 긴 호수)가 된다. 연꽃을 수백 이랑 심어 놓으니, 꽃이 피면 향기가 십 리 밖까지 풍겨 빼어난 경치가 된다. 國初(국초: 조선 초기)에 소금 창고가 있었다. 모래 언덕이 潮水(조수)로 인해 무너지니 조수가 용산까지 들어와 漕運(조운)의 중심지가 되었다. 달이 정자 위로 들어오고, 바람이 水面(수면) 위로 불어오니 진정 수레바퀴 같은 둥근 달빛이 만 리에 가득 차 기상이 더욱 맑았으리라! 이를 상상하여 濟川玩月(제천완월: 제천정 달 구경) 시의 운을 쫓아 읊으니

漢水(한수: 한강) 三更(삼경: 깊은 밤)에 모든 퉁소 소리 조용한데
배 멈추고 기다리니 숲이 그림자 드리우네
수레바퀴 같은 둥근 달이 잠시 둥실 떠오르니
푸른 하늘엔 높이 새로 玉(옥)으로 빚은 떡이 걸렸네

汝矣島(여의도) 샛강은 龍山江(용산강)의 맞은 편 언덕 한강이다. 용산 아래에 麻浦(마포)가 있어 조수를 따라 물 가운데로 배를 놓아 내려가면 주위에 만나는 산의 형세가 뚜렷이 그림과 같다. 물새와 해오라기가 날아 모이고 떠노는 물고기는 발랄하여, 江湖(강호)에 있다 하더라고 서로 잊을만하니 진정 노를 들으니 구름이 먼저 흩어지고, 배를 저어 가니 달이 따라 쫓아 왔으리라! 麻浦泛舟(마포범주: 마포에 배를 띄우고) 시의 운을 쫓아 읊으니

하늬바람에 푸른 물결 위로 노 저으니
붉은 여뀌 흰 갈꽃이 물가에 서로 비추네
興(흥)이 일어서 해 기울어 저녁 된 줄 모르고
맑은 강 십 리 물길에 가볍게 물새와 짝하네

마포에 栗島(율도: 밤섬)가 있는데 지금은 없어졌다. 강가에 鼇頭峰(잠두봉)이 있는데 바로 楊花渡(양화도: 양화나루)이니, 동쪽 언덕 하류를 西江(서강)이라 부른다. 望遠亭(망원정) 터가 있어, 朔風(삭풍)이 눈을 불어 날려 홀연히 강산이 白玉(백옥) 같아지니 진정 밭이 있어 玉(옥) 씨를 뿌렸는데도 나무가

없으니 꽃을 피지 못하리라! 楊花踏雪(양화답설: 양화나루에서 눈을 밟으며) 시의 운을 쫓아 읊으니

> 강가 마을에 어부의 집 두세 채 있는데
> 술 판다는 푸른 깃발이 열 자 대나무에 걸렸네
> 흰 눈이 한밤중에 아름다운 경치 꾸며 놓으니
> 술잔 권하며 좋은 글귀 찾느라 쉴 틈이 없네

盤松亭(반송정)은 獨立門(독립문) 북쪽에 있으니, 西北(서북)으로 가는 使節團(사절단)을 이곳에서 송별했다. 예전엔 소나무가 우거져 수십 걸음 범위의 그늘을 이룰 수 있었다. 高麗(고려)의 왕들이 일찍이 南京(남경: 고려 때 서울의 지명)에 행차할 때 이곳에서 비를 피했다 하여 그 이름이 되었다 하니 진정 맑은 하늘에 祖帳(조장: 송별연을 여는 장막)을 차리고 해질녘에 먼 길 떠나는 일행을 송별했으리라! 지금은 없어졌으나 이를 상상하여 盤松送客(반송송객: 반송정에서 나그네를 떠나보내며) 시의 운을 쫓아 읊으니,

> 오늘 그대 바야흐로 먼 길 떠나니
> 지금 내가 권하는 금 술잔 사양하지 마시게
> 이별 후엔 돌아올 날 언제일지 알지 못하니
> 천 리 먼 길에 근심이 쉬지 못하네

藏義寺(장의사)는 洗劍亭(세검정) 상류에 그 옛터가 있는데, 주춧돌 및 幢竿支柱(당간지주)가 아직 남아있다. 新羅(신라) 武烈王(무열왕)이 이곳에 행차했을 때 황산벌에서 싸움을 이끌다 죽은 春郎(춘랑) 罷郎(파랑) 등이 왕의 꿈에 나타나니, 이 절을 창건하여 그 명복을 빈 곳이다. 지금은 없어졌으나 이를 더듬어 상상해 보니, 진정 조용히 구름 이는 돌 위에 앉아 미친 듯 창문에 가득 찬 달빛을 노래했으리라! 藏義寺尋僧(장의사심승: 장의사로 중을 찾아서) 시의 운을 쫓아 읊으니,

노니는 사람들 이곳 사랑하여 돌아가기 어려우니
한가롭게 僧房(승방)을 찾아 옛말을 생각하네
눈에 익힌 숲과 샘의 지경이 낯설지 않으니
비로소 지난날 시 읊던 곳임을 알겠네

興德寺(흥덕사)는 燕喜坊(연희방)에 있다. 절은 연못가에 있는데, 연못에 연꽃을 기르니 향기가 십 리 밖까지 퍼지고, 붉은 꽃 흰 꽃이 물속에서 서로 비추어 구경하러 오지 않을 수 없다. 진정 반쯤 젖어 진하거나 엷거나 화장하고 비스듬한 자태를 거두었다 폈다 하였으리라, 지금은 그곳이 어디인지 알지 못한다. 더듬어 상상하고 興德寺賞蓮(흥덕사상연: 흥덕사에서 연꽃 감상하며) 시의 운을 쫓아 읊으니,

질은 붉음 옅은 하양 문이 자주 열리니
술잔 들고 글 논의하며 玉(옥) 총채를 흔드네
어떤 나그네가 연꽃 사랑하여 같이 시를 지을꼬
숲에서 인 바람이 방으로 들어오니 서늘히 비 내리는 것 같네

木覓山(목멱산)은 옛날엔 引慶山(인경산)으로 지금은 南山(남산)으로 불린다. 위에 八角亭(팔각정)이 있고 중턱엔 도서관이 있다. 굽어보면 城(성) 안에 신기한 꽃과 기이한 나무가 구슬 꿴 것처럼 찬란하여 사방을 덮고 있으니, 예와 지금이 다르다 해도 그 꽃은 감상할만하니 진정 피거나 지거나 온통 주인이 없이 꽃향기가 스스로 情(정)을 품으리라! 木覓賞花(목멱상화: 남산에서 꽃 감상하며) 시의 운을 쫓아 읊으니

벌은 노래하고 나비 춤추니 몇 집이나 막을 수 있으리오
꽃 색은 희거나 붉거나 늦은 비 내리듯 하네
風光(풍광)을 수습하기는 겨우 마쳤는데
시는 다 짓지 못하고 종소리 북소리만 듣네

鍾路十字街(종로십자가)에는 사월초파일 부처 목욕시키는 때가 오면 색색 가지 등불을 모든 집 처마 끝에 달아 釋迦(석가) 탄신을 축하하고 자기 집의 福祿(복록)을 기원한다. 밤에도 백주 대낮 같이 밝으니 진정 빛나는 구름으로 병풍을 둘러치고, 밝은 수정을 뚫어 주렴으로 내린 것 같으리라! 種街觀燈(종가관등) 시의 운을 쫓아 읊으니

城(성)을 둘러 십 리 만여 집에
곳곳마다 등불이 채색 노을 같네
수레와 말은 분분히 부처의 길을 기원하고
미인은 노래하고 춤추니 그 얼굴 꽃과 같네

내가 느낀 바를 적었으니, 후세 사람들의 부처님 얼굴 더럽혔다는 꾸짖음이 없다면 다행이리라!

我太祖化家爲國 定鼎于漢陽 古朝鮮馬韓之域也 北鎭華山而爲城郭 有龍盤虎踞之勢 南以漢江爲衿帶 左控關嶺 右環渤海 其形勝甲於東方 風月亭文孝公月山大君婷 能文以風月詩酒自娛 周遊都內外山水 作漢都十詠詩絕句 姜公希孟 徐公居正 李公承召 成公任諸公 以文章功業 擅名當世 次其韻載於輿地勝覺 故余見而景仰 其文章不拘文拙 謹次其二篇中一篇韻 兼敍其事箭串 今纛島聖水洞 曾有小丘 世宗築樂天亭 今無而追想周數里 有平原 多芳草爲牧馬場 大江回塘演漾 而連峰四方 層出環丘 來朝勢若星拱 正是鶯語嬌迎客 花容笑惹人 次箭郊尋芳曰 平郊細草 綠如茵淡 蕩風光正惹人沽酒 隨朋參盛會 謾將豪興醉芳春 城東橋下 卽立石浦 浦之南江 中有楮子島 江南有韓明澮狎鷗亭 正是手把一竿 小絲垂數尺長 次立石釣魚韻曰 立石浦頭垂釣曲 長江十里正寒碧 烟輕浪細 餌香生掉尾 銀鱗潛復躍 漢南洞有濟川亭 今無漢江 自此分二派 北岸至龍山 十里爲長湖 種蓮數百頃 花開而香聞 十里爲勝景 國初鹽倉沙岸 因潮水破壞 潮水入龍山爲漕運中心地 月入亭上 風來水面 正是一輪光正滿萬里 氣尤清想像而次濟川玩月

韻曰 漢水三更千籟靜 停舟故待林成影 一輪明月出須臾 碧空高掛新玉餅

汝矣島間江 龍山江之對岸漢江也 龍山下有麻浦 隨潮放舟中流以下 兩岸

山勢 周遭宛轉若畫 鷗鷺翔集 遊魚潑剌 可相忘於江湖也 正是舉棹雲先散

移舟月逐行 次麻浦泛舟曰 西風放棹碧波頭 紅蓼白蘆相映洲 乘興不知斜

日暮 清江十里伴輕鷗 麻浦有栗島而今無 江上有蠶頭峯 卽楊花渡 東岸下

流稱西江 有望遠亭址 朔風吹雪 忽成白玉 江山正是有田 皆種玉無樹不成

花 次楊花踏雪韻曰 水村漁戶兩三屋 誇酒青帘十尺竹 白雪三更粧勝景 勸

觴覓句無休息 盤松亭在獨立門北 而西北 官行使節送於此 舊有松樹而蟠

屈成陰 可蔭數十步 麗王嘗幸南京時 避雨於此 因名焉 正是晴天開祖帳 斜

日送征鞍 今無而想像 次盤松送客韻曰 此日君方賦遠遊 莫辭今我勸金甌

未知別後返何日 千里長程愁未休 藏義寺在洗劍亭上流有舊址 礎石及幢竿

支柱 尙存焉 新羅武烈王幸此時黃山戰死之長春郎罷郎等 現夢于王 創此

寺祈其冥福處也 今無而追想 正是靜坐雲生石狂 吟月滿窓 次藏義尋僧韻

曰 遊人愛此難歸去 閒向僧房懷古語 慣眼林泉境不疎 始知昔日吟詩處 興

德寺在燕喜坊 寺在小池上 池栽蓮花 花開而香聞十里 紅白相映於水中 莫

不來賞 正是半濕粧濃 淡斜欹態卷舒 今不知其處 追想而次興德寺賞蓮韻

曰 深紅淺白開門數 把酒論文揮玉塵 何客愛蓮同賦詩 林風入戶似涼雨 木

覓山古引慶山 今南山上有八角亭 亭中有圖書館 俯瞰中奇花異木 如珠璣

之璀璨 而掩翳于四方 古今雖異 假像其花正是開樂渾無主芬芳自有情 次

木覓賞花韻曰 蜂歌蝶舞幾家塢 花色白虹成晚雨 收拾風光纔了償 題詩未

畢聽鍾鼓 鐘路十字街到四月八日 浴佛之辰 則各色燈籠 懸于萬戶 簷牙祝

釋迦之誕辰 祈自家之福祿 夜明如白晝 正是屏展輝雲冊 簾垂晃水晶 次鐘

街觀燈韻曰 環城十里萬餘家 處處燈光似彩霞 車馬紛紛祈佛路 美人歌舞

面如花 書我所感 而後人若無佛頭着糞之誚 則幸矣

完山八景詩序

완산팔경시서

完山(완산)은 작은 산으로 全州府(전주부) 남쪽 3리에 있다. 본래 百濟(백제) 때에는 완산이었으나, 백제가 망하고 新羅(신라)가 全州(전주)라 불렀다. 신라 말엽에 甄萱(견훤)이 이곳에 도읍을 정하고 나라를 세워 後百濟(후백제)라 이름했다. 高麗(고려) 太祖(태조)가 합병하여 安南(안남)이라 불렀다가 얼마 안 있어 다시 전주라는 이름을 되찾았으니, 李朝(이조)의 王家(왕가)가 나온 豊沛(풍패)[172]의 고을이다.

무리 지은 산들이 팔짱 낀 듯 허리 굽히는 듯하니, 萬景臺(만경대)가 거울에 비치듯 거꾸로 비친다. 동쪽 모퉁이에는 麒麟峰(기린봉)이 푸르게 우뚝 솟아있고, 밭두둑이 수놓은 듯 얽혀있고, 市街地(시가지)는 정연하다. 아침저녁으로 연기가 나무 사이를 가려 덮고, 망망히 너른 들에는 눈에 보이는 공간이 광활하니 그 경치가 무궁하다.

庚申(경신: 1980)년 가을에 이곳에 일이 있어 친구를 따라 세상에서 完山八景(완산팔경)이라 부르는 바를 두루 감상하였다.

그 첫째는 玉京晴嵐(옥경청람: 하늘 궁전 맑은 산 아지랑이)이다. 南川(남천)이 아래로 흘러 고을 경계에 이르러서 雁川(안천)이 되고, 參禮驛(삼례역)에 이르러서는 楸川(추천)과 합해지니 風光(풍광)이 매우 아름다우니, 세상에서는 훨훨 날아 내려앉는 기러기 같다고 기린다. 예부터 仙人(선인)들이 玉京晴嵐(옥경청람)이라 불렀으니 마치 만 이랑 푸른 물결에 배 띄워 가는 모양이다. 詩(시)로 읊으니,

> 푸르스름 산 아지랑이 속 노란 나뭇잎이 그윽이 가장자리로 구르니
> 가을 물이 긴 하늘과 같은 색 됨이 비 그친 때이네

---

172) 본래는 중국의 沛縣(패현)의 豊邑(풍읍)이나, 그곳이 漢高祖(한고조: 유방)의 고향이므로 임금의 고향이라는 말로 쓰임.

風光(풍광)을 둘러보다 興(흥) 일어나니

취한 나머지 수습하여 쉽게 詩(시) 지어지네

그 둘째는 麒麟吐月(기린토월: 기린봉에 달 떠오르면)이다. 麒麟峰(기린봉)은 마을의 동쪽 6리에 있다. 봉우리 위에 작은 연못이 있어 한 필 비단이 가로 놓인 것 같다. 계수나무 꽃 핀 달이 모습을 드러내니, 달빛과 물색이 위 아래로 같이 밝아 별들은 빛을 잃는다. 시로 읊으니,

기린산 위 뜨는 달이 점점 동쪽에 생겨나니

지는 해는 따라서 하늘 궁전으로 떨어지네

십오야 보름밤 와 달은 정말 꽉 찼는데

개인 하늘 빛은 만리가 한 가지 색이네

그 셋째는 南高暮鍾(남고모종: 남고사 저녁 종소리)이다. 南高寺(남고사)는 만경대 뒤에 있다. 만경대는 高德山(고덕산)에 있는데, 북쪽 기슭에 돌 봉우리가 있어 형상이 층층의 구름 같고 그 위에 수십 명이 앉을만하며, 사면에 나무가 울창하고 돌 절벽이 그림과 같다. 서쪽으로는 群山島(군산도)가 바라다 보이고, 북쪽으로는 箕準城(기준성)과 통하고, 동남쪽으로는 큰 산을 지고 있다. 산에 석양이 들면 절에서 종소리 울려 나오고, 돌아가는 나그네 발걸음은 점점 바빠진다. 시로 읊으니,

고덕산 중 만경대에

종소리 멀리 절에서 울려 나오네

홀연히 듣고는 승려들 돌아가는 마음 급해지니

지는 햇빛에 거연히 발걸음 재촉하네

그 넷째는 德眞採蓮(덕진채련: 덕진못에서 연꽃 따며)이다. 德眞池(덕진지)는 마을 북쪽 10리에 있다. 서쪽으로는 可連山(가연산)으로부터 동쪽으로는 乾止山(건지산)에 속하기까지 큰 둑을 쌓으니, 둘레가 구천칠십삼 척이다. 수백 이

랑 연꽃을 심으니, 칠팔월이 오면 연꽃 따는 때이다. 곱게 차린 佳人(가인)들이 쌍쌍이 짝 지어 와서 꽃을 사이에 두고 얘기 하며 배에 기대어 노래하니, 날이 저무는 줄도 모른다. 시로 읊으니,

연밥 따며 낚시터 지나다
잘못 원앙새 놀래 꿈 깨게 해 홀연히 쌍쌍이 날아오르네
佳人(가인)과 서로 대해 은근히 얘기하니
반나절 맑게 놀아 속세 걱정 잊네

그 다섯째는 多佳射帿(다가사후: 다가산 화살 과녁)이다. 多佳山(다가산) 녹음 속에 활쏘기 정자가 있으니 곧 穿楊亭(천양정)이다. 肅宗(숙종) 임금 때 무예를 숭상하여 전주부윤 鄭自濟(정자제)에게 명하여 짓게 하였다. 비록 사용하지 않을 때도 있지만, 옛날 습관으로 무사들이 씩씩하게 활을 끼고 모여 화살을 쏘니 형상은 이지러진 달과 같고 형세는 흐르는 물 같다. 화살 다섯을 쏴서 세 개를 맞추는 것으로 승부를 결정하니 역시 또한 기이한 일이다. 시로 읊으니,

씩씩한 무사들이 활터에 와서는
누가 백 걸음 밖 버들가지를 꿰뚫을 수 있나
과녁 가운데 맞추기 바라며 승부를 다투니
징소리 북소리 자주 울려 석양에 이르렀네

그 여섯째는 東浦歸帆(농보귀범: 동포로 돌아가는 돛배)이다. 東浦(동포)는 곧 新倉浦(신창포)이다. 楸川(추천)이 參禮驛(삼례역)에 이르러 남쪽으로 또 熊峴(웅현)의 물과 합하여 서쪽으로 흐르면 泗浦(사포)가 되고, 물이 마을 서쪽에 이르면 新倉浦(신창포)가 된다. 나루 머리 향기로운 풀에 상아 삿대 움직이면 푸른 버드나무 둑 옆에서 비단 닻줄을 멈춘다. 시로 읊으니,

봄바람 동포에 돛배를 띄워

흰머리 시인이 푸른 옷소매 떨치네
낚싯대 잡고 무단히 왔다 다시 가니
몇 번이나 술에 시 곁들이니 興(흥)이 범상치 않네

　　그 일곱째는 寒碧晴烟(한벽청연: 한벽루 맑은 날 안개)이다. 寒碧樓(한벽루)는
玉流洞(옥류동) 맨 꼭대기에 있다. 물은 차갑고 산은 푸르다 하여 그 이름을
삼았다. 냇물이 누대 밖을 흘러간즉 楸川(추천)으로, 寒分(한분) 나루 어귀가
담백하게 맑아 산허리에 이르니 진정 꽃이 덮여 있어 나비를 보기 어렵고, 물에
잠긴 버들가지 어구에는 단지 꾀꼬리 울음소리만 들으리라! 시로 읊으니,

　　　　차갑고 푸른빛이 담백하게 동산을 덮으니
　　　　사면이 침침해 촌락을 분별하기 어렵네
　　　　스쳐 지나는 물이 산을 가려 遠近(원근)이 아련터니
　　　　홀연 모두 걷혀 없어지니 황혼이 되었네

　　그 여덟째는 威鳳瀑布(위봉폭포)이다. 松廣寺(송광사) 북쪽에 위봉폭포가
있다. 비단이 열 길이나 떨어지고, 구슬이 만 가마나 흩어지니 진정 성난 물결
이 구름을 뚫고, 쏟아지는 차가운 소리가 해를 띠고 흐른다. 시로 읊으니,

　　　　한 줄기 흰 비단이 긴 하늘에 걸려있고
　　　　눈처럼 쏟아지는 구슬은 천만년을 뛰었네
　　　　멀리는 생각하니 공중에서 은하수가 떨어졌는데
　　　　바로 바라보니 바위 위에 玉(옥) 무지개 걸렸네

　　예부터 시인들은 비록 술과 시로 서로 즐겼지만 마음 하늘이 더러워지면
그것을 씻어낼 바를 생각했고, 배움의 바다에 찌꺼기가 끼면 그것을 닦아낼
바를 생각했다. 그리하여 초연하게 스스로 터득하는 풍취를 구했으니, 특별히
짬을 내어 경치를 감상한 것만은 아니다. 같이 간 몇 사람과 다시 寒碧樓(한벽
루) 위에 앉아 아이를 불러 술 가져오게 하고 운자를 뽑아 시를 지으니, 마음은

확 트이고 정신은 편안해진다. 총애나 수모는 모두 잊으니, 사물과 나와는 사이가 없이 하나이다.

完山小山而在全州府南三里 本百濟之完山 濟亡新羅稱全州 羅末甄萱定都 立國號後百濟 高麗太祖幷之稱安南 尋福全州 李朝以御鄉稱豊沛之鄉 群山如拱如揖 萬景坮倒影於鏡面 麒麟峰聳翠於東隅 田疇繡錯 市街整然 晨昏烟火 掩映樹木之間 茫茫大野 眼界空闊 其景無窮矣 庚申秋有事于此 其所稱完山八景 隨人遍賞 其一曰 玉京晴嵐 南川下流 至州界爲雁川 至參禮驛與楸川合 風光甚佳 世以飛飛落雁讚之 自古仙人稱玉京 晴嵐若萬頃蒼波 行舟之形 吟詩曰 翠嵐黃葉轉幽陲 秋水長天雨歇時 周覽風光方有興 醉餘收拾易成詩 其二曰 麒麟吐月麒麟峰 在府之東六里 峰上有小池 匹練方橫 桂花露形 月光水色上下同 明星斗無輝吟詩曰 麟山吐月漸生東 落日追隨玉宇中 三五夜來輪正滿 晴光萬里一般同 其三曰 南高暮鍾南高寺 在萬景坮後 坮在高德山北麓 有石峰狀如層雲 而其上可坐數十人 四面樹木蔚然 石壁如畵 西望群山 島北通箕準城 東南負大山 夕陽在山 鐘聲出于寺 歸客步漸忙吟詩曰 高德山中萬景坮 鐘聲遠自寺中來 忽聞釋子歸心急 落照居然倦屐催 其四曰 德眞採蓮德眞池 在府北十里 西自可連山 東屬乾止山 築大堤周九千七十三尺 種蓮數百頃 至七八月 採蓮之時 盛粧佳人 雙雙作伴 隔花相語 憑船放歌 不知日已暮矣 吟詩曰 蓮子採而過釣磯 誤驚鴛夢忽雙飛 佳人相對殷勤語 半日淸遊可忘機 其五曰 多佳射帿多佳山 綠陰中有射亭 卽穿楊亭 肅宗朝 以商武 命府尹鄭自濟建時 雖不用以舊習 起起武夫挾弓而會放矢 而射形如月偃 勢若流水以五矢三中 決勝負亦是奇事 吟詩曰 起起武夫來射場 誰能百步可穿楊 期於中鵠爭勝負 金鼓頻鳴到夕陽 其六曰 東浦歸帆 東浦卽新倉津楸川至參禮驛南 又與熊峴之水 合而西流爲泗浦 水至府西爲新倉津 芳草渡頭牙檣動 綠楊堤畔錦纜停 吟詩曰 春風東浦放歸帆 白髮騷人振翠衫 把釣無端來復去 幾將詩酒興不凡 其七曰 寒碧晴烟寒碧樓 在玉流洞絶頂 以水寒山碧 冠其名川流 樓外卽楸川 而寒分渡口 淡沫山腰

正是籠花難見蝶 罩柳但聞鶯吟詩曰 寒烟翠色淡籠園 四面沈沈不辨村 掠水
遮山迷遠近 忽焉全散破黃昏 其八曰 威鳳瀑布 松廣寺之北有威鳳瀑布 練
垂十尋 珠散萬斛 正是怒派穿雲瀉寒聲 帶日流 吟詩曰 一條素練掛長天 噴
雪跳珠千萬年 遙想空中銀漢落 卽看岩上玉虹懸 自古騷人 雖以詩酒相娛心
天汚穢思 所以洗之學海 渣滓思所以滌之 以求其超然 自得之趣 非特儵閒
玩景而已 與同行數人 更坐寒碧樓上 呼兒進酒拈韻賦詩 心曠神怡 寵辱俱
忘 物我無間矣

松石序
송석서

옛날의 君子(군자)는 모두 머무는 곳의 이름이 있으니, 거의 窩(와: 움집)
庵(암: 암자) 堂(당: 집) 軒(헌: 집) 등으로 불렀다. 또 나타내고자 하는 이름이
없을 수 없으므로, 이름 짓기를 혹은 내가 힘을 쏟아야 할 것으로, 혹은 내가
일 삼는 것으로 하였다.

대개는 실천하고자 하여 혹 山(산) 水(수) 松(송) 石(석)으로 부르니, 나타내
고자 하는 이름이 없을 수 없으므로 내 뜻을 실어 이름 진 것이다. 山(산)은
그 仁(인)을 체득하고자 함이요, 水(수)는 그 智(지)를 기르고자 함이요, 松(송)
은 그 사철 푸르름을 취함이요, 石(석)은 그 변하지 않음을 취하여 각기 체험하
고 배우고자 하는 것이다. 지금 풍속은 그 뜻은 모르고 과장하기만 좋아하고
글만 아름답게 꾸미니, 어린 속된 자들이 號(호)가 없는 자가 없으며 그 부르는
것도 그저 山(산) 水(수) 松(송) 石(석)이 아니고, 무릇 天地之間(천지지간)에
아끼고 사랑할만한 것은 모두 취하여 부른다. 그러나 그리 취한 것의 의미를
알지 못하니 음식을 먹으면서도 그 맛을 모르는 것과 같고, 소리를 들으면서도
그 音(음)을 모르는 것과 같다.

松石(송석) 鄭德和(덕화) 옹께서는 圃隱(포은) 선생의 후손으로, 나와는 서로 만난 지가 이미 20여 년이다. 지난해에 翁(옹)을 龍仁(용인)에 있는 집으로 찾아가서 情(정)을 풀었다. 높은 산이 뒤에 우뚝 솟아있고 맑은 냇물이 앞에 흐른다. 여염집이 사방에 펼쳐있고, 평평한 산등성이와 깎아지른 언덕이 둘러싸고 있다. 주위에 만나는 것은 진기한 나무와 이름난 꽃으로 푸름이 짙고 붉음이 활짝 펴, 향기를 펼치고 그늘을 지게 하니 땅이 감출 수 없고 하늘도 비밀스럽게 할 수 없는 잘 고른 빼어난 구역이다. 포은 선생의 묘소 및 忠烈書院(충렬서원)의 옆에 翁(옹)의 주택이 있다. 층층이 겹쳐진 산봉우리들이 사방에 손 맞잡고 인사하는듯하고, 무성한 숲이 평평하게 퍼져 주렴 친 창에 둘러 비치니 맑은 날이라 좋거나 비 와서 기이하거나, 시인에게 興(흥)을 일으켜 주기에 족하다.

옹은 농사를 일 삼고 있어 농사일에 온 힘을 쏟으며 고향의 어른들과 조용히 담소하고 있다. 밭가는 자에게는 씨 뿌리고 거두는 일을 묻고, 가축 키우는 자에게는 낳고 기르는 일을 익히고, 나무꾼에게는 나무 베는 노래로 화답하고, 고기 잡는 자에게는 濠梁(호량)[173]의 흥취를 얘기한다.

근래에는 둘째 아들의 집에 있어, 매주 서로 만나 詩(시)와 술로 따라 즐긴 지가 또한 몇 년 된다. 같이 사귀어 노니는 사람들은 모두 騷人(소인: 시인)과 墨客(묵객: 그림이나 글씨를 쓰는 사람)이니 옷은 沂水(기수)의 봄바람에 날리고, 창문은 周濂溪(주렴계)의 비 개인 날 달빛에 비친다. 술잔을 들어 시를 論(논)하니, 그 쾌활한 마음은 확 트이고 그 흥은 무궁한즉 보고 들음에 어찌 얻음이 없겠는가! 한거울 차가운 눈에서도 튀어나게 홀로 빼어난 것이 松(송)인지라, 烈士(열사)의 절개이므로 옹이 그 사시사철 푸른 지조를 취했다. 영검스러운 곳 한가한 구름 속에서도 우뚝이 높이 돋아난 것이 石(석)인지라, 군자의 절개이므로 옹이 그 천길 벽처럼 서 있는 형세를 취했다. 합해서 松石(송석)이라

---

173) 濠水(호수)의 다리라는 말로 莊子(장자)가 자기는 물고기의 즐거움조차 안다고 친구인 혜시에게 자랑했다는 장소임.

부르니, 그를 체험하고 뜻을 세움이다.

옹이 나이 여든에 몸도 강건하고 마음의 뜻도 관후하여, 長子(장자)의 風度(풍도)가 있고 氣槪(기개)가 灑落(쇄락: 개운하고 깨끗함)하여, 古人(고인)의 襟度(금도)가 있다. 겸해서 文學(문학)으로 지조를 굳고 확실하게 지키니, 富貴(부귀)로 그 마음을 움직일 수 없다. 安貧樂道(안빈낙도)하여 자취를 자연에 맡기고 삼가 선조의 교훈을 지킨다. 포은 선생은 전 왕조에 忠節(충절)을 심었고, 옹은 우리 조선 왕조 끝에 굳은 뜻을 지키니 일은 비록 달라도 뜻은 한가지로다! 내가 항상 우러러 앙모하여 그 일을 적으니, 옹은 그 初志(초지)를 져버리지 말게나!

古之君子 皆有所處之名 蓋以窩庵堂軒稱之 而又不可無所識之名 故或以吾之所勉 或以吾之所事名之 非徒名之而已 蓋欲踐實 或以山水松石稱之 而不可無所識之名 故冠之以吾意 山欲體其仁 水欲養其智 松取其常靑 石取其不變 各體驗而學焉 今俗不知其義 好誇而靡文 少年俗子無無號者 而其所稱 非徒山水松石 凡天地之間 可愛可樂之物 皆取而稱之 然不知斯物之所取 如食而不知其味 聽而不知其音也 松石鄭翁德和甫 圃隱先生之後孫 與余相逢已二十餘載 而昔年訪翁于龍仁之住宅 敍情高山 聳後淸川 過前闔閭 四布平岡 斷崖擁衛 周遭珍木名花 綠稠紅繁 敷香布陰 地不能藏 天不能秘 卜此勝區 而有先生墓所及忠烈書院 傍有翁之住宅 層巒重嶂 拱揖於四隅 茂林平楚 映帶於簾 櫳晴好雨 奇足以供騷人之興 翁有事于西疇 盡力於南畝 與鄕之父老 從容談笑於耕者 問稼穡之道於牧者 講生養之術於樵者 和伐木之歌於漁者 論濠梁之趣近在次胤之家 而每週相逢 詩酒從遊 亦數載 所與交遊 皆騷人墨客 衣拂沂水之春風窓開 濂溪之霽月 擧盃論詩 其快活之懷心曠 而其興無窮 則豈不有得於見聞乎 大冬冷虛 挺然獨秀者松 而烈士其節 故翁取其四時常靑之操 靈區閒雲均然高出者石 而君子其介 故翁取其千仞壁立之勢 合而稱松石 體驗而立志 翁年八十 身且康健 心志寬厚 有長者之風度 氣槪灑落 有古人之襟度 兼之以文學 守操堅確 不以富貴移其

心 安貧樂道 托跡林泉 謹守先訓 圃隱先生樹忠節於前朝之末 翁守堅志於
我朝之末 事雖異而其志則一也 余常景仰而敍其事 翁其勿負初志

止善亭詩序
지선정시서

내가 자취를 감추고 산 이래로 몸은 이미 한가롭다. 항상 산수의 경치를
심히 사랑하여 때때로 경치를 감상하니 오래 전부터 알던 친구들과 숲을 뚫고
산봉우리를 넘고, 또 詩(시) 읊기를 기뻐하여 하루가 다 가도록 맑게 노닐며
혹은 배를 타고 바람을 쐬기도 한다.

丁亥(정해: 1847)년 늦은 봄에 벗들과 荊江(형강)[174]에 배를 띄워 물결 거슬
러 오르내리는 즐거움을 가졌다. 물가 언덕은 널리 터졌고, 물결은 넓고 아득하
고, 바람 맞은 돛배와 모래밭 물새들은 위아래로 오가니 마음속 회포는 확 트이
고, 경치는 특이하여 황홀하기가 내 몸이 넓은 바다에 놓인 것 같아, 이 몸이
뱃속에 있는지도 알지 못했다.

한줄기 긴 강이 땅을 갈라 굽이쳐 십 리를 흐르고, 너른 들은 물을 사이에
두고 평평히 펼쳐지고, 작은 산봉우리들이 들머리에 점점이 솟아있는데 단청한
마룻대와 푸르른 용마루가 강가를 베고 있는 것이 文義(문의) 江亭村(강정촌)
의 止善亭(지선정)이다.

지선정은 處士(처사) 吳立(오립)이 光海君(광해군)의 어지러운 조정을 만나
은거하며 벼슬하지 않으면서 강가 높은 곳에 정자를 짓고 날마다 詩書(시서)로
즐긴 곳이다. 尤庵(우암) 宋(송) 선생이 "忠孝一生臥此江濆(충효일생와차강분)"
–충성스럽고 효성 있는 일생을 이 강가에 누워 있네–라는 여덟 글자를 써주어서 門楣

---

174) 錦江(금강)이 옥천 영동을 흐르는 부분.

(문미) 위에 걸어 놓았다. 맑게 흐르는 물엔 갓끈을 씻을만하고, 기름진 들에는 농사일을 살펴볼 만하다. 일찍이 宋圭庵(송규암)과 鄭北窓(정북창)의 風度(풍도)를 흠모하여 魯峰書院(노봉서원)을 지었는데, 많은 선비들이 추대하여 山長(산장: 서원의 우두머리)이 되었다. 매번 좋은 때면 친구들을 모아 講學(강학)하고, 지팡이 짚고 물소리와 산 빛 사이를 어슷어슷 거닐며 뜻은 술과 시에 맡기고 느긋이 노닐며 하고픈 대로 하니, 世間(세간)의 영광과 이익에는 뜻을 두지 않았다. 효도하는 것으로 집안을 다스리고, 자기 마음을 다하는 믿음으로 다른 사람을 접하고, 자식과 조카들을 훈계하고 後學(후학)을 가르치니 때맞게 내리는 단비처럼 교화가 이루어져, 비록 조정에서 그 쌓은 속내를 피지는 못하였으나 德業(덕업)을 널리 핌이 많다. 그러므로 後人(후인)들이 추모하여 사당을 세우고 제사 지내니. 이것이 江皐祠(강고사)로 지선정의 뒤에 있다. 정자의 짜임새는 정교하고 치밀하며, 처마와 기둥은 시원히 뚫렸으니 그저 玉川(옥천)[175] 선생의 몇 칸 안 되는 집일 뿐만은 아니다. 그래도 柴桑處士(시상처사: 도연명)의 三徑(삼경)[176]의 여유가 있어, 벗들을 모아 道(도)를 강론하였다. 항상 朱子(주자)의 白鹿洞舊規(백록동구규)를 본떠 친족을 모아 윤리를 풀어내니, 이내 중국 韋(위)씨 집안의 옛일처럼 화목한 집안이 되었다.

　난간에 기대어 눈을 돌려보니 사방 주위는 산으로 소나무와 삼나무 숲이 울창하고, 한 면은 물가에 닿아 들판이 드넓다. 숙연하게 세상 티끌과는 막혀 있으니 가히 노닐며 쉴만한 곳이 된다. 세상이 바뀌고 시간도 흘렀지만 옛 정자에 올라 우러러 흠모하니 산은 높고 물은 길어, 남겨진 風度(풍도)를 기리 생각한다. 기대어 바라보니, 하늘과 땅이 이미 영검스러운 기운을 심고 길러 간산의 빼어난 형상 중에도 제일 기이한 것이 되어 조물주가 재미있게 갖고 논 것 같다.

---

175) 玉川(옥천) 선생은 唐(당)나라 시인 盧仝(노동)으로, 한퇴지가 "우리 옥천선생은 낙양성 안에 무너진 집 몇 칸뿐이라오"라고 한 글이 있다. 즉 변변치 못한 집을 비유하는 것임.

176) 陶淵明(도연명)의 歸去來辭(귀거래사)에 "三徑就荒 松菊猶存(삼경취황 송국유존: 세 갈래 지름길은 황폐해졌는데 그래도 소나무와 국화는 남아있네)"라는 구절이 있다.

물길이 德裕山(덕유산)으로부터 수백 리를 흘러와 형강이 되어 이 정자 아래에 이르렀다. 멀리 바라본즉 푸른 물결이 넓어 질펀하여 안개와 물결이 다투고, 가까이 바라본즉 거울 같은 물결이 맑고도 맑다. 바람이 물결 출렁이게 하니, 부드러운 바람에 비단 무늬가 인다. 해가 비치니 금빛이 튀어 나와 동북쪽에 우뚝 푸르름을 모아 솟은 것은 鷄足山(계족산)이요, 산봉우리가 줄지어 나뉘어 서남쪽에 풀과 나무가 푸르게 빽빽이 늠름하게 솟은 것은 錦城山(금성산)이다. 골짜기는 거듭 거듭 겹쳐있고, 구름과 노을은 아득히 끝없어 사람 사는 곳의 시끄러운 소리나 모양 없으니, 隱士(은사)의 물 뿌린 듯 시원한 뜻과 취향이 있다. 돛배와 모래밭 새들이 나왔다 들어갔다 하고, 물과 들과 숲의 자연이 툭 터져 詩人(시인)이 노래하고픈 마음을 솟구치게 하니, 逸民(일민: 재능 있으나 숨어 사는 사람)이 살기에 마땅한 곳이다. 아침에 햇살 비추고 저녁에 어스름해지는 변화에 보고 놀라 눈에 꽉 채우지 않을 수 있겠는가! 神(신)의 경지에 든 화가나 하늘로 오르는 용의 솜씨가 있는 문장이 아니라면 그 진실된 경치를 그려내기 어렵다. 취한 후에 호탕한 감정으로 네 韻(운)의 시를 짓고 돌아왔다.

余遯跡以來 身旣閒矣 常酷愛泉石 隨時賞景而與知舊穿林陟岫 又喜吟竟日淸遊 或乘船灑風 丁亥暮春 與友放舟于荊江之上 溯洄爲樂 涯岸弘闊 波濤浩渺 風帆沙鳥 上下往來 衿懷軒豁 景致特異 怳若置身於滄溟之間 不知身在舟中一帶 長江割地而迂廻十里 大野隔水而平開 小巒起於野頭 畫棟翠甍 枕于江上者 文義江亭村之止善亭也 止善亭吳處士諱名立當 光海昏朝 隱居不仕 築亭於登高江上 日以詩書自娛 尤庵宋先生 以忠孝一生臥此江濱 八字與揭于楣上 淸流可以濯纓 沃野可以觀稼 嘗慕宋圭庵鄭北窓之風 建魯峰書院 多士推以爲山長 每良辰會朋而講學 或携杖徜徉乎水聲岳色之間 托意觴詠優遊自適 無慕乎世間榮利 而政家以孝 接人以忠信 訓子侄敎後學 有時雨之化 雖未能展其素蘊於廊廟 而普施德業者多 故後人追慕 而立祠祭之 是爲江皐祠在亭之後 亭之結構精緻 簷楹通敞 非徒玉川

先生之數間而已 尙餘柴桑處士之三逕 聚友講道 常倣白鹿洞舊規 會族敍倫 仍爲韋氏家古事 倚欄縱目 四方圍山 松杉森鬱 一面臨水 原野廣衍 蕭然隔塵 可爲遊息之所 物換星移 登舊亭而仰慕山高水長 想遺風而憑瞻天地 已鍾毓靈之氣 以爲江山形勝之奇絶者 若造物之戱劇 水自德裕山流數百里 爲荊江而至于亭下 遙看則滄浪浩瀚 而烟波峥嶸 近看則鏡浪澄淸 而風漪溶漾 風微而錦紋生 日照而金光躍 屹然攢靑于東北者鷄足山 峰巒分列 草樹靑葱 巍乎聳碧于西南者錦城山 洞壑重疊 雲霞縹緲 無城市喧囂之聲色 有隱士瀟灑之志趣 風帆沙鷗之出 沒川原林泉之寬敞 聳動騷人之諷詠 亦宜逸民之棲息 朝暉夕陰之變態 無非駭矚盈視 非入神之畵手 騰蛟之詞宗 則難可摹出其眞境 以醉後豪情 强題四韻而還

錦石序

금석서

선비는 이 세상에 살면서 남다른 뜻과 經綸(경륜)을 품은 자이다. 조정에 나가 벼슬한즉 그 이로운 은택이 다른 사람에게 미쳐 이 세상을 편안하게 하고 또 선조의 덕을 나타내 드날리고 집안의 영화가 퍼지게 하며, 운명과 때가 어긋나 그 품은 바를 세상에 베풀 수 없어도 억지로 세상에 아부하여 구차한 모습을 해서는 안 된다. 在野(재야)에 처해 있은즉 세상일은 포기하고 분수를 편안히 여겨 道(도)를 즐겨서 몸은 번잡한 일에 끌림이 없게 하고 마음은 밝게 트인 흥취가 있게 하여, 구름에서 밭 갈고 달에서 낚시하여 냇물과 산이 그 흥취에 맞게 하고 詩(시)를 읊고 붓을 휘날려 꽃과 새가 족히 그 興(흥)을 취하게 해야 한다. 천 년 전 옛날까지 달관하고 이 한세상쯤이야 깔봐 버려, 자기 자신에 스스로 만족해 남에게 알려지기를 구하지 않아야 하니 巢父(소보)와 許由(허유) 같은 이는 자고로 별로 없다.

세상에 보물로 불리는 것이 金(금)이나 玉(옥)만한 것이 없으나 금은 단련하지 않으면 좋은 그릇이 될 수 없고, 옥은 갈지 않으면 진정한 광채를 이루지 못하며 사람도 배우지 않으면 英才(영재)가 될 수 없다.

내 친구 유학자 吳文晟(오문성) 님은 止善亭(지선정) 處士(처사) 吳立(오립)의 후손으로, 대대로 文義(문의)에 살며 선조의 명예를 이어 왔다. 刻苦(각고)의 노력으로 일하며 經書(경서)와 史書(사서)를 깊이 읽고 글 또한 웅건하다. 비록 경륜을 품었어도 麗水(여수: 중국의 유명한 금 생산지)의 金(금)에서 나는 광채와 荊山(형산: 중국의 유명한 옥 생산지)에서 나는 玉(옥)의 빛남을 사람들이 알아주지 못한다. 살림이 궁핍해져 세상에 뜻을 얻지 못해도 대처함은 晏然(안연)하였다. 그 從叔(종숙) 되시는 분이 '錦石(금석)'으로 號(호)를 지어주시니 錦江(금강) 물가에 살 곳을 정해 살면서 배움을 구하는 정성은 흐르는 물 같이 무궁하고, 마음의 지조를 지킴은 石壁(석벽)과 같이 떠밀림이 없어야 한다는 뜻이다. 自古(자고)로 이 江(강)과 이 石(석)은 있었으나 사철 기리 흐르는 것이 물로 군자는 그 도량에 비하고, 천 길 벽으로 서있는 것이 돌로 군자는 그 지조에 비한다.

錦石(금석)은 그 성품이 화창하여 여유가 있고 박절하지 않아 온화하고 단아하며, 마음 가운데 확연하게 주장이 있다. 근년에 일로 인해 서울에 잠시 살게 되면서 詩人(시인)의 모임이 있다는 말을 듣고 와서 참석하게 되었다. 시를 배움은 간명한 것을 숭상하여, 다듬어지지 않은 옥 같고 단련되지 않은 금 같으며 한 평생 힘을 씀은 시와 書(서)의 공부에서 떠나지 않았다. 그 산과 물에서 읊조리고 꽃과 새에 즐거움을 붙여 초연하게 스스로 얻는 흥취는 돌의 단단함과 같아 흔들리지 않고 물의 흐름과 같아 쉬지 않는다.

내가 금석 군과 비록 대대로 사귀어 오는 우의가 있으나 얼굴을 마주한 것은 늦은 나이 때이다. 산과 강가의 정자에 따라 노닐며 風月(풍월)을 읊고, 때때로 강론을 게을리 하지 않으니 엮어놓은 글귀가 많아 사람들을 놀라게 한다. 독실한 믿음을 주며 배움을 좋아하고, 살펴 물어서 명확하게 변별하니 몸가짐과 일에 대처함이 謹愼(근신)하지 않음이 없다. 옥은 산에 있어도 빛이 나니 사람들이 찾아 캐내고자 하고, 금은 물속에 있어도 광채가 나 사람들이 찾아내 일어 갖고자 한다. 금석 군은 글을 배우고 능히 지을 수 있으니, 사람들이 모두 사람들이 모두 알아주고 우러러본다. 금석 군의 騷壇(소단: 시인 모임)에 드나듦은 한 해가 조금 넘었으나, 산에 오르고 물가에 나감은 많다. 지팡이 짚고 발걸음 옮김이 운명에 따라 술 마시며 시 지음이 蛩蛩(공공)과 蚷虗(거허)[177]가 서로 기다림과 같다. 洛下(낙하)의 시 친구들이 모두 그의 文名(문명)을 기리니, 내가 금석 군에게 그 배움을 좋아하고 물음을 좋아하며 그 지식을 넓힘에 느낌이 있어 이리 적는다.

士生斯世 有抱奇志 懷經綸者 仕於朝則利澤及人以安斯世 又能顯揚先德 敷榮門戶 運與時違 不得而施其抱於世 不可强求而阿世苟容 處於野則 抛棄世事 安分樂道 身無事務之牽心 有昭曠之趣而耕雲釣月 溪山可以適其趣 吟詩揮毫 花鳥足以助其興 達觀千古傲視一世 自足於己 而不足知於人 巢父許由之流 而自古少矣 世之稱寶 莫如金玉 而金不煉則不成好器 玉不磨則不成眞彩 人不學則不成英才 余友吳斯文晟均甫 止善亭處士諱名立之後 世居文義 承名祖之緒 刻苦做業 淹讀經史 文辭亦健 雖抱經綸 麗金之朵 荊玉之輝 人莫知之巷瓢屢空 不得志於世 而處之晏然 其從叔以錦石贈其號 卜居錦江之濱 求學之誠 如流水而無窮 持心之操 如石壁而不動之義也 自古便有此江此石而四時長流者水 而君子比其量千仞壁立者石 而君子比其操也 金石其性和裕 不迫溫雅而中心確然有主 近年因事寓京 聞是人之會遊來參 而詩學尙淺 如玉未磨 如金未煉 然一生用力不離乎詩書之工 其嘯詠於山水 寓樂於花鳥 求其超然自得之趣 如石之堅而不動如水之流而不息矣 余與軍雖有世交之誼 對面於遲暮 從遊於山榭江亭 吟風詠月 隨時講論 不怠綴句 語多驚人 篤信而好學 審問而明辨 持身處事 無不謹愼 玉在山而有光 人欲探而採之 金在水而生彩 人欲知而淘之 君學書而能作 人皆知而仰

---

177) 蛩蛩(공공)과 蚷虗(거허)는 전설상의 동물로 서로 붙어사는 생명체라 함.

之 錦石之出入騷壇 歲餘登山臨水 多節屐之追隨 命觴賦詩 若蚯蚓之 相待
洛下 詩朋皆稱其文名 余於錦石 其好學而好問 廣其知識有感而敍之

海東詩社詩集序
해동시사시집서

天地之間(천지지간) 萬物(만물)이 모두 聲(성: 소리)이 있다. 草木(초목)이
소리 없다 하나, 초목에 소리를 내는 것은 風(풍: 바람)이요 金石(금석) 또한
소리가 없다 하나, 금석에 소리를 내는 것은 物(물)이다. 사람에게는 비록 소리
가 있다 하나, 虛(허)와 實(실)이 있다. 文(문: 글)에 나타난즉 實聲(실성)이요,
글로 나타나지 못한즉 虛聲(허성)이다. 情(정)에서 나와 그 뒤에 詩(시)에 글로
나타내진 뒤에야 드러나게 되는 것이다.

李白(이백)과 杜甫(두보)는 마주치는 것에 따라 그 회포를 그려 냈고, 韓愈
(한유)와 柳宗元(유종원)은 일을 마주치면 그 정을 시로 지었다. 平仄(평측)이
서로 변하고 情景(정경)이 서로 걸맞아야 시라고 말할 수 있으니, 말하기는
쉬우나 제대로 된 격식을 갖추기는 어렵다. 晉(진)나라의 蘭亭(난정)은 文章
(문장)과 風流(풍류)의 禊(계)요, 宋(송)나라의 洛園(낙원)은 道德(도덕)과 耆
英(기영)의 會(회)이니 모두 그윽한 회포를 풀어내고 세속 걱정을 삭여 없애려
한 것이다.

우리네들은 모두 타향에 떠도는 외로운 자취의 흰머리 늙은이로서 남은 삶
에 별로 즐길 바가 없으니 혹은 江南九老會(강남구로회)를 열어 洛園(낙원)의
옛 흥취를 다시 잇거나, 혹은 海東詩社(해동시사)를 결성하여 난정의 餘韻(여
운)을 쫓아 모방해본다.

斯文(사문: 유학자) 鳳庵(봉암) 朴泰三(박태삼) 님이 지난해 모임을 열고,
詞伯(사백: 시문의 대가) 源谷(원곡) 崔哲圭(최철규) 님이 올여름에 논의에 따

라 詩社(시사)를 창립하니 온 城(성)의 士林(사림)들이 같은 소리로 서로 응해서 모임이 이루어졌다. 맡은 임무가 이미 이루어지고 會期(회기) 또한 정해지니, 나이 순서로 차례를 삼고, 道義(도의)를 서로 힘쓴다. 여러분의 뛰어난 글재주가 흩어져 있어 바람과 비 같은 붓끝으로 다섯 수레 읽은 책을 바탕 삼아 휘갈겨 종이 위에 구름과 안개 같은 필치를 남겨 놓았고, 사철 번갈아 오는 뛰어난 경치의 변화 중에 만물의 變遷(변천)이 조용한 가운데서도 기이한 볼거리를 제공한다. 講論(강론)하고 여유가 있어 서로 돌아보는 즈음에 빼어난 경치 壯觀(장관)이 모두 산과 강가의 정자에 모여 있어, 마음은 확 트이고 정신은 편안해져 총애와 수모를 모두 잊으니 가슴은 悠然(유연)하고 세상과 나 사이에는 거리가 없어져, 孔子(공자)가 曾點(증점)에게 허여한 기상을 상상할 수 있다.

각자 시 한 수씩 짓고 두서너 잔 술 마신 후 그 남은 興(흥)으로 혹은 노래하고 혹은 춤추니, 무한한 취미를 만들어 가져 시 읊고 정을 느껴 발출함이 지극하다. 이는 예부터 내려오는 美風(미풍)이니, 이제 지은 바 시 原稿(원고)를 인쇄해 출간한다. 장차 뒤로 이어지게 하여 서로 대대로 내려오는 우의를 익히게 한즉 대대로 내려줄 보물이다.

이름난 산 빼어난 경치는 반드시 주인을 기다려야 이름을 날릴 수 있으니 香山(향산)은 白居易(백거이)가 아니었으면 어찌 그 이름이 알려졌겠으며, 난정은 王羲之(왕희지)가 아니었으면 어찌 그 모임이 알려졌겠는가! 비록 세대도 다르고 사람도 옛 사람이 아니지만, 흥이 나고 느끼는 바는 모두 한가지이니 바꾸지 말고 이어나가야 할 것이다. 옛사람의 모임에서 어찌 그 뒤의 사람이 그들을 봄이 지금 사람이 옛날을 봄과 같이할 줄 알았겠는가!

天地之間 萬物皆有聲 草木無聲而聲於草木自風也 金石亦無聲而聲於金石者物也 雖有聲虛實在焉 著於文則實聲 不著於文則爲虛聲 出於情而後著書於詩而後顯 李杜隨遇而寫其懷 韓柳觸事而賦其情 平仄相變 情景相敵 始可言詩 言雖易而得格則難矣 晉之蘭亭文章風流之禊 宋之洛園道德

耆英之會 皆所以暢敍幽懷 消遣世慮也 吾儕皆萍海孤跡 白首殘年 別無所
樂 或設江南九老會 更續洛園舊趣 或結海東詩社 追倣蘭亭餘韻 鳳庵朴斯
文泰三甫 設會於去年 源谷崔詞伯哲圭甫 隨議創詩社 於今夏全城士林 同
聲相應而成會也 所任已成會 期亦定以齒爲序 道義相勗 恭惟諸公八斗雄
才 散作毫端 風雨五車 學書揮來 紙上雲烟 四時代謝分勝 櫱於化中萬物變
遷 供奇觀於靜中 講論之餘 顧眄之際 壯觀勝槪 咸集於山榭江亭之中 心曠
神怡 寵辱俱忘 胸次悠悠 而物我無間 可以想吾與點之氣像 各題一首詩 飮
數盂酒 以其餘興 或歌或舞 做得無限之趣味 詠歎感發之情極矣 是古來之
義風 而今以所作詩稿 印出而將使後承 互相講其世誼 則傳家之寶也 名山
勝景 必待主人而擅名 香山非白公 何以知名 蘭亭非王氏 何以知會 雖世殊
人非 所以興懷則一也 勿替而繼之 如古人之會 則安知其後之視今如今之
視古也哉

懸岩寺詩序
현암사시서

넓고 넓은 하늘과 땅 가운데 그 사이에서 사람이 사니, 이것이 三才(삼재:
천지인)가 된다. 흘러 흘러 쉬지 않는 것은 물만한 것이 없고, 오래 오래 돼도
다하지 않는 것은 산만 한 것이 없으니 나도 이들과 함께 아울러 서있다. 天地
開闢(천지개벽) 이래로 이 江山(강산)이 있었지만 사람이 아니면 그 아름다움을
드러낼 수 없으며, 글이 아니면 그 빛남을 나타낼 수 없다.

仁者(인자)는 산을 좋아하고, 智者(지자)는 물을 좋아한다. 산의 조용함을
體得(체득)하여 흔들리지 않고, 물의 흐름을 체득하여 막힘이 없게 하니 한결
같은 마음의 德(덕)을 안정되게 한다. 비록 산과 냇물의 아름다움이 있다 해
도 여느 사람이나 속된 선비들이 그저 아름다운 경치를 밟아 헛되이 붉은 하

의와 푸른 상의가 보내고 맞는 사이에 시끄럽게만 하고 글로 나타내지 않는다면, 구름 낀 산이나 꽃 속에 새는 산과 물 사이에서 오래도록 한가할 것인즉 시냇물과 산이 부끄러워 쓸쓸하게 알려짐이 없을 것이다. 글 솜씨 좋은 學士(학사)가 글로 지은즉 그 필치가 생색이 나 초목이 榮華(영화)를 머금을 것이니 輞川(망천)[178]에 있어서의 摩詰(마힐)이요, 蘭亭(난정)에 있어서의 王羲之(왕희지)이다.

내가 韓末(한말)에 태어나 나라가 망하니 걱정되는 울분을 이기지 못해 栗里(율리)[179]에서 버들 솜이나 줍던 것을 추모하고, 性命(성명)을 보전하기 위해 멀리 桃源(도원)[180]의 물에 뜬 꽃을 구하려 하였으나 얻지 못했다. 乙酉(을유: 1945)년에 비록 國運(국운)이 光復(광복)을 맞았으나, 또 남북으로 갈라지고 글은 예와 지금이 달라 세상에 뜻을 얻지 못했다. 근심을 삭여 없애려는 계획으로, 仁者(인자)나 智者(지자)의 덕이 없지만(山水(산수)를 좋아할 만한 자격은 없지만), 그저 산수에 情(정)을 치달아 그 빼어나고 맑음을 즐길 뿐이다.

壬辰(임진: 1952)년 늦은 봄에 錦江(금강) 상류 沃川(옥천)의 化日津(화일진)으로부터 배를 타고 楚江(초강)을 두루 거쳐 文義(문의)의 荊江村(형강촌)에 이르렀다. 楚江(초강)이 이곳에 이르러서는 荊江(형강)이라 불리고 또 合江(합강)이 된다. 山(산)이 文義邑(문의읍)으로부터 와서 높은 고개가 우뚝하니, 혹은 끊어졌다 혹은 이어졌다 하며 높고 험하기가 西蜀(서촉)의 강산에 뒤지지 않는다. 꽃이 피어서는 절벽에 붉은 비 내려 길 위에 흩어지고, 빈 물가에 늘어진 버드나무는 언덕 머리에 녹음을 깊게 드리우니 푸르름과 붉음이 서로 교차한다. 廣院村(광원촌)에 이르러 돌길을 따라 올라가니, 숲은 더욱 깊어지고 길은 더욱 험해진다. 서쪽을 따라서 나무를 움켜잡고 오르고 칡덩굴을 붙잡고 쉬니 몇 시간 지나 겨우 절에 오를 수 있었으니, 뒤 한 산기슭이 떨어져 내려온

---

178) 唐(당)나라 때 시인이자 화가였던 王維(왕유)의 별장이 있던 곳. 摩詰(마힐)은 왕유의 字(자)임.
179) 陶淵明(도연명)이 晉(진)나라가 망하자 은거한 곳이다. 그곳에 다섯 그루 버드나무를 심었다 하여 五柳先生(오류선생)이라 불렸다 하니, 버들솜을 줍는다는 것은 은거한 생활을 이름임.
180) 도연명의 桃花源記(도화원기)에 나오는 무릉도원을 이름.

꼭대기에 대웅전을 품고 있다.

불교는 東漢(동한) 말엽에 중국에 들어와서 천하에 만연하게 되었으니, 우리나라에는 阿道和尙(아도화상)이 시작하여 慈悲(자비)로 희사함을 덕으로 삼으니, 그에 응하는 보답이 차질 없이 효험이 있었다. 新羅(신라)의 뒤이어 받듦이 더욱 근실하여, 그 설법이 크게 禍福(화복)을 움직일 수 있으니 오래 갈수록 더욱 불타올라, 위로는 王公(왕공)으로부터 아래로는 우매한 백성까지 그 福利(복리)를 바래서 떠받들지 않는 이가 없었다.

이 절이 창건된 해와 창건한 사람에 대해서는 밝혀진 것이 없다. 절은 백 길 절벽 위에 있으니 암석이 휑하니 널려있고 줄지은 산봉우리들이 우뚝하여 병풍이 서있는 것 같고, 천 리 긴 강이 그 앞을 지난다. 단청한 마룻대 나르는 듯한 용마루에 굽은 난간이 팔면에 있다. 골짜기가 열려 사방을 바라보니 모두 통하는 것이 명랑하고 광활하다. 위로는 하늘을 찔러 밝은 별을 딸 수 있고, 아래로는 바로 물이라 밝은 달을 움켜쥘 수 있다. 절의 누대에 오른즉 높이 백 길의 절벽을 누르고 있다. 멀리 바라보니 천 겹 산봉우리들이 멀리 하늘에 떠 거무죽죽하게 하늘을 가로지르니, 멀리는 옅게 가까이는 짙게 손잡고 허리 숙여 누대 위에 인사하고 있고, 긴 강은 비단 폭 같고, 평평한 모래밭은 눈 쌓인 것 같고, 안개는 포구에 가득 찼고, 긴 물가엔 비 그치니 봄의 따스함이 한창이고, 양쪽 언덕에는 버드나무 늘어지고, 층층 언덕에는 기이한 꽃이 짙게 푸름 속에 살포시 붉음 내비치니 바람에 산들거린다.

아침엔 비 개어 도롱이 덮고 굽어보니 어부가 있고, 석양엔 느지막한 목동의 피리소리가 멀리 들린다. 그림으로 그려내기도 어렵고 좋은 글귀로 詩(시)도 지어지지 않으니, 이내 비단 닻줄 풀고 강 가운데로 배 띄워 흘러간다. 황홀하기가 그림 병풍 속에 있는 것 같으니 넓은 들은 숫돌처럼 평평하고, 눈에 들어오는 것은 무한하다. 돌아와 절의 누대에 앉으니, 번잡한 옷깃은 이미 씻어졌고 꽉 막혔던 생각은 이미 삭아 뚫렸다. 산을 보고 좋아하니 그 仁(인)을 체득할 수 있고, 물을 보고 좋아하니 그 智(지)를 기를 수 있으니 바야흐로 道(도)가 체득되어 나타남을 알 수 있겠노라!

蒼茫天地之中 人生其間 是爲三才 流而不息者 莫如水久而無疆者 莫如山而吾與之幷立 自開闢以來 有此江山而地非人 無以顯其美 人非文無以發其輝 仁者樂山知者樂水 體山之靜而不遷 體水之流而不滯 安一心之德 雖有溪山之美 庸人俗士 枉踐佳境 徒使紅裙翠衫喧聒於送迎之間 而無文字雲山花鳥 長閒於山水之間 則澗愧林慚 寥寥無聞 文章學士題辭 則雲烟生色 草木含榮 輞川之摩詰 蘭亭之羲之也 余生韓末 王社蓋屋 不勝憂憤 追慕栗里之拾絮 欲保性命 遠求桃源之浮花而不得 乙酉國運雖光復 又分南北文殊古今 不得志於世 而爲消愁之計 無仁智之德 然徒馳情於山水 但喜其秀且淸而已 壬辰暮春 自錦江上流沃川化日津 乘船歷楚江 到文義荊江村楚江 至此稱荊江 而又爲合江山 自文義邑而來峻嶺崔嵬 或斷或連而險峻 岌嶪不讓於西蜀江山 花開絶壁 紅雨散於路上 柳垂空汀 綠陰深於岸頭 翠紅相交至廣院村 由石逕而上 林益深而逕益峻 從西而緣木而升 扶葛而息數時頃僅得而上寺後 麓落來絶頂 抱大雄殿 佛氏入中國之東漢之時 而蔓延天下而吾東方自阿道 始其道以慈悲喜捨爲德 報應不差爲驗 新羅之季 奉事尤謹其說侈大 能勤以禍福 愈久而愈熾 上自王公下至愚民 希其福利 莫不崇奉此寺未詳創建之年與人矣 寺在絶壁百丈之上 岩石谽谺 列峀崔嵬如屛立 千里長江過其前 畵棟飛甍 重簷曲欄 八面洞開四望 皆通明朗曠豁 上摩于天明星可摘 下臨無地 明月可掬 登寺樓則高壓 百丈絶壁遠望 千疊衆巒 遠岫浮空 黛色橫天 遠淡近濃 拱揖于樓上 長江如練 平沙鋪雪 烟沈極浦 雨收長洲 春陽正殷 兩岸垂柳 層厓奇花 深綠淺紅 舞風婆娑 朝雨晴簑 俯見漁翁夕陽晩笛 遠聞牧童 畵圖難成 賦詠未健 乃鮮錦纜 浮舟於中流 怳然如在畵屛中 曠野砥平 極目無限 面坐寺樓 煩衿已滌 滯思已消 觀乎山可 以體其仁觀乎水 可以養其智 方知道體之著矣

一笑翁遺稿序

일소옹유고서

文(문: 글)이라는 것은 道(도)를 관통하는 도구이다. 道(도)는 형태가 없으나 文(문)은 자취가 있으니 文(문)이 아니면 道(도)가 어찌 행해질 수 있으며, 道(도)가 없다면 文(문)은 어디에 쓰리오! 文(문)과 道(도)는 서로 합하여 잠시도 떨어질 수 없는 것이다. 學者(학자)가 제 때를 얻으면 세상을 평화롭게 다스리는 일로 스스로 기약할 수 있으리로되, 제 때를 만나지 못하면 글을 써서 후세에 남기는 것이다.

朴泰根(박태근) 님은 先祖(선조)를 위하는 지성이 뭇사람을 뛰어 넘는데, 올여름에 11대 할아버지인 一笑翁(일소옹)의 遺稿(유고)를 갖고 와서 내게 序文(서문)을 부탁했다. 받들어 읽기를 수 차례 하다 보니 문득 느끼는 바가 있다. 만약 이 유고가 없었으면 내가 어찌 일소공의 일을 알았겠으며, 후손이 만약 삼가 지키지 않았으면 또한 오늘날에 이르러 어찌 그것을 알았겠는가!

公(공)은 이름이 朴至誠(박지성)이며 陰城(음성) 사람으로, 咸興(함흥) 差使(차사)로 갔다가 龍興江(용흥강)에서 순절하신 忠愍公(충민공) 朴淳(박순)[181]의 7세손이시다. 나이가 겨우 일곱 살이었을 때 어머니 廣州(광주)李(이)씨가 돌아가셔서 둘째 아버지 댁에서 길러주셨다. 둘째 어머니 沈(심)씨가 인자하셔서 사랑하시기를 친자식과 다름 없이 하셨다. 열 살이 지났을 때 壬辰倭亂(임진왜란)을 만나 온 가족이 바닷가로 피해 살았다. 열여덟 살에 둘째 아버지가 먼저 돌아가시니, 둘째 어머니 沈(심)씨를 모시고 서울로 들어와 옛집

---

[181] 태조 이성계가 함흥차사를 족족 죽인 일은 다 아는 일인데, 이때 박순이 타고 가는 말의 새끼 망아지까지 같이 함흥으로 끌고 가 메어 놓아 밖에서 울게 하여서 태조가 다시 서울로 오도록 설득하는 데 성공했다는 얘기가 있음. 일을 성사시킨 박순이 마음을 놓고 천천히 유람 삼아 구경하며 서울로 돌아가는데, 태조의 심복들이 죽이기를 고집하였고, 죽이고 싶지 않은 태조는 박순이 용흥강을 건넜으면 그대로 놔두고 안 건넜으면 죽이라고 하였다 함. 마음 놓고 천천히 가던 박순은 용흥강을 미쳐 건너지 못해 죽었다는 얘기가 있음. 여기에 말한 용흥강 순절은 이 사실을 얘기하는 것임.

터에 작은 집을 지어 머물렀다. 沈(심)씨의 교훈으로 인해 비로소 스승을 찾아 묻고 배우기를 알았고, 효도로써 어버이를 섬기고 화목함으로 친족을 보살폈다. 더욱 궁리하는 힘을 더해 誠意(성의)와 正心(정심) 공부를 겸해서 이루었고, 훌륭한 선조의 실마리를 이어 받고 어진 스승의 교훈을 바탕으로 하니, 학문은 독실해지고 문장은 쌓여 갔다. 몸을 경계하여 행동을 삼가니, 이미 집안은 다스려졌다. 장차 어버이에 대한 효도를 임금에 대한 충성으로 잇고자 하였으나, 일이 뜻대로 되지 않아 책 속에서 헛되이 늙으며 스스로 자신의 성품이 迂闊(우활)하다 하니, 뭇 사람이 폄훼하거나 치켜세우거나 티를 내지 않았다. 사람들과 통하거나 막히거나 그저 한번 웃음에 붙여 버리니 그로 인해 一笑翁(일소옹)이라 불리게 되었다. 李爾瞻(이이첨)이 와 사귀자 하는 것을 꺾어 잘라버리고 江陵(강릉)에 피해 살다, 李爾瞻(이이첨)이 쫓겨난 후 서울로 돌아왔다. 參奉(참봉)에 추천되어 제수 받았으나, 취임하지 않았다. 그런 후에 후손들이 잘되어 追贈(추증)되니 左承旨(좌승지)가 되었다. 지으신 글 중에 임금의 명에 응해 지어 아뢴 時弊(시폐: 당시의 폐단) 3편 수백 개의 말은 그 당시의 묵은 폐단이 아닌 것이 없으나, 종래는 空論(공론)으로 돌아가버리고 마니, 세상의 운이 막혀 바로잡아 구해지지 못한 것이다.

公(공)은 아들이 넷이니 浚遠(준원), 濟遠(제원), 浩遠(호원), 澂遠(징원)이 모두 文學(문학)이 있다. 公(공)의 文字(문자)를 수습하고 또 公(공)의 親筆(친필) 및 公(공)의 어머니께서 남기신 詩(시) 여덟 편을 책에 첨부하였으나, 간행되지는 않았다. 어머니 되시는 夫人(부인)은 參判(참판) 金重慶(김중경)의 따님이다. 참판이 일찍 돌아가시고, 홀어머니 밑에서 자랐으나 글에 대해서는 알지 못하는 바가 없었다. 그러나 항상 말씀하시기를 여자의 직분은 오직 제사 받드는 일과 바느질에 지나지 않을 뿐이다 라고 하시며, 글에 대해서는 말씀하지 않으셨다. 비록 집안사람들이 그 글을 알지 못했어도, 돌아가시는 해에 이르러 스스로 일어나지 못하실 것을 아시고 어느 날 홀연히 興(흥)에 탄식하며 붓을 당겨 律詩(율시)를 이루셨으니 장차 후세에 전하려 하셨던 것으로 지금까지 물려져 남아있는 것이다. 나이 서른둘에 일찍 돌아가시니 外孫(외손) 沈之

漢(심지한) 공이 行狀(행장)을 지어 그 자취가 전해진다.

내가 후손의 성의에 감격하여 대략 위와 같이 적는다.

文者貫道之器也　道無形而文有跡　非文而道何行也　非道而文何用焉　文
與道相合而不可須臾離也　而學者得時　可以治平之業　自期而若不遇時　著書
遺後　朴泰根甫爲先之誠超人　今夏携十一代祖一笑翁遺稿來　而求玄晏之文
於余　奉讀數次有感焉　若無此稿　余何知公之事　後孫若不謹守則　亦何到今
日知之　公諱至誠陰城人　奉使咸興　殉于龍興　江之忠愍公諱淳七世孫　年甫
七歲　母夫人廣州李氏　卒鞠於仲父家　仲母沈氏　仁而愛之無異　已出十歲遭
壬辰倭亂　擧族奔竄于嶺海之間　十八歲仲父先卒　奉沈氏入洛　構小屋于古基
而處焉　沈氏之訓　始知求師　學問而孝　事親而睦　恤族益加窮理之力　兼致誠
正之工　承名祖之緒　資賢師之訓　篤學績文　餙躬謹行　旣有以政于家　將欲移
孝事君　而事不如意慮老　書中自以爲性　辻凡人之毀譽　不以色　命之通塞　付
之一笑　因稱一笑翁　斥絶李爾瞻之求交　避居江陵　爾瞻敗後　還京薦授參奉
不就　因後孫之推恩　贈左承旨　公所著文字中　其應旨陳時弊三篇數百語　무
비當世宿弊　而終歸空論　世運之否　不得匡救也　公有四子曰浚遠濟遠浩遠澂
遠　而皆有文學　收拾公文字　又以公親筆及母夫人之遺詩八篇　付于卷中而未
刊　夫人參判重慶女　參判早卒　長於寡婦之家　而文辭無所不知　然常曰　婦人
之職　惟不過祭祀針線而已　不言文辭　雖家人不知其文　臨逝之年　自知不能
起　一日忽然興唱　援筆成律　將欲傳後　而今遺存者也　年三十二歲早卒　外孫
沈公之漢撰行狀　而傳其蹟　余感後孫之誠意　略敍如右

耕南文稿 卷之四

記기[182]

宋村世居記
송촌세거기

鷄足山(계족산)은 懷德縣(회덕현)의 鎭山(진산: 마을을 수호하는 산)으로 고을의 治所(치소: 관청 소재지)에 못 미쳐 동쪽으로 움직여 봉우리를 이루었다. 오른쪽은 鷹峰(응봉: 매봉)이요 왼쪽은 甑峰(증봉: 시루봉)이니, 그사이로 물이 흘러나온다. 동남쪽으로 높직하게 푸르름이 모인 것이 食藏山(식장산)이요, 서남쪽으로 우뚝 푸르게 솟은 것이 鷄龍山(계룡산)이다.

天地(천지)가 신령스럽고 맑은 기운을 모아 시냇물과 산봉우리의 景勝(경승: 아름다운 경치)을 이루어 우리가 5백 년을 대대로 살아오는 터전이 되었다. 매봉의 남쪽으로 梧川(오천) 가에 白達(백달)이라는 마을이 있었으니, 고려시대에 白(백)씨들이 살던 곳이다. 宋(송)씨가 대대로 살게 되니 저절로 官(관)에서 宋村(송촌)이라 부르게 되었다.

한 姓氏(성씨)가 오로지 살게 되니 잡스럽게 섞이지 않아 朱陳之族(주진지족)[183]이 되었고, 儒學(유학)하는 賢者(현자)들이 배출되니 그에 따라 鄒魯之鄕(추노지향)[184]이 되었다. 뜰과 담장이 서로 접하여 좋은 형제의 단란함을 이어받았다. 소나무와 국화가 늘 있으니, 무성하여 士林(사림: 선비 무리)이 崇慕(숭모: 우러러 사모함)하여 콕 집어 가리켜 朱子(주자)의 武夷(무이)계곡과 陶靖節

---

182) 記(기)는 文體(문체)의 한 종류로 사실을 사실대로 기록하는 글임.

183) 옛날 중국에서 朱씨 집안과 陳씨 집안이 대대로 通婚(통혼)하여 좋은 집안을 유지했다는 古事(고사)에서 나온 말로, 대대로 예를 지키는 집안을 이름.

184) 鄒는 孟子(맹자)가 태어난 곳이요 魯는 孔子(공자)가 태어난 곳으로, 유학의 근원이 되는 마을을 이름.

(도정절: 도연명)의 栗里(율리)와 같다 하였다.

산은 높고 물은 맑으며, 샘은 달고 흙은 비옥하고, 묏봉우리가 뒷산에 층층이 둘러쳐져 겹으로 병풍을 친 것 같고 두 갈래 물길이 앞으로 둘러 안으니, 시냇물이 "了(료)" 자 모양을 이루었다.

일찍이 八景(팔경: 여덟 가지 뛰어난 경치)으로 일러지는 것이 있었으므로, 내가 그 韻(운)을 맞춘다.

그 첫째는 琴巖晴瀑(금암청폭: 금바우 맑은 날 폭포)이다. 마을 위 산머리에 큰 글씨로 "琴巖(금암)"이라고 새긴 바위 아래 돌 사이로 시냇물이 흘러 작은 폭포가 되니, 아래로 떨어지는 것이 다섯 척 남짓이다. 詩(시)로 가로되,

> 청천백일에 우레 소리 떨쳐나고,
> 돌에 부딪쳐 날라 흘러 부숴진 옥돌을 이루네
> 폭포는 비록 겨우 다섯 척이라 하지만,
> 와서 들으면 누군들 심정이 명쾌하지 않으랴!

그 둘째는 食藏霽雪(식장제설: 식장산 개인 눈)이다. 눈이 개서 희게 꾸미면 산은 예전의 푸르름을 잃어버린다. 바라봄에 눈에 힘을 다해야 맑은 기운이 눈썹 아래로 들어온다. 시로 가로되,

> 흰 玉(옥)이 산을 꾸미고 날씨는 매우 추운데,
> 온 세상 한 색으로 한 해가 저무네.
> 옥돌같이 상서로운 나무 수풀은 진기한 경치인데,
> 한가로이 소나무 난간에 기대 서니 그림 속 뜻이 보이네.

그 셋째는 龍山落照(용산낙소: 계룡산에 지는 노을)다. 지는 노을이 붉게 산머리에 반쯤 걸리면 길가는 나그네는 채찍질을 재촉하고, 돌아오는 갈까마귀는 수풀 속으로 들어간다. 시로 가로되,

> 만길 높은 계룡산에 지는 노을 붉으면,
> 금오(태양의 다른 이름)는 흰구름 속으로 스러지네.

종소리는 이미 울리길 그쳤는데 닭이 울음 소리 들려오고,
저 멀리 하늘가에 급히 내려앉는 기러기를 보네.

그 넷째는 金亭觀稼(김정관가: 김가 정자에서 보는 농사짓는 모습)다. 金哥亭(김가정)은 案山(안산: 맞은편 산)의 들에 있다. 甘露(감로: 천하태평 할 때의 이슬)는 뿌리를 적시고, 가을 바람은 잎사귀를 흔들며, 누런 이삭은 머리를 숙이고 흰 까끄라기(벼나 보리 따위의 깔끄러운 수염)는 수염을 치켜 세운다. 시로 가로되,

대지가 공을 이뤄 풍년 노래 부르니,
몇몇 근심스런 나그네도 같이 가을을 즐기네.
하늘에 잇닿아 흰 물결이 바람 따라 일어나니,
들 빛은 달리 겨를 없이 살아있는 그림이네.

그 다섯째는 月峴征騎(월현정기: 달 고개 먼 길 가는 말 탄 사람)다. (달 고개는)
동남쪽으로 서울로부터 영남으로 가는 큰길에 있으나, 지금은 (길이) 닫혔다.
이슬이 가을 풀을 적시고, 바람이 저녁 종을 알리고, 수레는 지는 노을을 가로
지르고, 말은 찬 이슬을 밟고 간다. 시로 가로되,

달 고개 길가는 사람은 날마다 날마다 바쁘기만 해서,
모두다 지는 노을이 붉게 물들어 늙어감을 싫어하네.
지루하게 말 타고 가는 걸음 쓰디쓴 괴로움만 많은데,
북으로 가고 남에서 오는 길은 길기만 하네.

그 여섯째는 梧川漁火(오천어화: 오천 고기잡이 불)인즉 오천은 동구 밖 외사
리에 있으나, 지금은 고기잡이 불이 없다. 새벽에 그물을 내리러 가서 저녁에
달빛을 밟고 돌아온다. 등불이 물가에 흩어져 있는 것이 별이 줄지어 있는 것처
럼 완연하다. 시로 가로되,

삼경(밤 11시~새벽 1시) 깊은 밤 물가에 달은 밝은데,
고기잡이 불 바람 따라 불꽃이 떨어지네.

횃불 들고 각각 고기 숨은 곳 찾아가는데,
혹 나뉘고 혹 합쳐지기를 별처럼 흩어지네.

그 일곱째는 甑峰秋月(증봉추월: 시루봉 위에 뜬 가을 달)이다. 가을빛을 고르게 나누고 길이 신령스런 거리와 짝하니, 계수나무 꽃이 색 돋아나고 북두칠성은 빛을 잃는다. (달이 밝아 별이 흐리게 보인다) 시로 가로되,

구름이 시루봉에 걷히니 가을 달이 걸려있어,
텅 비게 맑아 만리에 정말 가이 없네.
얼음같이 찬 수레바퀴 이지러짐 없으니 물처럼 맑고,
시흥(시를 짓고자 하는 흥취)이 도도하여 오래도록 잠 못 이루네.

그 여덟째는 飛庵暮鍾(비암모종: 비래암 저녁 종)이다. 비래암은 시냇가 낮은 산 아래에 있다. 지는 노을이 산에 걸리면, 중의 지팡이 소리는 들려오지 않고, 불경을 거두는 나지막한 소리가 精舍(정사: 학문을 가르치려고 베푼 집)에 전해진다. 시로 가로되,

지는 햇빛 두른 소가 멀리 마을로 들어가니,
슬그머니 들 빛은 벌써 황혼녘이네.
절 가운데 종소리 쓸쓸하니 푸른 산엔 저녁이 오고,
바람결에 실려 오는 맑은 종소린 나그네 혼을 깨우네.

우리 송씨는 대대로 恩津(은진) 羅岩里(나암리)에 살아왔다. 執端公(집단공) 諱(휘:돌아가신 분의 이름) 明誼(명의)께서 벼슬을 따라 松都(송도: 지금의 개성)에 계셨는데, 고려가 망하자 나라 잃은 백성의 의리를 지키고자 懷德(회덕) 周岸(주안)의 土井村(토정촌)으로 옮겨 사셨고, 지금 그 遺墟碑(유허비: 남겨진 터를 표시한 비석)가 있다. 그 후손 雙淸(쌍청) 선조가 세종 임금 壬子(임자)년에 백달촌에 터를 점쳐 잡아 집을 세웠으니, 그 집을 雙淸堂(쌍청당)이라 한다. 同春(동춘) 선생에 이르러 인조 임금 癸未(계미)년에 윗송촌으로 이사하시고 또 同春堂(동춘당)을 세우셨다. 그 넷째 손자 尙州公(상주공)께서 宗家(종가)

옆－송촌리 95번지－으로 나누어 나와 사시다. 숙종 임금 壬午(임오)년에 松月堂을 세우시니 내(이 글을 지으신 耕南 선생－宋朝彬)게는 9세조가 되신다. 증조할아버지 松石公(송석공) 諱(휘) 綺老(기노)께서 철종 임금 甲辰(갑진)년에 안채와 바깥채－각 여섯 칸－를 다시 세우시고 戊子(무자)년에 바깥채 앞 밖에 敬述堂(경술당)을 세우시니, 兪鳳在(유봉재) 공이 上樑文(상량문)에 이르기를 "울타리에 국화를 심어 상큼한 향기를 내도록 해 늦은 시절을 의탁하고, 언덕에 소나무를 심어 고고하게 푸르름을 어루만지며 평소의 마음을 부치는구나. 구름으로 나막신 해 신고 노을로 옷을 져 입고, 언덕 골짜기 물가에서 考槃(고반)[185]을 읊는구나. 玉堂(옥당: 화려한 집)도 金馬(금마: 좋은 말)도 멀고, 영달을 얻는 길 생각하는 것도 잊어버렸네."라고 하였다. 또 丙申(병신)년에 집 뒤 산머리에 飛遯齋(비둔재)를 지어 학문을 강론하는 곳으로 삼았다. 山川(산천)의 기세가 용이 똬리 틀고 호랑이가 웅크린 것 같아 맑고 기이함이 드러나고, 집의 규모는 새가 날개를 펴고 나는 듯하여 장엄하고 화려함에 가까웠다. 문밖의 구름 같은 연기와 뜰 안의 草木(초목)은 푸르고 푸르러 사방에서 기이함을 다퉜다. 翠竹蒼松(취죽창송: 푸른 대나무와 소나무)은 베갯머리 자리에서 가을 소리를 내고, 奇花異草(기화이초: 기이한 꽃과 특이한 풀)은 마루 창밖에 봄기운을 우거지게 했다. 난간 밖 아리따운 빛은 옛날 그림도 아니고 지금 그림도 아니요, 창 앞의 새 지저귐은 관현악기의 소리도 아니었다. －그보다 더 좋았다.－

　왼쪽으로는 書庫(서고) 세 칸이 있고, 오른쪽으로는 倉庫(창고) 네 칸이 있었으며, 밖으로 둘러친 行廊(행랑)은 열여섯 칸인데, 婢僕(비복: 계집종과 사내종)이 사는 곳으로 무릇 쉰 칸 남짓이다.

　내 아버지 세대에 이르러서 나라를 되찾으려는 의지로 인하여, 서울과 지방 곳곳을 드나들었다. 해바라기가 해를 향하는 정성은 원래 두 개의 해가 없는 것이고, 소나무와 잣나무가 늦게 시드는 지조를 지키는 것은 네 계절을 모두 견뎌야 하는 것인지라. 그 이래로 10여 년 일이 뜻대로 되지 않고 또 달리 재산

---

185) 詩經 衛風에 나오는 詩로, 산간에 집을 짓고 혼자 사는 사람의 즐거움을 묘사한 것임.

모을 일도 많지 않아 모두 소진되었다.

내가 가장이 된 후 50여 년을 京鄕(경향: 서울 및 시골) 각지를 떠돌아다니니, 달은 차갑고 바람은 처량하여 平泉(평천)의 花石(화석)[186]을 잊기 어렵다. 연기가 깊어지거나 구름이 가라앉거나 오히려 梓澤(재택: 고향 산천)의 丘墟(구허: 예전에는 번화하던 곳이 뒤에 쓸쓸하게 변한 곳)를 잊지 못한다. 이 산과 저 내는 모두 내가 어린아이일 때 어슷거리며 거닐던 遺跡(유적: 남은 자취)이요, 풀 한 포기 나무 한 그루도 내 할아버지가 심고 기른 나머지 흔적이 아님이 없으니 변천의 터전은 몇 사람이나 안타까운 탄식을 지나쳤는가! 아껴야 하는 신비스런 지경은 얼마나 기다려야 옛날처럼 되찾을 수 있겠는가!

지나간 자취를 거친 글이나마 써서, 後嗣(후사: 대를 이을 자)가 紀念(기념)하기를 기대한다.

鷄足山爲懷德縣之鎭山 而未及縣治爲東澹峙 右爲鷹峰 左爲甄峯 水出其間 其屹然攢靑于東南者食藏山 巍乎聳碧于西南者鷄龍山 天地鍾靈淑之氣 以爲溪山之勝 而開我五百年世居之基 鷹峯之陽 梧川之上有村曰白達 高麗時白氏所居而宋氏世居 自官稱宋村 一姓專居不雜 朱陳之族 儒賢輩出 仍同鄒魯之鄕 園墻相接 或好兄弟之團圞 松菊長存 蔚爲士林之崇慕而指點 若朱文公之武夷 陶靖節之栗里 山高水淸泉甘土肥 層嶂磅礡於後山如重屛 二水環抱於前溪 成了字 曾有八景之稱 故余次其韻 其一 琴岩晴瀑村上山頭 大石刻琴巖 巖下溪流石間爲小瀑 垂下五尺餘 詩曰 靑天白日動雷聲 激石飛流碎玉成 瀑布雖云纔五尺 聽來孰不快心情 其二 食藏霽雪 雪來粧白 山失舊靑 望窮眼力 淸入眉稜 詩曰 白玉粧山日甚寒 乾坤一色歲時闌 瓊林瑞木眞奇景 閒倚松欄畵意看 其三 龍山落照 落照拖紅半掛山頭 征客促鞭歸鴉投林 詩曰 萬丈鷄龍落照紅 金烏尺盡白雲中 鐘聲已罷鷄聲出 遙看天

186) 唐나라 宰相 李德裕가 고향 平泉(평천)에 별도 농막을 짓고 花石(화석)을 갖다 놓은 데서 나온 말로, 풍치 있는 고향의 別業(별업: 별장)을 이름.

涯急下鴻 其四 金亭觀稼金哥亭 在案山之郊 甘露潤根 秋風抽葉 黃穗俯首
白芒掀鬐 詩曰 大地成功穀歲呼 數三騷客賞秋俱 連天白浪隨風起 野色蒼
黃活畫圖 其五 月峴征騎在東南 自京通嶺南大路 今廢露濕 秋草風報 暮鐘
車橫 落照馬踏寒霜 詩曰 月峴行人日日忙 皆嫌落照吐紅光 支離騎步多幸
苦 北去南來道路長 其六 梧川漁火卽梧井 川在洞口外十里 今無漁火曉垂
綸 去暮踏月歸燈火 散汀宛如列星 詩曰 三更深夜月明汀 漁火隨風紅焰零
持炬各尋魚隱處 或分或合散如星 其七 甑峯秋月平分 秋色長伴雲衢 桂花
有色 星斗無輝 詩曰 雲捲甑峰秋月懸 虛明萬里正無邊 冰輪不缺清如水 詩
興陶陶久未眠 其八 飛庵暮鍾飛來庵 庵在溪水上 峙下落照掛山 僧杖不聞
音徹梵宮 韻傳精舍 詩曰 牛帶斜陽入遠村 居然野色已黃昏 寺中鍾落靑山
暮風迓淸 音警客魂 我宋世居恩津羅巖里 執端公諱明誼 從宦在松都 麗亡
守罔僕之義 移居于懷德周岸之土井村 今有遺墟碑 其孫雙淸先祖 世宗壬子
卜宅于白達村 名其堂曰雙淸 至同春先生 仁祖癸未 自法洞移居于上宋村
又建同春堂其第四孫 尙州公分居于宗家之傍 (宋村里九十五番地) 肅宗壬
午 建松月堂 於余爲九世祖也 曾祖松石公 諱綺老 哲宗甲辰 重建內外舍 (各
六間) 戊子建敬述堂于外舍之前 兪公鳳在上樑文云 種菊於籬 採寒香而托
晚節 栽松於岸 撫孤靑而寄素心 雲展霞衣 詠考槃於阿磵玉堂 金馬渺忘 懷
於榮途 丙申又築飛遯齋於家後 山頂爲講學之所 山川氣勢 龍蟠虎踞 而呈
淸奇 棟宇規模 鳥革翬飛 而近壯麗門外之細雲 園中之草木 攢靑抹綠 爭奇
於四方 翠竹蒼松 動秋聲於枕簟 奇花異草 藹春氣於軒窓欄外 烟光不古不
今之圖畫 窓前鳥語 非絲非管之笙簧 左有書庫三間 右有倉庫四間 外繞行
廊十六間 而婢僕居之 凡五十餘間 及我先君之世 因復國之志 出入京鄕 炳
葵藿向陽之忱 元無二日 守松柏後凋之志 可貫四時 伊來十餘年 事不如意
無多產業 盡爲消盡 余主家以來五十年 漂泊京鄕 月冷風凄 難忘平泉之花
石 烟沈雲沒 尙想梓澤之丘墟 某山某水 摠是余童子時徜徉之遺蹟 一草一
木 無非父祖 時培養之餘痕 變遷之基 經幾人之嗟惜 慳秘之境 待何日而復
舊 記往蹟於荒詞 期後嗣之紀念

錦山移住記
금산이주기

옛사람이 이르기를 땅이 영검스러운즉 人傑(인걸)이 나온다 했다. 天地(천지)가 영검스럽고 맑은 기운을 모아 길러서 江山(강산)의 빼어난 경치의 기이함을 이루면 혹은 인걸이 태어나기도 하고, 혹은 고매한 사람의 考槃(고반)[187]의 장소가 되기도 한다. 隆中(융중)의 孔明(공명: 제갈량)과 昌黎(창려)의 退之(퇴지: 한유)는 모두 사람으로서 땅이 더욱 영검스러워졌다.

錦山(금산)은 西坮山(서대산)이 북쪽을 지켜주고 있고 進樂山(진락산)이 남쪽을 지켜주고 있으며, 산을 두르고 내를 띠고 있으니 사방이 막혀진 요새의 땅이다. 본래는 進禮郡(진례군)이었으나 高麗(고려) 忠烈王(충렬왕) 때 이곳에 사는 金侁(김신)이 元(원)나라 조정에 벼슬하여 遼陽行省(요양행성)으로 정치에 참여하여 나라에 功(공)이 있어 晝錦(주금)[188]의 영광을 입으니, 이로 인해 錦州(금주)로 불리었다. 朝鮮(조선)에 들어와 금산으로 불리게 되었다.

내 本生家(본생가: 양자가기 전의 친가) 고조부 錦谷(금곡) 선생이 일찍이 蔭職(음직: 과거를 거치지 않고 등용)으로 나갔다가 느지막이 임금의 특별한 부름으로 지위가 祭酒(좨주)에 이르렀으나, 자연에 은거하여 道(도)를 지키며 後進(후진)을 이끌어 도와줬다. 아버지와 어머니를 濟原(제원)의 桐谷(동곡)에 장사 지내시고 이곳으로 이사 오셨다.

戊寅(무인: 1878)년에 고향마을로 돌아왔다가 癸亥(계해: 1923)년에 돌아가신 아버지가 宋村(송촌)으로부터 이곳으로 옮겨 사셨다. 그러다 20여 년 만에 漢城(한성: 서울)로 이사해 살았으니, 금산의 山川(산천)에 대해서는 자세히 안다. 大芚山(대둔산) 한 가닥이 동쪽으로 뻗어와 錦城山(금성산)이 되고, 한 가닥은 남쪽으로 돌아 進樂山(진락산)이 되니 邑(읍: 고을)의 鎭山(진산: 고을을

---

187) 전 각주 185) 참조: 시경에 나오는 시로 은거의 삶을 읊은 것임.
188) 출세하여 훤한 대낮에 번쩍이는 비단 옷을 입고 고향에 돌아오는 것을 이름.

지켜주는 산)이다. 시냇물이 고을을 관통해 아래로 흘러 鳳凰川(봉황천)이 된다. 고을을 둘러 있는 것은 모두 산이요, 금산군 내의 물이 모두 川內江(천내강)으로 모여 錦江(금강)의 상류가 된다. 시냇가에 조그만 언덕이 있는데, 映碧樓(영벽루)의 옛터이다. 成宗(성종) 임금 때 고을 원님 金(김) 씨가 이 누각을 지었으니 기둥이 다섯에 구조가 높고 아름다웠으며, 누각 뒤로 물을 끌어다 연못을 만들었다고 南秀文(남수문) 공이 기록했으나, 언제 철거되었는지는 알지 못한다. 지금은 郡守(군수) 洪範植(홍범식) 공의 庚戌(1910)년 殉節碑(순절비)가 있다.

내가 이사해 살면서 晝耕夜讀(주경야독)을 일삼았다. 田園(전원)은 기름진 땅으로 이에 樂土(낙토)가 되니 풍속은 순박하고 후하고, 山水(산수)의 秀麗(수려)함은 으뜸이다. 살면서 책 읽는 여가에 혹 동네 노인들과 교외에 나가 조용히 담소하기도 했다. 밭가는 자를 만나면 씨 뿌리고 거두는 방법을 묻고, 가축 기르는 자를 만나면 낳고 기르는 일을 익히고, 나무꾼을 만나면 나무 베는 詩(시)를 노래 부르고, 고기 잡는 자를 만나면 도랑 막아 고기 잡는 취미를 얘기했다. 집 뒤의 德奇峰(덕기봉)에 올라 긴 강을 굽어보면 멀리 너른 들이 보인다. 아침에 햇살 비추고 저녁에 달 뜨며, 사계절이 서로 이어 물려져 비와 이슬과 서리와 눈의 변화가 있고, 풀과 나무와 꽃과 새의 피고 짐이 있으니 氣象(기상)이 같지 않으나, 한번 눈을 들면 잠깐 동안에도 모든 것을 살펴볼 수 있다. 봄날에 햇볕이 따뜻해질라치면 온갖 풀들이 영화를 다퉈 붉은 색은 깊어지고 흰색은 담백해지며, 바람은 산들 불어 강가에 어슬렁거린즉 꾀꼬리는 노래하고 물새들은 바삐 날아 한가한 사람의 마음 회포를 위로해 주니 유연하게 孔子(공자)가 曾點(증점)에게 허여해 준 물가에서 바람 쐬고 몸 씻는 氣像(기상)을 갖게 된다. 여름철 땡볕이 하늘에 흐를라치면 쇠를 녹이고 돌을 달궈 천지가 火爐(화로)와 같아 숲 속 녹음 아래로 방황하니 맑은 바닷바람이 불어오는 것 같은즉 마음과 정신이 편안하고 넓어져 땀이 날려 흩어져 임금님 놀이 행차와 같다. 서늘한 바람이 불어와 가을을 알릴라치면 맑은 서리가 숲에 내려 앉고 온 산 가득한 붉은 단풍과 노란 꽃이 수놓은 병풍을 만들어 나그네의 마음을 움직이니, 宛然(완연)하기가 고향 생각에 벼슬 버리고 귀향한 張翰(장한)의 생각과 같다. 차가운 바람이 불어와 세상이 얼어붙을라치면 눈이 날려 땅에 떨어지는 것이 剡中(섬중)[189]으로 가는 것 같다. 이러한 것들로 세속을 잊고 자취를 감추고 산다.

古人云 地靈則人傑出 天地鐘毓靈淑之氣 以爲江山形勝之奇 而或生人傑 或爲高人 考槃之所 隆中之孔明 昌黎之退之 蓋以人而地尤靈也 錦山西坮 鎭北進樂 蔽南衿山帶河四塞之地 本進禮郡 高麗忠烈王時 郡人金侁 仕于元 爲遼陽行省參政 有功於國 以畫錦之榮稱錦州 我朝稱錦山郡 我本生高祖父 錦谷先生 早就蔭道 晩膺旌招 位至祭酒 而守道林泉 誘掖後進 葬考妣于濟 原之桐谷 移住于此 戊寅還歸故里 癸亥我先君 自宋村移寓于此二十年 移住 漢城而錦之山川詳知矣 大芚山一枝 東迆而爲錦城山 一枝南廻而爲進樂山 邑之鎭山溪水 貫邑而下流爲鳳凰川 環邑皆山而全郡之水 皆會于川內江錦 江之上流 溪上有小丘 映碧樓舊址也 成宗朝金倅建此樓 五楹而締構崇麗 樓 後引水爲池 南公秀文記之 不知何年已撤矣 今有郡守洪公範植庚戌殉節碑 余移居以後 行晝耕夜讀之事 田園之膏腴 爰得樂土 有衣冠淳厖之俗 而山水 麗矣 攸居讀書之暇 或行郊外 與鄉老從容談笑 逢耕者而問稼穡之道 逢牧 者而講生養之術 逢樵者而歌伐木之詩 逢漁者而論濠梁之趣 登家後德奇峰 俯瞰長江 遙看曠野 朝暉夕月 四時相禪 雨露霜雪之變化 草木花鳥之榮瘁 氣象不同矣 一擧目而可盡觀於指顧之中 若夫春日載陽百卉 爭華深紅淡白 舞風婆娑 徜徉乎江渚則鶯歌鷗耕 慰閒人之心懷 悠然有吾與點也之氣像 畏 景流空 銷金爍石 天地如爐 彷徨乎林園 綠陰如海 淸風時至則心神夷曠而汗 漫 若禦寇之遊矣 金風報秋淸霜着林 滿山紅葉黃花 便作繡屛動旅人之心 宛 如張翰之思矣 朔風凝沍 飛雪落地 髣髴若剡中之行 以此忘世而遯跡也

---

189) 晉(진)나라 때 王羲之(왕희지)가 눈 내리는 밤인데도 剡溪(섬계)에 사는 친구 戴逵(대규)가 생각나 눈을 무릅쓰고 배를 타고 섬계로 갔다 함.

大芚山記

대둔산기

仁者(인자)는 산을 좋아하고 智者(지자)는 물을 좋아한다 하나 그저 山水(산수)에 마음만 달려버리니 이것이 내가 부끄러워하는 바이다.

甲午(갑오: 1954)년 봄에 동쪽으로 놀이를 떠났으니, 柳川(유천)을 따라 無愁里(무수리)로 들어갔다. 寶文山(보문산)이 남쪽으로 향해 있고 들판이 열려 비옥한데, 가운데로 냇물이 하나 흘러 珍山(진산)의 물과 합치니 이것이 柳川(유천)이다. 밭의 곡식과 언덕의 뽕잎은 입고 먹는 바탕이 돼주고, 냇물의 고기와 산나물 또한 마땅히 안줏거리가 된다.

소나무와 삼나무가 아울러 무성하며, 꽃과 버들이 다투어 활짝 펴 물에 붉음과 푸름을 번갈아 비친다. 判書(판서)를 지낸 有懷堂(유회당) 權以鎭(권이진) 공이 차지하고 있던 곳에 산이 둘러치고 물이 지나가는 곳에 지은 것이 유회당이다. 여러 종류 꽃과 나무를 섞어 심어 놓으니, 또한 고즈넉한 바위 골짜기가 있어 자못 경치가 좋다.

수십 리를 지나면 胎封算(태봉산)인데, 옛날의 萬仞山(만인산)이다. 大芚山(대둔산)으로부터 구불구불 뻗어 나와 珍山邑(진산읍)을 지나 봉우리들이 중첩해 일어나기를 거듭해 이곳에 이르니, 그 秀麗(수려)한 모습이 연꽃이 활짝 피어 좌우로 서로 안고 있는 것 같다. 龍岩踏山記(용암답산기)에 이르기를, "옛날에 田秋(전추)가 와서 이 땅을 점쳐보고 위에는 무덤을 쓰고, 아래에는 집을 지었다. 潭陽(담양)으로부터 이 골짜기를 점쳐보고 점거했다. 太祖(태조) 2년에 이 고을 사람 陳舜道(진순도)가 이를 아뢰어 올리니, 임금이 비로소 듣고 신기해 했다. 재상급 신하와 지반관리를 보내 땅을 보게 하였다. 地師(지사: 지관)가 산에 이르러 점쳐보고 이르기를 "아름답구나! 이 땅은 진정 萬世(만세)의 터전이니 이제 임금의 탯줄을 여기에 모시면, 나라의 운명이 연장될 것이다."라고 하였다. 임금이 舜道(순도)에게 상을 주어 林州使(임주사)로 삼고, 田秋(전추)에게는 懷仁縣監(회인현감) 벼슬을 주고, 밭과 집을 하사하며 永興(영홍)과 龍興(용흥)에 갈무리 되었던 바 胎室(태실)을 奉安(봉안)하게 하고, 縣(현)을 郡(군)으로 승격하였다."라고 한다. 戊午(무오: 1918)년 봄에 倭賊(왜적)이 산허리를 끊어 길을 내고는 고목을 모두 베어 내니, 봉안된 태실이 길가에 오똑 서게 되고 또 그 산을 민간에게 팔아버리고, 그곳에 있던 태실은 成宗(성종) 임금 태실 옆으로 옮겨버렸다.

다시 이십 리를 가면 珍山(진산)의 梨峙(이치: 배고개)에 이른다. 壬辰倭亂(임진왜란) 때 光州牧使(광주목사) 權慄(권율) 공이 趙重峰(조중봉) 선생과 약속을 하고 돕기로 했는데 重峰(중봉)이 이미 죽으니, 왜병이 熊峙(웅치)를 넘어 全州(전주)로 들어가려고 錦山(금산)에 주둔하고 있었다. 권율이 同福縣監(동복현감) 黃進(황진) 등과 험한 곳을 근거로 하여 적을 기다리고 있었는데 수천 왜적이 珍山(진산)을 불태우고 노략질하며 배고개를 침범하니, 권율이 군사를 독려하여 맞아 싸웠다. 왜적들이 언덕을 기어올라오니, 권율이 죽음을 무릅쓰고 다치면서도 싸우며 앞으로 나가니 士卒(사졸)들도 또한 모두 一當百(일당백)이 아님이 없었다. 종일 싸워 적병이 크게 패해 달아나, 시체가 엎어져 널리고 피가 냇물처럼 흐르니 우리나라 三大捷(삼대첩) 중 배고개 싸움이 제일이다. 후세 사람이 金谷峰(금곡봉)에 大捷碑(대첩비)를 세웠다. 고동같이 고불거림이 겹치고 겹쳐 푸르른 길이 양의 창자와 같이 구비 구비 돌아가니 실로 험한 땅으로, 권율 공의 英名(영명)이 여기에서 비롯되었으며 湖南(호남)의 保障(보장) 또한 이로 말미암음이다.

또 돌길을 따라 십수 리를 올라가면 大芚山(대둔산)이니, 太古寺(태고사)가 있는데 元曉大師(원효대사)가 수도를 하던 곳이다. 산꼭대기에 터전을 여니 기이한 바위가 좌우에 벽을 이루어 산은 높고 골짜기는 깊으며, 무리 진 산이 푸른 냇물 하나를 끼고 있어 옥구슬을 쏟아낸다. 숲은 무성하고 대나무는 길쭉길쭉하니 들어앉으면 그윽하고 형세는 밖을 막아준다. 반듯한 건물은 넓고, 겹쳐진 처마로 깊숙하고, 마루는 크고 시원하게 둘러져 있으니 오히려 땅이 남음이 있는 것 같다. 바람이 불거나 비가 와도 들이칠 걱정 없고, 땡볕이 내리쬐도 살 태울 걱정 없으나 늦은 봄이 끝나가야 비로소 봄빛을 얻을 수 있다.

바람에 아름다운 꽃이 흔들려 붉은 비단을 언덕 머리에 드리우고, 세상 윤택하게 하는 비가 내리니 마른 이끼도 돌 겉면에 푸르른 동전을 흩어 낸다. 높이 올라 읊조리니 가슴이 확 펴져 고상한 풍취를 더하게 한다. 동쪽과 서쪽으로는 멀리 바다 위 하늘과 통한다. 산꼭대기에 올라 해가 지는 모습을 보면, 혁혁하게 붉은 해가 바다에 빛을 쏘아내 떠올랐다 가라앉았다 하는 것 같다가 홀연히 바다로 떨어진다. 달은 아직 뜨지 않아 땅이 어둡다 촛불을 밝히니 다시 밝아진다. 먼동이 아직 트지 않아 어둑어둑할 때 절집 창가에 앉아 해가 동쪽에서 떠오르는 것을 보면, 구름바다와 물이 한 색이 되어 밝았다 어두웠다 하다가 잠깐 사이에 붉은 빛이 불처럼 들판 너머로 일어난다. 높고 낮은 불꽃이 어지러이 움직이다 홀연히 수십 길 올라가면, 둥근 해가 하늘에 떠오르니 진정 별천지로 한가로운 사람의 心神修養(심신수양)하는 것은 이곳이 아니고선 할 수 없다.

옛날 戊子(무자: 1888)년 가을에 우리 고조할아버지 太愚府君(태우부군)과 從弟(종제) 錦谷(금곡) 선생이 이 산에 들어와 靑林(청림) 太古(태고) 여러 절을 둘러보시고 지으신 詩(시)가 있는데, 좇아 생각해 보니 아주 뒤늦은 것 같은 후회가 있다.

仁者樂山 知者樂水 而徒馳情於山水 是所自愧也 甲午忠作東遊之行 隨柳川而入無愁里寶文山 向南而開野土肥 中流一川 會珍山之水 是爲柳川田穀岸桑 可供衣食之資 川魚山菜 亦宜肴饌之需 松杉幷茂 花柳爭榮 紅綠交映於水 乃有懷堂權公 (以鎭判書) 所占而山回水過處 築有懷堂 雜植花木 亦有岩壑之窈窕 頗有勝景 行數十里過胎封山古萬仞山 自大芚山逶迤經珍山邑 而峯巒疊起重複到此 其秀麗之像 如蓮花平開 左右相抱龍岩 踏山記古有田秋來相其地 塚其上 家其下 自潭陽卜其洞而占居焉 太祖二年 郡人陳舜道奏之上 始聞爲奇遣宰臣及地方官視之 地師至山占之曰 佳哉 此眞萬世之基 今奉聖胎 國祚延長 上賞舜道爲林州使 田秋除懷仁縣監 給田宅 遂移永興龍興地 所藏胎室奉安而陞縣爲郡 戊午春 倭斬山腰而通道 盡伐古木胎室之封兀立于路上 又賣其山 民間而移奉胎室于成宗胎室之傍 更行二十

里抵珍山梨峙 壬辰倭亂 光州牧使權公 (慄) 與趙重峯先生有若期緩 重峯已
死 倭兵踰熊峙 欲入全州屯錦山 慄與同福縣監黃進等 據險以待 敵數千焚
掠珍山犯梨峙 慄督軍拒戰 敵攀崖以上 慄冒死戰 進扶瘡而亦戰士卒 皆無
不一當百 終日交戰 敵兵大敗而走 伏屍流血 我國三大捷 梨峙爲最 後人立
大捷碑於金谷峰 如螺髻重重翠路 似羊腸曲曲 廻實險地而權公之英名 始於
此而湖南之保障 亦由於此也 又從石逕數十里上 大芚山有太古寺 而元曉大
師修道之處 開基於山巓 奇岩成壁於左右 山高谷深 群山擁翠 一溪瀉玉 林
茂而竹脩 宅幽而勢阻 方屋而廣 重簷以邃 軒宏敞周 旋猶有餘地 風雨不患
其侵 畏景不患其爍 至暮春之末 而始得春光翻風 姸花垂紅錦於岸頭 潤雨
荒苔 散靑錢於石面 登臨嘯詠 胸次恢廓 增其高致 東西方遠通于海天 登山
頂而見日入之像 赫赫紅日 射光於海面 如浮如沈而忽墮于海 月未升而地暗
秉燭而返 明日昧爽 坐僧窓而觀日出 東海雲水一色 乍明乍暗 須臾紅光如
火之起於郊原 高低其焰 亂動而忽騰起數十丈 日輪出而升于天儘 是別界閒
人之修養 心神者不絶於此 昔戊子秋 我高祖考大愚府君 與從弟錦谷先生
入此山歷觀靑林太古諸寺有詩 追想而有曠感之懷矣

寶石寺記
보석사기

辛酉(신유: 1981)년 늦은 봄에 서울로부터 先塋(선영)에 省墓(성묘)하기 위
해 桐谷(동곡)에 이르러서 寶石寺(보석사)로 향했다. 山岳(산악)은 중복되고
樹木(수목)은 울창한데 새로 한길이 열려 차량이 통행한다. 목동은 소를 몰고
지나며 마을을 향해 오고, 나무꾼은 나뭇짐 지고 와서 구름을 뚫고 사라진다.
그 地境(지경)에 들어서면 進樂山(진락산)이 뒤에서 껴안아주고, 길을 돌아서
는 소나무 숲이 무성하여 꿩과 사슴들이 오간다. 한줄기 시냇물이 옥구슬을

쏟아내니 물고기와 새우들이 떴다 잠겼다 하고, 해오라기와 물새들이 날아 모인다. 다시 伽藍(가람: 절집)을 바라보면 크지도 작지도 않은데, 殿堂(전당)은 장엄하고 房舍(방사)는 아담하여 수십 칸이다. 단청한 누각과 높은 마루에 온돌로 추위와 더위에도 편안하게 해주니, 寺刹(사찰)의 아름다움이 그 지역에서 첫째간다.

불교는 천축국에서 중국으로 들어와 천하에 만연하게 되었다. 우리나라에는 처음에는 佛法(불법)이 없었으나, 訥祇王(눌지왕) 때에 阿度和尙(아도화상)이 新羅(신라)의 王都(왕도)로 가다가 漆谷(칠곡) 桃開部落(도개부락)의 冷山(냉산)을 지나며 산허리에 겨울인데도 불구하고 복사꽃 오얏꽃이 활짝 핀 것을 보고 桃李寺(도리사)를 세웠는데 이후에 佛法(불법)이 성행하였다. 高麗(고려) 太祖(태조)가 崇佛(숭불)정책을 써서 사찰을 많이 세우고, 불교 경판을 새겨서 護國(호국)과 祈福(기복)의 일로 삼았다. 불교가 퇴패하고, 우리 조선에 들어와 儒學(유학)을 숭상하게 되니 사찰이 많이 철폐되었다. 그 설법이 禍福(화복)으로 사람들을 움직이니 사람들이 하고자 하는 바가 살아 나가는 것보다 더한 것이 없고, 바라는 바가 富貴(부귀)보다 더한 것이 없으며 중의 말이 죽음을 피해 삶을 쫓으며 貧賤(빈천)을 버리고 부귀를 얻는다 하여 이루지 못하는 바가 없다 하므로, 천하가 모두 귀의하게 되었다. 지금은 불교를 존중함이 더욱 독실해져서, 佛像(불상)을 설치하고 귀의하니 쇠를 녹이거나 흙을 빚거나 돌을 깎거나 나무를 새기거나 혹은 실로 수를 놓거나 혹은 그림을 그려서 모양을 만든다.

아침저녁으로 供養(공양)을 하니, 향기가 온 하늘에 퍼지고, 불경 소리가 三界(삼계)[190]에 울린다. 또 십여 척 높은 탑을 세워 언덕 위에 우뚝 솟아 있고, 늙은 중이 삽살개 눈썹에 푸른 눈으로 푸른 산과 흰 구름 사이에서 감색 도포와 국화 빛 하의를 입고 焚香(분향)하며 불경을 낭송하니 福(복)을 구하는 고을

---

[190] 三界(삼계)는 경우에 따라 1) 天界(천계) 地界(지계) 人界(인계), 2) 欲界(욕계) 色界(색계) 無色界(무색계), 3) 佛界(불계) 衆生界(중생계) 心界(심계)의 뜻으로 쓰이나, 耕南(경남) 선생이 어느 것을 지칭했는지는 알 수 없음.

남녀가 전처럼 드나든다. 늙은 중이 나와는 옛 교분이 있어 내 얼굴을 기억하니 그 총명함이 따르기 어렵다. 裵相國(배상국)에게서의 暉老(휘노)[191]와 白少傅(백소부)에게서의 滿公(만공)[192]이 서로 묻고 답하여 전해지는 것이 아름다운 일이 됨이 비록 일은 다르나 情誼(정의)는 돈독하니, 나는 싫어하지 않는다.

강이나 바다가 바라보이는 호사스러움은 없으나, 산등성이가 둘러쳐져 있고 들과 언덕이 잇닿아 있으니 날이 맑아도 좋고 비오면 기이하며, 아침 햇살과 저녁 어스름이 사철 서로 이어 전한다. 雨露霜雪(우로상설: 비 이슬 서리 눈)이 변천하고, 草木(초목)과 花卉(화훼)가 피고 시드니 氣象(기상)이 매양 같지는 않다. 그러나 한번 눈을 들면 모든 것을 볼 수 있으니 저 봉우리 저 냇물은 모두 전에 내가 어슷거리던 자취이며, 돌 하나 나무 한 그루가 읊조리던 남은 흔적이 아님이 없다. 四紀(사기: 48년)를 이리저리 다닌 뒤에 다시 이 땅을 찾아보니 윤기 나던 얼굴들은 창백하게 변했고, 검었던 머리카락들은 새하얗게 변했다.

절 안에 눈이 마주치는 것은 모두 옛날에 보던 것인데 전에 서로 알던 사람들은 살았는지 죽었는지 모르고, 나 또한 이미 옛날 모습이 아니다. 어찌 바람 맞으며 서서는 길게 탄식하지 않을 수 있겠는가!

辛酉暮春 自京爲省掃先墓 到桐谷而向寶石寺 山岳重複樹木葱雜 新開一路而通車馬 牧童驅牛而過向村而來 樵子荷擔而來 穿雲而去入其境 進樂山擁後峰 廻魯轉松林茂盛 雉鹿往來 一溪瀉玉 魚蝦浮沈 鷗鷺翔集 更看伽藍不大不小 而殿堂莊嚴 房舍雅淡 數十間畫閣高軒煖室 以便寒暑 寺刹之美甲於一境 佛自天竺入于中國 遂蔓延于天下 我東方初無佛法 而訥祗王時阿度和尙 往新羅王都而過漆谷桃開部落冷山 見山腰値冬月而桃李盛開 建桃李寺 此後佛法盛行 高麗太祖用崇佛之策 多建寺刹 彫刻經板爲護國祈福之

---

191) 暉老(휘노)는 중국 당나라 때의 중으로, 같은 시대 裵相國(배상국)이란 사람이 그를 흠모하여 開元寺(개원사)라는 절을 짓고 모셨다 함.
192) 滿公(만공) 역시 중국 당나라 때의 중으로 白少傅(백소부: 백거이)에게 존경을 받았다 함.

事 佛教頹敗 我朝崇儒學而用抑佛之策 寺刹多撤廢矣 其說動人以禍福 人
之所欲 莫甚於生 所願莫甚於富貴 僧言避死而趨生 棄貧賤而得富貴 而得
富貴 無所不成 故天下皆歸焉 至今尊佛 尤爲篤信 像設而歸依 鎔金塑土 琢
石刻木 或線縷以繡焉 或畫繪而以貌 朝夕供養 香徹九霄 梵聞三界 又立十
餘尺古塔 高聳岸上 老僧以尨眉碧眼 着棋袍菊裳 焚香誦經於靑山白雲之間
鄕坊男女之求福者 如前出入而老僧有舊交 能記我面 其聰明難及矣 暉老之
於裵相國 滿公之於白少傳 唱酬問答 傳爲勝事 業雖異而誼篤 我不嫌也 雖
無江海眺望之賒 岡巒環拱 野隴相接 晴好雨奇 朝陽夕陰 四時相禪雨露霜
雪之變遷 草木花卉之榮瘁 氣象不同 然一擧目而盡覽某峰某溪 摠是徜徉之
前跡 一石一木 無非嘯詠之餘痕也 俯仲四紀其餘 重尋此地 顔之渥者變而
蒼髮之黑者化而白 寺中之寓目 皆舊觀而昔相知之人 不知生死而我亦已非
舊態 安得不臨風而長歎乎

馬耳山記
마이산기

戊辰(무진: 1928)년 봄에 小松(소송) 李厚淵(이후연) 군과 德裕山(덕유산)
馬耳山(마이산) 등 남쪽으로 놀러 갔다. 강을 건너 茂朱邑(무주읍)으로 들어가
니, 산이 감싸고 물이 굽어 돌아 마을이 냇물을 따른 형태로 길게 市街地(시가
지)를 이루었다. 그 가운데 냇가에 寒風樓(한풍루)가 우뚝 서있으니 경광이 자
못 아름답다.

돌아서 赤裳山城(적상산성)으로 향하니, 덕유산 위로는 香爐峰(향로봉)이
되고 아래로는 九千洞(구천동)을 이룬다. 남쪽에는 七淵瀑布(칠연폭포)가 있
고, 동쪽에는 白雲庵(백운암)이 있다. 세상에 전해지기로는 우리 太祖(태조)가
임금이 되기 전에 일찍이 이곳에서 기도하고 구리로 碑(비)를 세웠다 한다.

다시 강을 건너 무주읍으로 들어가면 冶爐山(야로산)이 鎭山(진산)이 되고, 赤川(적천)이 大德山(대덕산)에서 나와 고을 앞을 지난다. 기이한 꽃들과 새로 물오른 버들이 푸르른 둑에 늘어져 높고 낮게 있고, 가벼운 물오리와 해오라기가 은빛 물결을 가르며 나왔다 들어갔다 한다.

돌아서 龍潭邑(용담읍)으로 들어가니, 龍岡山(용강산)이 높아졌다 낮아졌다 하는 것이 마치 하늘을 나는 용이 길게 구불거리는 것 같아 이리 이름을 얻고 진산이 된다.

白軒(백헌) 李景奭(이경석)의 臥仙亭記(와선정기)에 대략 이르기를 "만길 높은 奇岩(기암) 위에 높은 소나무와 오래된 전나무가 구름처럼 흙벽에 연이어 있고, 하늘 아래에는 맑은 냇물이 있으니 나는 용이 꼬리를 흔드는 것 같아 긴 거울이 새로 닦였다. 평평히 펼쳐진 흰 모래밭에는 세속의 먼지는 한 점도 이르지 않으니, 가을이 아닌데도 시원하다. 왼쪽으로는 마을을 누르고 있어 아침저녁으로 밥 짓는 연기가 오르는 것이 노을 진 赤城(적성)[193]과 같고, 오른쪽으로는 낮은 들에 초록 벼 싹이 물위로 뚫고 나왔고 누렇게 익은 보리는 구름처럼 언덕을 열어 제치니 모두가 볼만한 광경이다. 푸르른 산봉우리가 겹쳐 합해지는 데 이르러서는 물은 깊고 산은 가파르니, 자주 빛과 푸른빛의 온갖 형상이 번갈아 비친다. 산 아지랑이가 천 가지로 변하니, 그림으로는 그려낼 수 있는 바가 아니다."라고 하였으니, 이는 李(이) 공이 잘 나타내서 한 말이다.

南陽江(남양강)이 鶴川(학천)과 모여서 雲岩江(운암강)이 되고, 皇德里(황덕리)에 이르러서 程川(정천)과 합류하고, 城南里(성남리)에 이르러서 顔川(안천)과 또 합하고, 黃山(황산)에 이르러서 朱川(주천)과 또 합치고, 場垈(장대)에 이르러서 평평한 돌을 안고 북쪽으로 흘러 茂朱(무주)를 지나면서 虎灘(호탄)이 된다. 상류의 지명이 마침맞게 顔子(안자) 程子(정자) 朱子(주자)의 세 이름을 갖게 되었으므로, 주천 가에 三川書院(삼천서원)을 짓고 顔子(안자) 程

---

193) 晉(진)나라의 문장가인 孫綽(손작)의 遊天台山賦(유천태산부)에 '赤城山(적성산)에 노을이 져 표지를 세웠다'라고 한 데서 나온 말로, 민가에서 나오는 연기를 노을에 비유한 것임.

子(정자) 朱子(주자) 세 분 및 諸葛武侯(제갈무후: 촉나라의 제갈량)를 배향했다. 산은 맑고 물은 고와 마을이 모두 넉넉하여 사람들에게 흡족하며 또한 순박하고 후하다. 나뭇가지 끝에 핀 꽃은 온갖 색으로 비단 수를 쌓아 놓고, 눈 아래 산의 형세는 한 폭의 방어막 병풍이다.

鎭安(진안)에 이르니 馬靈(마령) 마을이 진안읍의 남쪽에 있어, 鎭山(진산)이 삼면으로 지켜주는데 제일 높은 것을 白馬山(백마산)이라 한다. 예전에 흰 빛 말이 나와 놀았다 하여 그 이름을 얻었다. 수십 장 높이에서 물을 뿜어내는 폭포가 있어 흰 비단을 걸어 놓은 것 같다. 아침에 해가 비치면 빛을 받아 고운 빛깔 무지개를 이루니, 아픈 사람이 목욕하면 靈驗(영험)이 있다 한다.

山村(산촌)을 찾아 이르러 잠자리를 빌려 자고, 다음날 돌을 움켜잡고 나무를 부여잡아 마이산에 올랐다. 우리 태조가 아직 미천했을 때, 꿈에 神人(신인)이 金尺(금척: 쇠자) 하나를 주면서 "원컨대 장차 이 자로 三韓(삼한)의 강토를 다 잴 수 있기를 바란다"라고 하니, 태조가 깨어서 기이해 했다. 그 후 雲峰(운봉)의 싸움을 이기고 完山(완산)으로 돌아오다 두루 마이산에 오르고는 그 돌 봉우리가 뾰족이 束立(속립: 모아 서있음)해 있는 것이 꿈속에서 본 金尺(금척)과 비슷한 것을 보고, 이름을 고쳐 束金山(속금산)이라 했다. 太宗(태종) 임금이 마이산이란 이름을 하사하셨으니, 돌산 쌍봉우리가 우뚝 (말 귀처럼) 서있기 때문이다. 동쪽의 뾰족한 봉우리를 아버지라 하고, 서쪽의 뾰족한 봉우리를 어머니라 하여, 마주보고 깎은 듯 서있으니 높이가 천 길이나 되고 절벽이 가파르니 오를 수 없고, 오직 어머니 봉우리의 북쪽 언덕으로만 오를 수 있다. 봉우리 꼭대기는 넓고 평평하여 샘이 있고, 산허리에는 華岩窟(화암굴)이 있다. 예전에 어떤 특이한 스님이 이 굴에서 蓮花經(연화경)을 얻었는데, 그 글씨가 神妙(신묘)했다. 비단 수로 묶어서 금과 은으로 함을 만들어 소장하니 진정 기이한 자취이다. 그 불경은 金塘寺(금당사)에 있다.

이 굴의 아래에 道成窟(도성굴)이 있고, 서쪽에는 鳳頭窟(봉두굴)이 있다. 봉우리의 높이는 수백 길이나 되니, 내가 율시 한 수를 읊기를

아울러 서있는 봉우리는 말 귀처럼 뾰족하니

와서 바라보니 詩興(시흥)이 저절로 불어나네

일찍이 임금님께서 이름을 내려주신 후

이 길을 지나는 사람들 모두 바라보았으리라

하였다.

　산에서 내려와 雲藏山(운장산)을 넘으니 다른 이름으로는 珠峯山(주줄산)으로 구름을 뚫고 하늘 높이 서있어 멀리는 바다 경치를 삼키고 있다. 숲과 골짜기는 그윽하고 깊어, 북쪽으로는 雲日岩(운일암)과 서로 연이어 있다. 천 길 절벽에 물이 건너지르고 돌이 첩첩이 쌓였으니, 가는 길이 매우 어렵다. 냇가에 臥龍岩(와룡암)이 있으니, 경치가 좋다. 산 위에 또 梯天坮(제천대)가 있으니 叢桂堂(총계당) 鄭(정) 공이 올라 步罡(보강)[194]을 시험해 보던 곳으로, 항상 큰 거북이를 타고 다녔다 한다.

　戊辰春 與小松李君厚淵 南遊德裕馬耳等山 渡江而入茂朱邑 山擁水廻 邑形沿溪而長略成 市街中有寒風樓 屹立溪上 景光頗美 轉向的赤裳山城 德裕山上爲香爐峯 下成九千洞 南有七淵瀑布 東有白雲庵 世傳我太祖潛龍時 嘗禱于此立銅碑云 更渡江而入茂朱邑 冶爐山爲鎭山 赤川出又大德山過邑前 奇花嫩柳 垂碧堤而高低輕鴨閒鷺耕 銀波而進退 翌日轉入龍潭邑龍岡山 起伏如飛龍之蜿蜒 因此而得名爲鎭山 李白軒臥仙亭記略曰 萬丈奇岩之上 高松古檜 連雲功霄 下有淸川如龍之掉尾 長鏡新磨平鋪白沙 點塵不到 不秋而麥左壓邑里 朝暮炊煙 如赤城之霞 右俯郊坰綠鍼抽水 黃雲擺隴 俱可觀也 至於蒼巒合沓泓岰 交映紫綠 萬像嵐靄 千變非畫圖之所可輪也 此李公善形言也 南陽江與鶴川 會而爲雲岩江 至皇德里 與程川合流至城南里 與顔川 又合至黃山與朱川 又合至場岱抱砥石而北流經茂朱爲虎灘 上流地名 適有顔程朱三川之號 故朱川之上 建三川書院 享顔程朱三夫子及諸葛武

---

194) 道士(도사)들이 별자리에 예배하거나 신령을 부를 때 하는 일종의 동작.

侯矣 山明水麗 村皆饒足 人亦淳厖 枝頭花色 千堆錦繡 眼下山勢 一幅屛障
至鎭安馬靈部谷在縣南 鎭三面而最高曰白馬山 昔有白色神馬出遊得名 有
瀑布噴水數十丈 如掛白練 朝日照臨 光成彩虹 病者浴之有靈 尋到山村 借
宿翌日 攀石扶木而登馬耳山 我太祖微時 嘗夢神人 遺以一金尺曰 願將此
尺 量三韓之疆土 太祖覺而異之 其後雲峰之捷 凱還于完山 歷登馬耳山 觀
其石峰束立尖秀 似夢中之金尺 故改名曰束金山 太宗以馬耳賜名 以石山雙
峯聳立東尖峰曰父 西尖峰曰母 相對削成高可千仞 四面峻絶不能升 惟母峰
北厓可升 峰頂平闊有泉 峰腰有華岩窟 昔異僧得連花 經於此窟 其經筆法
神妙 粧以錦繡 題以金銀 盛函而藏之 眞異蹟也 其經在金塘寺 此窟之下 有
道成窟 西有鳳頭窟 而峰之高數百仞 余吟一絶曰 竝立峰如馬耳尖 看來詩
興自然添 曾經聖主賜名後 過此路人皆欲瞻 下山而踰雲藏山 一名珠崒山
聳立雲霄而遠呑海色 林壑幽深 北與雲日 岩上連千仞絶壁 架水疊石 行路
甚艱 川邊有臥龍岩 形勝山上 又有梯天坮 叢桂堂 鄭公之升 試步罡之所 常
騎大龜云

韓山記
한산기

　韓山(한산)의 乾至山(건지산) 북쪽에 永慕庵(영모암)이 있는데, 牧隱(목은)
李穡(이색) 선생의 眞影(진영)을 봉안한 곳이다. 麟峰(인봉)이 북쪽에서 지켜
주고, 熊浦(웅포)가 남쪽으로 둘러있다. 선생은 나면서부터 총명하고 지혜로워
재주가 많았다. 벼슬은 三重大匡侍中(삼중대광시중) 韓山君(한산군)에 이르렀
다. 庚午(경오: 1390)년에 淸州(청주) 獄(옥)에 갇혔고, 壬申(임신: 1392)년에
驪興(여흥)으로 쫓겨났다가 高麗(고려)가 망한 후 풀려나 돌아왔다. 乙亥(을
해: 1395)년에 궁궐에 들어가 便殿(편전)에서 임금을 뵈니, 임금이 필히 중문까

지 와서 환송하였다. 선생은 아들이 둘이 있는데, 種學(종학)과 種德(종덕)이다. 모두 과거에 급제하여 귀하게 현달하였다. 革命(혁명) 후에는 마음을 둘로 두지 않아 모두 곤장을 맞고 죽었다. 퇴거하여 驪州(여주)의 시골 들에 살면서, 일찍이 詩(시)를 지어 말하시기를,

> 松軒(송헌)이 나라를 맡고 나는 떠돌게 되니
> 꿈속에서라도 어찌 이런 일 있을지 알았겠는가!
> 두 鄭(정)[195] 씨도 하물며 大義(대의)에 참여했다 들었거늘
> 一家(일가) 온전히 다시 모일 수 있는 날이 언제나 될꼬!

라 하였으니, 松軒(송헌)은 太祖(태조)의 號(호)로, 사귀어 맺음이 매우 두터워 추천되어 이끌림이 많았기 때문이다.

또 시를 지어 이르시기를,

> 人情(인정)이 어찌 無情(무정)한 물건과 같을꼬
> 근년에 닥치는 일마다 불평이 점점 더하네
> 우연히 동쪽 울타리 향해 보니 얼굴 가득 부끄러워
> 진짜 국화가 가짜 陶淵明(도연명)을 마주했네

라고 하시니, 선생의 心事(심사)가 모두 이 시에 있다. 丙子(병자: 1396)년에 부름을 받고 돌아오다, 驪興(여흥) 燕子灘(연자탄)에 이르러 毒(독)이 든 술에 피해를 입어 淸心樓(청심루)에서 卒(졸)하셨다. 朝鮮(조선)조에 들어와 文靖公(문정공)의 諡號(시호)를 내리고 文集(문집)을 간행했다.

내가 武愍公(무민공) 崔瑩(최영)을 흠모하여 그 묘소에 가서 참배하고 또 그 초상을 기린 글을 보고, 鴻山(홍산)으로 가서 大捷(대첩: 싸움에서의 큰 승리)의 일을 들으니 느낌이 배가 된다. 公(공)은 風姿(풍자)가 魁偉(괴위)하고 膂力

---

195) 목은 선생의 제자였던 鄭摠(정총)과 鄭道傳(정도전)이 태조를 도와 조선 건국에 참여한 일을 이름.

(여력)이 뭇사람을 뛰어넘었다. 처음에는 隸楊廣道都巡問使(예양광도도순문사)였는데 휘하에서 여러 차례 倭賊(왜적)을 사로잡으니, 武勇(무용)으로 이름을 날렸다. 紅巾賊亂(홍건적난)에 安祐(안호) 李芳實(이방실) 등과 京都(경도)를 수복하니, 일등공신으로 공훈이 기록되었다. 金鏞(김용)을 죽이고, 德興君(덕흥군)을 쫓아내고, 哈赤(합적)을 토벌하고, 왜적을 격파하고, 林堅味(임견미)와 廉興邦(염흥방) 등을 주살하였으니 모두 최영의 힘이다. 최영의 淸白(청백)함은 타고난 성품에서 나온 것이니, 상으로 밭과 사람을 하사해도 굳이 사양하고 받지 않았다. 이러함이 輿地勝覽(여지승람) 鐵原(철원) 人物記(인물기)에 실려 있다.

禑王(우왕) 2년 7월에 왜적이 대거 침입하여 公州(공주)와 扶餘(부여)가 함락되고, 連山(연산) 開泰司(개태사)를 屠戮(도륙)내니 朴仁植(박인식) 장군 등이 싸움에 져 죽고, 도처에 백성들이 피해가 막심했다. 判三司(판삼사) 최영이 이를 듣고 가서 치기를 자청했으나, 왕이 늙었다는 이유로 만류했다. 최영이 재삼 청하니, 왕이 허락했다. 최영이 밤낮을 자지 않고 급히 싸움터로 가서 여러 장수를 절도 있게 통솔했다. 이때 왜적이 험한 요충지를 먼저 점거하니, 삼면이 모두 절벽이고 오직 한 길만 통할 수 있었다. 우리 병사들이 두려워 겁을 먹고 진격하지 못하자, 최영이 몸소 사졸에 앞서 돌진하니 적도들이 모두 쓰러졌다. 한 왜적이 숲에 숨어있다 최영의 입술 가운데를 쏘아 맞추니, 피가 뚝뚝 흘렀으나 神色(신색)은 태연자약하였다. 그 왜적을 쏘아 거꾸러뜨린 후에야 맞았던 화살을 뽑아냈다. 최영이 힘을 더해 크게 격파하니, 사로잡거나 목을 베어 거의 전멸시켰다. 麗史列傳(여사열전)에 이 일이 나오니, 이것이 鴻山大捷(홍산대첩)이다. 왕이 명령하여 이색에게 肖像贊(초상찬)을 짓게 하니, 그 글이 대략 이르기를, "忠烈(충렬)의 威嚴(위엄)있는 소리 있으니, 군세고도 밝아 바다 건너온 도적들이 벌벌 떨어 겁먹으니 나라의 干城(간성)이다. 土豪(토호)들은 한쪽에 숨어 벌벌 떨었으나, 백성을 거두어 평안하게 했다. 開城府(개성부)에 封爵(봉작)을 받으니 벼슬함이 두터웠고, 얼음처럼 맑았으며, 황벽나무처럼 쌉쌀했다. 뛰어난 자태는 颯爽(삽상)했고, 기운은 경기 고을을 뒤흔들었으니 그림을 그려 초상을 만들어 높이 쳐다보게 하노라! 오호라! 公(공)의 功烈 (공렬)이 甚大(심대)하나, 武力(무력)의 위세에 굴복하지 않고 李朝(이조)가 한 집안에서 나라가 되는 날에 殉節(순절)하니 이를 일러 忠誠(충성)이라 한다면, 天命(천명)을 다한 것이리라!"라고 하였다.

韓山乾至山北有永慕庵 奉安牧隱李先生稽眞影 麟峰鎭于北熊浦 繞其南 先生生而聰慧多才 官至三重大匡侍中 韓山君庚午 逮淸州獄 壬申貶驪興 高麗亡後放還 乙亥入覲引對便殿 上必送至中門 先生二子種學種德 皆登第 貴顯 革命後不二其心 皆杖死 退居驪州村墅 而先生嘗有詩曰 松軒當國我 流離 夢裏何曾此事知 二鄭況聞參大議 一家完聚更何時 松軒太祖號而交契 甚厚 多被薦引故也 又有詩曰 人情那似物無情 觸境年來漸不平 偶向東籬 羞滿面 眞黃花對僞淵明 先生心事盡在於此詩 丙子赴召而還 至驪興燕子灘 被毒酒卒於淸心樓 李朝贈諡文靖公 刊行文集 余慕崔武愍公瑩 往拜其塋所 又觀肖像 贊往鴻山 聞大捷事倍感焉 公風姿魁偉 膂力過人 初隸楊廣道都 巡問使麾下 屢擒倭敵 以武勇聞 紅巾賊亂與安祐李芳實等 收復京都 錄一 等勳 殺金鏞逐德興君 討哈赤破倭賊 誅林堅味廉興邦 皆瑩之力也 瑩淸白 出於天性 常賜田民 固辭不受 此載於輿地勝覺 鐵原人物記也 禑王二年七 月 倭敵大擧侵入公州扶餘 陷落屠連山開泰寺 朴仁植將軍等敗死 到處百姓 被害莫甚 判三司崔瑩聞之 自請擊之 王以老止之 瑩請再三 王許之 瑩不宿 晝夜急行赴戰地 節度諸將 於是賊先據險要 三面皆絶壁 惟一路可通 我將 兵畏怯不進 瑩躬先士卒 突進而賊徒被靡 有一敵隱林射瑩中脣 血淋漓 然 神色自若 射其賊倒 然後拔的中矢 瑩益力大破之 俘斬殆盡 出麗史列傳 是 爲鴻山大捷 王命李穡作肖像贊 其辭畧曰 有烈威聲惟剛惟明 海盜震怖 國 之干城 土豪屛縮 民之司平 受封開府 惟仕之臐 惟氷之淸 惟蘗之苦 英姿颯 爽 氣振區寰 圖形惟肖 以聳其瞻 嗚呼惟公功烈 甚大而不屈於威武殉節 於 李朝化家爲國之日 是謂忠則盡命也

陽山重遊記
양산중유기

辛酉(신유: 1921)년에 錦山(금산)으로부터 다시 陽山(양산)으로 놀러 갔다. 잠시 降仙坮(강선대)를 보고 거룻배로 강을 건넌즉 錦湖樓(금호루)가 있다. 그 산봉우리는 鳳山(봉산)으로부터 와서 그림 병풍처럼 뒤를 두르고, 맑고 드맑음은 虎灘(호탄)으로부터 흘러와서 맑은 거울이 앞에 펼쳐진다. 물새와 해오라기들이 강물 위에서 서로 잊고, 어부와 나무꾼이 난간 앞에서 서로 노래하니 양산은 한 경치 있는 山水(산수)의 고을로, 詩(시)를 짓거나 그림을 그리는 선비에게는 제일 적당한 곳이다.

新羅(신라) 武烈王(무열왕)이 百濟(백제)와 高句麗(고구려)가 변경에서 환란을 일으키는 데 분해서, 金欽運(김흠운)을 장수로 하여 토벌을 도모하였다. 흠운이 명령을 받고 백제 땅에 이르러 양산에 진영을 치고, 助川城(조천성)으로 진격하고자 하였다. 백제 병사가 어스름을 타고 급히 공격해오니, 흠운이 말을 비스듬히 세우고 적을 기다렸다. 大舍知(대사지: 신라의 관직 등급) 詮設(전열)이 말하기를 "지금 적이 어둠 속에서 일어나니, 公(공)이 비록 죽더라도 아는 사람이 없을 것입니다"라고 하니, 흠운이 말하기를 "대장부가 이미 나라에 몸을 허락했으면 어찌 감히 이름을 구하겠는가!" 하고는, 드디어 칼을 뽑아 적과 싸우다 죽었다. 大監(대감) 穢破(예파) 및 小監(소감) 狄幢(적당) 主寶(주보) 用邦(용방)이 모두 적을 맞아 싸우다 죽으니, 그때 사람들이 듣고는 陽山歌(양산가)를 지어 불러 슬퍼하였다 한다.

강을 따라 십여 리를 가면 東坮(동대)가 있는데, 永同(영동)의 서쪽에 있다. 층층이 바위와 절벽이 깎은 듯 병풍처럼 서있고, 구불구불 수백 걸음 더 가면 높은 樓臺(누대)가 臺閣(대각)의 모양으로 있고 어지럽게 소나무가 빼어나게 서있다. 高塘江(고당강)과 深川(심천) 두 물이 합해져 하나의 가로지르는 띠가 돼있고, 누대 앞의 백사장은 넓고 넓다. 逸士(일사: 능력은 빼어나나 벼슬하지 않은 선비) 朴廷弘(박정홍)의 집이 누대의 서쪽에 있어 이리 이름을 지었다.[196)]

高塘江(고당강) 가에 朴菊堂(박국당)이 縣令(현령)으로서 이곳으로 돌아와 雙淸樓(쌍청루)를 짓고 사촌동생 蘭溪(난계) 朴堧(박연)과 더불어 술 마시며 노래 부르니, 자손들이 대대로 살게 되었다.

深川(심천) 가에 이르기까지 가서 몇 리를 더 가면 草江村(초강촌)이 있는데, 우리 종족이 대대로 살던 곳이다. 산이 다하고 물이 굽어 돌아 넓은 평야를 이루니, 땅은 비옥해서 생애가 풍족하여 저절로 산으로 물로 나가는 즐거움과 고기 잡고 나무하는 풍취가 있다. 양반집 푸르른 용마루가 푸른 갈대 언덕에 닿아 있고, 책 읽는 소리와 농사꾼 노래가 강가의 흰 모래밭에 드높다.

강이 虎灘(호탄)으로부터 동쪽으로 십여 리 흐르면 赤登津(적등진)이 된다. 나룻가에 일찍이 赤登樓(적등루)가 있어, 徐四佳(서사가: 서거정)가 記(기)를 지었으나 지금은 없다. 草江(초강)은 또한 赤登(적등)의 위에 있어, 深川(심천)의 新驛(신역)과 가깝다. 草江書院(초강서원)에 참배하니, 野隱(야은: 길재) 선생과 宋時榮(송시영) 공을 배향한 곳이다. 송시영 공이 司僕主簿(사복주부)로서 丙子胡亂(병자호란)에 嬪宮(빈궁)을 모시고 江華島(강화도)에 들어갔으나, 主將(주장)이 조치를 잘못하여 賊(적)이 이미 강화도로 건너왔다. 公(공)이 正言(정언) 李時稷(이시직)과 한 곳에 모여 장차 자결하려고 집안을 위해 처치해야 할 여러 일을 적어 놓고, 印綬(인수)를 풀어 아전에게 주고서도 神色(신색)이 보통 때와 같았다. 마침내 스스로 목매고 돌아와 永同(영동)에 장사 지냈으니, 忠顯公(충현공) 諡號(시호)를 내리셨다.

적등진을 따라 九龍村(구룡촌)에 이르면, 산의 빛깔은 사계절의 그림이요, 강의 울림소리는 현악기도 관악기도 없는 노래이다. 나무꾼의 피리소리는 꽃길에 높았다 낮았다 하고, 어부의 노래는 낚싯배에서 끊어졌다 이어졌다 한다. 龍門影堂(용문영당)에 참배하니, 郭(곽)씨들이 대대로 살던 땅이다. 尤庵(우암) 선생이 이곳에서 태어나셨으니, 郭(곽)씨의 外孫(외손)이므로 선생의 肖像(초상)을 봉안한 것이다. 그리고는 집으로 돌아왔다.

---

196) 박정홍의 집이 누대의 서쪽이니, 누대는 동쪽이므로, 東坮(동대)라고 이름 지었다는 말임.

辛酉自錦山重遊陽山 暫觀降仙坮 艤舟而渡江 則有琴湖樓 其峰巒自鳳山而來 畵屛繞後澄淸 自虎灘而流明鏡開前 鷗鷺相忘於江中 漁樵互歌於檻前 陽山一境 山水之鄕 樓坮相望 最適於詩畵之士 新羅武烈王憤濟麗之作邊梗謀伐之 以金欽運爲將 欽運受命抵百濟之地 營陽山欲進助川城 百濟兵乘暮而急擊 欽運橫馬待賊 大舍知詮說曰 今賊起暗中 公雖死人無識者 欽運曰大丈夫旣以許國 豈敢求名乎 遂拔劍與敵戰死焉 大監穢破及小監狄幢主寶用邦 皆赴敵而死 時人聞之作陽山歌以傷之 緣江而行十餘里有東坮 在永同之西層岩絶壁 削立如屛 透迤數百步高 坮如坮閣 狀而亂松秀立 高塘江深川兩水 合爲一橫帶坮前 白沙浩浩 逸士朴廷弘家於坮西 因以爲名 高塘之上朴菊堂 以縣令歸此築雙淸樓 與從弟繭溪墺酬唱 而子孫世居 行到深川之上 數里有草江村 我宗世居而山盡水廻 成一平郊 地味肥沃 生涯饒足 自有登臨之樂 漁樵之趣味 朱戶翠甍 臨於蒼葭之岸 書聲農歌高於白沙之渚 江自虎灘而東流十餘里 爲赤登津 津上曾有赤登樓 棲徐四佳記之 今無草江亦在赤登之上 而近於深川新驛 參拜草江書院 享野隱宋公 時榮公以司僕主簿 丙子胡亂奉嬪宮 入江華未幾主將失措 賊已渡江 公與李正言 (時稷) 會于一處 將自決爲家書處置諸事 解印與吏 神色如常 遂自經返葬永同 贈諡忠顯 從赤登津到九龍村 山色四時之畵圖 江聲無曲之絲管 樵笛高低於花徑漁歌斷續於釣船 參拜龍門影堂 郭氏世居之地 而尤庵先生生於此 郭氏之外孫而奉安先生肖像也 因還家

漢城移住記

한성이주기

天地(천지)가 영검스럽고 맑은 기운을 모아 江山(강산)의 빼어난 경치의 기이한 절경을 이루니, 宇宙(우주)가 開闢(개벽)한 이래 이 강산이 있어왔다. 그러나 達士(달사: 뛰어난 선비)의 發揮(발휘)가 있어야 후세에 이름이 나고, 또 詩人(시인)의 文章(문장)이 있어야 무궁하게 전해진다. 赤壁(적벽)은 東坡(동파: 소식)에게서 이름이 날렸고, 武夷(무이)는 晦庵(회암)에게서 이름이 알려졌으며, 子長(자장: 사마천)의 史記(사기)는 그가 남쪽으로 江湖(강호)를 유람한 후에 이루어졌다.

내가 불행한 때에 태어나 나라는 왜적의 흉악한 손에 망하여 주인 없는 백성이 되고, 집안은 나라를 되찾으려는 이런저런 일을 하다 무너져 이리저리 떠도는 사람이 되었다. 뽕밭이 바다가 되는 변화의 국면에 만 리를 가고자 하는 웅대한 도모는 이미 어긋났고, 예와 지금이 다른 학문에 백 년의 장대한 뜻은 미처 피지 못했다. 젊어서부터 버들솜이나 주워 모으며 숨어 살려는 뜻을 갖고 그물로 복사꽃 건질 수 있는 은둔의 땅을 찾으려 하며, 인간 세상에서 당한 궁벽한 액운을 슬퍼하였다. 뜬구름 삶은 쉬 늙은 것이니, 외진 땅 한 모퉁이에 머물러 허름한 오막살이에서 일생을 끝낸다 해도 어찌 우물 안 개구리와 솥 안의 소금 절인 닭이 스스로 되었다 함을 인정하여 이내 연못 속의 물고기와 새장 속의 새처럼 틀어박혀 사는 것을 달게 여길 수 있겠는가! 강산 밖으로 세상 걱정을 녹여 날려버리고, 우주 속으로 이 몸을 놓아 버렸다. 背山臨水(배산임수)한 곳에 이르면 강물에 배를 띄운즉 멀리 뵈는 산봉우리는 하늘에 떠 층층이 푸른 병풍이 열을 지어 둘러친 것 같고, 긴 강은 비단 폭 같이 한 가지 색으로 浩然(호연)하기가 날개 돋아 신선되는 것 같으니 진정 상쾌한 경관이다. 만약 산과 들 사이에 이른즉 물 흐름이 가운데서 빙빙 돌고, 사방에서 산봉우리들이 손잡고 허리 굽혀 인사하며, 누렇고 푸른 밭두둑이 가로 세로로 좌우에 얽혀 있고, 꽃과 나무가 들쭉날쭉하며, 여염집이 흩어져 있으니 이 또한 장관이다.

들리는 곳의 名山大川(명산대천)과 古都(고도)의 화려한 거리를 두루 돌아보지 않음이 없으니 북으로는 鐵原(철원)과 平壤(평양)으로부터 남으로는 木浦(목포)와 釜山(부산)까지 종횡으로 수천여 리 사이를 가눈 곳 마다 詩(시)를 짓고 그 일의 序(서)를 짓고 그 사실의 記(기)를 썼다. 仁者(인자)는 樂山(요산)

하고 智者(지자)는 樂水(요수)한다고 하나, 나는 이에 미치지 못하니 心志(심지)가 현명한지 우매한지 한결같다.

己亥(기해: 1959)년 아들을 따라 서울에 머물러 살기 이십여 년에 漢陽(한양) 백 리 안팎을 두루 돌아보지 않은 곳이 없다. 삼가 생각건대 한양은 우리 太祖(태조)가 집안을 일으켜 나라를 세우고 도읍을 이곳 華山[197]府(화산부)에 정했다. 漢水(한수)를 등지고 있어 그 가슴을 씻어내고, 동쪽으로는 駱山(낙산)을 끼고, 서쪽으로는 鞍峴(안현)에 잇닿아 있고, 가운데에는 木覓山(목멱산: 남산)이 솟아 있고, 왼쪽으로는 관문 고개의 험준함이 있고, 오른쪽으로는 안개로 막아주는 바다에 연해 있어 하늘이 내어준 金湯(금탕)[198]의 땅으로, 그저 경치만 좋은 땅이 아니라 부족함 없는 帝王(제왕)의 고을이다. 시가지가 정연하게 확장돼 境域(경역)의 도로가 사방으로 통하여 바둑판처럼 열려있고, 색색 가지 차량 달리는 것이 가로 세로로 끊이지 않고, 육교가 공중을 가로지르니 날이 개지 않았는데도 무지개가 떠 걸어 다니는 사람들이 큰 길을 횡단해 안전하게 지나간다. 큰 강 중류에 긴 다리가 물결 위에 누워 있으니 구름이 없는데도 어찌 龍(용)이 있어 배를 젓지 않고도 남북이 서로 통한다.

昌德宮(창덕궁)은 동쪽에 있고, 德壽宮(덕수궁)은 서쪽에 있어 봉황 기와와 조각한 대들보가 구름을 뚫고 하늘에 솟아 있어, 해와 달에 빛난다. 다섯 걸음을 가면 樓(루)가 하나 있고, 열 걸음을 가면 閣(각)이 하나 있고, 낭하 허리는 완만히 돌고, 처마 끝은 높이 걸리고, 못 머리는 가지런하고, 기와 이어짐은 들쭉날쭉하니 누각이 풍요롭고 걸출하여 봉황새가 춤추고 교룡이 일어난다.

우리나라 사는 곳에 의복은 모두 차등이 있어 감히 분수를 넘지 못하고, 禮樂(예악) 法度(법도)가 환연히 구비되니 위에서는 德化(덕화)가 행해지고, 아래에서는 人倫(인륜)이 밝았다. 近日(근일)에는 國運(국운)이 光復(광복)되어, 백성이 주인이 되는 헌법을 이루었다. 庶民(서민)이 사는 집과 商工業(상공

---

197) 華山은 북한산의 다른 이름임.
198) 金城湯池(금성탕지)의 준말로 굳건한 요새를 뜻함.

업) 점포들이 사방으로 뻗어 십층 양옥으로 지어져, 고기비늘처럼 즐비하게 늘어서 금빛으로 비치니 벌집과 같아 몇 십만 동이 되는지도 모르는 건물들이 새가 날개를 편 듯 높게 반공에 솟아 있다. 육대주의 物貨(물화)가 산처럼 쌓여 있고, 백여 리를 둘러 城(성)이 되어 삼백만 인구를 품고 있다. 건물들은 화려하여 아름다운 잔치 자리에는 구름과 노을 같은 옷 입은 사람들이 서로 접해 있고, 廚房(주방)은 풍요로우니 상 위에는 산해진미가 구비돼있다. 石油(석유)를 쓰고 電波(전파)를 이용하니, 文化(문화)가 날이 갈수록 번성해진다. 누워서 다른 여러 나라의 戲劇(희극)을 보고, 앉아서 만 리 밖 소식을 통한다. 庭院(정원)은 정교하게 깊어 여러 종류 꽃과 풀을 섞어 심어 놓으니, 향기를 뿜고 그늘을 펼친다. 거주하기는 필히 화려한 집에서 하고, 먹기는 항상 가진 맛을 다 보니 눈과 귀의 즐김과 復飾(복식)의 아름다움을 다한다. 위아래의 차이는 없고, 오직 貧富(빈부)의 가지런하지 않음만 있다. 부자는 농사를 겸해서 할 수 없고, 가난한 자는 재산을 쌓아 늘릴 수 있다. 歌舞(가무)와 雜戱(잡희)가 세상에서 제일 높은 가격을 받고, 詩書(시서)의 배움은 천시되니 黃金(황금)을 얻는 데만 전적으로 힘을 쏟아 사치가 극에 이르렀다.

알록달록 자동차를 달려 물 천 리를 달린다 해도 얼마 안 돼 갈 수 있고, 혹 鵬(붕)새의 날개를 타고 하늘을 날면 萬國(만국)으로 가는 길이 하루도 안 돼 이를 수 있다. 옛날에 소위 縮地御風(축지어풍: 땅을 주름잡아 줄이고 바람을 몰아 탄다)이라는 얘기를 오직 듣기만 하고 그 흔적을 보지는 못하였으나, 지금 사람들은 모두 그리할 수 있다. 위에는 專制(전제)가 없고, 아래에는 自由(자유)기 있으니 사람 사는 즐거움이 天地開闢(천지개벽) 이래로 지금보다 나을 때가 없었다. 神仙(신선) 되기가 멀지 않다.

내가 세상과 단절하려는 생각에 뜻을 술잔과 시에 맡기고 친구를 불러 느긋이 노닒으로 삶을 보내고자 하였다. 강산이 아침저녁으로 덥고 서늘한 사이에 그 경치는 무궁하되 시로 모두 적어 낼 수 없으니, 이 어찌 한스럽지 않은가!

天地鍾靈淑之氣 成江山形勝之奇絶 宇宙開闢以來 便有此江山 然先有達

士之發揮 而名於後世 又有騷客之文章 而垂之無窮 赤壁顯名於東坡 武夷
知名於晦庵子將之史 成於南遊江湖之後 余生丁不辰 國亡於倭賊之凶手 而
爲無主之民 家敗於復舊之周旋 而成流離之人 萬里之雄圖 已違於滄桑之變
局 百年之壯志 未展於古今之殊 學自少有拾絮之志 求網花之地 悲人世之
阨窮 歎浮生之易老 處一隅之僻地 終一生於窮廬 那作井蛙鹽雞之自主 仍
甘池魚籠鳥之蟄伏耶 消遣世慮於江山之外 放形骸於宇宙之間 到背山臨水
處 而浮舟于江中 則遠出浮空層層 若翠屏之環列 長江如練 天水一色 浩然
如羽化而登仙 眞快觀也 若到山野之間 則川流縈回於中 峰巒拱揖于四方
黃畦綠塍 縱橫于左右 花木參差 閭閻散在 亦是壯觀也 所歷名山大川古都
華街 莫不遍覽 北自鐵原平壤 南至木浦釜山 縱橫數千餘里之間 到處有詩
且序其事 記其實矣 仁者樂山 知者樂水 余未及於此心志之樂 賢愚一也 己
亥隨子而寓京二十餘年 漢陽百里之內外 無不周覽 恭惟漢陽 我太祖化家爲
國 定鼎于此 華山俯其背漢水 盪其胸 東擁駱山 西接鞍峴 中聳木覓山 左有
關嶺之險 右連渤海之阻 天地鍾靈而成天府金湯之地 非徒形勝之地 儘是帝
王之州也 市街整然 擴張境域 道路四通而如棊局之展開 朱輪翠轂 縱橫不
絶 複道橫空 不霽何虹 步行之人橫斷 安過大江中流將橋臥波 未雲何龍 不
用舟楫而南北相通 昌德宮在東 德壽宮在西 喬瓦雕樑 聳于雲霄 照耀日月
五步一樓 十步一閣 廊腰縵廻簷牙 高啄釘頭一齊 瓦縫參差 豐樓傑閣 鳳舞
螭起 我朝居處衣服 皆有差等 不敢越分 禮樂法度 煥然具備 德化行於上 人
倫明於下 近日國運光復 以岷州成憲 庶民第宅 商工店肆 連亘四方 築以十
餘層 洋屋鱗錯櫛比 輝映金碧如蜂房 而不知幾十萬棟 翬飛鳥革 六洲物貨
積如丘山 環百餘里而爲域 擁三百萬衆 房屋華麗 雲衣霞裳 相接於瓊筵之
上 廚房豐饒 山珍海錯 具備於盤中 資石油而用電波文化 日益繁盛 臥見列
國之戲劇 坐通萬里之消息 庭院精潔 雜植花卉 敷香布陰 居必華屋 食常兼
味 極耳目之娛 服餙之美 無上下之差 惟有貧富之不齊 而富不能兼幷阡陌
貧能積財殖産 歌舞雜戲 漸有絶世之價 賤視詩書之學 黃金專務 至於窮奢
極侈 馳繡轂而走陸千里之行 不幾時而能去 或駕鵬翼而飛空萬國之路 未終

日而能致古所謂縮地御風之說 惟聞而不見其跡 至今人皆能之 上無專制 下有自由人生之樂 自天地開闢以來 未有勝於此時 去神仙而不遠矣 余念絶斯世 托意於觴詠 而招朋優遊以度餘生 江山朝暮炎涼之間 其景無窮而詩不能盡記 豈不恨哉

漢城十詠記
한성십영기

강산의 빼어난 경치의 아름다움이 사람들이 즐겨 감상하게 되는 것은 천하에 또한 구해본들 많지 않다. 漢陽(한양)은 큰 도시로 백리의 땅을 둘러싸고 있으며, 백만의 인구를 품고 있으니 진정 天府(천부) 金湯(금탕)의 굳건한 요새의 땅이다.

하늘이 德(덕) 있는 사람을 보살펴서 오백 년 왕업의 다스림을 열게 하니 바람은 호랑이를 따르고 구름은 용을 따르기 일천 년이다. 강과 바다는 맑고, 새는 산을 기뻐하고, 물고기는 물을 기뻐하니 檀君(단군)의 세대로부터 九變圖之局(구변도지국)[199]과 十八子之說(십팔자지설)[200]이 이미 있어 차례로 천 년을 세어 내린 지금에 와서 들어맞음을 본다.

우리 太祖(태조)가 王(왕)씨를 이어 이곳에 나라의 도읍을 터 잡으니 伐李(벌이: 오얏나무를 베다)의 계획은 이루어지지 않았고, 鄭(정)씨가 나라의 주인이 된다는 設(설)[201]은 눌러버렸다. 이어서 나라를 일으켜 연 이래로 하늘이 지어준 아름다움과 사람의 힘으로 더한 오묘함으로, 그 빼어난 경관은 松都(송도:

---

199) 新羅(신라)시대 道詵大師(도선대사)가 지었다는 九變震檀圖(구변진단도)로, 우리나라의 王朝(왕조)가 변혁되어 가는 과정과 그 都邑(도읍)을 예고한 圖讖說(도참설)임.

200) "李"를 破字(파자)하면 "十八子"가 됨을 비유하여 李(이)씨가 나라의 주인이 된다는 설임.

201) 鄭鑑錄(정감록)을 이름.

개성)나 柳京(유경: 평양)보다 매우 많다.

風月亭(풍월정) 月山大君(월산대군) 李婷(이정)이 일찍이 漢城十詠(한성십영)을 지었는데, 여러 훌륭한 분들이 그 韻(운)에 따라 지은 詩(시)가 興地勝覽(여지승람)에 실려 있다. 그러므로 내가 재주가 졸렬함에도 불구하고 경치에 따라 그 韻字(운자)에 맞추어 시를 지으니, 그 첫째는 藏義尋僧(장의심승: 장의사 절로 중을 찾아서)이다. 彰義門(창의문) 밖 냇가에 藏義寺(장의사) 터가 있다. 新羅(신라) 武烈王(무열왕)이 이 절을 지었다 하는데, 礎石(초석)과 幢竿支柱(당간지주)가 지금도 남아있다. 시로 읊으니,

> 高僧(고승)을 찾아뵈려 고개 넘어가니
> 蒼茫(창망)한 지난 흔적을 뉘라서 말해줄꼬
> 절은 이미 없어지고 물어도 증거할 바 없는데
> 근처엔 다시 절 집이 이루어져있네

그 둘째는 濟川玩月(제천완월: 제천정 달구경)이다. 濟川亭(제천정)은 普光洞(보광동)에 있으나, 지금은 허물어졌다. 南山(남산)이 뒤에서 껴안아주고 漢江(한강)이 앞에 흐르는데, 장맛비 처음 개면 밝은 달이 비쳐와 위아래로 하늘빛이 내 詩興(시흥)을 일으킨다. 시로 읊으니,

> 八字(팔자)는 몹시도 사나우나 다른 모든 집은 조용도 한데
> 정자에 올라 달을 기다리니 점점 그림자 생겨나네
> 얼마 안 있어 멀리 산봉우리 머리 위로 굴러 나와
> 구름 사이로 높이 걸린 玉(옥)으로 빚은 둥근 떡 덩어리 되네

그 셋째는 盤松送客(반송송객: 반송정에서 나그네를 떠나보냄)이다. 盤松亭(반송정)은 延詔門(연소문) -지금의 독립문- 위에 있는데, 서쪽으로 길가는 나그네를 떠나보내는 곳이다. 세상에 전해지기를 서리서리 얼크러진 소나무가 있어 수십 걸음 폭의 그늘을 편다 하여 그 이름을 얻었다 하나, 지금 정자는 헐려 나갔다. 더듬어 생각하여 운자에 맞춰 시로 읊으니,

오늘 아침 나그네 멀리 떠나보내며 글을 지으니
이별에 임해 이 금 술잔을 사양하지 말게나
채찍 건네주며 술잔 부어주고 아울러 정답게 얘기하니
오고 감에 태평하여 근심은 반드시 없으리라

그 넷째는 楊花踏雪(양화답설: 양화나루 눈 밟기)이다. 楊花渡(양화도)는 麻浦江(마포강) 하류에 있다. 천 가지 가는 버들이 漁村(어촌)의 모습을 반쯤 가려 고요하고 조용한데, 몇 자나 쌓인 흰 눈이 모래사장 위를 온통 덮어 淨潔(정결)하니 정말 詩情(시정)을 부른다. 시로 읊으니,

아침 내내 내린 흰 눈 집들을 銀(은)으로 꾸며 놓으니
옥구슬 꽃구경하려 멀리 대 지팡이 짚고 가네
거친 세상 먼지 온통 덮여 모든 것 아리땁고 새로운데
좋은 글귀 짓는다 괴롭다 보니 쉬지를 못하네

그 다섯째는 木覓賞花(목멱상화: 남산 꽃구경)다. 木覓山(목멱산)의 꼭대기를 上仙坮(상선대)라 한다. 층층이 바위 절벽으로 둘러싸여 있고, 앵두꽃 진달래 철쭉이 차례로 흐드러지게 펴 산에 가득 붉음과 초록이 가득하니 한번 구경을 즐길만하다. 시로 읊으니,

목멱산 앞 꽃이 언덕에 가득
온통 빨갛고 빨갛게 봄비에 열렸네
관광 나온 남녀 얼마나 많나
취해 춤추고 흥에 노래 부르며 장단을 맞추네

그 여섯째는 箭串尋芳(전관심방: 살곶이 향기로운 풀을 찾아)이다. 箭串(전관: 살곶이)는 지금의 纛島(독도: 뚝섬)이니, 그 땅이 평평하고 넓어 나라에서 말을 기르는 땅이었다. 큰 강이 물고인 못을 돌아 흐르고 땅이 비옥하니, 풀도 좋고 나물도 좋아 어슷거리며 돌아다닐 만한 곳이다. 시로 읊으니,

들에 가득 연한 풀이 자리 편 듯 깔렸으니

곳곳마다 느긋이 노니는 사람 그 몇인가

노래하고 춤추는 자리엔 맑은 흥취 도도하니

백발은 모두 잊고 아직도 청춘이라네

그 일곱째는 麻浦泛舟(마포범주: 마포에서 배를 띄우고)다. 麻浦(마포)는 龍山江(용산강) 하류에 있다. 騷客(소객: 시인)과 함께 배를 띄우고 내려가며, 시와 술로 情(정)을 풀어낸다. 까마귀가 지는 해 아래 퍼덕이고, 물고기는 잔물결 불어내니 고기잡이 피리소리와 나무꾼의 노래가 가운데에서 어울린다. 시를 지어 이르니,

마포 머리에 해질녘에 배를 띄우니

아름다운 꽃 가는 버들이 향기로운 물가에 비치네

늦은 물결에 술을 싣고 안개 부딪쳐 가니

십 리 평평한 강에 물새와 친해지네

그 여덟째는 興德賞蓮(흥덕상련: 흥덕사 연꽃 구경)이다. 興德寺(흥덕사)는 燕喜坊(연희방)에 있다. 太祖(태조)가 潛邸(잠저: 왕이 되기 전 살던 집)의 동쪽에 별도로 큰 집을 지었으나, 버려짐으로 해서 절이 되었다. 또 작은 누각을 짓고 굽어보이는 연못에 연꽃을 심었다 하나, 지금은 없어졌다. 더듬어 생각하여 韻(운)에 맞춰 이르니,

이 자리 연꽃 구경하며 술 마시기 몇 번인가

한나절 맑은 얘기하며 玉(옥) 털이개 흔드네

잎은 푸르고 꽃은 붉어 시 읊기 마치지 못했는데

가뭄 끝에 하늘에서 一犁雨(일리우)[202] 내려주시네

그 아홉째는 鍾街觀燈(종가관등)이다. 사월초파일 석가탄신일에 불교를 믿

---

202) 밭 가는 데 적당하게 한바탕 오는 비.

는 俗家(속가)의 사람들 또한 오색 등불을 매다니 이 또한 기이한 경관이다. 시를 지어 이르니,

> 십 리 장안 모든 집에
> 하늘 닿은 촛불 등불이 노을처럼 밝네
> 해마다 불탄일엔 이 일 행하니
> 거리에 만 송이 꽃펴 밤인데 밤이 아니네

그 열째는 立石釣魚(입석조어: 입석포 낚시)다. 立石浦(입석포)는 豆毛浦(두모포) 위에 있다. 세상 사정 잊고 물가 돌에 앉아 興(흥)이 이는 대로 낚싯줄 드리우니, 멀리 강 언덕에선 저녁연기 피어오른다. 물결 밑으로 해는 떨어지고 낚시도 끝나니, 시를 지어 이르기를,

> 모자 벗어 솔 삼고 돌에 받쳐 물고기 국 끓이며
> 앞 가게에서 술 사오니 술병에 술이 가득하네
> 글재주 겨루며 불콰하게 술 오르니 興(흥)이 무한하니
> 三公(삼공: 정승)인들 어찌 謫仙(적선)[203]의 이름보다 낫겠는가

天地(천지)의 운행은 무궁하고 사철 경치도 또한 같지 않으니, 나의 즐김도 또한 매양 한가지가 아니다. 경치에 따라 운을 맞추어 시를 지어서 내 사모하여 우러르는 마음을 부쳐본다.

江山形勝之美 爲人之勝賞者 求之天下亦不多矣 漢陽大都 回環百里之地 擁百萬之家 誠天府金湯之地也 天眷有德 以開治道 五百年王侯作風 從虎雲從龍一千載河海淸 鳥喜山魚喜水 自檀君之世已有九變圖之局 十八子之說而歷數千載 至今乃驗 我太祖繼王氏 而奠國都於此 伐李之計不成 而壓鄭之說繼起 開國以來 因天作之美 加人工之妙 其絶勝之景 比松都柳京

---

203) 李太白(이태백)이 시가 하도 뛰어나 謫仙(적선: 하늘에서 귀양 온 신선)이라 하였음.

而甚多矣 風月亭月山大君婷 曾作漢城十詠 而諸公次韻 載於輿地勝覺 故
余不拘才拙 隨景而次其韻 其一 藏義尋僧 彰義門外溪上有藏義寺址 新羅
武烈王 建此寺 礎石及幢竿支柱 尙今存焉 詩曰 爲訪高僧過嶺去 滄茫往蹟
何人語 已爲寺廢問無憑 更有佛庵成近處 其二 濟川玩月 濟川亭在普光洞
而今毀 南山擁後 漢江過前 霖雨初霽 明月照臨 上下天光 惹我詩興 詩曰
八字崢嶸千戶靜 登亭待月漸生影 少焉轉出遠峰頭 高掛雲間圓玉餠 其三
盤松送客 盤松亭在延詔門 （今獨立門） 上 送向西之客 世傳有松盤屈可蔭
數十步 因爲名而今撤 追想而次詩曰 送客今朝賦遠遊 莫辭臨別勸金甌 贈
鞭酌酒兼情話 來去太平愁必休 其四 楊花踏雪 楊花渡在麻浦江下流 千絲
細柳 半遮漁村之容 而蕭條數寸白雪 全埋沙渚之上 而淨潔正惹詩情 詩曰
朝來白雪銀粧屋 爲賞瓊花遙杖竹 全掩荒塵萬像新 苦吟佳句無休息 其五
木覓賞花 木覓山顚曰上仙坮 繞以層岩絕壁 櫻花杜鵑躑躅 次第爛開 滿山
紅綠 可堪一賞 詩曰 木覓山前花滿塢 千紅萬紫開春雨 尋芳士女幾觀光 醉
舞狂歌兼擊鼓 其六 箭串尋芳 箭串今蠶島 其地平曠 國朝牧馬之地 大江回
塘 土壤肥沃 宜草宜萊 可爲逍遙之所 詩曰 滿郊細草展如茵 處處優遊幾許
人 清興陶陶歌舞席 渾亡白髮尙青春 其七 麻浦泛舟 麻浦在龍山江下流 與
騷客泛舟而下 詩酒舒情 鴉翻斜陽 魚吹細浪 漁笛樵歌 唱和於中 賦詩曰 斜
日泛舟麻浦頭 佳花細柳映芳洲 晚潮載酒衝烟去 十里平江好狎鷗 其八 興
德賞蓮 興德寺在燕喜坊 太祖別構新殿 於潛邸之東 因捨爲寺 又起小閣 俯
臨方塘 種蓮今廢 追想而次韻曰 賞蓮此席飲無數 半日清談揮玉塵 葉翠花
紅詠未終 旱餘天降一黎雨 其九 鐘街觀燈 四月八日 釋迦誕日 俗家之信佛
者 亦爲懸五色之燈 千門萬戶明似白晝 香車寶馬 紛紛來往 亦是奇觀 詩曰
十里長安士女家 燭天燈火似明霞 例年佛誕行其事 不夜街中萬朵花 其十
立石釣魚 立石浦在豆毛浦上 忘情而坐磯 適興而垂綸夕 烟生於遠岸 落日
低於平波 釣罷題詩曰 鼎冠撑石煮魚羹 前店沽來酒滿瓶 白戰紅酣無限興
三公豈勝謫仙名 天地之運 無窮而四時之景 亦不同 吾之樂 與之不一 隨景
而次韻以寓景仰之懷也

寧國寺記

영국사기

仁者(인자)는 樂山(요산)하고 智者(지자)는 樂水(요수)한다고 하는데, 나는 仁(인)이나 智(지)의 배움이 없어도 그 맑고 빼어남을 기뻐한다. 좋아하는 바가 君子(군자)와 비록 같지 않아도 되니 반드시 仁(인)한 후에 산을 좋아해야 하는 것은 아닐 것이며, 반드시 智(지)한 후에 물을 좋아해야 하는 것은 아닐 것이다. 山水(산수)를 독실하게 좋아하는 자는 부귀의 영화를 얻어 누릴 수 없으며, 부귀의 영화를 지나치게 좋아하는 자는 산수를 좋아함을 얻어 알 수 없으니 이 둘을 겸해 다 가질 수 있는 사람은 드무니, 나의 清閒(청한)함도 세상에서 몇째 안에는 들 것이다.

壬申(임신: 1932)년 봄에 身安寺(신안사)로 몸을 향했다. 錦城山(금성산) 한 줄기가 沃川(옥천) 경계에 이르러 國師峰(국사봉)이 되고, 또 동쪽으로 향해서 天台山(천태산)이 되니 옛날의 智勤山(지근산)으로 寧國寺(영국사)의 뒤쪽 산기슭을 이룬다. 國師峰(국사봉) 아래에 신안사가 있으니, 新羅(신라) 때부터 있던 오래된 절이다. 대웅전은 매우 장대 화려하고, 그 건축의 규모는 지금 사람들이 미칠 바가 아니므로 國寶(국보)에 편입되었다. 마룻대와 추녀 끝은 높이 솟아 금빛과 푸른빛이 휘황하고, 골짜기는 그윽이 깊어 시냇물이 맑고 깨끗하게 흐르니 또한 水石(수석)의 아름다움이 있다. 층층이 겹친 산봉우리들이 서로 손잡고 허리 숙여 인사하고, 무성한 숲과 길쭉한 대나무에 별세계의 맑은 흥취가 있으니 天地(천지)의 운행이 무궁하여 四時(사시)의 즐거움이 같지 않다. 봄날이 점차 따뜻해지면 샛바람 또한 화창하여 숲의 꽃과 들의 나물이 선명하게 붉고 짙게 푸르니, 유유하고 태연하여 孔子(공자)가 曾點(증점)에게 허여한 즐거움이 있다.

고개를 넘어 영국사에 이르니 신라의 古刹(고찰)로 寺院(사원)이 매우 瀟灑(소쇄: 물 뿌린 듯 시원함)하다. 뒤에는 허물어져 남은 城(성)이 두르고 있으니, 高麗(고려) 恭愍王(공민왕)이 紅巾賊(홍건적)을 피해 安東(안동)에 있다가 다시 이곳에 머물면서 이 성을 쌓고 난리가 평정되기를 기다리던 곳이다. 단청한 마룻대가 솟아 서있고, 대청을 사이에 두고 온돌방과 맞은편 방이 있어 시원한 마루가 되니 주렴과 깃발이 숨어 비치고, 창호는 영롱하고, 굽은 난간이 주위를 두르고 있다. 올라서 기대어보니 사방에 산들이 인사드리고 있어 그림 병풍이 가로지른 것 같다. 앞에 한 길 남짓 되는 작은 폭포가 있어 옥구슬을 빻아 부수고, 가벼운 우렛소리가 굴러 나온다. 맑은 바람이 때맞춰 불어오니 세속의 먼지는 한 점도 이르지 않아, 飄飄(표표)하게 몸이 신선의 경지에 있는 것 같다. 절 뒤에 고려 때 侍郞(시랑) 벼슬 지낸 韓文俊(한문준)이 지은 圓覺大師(원각대사)의 비석이 있는데, 세월이 오래되어 깎여 뭉그러져 알아볼 수 가 없으나 龜趺(귀부: 거북모양 비석받침)는 매우 기이하다.

땅은 사람이 아니면 그 아름다움을 드러낼 수 없고, 사람은 詩(시)가 아니면 그 빛을 뿜을 수 없다. 나는 그저 옛사람의 책이나 읽을 줄 알아 적당한 구절을 뽑아내어 詩文(시문)을 만드니 道(도)를 실은 글이 아니고 겉만 번지르르한 글에 불과하다. 德(덕)이 없는 말은 능히 지껄이는 앵무새에 불과할 것이나, 그 일을 적고 그 情(정)을 풀을 뿐인즉 어찌 雲煙(운연: 운치 있는 필적)이 색을 낼 수 있게 하겠는가! 매우 부끄럽도다.

仁者樂山 知者樂水 而余無仁者智之學 喜其淸秀而所樂 與君子雖不同 然未必仁而後樂山 未必智而後樂水矣 愛山水之篤者 不得享富貴之榮 嗜富貴之榮者 不得知山水之樂 兼之者鮮 而余之淸閒有數也 壬申春 向身安寺 錦城山一枝 至沃川界爲國師峰 又東向爲天台山 古智勤山而成寧國寺 後麓 國師峰 下有身安寺 乃新羅古刹也 大雄殿甚莊嚴 其建築之規模 非今人所 及 故編八國寶 棟宇高聳 金碧輝煌 洞壑幽深 溪流淸淨 亦有水石之美 層巒 重蜂 拱揖相朝 茂林脩竹 別有淸趣 天地之運 無窮而四時之樂不同 春日漸 暖 東風亦和 林花野菜 紅鮮綠縟 悠然有吾與點之樂矣 越嶺而到寧國寺 新 羅古刹而寺院甚瀟灑 後繞殘城 高麗恭愍王 避紅巾賊于安東 更駐蹕于此 築此城而待平亂處也 畫棟聳立 連廳而爲燠室 傍室而爲凉軒 簾旌隱映 窓

戶玲瓏 曲欄橫檻 繚繞周匝 登臨而徙倚 則四山拱揖如橫畵屛 前有丈餘小
瀑 碎玉春珠 輕雷轉出 淸風時來 點塵不到 飄飄然 身在仙境也 後有高麗侍
郎韓文俊所撰圓覺大師碑 歲久剝傷不可辨 而龜趺甚奇 地非人無以顯其美
人非詩無以發其輝 余徒能讀古人書 而斷章摘句 爲詩文非載道之文 不過虎
豹之文 無有德之言 不過爲鸚鵡 能言而記其事 敍其情而已 則安能使雲烟
動色哉 甚可羞也

淸州巡訪記
청주순방기

俗離山(속리산)이 領南(영남)과 湖南(호남) 사이에 웅거하고 있으면서, 湖
西(호서)에 뻗어 나온 것이 法住寺(법주사)다. 華陽洞(화양동)이 영남에 있는
것을 仙遊洞(선유동)이라 한다. 龍游洞(용유동)은 尤庵(우암: 송시열) 陶庵(도
암: 이재) 櫟泉(늑천: 송명흠) 세 분 선생이 흔적을 남기신 곳으로, 古蹟(고적)의
風光(풍광)이 실로 尋常(심상)하지 않다.

좋은 경치를 찾고자 辛丑(신축: 1961)년에 水原邑(수원읍)에 이르렀다. 본래
한강 남쪽의 주요 장소로 八達山(팔달산)이 읍의 남쪽에 있어 그 형상이 나는
용과 같고, 북쪽 기슭에는 암석이 가파르게 서있는데 그 바위틈에서 샘 한줄기
가 흘러나와 능히 돌림 열병을 없애준다 한다.

좋은 경치를 두루 살펴보고 다시 淸州(청주)에 이르러 栗峰(율봉)에 올랐다.
예전 驛(역) 북쪽이 上黨山(상당산)이니, 산꼭대기는 바로 百濟(백제)의 上黨
山城(상당산성) 옛터이다. 肅宗(숙종) 임금 때 兵馬節度使(병마절도사) 柳星樞
(유성추)가 옛 성 터를 따라 구조물을 쌓아 견고하고 튼튼히 했다. 東將臺(동장
대)는 補和亭(보화정)이라 부르고, 西將臺(서장대)는 制勝堂(제승당)이라 부르
니 산세가 매우 가파르고 험하다. 문은 두지 않고 참호를 파 연못을 만드니,

물 깊이가 한길이 넘어 가뭄에도 마르지 않는다. 城(성) 안에는 兩寺(양사)를 두어 방비를 했으니, 지금은 고적이 되었다. 암석을 둘러 길이 있고, 성은 깊숙해 경치가 고요하다. 물고기들이 뛰어 올라 물을 뿌리고, 흰 물새들은 닫힌 연못에서 잠을 자고, 지는 해에 바람은 산들 불고, 깊은 숲속에선 노란 꾀꼬리가 지저귀니 저녁 어스름을 타고 내려와 市內(시내)로 들어갔다.

淸寧閣(청녕각)은 옛날의 近民軒(근민헌)[204]인데, 지금은 중앙공원의 놀이하는 곳으로 옮겨졌고 趙重峰(조중봉)이 왜적을 격파한 紀蹟碑(기적비)가 세워졌다. 鴨脚樹(압각수: 은행나무)가 하늘을 찌르고, 꽃과 풀을 줄지어 심어 놓으니 자못 아름다운 경치가 있다.

恭愍王(공민왕)이 紅巾賊(홍건적)을 피해서 安東(안동)에 있다가 壬寅(임인)년에 供北樓(공북루)에서 머무셨는데, 몇 달 만에 賊(적)이 평정되자 望仙樓(망선루)에서 선비를 뽑는 시험을 보았다. 우리 先祖(선조) 執端公(집단공) 宋明誼(송명의)가 典客主簿(전객주부)로 이 과거에서 뽑히셨다. 이 두 누각이 모두 백 년 전에 허물어졌으니, 안타까운 일이다.

臥牛山(와유산)이 그 북쪽에 솟아 있고, 無心川(무심천)이 가운데를 흐르고, 鵲川(작천)이 그 남쪽을 지나니 庚寅(경인)년 난리에도 피해를 입지 않아, 시가지 모양이 옛날 그대로 번화하고 인물은 전보다 배나 풍성하다.

친구 春岡(춘강) 金炳朝(김병조)를 찾아갔는데 총명하고 재주가 많으며 詩(시)로 이름을 크게 퍼트려, 나와는 일찍이 뜻과 기분이 서로 합치했다. 情(정)을 풀고 머물러 잔 후 다음날 南門路(남문로)로 향해 갔다. 高麗(고려) 龍頭寺(용두사) 옛터는 바로 淸州劇場(청주극장)의 광장인데, 아직도 鐵製(철제) 幢竿(당간)이 있어 높이가 약 38척이다. 제3단 철통에 記文(기문)이 있는데, 끝에 써 있기를 前翰林學士(전한림학사) 金遠(김원)이 짓고 썼으며 孫錫(손석)이 새겼다고 돼있다. 邑誌(읍지)에는 銅檣(동장: 구리 돛대)이라 부르며 성의 모양이 배와 같아서 높이 돛대를 세웠다라고 하고 있다. 열세 척 돌기둥 위에 당간을

---

204) 仁祖(인조) 임금의 國舅(국구)인 조창원이 지은 누각.

세웠으니 예전에는 淸淨(청정)한 法界(법계: 불교의 경지)였으나, 지금은 번화한 시가지가 되었다. 氣數(기수: 길흉화복의 운수)의 변해 바뀜을 탄식하면서도, 文字(문자)는 영원히 존재함에 감탄한다.

表忠祠(표충사)를 참배하니, 英祖(영조) 임금 戊申(무신)년 3월에 李麟佐(이인좌)가 湖西(호서)에서 병사를 일으켜 상여 행렬이라고 거짓으로 칭하고 어둠을 타고 淸州城(청주성)으로 들어갔다. 兵馬節度使(병마절도사) 忠愍公(충민공) 李鳳祥(이봉상)이 칼을 빼 들고 출격하고, 裨將(비장) 洪霖(홍림)과 營將(영장) 忠壯公(충장공) 南延年(남연년)이 모두 굴하지 않고 죽었다. 임금이 듣고는 길게 차탄하면서 疾風勁草(질풍경초: 세찬 바람에도 굳게 버틴 풀)로써 직위를 높여주고 諡號(시호)를 내렸으며 旌閭門(정려문)을 짓도록 명하니, 고을 사람들이 사당을 지어 모셨다. 오호라! 소인배들이 세력을 잃는 것을 견디지 못하고 하늘을 거꾸러뜨리려는 계획을 세웠으니, 黨爭의 禍(화)가 극에 달했구나!

다시 龍岩寺(용암사)를 찾으니, 규모는 비록 작으나 堂宇(당우: 큰집 작은집)는 맑고 깨끗하여 스스로 별세계를 이룬다. 石潭老人(석담노인) 金正元(김정원)이 술을 들고 와서 서로 몇 잔 주고받고 마시고 등성이 하나를 넘어 돌아 龍華寺(용화사)에 이르렀다. 일찍이 읍의 남쪽에 있었으나, 근래에 이곳으로 옮겼다. 殿閣(전각)이 자못 크고, 庭園(정원) 또한 넓다. 새로 꽃과 풀을 심고, 학을 기르고 소나무를 심어 놓으니 비록 샘과 돌의 빼어남은 없으나 또한 맑고 한가로운 흥취가 있다.

비에 묶여서 연 사흘 밤을 자며 해묵은 회포의 실마리를 풀고 며칠간 외로웠던 적막함도 치워버리고 나니, 타향에 떠도는 인연도 정해진 운수가 있음을 다 깨닫고 간다.

俗離山據嶺南之間 而在湖西者法住寺 華陽洞在嶺南者曰仙遊洞 龍游洞 尤庵陶菴櫟泉三先生 杖屨之所 古蹟風光 實非尋常欲探勝 辛丑到水原邑 本漢南主要處 而八達山在邑南 其狀似飛龍 北麓岩石峭立 岩隙湧出一泉

能除癘疫 周看勝景而更到淸州 登栗峰 舊驛北上黨山頂 卽百濟上黨山城之
遺址 肅宗朝 兵使柳星樞因古城址而修築 其構造堅牢 東將坮稱補和亭 西
將坮稱制勝堂 山勢岌嶪 而不設門穿壕池 四處水深一丈 旱天不渴 城中有
兩寺防備 今爲古蹟 路繞岩石 城沈烟霞 魚躍淺水 白鷗眠於廢澤 風微斜日
黃鸝囀於深樹 乘暮而下入市內 淸寧閣舊近民軒 而今爲中央公園所遊處 移
建趙重蜂破倭紀蹟碑 鴨脚樹參天 列植花卉 頗有佳景 恭愍王避紅巾賊于安
東 壬寅駐蹕于拱北樓數月 賊平試士於望仙樓 我先祖執端公 以典客主簿
(諱明誼) 登此科 而兩樓皆毀於百年前可惜也 臥牛山聳其北 無心川流于中
鵲川經其南 不被庚寅之亂 市街依舊 繁華人物 倍前殷盛 訪春岡金友炳朝
聰明多才 詩名大播 曾與我志氣相合敍情 留宿翌 向南門路 高麗龍頭寺舊
址 卽淸州劇場之廣場 而尙有鐵製幢竿 高約二十八尺 第三段鐵筒 有記而
末書 前翰林學士金遠撰 兼書鑴者孫錫 邑誌稱銅檣 而城形似行舟 故以高
檣立之云 以石支柱 (十三尺) 上立幢竿 昔日淸淨法界 今作繁華市街嘆氣
數之變易 感文字之永存 參拜表忠祠 英祖戊申三月 李麟佐起兵於湖西 詐
稱喪行 乘昏入淸州城 兵使李忠愨 (鳳祥) 拔劍出擊 神將洪霖營 將南忠壯
(延年) 皆不屈而死之 上聞之嗟嘆久之 而疾風勁草褒之 贈節諡命旌閭 州人
立祠享之 鳴呼小人輩 不堪失勢之憤 竟作射天之計 黨爭之禍 於斯極矣 更
尋龍岩寺 規模雖小 堂宇淸淨 自成別界 石潭老人 (金正元) 携酒而來 相飮
數盃 越一岡轉到龍華寺 曾在邑南 近來移此 殿閣稍大 庭園亦廣 新植花卉
養鶴栽松 雖無泉石之勝 亦有淸閒之趣 因滯雨連宿三夜 敍積年之懷緖 破
數日之孤寂 儘覺萍緣有數

寧越梅竹軒記

영월매죽헌기

사람의 바라는 바는 사는 것보다 더한 것이 없고 미워하는 바는 죽는 것보다 더한 것이 없다. 그 얻고자 하는 바의 것은 富貴(부귀)보다 더한 것이 없으니 마음 가는 대로만 하고 절제하지 않는다면 가난을 싫어하고 영화만을 찾으려 하는 무리들에겐 못할 것이 없으니, 人倫(인륜)을 소멸시키고 常道(상도)를 무너뜨리는 것이다.

周(주)나라 武王(무왕)이 신하로서 임금을 정벌할 때, 伯夷(백이)는 절개를 지켰으며 우리 太祖(태조)가 나라를 얻게 되었을 때, 杜門洞(두문동) 여러 賢者(현자)들은 문을 닫고 나오지 않았으며 明(명)나라 태조가 조카를 쫓아내고 나라를 뺏을 때, 方孝孺(방효유) 등은 殉節(순절)하였으며 世祖(세조)가 조카를 내치고 나라를 뺏을 때, 死六臣(사육신)은 방효유가 한 대로 하였고, 生六臣(생육신)은 백이가 한 대로 하였으나, 顧命(고명: 왕이 죽으면서 신하에게 한 명령)을 받은 여러 신하들은 도리어 靖亂(정란: 세조의 왕위찬탈)에 참여하여 일을 도운 공로로 常道(상도)를 해치는 행위를 자행하였다.

庚辰(경진: 1940)년 봄에 내가 丹陽(단양)으로부터 寧越(영월) 淸冷浦(청령포)로 들어가니 물이 고리처럼 돌아 몇 리를 둘렀고, 四面(사면)에 岩壁(암벽)이 깎은 듯 서있어 오직 뱃길로만 서북쪽 모퉁이로 통한다. 세조가 端宗(단종)의 왕위를 뺏고 명목으로만 높여 上王(상왕)이 되게 하였다. 후에 사육신의 일로 직위를 깎아내려 魯山君(노산군)으로 하고 이곳에 안치하고 후에 邑內(읍내)에 있는 梅竹軒(매죽헌)으로 옮기게 하였다. 또 錦城大君(금성대군) 李瑜(이유)의 일로 인해, 세조가 都事(도사) 王邦衍(왕방연)을 보내 독약을 올리고 觀風軒(관풍헌)에서 목 졸라 죽였다. 고을 사람들이 禍(화)입을 것을 두려워하여 시신을 수습하여 장사 지내지 못하니, 漁溪(어계) 趙宗道(조종도) 공이 玉體(옥체)를 거두어 모셨다. 秋江(추강) 南孝溫(남효온)이 지은 "虎渡淸冷浦趙翁斂魯山(호도청령포조옹렴노산)"－용맹하게 청령포를 건너 조 어르신이 노산공을 거두다－

詩(시)가 있다. 戶長(호장) 嚴興道(엄흥도)가 주검에 가서 울며 관을 갖추어 장사 지내고, 그 아들 好賢(호현)과 도망갔다가 엄흥도가 죽은 후에 (아들은) 고향으로 몰래 돌아왔다. 전임 사또들이 연이어 갑자기 죽으니, 영월군수 朴忠元(박충원) 공이 정갈하게 제물을 갖추어 묘소에서 제사 지내며 이르기를 "어질고 밝은 임금이요 왕실의 맏자손으로 막힌 운수를 당하여 궁벽진 고을 한 조각 푸른 산에 묻히시니, 萬古(만고)의 冤魂(원혼)이시여! 부디 강림하셔서 향기로운 제사 음식을 흠향하시옵소서" 하니, 이때부터 군수들이 죽는 걱정이 없어졌다. 肅宗(숙종) 임금 때 縣監(현감) 申奎(신규)가 상소하여 원한을 풀어 달라하니, 王位(황위)를 쫓아 회복시키고 墓(묘)를 莊陵(장릉)으로 封(봉)하였다.

錦障江(금장강) 가에 落花岩(낙화암)이 있는데, 石壁(석벽)이 깎아지른 듯하다. 아래에는 깊은 못이 있는데, 端宗(단종)의 시녀들이 강에 몸을 던져 순절한 곳이다. 英祖(영조) 임금이 愍忠祠(민충사)를 지어 제사 지내게 하고, 道(도)를 일으키는 정려를 내려 제사를 잇도록 했다.

몇몇 집 울타리가 옛 나루에 반쯤 잠기고, 一葉片舟(일엽편주)가 깎아진 언덕에 한가히 매어있다. 긴 강을 굽어 내려보니, 멀리 넓은 들이 바라보이고 층층이 산봉우리 푸른 벽이 안개와 구름 밖으로 겹쳐 나온다. 아득히 먼 사이에 풀빛은 끊임없이 펼쳐 있으니, 부질없이 나그네의 근심만 더하게 한다. 물결 소리는 끊이지 않고 들리고, 王孫(왕손)의 恨(한)은 기리 울리니 이에 시로 짓기를,

> 太白(태백)의 越州(월주)를 다시 찾아 와서
> 푸르름 어루만지며 붉은 꽃 찾아 묻기를 몇 번이던고
> 고개 위 노산군 무덤은 공연히 恨(한) 일으키고
> 숲 속에선 소쩍새가 또한 슬픔 머금었네
> 층층이 산봉우리 검은 색은 구름에 닿아 나오고
> 너른 들 맑은 날 빛은 물 가까이 열리네
> 점점 청령포에 가까이 오니 감개무량하여
> 느긋이 시 지을 뜻 갖고 오래도록 배회하네

라고 하고는 고을에 들어와 梅竹軒(매죽헌)에 오르니, 端宗(단종)이 이곳에 와서 子規(자규: 두견새) 시를 지어 이르기를,

> 원한 맺힌 새가 궁궐에서 한번 나온 후론
> 외로운 몸 홀로 그림자만 푸른 산 속에 비치네
> 밤마다 밤마다 억지로 잠자려 해보나 잠 못 이루고
> 해마다 해마다 恨(한) 없애보려 하나 恨(한)은 없어지지 않네
> 새벽 고개에 소리 끊기고 남은 달만 희미한데
> 봄 계곡엔 피가 흘러 떨어진 꽃 붉네
> 하늘이 귀먹어 아직도 슬픈 호소 듣지 못하니
> 어찌 서러운 사람의 귀만 유독 밝은가

라 하였다 하니, 이로 인해 세상에서 子規樓(자규루)라 한다. 뜰 앞엔 꽃 빛이 늦은 봄을 맞아 흐드러졌고, 담 밖엔 두견새 울음소리가 고국을 생각하여 오열하게 한다. 이 시를 읊으며 분개함을 이기지 못하니, 永春(영춘)을 향하여서 돌아왔다.

人之所欲莫甚於生 所惡莫甚於死 其所欲得者 莫甚於富貴 苟任情而不制 則厭貧 求榮之輩 無所不爲 能行滅倫悖常矣 周武王 以臣伐君 伯夷守節 我太祖化家爲國 杜門洞諸賢不出 明太宗逐姪奪國 方孝孺等殉節 世祖出姪奪國 死六臣 學方孝孺生六臣學伯夷 顧命諸臣 反參靖難佐翼之功 恣行悖常矣 庚辰春 余自丹陽入寧越淸泠浦 水廻與環周數里 四面石壁峭立 以船路只通西北隅 世祖奪端宗王位 尊爲上王後 因死六臣之事 貶降爲魯山君 而安置于此 後移御于邑中梅竹軒 又因錦城大君瑜事 世祖送都事王邦衍 進毒而縊殺于觀風軒 邑人懼禍 不敢收葬 漁溪趙公收斂玉體 南秋江有虎渡淸泠浦 趙翁斂魯山詩 戶長嚴興道臨哭 具棺而葬之 與其子好賢亡去 興邦死後 潛歸故里 前倅相繼暴死 朴公忠元守寧越 精具奠物祭墓所曰 仁明之主 王室之胄 適丁否運 遜于僻郡 一片靑山 萬古冤魂 庶幾降臨 式欽芬苾 自此郡

守 無死亡之患 肅宗朝 因縣監申奎上疏 訟寃追復王位 封墓爲莊陵 錦障江
上有落花岩 石壁斗絶 下有深湫 端宗侍女 投江從殉處 英祖建愍忠祠祭之
旌興道之間 賜祭數家 籬落半枕於古渡 一葉片舟 閒泊于斷崖 俯瞰長江遠
望 曠野層峰懸壁 疊出於烟雲杳冥之間 無邊草索 徒增客子之愁 不盡波聲
長鳴王孫之恨 乃賦詩曰 重尋太白越州來 捫翠探紅問幾回 嶺上魯陵空惹恨
林間蜀魄亦含哀 層巒黛色 連雲出平野 晴光近水 開漸到清泠 多感慨 謾將
詩意 久徘徊入邑 上梅竹軒 端宗於此軒賦子規詩曰 一自寃禽出帝宮 孤身
隻影碧山中 假眠夜夜眠無假 窮恨年年恨不窮 聲斷曉岑 殘月白血流 春谷
洛花紅 天聾尙未聞 哀訴胡乃愁 人耳獨聰 因此而世稱子規樓 庭前花色待
晚春 而爛漫 墻外鵑聲懷故國 而鳴咽 吟此而不勝憤慨 因向永春而還

尙州記
상주기

甲戌(갑술: 1940)년 봄에 太白山(태백산)으로 가려고 차를 타고 黃澗(황간)
에서 내렸다. 錦谷(금곡: 宋來熙) 선생이 일찍이 善政(선정)을 펴서, 보리 한
줄기에서 이삭이 두 개씩이나 패는 풍년 든 곳이 세 곳이나 되니 그 당시 사람들
이 상서롭다 하여 조정에 아뢰려 하였으나, 선생이 말려 못하게 했다. 黃岳山
(황악산) 여러 봉우리가 가파르게 서있는 가운데 靑鶴窟(청학굴)이 있으니 바위
골짜기는 그윽이 깊고, 안개와 노을은 아득히 끝이 없다. 雉堞(치첩: 성가퀴)을
넘어 깎아지른 언덕에 이르면 누각이 있는데, 駕鶴樓(가학루)라 한다. 國初(국
초)에 郡守(군수) 河澹(하담)이 지은 바로 줄지은 산봉우리들이 하늘에 구름을
떠받치며 우뚝 솟아 있고, 부서진 성가퀴는 길게 흐르는 냇물 물결을 베고 있
다. 높은 산 긴 골짜기의 구름 속 달은 황폐한 폐허를 비추고, 들판에 흐르는
물은 어른거려 눈에 들어차고 마음에 모아지니, 마음에 흐뭇하여 무엇인가 얼

음이 있는 것 같다.

이어서 尙州(상주)로 향하여 興巖書院(흥암서원)에 이르러 先祖(선조) 同春堂(동춘당) 선생 神位(신위)에 拜謁(배알)했다. 산이 태백산으로부터 구불구불 수백 리를 달려와 이 고을에 이르러 露陰山(노음산) 한 줄기를 솟아오르게 하고, 明堂峴(명당현) 고개에 이르러서는 書院(서원)의 터가 되고, 홀연히 서남쪽에 푸르름을 모아 놓은 것이 紫陽山(자양산)이다. 아래에 禦淵藪(어연수) 늪이 있는데, 물이 여기를 따라 흘러 낙동강으로 들어간다. 廟宇(묘우)는 아홉 칸이요, 講堂(강당)은 열다섯 칸이요, 또 御筆閣(어필각) 한 칸이 있으니 모두 단청을 칠했다. 선생이 文莊公(문장공) 愚伏(우복) 鄭經世(정경세) 집안의 사위가 되어 이곳에 남긴 자취가 많으므로, 肅宗(숙종) 壬午(임오)년에 고을 사람들이 書院(서원)을 건립하였다. 그 후 4년 禁令(금령)에도 불구하고 御筆賜額(어필사액: 임금이 직접 쓴 글씨로 현판을 하사함)하시면서 하교하시기를, "친히 쓴 글씨로 현판을 새겨 내리는 것은 나의 존경하는 마음을 담은 것이다. 아! 임금이 賢者(현자)를 존경함은 至誠(지성)에서 나오는 것인즉, 또한 선비의 취지를 확정하고 邪說(사설)을 종식시키고자 하는 것이니 나의 뜻이 어찌 우연일 뿐이겠는가! 해당 부서에서는 이 備忘(비망)[205]과 아울러 새겨진 현판을 書院(서원)에 주어, 현판과 함께 걸도록 하라."라고 하시니, 承旨(승지)가 명령을 받들어 제사를 올렸다. 英祖(영조) 戊子(무자)년에 文集板刻(문집판각)을 이 서원에 갈무리했다. 건물은 비록 장대하나 많이 기울어졌으니, 슬픈 마음에 탄식을 이루 다하지 못한다.

이어서 尙州邑(상주읍)으로 들어가니 옛날의 沙伐國(사벌국)으로, 新羅(신라)가 취해서 沙伐州(사벌주)로 삼았다. 高麗(고려)에서 尙州(상주)로 불렀으나, 沙伐國(사벌국)의 옛 都城(도성)은 지금도 屛風山城(병풍산성) 옆에 있는 것으로 불리어진다. 壬辰(임진)년에 왜적이 쳐들어오니 李鎰(이일)을 巡邊使(순변사)로 삼아 상주를 지키게 했으나, 훈련되지 못한 병사로 졸지에 적병을

---

205) 임금이 명령을 적어 承旨(승지)에게 전하던 문서.

맞아 패주하였다. 尹暹(윤섬) 朴篪(박호) 李慶流(이경류)가 전사하고, 왜적은
남아 상주에 주둔하여 군량을 보급하였다. 假判官(가판관) 鄭起龍(정기룡)이
겨우 고을의 노약자 사백여 명을 모아 밤중에 세 개 성문을 포위하고, 잘 훈련
된 병사를 몰래 東門(동문) 밖 栗藪(율수) 늪에 매복시켜 기다리게 하고는 여러
성문에 일시에 불을 놓고, 정기룡이 돌입하여 병사를 격려하여 적의 군막에
불을 놓으니, 적이 뜻밖에 일인지라 창황하여 연기를 뚫고 도망쳤다. 매복해
있던 병사들이 일제히 나와 거의 모두 죽여 버리고, 정기룡이 불탄 찌꺼기를
소제하고 남은 식량을 수습하며 고을의 일을 처리하였다. 사면이 평야인 가운
데 한 도시를 이루니 사벌국의 옛 도읍 주변으로 서라벌이 남긴 풍속이 본디
순후하고, 차들이 서로 연이어 달리고, 여염집이 얽혀 섞여있다.

  내 先祖(선조) 判校府君(판교부군)이 牧使(목사)가 되었을 때, 虛白(허백)
洪貴達(홍귀달) 공이 부임 행차를 떠나보내며 序(서)를 지어 이르기를, "侯(후)
께서는 일찍이 西原(서원: 청주) 通判(통판)으로 政事(정사)를 잘 판다는 명성
이 있었고, 그 先君(선군: 돌아가신 아버지) 또한 일찍이 尙州(상주)의 通判(통
판)으로 남기신 사랑이 있으니 이에 상주 사람들이 西原(서원)에서의 善政(선
정)을 듣고 선군의 은택을 몸에 입은 자들이므로, 기뻐하여 좋아하며 목을 느리
고 기다리지 않는 자가 없도다."라고 하였다. 오직 9대조이신 松月堂府君(송월
당부군)에 미치지 못할까 걱정될 뿐이며, 또 이 고을에 와보니 일찍이 善政碑
(선정비)가 있어 상주 사람들이 아직도 선정에 감사하는 생각을 갖고 있다 한다.

  이어서 榮川(영천)으로 향해 떠났다.

甲戌春 將行太白山 乘車下黃澗 金谷先生 曾行善政 出兩岐麥穗者三處
時人稱瑞而欲奏于朝 而先生止之 黃嶽山數峰斗起 中有靑鶴窟 岩洞幽深
烟霞縹緲 跨雉堞臨斷崖 而有樓曰駕鶴 國初郡守河澹所建 列嶂撑雲霄而聳
立 粉堞枕溪 波而將流 大山長谷之雲月 荒墟野水之風烟 接於目而會於神
充然與有得也 因向尙州到興岩書院 拜謁先祖同春先生神位 山自太白山逶
迤數百里 而至州聳出露陰山一支 至明堂峴 下爲書院基 而屹然攢靑于西南

者紫陽山 下有禦淵 藪水從此流入于洛水 廟宇九間 講堂十五間 又有御筆
閣一間 皆施丹靑 先生委禽於愚伏鄭文莊公 (經世) 之門 多杖屨之跡 故肅
宗壬午 邑人建書院後四年 不拘禁令 特以御筆賜額下敎曰 親書鏤板下者
以寓予尊敬之意也 噫人主尊賢 出於至誠 則亦庶幾定士趣而息邪說 予意豈
偶然哉 該曹將此備忘 幷爲鏤板與院額同揭 承旨奉命致祭 英祖戊子 藏文
集板刻于此 院宇雖壯而多傾 不勝感歎 因入尙州邑 古沙伐國 新羅取爲沙
伐州 高麗稱尙州 沙伐古都城今尙稱於屛風山城傍 壬辰倭亂入寇 拜李鎰爲
巡邊使 命守尙州 以未鍊之兵 猝當賊兵敗走 尹暹朴篪李慶流戰死 倭賊留
屯尙州爲補給軍糧 而假判官鄭起龍僅發州之老弱四百餘人 夜圍三門 使精
兵暗伏於東門外栗藪而待之 使諸門一時放火 起龍突入勵衆放火 賊暮賊事
出意外 蒼黃冒烟而逃 伏兵齊出 斯殺殆盡 起龍掃除灰燼 收拾餘粮 以理州
事 四面平野之中 成一都市 沙伐舊畿猶勝景 徐羅遺俗 自淳風車轂相連 閭
閻錯雜 我先祖判校府君爲牧使 虛白洪公貴達送其行爲序曰 侯嘗通判于西
原 (淸州) 有政聲 其先君 亦曾通判于尙州 有遺愛 於是尙之人夙聞西原之
政 與沐先君之澤者 莫不懽好引領 惟恐不及九世祖松月堂府君 又莅此邑
曾有善政碑 尙州人猶記甘棠之思云爾 因向榮州而去

醴泉記

예천기

尙州(상주)로부터 咸昌(함창)으로 들어가는 길이 北德洞(북덕동) 밖을 지나
는데, 그 땅을 雲宮(운궁)이라 한다. 中宗(중종)의 敬嬪(경빈) 朴(박) 씨는 上護
軍(상호군) 朴秀林(박수림)의 딸이다. 襁褓(강보)에 있을 때에 비록 한여름인데
도 얼굴에 달라붙는 파리가 열을 넘지 않았고, 사철 물 들어있는 대야 위에
얼굴을 올려놓으면 무지개가 섰으니 서울에 들어간 지 얼마 안 돼서 後宮(후궁)

으로 뽑혀 들어갔다. 중종이 玉(옥) 쌍가락지 한 쪽을 내려주며, 경빈에게 보도록 하니 내내 아이였을 때 끼고 있다 후원에서 잃어버렸던 것이다. 나와서 예전에 갈무리 해놨던 것을 합쳐보니 완연히 한 쌍을 이루었다. 꿈속에서 선녀가 중종에게 가락지 한 쪽을 주니, 깨어서 이상하게 생각하고 마침 후원으로 나갔는데 남쪽으로부터 새가 날아오며 가락지를 물고 있다 왕 앞에 떨어뜨리니, 주워서 갈무리했다. 꿈속에서 본 여자가 경빈과 흡사하여 하사한 것이다. 후에 東宮(동궁)과 中殿(중전)에게 灼鼠之變(작서지변)[206]이 있었는데, 이를 경빈의 소행이라 하였다. 아들 福城君(복성군) 李嵋(이미)가 禍(화)를 입고, 경빈은 폐위되어 고향으로 돌아가 집을 짓고 거처하게 하니 여기에 항상 구름 기운이 있어 그 위를 덮고 있었으므로 雲宮(운궁)이라 불리게 되었다. 마침내 사약을 받고 이곳에서 죽었고, 후에 억울함이 풀려 都城(도성) 밖으로 이장하였다. 朴嬪(박빈)이 宮(궁)에 들어간 것은 하늘의 인연으로 말미암은 것이었으나, 종래는 福(복)이 지나쳐 재앙이 되었으니 매우 한탄스러운 일이다.

咸昌縣(함창현)을 지나면 恭檢池(공검지)가 고을 남쪽 십 리에 있다. 高麗(고려) 明宗(명종) 때 司錄(사록) 崔正份(최정빈)이 옛터에 그 연못을 고쳐 지으니 −주위 6,647척− 함창에 있어도 상주 백성이 이득을 입는다. 洪貴達(홍귀달) 공이 記(기)를 지어 이르기를, "거울처럼 닦여 숫돌처럼 평평하니, 가뭄에 이르러도 마르지 않고 큰 비가 와도 넘치지 않는다. 이 어찌 뭇 흐름이 모임만으로 이 같이 되었겠느냐! 아마도 은하수가 흘러 통하는데, 땅이 억지로 흘려보내지 않아서겠지! 백성에게 灌漑(관개)의 이로움을 남겨주는구나. 세상에 전하는 바로는 얼음이 얼 때에 호수 물이 급격히 얼어 터져서 둑에 이르게 되면 잘 갈아놓은 밭의 형상이 되니, 이를 일러 龍耕陂(용경파)라 하는데 이 모양으로 한 해 농사의 잘되고 잘못됨을 점쳤다 한다."라고 하였다. 푸른 산이 굽어 도는 곳에 수백 경의 물을 가두어 놓았으나, 근래에는 개간하는 밭이 많아 연못 면

---

206) 조선 중종 22년 세자의 생일에 金禧(김희)가 그 아버지 金安老(김안로)의 사주를 받아 沈貞(심정) 柳子光(유자광)을 제거하기 위해 쥐를 태워 동궁의 뜰에 걸어놓고 세자를 저주한 變怪(변괴).

적은 점점 줄어들었다. 한번 차가운 물을 찾으니 위아래 모두 하늘빛이요, 물새는 무슨 마음으로 멋대로 떴다 가라앉았다 하는가! 물결은 고개의 구름을 흔들어 일 없이 자주도 오간다. 둑의 버드나무는 푸르고 푸르러 멀리 온 나그네의 한가로운 근심을 얽어매고, 산에 핀 꽃은 불에 타는 듯 시인의 맑은 흥취를 일으킨다.

詩(시)로 경치를 그려내다, 느지막이 聞慶邑(문경읍)의 店村驛(점촌역)에 이르렀다. 근래에 이곳으로 옮겨온 철도가 남북을 이어 연결하고 집들이 위아래로 서로 이어지니, 바다와 뭍에서 나는 물건들의 교역 및 嶺南(영남)과 湖南(호남)의 장사꾼과 여객이 오감이 자못 볼만하다.

龍宮(용궁)에 다다르니 둑에 연이어 향기로운 풀이 푸르게 우거졌고 버들꽃은 소매를 때려 흰 눈이 펄펄 날리는 것 같다. 또 도로에는 화려한 차들이 이어지고, 흰 새와 노란 나비가 무리 지어 언덕에서 난다. 鷹山(응산)이 그 옆에 서있고, 한강 물이 그 앞을 지난다. 風光(풍광)을 두루 둘러보고 다시 醴泉邑(예천읍)에 이르니, 이름이 당초에는 酒泉(주천)이었으나 新羅(신라) 景德王(경덕왕)이 지금의 이름으로 바꾸었다. 주천은 北貫革洞(북관혁동)에 있는데, 우물이 큰 가뭄에도 마르지 않고 물맛은 맑고 차갑다. 明(명)나라 장수 楊鎬(양호)가 물을 마셔보고는 말하기를 "郡(군)의 이름이 '醴(예)'가 된 것이 이 우물로 말미암은 것이로구나"라고 하였다 한다.

小白山(소백산) 한줄기가 남쪽으로 내려와 德鳳山(덕봉산)이 되어서는 고을의 鎭山(진산)이 되고, 그 위에 黑鷹城(흑응성)이 있다. 옛날 사람들이 風水(풍수)설에 따라 돌로 자라를 만들어서 산꼭대기 남쪽에 놓아서 마을을 지켜주게 했다. 임진왜란 때 明(명)나라 장수 麻貴(마귀)가 이곳에 주둔했는데, 武人(무인)으로서 文廟(문묘)의 귀중함을 알지 못했다. 그가 들어가는 곳의 고을 儒生(유생)들이 다퉈보려 했으나, 어찌지 못하고 모셔진 位牌(위패)를 鼎山書院(정산서원)으로 옮겼다. 麻貴(마귀)가 들어간 곳에서 건방을 떠니, 대들보가 갑자기 흔들리고 벼락 치는 소리가 나더니 대들보 안에 있던 郡守(군수) 李光俊(이광준)이라는 글자가 나부껴 나타났다. 마귀가 놀라 나가니, 그 뒤에 대들보가 점차 옛 모습으로 돌아가고 적혀있던 글자도 따라서 감춰졌다.

시가지가 꽤 잘 이루어지고 차량은 서로 이어진다. 德山(덕산)이 그 뒤에서 껴 안아주고, 漢川(한천) 또한 그 앞을 지나니 맑은 날 물결 양쪽 언덕에 버들솜이 펄펄 날리고, 푸른 들판 한 면에는 모가 뾰족뾰족 솟아 있다. 산 아래에 兪機(유철) 공의 墮淚碑(타루비)가 있고, 그 동쪽 밭두둑에 풀이 하나 있는데 4월초에 꽃이 피기 시작해 흰 눈과 같다가, 1년 안에 세 차례 꽃이 피고 진다 한다. 그 두 차례 피는 때가 목화를 심을 때와 맞아 떨어지므로, 이름을 木綿花(목면화)라고 한다. 세상에 전해지기를 중국의 峴山(현산)에도 또한 이 꽃이 있다 한다.

한천은 본래 瀁川(양천)이라 했는데, 근원이 鳳鳴山(봉명산)에서 나와 洛東江(낙동강)으로 흘러 들어간다. 강가에 挹湖亭(읍호정)이 있는데, 藥圃(약포) 鄭琢(정탁) 공이 살던 곳이다. 鼎山署員(정산서원)이 있어, 退溪(퇴계) 선생을 배향하고 있다.

自尙州入咸昌之路 過外北德洞而稱其地曰雲宮 中宗敬嬪朴氏 上護軍秀林之女 在襁褓時 雖盛夏 蠅不止於面上 十四時有綵虹 立盥盆上隮面 而西入未幾選入後宮 中宗賜玉指環一隻 敎敬嬪視之 乃兒時所着而失於後園者 出舊藏而合之宛成一雙 蓋中宗夢中仙女授指環一隻 覺而異之 適出後園 鳥自南來 含指環而墮於王前 拾而藏之 求夢中所見之女 敬嬪恰似 故下賜也 後東宮及中殿有灼鼠之變 以爲敬嬪所爲子福城君嵋被禍 敬嬪廢歸故里 築宮而處之 常有雲氣覆其上 故稱雲宮 竟賜死葬於此地 後伸冤移葬于都城之外 朴嬪之入宮 由於天緣而終爲福過災生 甚可恨事 過咸昌縣恭檢池 在縣南十里 高麗明宗時 司錄崔正份舊址改築 (周萬六千六百四十七尺) 其池在咸昌而尙民 惟蒙利 洪公 (貴達) 有記曰 鏡磨砥平 至於旱不能枯 雨亦不肥 豈啻衆流之所鍾 而能與許蓋天潢之流通而地 故不洩之遺民灌漑之利 世所傳氷合之時 湖水急坼開以及堤 有若犁耕之狀 謂之龍耕陂 而以此占歲之豐凶云 靑山彎廻處 貯水數百頃 近多墾田而池面漸縮一尋 寒水上下天光 水

鳥何心謾浮沈 而波搖嶺雲 無事頻往來而影落 堤柳靑靑 縮遠客之閒愁 山花灼灼 惹騷人之淸興 以詩寫景 晚到店村驛 聞慶邑近來移于此 鐵道連接于南北 第宅相續于上下 海陸物産之交易 嶺湖商旅之往來 頻有可觀 行到龍宮 芳草連堤 翠帶莘莘 楊花撲袖 白雲紛紛 又金鞍翠轂 連續於道路 白鳥黃蝶 群飛於厓岸 鷹山立其傍 漢水過其前 周看風光 更到醴泉 邑名初稱酒泉 新羅景德王改今名 酒泉在北貫革洞 有井而大旱不渴 水味淸冽 明將楊鎬飮之曰 郡之得名以醴泉 由自井也 小白山一枝南下爲德鳳山 爲郡之鎭山 上有黑鷹城 昔人從風水說造石鱉置于南 山頂以鎭邑基 壬辰倭亂明將麻貴駐此 以武人不知文廟之重 欲入處 郡儒爭不得移位板於鼎山書院 麻貴敢肆然入處樑 忽翻動聲若雷霆 樑乃有郡守而光俊 文字翻然呈露 貴驚惶而出其後樑 漸與舊所記文字 亦隨而隱 市街略成車轂相連 德山擁其後 漢川亦過其前 淸波兩岸 柳絮翩翩 綠野一面 秧針細細 峴山下立兪公撤墮淚碑 東畔有一草 四月初開花 而始花白與雪 且一年內開落三次 其二開時 正合鋤綿之節 故名木綿花 世傳中國峴山 亦有此花云 漢川本濆川 源出鳳鳴山 入于洛東江 江上有把湖亭 藥圃鄭公琢所居 有鼎山書院享退溪先生

榮州記

영주기

鶴駕山(학가산)을 바라보고 榮州(영주)로 들어가니, 이 산은 醴泉(예천) 安東(안동) 영주 세 郡(군)을 둘러 안고 있고, 그 아래에 큰 절과 작은 암자가 나열해 있다. 산허리에 올라 바라본즉 눈으로 볼 수 있는 데까지 여러 산들이 언덕과 같이 산끼리 대치하고 있다. 그 산들 중 제일 높은 것이 國師峰(국사봉)이다. 예전에 松岩(송암) 權好文(권호문) 공이 아버지가 돌아가시자 다시는 과거 시험을 보지 않고 進士(진사)로서 靑城(청성)에 은거하여 後進(후진: 후배)

들을 모아 가르치며 이곳에 올라 摘星峰(적성봉)이라 고쳐 불렀다. 또 遊仙峰(유선봉)이 있는데 흐드러진 가지에 鶴(학: 두루미)이 깃들어 여러 누대에 바람을 모니, 예부터 전해오기를 날개 돋은 사람이 두루미를 타고 노닐었다 하여 그런 이름이 되었다. 정상에는 西山城(서산성) 터가 있는데, 세상에 전해오기는 國王(국왕)이 피난 온 곳이라 한다.

다음날 돌아서 榮州邑(영주읍) 鐵呑山(철탄산)에 이르렀다. 順興(순흥)으로부터 鳳凰山(봉황산) 줄기가 달려와 鎭山(진산)이 되니 山勢(산세)가 남쪽을 향하고 그 모양이 말이 달리는 것 같다 하여 鐵呑(철탄: 쇠를 머금음)이라 하니, 대개 말에 쇠로 굴레를 씌웠다는 뜻이다.

龜山(구산)이 서쪽에 있으니 예전에는 龜城(구성)으로 불렸다. 남쪽 기슭에 東龜坮(동구대)가 있으니, 암벽이 가파르게 서있어 거북이가 물을 마시는 형상이다. 西龜坮(서구대)가 동구대와 물을 사이에 두고 마주하고 있고, 龜鶴亭(구학정)이 있다.

고을 이름은 본래는 捺己郡(날기군)이었다. 新羅(신라) 炤智王(서지왕)이 이 고을에 행차했을 때 물결처럼 모인 사람들이 있는 길에 碧花(벽화)라는 이름의 여자가 있었는데, 나이는 열여섯이요 아름답고 요염했다. 그 아버지가 잘 꾸며서 가마 안에 넣고 색색 가지 비단으로 덮고 왕에게 드리면서 음식이라 하였는데, 열어보니 미녀였다. 그 후에 여러 차례 그 집에 몰래 갔는데, 가는 길에 古陀郡(고타군)을 지나게 되어 한 노파에게 물어보기를 "왕이 이를 어찌하면 좋은가?" 하니, 노파가 말하기를 "여러 사람들이 聖人(성인)이라 하시나, 妾(첩)은 홀로 의심하나니 몰래 듣건대 왕이 捺己(날기)의 여자를 좋아하여 누차 이곳에 오신다 합니다. 龍(용)이 물고기로 변한즉 漁夫(어부)에게 잡히는 신세가 됩니다. 왕이 萬乘(만승)의 높은 지위로써 신중히 자중하지 않고 이렇게 임금의 행동을 하시면 누군들 임금이 못 되겠습니까!"라고 하니, 왕이 크게 부끄러워하여 몰래 그 여자를 맞아 宮中(궁중)에 있게 하였다.

고을에 無信塔(무신탑)이 있다. 恭愍王(공민왕) 때에 鄭習仁(정습인)이 知郡(지군)이 되어 말하기를 "이상하구나! 惡木(악목)[207]은 심지 않고 盜泉(도

천)[208]의 물은 마시지 않는다 하는 것은 그 이름이 나빠서인데, 어찌하여 높직한 그 형세가 한 마을이 모두 올려보는 바인데도 無信(무신: 믿음이 없음)으로 그 이름을 표시한단 말인가!" 하고는, 탑을 무너뜨려서 그 벽돌을 客舍(객사)를 고치는 데 쓰도록 명령했다. 辛旽(신돈)이 듣고는 화가 나서 鷄林(계림: 경주)의 감옥에 가두었다가 다른 감옥으로 옮기고 법전에 따라 죽이고자 했으나, 조정의 신하들이 가련히 여겨 사형은 면하고 庶人(서인)이 되게 했다.

鳳凰山(봉황산)은 太白山(태백산)으로부터 와서 浮石寺(부석사)의 鎭山(진산)이 된다. 절을 찾아 팔십 리를 가니 그 境內(경내)에 들어가게 된다. 2층 누각과 17척 높이의 幢竿支柱(당간지주)가 서있고 그 밖으로 왼쪽에는 佐仁堂(좌인당)이 있고, 오른쪽에는 여러 僧寮(승료: 중들의 숙소)가 있다. 가운데에는 安養門(안양문)이 있고, 磐石(반석) 위에 한 누각이 지어졌으니, 신라 文武王(문무왕) 때에 義湘祖師(의상조사)가 임금의 명령을 받고 이 절을 지었다. 高麗(고려) 공민왕 7년에 倭亂(왜란)으로 불타 없어진 것을 圓融國師(원융국사)가 중창하니 곧 無量壽殿(무량수전)으로 공민왕의 御筆(어필)로 현판이 걸려있다. 外觀(외관)의 장식과 천장의 구조는 아울러 모두 장엄하고 기묘하다. 단청은 해와 달에 휘황하게 빛나고, 棟梁(동량)은 하늘의 구름을 찌르고 우뚝 서있다. 무량수전의 앞에 8척 높이의 화강암 石燈(석등)이 있는데, 사면에 모두 菩薩像(보살상)이 새겨져 있다. 祖師堂(조사당)에는 壁畫(벽화)가 있는데 하나는 菩薩像(보살상)이요, 다른 하나는 天王像(천왕상)이다. 푸른 바탕에 畵面(화면)이 아직도 선명하니 진정 名畵(명화)다. 弓裔(궁예)가 일찍이 이곳에 이르러 벽에 붙은 그림에 신라 憲安王(헌안왕)의 모습이 그려진 판화를 보고 칼로 내려쳐서 고려에 이르기까지 그 흔적이 남아있었다 하니, 원망이 생기면 버림을 받는 것이다.

補閑集(보한집)[209]에 이르기를, "고려 司天監(사천감) 李寅甫(이인보)가 慶

---

207) 질이 나빠서 재목으로 쓸 수 없는 나무.

208) 중국 산동성 사수현에 있는 샘으로, 孔子(공자)가 그 이름이 좋지 않아 마시지 않았다 함.

州祭告使(경주제고사)로 두루 山川(산천)에 제사 지내기를 마치고 장차 돌아가려 浮石寺(부석사)에 이르렀는데 客室(객실)은 조용하여 좌우에 아무도 없는데 홀연히 여자 한 명이 잠깐 보이더니 복도를 좀 비틀거리면서 와서는 뜰아래에서 절을 올리고는 절을 마치고 스스로 계단을 올라와 방에 앉았다. 이인보가 괴이하게 생각했으나, 자색이 절세미녀인지라 거절할 수 없었는데 여자가 말하기를 "첩은 사는 곳이 이 위로 얼마 멀지 않은데, 남몰래 높은 모습을 흠모하여 왔습니다."라고 하며 그 應對(응대)가 지혜롭고 영리하여서 사흘을 묵고 나갔다. 이인보가 郵亭(우정: 역참)에 멈추어 자려하는데, 그 여자가 또 차츰차츰 왔다. 이인보가 말하기를 "어찌하여 또 왔느냐?" 하니, 여자가 말하기를 "첩의 뱃속에 그대의 씨가 하나 들었는데, 다시 하나를 더하기를 비는 것이 여기에 온 이유입니다." 하고는 새벽이 돼서 고별했다. 이인보가 길을 가며 興州(흥주)에 들어가서 장차 자려 하는데, 그 여자가 다시 왔다. 이인보가 후환이 두려워 쫓아버리고 보지 않았다. 여자가 발연히 화난 얼굴로 문을 나가니 회오리바람이 땅에 몰아쳐 역사 건물을 부수어 문 하나가 열리고 나무 가지 끝을 꺾었다. 그리고는 가버렸다."라고 하였다.

맑은 날 햇빛과 푸르른 산아지랑이가 그림 그려 놓은 벽으로 들어오고, 방 안으로 들려오는 물결 소리는 가벼운 천둥처럼 급히 흐르는 산골 물에서 들려온다. 온갖 꽃들이 일제히 피어 비단에 수놓은듯하고, 소나무에 온통 울리는 소리는 생황과 퉁소 부는듯하여 저절로 산속의 풍취가 있고, 또한 세상 밖의 정취가 있다.

차를 달려 영주읍으로 돌아오니, 읍은 골짜기 안에 있으나 철로가 이미 개통되어 바퀴 굴러감이 이어진다. 봄이 다 가려 하니, 벌과 나비가 꽃 만발한 언덕에서 다투어 날고 날은 이미 저물어, 소와 양은 산 아래로 山村(산촌)으로 내려온다. 행장을 풀고 편안이 하룻밤 묵은 후에 다시 英陽郡(영양군)으로 향했다.

碧山(벽산) 金道鉉(김도현) 義士(의사)가 靑杞面(청기면) 小靑里(소청리)에

---

209) 고려 후기 崔滋(최자)가 엮은 詩話集(시화집)

살았다. 公(공)이 東學亂(동학란)을 당했을 때에 공이 집안 재산을 기울여 집 뒤의 釰山(인산)에 城(성)을 쌓았다. 골짜기 입구에 南伊浦(남이포)가 있어 높은 바위가 강을 껴안고 있고 오른쪽으로는 작은 산이 성을 쌓은 것처럼 있고, 왼쪽으로는 뾰족한 바위가 있다. 또 몇 리를 들어가면 바로 인산인데, 遺墟碑(유허비)가 있다. 明成皇后(명성황후)가 왜병에게 피살된 후에 義兵(의병)을 모집하여 왜군과 서로 싸우려 하였으나, 이루지 못했다. 庚戌(경술: 1910)년 7월에 왜국이 우리나라를 빼앗아 나라가 망하니, 공이 말하기를 "땅이 왜놈의 땅이 됐으니 거기서 자란 곡식을 먹을 수 없고, 왜놈의 땅에 뼈를 묻을 수도 없다." 하시고는, 盈德郡(영덕군) 寧海面(영해면) 丑山港(축산항)에 가서 동해에 몸을 던져 물에 빠져 죽었다. 시신을 거둘 수 없어 산이나 해변에 장사 지내지 못했으니, 후세 사람들이 그 義(의)를 흠모하여 踏海壇(답해단)을 세워 제사 지내고, 碑(비)를 세워 "千秋大義(천추대의)" 넉 자를 새겼다.

차를 타고 內迎山(내영산)으로 들어오니 淸河縣(청하현) 북쪽 11리에 있다. 산에는 큰 것, 중간 것, 작은 것 세 개의 돌 솥이 바위 위에 있으니, 사람들이 三動石(삼동석)이라 부른다. 손가락으로 건드린즉 살짝 움직이나, 양손으로 힘껏 민즉 움직이지 않는다. 신라 眞聖王(진성왕)이 甄萱(견훤)의 난리를 이곳에서 피했다.

산골짜기에 구불구불 푸른 소나무가 울창한 사이로 나 있으니 계곡이 저절로 생겨 열두 폭포의 절경이 있다. 寶鏡寺(보경사)의 一柱門(일주문)으로 들어오니 四天王像(사천왕상)이 새겨져 서있고, 고려 때 李松老(이송노)가 지은 圓眞國師碑(원진국사비)가 서있다. 전각은 넓게 지어졌고, 처마는 이중으로 깊숙하고, 마루 기둥은 널찍하여 시원한데 또한 단청이 칠해져 있다. 여러 산들이 푸르른 시냇물 하나를 껴안고 옥구슬을 쏟아낸다. 산을 바라본즉 노을 걷혀 구름위로 나는 상상을 하게 되고, 물가에 이른즉 바람 쐬고 목욕하는 즐김이 있으니 가슴이 확 터져 깜빡 세상 걱정을 잊는다.

望鶴駕山而入榮州 此山環抱醴泉安東榮州三郡 其下巨刹小庵 羅列山腰

登眺則眼力有窮 諸山與丘坾與山對峙 山之最高峰曰國師峰 昔松岩權公
(好文) 親歿不復應擧以進士 隱於青城 聚誨後進 除官不就 登此而改稱摘星
峰 又有遊仙峰 爛柯鶴栖御風 諸坾古傳羽人駕鶴而遊於此故名 頂上西山城
址 世傳國王所寓處 翌日轉到榮州邑鐵呑山 自順興鳳凰山來爲鎭山 山勢向
南 形與走馬故名 以鐵呑蓋取鉗勒馬之意也 龜山在西 舊稱龜城 南麓有東
龜坾 岩壁斗起 與龜飲水狀 西龜坾與東龜坾 隔水相對 有龜鶴亭 郡本捺己
郡 新羅炤智王幸此郡時 郡人波路有女名碧花 年十六美而艶 其父盛餙之置
輦中羃 以色絹獻之 王以爲饌物開視 卽美女也 其後屢微行至其第幸之 路
經古陀郡 問於一老嫗曰 王以爲何如主 嫗曰衆以爲聖人 妾獨疑之 竊聞王
幸捺己女 屢微行來此 龍變魚則爲漁者所制 今王以萬乘之尊 不自愼重 此
以爲聖執非聖 王聞之大慙 潛迎其女 置於宮中 郡有無信塔 恭愍王朝 鄭習
仁爲知郡 見曰異哉 惡木不植 盜泉不飮 惡其名也 烏以巍然其形爲一邑所
瞻視 以無信表之哉 命夷之用其磚修賓館 辛旽聞之怒繫鷄林獄 移囚典法
欲置死地 廷臣憐之 免爲庶人 鳳凰山自太白山爲浮石寺鎭山 尋寺而行八十
里 入其境有二層樓 幢竿柱 (高八十尺) 立其外 左有佐仁堂 右有諸僧寮 中
有安養門 磐石之上林中一樓 建新羅文武王時義湘祖師 受王命建此寺 高麗
恭愍王七年 因倭亂燒失 而圓融國師重創 卽無量壽殿 恭愍王御筆題額 外
觀之粧 餙天井之構造 幷皆莊嚴而奇妙 丹碧輝煌於日月 棟樑突兀於雲霄
殿前有八尺花岡石燈 四面刻菩薩之像 祖師堂有壁畫 一是菩薩 一是天王像
青質畫面尙鮮明 眞名畫也 弓裔嘗至此 見壁上畫新羅憲安王像 杖劍擊之
至高麗其刃跡猶在 怨生時見棄也 補閑集云高麗司天監李寅甫 以慶州祭告
使 歷祀山川 旣畢將還 暮抵浮石寺 客室蕭然無左右 忽有女乍見廊廡 少蹁
躚來庭下拜之 而拜訖升自階往就室居焉 監怪之以姿色絶代 不忍拒也 女曰
妾所居去此不遠 竊慕高儀而來 其應對慧俐爲 留三日而出 止郵亭宿焉 女
苒苒來 監曰何復來爲 女曰妾腹有君之息一矣 乞復添一 所以至耳 比曉告
別 行入興州將宿 女復來 監恐爲後患 逐之而不見 女怫然作色 出戶回風卷
地 擊毀廳事開一扉 截樹杪而去 環寺晴光 翠嵐侵於粉壁入戶 波聲輕雷 發

於危澗 百花齊放 如鋪錦繡 萬松細吟 如奏笙簫 自有山中之趣 亦感世外之
情 馳車還榮州邑 邑在峽中 而鐵路已通 輪蹄相續 春將晚而蜂蝶爭飛於花
塢 日已暮矣 牛羊下海於山村 解裝穩宿 更向英陽郡 碧山金義士道鉉 居於
靑杞面小靑里 公當東學亂時 傾家財而築城於家後劍山 洞入口有南伊浦 立
岩包江 而右繞小岳如築城 左有尖岩 又入數里 卽釖山 而有遺墟碑 明成皇
后被弒於倭兵後 募義兵 欲與倭相戰而未成 庚戌七月 倭國奪我國而國亡
公曰 地爲倭地 不可食其所生之穀 死不可埋骨於倭地 往盈德郡寧海面丑山
港 投身於東海水死 尸不得葬於山海邊 後人慕其義 設踣海壇而祭之 立碑
而刻千秋大義四字 乘車入內迎山 在淸河縣北十一里 山有大中小三石 鼎列
於岩上 人稱三動石 以手指觸之則微動 兩手據撼則不動 新羅眞聖王避甄萱
亂于此 透迤山谷之中路出靑松鬱密之間 溪谷自成十二瀑布之絶景 入寶鏡
寺之一柱門 有刻立四天王之像 立高麗李松老所撰圓眞國師碑 殿建以廣 簷
重以邃 軒楹宏敞 亦施丹雘 群山擁翠 一溪瀉玉 望山則有霞擧雲飛之想 臨
水則有風乎浴乎之樂 胸次恢廓 頓忘世慮也

慶山觀光記
경산관광기

내가 어려서부터 山水(산수)에 읊조리며 다녀 林泉(임천: 조용한 자연)에 즐
김을 맡긴 것은 세상 걱정을 잊고 느긋이 돌아다님으로써 超然(초연: 세상에
얽매이지 않음)하게 저절로 얻어지는 취향을 찾으려 하였기 때문이지, 특별히
한가할 때 틈을 내어 경치를 즐기고자 함은 아니다.

大邱(대구)로부터 慶山郡(경산군)에 이르렀다. 경산은 본래 押督國(압독국)
의 首都(수도)였으나, 新羅(신라)가 婆娑王(파사왕) 甲辰(갑진)년에 병합하여
州郡(주군)을 설치했다. 東將臺(동장대)는 산 위에 평평하게 펼쳐있어 능히 수

천 명을 받을 수용할 수 있으니, 세상에 전하기로는 압독국이 병사를 훈련시키던 곳이라 한다.

고을의 남쪽에는 無葉洞(무엽동)이 있다. 高麗(고려) 말에 縣吏(현리: 고을의 벼슬아치) 金永同(김영동)이 낳은 지 3년간 풀과 나무에 잎이 나지 않아 이런 이름을 얻었다 한다. 그는 고을 밖 삼십 리쯤에 살았는데, 매일 辰時(진시: 오전 7~9시)에 들어오고 申時(신시: 오후 3~5시) 나가기를 호랑이를 타고 오갔다 한다. 평생을 불로 익힌 음식은 먹지 않았으나, 단지 순무 뿌리 구운 것은 먹었다 한다. 2월 1일 죽음에 임해 스스로 말하기를 "바람의 神(신)이 되어 살아있는 사람들을 위해 사나운 귀신들을 쫓아내겠다."라고 하였다 한다. 그러므로 고을 사람들이 매년 이날에는 순무 나물과 찰밥으로써 굿판을 벌리고 복을 빌었다 하는데, 그 풍속이 점차 멀어졌다.

일가 사람 宋聖在(송성재)를 찾아가 쉬고, 다음날 아침 河陽邑(하양읍)을 지났다. 뒤에는 푸른 산을 등지고 있고, 앞에는 琴湖江(금호강)에 임해 있으니 一帶(일대) 左右(좌우)가 강에 연해 있어, 각기 능금 밭이 있다. 가을을 맞아 능금이 익으면 자주색 노란색이 팔십 리에 연이어져 있어, 아름다움을 찾아 감상하기에 좋은 곳이 된다. 몇 년 전에 太白山(태백산)을 돌아가는 길이 이곳을 지난즉, 고을 안에 聳碧樓(용벽루)가 서있었다. 世宗(세종) 丙申(병신)년에 縣監(현감) 宋乙(송을)이 옛 東軒(동헌)의 동쪽에 창건한즉, 지금은 이미 철거되었으니 세상일 변함에 한탄을 견딜 수 없다.

溪田里(계전리)에 이르러 일가 사람 宋在埰(송재채)를 방문했다. 壬辰倭亂(임진왜란) 전부터 남쪽으로 떨어져 나와 이곳에 옮겨 살았는데, 자손이 번창하여 수백 가구가 단란하게 가까운 곳에 모여 살며 生計(생계)는 스스로 흡족하게 하고 또한 文學(문학)을 숭상하였다. 그 先祖(선조)에 養吾堂(양오당) 應賢(응현)이란 분이 계셨는데, 그 아들 傑(걸)과 함께 임진왜란에 병사를 일으켜 모두 殉節(순절)하셨고 그리하여 原從勳臣(원종훈신)의 錄券(녹권) 및 贈職(증직)을 받으시니, 고을 사람들이 추모하여 忠德祠(충덕사)를 세웠다. 일가 사람들이 내게 그 養吾堂(양오당) 詩(시)의 韻字(운자)에 맞추어 글을 지어주기를 요청하여 졸렬함을 잊고 글을 지어 주었다.

산길을 이십 리 가서 銀海寺(은해사)를 찾아 이르렀다. 八公山(팔공산) 동쪽 永川(영천)과의 경계에 있으니 憲德王(헌덕왕) 4년에 명하여 창건하게 하여 願堂(원당)[210]으로 삼고, 海眼(해안)이란 이름을 직접 지어 내려주었다. 고려 光宗(광종) 甲子(갑자)년에 元旵祖師(원참조사)가 居祖菴(거조암)으로부터 와서 의연금을 모아 절을 수리했고, 忠烈王(충렬왕) 乙丑(을축)년에 王命(왕명)으로 普慈尊者(보자존자)가 크게 규모를 확장했다. 朝鮮(조선) 仁宗(인종) 元年(원년)에 王命(왕명)으로 和尙(화상)이 內帑金(내탕금: 궁중 왕실 재정)으로 海眼寺(해안사)를 지금의 터로 옮기게 하고 이름도 지금의 이름이 되게 했다. 宣祖(선조) 때 창건한 靈山殿(영산전) 일곱 칸 문이 있는데 元旵祖師(원참조사)가 창건하여 안에 모셨던 三尊佛像(삼존불상)과 옆에 五百羅漢之像(오백나한지상)이 나열해 있으니 세상에 전해지는 國寶(국보)이다.

다시 琴湖驛(금호역)에 이르러 曺進士(조진사) 집으로 竹厓(죽애) 李玄基(이현기) 공을 찾아가니, 古家(고가)의 풍취가 있다. 그 先祖(선조) 靜齋(정재) 曺尙治(조상치) 공은 관직이 副提學(부제학)까지 이르렀으며, 世祖(세조)가 王位(왕위)를 물려받을 때 병을 핑계로 축하하러 가지 않고 상소를 올려 벼슬을 그만두기를 빌고 영천으로 돌아와서는 서쪽을 향하여는 앉지도 않았다. 端宗(단종)이 화를 입었을 때는 찾아오는 사람을 사절하니 집안사람이라도 그 얼굴을 드물게 보았다. 솜씨 있는 石工(석공)을 불러서 그 비석에 새기게 한 글이 "魯山朝副提學曺尙治之墓(노산조부제학조상치지묘)"-노산 임금 때 부제학 조상치의 묘-였고 이어서 짧은 글을 덧붙였다. 죽음에 임해서는 나가서 지은 바 詩文(시문)을 불살라버리니, 그 처사가 화락하고 조용하며 굽히지 않은 것이어서 그 군은 忠節을 마음으로는 死六臣(사육신)이요 자취로는 生六臣(생육신)이라 할 만하다. 그 맑은 풍취가 백세 후에도 전해져 후세 사람들이 흠모하여 바라볼 것이다.

---

210) 王室(왕실)의 冥福(명복)을 비는 사찰 안의 一室(일실)

余自少嘯詠於山水　寓樂於林泉　卽所以忘世　優遊以求其超然　自得之趣
非特儌閒玩景也　自大丘到慶山郡　本狎督國都　而新羅婆娑王　甲辰取而置
州　郡東將坮　山上平鋪　能容數十人　世傳狎督國鍊兵處　郡南有無葉洞　麗末
縣吏全永同生三年　草木無生得名　居邑外三十里　每辰入申退　騎虎往來　而
平生不火食　但喫菁根炙　二月一日死　臨歿自言化爲風神爲生民逐厲鬼云
故邑人每於是日以　菁荣糯飯　設賽祈福　其俗漸及遠方　尋族人聖在休息　而
翌朝過河陽邑　後背靑山　前臨琴湖　一帶左右　沿江各有林檎之園　當秋而熟
紫　黃色連于八十里　爲觀賞之美　年前太白山回　路過此則有聳碧樓　立于邑
中　世宗丙申　縣監宋乙剙建　卽舊東軒之東　今已撤去　堪嘆世事之變遷　至溪
田里訪族人在琛　自壬辰亂前落南　轉移于此　子孫繁衍　數百戶團聚居于附
近　生計自足　亦尙文學　其先有養吾堂應賢　與子傑起兵於壬辰倭亂　皆殉節
故有原從勳之錄卷　及贈職　邑人追慕　立忠德祠　族人請余以題其養吾堂韻
故忘拙而賦贈　山行二十里　訪到銀海寺　在八公之東永川界　憲德王四年　命
創建爲願堂　賜名海眼　高麗光宗甲子　元昌祖師自居祖庵來　募緣修寺　忠烈
王乙丑　王命普慈尊者　大擴制度　本朝仁宗元年　王命和尙　以內帑移海眼寺
於今址　賜額爲今名　宣祖時剙建而有靈山殿（七間）元昌祖師創建內奉三尊
佛像　傍有五百羅漢之像羅列　而世傳國寶　更到琴湖驛　訪竹厓李公玄基于
曺進士　家有古家之風　其先祖靜齋公尙治　官至副提學　及世祖受禪　稱疾不
賀　上疏乞致仕歸永川　未嘗西向而坐　端宗被禍　謝絕賓客　雖家人亦罕見其
面　得頑石手題其面而刻之曰　魯山朝副提學曺尙治之墓　繼以小序　臨沒出
燒所著詩文　其處事雍容而不屈　貞忠之節　可謂心死六而跡生六也　淸風百
世　使後人慕仰焉

箭串記
전곶기

蒼蒼(창창: 앞길이 멀어 아득함)한 하늘은 가운데에 땅을 품고 있고, 사람은 그 가운데서 나서 三才(삼재: 천지인)가 된다. 흘러서 쉬지 않는 것은 물이요 오래돼도 다하지 않는 것이 산인데, 내가 그것들과 함께 아울러 서있다. 하늘과 땅이 모아 기른 기운이 江山(강산)의 빼어난 아름다운 형세의 기이함을 만드는 데 그것을 수려하거나 험악하게 하는 것은 하늘이요, 그것을 황폐하게 하거나 이름을 드날리게 하는 것은 사람이다.

우리 太祖(태조)가 집안을 일으켜 나라를 얻고 漢陽(한양)에 首都(수도)를 정하니 松都(송도: 개성)의 수려하게 빼어난 형세는 시골이 되어 황폐해졌고, 漢陽(한양)의 기세는 서울이 되어 이름을 날렸다. 이것이 하늘이 정한 운수이다.

서울의 동쪽에 箭串(전곶: 살곶이)이 있는데, 지금의 纛島(독도: 뚝섬)이니 聖水洞(성수동)이다. 그 땅은 평평하고 넓고, 물과 풀이 매우 넉넉하여 나라의 말을 키우고 기르는 곳이었으니 그 둘레가 3~4리나 된다. 世宗(세종) 임금이 이곳에 나와 노니셨는데 언덕 하나가 솥 뒤집어 놓은 형상으로 坮山(대산)이라 하는데, 이 언덕 위에 樂天亭(낙천정)을 짓게 하고, 卞季良(변계량) 공에게 명하여 記(기)를 짓게 하였다. 지금은 어느 때 허물어졌는지 모르고, 그 땅은 농민들이 채소를 기르는 밭이 되었다. 나라가 光復(광복)된 후에 人家(인가)가 즐비히고 관광히는 사람들 또한 많다. 술집과 다방도 좌우에 또한 지어져 놀러오는 사람들을 영접하기가 수십 년이다. 재주 없는 내가 山水(산수) 사이에서 술 마시며 읊조리는 것에 뜻을 맡겼으니, 날이 다 가도록 돌아가길 잊었다.

느긋하게 노닐며 스스로 즐겨서 여생을 보내고자 한 달 건너 詩社(시사)의 모임을 이루니 晉(진)나라 蘭亭(난정)은 文章(문장)과 風流(풍류)의 모임이요, 宋(송)나라 洛園(낙원)은 道德(도덕)에 뜻을 같이하는 사람들의 모임이로되 나는 흰머리 궁벽한 孺子(유자)로 낙원의 도덕을 흠모하여도 따를 수 없고, 난정의 문장을 배워도 미칠 수 없으니 이것이 한스러운 바이다.

戊午(무오: 1978)년 여름에 여러 벗들과 이곳에 놀러 왔는데, 그때가 유월 보름이니 우리나라 풍속에 이른바 동쪽으로 흐르는 물에 머리를 씻어 병을 일으키는 바람기가 들어오지 않도록 다스린다 하여 流頭節(유두절)이라 부른다. 여름철 불같은 구름이 불꽃처럼 빛나 돌을 부수고 쇠를 녹이니, 흰 땀이 장처럼 번들번들 흐르고 누런 먼지가 옷소매에 가득하여 몸도 마음도 피곤하다.

鏡浦亭(경포정)을 찾아 이르러서는 袁紹河朔之飮(원소하삭지음)[211]을 흉내 내어 옷깃을 헤치고 난간에 기대서니 때마침 맑은 바람이 불어와, 흉금을 씻어낼 수 있고 심정을 펼칠 수 있으니 心神(심신)이 편안하고 넓어진다. 사방을 산이 둘러싸고 큰 강이 가운데로 흐른다. 멀리 바라본즉 푸른 파도가 크게 출렁이며 안개 속 물결이 한껏 높고, 골짜기는 천 겹으로 구름 속 노을이 아득하며 가까이 살펴본즉 거울같이 물결이 맑고 깨끗하면 바람에 잔물결이 잔잔히 인다. 산봉우리는 십 리에 뻗어 풀과 나무가 푸르게 우거졌고, 그 사이에 푸르고 누른 밭두둑이 얼기설기 엮여있다. 모래밭 물새들과 강 물고기가 한가롭게 유유히 있고, 붉고 푸른 누각들이 소나무와 삼나무 사이에 간간이 서있다. 멀리 또는 가까이서 여행 오는 차량들이 앞뒤로 연락부절하고, 고기잡이 노래와 목동의 피리소리가 위아래에서 어우러진다. 시원히 뚫린 벌판에 쌓인 푸르스름한 기운이 아침저녁으로 종잡을 수없이 변하니, 고요한 한 구역이 아름다운 곳이다.

잠깐 쉬고 술잔 주고받은 후 詩(시) 지을 韻字(운자)를 뽑고 배를 강 가운데로 띄워 물결을 오르내리는 즐거움을 가지고는 강가를 바라보니, 언덕은 넓게 트이고 파도는 멀리 아득하다. 또 바람은 부드러워 비단 물결무늬 이니, 해가 비쳐 금빛 물결 띈다. 바람 맞아 배를 타고 좌우로 오가니, 흉금이 확 터지고 景光(경광)은 무궁하여 황홀하기가 몸이 넓은 바다에 있는 것 같아서, 안에

---

211) 袁紹(원소)는 東漢(동한) 말기에 황하 북쪽에 웅거하다 曹操(조조)에게 멸망한 사람이며, 河朔 (하삭)은 황하 북쪽 일대의 지명임. 여름이면 원소가 더위를 피하려 황하 북쪽 좋은 곳에서 술을 마셨다 하여, 더위를 피하기 위한 술 마심을 이름.

갇혀 있는 형체는 잊어버리고 날개가 돋아 신선이 될 것만 같다.

이 땅은 서울에서 가까운데다 빼어난 경치가 더해져 精氣(정기)가 뿜어 나오니, 이 어찌 千古(천고)의 요행이 아니겠느냐! 배를 버리고 정자에 돌아오니, 날은 이미 저물고 시도 다 지어졌다. 두루마리에 시를 써놓고 다시 몇 잔 술 마시고 돌아오니, 이 일을 이리 적어 놓는다.

蒼蒼惟天包地于中人生其間 是爲三才流而不息者水 久而無疆者山 而吾與之幷立也 天地鍾毓之氣 以爲江山形勝之奇 而其秀麗險惡者天也 其荒廢擅揚者人也 我太祖化家爲國 奠都于漢陽 松都之秀麗形勝爲鄕而荒廢 漢陽之氣勢爲京而擅揚 此是天定之數也 京之東有箭串 今之蠶島而聖水洞也 其地平曠 水草甚饒 牧養國馬處 而周三四里 世宗出遊於此 有一丘狀如覆釜曰坮山 仍建樂天亭于丘上 命卜公季良記之 今不知毀於何時 而其地爲農民之種茱之地 國家光復後 人家櫛比 觀光者亦多 酒店茶屋 亦建于左右 迎接遊子數十年矣 余以不才托意觴詠於山水之間 竟日忘歸 優遊自樂以度餘生隔月而成詩社之會 晉之蘭亭文章風流之禊也 宋之洛園道德同志之會也 而惟吾白首窮儒 慕洛園之道德而不能 學蘭亭之文章而未及 是所恨也 戊午之夏 與諸友遊于此 時當六月望日 東俗所謂洗頭流之水治風 故稱流頭節 火雲炎赫 鑠石流金 白汗翻醬 黃塵滿袖 身又疲而氣亦困 尋到鏡浦亭 效袁紹河朔之飮 披衿當檻 淸風時至 可以滌衿 可以暢情 心神夷曠 四面繞山而大江中流 遠而望之 蒼波浩瀚 而烟浪崢嶸 洞壑千重而雲霞縹緲 近而觀之 鏡波澄淸 而風漪溶漾 峰巒十里 草樹靑蔥 綠疇黃隴 交錯於其間 沙鷗江魚 攸閒自在 丹樓翠閣 間立于松杉之間 遠近行旅之車馬 絡繹於前後 漁歌牧笛唱和於上下 空曠積翠之氣 朝夕變幻窈然 一區佳境也 乍歇而酌酒 拈韻放舟于中流 溯洄爲樂 見其涯岸弘闊 波濤浩渺 且風微而錦紋生 日照而金光躍 風帆往來于左右 衿懷軒豁 景光無窮 怳若置身於滄溟之間 忘其寓形宇內 而如羽化而登仙 此地近於京都 增其勝而發其精 豈非千古幸耶 捨舟還亭 日已暮而詩成 題詩于軸 更飮數盃而歸 記而敍之

濟州觀光記
제주관광기

요즈음 제주에 오가는 사람들이 매우 많다. 사람들 얘기로 그 빼어난 경치에 대해 들었으나, 직접 가서 경치를 감상하느니만 못하기에, 己未(기미: 1979)년 가을에 비행기를 타고 제주로 향했다.

비행기는 이백여 명이 탈 수 있다. 아래 세상을 내려다보니 사방이 모두 터져 통하고, 위로는 하늘을 찔러 샛별도 따 올 수 있으며, 아래로는 땅에 닿지 않아 흰 구름을 움켜쥘 수 있고 여러 산들이 감겨 둘러 아득히 안개와 아지랑이 속에서 나왔다 들어갔다 한다. 빠르기는 나는 새와 같아 두 시간 안에 능히 천 리 길을 갈 수 있다. 山川(산천)의 높고 낮음과 氣象(기상)이 수시로 변함을 한눈에 다 볼 수 있으니, 心神(심신)이 활짝 터져 편해 황홀하기가 날개 돋아 푸른 하늘에 오른 것 같고 호탕해지기는 바람을 몰아 蓬萊山(봉래산)에 노니는 것 같으니 진정 蘇東坡(소동파)가 말한 대로 '하루살이 같은 인생 天地(천지)에 부치니, 푸른 바다 속 좁쌀 한 톨처럼 작구나'라는 것이다.

차에서 내려 제주로 들어가니, 이 섬은 본래 耽羅國(탐라국)으로 南海(남해) 속에 있다. 高麗史(고려사) 古記(고기)에 이르기를, "애초에는 사람도 물건도 없었으나, 세 神人(신인)이 땅속에서 솟아나왔다." 하니 지금 한라산 북쪽 산기슭에 구멍이 있는데, 이곳이 그 땅에서 나온 곳이다. 첫째는 良乙那(양을나)라 하고, 둘째는 高乙那(고을나)라 하고, 셋째는 夫乙那(부을나)라 한다. 세 사람이 황폐한 벽지에서 사냥으로 떠돌며 갖옷을 입고 사냥한 짐승의 고기를 먹었는데, 어느 날 홀연히 자주 빛 진흙으로 봉한 나무상자가 동쪽 바닷가에 떠 흘러 이른 것을 보았다. 가서 열어보니 안에 돌 상자가 있었고 따라서 온 붉은 띠를 매고 자줏빛 옷을 입은 使者(사자)가 있었다. 돌 상자를 열어보니 푸른 옷을 입은 처녀 세 명 및 돼지 망아지 송아지와 五穀(오곡)의 씨앗이 있었다. 이내 말하기를 "나는 日本國(일본국)의 사자입니다. 우리 왕이 이 딸 셋을 낳고 말씀하시기를 '서쪽 바다 섬에 神(신)의 아들 셋이 내려와 장차 나라를 열려

하는데 配匹(배필)이 없다.' 하시고, 이때에 臣(신)에게 명하여 이 세 여자를 모시고 와서 짝이 되게 하여 大業(대업)을 이루게 하라 하셨습니다."라고 하고 는 홀연히 구름을 타고 가버렸다. 세 사람이 나이 순서에 따라 나누어 배우자로 삼고, 물 좋고 땅 기름진 곳을 가려 골라 살면서 五穀(오곡)을 播種(파종)하고 망아지와 송아지를 기르기 시작하니 날로 살림이 피고 사람이 늘어났다. 후세 사람들이 三姓祠(삼성사)를 세웠고, 15대 손인 高厚(고후) 형제 세 명이 배를 만들어 바다를 건너 耽津(탐진)에 배를 대었다. 대개 新羅(신라) 때로, 客星(객 성: 평소에 보이지 않던 혜성이나 신성)이 南方(남방)에 보이니 太史(태사)가 다른 나라의 사람이 와서 배알할 형상이라 아뢰었다. 高厚(고후) 등이 이르니, 왕이 그 아룀을 어여삐 여기고 고후를 칭찬하여 이르기를 星主(성주: 별님)가 그 별을 움직이는 형상을 보이셨다 하고는 耽羅(탐라)라는 國號(국호)를 내리셨으니, 처음 탐진에 배를 대고 신라에 배알하였기 때문이다. 각자에게 보석으로 장식 된 日傘(일산) 및 옷과 띠를 하사하고 보냈다. 이 일이 신라에 경사로운 일이었 으므로, 高(고) 씨는 星主(성주)로 良(양) 씨는 王子(왕자)로 夫(부) 씨는 徒上 (도상)의 벼슬[212]을 주었다. 뒤에 良(양)씨를 梁(양)씨로 바꾸었다. 고려 肅宗 (숙종) 때 비로소 耽羅郡(탐라군)을 두었다. 우리 太宗(태종) 때 그 땅을 나누어 동쪽은 旌義(정의) 서쪽은 大靜(대정)이라 하고, 각각 邑城(읍성)을 쌓았다.

漢拏山(한라산)이 鎭山(진산)이 되었는데, 그 명칭은 雲漢(운한: 은하수)을 拏(라: 붙잡다)할 수 있을 만큼 높다 하여 붙여졌다. 그 산꼭대기에 큰 연못이 있는데 白鹿潭(백록담)이라 부른다. 옥구슬 같은 물이 솟아나와 가뭄에도 마르 지 않고 비가 와도 물이 불지 않는다. 오월에도 눈이 남아있으며, 제일 꼭대기 는 순전히 암석으로 벽이 이루어져 발을 붙일 수가 없다. 山勢(산세)는 뾰족이 솟아 구름을 내뿜고 안개를 들이킨다.

큰 바다로 둘러싸여 있으니, 고래 같은 높은 파도가 하늘을 껴안고 신기루같 이 시가지가 이루어져 있다. 산과 바다 사이에 밭과 들이 널리 펼쳐있고, 내와

---

212) 星主(성주), 王子(왕자), 徒上(도상)은 모두 신라가 제주의 고씨 양씨 부씨에게 내린 벼슬임.

못이 서로 이어지고, 모래톱은 하얗게 둘러있고, 소나무와 잣나무가 푸른 그림자를 멀리 또 가까이 보내고 있어 아침저녁 사이에 氣象(기상)이 같지 않다.

산의 동쪽－旌義(정의)－에 城山(성산)이 있는데, 둘레가 십 리이고 뻗어서 바다로 들어간다. 가운데 오 리쯤에 형세가 개미허리 같고, 石壁(석벽)이 깎은 듯 서있어 높이가 십여 척이고, 그 꼭대기는 평평하고 넓다. 먼 산봉우리는 공중에 떠있고 큰 바다는 대접 같다. 안개는 긴 물가 따라 깊고, 해는 포구에 가득 기우니 눈에 차는 것이 끝이 없다.

그 서쪽－大靜(대정)－ 山房山(산방산)이 있다. 남쪽 언덕에 큰 石窟(석굴)이 있는데, 어느 중이 굴속에 절을 짓고 窟寺(굴사)라고 불렀다. 또 天帝淵(천제연) 폭포가 높이가 칠십여 척이요 깊이가 또한 오십여 척이다. 위에는 긴 다리가 놓여있고 아래로는 두 줄기 큰 폭포가 걸려있어 물빛이 玉(옥)과 같다. 백척 붉은 언덕에서 곧바로 폭포 물이 콸콸 쏟아지니, 天神(천신)이 아래로 흰 비단을 내려 가로 피는 것 같아서 돌려 생각하면 은하수가 기울어져 쏟아지는 것이 아닌가 의아해진다.

날씨는 항상 따뜻하다. 봄여름에는 구름과 안개에 밝음이 어두워지고, 가을과 겨울에는 개어 맑다. 草木(초목)과 昆蟲(곤충)은 겨울을 지나도 죽지 않고, 산에는 호랑이 표범 늑대 곰 여우 토끼 수리부엉이나 까치 종류가 없다. 여자는 많고 남자는 적다. 해녀가 漁具(어구)를 지니고 물속에 몸을 던져 떠올랐다 가라앉았다 하며 물고기를 잡는 기술이 신출귀몰 하는 것 같다. 땅은 메마르고 돌이 많으며, 본래 논이 없고 오직 보리 밀 콩 조 등을 기른다. 돌을 모아 담을 쌓고 그 안에 곡식을 심고, 지붕 위에 망을 덮으니 바람을 두려워해서이다.

풍속은 귤나무를 심고 말 기르기를 주로 하며, 저자에서 물건을 옮기는 것은 크거나 작거나 모두 여자들이 등에 지거나 머리에 이어 한다. 풍속에 점을 쳐 길지를 고르는 따위의 방법은 사용하지 않고, 불교의 땅 고르는 법도 쓰지 않는다. 돌을 이리저리 쌓은 밭 머리에 무덤을 쓴 것이 많은데, 돌을 모아 담을 쌓고 그 안에는 호두나무 자귀나무 백일홍 종류가 많다.

민속은 지나치게 검소하여 예로써 양보하고, 초가집이 많다. 풍속에 淫祠

(음사: 그 지역 귀신에 대한 제사)를 높이 여겨, 매년 정월 대보름에 푸닥거리를 벌려 북과 징을 앞세우고 여염집에 드나드는데 다투어 재물과 곡식을 내어 놓아 祭(제)를 지낸다. 오래 사는 사람이 많고 또한 질병은 적다.

涯月面(애월면) 缸坡頭里(항파두리)에 土城(토성)이 있고, 성 안에는 샘이 있는데 가뭄에도 마르지 않으니 高麗(고려) 三別抄(삼별초)가 몽고에 최후까지 항전한 곳이다. 고려 元宗(원종)이 元(원)나라 병사를 피하여 江華島(강화도)에 들어가서 원나라 병사와 서로 싸우다가 싸움에 패하여 원나라에 항복하고 開城(개성)으로 나와 삼별초를 해체하니 裵仲孫(배중손)과 盧永禧(노영희)가 삼별초를 데리고 반란을 일으켜 承化侯(승화후) 王溫(왕온)을 임금으로 삼고, 나라와 민간의 재물을 크게 약탈하여 珍島(진도)로 들어갔다. 庚午(경오)년에 金方慶(김방경)이 크게 격파하여 허위로 세운 왕과 배중손 등을 죽이니, 金通精(김통정)이 잔당을 이끌고 제주에 들어가 근거지로 삼으며 이 성을 쌓고 王命(왕명)에 항거했다. 癸酉(계유)년에 김방경과 원나라 장수 忻都(흔도)가 토벌하여 평정했다. 지금은 抗蒙殉義碑(항몽순의비)가 세워져 있다.

自古(자고)로 귀양 온 선비와 유배된 王孫(왕손)이 많았으니, 仁城君(인성군) 光海君(광해군)의 각각 아들 셋 및 思悼世子(사도세자)의 두 아들이다. 훌륭한 유학자로서 이곳에 유배된 사람들로는 金淨(김정) 鄭蘊(정온) 宋時烈(송시열)과 그 외에 李瀷(이익) 金春澤(김춘택) 趙觀彬(조관빈) 金正喜(김정희) 崔益鉉(최익현)이 있다. 二徒面(이도면)에 橘林書院(귤림서원)이 있는데, 김정 宋麟壽(송인수) 金尙憲(김상헌) 정온과 송시열을 배향하고 있다. 오직 송인수와 김상헌만이 按撫使(안무사)로서 이곳을 지나갔고, 김정은 賜藥(사약)을 받고 죽었다. 김정희가 귀양 와 있을 때 배우러 온 자들이 매우 많았으니, 뒤에 摹瑟浦(모슬포)에 謫廬遺墟碑(적려유허비)를 세웠다.

城(성) 안에 弘化閣(홍화각)이 있는데 崔海山(최해산) 공이 세운 바요, 高得宗(고득종) 공이 중건하고 지은 記文(기문)이 있으니 옛날 節制使(절제사)의 본영이다. 그 남쪽에 또 觀德亭(관덕정)이 있다. 世宗(세종) 임금 때에 按撫使(안무사) 辛淑精(신숙정)이 지은 바요, 牧使(목사) 梁瓚(양찬) 공이 중건한즉 무사들의 활쏘기 정자이다. 사면이 바다로 둘러싸이고 가운데에 한라산이 웅크려 차지하고 있는데 그 산의 북쪽에 있으니, 그 규모 제도가 장려하다.

산세는 구불구불 완만하고 소나무와 대나무 숲이 울창하고, 들은 널찍하여 여유롭고 물 흐름은 잔잔하고, 졸졸 흐르는 물과 나지막한 산이 구름과 안개 사이에 감추어져 비치고 있으니 一世(일세)의 장관이다.

西歸浦(서귀포)에 이르니, 바위 머리에 "徐市[213]過此(서불과차)"—徐市(서불)이 이곳을 지나갔다—라는 글이 새겨져 있다. 동해안 500미터쯤에 正房瀑布(정방폭포)가 있으니, 23미터를 곧장 아래 바다 위로 떨어져 들어간다. 소리는 천둥이 울리는 것 같아 그 일대를 울린다. 층층 바위 절벽이 위에 줄지어 퍼져있고, 밝게 빛나는 구슬과 나르는 눈처럼 아래로 떨어지니 물과 돌이 맑고 아름다워 황홀하기가 신선의 골짜기에 들어와 있는 것처럼 흥금이 상쾌해진다. 또 萬丈窟(만장굴)에 올랐다. 그 길이는 약 7리이며, 돌고드름과 돌기둥이 칼과 창을 배열해놓듯 어지럽게 있다.

다음날 돌아오니, 마치 꿈에서 처음 깬 것 같다. 일찍이 詩書(시서)를 배웠으나, 뜻과 세상이 어긋났다. 공연히 매를 붙잡아 타고 하늘을 찌름을 부러워하나, 병과 늙음이 함께 찾아오니 오히려 구유에 같이 묶여있는 천리마 같은 신세가 되었다. 그러나 나이가 비록 죽을 때에 가까워 올수록 기운은 오히려 씩씩해지니, 우연히 경치 좋은 곳 여행을 하여 천길 산등성이에 옷깃을 떨치고 만리 물길에 발을 씻으며 짬을 내어 경치를 감상한 것은 특별히 세상 밖으로 흔적을 내쫓고자 함이 아니요 흥금을 활짝 열어 그 超然(초연)한 풍취를 구하고자 함이다.

近日濟州之往來者甚多 聞其形勝於人說 而不如登覽而賞景 己未秋 余亦乘飛行機向濟州 機容二百餘人 俯瞰下界 四望皆通 上磨于天 明星可摘 下臨無地白雲可掬 群山繚繞出沒於烟空 杳靄之間 疾如飛鳥 二時以內 能行千

---

213) 서불은 진시황이 불로초를 구해오라 명하여 동쪽으로 보낸 도사의 이름임.

里之程 山川之高低 氣象之不同 一舉目而悉見之 心曠神怡 恍然若羽化而登
靑冥浩乎如御風 而遊蓬壼正 似東坡所謂寄蜉蝣於天地 渺滄海之一粟也 下
車入濟州 此島本耽羅國 在南海中 高麗史古記曰 厥初無人物 三神人從地湧
出 今漢挐北麓有穴曰毛興 是出地也 長曰良乙那 次曰高乙那 三曰夫乙那
三人遊獵荒僻 皮衣肉食 一日忽見紫泥封木函 浮至東海濱 就而開之 內有石
函 有一紅葉紫衣使者 隨來開函有靑衣處女三 及猪駒犢五穀種 乃曰我是日
本國使也 吾王生此三女云 西海中岳降神者三人 將欲開國而無配匹 於是命
臣侍三女而來 宜作配以成大業 使者忽乘雲而去 三人以歲次分娶之 就泉甘
土肥處 射矢卜居 始播五穀 且牧駒犢 日富庶 後人立三姓祠 十吳代孫高厚
昆弟三人 造舟渡海 泊于耽津 蓋新羅時而客星見南方 太史奏以異國人來朝
之象 及厚等至 王嘉之稱厚曰星主 以其動星象也 賜國號耽羅 以初來泊耽津
而朝新羅也 各賜寶蓋衣帶而遣之 自此敬事新羅 故以高爲星主 良爲王子 夫
爲徒上 後改良爲梁 高麗肅宗 始置耽羅郡 我太宗分其地 東爲旌義 西爲大
靜 各築邑城 漢挐山爲鎭山 而以雲漢可挐之稱 其巓有川池曰白鹿潭 玉水湧
出 旱不渴而雨不增 五月雪猶在 最上頂純以岩石成壁 不能着足 山勢巑屹
噴雲吸霧 圍以大海 鯨濤抱天 蜃樓成市山海之間 田原曠膴 川澤相連 沙洲
逗白 松柏送靑映帶乎 遠近朝暮之間 氣象不一 山之東 (旌義) 有城山 周十
里 延入海中 可五里許 勢與蟻腰 石壁削立 高可十餘尺 其巓平廣遠岀浮空
大海如盂 烟況將洲 日斜極浦 極目無垠 其西 (大靜) 有山房 山南厓有大石
窟 有僧建寺 于窟中 號窟寺 又有天帝淵瀑布 故七十餘尺 深亦五十餘尺 上
有長橋 下掛二派大瀑布 而水色如玉 丹厓百尺 織瀉瀑流喧豗 有若天紳下垂
白練 橫布轉訏 銀河之傾注 天氣常暖 春夏雲霧 晦明秋冬 開霽草木 昆蟲經
冬不死 山無虎豹豺熊狐兔鴝鵲之屬 女多男少 海女持漁具 投身水中 浮沈橫
行捕魚之術如神 地燥石多 本無水田 惟麰麥豆粟生焉 聚石築垣而種穀 屋上
覆網畏風也 俗尙種橘 養馬市物 運搬無大小皆女子背負而豆戴 俗不用地理
卜筮之術 又不用浮屠法 地多亂石 田頭起墳 聚石築垣 境內多夾桃合歡花百
日紅 民俗癡儉有禮讓 且多茅屋 俗尙淫祀 每上元作儺戲 錚鼓前導 出入閭

閭 爭捐財穀而祭之 人多壽考 亦少疾病 涯月面缸坡頭里有土城 城中有泉

大旱不渴 高麗三別抄蒙古最後抗戰處也 高麗元宗避元兵入江華 與元兵相

爭 而兵敗降元 出開城罷三別抄軍 裵仲孫盧永禧 以三別抄反立承化侯溫爲

王 大掠公私財入珍島 庚午金方慶大破之 殺僞王裵仲孫等 金通精率殘黨 入

據濟州築此城拒王命 癸酉金方慶 與元將忻都討平之 今立抗蒙殉義碑 自古

多謫客 而王孫流配者 仁城君光海君昭顯世子之三子 及思悼世子之二子也

巨儒之配此者 金淨鄭蘊宋時烈 其外李澯金春澤趙觀彬金正喜崔益鉉 二徒

面有橘林書院 配享金淨宋麟壽金尚憲鄭蘊宋時烈也 惟宋麟壽金尚憲 以安

撫使過此 金淨賜死 金正喜在謫時來學者甚多 後立謫廬遺墟碑于毛瑟浦 城

內有弘化閣 崔公海山所建 而高公得宗重建 有記古節制使營也 其南又有觀

德亭 世宗朝安撫使辛叔精所建 牧使梁公瓚重修 則武士之射亭也 四面環海

挐山盤據于中 而州居山之北 其制壯而麗也 山勢逶迤而松篁蔚蒼 曠野紆餘

而川流潺湲 剩水殘山 隱映於雲烟之間 一州之壯觀也 至西歸浦 岩頭刻徐市

過此之書 正房瀑布在東海岸 五百米高二十三米 直下海上 聲如雷鳴 振動一

境 層岩絶壁 布列于上 明珠白雪飛降于下 水石淸佳 怳如入神仙洞府 而胸

衿爽快 又登萬丈窟 其將略七里 石鍾乳如徘釖戟 翌日還歸 如夢初覺 早學

詩書 意與世違 空羨駕鷹之摩空 病與老尋還 同櫪騏之絆馬 年在桑楡 身愈

老而氣惟壯 偶作探勝之行 振衣於千仞之岡 濯足於萬里之波 儵閒賞景 非特

放跡於物外 開豁心胸以求其超然之趣也

泰窩記
태와기

옛날의 君子(군자)는 모두 거처하는 곳의 이름을 堂(당)이나 軒(헌)이라 하

거나 혹은 窩(와)나 庵(암)이라 했다. 또한 알리고자 하는 이름이 없을 수 없으

므로 혹은 사는 곳의 산이나 물 이름을 취해서 알게 하거나, 혹은 깨우치고자 하는 뜻으로 내세우거나, 혹은 사물의 이름 따위에 비겨 그 품은 뜻을 깃들게 했으니 그저 이름을 지은 것이 아니요, 대개 그를 실천하기 위한 것이다. 邵康節(소강절: 소옹)의 安樂窩(안락와)나 朱文公(주문공: 주희)의 晦庵(회암)이 이런 것들이다.

내 친구 泰窩(태와) 高成勳(고성훈) 공 또한 사는 곳의 이름으로 號(호)를 삼았다. 高麗(고려) 恭愍王(공민왕) 때에 紅巾賊(홍건적)의 亂(난)을 피해 王(왕)이 松都(송도)로부터 尙州(상주)와 安東(안동) 사이로 播遷(파천: 임금이 도성을 떠나 피난)하여 그 오고 가는 도중에 낙동강 연안에 城(성)을 쌓고 난리가 평정된 후 御駕(어가: 임금의 수레)를 돌렸으므로, "否往泰來(비왕태래)"―막혔던 것이 가고 태평이 온다―의 뜻으로 동네 이름을 '王泰(왕태)'라 불렀는데 公(공)이 사는 聞慶郡(문경군)의 薪田里(신전리) 또한 그 부근이며, 겸해서 安養(안양: 마음을 편안히 하고 몸을 쉬게 함)의 이름도 있다.

公(공)은 본관이 開城(개성)이고, 그 선조 奎齋(규재) 공이 이곳에서 살기 시작해 이어 대대로 사는 고향이 되었다. 공이 오막살이 한 채를 엮고 편히 쉬는 곳으로 삼으니, 이것이 泰窩(태와)가 된다. 周易(주역)에 이르기를 '泰(태)'는 작게 가고 크게 오니 吉(길)하고 亨(형)하다 하고, 또 이르기를 '泰(태)'라는 것은 通(통)한다는 것이다 하였으니 공이 여기에서 가져다 바라는 것은 家運(가운)이 통하라는 것이요, '泰(태)'는 心氣(심기)의 태평함이다.

살고 있는 땅의 뒤에 長山(장산)이 가파르게 서서 鎭山(진산)이 돼주고, 그 뒤에 나지막한 산들의 짤막한 기슭이 좌우로 인사하는 듯 서서 골짜기를 보호해주니 조망이 매우 좋다. 큰 강이 가깝지도 멀지도 않아서 일찍이 홍수 걱정이 없고, 산은 나지막하고 들은 넓으며 샘은 달고 땅은 기름지니 농사와 목축에 유리하고, 고기잡이와 땔나무 하기에도 편하다. 땅 기운의 영검함이 모이고 민속이 순박하여 글 읽고 가야금 뜯는 소리가 끊이지 않으니, 진정한 樂土(낙토)다.

공은 타고난 바탕이 편안하게 확 트였고 깊숙이 고요하니 조용하여 빠른

말이나 급한 얼굴색 변함이 없다. 사람이나 일을 대할 때 진실에 맡겨 거짓됨이 없어 늘 고상한 취향이 있고, 항상 곧고 굳은 德(덕)을 품고 있다. 어려서부터 讀書(독서)와 習字(습자)를 좋아하였으니 자취를 궁벽한 골목에 가두고, 논밭에 그 빛을 숨겼어도 文筆(문필)이 온 고을에 칭송되었다. 세 갈래 오솔길의 꽃과 대나무와 사면 벽의 책으로 애오라지 스스로 즐기니 화목하여 나태한 모습은 찾아볼 수 없다. 산과 물을 아주 좋아하여 매번 좋은 때에 빼어난 경치를 만나게 되면 혹 벗을 부르기도 하여 산 빛과 물소리 가운데서 소요하니, 홀홀 세속 먼지에서 벗어나는 모습이 있다. 어찌 배우는 군자의 모습이 아니겠느냐!

근일에 집안이 넉넉해지고 현명한 아들 잘난 손자들이 세상에 이름을 날려 그 그윽한 빛과 잠겨있던 덕이 끝내 바라던 바를 이루니 公(공)이 '泰(태)'로 號(호)를 삼은 것이 실로 스스로 호를 지은 뜻에 어긋나지 않는구나.

古之君子 皆有所處之名 或謂之堂軒 或謂之窩庵 亦不可無所識之名 或取以所居山水而識之 或以所警之意而冠之 或擬以物名之類 而寓其所懷 非徒名之而已 蓋爲踐其實 邵康節之安樂窩 朱文公之晦庵是也 吾友泰窩高公成勳 亦而所居地名而爲號焉 高麗恭愍王時 避紅巾賊亂 王自松都播遷于尙州安東之間 其往返途中 築土城於洛東江沿岸 亂平後還駕 故以否往泰來之意洞名稱王 泰而公所居聞慶郡之薪田里 亦其附近而兼有安養之名公開城氏 其先祖奎齋公 始卜居於此 仍爲桑梓之鄕 公構一廬以爲安息之所 是爲泰窩也 易曰泰小往大來吉亨 又曰泰者通也 公取於此 而所期者家運之通泰心氣之泰平也 所居之地 後有長山崒兀 而鎭其後殘山短麓 而左揖右拱 護其洞壑 眺望甚好 大江非近非遠 而曾無洪水之患 山低野闊 泉甘土肥 耕牧有利 漁樵亦便 地氣鍾靈 民俗淳朴 絃誦不絶 眞樂土也 公天姿夷曠沈靜從容 無疾言遽色 待人接物 任眞無僞尙有高尙之趣 恒懷貞固之德 少好讀書習字 斂跡窮巷 潛光畝畝 然文筆稱於鄕 三逕花竹 四壁圖書 聊以自樂終日穆然無惰怠之容 酷愛山水 每過良辰勝景 或招士友而逍遙於山色 水聲之中

飄飄然有出塵之像 豈非學君子者乎 近日家道稍饒 賢子肖孫 揚名於世 其
幽光潛德 終成所期 公之以泰爲號 實不違於自號之意也

四美軒記
사미헌기

옛사람들이 말하기를, "눈 내린 후 하늘에 비치는 달빛의 맑음은 오직 마음이
고요한 자만이 주인이 될 수 있고, 꽃과 나무의 싱싱하거나 시들거나 하는 것은
한가한 자만이 홀로 당연히 그리 됨에 태연할 수 있다."라고 했다. 蘭(난: 난초)
을 사랑한 孔子(공자), 菊(국: 국화)을 사랑한 淵明(연명: 도연명), 竹(죽: 대나
무)을 사랑한 子猷(자유: 왕희지), 梅(매: 매화나무)를 사랑한 和靖(화정: 林逋)
과 같은 古今(고금)의 賢者(현자)들을 두루 살펴보면 각각 느끼는 바에 말미암
아 혹 그 향기로운 德(덕)을 취했거나, 혹 그 맑은 貞節(정절)을 취했으니 세상
에서 이를 四君子(사군자)라 부른다.

옛날의 군자들은 그 머무는 곳을 堂(당), 軒(헌), 窩(와)나 庵(암)으로 이름
짓고, 또한 알리고자 하는 바의 이름도 있으니 그저 이름을 진 것뿐이 아니라,
대개 그것을 실천하고자 함이다. 朱文公(주문공: 주희)의 晦庵(회암), 邵康節
(소강절: 소옹)의 安樂窩(안락와)와 같은 것이 이런 것이다. 高麗(고려) 惕若齋
(척약재) 金九容(김구용) 공이 그 거처를 六友堂(육우당)이라 한 것은 소강절의
雪(설), 月(월), 風(풍), 花(화)에 山(산)과 水(수)를 더해 지은 것이다. 朝鮮(조
선)의 徐居正(서거정) 공이 그 거처를 四佳亭(사가정)이라 한 것은 그 春夏秋冬
(춘하추동) 四季節(사계절)의 佳(가: 아름다움)를 취하여 그 元亨利貞(원형리정)
이라는 君子(군자)의 네 가지 德目(덕목)이 갖추어져 있음을 이른 것이다.

내가 거처하는 自樂室(자락실) 앞에 四美軒(사미헌)을 두었는데, 아낄만한
뭍과 물의 풀과 나무가 매우 많다. 매화는 그 눈을 무릅쓰고 봄을 전함을 취하

고, 난초는 그 무엇보다도 뛰어난 향기를 취하고, 국화는 그 서리를 업신여기면서 꽃을 피움을 취하고, 대나무는 사시장철 푸르름을 취하여 옮겨 심으니 이는 사미헌 밖의 사군자이다.

　벽에는 네 폭 그림을 걸어놓고 詩題(시제)를 붙였다. 月下梅(월하매: 달빛 아래 매화)에는,

　　　설달을 맞아서도 활짝 펴 세속 먼지에 물들지 않고
　　　눈 속에 꽃잎 터뜨려 몇몇 가지 새롭네
　　　얼음 같은 살결에 玉(옥) 같은 골격은 비길 데 없으니
　　　인간 세상 봄에 첫 번째 오는 것이네

라 하고, 石上蘭(석상란: 돌 위 난초)에는,

　　　姿稟(자품)은 어울려 무엇보다 뛰어나게 향기로운데
　　　어찌 하여 옮겨와 내 뜰에 심겨있나
　　　세상 사람들 말하길 지초 난초 향기 나는 방에 들어간다 하니
　　　꽃은 마치 여윈 신선같이 진정한 광채 나네

라 하고, 雪中竹(설중죽: 눈 속 대나무)에는,

　　　매번 밝은 달 따라 슬한 그림자 찍어내며
　　　몇 번이나 맑은 바람 빌어 좋은 소리 보내줬나
　　　사철 기리 푸르러 모양 변함없으니
　　　진정 君子(군자) 그 진심 보존함 같네

라 하고, 霜前菊(상전국: 서리 앞 국화)에는,

　　　高士(고사)의 三徑(삼경)[214]은 아직 황폐하지 않았고

---

214) 도연명의 귀거래사에 "三徑就荒松菊猶存(삼경취황송국유존: 집 앞의 세 갈래 오솔길은 황폐해졌으나 소나무와 국화는 그래도 남아있다)"라는 구절이 있는 바 高士(고사)는 도연명을, 三徑(삼경)은 집 앞의 오솔길을 이른 것으로 보임.

구월 가을에 비로소 느지막이 꽃 피우려 하네
金(금)이 떠있는 듯 玉(옥)으로 접 찍은 듯 진정 사랑스러우니
내가 도연명 같아 외상술이라도 사오려 하네

라 하니 벽 위의 사군자이다.

　시간 날 때마다 친구를 불러 사미헌에서 모임을 가지니 梅軒(매헌) 李贊斗(이찬두) 蘭坡(난파) 李千雨(이천우) 竹軒(죽헌) 安昌載(안창재) 菊軒(국헌) 李任器(이임기)로 진정 나를 자기처럼 알아주는 친구들이다. 각기 사군자 중 하나를 취하여 號(호)를 삼았으니, 이는 사람 중의 사군자가 와서 모인 것이다.

　나는 본래 군자의 덕이 없으나, 앙모하는 것이 군자인지라 군자의 꽃과 대를 심고, 군자의 그림을 걸어 놓고, 군자의 친구와 모임을 가져 풍월 읊으며 왕래하는 중에, 강산은 밖에서 둘러 돈다. 나는 天地(천지) 사이를 흘깃거리며, 이 시대의 책임을 맡지 않고, 청아하고 한가하게 즐길 뿐이며, 천 년 전의 현인과 책을 통해 벗을 삼으니 높은 벼슬에 뜻도 없고 높은 녹봉도 겨자처럼 가볍게 여겨, 스스로 강산과 풍월의 주인이라 한다. 사철 아름다운 경치에 따라 梅蘭菊竹(매란국죽) 네 친구 사이에 앉아서는 詩(시)와 술을 주고받으니, 高談(고담)은 갈수록 청아해진다. 비록 功名(공명)의 영광은 없지만, 내 맑은 福(복)이 이보다 더하랴! 어찌 富貴(부귀)에 머리 앓는 자들보다 못하겠는가!

　古人有言曰 雪月之空淸惟靜者爲之主 花木之榮枯獨開者操其權 歷觀古今諸賢 如孔子之愛蘭 淵明之愛菊 子猷之愛竹 和靖之愛梅 各因所感而取其馨德 或取其淸節 而世稱四君子 古之君子 名其所處以堂軒窩庵 亦有所識之名 非徒名之而已 蓋爲踐其實 朱文公之晦庵 邵康節之安樂窩是也 高麗惕若齋金九容 名其堂曰六友 取邵康節雪月風花而加江山也 我朝徐公居正 名其亭曰四佳 取其春夏秋冬之佳 而謂其元亨利貞 君子之四德備焉 余所居自樂室之前有一軒名曰四美 水陸草木之可愛者甚多 而梅取其冒 雪傳春 蘭取其王者之香 菊取其凌霜開花 竹取其四時長靑 而移植此軒外之四君

子也 壁上掛四幅之畵 而賦詩其題 月下梅曰 迎臘芬芳不染塵 雪中破蕚數
枝身 氷肌玉骨無雙品 占得人間第一春 其題石上蘭曰 姿稟應爲王者香 如
何移在我家場 世稱如入芝蘭室 花似癯仙眞有光 其題雪中竹曰 每隨明月印
繁陰 幾借清風送好音 四節將青無變態 正如君子保眞心 其題霜前菊曰 三
俓未荒高士家 九秋將晚始開花 浮金點玉眞堪愛 我似淵明酒欲賒 此壁上之
四君子也 有時而招朋 設會于軒上 梅軒李贊斗 蘭坡李千雨 竹軒安昌載 菊
軒李任器 眞知己之友 取四君子之一而爲號 此人中四君子來會也 余本無君
子之德 而仰慕者惟君子 故種君子之花竹 掛君子之畵 會君子之友 風月往
來于中 江山環繞于外 余睥睨天地之間 不受當時之責 清閒有樂 尙友千古
之賢人 軒冕無心 芥視萬鍾之重祿 自以爲江山風月之主人 而隨四時之佳景
坐梅蘭菊竹四友之間 以詩酒酬酌 高談轉清 雖無功名之榮 惟我清福幕過乎
此 豈不勝於惱於富貴者乎

權忠莊公記念舘參觀記
권충장공기념관참관기

사람이 하늘과 땅 사이에서 살면서 그 누가 삶에 힘써 功(공)을 이루려 하지
않는 이가 있겠는가! 그러므로 선비는 글에 힘을 쓰고, 무사는 활쏘기와 말
타기에 힘을 쓰는 것이다. 선비는 文章(문장)에 훌륭하여 나라를 다스리는 방
도에 이름을 울리고, 무사는 임금을 모시어 호위하여 나라를 태평하게 하고
방어하여 백성이 편안하게 하면 그 功烈(공렬)은 역사에 기리 내려 남아 천하
사람들과 그 아름다움을 함께 할 것이다.

壬辰倭亂(임진왜란)에 忠莊公(충장공) 權慄(권율) 공이 光州(광주) 牧使(목
사)로서 南原(남원)에서 倭賊(왜적)과 조우하였다. 친히 화살과 돌을 무릅쓰
고 싸움을 독려하기를 그치지 않으니, 병사들이 모두 용감히 분투하여 도적을

토벌해 一當百(일당백)이 아닌 자가 없었다. 도적이 모두 도망쳐 다시는 감히 湖南(호남)을 엿보지 못했으니, 朝廷(조정)에서 듣고 全羅監司(전라감사)로 임명하였다.

　明(명)나라 병사가 이미 서쪽으로 가니, 倭兵(왜병)이 漢城(한성)에 모여들어 형세가 더욱 치열해졌다. 公(공)이 水原(수원)의 禿城(독성)으로부터 그 정예 병사 사천 명을 나누어 兵使(병사) 宣居怡(선거이)에게 주어 衿川(금천)에 진영을 쳐서 멀리 응원이 되도록 하고, 자신은 이천여 병사를 거느리고 陽川(양천)을 거쳐 강을 건너 幸州山城(행주산성)에 背水陣(배수진)을 쳤다. 中軍(중군) 趙儆(조경)의 계책을 써서 木柵(목책)을 세우고 대기하고 있었는데, 도적의 첩자가 공의 군사가 적은 것을 알았다. 石田吉川(석전길천: 이시다 요시카와) 등 도적의 우두머리들이 사만 명 군사를 모두 모아 새벽을 틈타 목책을 에워쌌다. 그때 헤어진 도포를 입고 절룩거리는 나귀를 탄 나그네가 자칭 仁川(인천) 글방선생이라 하면서 와서 戰略(전략)을 지휘했다. 활 잘 쏘는 자는 비 오듯 화살을 쏘아대고 용감한 병사들에게 돌을 던져 치도록 하고, 대오를 나누어 번갈아 진격하니 도적이 아홉 번 진격해 왔다 아홉 번 물러났다. 또 도적들이 바람을 업고 불을 놓으니, 僧將(승장) 處英(처영)이 물로 끄게 했다. 화살이 떨어져가려 할 때 京畿水使(경기수사) 李頻(이빈)이 화살 수만 개를 가져와 싸움을 도왔다. 공이 손수 칼을 휘두르며 싸움을 독려하였으므로, 씩씩한 병사들이 모두 칼날을 무릅쓰고 치고 싸우며 활을 쏴 죽였다. 도적의 장수와 왜병이 마침내 무너져 도망치니, 나아가 수백 명의 首級(수급)을 베었다. 명나라 장수 査大受(사대수)가 그 호령이 엄숙하고 대오가 일사불란한 것을 보고 칭송하여 말하기를 "東國(동국: 우리나라)에 이리 진정 훌륭한 장수가 있는가!"라고 하였다 한다. 坡州(파주)의 山城(산성)으로 옮겨 가려 할 때, 나그네가 말하기를 "幸州(행주)에서 싸움에 이긴 것이 이미 나라를 다시 일으키는 으뜸 功(공)이 되었습니다. 머지않아 和議(화의)가 이루어져 도적이 스스로 물러날 것입니다."라고 하고는, 이별하고 가버리며 끝내 姓(성)도 이름도 밝히지 않았다. 만류했으나 잡지 못했고, 돈과 비단을 많이 주었으나 모두 받지 않고 끝내 어디로 가서 삶을 마쳤는지 알지 못한다. 진영을 옮겨서 서울 아래쪽의 길을 막고, 들고 나며 미묘하게 도적을 쳐대니 京城(경성)의 도적이 땔나무를 하거나 곡식을 얻을 길이 끊어졌다. 왜적이 이로 인해 軍需(군수) 보급이 어려워지고, 軍中(군중)에 惡疾(악질)이 유행하니 4월에 城(성)을 버리고 남쪽으로 도주했고, 임금의 수레가 도성으로 돌아왔다. 용과 뱀처럼 싸워 이긴 큰 승리 중에도 제일 큰 승리였으므로, 公(공)은 宣武一等功臣(선무일등공신) 永嘉府院君(영가부원군) 戶曹判書(호조판서)에 책봉되었고 公(공)의 사위 白沙(백사) 李恒福(이항복)은 扈聖一等功臣(호성일등공신) 鰲城府院君(오성부원군)에 책봉되었다. 각기 文武(문무)이 재능으로 국가의 중흥이라는 대업을 이루어 나라가 태평하고 백성이 편안하게 하여 그 아름다움을 천하가 다 함께 하게 되었으니, 진정 不世出(불세출)의 장수와 재상이다.

憲宗(헌종) 임금 辛丑(신축)년에 紀功祠(기공사)를 지어 배향하고, 雲石(운석) 趙寅英(조인영) 공이 德陽山(덕양산) 위에 大捷碑閣(대첩비각)을 세웠으며, 그 글은 外孫(외손)인 李裕元(이유원) 정승이 썼다. 國權(국권) 光復(광복) 후에 다시 大捷碑(대첩비)를 세웠으니, 높이가 십 척이다. 비석 아래에 德陽亭(덕양정) 鎭江亭(진강정) 두 정자를 짓고, 산꼭대기에 또 公(공)의 記念館(기념관)을 매우 크게 지었다. 기념관 앞에는 멀리 산봉우리들이 공중에 떠 검은 빛이 하늘을 가로 지르며 손잡고 인사드리고 있다. 긴 강은 비단처럼 흐르고, 평평한 모래밭은 눈 쌓인 것 같고, 안개는 포구에 깊숙이 드리워 있고, 비 그친 긴 물가에는 너른 들이 눈에 꽉 들어차 가없다. 商船(상선)은 바람을 잔뜩 안고 떠가고, 고기잡이배는 그물을 거둬 올리고, 농부의 노래 소리는 밭두둑에 울리고, 목동의 피리소리는 둔덕에서 울리니 千態萬象(천태만상)이 마루 기둥 아래 모두 화려하다. 한가로이 앉아 사방의 아름다움을 모두 감상하며 靑山(청산)을 마주하여 仁(인)을 생각하고, 흐르는 물가에 임하여 智(지)를 생각한다. 지난 날을 돌이켜 생각하며, 律詩(율시) 한 수를 읊노니,

봄바람 맞으며 멀리 행주성을 찾아오니

산 위엔 높고 크게 別館(별관)이 지어졌네

大捷碑(대첩비) 앞에서 다시 말에서 내리니

紀功祠(기공사) 앞에 꾀꼬리 울음소리 들리기 시작하네

倭賊(오적)의 난리 팔 년을 지나면서

이내 장군의 명성은 千古(천고)에 드날려졌네

이날 參觀(참관)에 느낌은 무한한데

가운데 갈린 이 나라 형세는 그 누가 아우를 수 있으리오!

詩(시) 읊기를 끝내고, 술잔을 주고받으며 근심을 씻어내고, 강산 밖으로 세상 걱정을 녹여 보내니 心神(심신)이 확 트여 편안해져서, 興(흥)이 저절로 무궁해진다고 할까나.

人生天地之間 孰不勞其生而欲成其功 故士勞於文翰 武勞於射御 士則繡黻乎文章 笙鏞乎治道 而武夫則侍衛而國泰防禦 而民安功烈 皆可以垂於竹帛 而兼善于天下也 壬辰倭亂 忠莊權公慄以光州牧使 遇賊於南原 親冒矢石 督戰不已 士卒皆奮勇討賊 無不一當百 賊皆走而不敢再窺湖南 朝廷聞之 拜全羅監司 明兵旣西倭兵聚漢城 形勢益熾 公自水原秃城 分其精兵四千 與兵使宣居怡結營於衿川山 遙爲聲援 自領二千餘人 由陽川渡江作背水陣於幸州山城 用中軍趙儆計 設木柵而待機 賊諜知公軍少 石田吉川等賊酋 悉其衆四萬 乘曉圍柵 時有客衣弊袍 乘蹇驢自親仁川村學 究指揮戰略 令善射者 放矢如雨 且令勇士投石擊之 分隊迭進 賊九進九却 又因風縱火 僧將處英 使僧軍以水救之 矢將盡而京畿水使李頻 以數萬箭助戰 公自揮劍督戰 故壯士無不冒刃 搏戰射殺賊將 倭兵遂奔潰 進斬數百級 明將查大受見其號令 嚴肅部伍不亂 稱賞曰 東國有如此眞將耶 將移坡州之山城 客曰 幸州之捷已爲中興元功 非久和議成 而賊自退矣 因辭去不言姓名 挽之不得 多賚金帛 皆不受 竟不知所終 移陣而遏西下之路 出沒鈔擊 京城之賊 絶樵採之路 倭賊因軍需補給之難 軍中惡疫之流行 四月棄城而南走 大驚還都 龍蛇大捷之最大 而公策宣武一等功臣 永嘉府院君 戶曹判書 又公之女 婿

白沙李公 (恒福) 策扈聖一等功臣 鰲城府院君 各以文武之才 使國家成中興
之業 國泰民安 兼善天下眞不世出之將相也 憲宗辛丑 建紀功祠享之 雲石
趙公 (寅永) 立大捷碑閣于德陽山外 後孫李相裕元書國權光復後 更立大捷
碑 高數十尺 碑下建德陽鎭江兩亭 山顚又建公之紀念館 甚大 遠岫浮空 黛
色橫天 拱揖于館前 長江如練 平沙如雪 烟沈極浦 雨收長洲 廣野極目無垠
商船飽風 漁舟擧網 農歌于疇 牧笛于堤 千態萬象 悉萃于軒楹之下 閒坐而
盡賞四方之勝 對靑山而思仁 臨流水而思智 回思昔日吟一律曰 春風遠訪幸
州城 山上巍然別館成 大捷碑前重下馬 紀功祠外始聞鶯 縱經倭賊八年亂
仍擅將軍千古名 此日參觀無限感 中分國勢孰能幷 吟罷酌酒滌愁 消遣世慮
於江山之外 心曠神怡 興自無窮云爾

亦堂記
역당기

사람은 萬物(만물)의 靈長(영장)인데, 하루아침에 갑자가 草木(초목)이나
禽獸(금수)와 같이 함께 돌아가 사라지고 남겨져 들리는 것이 없다면 이 어찌
슬픈 일이 아니겠는가!

선비로서 이 세상에 태어나 기이한 재주와 경륜을 품은 자가 영달하지 못
하고 막혀서 그 품은 바를 세상에 펴지 못하고 오직 詩文(시문)과 書畫(서화)
로 그 기능을 떨치는 사람이 있으니, 내 친구 亦堂(역당) 具(구) 군이 그중 하
나이다.

내가 구군을 詩會(시회)에서 만났다. 稟性(품성)이 호탕하고 고매하며 영특
하고, 망령되게 희롱하여 즐기지 않는다. 선조의 아름다운 교훈을 이어받아
翰墨(한묵: 문필)을 주선하되 정해진 법도를 넘지 않았다. 어려서부터 新文學
(신문학)을 익혀 日本(일본)에 유학하였고, 나라로 돌아와서는 중학교에서 교

편을 잡았다. 爲堂(위당) 鄭寅普(정인보)의 문하에서 따라 공부하면서 見解(견해)가 더욱 정밀해지고, 마음가짐이 더욱 굳고 단단해졌다.

몇 년 전에 내게 그 돌아가신 아버지의 墓石(묘석)에 새길 좋은 글을 부탁해오면서, 비로소 그 대대로 내려오는 德(덕)을 알게 되었으니, 高麗(고려) 말 충신 具鴻之(구홍지)의 후손이다. 대대로 文學(문학)을 지켜와 시문과 서화에 능하나, 서로 사는 곳이 좀 멀어 옷깃을 자주 맞대지 못하는 것이 한스럽다.

庚申(경신: 1980)년 여름에 한강 남쪽 吉洞(길동)의 조용한 곳에 몇 칸 지어놓은 집으로 구군을 찾아갔는데, 經書(경서) 서적이 책꽂이에 가득하고 글씨와 그림이 책상머리에 쌓여있었다. 맑게 흐르는 물에는 갓끈을 씻을 수 있고, 기름진 들에는 농사짓는 풍경을 바라볼 수 있으니 그 품은 뜻이 산과 물에 있다. 숲을 헤쳐 산봉우리에 오르고, 꽃과 달을 노래하니 마음이 저절로 맑고 한가로워져 틈만 나면 붓을 휘둘러 즐거움을 삼고 있다. 세상살이 영예나 치욕을 얻거나 잃거나 그 마음에는 흔들림이 없으니, 비로소 알게 된 것이 "달이 하늘에 떠오르면 방을 어둡게 한다 해도 빛을 없앨 수 없고, 그윽한 골짜기에 난초가 피면 사람이 없다 해도 그 향기 퍼짐을 막을 수 없다."라는 것이다.

내게 그 사람의 號(호)로 옛날의 군자에 대해 말해 달라 하니 모두 거처하는 곳의 이름이 있어 혹 窩(와)나 堂(당)이라 칭하거나 혹 軒(헌)이나 庵(암)으로 칭하고도, 알리고자 하는 바의 이름이 없을 수 없으므로 혹 부지런하고자 하는 바에 부치거나 혹 하고자 하는 일에 따라 호를 지으니 그저 이름을 짓는 것이 아니고, 대개 실천을 하고자 함이니 邵康節(소강절)의 安樂窩(안락와)나 朱文公(주문공)의 晦庵(회암)이 이런 것들이다.

그대가 호를 취한 뜻은 무엇이냐 하니, 具(구) 군이 말하기를 "安淵(안연)[215] 이 말하기를 '夫子(부자: 공자)께서 걸으시면 亦是(역시) 걷고, 부자께서 뛰시면 역시 뛰었으나, 바쁘게 돌아다니시면서도 세속의 티끌에서 벗어나심에 이르러서는 回(회: 안연)가 미치지 못한다.'라고 하였으니, 그 亦(역) 글자를 堂(당)

215) 孔子(공자)의 제자인 顔回(안회)임.

이름 앞에 두었습니다."라고 하였다. 위대하구나! 그대의 말이여! 지금까지 孔子(공자)를 배우고 있다니! 그러나 입는 옷이나 하는 일이 이미 예전의 제도가 아니니, 단지 그 마음 쓰는 법만을 배우는 것이리라. 이에 대해 具(구) 군이 말하기를 "공자께서 말씀하시기를 '殷(은)나라는 夏(하)나라의 禮(예)를 따랐으니, 거기에서 더하거나 뺀 것을 알 수 있고 周(주)나라는 은나라의 예를 따랐으니, 거기에서 더하거나 뺀 것을 알 수 있다.'라고 하셨습니다. 만약 공자께서 지금 세상에 사셨다면, 반드시 지금의 세속을 따르셨을 것입니다. 나는 그저 옛날의 제도를 배우려는 것이 아니고, 夫子(부자)의 道(도)를 배우고자 합니다만 그에 미치지 못하는 것이 개탄스러울 뿐입니다."라고 하였다.

그대 비록 말은 쉽지만 행하기는 어려운 것이니 그저 말만 하고 실천이 없으면 스스로를 속이고 남도 속이는 것이니, 더욱 부지런히 힘을 더하여 그 말을 실천하는 것이 그대에게 바라는 것이다. 이에 위와 같이 적는다.

人爲萬物之靈長 若一朝奄忽而歸 與草木禽獸同歸於泯滅而無聞 則豈不哀哉 士生斯世抱奇才懷經綸者 不達而窮不得展其抱於世 惟以詩文書畫 闡其技能者 吾友亦堂具君會升其一也 余逢君於詩會 稟性豪邁慧悟 不妄嬉戲 承先懿訓 周旋翰墨 不踰規度 早習新文學 遊學於日本 回國而執鞭於中學校 從遊於爲堂鄭寅普之門 見解益精持心堅確 年前請余以先考墓石玄晏之文 始知其世德麗末忠臣諱鴻之後世 守文學 君能於詩文書畫 而相居稍遠 恨不頻數聯衿 庚申夏 訪君于漢南之吉洞靜處數間之廬 而經籍滿於架上 書畫堆於案頭 淸流可以濯纓 沃野可以觀稼 志在山水穿林陟岵 吟花詠月 意自淸閒 隨暇揮毫 以書畫爲樂 世間榮辱 得喪不動 其心始知空山之月 不以暗室而無光 幽谷之蘭 不以無人而不芳也 托余以號記 古之君子 皆有所處之名 或稱窩堂 或稱軒庵 而不可無所識之名 故或寓所勉 或寓所事名之 而徒名之 蓋爲踐實 其於邵康節之安樂窩 朱文公之晦庵 是也 君之所取何意 君曰顔淵云 夫子之步亦步 夫子之趨亦趨 至於奔逸絶塵 回不能及 其亦字冠堂名耳 大哉君言 至今而學孔子 然衣服行事 已非昔日之制度 而只學其

心術乎 君曰孔子云 殷因於夏禮所損益可知 周因於殷禮所損益可知也 若孔
子生於今世 則必從俗矣 余非徒學古之制度 而只欲學夫子之道 而不能及
是所慨歎也 君雖言之易 而行之難也 徒言而無其實 則不過自欺而欺人 則
益可勉勵實踐其言 是所望於君 而記之如右

原州巡訪記
원주순방기

　사람이 하고자 하는 바는 살고자 하는 것보다 더한 것이 없고, 싫어하는
바는 죽는 것보다 더한 것이 없고, 찾고자 하는 바는 富貴(부귀)보다 더한 것이
없다. 만약 마음 내키는 대로 하여 절제함이 없다면, 그 죽음을 피하고 삶을
쫓으며 천한 것을 버리고 귀한 것을 찾아서 하지 못할 바가 없을 것이니 능히
倫理(윤리)를 파멸시키고 常道(상도)를 거스를 것이다.

　高麗(고려) 말에 耘谷(운곡) 元天錫(원천석) 선생은 나라가 장차 망할 것을
알고 속세를 떠나 자연 속에 은거하여 살았다. 李(이)씨가 나라를 빼앗음에
이르러서는 주인을 팔아먹고 영화를 찾는 무리들이 이전의 나라를 배신하여
분주하면서도 뒤를 두려워하지 않았으나, 선생은 한 몸을 宇宙(우주)에 맡겼으
니 綱常(강상: 삼강과 오상)의 소중함과 忠義(충의)가 당대에 빛나, 후세에까지
명성이 알려졌다. 그러므로 내가 原州(원주)를 지날 때 邑(읍)의 동쪽에 있는
石鏡村(석경촌)의 선생 묘소를 참배한다. 선생이 고려 말엽에 정치가 어지러운
것을 보고 雉岳山(치악산) 아래에 은거하여 한결 같은 마음으로 몸을 숨기고
부모를 봉양했다. 군사 징발을 위한 장부에 올리려 하니, 부득이 과거 시험을
보아 일거에 진사에 합격하였으나 벼슬에 나가지 않고 물러나 돌아왔다. 太宗
(태종) 임금이 아직 임금이 되지 않았을 때에 일찍이 선생에게서 수업을 받았으
므로, 누차 벼슬에 불렀으나 나가지 않았다. 태종이 임금이 되어 동쪽으로 나라

를 순시할 때 몸을 굽혀 그 집을 찾았으나, 公(공)이 숨어 피하여 나타나지 않으니 시냇가 돌 위에 내려가 그 당시 음식을 해대던 계집종을 불러 음식물을 하사하고 돌아가고, 그 아들 元洞(원동)에게 基川(기천) 縣監(현감)의 관직을 내리니 후세 사람들이 그 돌을 太宗坮(태종대)라 한다. 그 태종대는 覺林寺(각림사) 옆에 있다.

태종이 上王(상왕)이 되었을 때 특별히 명령하여 불러 보았으니, 공이 白衣 (백의: 관복이 아닌 평민의 옷)로 와서 알현하였다. 이끌고 대궐 안으로 들어가서 여러 王子(왕자)들을 불러 놓고 묻기를 "내 손자들이 어떠한가?" 하니, 공이 世祖(세조)를 가리키며 말하기를 "이 아이가 제 할아버지와 매우 닮았으니 안타깝습니다. 꼭 형제를 사랑해야 할 텐데요!"라고 하였다.

공이 일찍이 野史(야사)를 지어서 궤짝 안에 넣고 삼중으로 자물쇠를 채워 놓았다. 臨終(임종)에 이르러 유언하기를 "집 안 사당에 갈무리 해놓고 신중하게 지키거라!" 하고는, 겉에 써놓기를 "내 자손이 만약 나만 못하면 열어볼 수 없다!"라고 하였다. 曾孫(증손)에 이르러 열어보니 바로 고려 말엽의 일로 곧바로 말하고 숨김이 없었다. 이에 놀라 말하기를 "이는 바로 우리들의 滅族(멸족)을 불러올 일이다."라 하였다. 이미 본 후에는 끝내 숨길 수 없을까 두려워 마침내 불살라 버렸다. 안타깝구나! 이 뽕나무 밭이 푸른 바다로 변해도 해바라기가 태양을 향하는 정성에는 본디 두 해가 하늘에 없음을 애달파 하고, 저 고사리를 캐먹으며 살아도[216] 소나무와 잣나무가 눈 쌓여도 변하지 않고 사시사철 일관된 뜻을 노래한다. 산은 높고 물은 길어 아직도 遺風(유풍)이 기리 남아 있음을 보나, 땅은 거칠어지고 인간 삶은 멀리 오니, 그 맑은 의표를 더위잡지 못함이 안타깝다.

하루를 쉬고 걸어서 郡(군)의 서쪽에 있는 蟾江(섬강)으로 갔다. 鳳川(봉천) 은 물의 근원이 치악산에서 나와, 북으로 흘러 觀魚坮(관어대) 아래에 이르러 橫城(횡성)의 西川(서천)과 합류하여 蟾江(섬강)으로 들어가는데 여기서부터

---

216) 백이와 숙제가 주나라의 벼슬을 마다하고 수양산에 숨어 고사리를 캐먹으며 살다 죽은 일을 이름.

는 노를 저어 배로 통행할 수 있다. 푸르스름한 절벽과 맑은 강물 흰 백사장과 푸른 들은 속세를 떠나 조용히 사는 사람이 깃들어 쉴만한 곳이 되기에 충분하다. 翠屛(취병) 金昌一(김창일)이 정자를 하나 지어 扁額(편액)을 걸기를 '翠屛(취병)'이라 하니, 이를 號(호)로 삼았다. 明(명)나라 사람 陳佐堯(진좌요)가 읊은 詩(시) 중에 다음과 같은 구절이 있다.

> 강물이 평야를 삼켜 푸른 띠가 가로질렀고
> 산은 하늘을 거듭 찔러 비취 빛 병풍이 줄지었네

다시 西川(서천)을 따라 甲川(갑천)에 이르니, 昭將山(소장산)이 있다. 일곱 봉우리가 나열해 서있고, 아래에는 富溪(부계)가 있어 맑은 연못을 이룬다. 연못 위에는 층층이 바위가 있어 사람 수십 명이 앉을 수 있다. 앞으로는 푸르스름한 절벽을 마주하여 병풍 친 것 같고, 높이는 수십 장이요 길이는 백 보쯤이다.

남쪽을 향하여 십 리를 가면 碧玉亭(벽옥정)이 있는데, 예전에 八川君(팔천군) 鄭廣(정광)이 지은 바이다. 푸른 바위가 깎아지른 듯하고 公根川(공근천)이 甲川(갑천)으로 흘러 들어가며 굽어 감싸 안으니, 橫城縣(횡성현)으로부터 蒼峰驛(창봉역)으로 향하는 길 옆이다.

寶美(보미)와 永浪(영랑)의 水石(수석)이 제일 빼어나나, 縣(현: 고을)의 계곡 크고 작은 시냇물에 대체로 돌이 많아 왕왕 물속에서 삐죽 솟아나오니 형상이 괴이하다. 산기슭 물가에는 또 비취 빛 절벽이 많아, 협곡 안으로 들어가 냇가를 따라 삼사 리 안에 물과 돌의 빼어남을 이름 날려 줄 사람도 없고 적어 줄 이름도 없는 것이 흠이다.

人之所欲莫甚於生 所惡莫甚於死 所求莫甚於富貴 若任情而無制 則其避死趣生 棄賤求貴 無所不爲 能行滅倫悖常矣 高麗之末 元耘谷先生天錫 知其將亡 高踏雲林迨乎 李氏化家爲國 賣主求榮之輩 背前朝而莫不奔走恐後 而先生以一身任宇宙綱常之重 忠義昭於當代 風聲表於後世 故余過原州 參

拜先生墓於邑東石鏡村 先生見麗季政亂 隱居雉嶽山下 一意韜晦 躬耕養親
按簿錄於軍籍 不得已赴試 一舉中進士 亦不肯仕退歸 太宗微時嘗受業 屢
召不赴 太宗東遊爲枉其家 公隱避不見 乃下溪石上 只召其當時爨婢 賜食
物而返 官其子洞爲基川縣監 後人名其石曰太宗坮 坮在覺林寺傍 太宗爲上
王時 特命召見公 以白衣來謁 引入闕內 仍召諸王子問曰 我孫何如 公指世
祖曰 此兒酷似乃祖 嗟呼須愛兄弟 公嘗著野史 納于櫃中鎖鑰三緘 臨終遺
言曰 藏之家廟謹守之 題其表曰我子孫 若不如我 則不可開見 至曾孫開見
乃是麗末事直言無所隱諱 乃驚曰 此乃吾等滅族之物 旣見之後恐難終掩 遂
焚之 嗟乎泣此滄桑守葵藿向陽之忱 元無二日唱彼采薇 操松柏凌雪之志 可
貫四時山高水長 尙見遺風之長存 地荒人遠可惜淸標之未攀 休一日移步于
郡西蟾江鳳川 源出雉嶽北流 至觀魚坮 下與橫城西川合流而入于蟾江 從此
舟楫可通翠壁澄江 白沙綠野 可謂幽人棲息處 金翠屛昌一構亭而扁曰翠屛
因以爲號 明人陳佐堯 有江呑平野橫靑帶 山揷重霄列翠屛之句 更隨西川而
至甲川 有昭將山 七峰羅列 下有富溪成澄潭 潭上層岩 可坐數十人 前對翠
壁如屛 高數十丈 廣數百餘步 向南十里有碧玉亭 故八川君政廣所建 蒼岩
阧斷 公根川 (入于甲川) 彎抱自橫城縣 向蒼峯驛路傍也 寶美永浪之水石
最勝而縣之大小溪澗 大抵多石 往往水中斗起 形像怪異 山麓水際 又多翠
壁 入峽沿溪三四里之內 水石之勝 無人擅名無名可記爲欠

晩岡記
만강기

仁者(인자)는 樂山(요산)함으로 고요함을 체득하여 움직이지 않고, 智者(지
자)는 樂水(요수)함으로 흐름을 체득하여 막혀있지 않으니 一心(일심)의 德
(덕)을 편안히 하고 萬物(만물)의 변화를 두루 살피는 것이 여기에 미치지 못한

다. 맘먹은 대로 산과 물에 달려 나가는 것은 스스로를 속이는 것에 가깝지 않은가! 사람들이 좋아하는 바는, 혹 그중에 하나를 취하여 좋아하거나, 혹 살고 있는 바의 땅 이름을 취하기도 한다.

晩岡(만강) 朴時和(박시화) 군은 務安(무안) 사람으로 綿城君(면성군) 朴文晤(박문오)의 후손이다. 稟性(품성)이 溫柔(온유)하고, 마음으로는 淸白(청백)하기를 기약하며, 겸손과 공경함으로 스스로를 수양하는 데 독실하고, 몸가짐을 검약하게 하며, 집안을 다스리는 데도 게을리 하지 않았다.

나와는 詩社(시사)에서 서로 만났는데, 어느 날 박 군이 나를 찾아와 그 號(호: 만강)의 秋晩高岡(추만고강: 늦은 가을 높은 언덕)의 뜻을 기려 적어 달라 부탁했다. 내가 말하기를 "智者(지자)는 樂水(요수)하고, 仁者(인자)는 樂山(요산)한다 하는데, 하필 왜 산 하나만 취했는가?" 하니, 박 군이 말하기를 "내가 咸平(함평)의 甘南里(감남리)에 살면서 산과 물 사이로 어슷거려 거닐며, 마음은 산과 같이 무겁기를 바라여 산을 취했소. 산은 천 길이나 되는 형세로 만고의 세월을 지나면서도 변하지 않지 않소!" 하였다. 내가 말하기를 "그러면 봄이 깊어져 붉음과 푸르름이 짙어지는 시절과 늦은 가을의 붉고 누런 단풍의 계절이 모두 아름다운 경치인데, 왜 늦은 가을을 취했는가?" 하니, 박 군이 말하기를 "사철 경치가 무궁하니 봄날 따뜻하고 날씨 좋아 짐승과 새들이 어울려 울고, 수양버들이 바람에 솜털 날리고, 복사꽃 오얏꽃이 활짝 핀 경치도 좋지만 늦은 가을만 못하오. 찌는 듯한 더위가 사람을 핍박해오면 구름 사이로 멀리 뵈는 배를 타고 강이나 호수에 떠 놀고, 어둑어둑해져 서늘함이 슬그머니 일어나면 호미 메고 돌아오며, 가을장마가 처음 개고 나면 五穀(오곡)이 이미 익고, 붉은 단풍잎이 바람에 흩날리고 너란 극화가 이슬을 머금고, 겸해서 산악의 훤히 넓은 기운이 그 사이에서 날아 움직이니 빼어난 경치가 아닌 것이 없어, 손이 춤춰지고 발이 굴러지는 것도 알지 못하오. 그래서 이로써 晩岡(만강)이라 부른 것이오." 하였다. 내가 살펴보니 대저 산인즉 혹 하늘을 찌르도록 높거나, 혹 물에서 솟아오르거나, 혹 빼어나 동쪽에 서있거나, 혹은 서쪽으로 치달려 구불구불 솟아 나오고, 골짜기가 병풍처럼 둘러싸고, 풀과 나무가 푸르게 우거지고, 층층이 높은 산봉우리가 봉황과 학이 훨훨 나는 듯하고, 언덕의 절벽은 깎아지른 듯 서있고, 노을과 구름이 아득하고, 奇巖怪石(기암괴석)이 용과 호랑이가 날고뛰는 듯하니 천겁을 지나도 변하지 않고, 온갖 과실이 그 위에서 열매 맺음과 오곡이 그 아래에서 익음이 가을을 기다려 느지막이 이루어지지 않는 것이 없다. 그대의 의지는 不義(불의)의 일에 움직이지 않아 산의 확고한 의지와 같고, 남몰래 갈무리해 놓은 측량하기 어려운 계책은 산이 일으키는 구름과 비의 변화와 같아 또한 능히 세상에 대처할 수 있으니, 그대가 하고자 하는 것은 이에 있으리라.

내가 이렇게 묻고 답한 말을 적어 보냈다.

仁者樂山 體山之靜而不遷 知者樂水 體水之流而亦不滯 安一心之德 周萬物之變 未及於此而徒馳 情於山水 不幾於自誣也 人之所樂 或取其一而樂之 或取其所居地名矣 晚岡朴君時和 務安人 綿城君諱文晤之後 稟性溫柔 心期淸白 篤於自修以謙恭 持身儉約理家 勤工不怠 與余相逢于詩社 一日君訪余 而請其號記 稱其秋晚高岡之義 余曰知者樂水 仁者樂山 而何獨取山乎 君曰余居咸平之甘南里 徜徉乎山水之間 而心欲如山之重而取山 山以千仞之勢 經萬古而不變也 余曰 然則春暮紅綠之時 秋晚丹黃之節 皆是佳景而何取秋晚也 君曰四時之景無窮 而春日暄姸 禽鳥和鳴 楊柳飄絮 桃李開花 景則好矣 而不如秋晚蒸炎逼人 則駕雲帆而泛江湖 薄暮微涼荷鋤而歸 秋霖初霽 五穀已熟 紅葉飄風 黃花含露 兼以山岳空曠之氣 飛動於其間 無非勝景 不覺手舞足蹈 故以此稱晚岡也 余觀夫山則或萃乎天 或峙乎水 或秀而東立 或馳而西走 逶迤突兀 洞壑屛圍 草樹靑蔥 高峯層巒 如鳳鶴之翶翔 崖壁削立 霞雲縹緲 奇岩怪石如龍虎之踴躍 歷千劫而不變 百果結於上 五穀熟於下 無非待秋晚成矣 君之志不動於不義之事 如山之有確固之志 暗藏難測之計 如山之興雲雨之變化 亦能於處世 君之趣於此也 余以問答之辭 記而送之

普信閣重建記

보신각중건기

自古(자고)로 밝고 현명한 조물주의 공덕과 교화의 오묘함에 하늘과 땅 사이에 인간을 낳게 하시고 귀신이 그 운수를 합하게 하시니, 그 이치를 쉽게 알 수 없다.

오백 년 王朝(왕조)가 일어나려면 바람이 호랑이를 따르고 구름이 용을 따라 일천년간 江河(강하)가 맑아서, 새는 산을 즐기고 물고기는 물을 즐기며, 궁정에 늘어선 훌륭한 수많은 인사들이 다투어 文藝(문예)를 올리고, 堂(당)에 올라선 늠름한 무사들이 그 묘기 자랑을 뽐내야 한다.

檀君(단군)의 세상 이래로 이미 九變之局十八子(구변지국십팔자)[217]의 예언이 있어, 李樹(이수: 오얏나무)를 베어 왕성한 기운을 눌렀으나 그런 사람의 계책은 효험이 없었고, 하늘이 金尺(금척)을 주는 吉夢(길몽)[218]을 이루니 하늘의 운수는 정해져 있는 것이다. 우리 太祖(태조: 이성계)가 장수와 정승으로 수십 년을 드나들면서 天時(천시)와 人心(인심)에 순응하여 威化島(위화도)에서 回軍(회군)하여 집안을 일으켜 나라를 얻고서는 湯王(탕왕)과 武王(무왕)의 慙德(참덕)[219]을 행하였다. 나라를 이어받는 命(명)을 받은 지 3년에 漢陽(한양)에 도읍을 정하고, 다음 해 여름에 큰 종을 주조하고 雲從街(운종가: 현재 종로의 옛 이름)에 종각을 지어 걸도록 명령하였다. 전부터 큰 공을 세워 大業(대업)이 정해지면 반드시 종이나 솥에 이를 새겨서 그 아름다운 소리가 후세 사람들의 귀에 용솟음쳐 들리게 하였다. 날마다 아침과 저녁으로 쳐서 백성들의 쉬는 한계를 엄하게 했으니, 鍾(종)의 쓰임이 크다.

---

[217] 우리나라에 왕조가 아홉 번 바뀌고, 그중 한 번은 十八子(십팔자)를 합친 글자인 李(이)씨가 왕이 된다는 예언.

[218] 이성계가 꿈에 金尺(금척: 표준을 재는 자)을 받았다 하니, 이를 나라의 주인이 될 징조라 함.

[219] 湯王(탕왕)은 夏(하)나라를 멸하고 殷(은)나라를 세웠으며, 武王(무왕)은 殷(은)나라를 멸하고 周(주)나라를 세웠으므로 각각 전 왕조의 신하로서 임금을 없앤 부끄러운 덕이라는 얘기임.

世宗(세종)이 종각의 구조를 고쳐 이층 누각으로 했으니 동서로 다섯 칸이요, 남북으로 네 칸이다. 종을 쳐서 백성들에게 시각을 알렸으니 새벽에 치는 것은 罷漏(파루)라 하여 三十三天(삼십삼천)[220]에 응하여 서른세 번을 쳐서 城門(성문)을 열고 수레와 말이 통행할 수 있게 했고, 저녁에 치는 것을 人定(인경)이라 하여 二十八宿(이십팔수)[221]에 응해 스물여덟 번을 쳐서 城門(성문)을 닫고 사람들의 통행을 금지했다.

壬辰倭亂(임진왜란) 때 종과 누각이 兵火(병화)에 아울러 녹아 없어지니, 南大門(남대문)에 있던 종을 여기로 옮겨왔다. 누각을 고쳐 지으니 길이가 24척이요, 높이가 25척이요, 넓이가 18척으로 실제 열두 칸이다. 구리 4만 근을 써 종을 주조하니, 世祖(세조)가 주조한 바로 景福宮(경복궁) 光化門(광화문) 밖에 놓아두었던 종이다. 北岳山(북악산)이 그 북쪽을 눌러 지켜주고, 木覓山(목멱산)이 그 남쪽을 보호해주며, 駱山(낙산)이 그 왼쪽을 안아주고, 鞍峴(안현)이 왼쪽을 지켜주며, 漢江(한강)이 그 밖을 두르고, 淸溪川(청계천)이 가운데로 흐르니 아름답다.

땅의 靈氣(영기)가 제일 잘 모여 완전한 天府(천부: 자연적 요새를 이룬 땅)가 되어서, 자손이 잘 이어 先王(선왕)을 생각하여 전해 아름다운 大業(대업)이 5백 년간이나 있게 하니 李(이)씨의 王都(왕도)는 하늘이 아껴 땅이 감추어 놓은 곳이다. 후세 사람을 기다려 한없는 터전을 열어주었으니, 삼천리 조선의 首府(수부)다. 아! 그 나라의 끝말에 세계정세를 알지 못하고 우물 안 개구리 같은 생각으로 옛 법규만 굳이 지켜 안으로는 탐관오리가 있고, 밖으로는 강적이 많으니 끝내는 倭賊(왜적)의 손에 나라를 잃고 말았다.

주인을 팔아 영화를 구하려는 무리들이 泰封(태봉: 궁예가 세운 나라)의 임금 자리를 王(왕)씨에게 넘겼고, 高麗(고려) 말엽에 또 그 고려의 임금 자리를 李(이)씨에게 넘겼으나 杜門洞(두문동)의 72賢(현)은 불의에 항거하여 벼슬하지

---

220) 忉利天(도리천)에 있다는 33神(신). 중앙에 천제가 있고, 동서남북 사방에 각각 8神(신)이 있어 도합 33神(신)이 있음.

221) 東洋古代天文(동양고대천문)에 따른 28개의 별자리.

않으니, 그 향기가 百世(백세)가 지나도록 남는다. 朝鮮(조선) 말엽에 또 조선의 임금 자리를 왜적에게 팔아넘기니 72賊(적)이 광분하여 벼슬을 받아, 그 더러운 냄새가 만년을 가리라! 사람으로서 臣下(신하)된 자가 나라가 흥하고 망하는 즈음에 어찌 생각이 없단 말인가! 興亡(흥망)이 비록 하늘이 정해 놓은 운수가 있다 하나, 사람이 잘못한 일이 없지 않겠는가! 臥薪嘗膽(와신상담) 36년에 天運(천운)이 순환하여 우리나라가 光復(광복)을 맞았으나, 臨津江(임진강) 이북은 나뉘어 敵國(적국)이 되어 조개와 도요새가 서로 다투는 형세가 되니 어찌 한스럽지 않은가!

朴正熙(박정희) 공의 혁명 이후 정치가 맑아지고 백성이 편안해져 온갖 폐지됐던 것들이 다시 일으켜지니, 기울어지고 퇴락했던 옛 흔적이 수리되고 확장되지 않은 것이 없다. 어찌 이전 사람들의 功(공)을 더럽히겠는가? 없앨 수 없는 것이다. 오늘날의 役事(역사)를 이어서 이루는 것도 어찌 감히 소홀히 할 수 있겠는가! 좋은 기술자들 부르고 재복과 시멘트를 골라 이어서 들보와 서까래의 아름다움을 이루고, 吉日(길일)을 골라 일을 돈독히 하니 市街地(시가지)에 별도의 계단과 정원이 높이 이루어지고, 원앙 기와와 조각한 들보가 해와 달 아래 빛나 번쩍이니 層樓(층루)와 大種(대종)이 市街地(시가지) 가운데에 장엄하다.

세월이 태평해져, 오늘 山川(산천)이 빛을 내고 누각이 옛터에 우뚝 솟았다. 정치와 교화가 다시 새로워지니, 이에 훨훨 난 공적을 모아 삼가 새로 집 지은 칭송을 적는다(건평 140평). 世道(세도)는 浮沈(부침)이 있는 것이니, 民生(민생)의 안락과 근심걱정을 이에 따라 알 수 있다. 때는 바로 己未(기미: 1979)년 6월 준공이다.

自古明君哲辟之神聖 功化之妙 天地生其人 鬼神合其運 不可以易知其理矣 五百年王侯作 風從虎雲從龍 一千載江河淸 鳥喜山魚喜水 列庭多士濟濟 而競呈文藝升堂 武夫赳赳而爭售妙妓 自檀君之世 已有九變之局 十八子之讖伐李樹 而壓旺氣 人謀無驗授金尺而成 吉夢天數有定 我太祖出

入將相數十年 應天時順人心 威化島回軍 而化家爲國 行湯武之慚德 受命三年 定都于漢陽 越明年夏 命鑄大鐘建閣于雲從街 而懸之 自昔建大功定大業 則必銘于鍾鼎 故其休聲聳動後人之耳目 昏晨撞擊 以嚴人民作息之限 鐘之用大矣 世宗改構爲層樓 東西五間而南北四間 鳴鐘以警民時刻 曉日罷漏扣三十三 而應三十三天 開門而通車馬 夕日人定 扣二十八應二十八宿 閉門而禁人通行 壬辰亂 鐘與樓幷銷盡於兵火 移南大門 鐘懸於此 改建樓長二十四尺 高二十五尺 廣十八尺 實二十間 用銅四萬斤鑄鐘 卽世祖所鑄景福宮光化門外所置鐘也 北岳鎮其北 木覓山護其南 駱山擁其左 鞍峴防其右 漢江繞其外 淸溪川流于中 美哉 地靈之鍾聚 最是天府之完全 子述孫承 念先王而傳有休之業 五百年李氏之王都 天慳地秘 待後人而啓无疆之基 三千里朝鮮之首府 噫及其國末 不知世界情勢 便作井蛙之見 固守舊規而內有貪吏 外多强敵 竟失國於倭賊之手 賣主求榮之輩 移泰封之祚於王氏 高麗之末 又移高麗之祚於李氏 而杜門洞七十二賢 抗義不仕 遺芳百世 朝鮮之末 又賣朝鮮之祚於倭賊 七十二賊 狂奔受爵 遺臭萬年 爲人臣者 豈不商量於興亡之際 興亡雖有天數 不無人事之誤 臥薪嘗膽三十六年 天運循環 我國光復 而臨津以北 分作敵國 有蚌鷸相爭之勢 豈不恨哉 朴公正熙 革命以後 政淸民安 百弊俱興 古跡之傾傾頹者 莫不修理而擴張 何忝前人之功 不可廢也 繼成今日之役 豈敢忽焉 招良工而選材灰沙 剩成宗桷之佳 擇吉日以敦事 市街別成階庭之崇 鴛瓦雕樑 照耀於日月之下 層樓大鐘莊嚴於市街之中 河淸今日 山川生色 樓聳舊地 政敎重新 玆訖翬飛之功 謹述燕賀之頌 (建坪百四十四坪) 世道有升沈 而民生之休戚 從此可知矣 時卽乙未六月竣功也

獨立門移建記
독립문이건기

  우리나라가 아시아의 동쪽에 자리해 檀君(단군)과 箕子(기자)가 나라를 세운 이래로 高句麗(고구려)와 渤海(발해)에 이르기까지 滿洲(만주) 지방을 점거해 중국과 패권을 다투었으나, 新羅(신라)가 중국의 힘을 빌려 三國(삼국)을 통합하고 작은 나라가 되어 큰 나라를 섬기는 禮(예)를 기꺼이 행하니 自主(자주)의 마음이 깎여 사라져 대한제국의 초기에까지 이르렀다. 明(명)나라 조정을 공경히 섬겨 그들이 정벌하지 않도록 하려고 敦義門(돈의문: 한양 서대문) 밖 서북쪽에 慕華館(모화관)을 설치했다. 명나라 사람 董越(동월)이 朝鮮賦(조선부)에서 이르기를, "모화관은 坤麓(곤록: 서남쪽 산기슭)에 세워졌고, 崇禮門(숭례문)은 똑바로 남쪽에 자리하였네. 한편으로는 우리 황제나라 사신이 쉬며 두루 묻고, 같은 글과 수레바퀴를 쓰는 자들을 모아 맞이하는 곳이네. 樓臺(누대)는 모두 비단 무늬 옷으로 입혀졌고, 臥榻(와탑)은 팔면을 장막과 병풍으로 둘러쳤으며, 珠簾(주렴)은 향기로운 갈고리로 반쯤 걸어 올려 더했네. 닭이 울면 문안 올리는 사자가 와서 인사드리고, 말 타고 나가면 길을 끼고 망아지가 우네. 시중드는 사람 있어 명령 받게 해주고, 종이와 먹이 있어 같이 대화 주고 받을 수 있네. 조서가 궁전의 뜰에 이르면 軒縣(헌현)[222]을 섬돌에 펼치고, 장막을 정원에 늘어놓았네. 東西(동서)로 이내 주인과 손님을 나누고, 바야흐로 절을 주고받아 禮(예)를 이루고는, 드디어 통역을 빌어 말을 전하네. 周詩(주시)의 天保(천보)[223]를 노래하고, 해 떠오르는 황제국의 복을 축원하네."라고 하니, 여기에서 굴욕의 일을 볼 수 있다. 중국을 존중하고 다른 나라는 물리치는 것이 나라의 법이 되어, 일본이 먼저 新文化(신문화)에 깨어 침입해왔으나 스스로 반성하지 못하고 나라가 망한 것이 한스럽다.

---

222) 옛날 諸侯國(제후국)의 樂器(악기) 진열 법. 즉, 조선을 제후국으로 보고 있는 것임.

223) 詩經(시경) 小雅(소아)에 나오는 詩(시)로, 신하가 임금의 복을 빌어주며 부르는 노래임.

祁順(기순)이 登樓賦(등루부)에서 대략 말하기를, "내 삶이 세상에서 낙숫물 떨어지듯 하는구나! 떠도는 삶이 얼마나 갈까 탄식하노라! 듣자니 蓬萊山(봉래산)이 맑고 빼어난 경치라 하던데, 한번 가서 오랜 소원을 이루고자 하노라! 작은 수레 달려 東韓(동한: 우리나라)에 전해, 그곳 사람들 보고 들음을 높이고자 하노라. 물러나 태평하게 잠시 머무니, 가없는 맑은 흥취가 있구나. 이 누대에 올라 실컷 둘러보니, 온갖 경치가 모여 하나가 되는구나. 王宮(왕궁)에 빛나 비침이 아름답다 하나, 城郭(성곽)은 공허하게 구불구불하구나. 앞에는 南山(남산)이 우뚝 솟아있고, 뒤에는 北岳(북악)이 높기도 하구나. 긴 회랑이 큰 거리에 연이어 있으니, 집들이 사방 주위에 두루 퍼져 있구나. 나를 淸虛之府(청허지부)[224]에 앉혀놓고, 흰 옥구슬 같은 잔치자리에 나를 손님으로 맞아주네. 모임 즐김이 미흡함을 서러워하는데, 金烏(금오: 태양)가 새벽을 재촉함을 맞는구나. 취해서 옷자락 휘날리며 호탕하게 노래 부르니, 모든 사람 입이 놀라 한결같이 환하구나."라고 하였다 하니, 이는 바로 그날의 일로 잘 말해 놓은 것이다.

우리 조선이 모화관에서 중국 사신을 맞이하여 숭례문 안에 있는 太平館(태평관)에 묵게 했는데, 지금은 모두 헐렸다. 甲午(갑오: 1894)년에 일본의 권유로 인해 政務(정무)를 更張(경장: 고쳐 새롭게 함)하고 이어 獨立(독립)을 선언하며 이 모화관을 헐어냈으나, 그 앞에는 아직도 延詔門(연조문)이 있었다. 徐載弼(서재필)이 甲申政變(갑신정변)의 괴수가 되어 미국으로 망명했다가 후에 우리나라로 돌아와서는 獨立協會(독립협회)를 설립하고 모금을 하여 (3,825원) 연조문을 헐어내고, 丙申(병신)년에 獨立門(독립문)을 세웠다. 이는 비록 통쾌한 일이나, 그래도 황제의 조서를 받들던 서글픔이 남아 있으니, 아주 없앰만 못하다.

己未(기미: 1979)년에 城山大路(성산대로)가 여기를 통과하게 되어, 그 옆으

---

224) 唐太宗(당태종)이 8월 보름날 밤에 달 속에서 놀다가 큰 궁궐을 보았는데, 거기에 廣寒淸虛之府(광한청허지부)라는 편액이 걸려있었다 한다. 즉 신선이 사는 仙宮(선궁)을 이름.

로 옮겨 세우고 주변에 꽃과 나무를 심어 시민들이 휴게하는 곳이 되게 하였다. 古蹟(고적)을 보호하려는 뜻인즉 찬양하지 않을 수 없다.

我國處于亞洲之東 檀君箕子建國以來 至高句麗渤海 占據滿洲地方 與中國爭霸 而新羅借中國之力 統合三國 而甘行以小事大之禮 消磨自主之心 至韓國之初 恪事明朝免其征討之事 設慕華館於敦義門外 西北明人董越朝鮮賦略曰 慕華館設於坤麓 崇禮門正乎離位 一以憩周爰之皇華 迓會同之文軌 樓培盡爲文錦所 衣被臥榻則環以八面 幃屛珠簾 則加以牛捲香鉤 雞鳴則候問安之 使騎出則鳴夾道之驑 有緝御以給 使令有楮墨 以偕唱酬 詔至殿庭 展軒懸於階墀列障 幕於庭宇東西 乃分賓主 方交拜以成禮 遂假譯以傳語 歌天保之周詩 祝日升之皇祚 於此可見屈辱之事 而以尊周攘夷之說爲國法 日本先學新文化而來 侵然不自省焉 而亡國甚可恨也 祈順登樓賦略曰 余生世濩落兮 嘆浮生其有幾聞蓬壺之淸勝兮 欲一至以償夙願 走紹傳於東韓 聳邦人之觀聽 退假寓於太平兮 有無涯之淸興 登斯樓以縱目兮 會萬景而一之王宮 鬱其輝映兮 城郭曠其逶迤 前南山之蠹立兮 後北岳之崔嵬 脩廊聯於九衢兮 廬舍遍乎四圍 坐余於淸虛之府 賓余於白玉之筵 悵良晤其未洽兮 倏金烏之催旦 醉拂衣而浩歌兮 驚衆口之一粲 此是當日卽事而善言愛 我朝迎中國使臣於慕華館 留待於太平館 在崇禮門內 今皆毁撤無跡 甲午因日本之勸更長政務 而仍宣獨立毁此館 而館前尙有延詔門 徐載弼因甲申政變之魁 亡命于米國 後換局設獨立協會 募金 (三千八百五十五圓) 而毁延詔門 丙申建獨立門 此時雖云快事 而尙留延詔之感 不如泯滅 己未因城山大輅之通過移 建于其傍 而植花木於邊 而爲市民休憩之所 古跡保護之意 則不可不讚也

觀瀑亭記
관폭정기

신선의 세계에 하늘을 날고 땅을 주름잡는 기술이 있었다 하나, 옛 사람들은 그를 몰라 미친 헛소리라 했다. 지금은 비행기를 타고 하늘에 올라 속세의 사람들이 신선의 달나라 궁전을 엿보고, 자동차를 굴려 땅을 주름잡아 한나절이면 천 리 먼 길을 갈 수 있다. 지금 사람들은 곧바로 신선의 술법을 행하니, 天然(천연)의 이치를 써서 人工(인공)의 묘기를 행한다. 석유와 전기를 써 걷지 않고도 만 리 길을 가고, 보지 않고도 육대주 말을 다 듣는다. 그 외에도 이용후생의 물건이 손가락으로 꼽을 수 없을 만큼 많다.

나는 나라를 잃은 실망감으로 어려서 부지런히 배우지 않고 옛 것이 옳고 지금 것은 그르다 하여, 끝내 아무 생각 없이 있으나 마나 한 사람이 되었다.

아무것도 듣지 않고 세상을 잊으려 했으나, 느지막이 또한 놀러 다니기를 좋아했다. 어려서부터 늙어서까지 유유히 자신을 버리는 것을 달게 여겼다. 궁벽한 오막살이 탁상에 기대어 기리 한가로움을 달래는 방책을 삼았고, 지팡이 짚고 사람 없는 골짜기를 다니며 억지로라도 경치 좋은 곳을 찾아 다녔다. 느긋이 산과 물 사이로 돌아다니며 안개와 노을 진 경치 속에 즐거움을 붙이고, 그 초연하게 스스로 얻어지는 흥취를 찾고자 했다.

庚申(경신: 1980)년 여름에 인공폭포가 지어졌다는 소리를 듣고, 새로운 기이함을 어찌지 못해 詩(시) 짓는 친구 여남은 명과 가서 보았다. 崔圭夏(최규하) 대통령이 휴게소가 없는 것을 탐탁스럽게 여기지 않아 영등포 구청장에게 명령하여 정자 여남은 칸을 짓고 門楣(문미)에 觀瀑亭(관폭정)이라고 현판을 걸었다. 정자 안에 의자와 탁자를 놓고 茶果(다과)를 제공하니 관광하기에 매우 편하다. 또 구조가 정밀하고, 처마와 기둥이 시원하게 통하니, 눈을 들어보면 가까이는 푸른 들이 열려있고, 멀리는 파란 하늘과 닿아있다. 빡빡하게 남쪽에 솟아 있는 것은 冠岳山(관악산)이요, 우뚝 북쪽에 솟아 있는 것은 金華山(금화산)이다. 楊花(양화)나루의 물이 그 뒤를 두르고, 城山大路(성산대로)가 그 앞을 지난다. 기이한 꽃과 아름다운 나무를 그 사이에 섞어 심어놓고, 산을 깎아 끊어진 언덕을 만들어 인공으로 절벽을 이루었다. 전기로 땅 아래 있는 물을 끌어올려 아래 열길 폭포로 흘려보내고, 그 아래에 땅을 파서 둑을 쌓고 물을 가두어 연못을 만들고, 몰래 산 위로 물을 보냈다 다시 내려보낸다. 처음에는 玉(옥) 무지개가 푸르른 벽에 걸려있는 듯하더니, 다시 보니 파란 하늘에 은하수가 터져 내려와 날라 흩어지는 물방울이 구슬 떨어지듯 한다. 소리도 천둥소리 같으니, 진정 壯觀(장관)으로 관광하러 온 남녀가 하루에 수백 명이다. 그 기이한 형상은 비록 글재주 좋다 해도 그림 솜씨 낫다 해도 그 기묘함을 그려내기 어렵다.

仙家有升天縮地之術 而古人不知故 以爲狂誕 今日乘飛行機而升天 俗人窺仙人之月宮 驅自動車而縮地 半日行千里之遠路 今人直行仙術 用天然之理 行人工之妙也 用石油電氣 不步而行萬里之路 不見而聽六洲之語 其外利用厚生之物 指不可勝數也 余徒有感於失國 少不勤學 是古非今 終作空空無有之人 欲無聞而忘世 晚亦好遊 自少至老 甘爲悠悠 自棄之物 依床窮廬 長爲養閒之策 扶筇空谷 强作探勝之行 悠悠山水之間 寓樂烟霞之境 欲求其超然自得之趣也 庚申之夏 聞人工瀑布之作 不勝新奇 會詩朋十餘人往觀之 崔圭夏大統領 嫌無休憩所 命永登浦區廳長 建亭十數間 題楣曰觀瀑亭 亭內設椅卓而供茶果 觀光甚便矣 且結構精密簷梠通敞 依欄縱目 近開野綠 遠接天碧 鬱然峙於南者冠岳 巍然秀於北者金華山 楊花渡之水繞其後 城山大路過其前 奇花佳木雜植其間 削山而成斷崖 以化學成絶壁 以電氣引地下水而流下十尋 瀑布其下穿地築堤 積水成潭 暗送于山上而復下 初疑玉虹掛於翠壁 更訝銀河結於碧空 散之飛溜 成珠落之流 聲如雷 眞是壯觀 男女之觀光者 日數百人 其奇異之狀 雖工文善畫 難寫其妙

松廣寺記

송광사기

내가 좋지 못한 때에 태어나 이 세상과 단절할 생각으로 친구들을 불러 같이 혹은 세상 사는 얘기를 하거나 혹은 산과 물가로 노닐며 술과 詩(시)로 스스로 즐겼다.

癸未(계미: 1943)년 농사를 그만둔 후로 시간 나면 한가로이 지팡이 짚고 샘물 소리와 산간 빛깔 속에서 興(흥)을 타고 시를 읊으며 느긋이 날을 보냈다. 丙申(병신: 1956)년 늦은 봄 언 땅이 풀려 언덕에는 풀들이 점점 향기로워지고 시냇가에 버들은 노란 잎을 흔들고 뜰에 복숭아는 붉은 색을 찌어낼 때, 봄 준비가 다 되었으니 沂水(기수)에 목욕하는 高躅(고탁)[225]을 흠모하여 裡里(이리)로부터 順天(순천)을 두루 찾았다.

邑(읍) 안에 산과 물이 기이하고 아름다워 세상에서 小江南(소강남)이라 하니 한쪽 모퉁이는 바다에 접했고, 삼면은 산이 연이어 있어 거뭇한 산 빛이 멀리는 엷고 가까이는 짙다. 고려 말엽부터 바다 도적이 매우 드세져 바닷가 마을은 도적의 늪이 되었고, 그중 이 고을이 가장 참혹했다. 임진왜란 이후 사는 사람이 많아지고 물자가 풍부해지니, 남쪽 고을 중에서는 제일이 되었다. 근래에 큰 도시를 이루었으니 세 개의 산이 아울러 서 있고, 좌우에는 맑은 냇물이 있어 두 물이 합해 도시 밖으로 흘러 九江(구강)이 되어 바다로 들어간다.

松廣寺(송광사)는 曹溪山(조계산)에 있으니, 신라 말엽에 慧朗禪寺(혜랑선사)가 창건하여 처음에는 吉祥寺(길상사)라 불렀다. 普照國師(보조국사)가 唐(당)나라로부터 木造菩薩跨師子像(목조보살과사자상: 보살이 사자를 걸터앉고 있는 나무로 만든 형상)을 받아왔고, 고려 熙宗(희종) 4년에 명하여 송광사라 불렀

---

225) 浴沂之樂(욕기지락)이라 하요 孔子(공자)가 기수 물가에서 제자들과 강론을 즐기던 일을 빗대어, 제자들을 데리고 교외에 나서 노는 즐거움을 말함.

다. 골짜기는 깊숙이 얌전하고, 아름다운 나무는 가지가 얽혀있고, 시냇물은 밑바닥 환히 보이도록 맑아 여러 흐름을 합해 흘러 세력이 커져서는 큰 소리로 빈 산을 울리며 찬 물을 내뿜는다. 바다와 하늘에 접해 산은 들을 가로지르고 밭두둑이 나머지에 굽이지니, 아득히 눈을 들어 볼 수 있는 데까지 보아도 끝이 없다.

중 沖藏(충장)이 과거에 2등으로 급제하고서도 몸을 빼내 이곳에 이르러 진리를 닦았다. 崔怡(최이)가 知奏事(지주사)가 되어 글을 써 차와 향 및 楞嚴經(능엄경)을 보내고, 使者(사자)가 돌아가며 보고할 편지를 요청하자 沖藏禪師(충장선사)가 말하기를 "내가 이미 속세와 단절하였는데 무슨 편지로 왕복을 한단 말이냐!" 하였지만, 사자가 끈질기게 요구하고 또 시를 써 선사에게 드리자 선사가 그 시의 韻(운)에 맞추어 다음과 같이 읊었다:

> 수척한 鶴(학) 조용히 소나무 위에 뜬 달 아래 높이 날고
> 한가로이 구름은 가볍게 고개머리 바람을 쫓는구나
> 그중 面目(면목)이 천 리를 가도 같으리니
> 어찌 다시 새로 퍼덕여 한마디 말로 통하리오!

그리고는 끝내 답 편지를 주지 않았다.

懶翁大師(나옹대사)는 寧海(영해) 사람으로 이름은 惠勤(혜근)이요, 속세에서의 성씨는 張(장)씨이다. 그 어머니가 바야흐로 임신하였을 때 보름날 밤이었다. 세금을 못내 관리에게 쫓기다 연못가에 이르러 홀연히 애를 낳았다. 애를 버리고 도망쳤다 돌아와 보니, 烏鵲(오작: 까마귀와 까치)이 날개로 애를 덮어 아직도 살아있었으므로 안고 돌아왔다. 마침내는 道(도)를 닦아 神僧(신승)이 되어 佛法(불법)을 크게 넓히니, 후세 사람들이 그 땅을 烏鵲淵(오작연)이라 이름 지었다. 나옹대사도 또한 이 절에 머물렀고, 장삼가사와 바리를 無學大師(무학대사)에게 전했다.

튼 산이 북쪽을 지켜주고, 푸른 바다가 남쪽에서 당겨주고, 무성한 숲과 길쭉길쭉한 대나무가 좌우에서 번갈아 푸르다. 안개 속에서 산봉우리와 섬들이

멀리 또 가까이 서로 바라본다. 맑은 날 아지랑이가 하늘에 짙게 응어리지고, 그 끝에 노을빛이 멀리 바다 위에 떠있으며 古蹟(고적)이 많다. 普照國師(보조국사) 아래로 열여섯 명 國師(국사)의 초상이 있고, 나무로 만든 말구유가 있는데 그 크기가 배만하다. 뜰에는 고목 한 그루가 있는데 몇 백 년을 더듬어 살았는지 알지 못하나 줄기와 가지가 모두 완전하다. 꽃은 銀(은)처럼 흰데, 뿜어나오는 냄새가 매우 매우니 어떤 나무인지 알지 못한다.

또 光陽(광양)에 이르니, 일찍이 觀潮樓(관조루)가 있었다. 甲午(갑오: 1894)년 東學亂(동학란)에 불타 없어진 것을 辛丑(신축: 1901)년에 郡守(군수) 李重翼(이중익)이 중건하였다. 그가 지은 上樑文(상량문)에 이르기를 "이 馬老山城(마노산성)과 蟾津江(섬진강)의 요충지를 돌아보니, 실로 봉황새가 울고 용이 웅크린 빼어난 땅이네. 草浦(초포)에서 지난 어려운 일 꿈꿔보나 李忠武公(이충무공)의 신비한 계책 엿보기 어렵고, 雲山(운산)에서 높은 풍모를 우러러보니 舍人(사인) 崔山斗(최산두)가 남긴 향기를 뜰 수 있네. 귤 숨긴 소매에 광주리 올리니 예나 지금이나 물산 풍부하고, 물고기 소금 모여드는 늪 연못이라 하니 멀리 가까이 장사꾼과 나그네 모여드네."라고 하였으니, 여기에서 이 고을의 빼어난 형세를 알 수 있다. 新齋(신재) 최산두가 여기에 살았으니, 湖南(호남)의 三傑(삼걸)이라 불린다.

고을 가까이 東川(동천)가에 岩淵亭(암연정)이 있으니, 處士(처사) 徐千鍾(서천종) 공이 세운 바이다. 아래에 십 리나 길게 뻗은 물가가 있어, 안개 속 물결이 아득하니 위아래 하늘빛이 온통 하나로 푸르다. 물 근원은 白鷄山(백계산)에서 나와 玉龍洞(옥룡동)부터 바위가 연못의 병풍을 지으니, 연못이 바위의 띠가 된다. 雲岳(운악)이 그 북쪽에 솟아 있고, 층층이 산들이 서로 인사하고 있으며 큰 바다가 그 남쪽을 지나니 성난 파도가 첩첩이 일어난다. 마침 金南重(김남중) 공이 이곳에서 귀양살이를 하며 적은 것이 있으니, 다음날 河東(하동)을 향하여 간다.

余生丁不辰 念絶斯世 招朋隨伴 或說桑麻 或遊山水 觴詠自樂 癸未廢農

以後 時以閒筇徜徉乎泉聲岳色之中 乘興賦詩 優遊度日 丙申暮春 土脈已

融 岸草漸芳 溪柳搖黃 園桃蒸紅 春服既成 慕浴沂之高躅自裡里 歷訪順天

邑中 山水奇麗 世稱小江南 一隅接海潮聲斷續 三面連山 黛色淡濃 自高麗

末海寇孔熾 沿海爲賊藪 此邑最慘 壬亂以後 生齒之繁 物貨之富 爲南州之

甲 近年成大都市 三山竝立 左右有清川 二水合市外 而爲九江入于海 松廣

寺在曹溪山 新羅末慧朗禪師 創建而初稱吉祥寺 普照國師自唐得木造菩薩

跨獅子像而來 高麗熙宗 (四年) 命稱松廣 洞壑窈窕 佳木交柯 溪流瀯澈合

衆流 而勢大響空山 而噴冷水接海 天山橫野 隴紆餘渺漫 極目無涯 僧冲藏

初以南省亞元 脫身到此社修眞 崔怡爲知奏事 以書遺茶香及楞嚴經 使還請

報書 師曰予已絶俗 何修書往復爲使强迫之 且以詩贈師卽次韻曰 瘦鶴靜翹

松頂月 閒雲輕逐嶺頭風 箇中面目同千里 何更新翻語一通 卒不以書答 懶

翁大師寧海人 名惠勤 俗姓張 母方娠 月滿以負租爲官促 至淵上 忽解娩棄

兒去及還 烏鵲覆翼 兒猶生 抱而歸 竟修道而爲神僧 大弘不法 而後人名其

地爲鵲淵 懶翁亦住視寺 以衣鉢傳無學 大岳鎭北 蒼海控南 茂林脩竹 左右

交翠 烟岑霧島遠近相望 晴嵐淡凝於天末 彩霞遠浮於海上 多古蹟 有普照

以下十六國師肖像 有木槽 其大如舟 庭有古木一株 不知歷幾百歲 而枝幹

皆完 花白如銀 香觸鼻甚辛 不知何木 又到光陽 曾有觀潮樓 甲午東匪之亂

燒燼 辛丑郡守李重翼重建 所著上樑文有曰 顧玆馬老 (山城) 蟾津 (江) 之

要衝 實爲鳳鳴龍盤之勝地 夢前塵於草浦 李忠武之神籌難規 仰高風於雲山

崔舍人 (山斗) 之流芳可挹 登筐篚於橘柚 今古物豐稱淵藪 於漁鹽遐邇商旅

於此 可知邑之形勝 崔新齋 (山斗) 居此 世稱湖南三傑 邑近東川之上 有岩

淵亭 處士徐公 (千鍾) 所建 下有十里長洲 烟波渺茫 上下天光 一碧萬頃

源出白鷄山來 自玉龍洞而岩作淵之屛 淵爲岩之帶 雲岳峙其北 層岳相揖大

海 經其南怒濤疊起 時有金公南重謫居此地記之 翌向河東而去

白雲庵記
백운암기

옛사람들이 말하기를, "하늘과 땅 사이에 서서 우러러보나 굽어보나 한 점 부끄럼 없으면 남들에게 알려지기를 구하지 않아도 남들이 스스로 알아주고, 천하 후세에서 알아주기를 구하지 않아도 천하 후세에서 어쩔 수 없이 알아주는 것, 그것은 오직 文字(문자)일 뿐이다."라고 하였다.

이는 내가 느끼는 바이기도 하다. 한평생 힘을 쓴 것이 程子(정자)와 朱子(주자)의 德行(덕행)에서 벗어나지 않았고, 온 마음은 항상 歐陽脩(구양수)와 蘇東坡(소동파)의 文章(문장)에 있어 수천 편의 詩文(시문)을 짓고 예부터 내려오는 遺風(유풍)을 배웠다. 그러나 벌레 먹은 작은 나뭇가지로 어찌 옛사람에게 비할 수 있겠는가! 그 산과 물에서 읊조리며 다니는 것은 특별히 한가한 틈을 타서 경치를 감상하려는 것이 아니고, 초연하게 스스로 얻는 취향을 찾으려 하기 때문이다.

己未(기미: 1979)년 여름 東逸(동일) 嚴泰斗(엄태두) 님이 나를 대신해 江南詩社長(강남시사장)이 되고, 上道洞(상도동) 白雲庵(백운암)에서 모임을 열고 말하기를 "내가 근처에 살면서도 이런 좋은 곳이 있는지를 몰랐다. 내가 지나치던 곳인데 동네를 둘러 있는 것은 襟芝山(금지산) 줄기로 깊이 길게 골짜기를 이루었고, 산꼭대기와 골짝에는 그저 잡목만 있는 황무지였다. 지금 이곳에 오는 것이 이미 십여 년 지났는데 좌우로는 점차 화려한 시가지가 이루어지고, 앞에는 崇田大學(숭전대학)이 있고, 뒤에는 백운암이 있다. 지은 이가 누구인가? 張鳳玉(장봉옥) 여사인데, 子女(자녀)가 없다. 불교를 독실하게 믿어 항상 착한 마음으로 널리 베풀어 대중을 구제하였다. 불교는 인도에서 일어났다. 그 설법은 사람이 죽어도 영혼은 없어지지 않고, 그 지은 잘잘못에 따라 윤회하여 바뀐 삶을 받는다. 착한 일을 했던 자는 복을 누리고, 나쁜 일을 했던 자는 고생을 한다. 만약 부처를 섬기고 중에게 시주하면 부처는 자비로 마음을 삼고, 기쁘게 내어주는 것으로 기쁨을 삼으니 죽은 자는 죄를 면하고 즐거움을 얻으며, 산 자 또한 그 도움을 받아, 그에 응하는 보답이 차질이 없다 한다. 번역되어 중국에 전해지고 깊이 四海(사해)에 퍼진지가 수천 년이다. 날이 갈수록 더욱 치열해져서, 우매한 남녀라도 福(복)을 찾는 무리들은 높여 믿지 않는 이가 없다. 우리나라에는 신라와 고려 이래로 사찰을 많이 설치하여 남모르게 도움을 받으려 하니, 탑과 대웅전이 산골짜기에 차려져 서로 바라보게 됐다. 근래에 유교가 쇠락하니, 복을 찾는 무리들이 사찰을 증설하였다. 여사가 이 한 구역을 사들이고 황무지를 개벽하여 佛殿(불전) 여러 채를 짓고, 옆에 부인들을 위한 경로당인 誠助會館(성조회관) 등 큰 건물을 지었다. 그 비용을 홀로 자신이 마련하였으니, 역시 慈善(자선)을 베푸는 마음인지라 사람들이 모두 칭송한다."라고 하였다.

산은 빼어나고 물은 맑다. 무리 진 산들이 삼면을 둘러쌌는데 푸르름이 모여 더욱 푸르게 모여 처마 끝에서 손잡고 인사 올리는 것처럼 보이는 것은 襟芝山(금지산)이다. 큰 강이 그 옆을 지나는데 맑기가 거울 면 같고 무지개 허리처럼 가로질러 구불구불 동네 뒤로 흐르는 것이 漢江(한강)이다. 江山(강산)에서 슬슬 걸어 다니는 것은 바로 놀며 즐기는 것만이 아니고, 번거로움을 씻어내고 정신을 편안하게 하는 것이다. 산의 형세가 동쪽으로 흘러와 골짜기를 이루었는데 소나무와 삼나무가 울창하고, 너른 들이 남쪽으로 열려 시가지를 이루어 人家(인가)가 빽빽이 들어차있다. 백운암의 위 골짜기에는 또 아이들이 노는 장소 및 공원을 마련하고, 언덕에는 석축을 쌓고 돌 사이로 여러 가지 꽃과 풀을 심어놓았다. 만약 봄바람이 불어 사립문이 화창해지면 붉은 색은 선명해지고 녹색은 짙어지며, 나비는 춤추고 제비 지저귄다. 여름 뜨거운 볕이 하늘에 흐르면 맑은 그늘 아래서 더위를 씻으니, 꾀꼬리 노래하고 매미 울어댄다. 가을 서리가 땅에 떨어지면 붉은 단풍과 노란 국화가 또한 감상할만하다. 그래도 물과 산은 그대로 있어 구름과 안개 사이로 감춰진 모습 비치고, 놀러 오는 남녀가 매우 많다. 그러나 봄바람과 가을달의 기상이 천차만별하니, 사람은 사람이요 경치는 경치라 각각 따로 논다. 지금 이 정원에 오르는 것은 그 즐거움을 담아두어 보이게 남겨두려는 것이니, 詩(시)가 아니면 그림이다. 손님과 주인이 서로 환대하니, 전해지는 裵相國(배상국)에 있어서의 暉老(휘노)[226]와 白少傅(백소부: 백거이)에 있어서의 滿公(만공)[227]에게 남겨있는 주고받은 문답처럼 전해져 빼어난 일이 될 것이다.

나는 詩社(시사)의 일로 술 마시기를 마다하지 않고, 매주 시인들을 모아 시와 술로 서로 즐긴다. 불콰하게 취해 글재주 겨루는 중에 風月(풍월) 읊음이 한가롭지 않다. 꽃과 새들은 매우 슬픈듯하고, 시냇물과 산은 생색내니 그 개운하고 깨끗한 마음이 확 터지는 기운이 이 어찌 우러러보고 굽어보는 사이에 얻음이 없지 않겠는가! 혹시 다른 날 나를 알아주는 후세 사람이 있으면 다행이리라! 느끼는 바가 있어 그 일을 이리 적는다.

古人云 中天地而立 仲不愧而俯不怍 不求聞於人 而人自聞之 不求知於天下後世 而天下後世 自不得不知 其惟文字乎 此余所感焉 而一生用力不外乎程朱之德行 專心恒在於歐蘇之文章 著詩文數千篇 學古之遺風 然以雕蟲小技 何足比古人乎 其嘯詠於山水 非特儵閒賞景 所以求其超然 自得之趣也 己未初夏 東逸嚴泰斗甫 代余而爲江南詩社長 開會於上道洞白雲庵曰 余居近處 不知有此名區 余曾所過之地 而環其洞者衿芝山之支脈 而深成長谷山顚 谷上只成雜木荒蕪之地 今來此地 已過十餘年 左右漸成華街 而前有崇田大學校 後有白雲庵 作之者誰 張鳳玉女史而無子女 篤信佛敎 恒以善心博施濟衆 佛敎起於印度而其說人死而靈不滅 隨其所作善惡 輪轉受生善者享福 惡者苦生 若事佛飯僧 則佛以慈悲爲心 喜捨爲德 使死者免罪得樂 生者亦蒙其佑 報應不差 譯傳中國 覃及四海 歷數千載 愈久而愈熾 愚夫愚婦求福之輩 莫不崇信 我東則自新羅以來 多置寺刹以求密佑 塔殿之設相望於山谷 近來吾道已衰 而求福之輩增設寺刹 女史買此一區闢荒蕪 而設數棟之佛宇 傍建婦人敬老堂 誠助會館等大廈 而其費獨自經 紀亦施慈善之

---

226) 중국 唐(당)나라 때의 고승.
227) 중국 唐(당)나라 때의 고승.

心 人皆稱頌 山秀而水淸 群岳環其三面 攢靑蹙翠拱揖于簷端者衿芝山也
大江過其傍 淸如鏡面 而橫如虹腰 透迤于洞後者漢江也 逍遙江山 非直遊
玩而已 可以滌煩怡神 山勢東來而成洞 松杉蔚蒼 曠野南闢而成市 人家稠
密 庵之上谷中 又設小兒戲遊場及公園 築岸以奇石 石間雜植花卉 若東風
扇和 紅善綠縟 蝶舞燕語 畏景流空 淸陰滌暑 鶯歌蟬鳴 秋霜落地 紅葉黃花
亦可堪賞 剩水殘山 隱映於雲烟之間 男女來遊者甚多 然春風秋月 氣象千
萬 而人自人景自景矣 今登此園 所以寓其樂 而形於物 非詩則畵也 賓主相
歡 暉老之於裵相國 滿公之於白沙 傳留酬問答 傳爲勝事 余以詩社之事 不
嫌酬酢 而每週會騷人 以詩酒相樂 紅酣白戰之中 風月不閒 花鳥甚愁 而溪
山生色 其灑落之懷 恢廓之氣 豈不有得於俯仰之間 而或有後人知我於他日
則幸矣 有感而敍其事

龍門寺記
용문사기

땅은 사람이 없으면 그 아름다움을 드러낼 수 없고, 사람은 詩(시)가 없으면
그 빛을 낼 수 없다. 비록 시냇물과 산이 아름답다 해도, 못난 사람이나 속된
선비가 그 아름다운 경지를 멋대로 밟으면 숲은 부끄러워하기를 다할 수 없고,
산골 물은 쉬지 않고 흐르기를 부끄러워한다. 文章(문장) 좋은 學士(학사)가
그를 기려 글을 지어주면 그 수려한 필치가 생색을 내고, 樹木(수목)은 성성함
을 머금어서, 그 이름이 더욱 드러난다. 李太白(이태백)의 採石江(채석강)의
달과 蘇東坡(소동파)의 赤壁(적벽)의 배가 그 널리 밝게 알려져 세속을 뛰어넘
는 표준이 되어 지금까지도 칭송되는 것은 그 文字(문자) 때문이다. 만약 山水
(산수)를 좋아하기만 하여 그 신기함을 감상하고 그 맑음에 기뻐하기는 하나,
문자로 기록해 지어내지 않는다면 비록 그 맑고 깨끗하여 세속 티끌을 벗어난

생각이라 하더라도, 이는 꿈속에서 靑山(청산)을 지나치는 것일 뿐이다.

天地(천지)가 나를 수고롭게 하여 살아가게 하니, 누군들 그런 수고로움이 없겠는가! 명예와 이득을 찾는 마당은 오직 六經(육경)[228] 안에서만 구하고, 집안이 몰락해도 달게 여기고 자취를 풍월 읊는 데 맡겨, 산과 물가에 느긋이 노닐며, 안개 긴 물결 이는 곳에서 천천히 걷는다. 아름다운 경치 속에서 배회하면서도 수려한 필치로 나타내지도 못하나, 오직 흠모하는 것은 이태백과 소동파의 문장인지라 사물의 뜻을 담아두고 좋은 경치에 대한 글을 지으며, 항상 세속 밖으로 초연하게 벗어나려는 마음이 있다.

지난해부터 내 친구 月浦(월포) 東翰(동한)이 龍門寺(용문사) 경치를 매우 칭송하였다. 시를 지으면 世道(세도)와 관련 없어 보일 듯하지만 세도의 오르내림을 볼 수 있으니, 만약 늙어서 몸 아프지도 않을 때 시끄러운 일 없으면 어찌 여럿이 같이 놀러 가볼 뜻이 없겠는가 하였다.

금년 초여름에 일고여덟 騷人(소인: 시인)들과 함께 廣陵津(광릉진)으로부터 차를 타고 楊平郡(양평군)에 이르렀다. 가는 버들가지가 들쭉날쭉 푸르스름한 장막을 모래사장 머리에 드리우고, 흐드러지게 핀 아름다운 꽃들이 언덕 위에 붉은 비단을 펼쳐놓았다. 점차 龍門山(용문산)으로 들어가니, 본래 이름은 彌智山(미지산)이었으나 절 이름을 빌려와서 용문산이 되었다. 楊根(양근)과 砥平(지평) 두 고을에 걸쳐 있어 천 겹 산 형세가 사방에 줄지어 있어, 산봉우리와 등성이가 병풍처럼 둘러있고 언덕 의 벽은 깎아 세운 듯하다. 앞뒤로 높게 솟아있으니, 구불구불하다 우뚝 솟은 것이 호랑이가 웅크려 앉은 것 같다. 한줄기 시냇물이 골짜기 가운데로 흘러 혹은 얕았다 혹은 깊었다 하다가 잠시 맑은 바람이 스쳐 지나가면 비단 물결무늬를 이루며 굽이져 가로질러 흐르니, 황홀하기가 銀(은) 무지개 같다. 단풍나무 참나무 소나무 잣나무가 위에 섞여 자라고 있으니 구름 걸친 숲이 그윽이 깊고, 물과 돌이 맑고 아름다워 神仙(신선)이 사는 경지로 들어가는 것 같다. 佛殿(불전)과 僧寮(승료: 중들의 거처) 수

---

[228] 詩(시) 書(서) 禮(예) 易(역) 樂(악) 春秋(춘추).

십 칸이 좌우로 줄지어 있으니, 이를 용문사라 한다. 고려 말엽의 옛 절로서 여러 차례 중수되었으니, 벽 바르고 칠한 것이 사치와 검약의 중도에 들어맞아 건물이 크고도 넓으며 서까래의 굵고 가늚도 규모에 합당하여, 튼튼히 지붕을 받치고 있으니 세속 티끌의 氣像(기상)은 전혀 없다.

고개 하나를 넘으면 암자가 있는데, 開玩庵(개완암)이라 한다. 옛날에 스님 한 분이 이 암자에 기거했는데, 나라님이 竹杖(죽장: 대 지팡이)을 하사하셔서 이름을 고쳐 竹杖庵(죽장암)이라 하였다 한다. 지금은 그 이름을 잃어 버렸다. 산의 높음에 근거하여 가슴께 있는 것 같으나, 실재는 조금 아래 그 배꼽쯤에 있다. 동쪽으로는 原州(원주)와 접해있고, 남쪽으로는 驪州(여주)와 이웃해 있으니 雉岳山(치악산)이 널리 바라보이고, 驪江(여강: 남한강)이 굽어보이는 것이 손바닥 안에 있는 듯하다. 눈 아래에는 무리 진 산봉우리들이 둥글게 줄지어 손잡고 인사하는 것 같으니 心神(심신)이 확 트여 바닷가 해변 머리에 서있는 듯하다. 암자가 시원히 높은 곳에 있어 산봉우리 숲에서 솟아난 것 같으니, 싱싱하게 푸름의 표본이다.

사철 경치가 시의 재료가 되어 눈에 보이는 것은 모두 맑고 깨끗하니, 세속을 잊기에 족하여 비록 훌륭한 문장이나 솜씨 좋은 화가라도 그 생김새를 비슷하게라도 그려 내기 어렵다. 시를 짓고 술잔을 주고받다 저녁 어스름을 타고 돌아왔다.

地非人無以顯其美 人非詩無以發其輝 雖有溪山之美 庸人俗士 枉踐佳境 林壑無盡 澗愧不歇 文章學士 題其褒辭 則雲烟動色 樹木含榮 其名尤著 李謫仙採石之月 蘇東坡赤壁之舟 其耿介拔俗之標 至今尚稱者 以其有文字也 若徒馳情於山水 玩其奇而喜其淸 然若無文字之記述 則雖瀟灑出塵之想 便是夢過靑山也 天地勞我以生則疇不有其勞乎名利之場 惟求於六經之中 甘於沈淪 托跡風詠 優遊山水 逍遙於烟波之上 徘徊於泉石 不使雲烟動色 而惟慕謫仙東坡之文章 寓物題景 常有超然物外之想矣 自去年 月浦余友東翰 極稱龍門寺景 題詠似不關於世道 而可以見世道之升沈 則若以

老而無恙時不騷擾 則豈無與人同遊之意乎 景色之妙 制作之雄 非目接難
以知其詳矣 今年初夏 與七八騷人 自廣陵津乘車 至楊平郡參差細柳 垂翠
幕於沙頭 爛漫佳花 鋪紅錦於岸上 漸入龍門寺 山本名彌智山 山之稱龍門
借寺之名 據楊根砥平兩縣之域 千疊山勢 列入四方 岡巒屛圍 崖壁如削 後
峯前峙 逶迤突兀 如虎蹲坐 一條溪水 流出谷中 或淺或深 清風乍過 錦浪成
紋 屈曲橫流 怳若銀虹楓欒 松柏雜生于上 雲林幽深 水石淸佳如入神仙洞
府 佛殿僧寮數十間 羅列左右 是謂龍門寺而麗末古刹 屢經重修 塗墍之奢
儉中節輪焉 奐焉欀桷之巨細合規苞矣 茂矣而絶無塵埃氣像 越一嶺有庵曰
開玩 古僧居其庵 而嘗受國王竹杖之賜 改名曰竹杖 今實其名矣 據山之高
而如在其心 然實在其臍 東接原州 南隣驪州 眺望雉岳 俯視驪江 如在掌中
眼下群峰 環列拱揖 心神闊然如立海渚之頭 庵之爽塏 出於林巒蒼翠之表
四時之景 堪作詩料 眼界淸淨 足以忘世 雖工文善畫者 難得其彷彿形容矣
賦詩酌酒 乘暮而還

白雲亭記
백운정기

하늘과 땅이 영검하고 맑은 기운을 모으고 길러 漢陽(한양) 山水(산수)의
빼어남을 이루었다. 물은 五臺山(오대산)으로부터 흘러나와 楊平(양평)에 이
르러 龍津(용진)과 합해지고, 廣州(광주)에 이르러 三田渡(삼전도)가 되고, 果
川(과천)에 이르러 漢江(한강)이 되고, 交河(교하)에 이르러 臨津(임진)과 합하
여 租江(조강)이 되어서 서쪽으로 흘러 바다로 들어간다. 산은 平康縣(평강현)
에서 일어나서 엎드려 구불구불 기다가 楊州(양주) 서남쪽에 이르러서 道峯山
(도봉산)이 되고, 또 나뉘어 三角山(삼각산)이 되니 일명 華山(화산)이니 明(명)
나라 董越(동월)의 朝鮮賦(조선부)에 이른 바 "산이 성곽 밖을 둘러싸 교만하기

가 봉황새가 내려다보는 빛과 같고, 소나무 뿌리에 쌓인 모래는 눈 내려 쌓였다 처음 갠 것처럼 하얗다."라고 한 것이다. 한줄기가 露積峯(노적봉)이 되어서는 북으로 北漢山(북한산)이 되고 남으로 나뉘어 北岳(북악)이 되니 景福宮(경복궁)의 뒷산이요, 한양 도성의 鎭山(진산)이다. 한강이 밖으로 가로질러 흐르고, 木覓山(목멱산)이 가운데에 솟아 줄지은 산봉우리들이 겹겹이 삼면을 둘러싸고, 안으로는 큰 길이 얼기설기하고, 밖으로는 회칠하여 단단히 한 성가퀴가 안아주고 있으니 李(이)씨 帝王(제왕)의 터전이 될 만한 곳이다.

북악이 솟기 전에 먼저 골짜기가 하나 이루어져 있으니, 神德王后(신덕왕후) 貞陵(정릉)의 구역 안이다. 내가 어려서부터 일본을 배척하여 新文學(신문학)을 배우지 않았다. 여린 붓으로 날카로운 쟁기를 삼고, 돌덩이 땅을 좋은 밭이라 여겨 禮(예)로써 밭 갈고, 배움으로써 김맸다. 沂水(기수)[229]에 불어오는 봄바람에 옷자락을 휘날리고, 濂溪(염계: 주돈이)[230]의 맑게 갠 하늘에 뜬 달을 향해 창문을 열고, 높이 올라 멀리 바라보고는 孔子(공자)가 泰山(태산)에 올라 天下(천하)가 작다 한 氣像(기상)을 생각하고, 물가에 나가 詩(시)를 지면서는 程夫子(정부자: 정호와 정이)가 냇가에서 읊조리던 것을 배웠다.

이리 하기를 수십 년, 이제 나이가 여든에 이른 庚申(경신: 1980)년 늦은 가을에 북악에 가보았다. 멀찍이 산 위를 쳐다보니 정자 하나가 있는데, 여덟 칸 구조에 천길 절벽 위에 서있다. 멀리 바라보니 용이 몸 서리고 있는 것 같고, 가까이 살펴보니 봉황새가 치올라오는 것 같다. 龍(용)의 腹部(복부)를 점거하고 봉황의 胸部(흉부)에 붙어있는데, 급기야 정자에 올라보니 팔면으로 골짜기가 열려있고 사방 바라 뵈는 곳이 모두 통해 있다. 눈 안에 들어오는 세계는 공활하고, 마음과 정신은 확 트여 편안하다. 市街地(시가지)가 바둑판 같고 큰 고층건물들이 구름 위 하늘로 솟아올라 있으니 상점과 공장이 아닌 것이 없으며, 물고기 비늘처럼 즐비하여 금빛과 푸른빛을 휘날린다. 멀리는 산봉우리들

---

229) 孔子(공자)가 제자들을 가르치던 곳에 있는 강 이름.
230) 北宋(북송) 시대의 儒學者(유학자).

이 하늘에 떠 손잡고 정자 위에 인사드리고, 겹겹이 골짜기에는 구름과 노을이 아득하다. 십 리나 넘게 이어지는 산봉우리에 풀과 나무는 푸르고 푸르며, 기암괴석이 호랑이와 표범이 뛰어오르는 것 같이 위 아래로 어긋나게 줄져 있다. 아름다운 꽃과 신령스러운 나무들이 옥구슬처럼 찬란히 빛내며 동쪽 서쪽 넓은 공간을 덮고 있고, 푸르름이 쌓인 기운이 주렴과 난간에 날아 움직인다.

이 정자에 오는 이들은 누구인가? 늘그막에 일없는 사람들이 활쏘기를 연습하는 곳이다. 옛날에는 敵(적)을 막는 데 썼으나, 지금은 몸을 건강하게 하는 기술이다. 과녁을 설치해놓고 활 쏘는 堂(당)에 올라 騶虞(추우)[231]를 부르며 절도 있게 연습하여 백 걸음 밖의 버드나무 가지를 꿰뚫는 기술이다. 정자에는 白雲(백운)이라는 扁額(편액)을 걸었으니 아마도 三角山(삼각산)의 가운데 봉우리인 白雲臺(백운대)와 마주한다 하여 이름을 빌려온 것 같으나, 실제는 나그네들이 모였다 흩어지는 것이 白雲(백운: 흰구름)이 모였다 흩어지는 것과 같아서이다.

구름이 이는 것은 스스로 그 흩어지는 바가 없다. 그렇다고 돌아가는 곳도 없어서 太虛(태허: 하늘) 사이에 떠돌며 빛을 내면 환해지고, 먹구름이 되면 어두워진다. 삽시간 눈 깜짝할 사이에 혹은 흰 옷 같다가 혹은 검은 강아지같이 되니, 변화가 무상하여 氣象(기상)이 千變萬化(천변만화)한다. 바라보면 올라 탈 수 있을 것 같다가 움켜쥐려 하면 바로 흔적 없이 사라져 찾아낼 수가 없다.

대저 정자의 近景(근경)을 살펴보면 봄바람이 불어 사립문 밖이 화창해지면 아름다운 풀들이 다투어 돋아나고, 여름 뜨거운 볕이 하늘에 흐르면 맑은 바람이 저절로 일고, 단풍과 국화로 장식되는 가을에는 비단 병풍이 펼쳐 열리고, 소복이 쌓이는 눈이 처음 개이면 천 리가 한 가지 색이 된다. 혹은 소나무를 어루만지며 여러 시간 빙빙 돌고, 혹은 탁상에 기대어 십 리 밖을 둘러보니 사철 풍경이 무궁하여 시로도 다 적어낼 수 없고, 그림으로도 다 그려낼 수

---

231) 騶虞(추우)는 신령스런 상상의 짐승 이름이나, 옛날에 활쏘기 연습을 할 때에는 화살 하나씩 쏠 때마다 이를 찬양하는 노래를 불렀다 함.

없다. 산수의 아름다움이 이 땅에 모여 있으니, 느끼는 대로 적어서 뒤에 사람들이 볼 수 있게 하려 한다.

天地鍾毓靈淑之氣 成漢陽山水之勝 水自五臺山流出至楊平 與龍津合至廣州爲三田渡 至果川爲漢江至交河與臨津 合而爲祖江 西入于海山 自平康縣起伏迤邐而至楊州 西南爲道峯山 又分爲三角山 一名華山 明董越朝鮮賦所謂 山圍郭外矯然 翔鳳之覽 輝沙積松根鵠乎 積雪之初霽 一枝爲露積峯而北分爲北漢山 南分爲北岳景福宮之後山 而京師之鎭山也 漢江橫流於外木覓山峙于中 列峀重圍於三面 內繞以紫陌 外包以粉堞 所以爲李氏帝王之基也 北岳未起 先作洞壑 神德王后貞陵之局內也 余自幼時 排日而不學新文學 以彤管爲利 未以石鄕爲良田 耕之以禮 耨之以學 衣拂沂水之春風 窓開濂溪之霽月 登高望遠 則想孔夫子登泰山之氣像 臨流賦詩 則學程夫子在川上之嘯詠數十年 今當八耋 庚申暮秋 有北岳之行 遙見山上有一亭 構以八間立于千仞之上 遠而望之 若龍盤焉 近而視之 若鳳峙焉 據龍之腹 附鳳之膺及其登亭 八面洞開 四望皆通 眼界空闊 心曠神怡 市街如棊局 而豊樓層閣聳出雲霄 無非商店工場而鱗錯櫛比 輝映金碧 遠岀浮空 拱揖于亭上 千重洞壑 雲霞縹緲 十里峰巒 草樹靑蔥 奇岩怪石 如虎豹之騰躍 而錯列上下 嘉花靈木 如珠璣之璀璨 而掩翳東西空曠 積翠之氣 飛動於簾櫳之間 作亭者誰暮境無事之人 習弓術之所也 告爲禦敵之用 而今作健身之術 設正鵠以升堂歌騶虞而爲節 習百步穿楊之技也 揭亭以白雲之額 蓋以與三角山中峰白雲坮相對而借稱云 其實客子之離合 如白雲之聚散也 雲之其興也 無所自其散也 無所歸浮遊於太虛之間 炳然而明 黯然而陰 倏忽之間 或如白衣 或如蒼狗 變化無常 氣象萬千 望之如可承攬 卽之微茫無可摸索 觀夫亭之近景 東風扇和 佳卉爭發 畏景流空 淸風自生 楓菊粧秋 錦屛展開 密雪初霽 千里一色 或撫松而盤桓乎 數時之頃 或依床而環覽乎 十里之外 四時之景無窮 而詩不能盡記 畵不能盡摹山水之美 聚于此地也 隨感而記之 以爲後考

鳳隱庵記

봉은암기

自古(자고)로 人傑(인걸)은 땅의 靈驗(영험)한 기운을 받아 태어난다. 天地(천지)가 영검하고 맑은 기운을 모으고 길러 江山(강산)의 빼어난 기이한 절경을 이루고 명철한 인재를 도탑게 태어나게 하시니 詩經(시경)에 이른바 "저 큰 산의 神(신)이 내려오셔서, 甫(보)땅의 제후와 申(신) 땅의 백작을 낳게 하셨네."[232]라는 것이다.

우리 선조 雙淸堂(쌍청당) 府君(부군)이 宋村(송촌)에 자리를 잡아 거주하신 이후 德(덕)을 쌓고 仁(인)을 거듭하여 慶事(경사)가 멀리 자손에게까지 흘러 훌륭한 인재들이 대대로 이어지니, 이름난 賢者(현자)와 훌륭한 儒學者(유학자)가 이어 나와 서로 이어 받아서 대대로 그 아름다움을 더했다.

鷄足山(계족산)이 珍山(진산)의 大芚山(대둔산)으로부터 구불구불 수십 리를 굽어 나와 懷德(회덕) 마을 경계에 이르러서는 길치 고개가 된다. 서울로부터 嶺南(영남)으로 가면 지나가는 큰 길이 있었으나, 지금은 길이 닫혔다. 또 5리를 가면 동쪽으로 맑게 솟은 봉우리가 있으니 왼쪽은 甑峰(증봉: 시루봉)이요, 오른쪽은 鷹峰(응봉: 매봉)이다. 물이 이 두 봉우리 사이로 흘러나오고, 큰 길이 봉우리 사이를 넘어 周岸(주안) 옛 마을과 통한다. 玉溜閣(옥류각)이 시냇물을 걸터앉아 여섯 칸으로 이루어져 있으니, 先祖(선조)이신 同春(동춘) 선생이 道(도)를 강론하시던 곳이다. 둥글게 팔짱 끼고 있는 산등성이 및 봉우리와 깎인 듯 걸려있는 가파른 절벽이 층층이 구름과 안개 사이로 얼굴 내밀고, 똬리 튼 소나무와 괴이한 모양의 돌들이 골짜기 안에 흩어져 있고, 시냇물이 돌을 때려 밝은 구슬 튀듯 물방울을 뿌린다. 들판의 논밭두둑을 굽어보면, 날이 맑으면 맑은 대로 좋고 비가 오면 또 그런대로 기이하여 술 마시며 詩(시) 읊기

---

[232] 詩經(시경) 崧高(숭고)편에 "維嶽降神(유악강신) 生甫及申(생보급신)"이라는 구절을 인용한 것임. 여기에서 유악은 산의 이름, 보 및 신은 각각 땅의 이름이며 그 땅을 다스렸던 사람을 말함.

좋은 마음을 내주기에 충분하다. 이 누각에 올라 내 번잡한 옷깃을 씻어내니 산을 마주하면 그 仁(인)을 체득할 수 있고, 물을 살펴보면 그 智(지)를 기를 수 있다.

솔개는 날 수 있어 날고 물고기는 튀어 오를 수 있어 튀어 오르는 것을 보고 道(도)의 몸통이 드러남을 알 수 있다 하니 讀書(독서)와 講道(강도)에는 비록 앞에 큰 길이 통하여 지나다니는 사람이 끊이지 않는 것도 좋다 하나, 다시 그윽하고 한가로운 곳을 고른다. 매봉 아래가 송촌이 되고, 또 5리를 가면 主峯(주봉)인 마을을 지켜주는 鎭山(진산)이 되는 계족산의 산허리에 鳳隱庵(봉은암)이 있다. 누가 지었는지 알지 못하고 암자가 크지도 않으나, 매우 맑고 한가로우므로 책을 읽기에 딱 좋다. 그러므로 甲寅(갑인: 1914)년 봄 내가 열세 살이었을 때, 先君(선군: 돌아가신 아버지) 怡雲(이운) 府君(부군)께서 그곳에 가 공부하도록 내게 명하셨다. 延克齋(연극재) 宋炳瓘(송병관) 선생께서 스승이 되셨고, 같이 공부하는 자가 6명이었는데 心山(심산) 金泰源(김태원) 醉春(취춘) 宋憲淳(송헌순)이 아울러 庚子(경자: 1900년)생이었고, 나와 晩悟(만오) 宋鶴在(송학재)가 아울러 壬寅(임인: 1902년)생이었고, 宋大淳(송대순) 宋錫起(송석기)가 아울러 친척 아저씨들로 癸卯(계묘: 1903)생이다. 모두 小學(소학)을 배웠고 또 絶句(절구) 시 짓기를 연습했다. 틈이 나면 산에 올랐으니 기암괴석이 호랑이와 표범이 뛰어오르는 것 같고, 아름다운 꽃과 신령스런 나무가 구슬 꿴 것처럼 찬란하고, 이내와 아지랑이가 담백하게 펼쳐져 푸르게 쌓여진 기운이 사방 주위에 날아 움직인다. 혹은 소나무를 어루만지며 어슬렁거리고, 혹은 볼 수 있는 데까지 굽어 아래를 내려 본다. 아래세상 수많은 집들이 줄지은 벌집 같고, 아름다운 꽃과 진기한 나무들이 비단에 수놓은 것처럼 햇빛에 비치니 그 즐거움이 적지 않았다. 겨우 한 달 남짓 지나서 선생께서 집안일로 인해 가르치시기를 그만두고 떠나시니, 다시 從姑母夫(종고모부) 金昌圭(김창규) 선생께 가르침을 받았다. 연이어 옛 經傳(경전)을 암송하고 戊午(무오: 1918)년 여름에 공부를 끝내고 돌아왔으니, 겨우 文理(문리)를 깨치고 詩文(시문)을 지을 뿐이다. 아버지께서 내가 옛 문장에 통달하기를 바라셨으나, 내가 재주가 없어 아직도 이루지 못하니 이미 오랜 뜻을 어겨버렸다.

庚申(경신: 1980)년 봄에 옛날에 공부하던 것을 더듬어 생각해보려고 다시 이 암자를 찾았는데, 무정한 세월은 홀홀히 흰 망아지가 지나가는 것을 문틈으로 보고 만 것 같다. 머리털이 윤기 나게 검던 것은 변해 하얗게 되었고, 젊고 강건하던 몸은 이미 노쇠해졌으니 66년이 지났다. 같이 배우던 사람들은 모두 신선이 되었는데, 나만 홀로 남아있으니 곧 한바탕 꿈이로구나. 저 깊은 산을 바라보니, 녹나무가 오래 살지 못하는 것은 그것이 재목감이 되기 때문이요, 가죽나무와 도토리나무가 오래 사는 것은 그것이 재목감이 되지 못하기 때문이다. 내가 저 가죽나무 도토리나무같이 재목감 못 되는 주제로 목수나 석공이 돌아보지도 않아 그저 속세에 얽매여 마음이 몸에 부림을 받게 하였으니, 어찌 옛날의 느낌이 없으리오! 전에 왔을 때는 어려서 산과 물을 즐길 줄 몰랐으니, 그저 사람은 사람대로 경치는 경치대로였으나 오늘 와보고 비로소 그 즐김을 알겠다.

계족산이 뒤에서 안아주고, 甲川(갑천)이 앞을 지나니 울창하게 서쪽에 솟은 것은 錦城山(금성산)이요, 높직이 남쪽에 빼어난 것은 寶文山(보문산)이다. 너른 들판이 앞에 열리고 여염집이 땅에 가득하니, 형세가 빼어나게 기이한 절경이다. 안개가 노을처럼 끼고 구름이 이내처럼 이는 아침이 저녁에는 모습을 바꾼다. 나무꾼은 노래하고 어부는 피리 부는 東西(동서)가 어울려 노래하니, 고요하게 한 구역 아름다운 지경이 된다. 푸른 옷소매에 흰 머리털 날리며 물소리 산 빛깔 속에서 어슷거려 거닐다가 갑자기 세상 티끌 속에서 벗어나는 생각이 드니, 멍하니 바라보다 날이 저무는 것도 깨닫지 못했다. 종소리에 놀라 일어나 돌아왔다.

自古人傑由地靈而生 蓋天地鍾毓靈淑之其 以爲江山形勝之奇絶 而篤生哲人 詩所謂維嶽降神生甫 及申我先祖雙淸堂府君 卜居宋村以後 積德累仁慶流 雲仍簪纓 蟬聯名賢碩儒繼出相承 世躋厥美 鷄足山自珍山大芚山 透

459

迤屈曲 數十里至懷德縣 界爲吉峙 自京過嶺南大路 而今廢 又行五里 聳東

澹峙 左爲甄峯 右爲鷹峯 水出兩峰之間 大路踰峙而通周岸 古現玉溜閣 跨

溪而成凡六間 先祖同春先生講道之所 岡巒環拱 峭壁厓層出於雲烟之中 蟠

松怪石 散在於洞壑之內 溪水激石 濺沫如跳明珠 俯瞰野隴晴好雨奇 朝霏

夕靄 足以供觴詠之心 而登斯閣也 滌我煩衿 對乎山可以體其仁 觀乎水可

以養其智 觀鳶魚之飛躍 而知道體之著 讀書講道雖好 前通大路 行人不絶

更擇幽閒處 鷹峯之下爲宋村 又五里爲主峰 鎭邑治山之中 腹有鳳隱庵 不

知何人所建 而庵亦不大 甚淸閒 宜於讀書 故甲寅春 余年十三 先君怡雲府

君 命余留學 而延克齋宋先生炳瓘爲師 同學者六人 而心山（金泰源）醉春

（宋憲淳）幷庚子生 余與晩悟（宋鶴在）幷壬寅生 大淳錫起 幷族叔而癸卯

生 皆學小學 而又習作絶句詩 隨暇登山 則奇岩怪石 如虎豹之騰躍 嘉花靈

木如珠璣之璀璨 嵐靄淡沬 積翠之氣 飛動於四圍之間 或撫松而盤桓 或縱

目而俯瞰下界 千門萬戶 如列蜂窠 佳花珍木如曬錦繡 其樂不少 纔過月餘

先生因家事罷去 更從姑夫金先生昌圭受學 連誦古經傳 而戊午夏罷歸 纔識

文理作詩文 先君于期余以古文章 而余以不才尙未成就 已違宿志矣 庚申春

追思昔日之遊 更訪此庵 無情歲月 忽忽如白駒過隙 髮之蒼黑者變白 强壯

者已衰 而過六十六年 同學諸人皆化爲仙 而惟我獨存 便成一夢 瞻彼深山

橡樟之不壽 以其材也 樗櫟之長壽 以其不材也 余以樗櫟之材 匠石不顧 只

以俗累心爲形役 豈無舊感乎 前日之來 年幼而不知山水之樂 人自人景自景

矣 今日之來 始知其樂 鷄山擁後 甲川過前 鬱乎峙於西者錦城山 巍然秀於

南者寶文山 人野前開 閭閻撲地形勝奇絶烟霞雲嵐之朝暮變態 樵歌漁笛之

東西 唱和窈然 作一區佳境也 以靑衫白髮徜徉乎 泉聲岳色之中 脩然有出

塵之想 嗒爾看來不覺日之夕矣 驚起鐘聲而返

太和江記

태화강기

"山水(산수)를 즐김이 三公(삼공)처럼 귀하게 되는 것보다 낫다고 하니, 삼공이 욕심 부려도 될 일이 아니다. 왕왕 저곳에서 얻을 수 없다 하여 이곳에서 그 즐거움을 붙여보려 하는 것은 진정한 즐거움이 아니다. 오직 내가 찾을 수 있어서 갖거나 버리거나 헌 신발짝처럼 해야, 초연하게 스스로 그 즐거움을 얻을 수 있다."

위의 말은 예부터 있던 말이다. 내가 태어나기를 좋지 못한 때에 하여 마침 倭賊(왜적)에게 나라를 빼앗김을 당하게 되니, 의리상 세상에 나갈 수 없었다. 그러므로 晝耕夜讀(주경야독: 낮에 일하고 밤에 공부함)하며 安貧樂道(안빈낙도: 가난을 편안히 여기고 도리대로 사는 삶을 즐김)하면서 옛사람이 남긴 韻致(운치)를 推重(추중)하고, 우리 儒學(유학)의 本色(본색)을 지켰다. 先代(선대)의 업적을 이어 계승하려 하였으나 이루지 못하고 그저 술 한 잔에 詩(시) 한 수에 맡기고, 때때로 山水(산수) 사이에 한가롭게 노닐며 남은 삶을 보내려 하였다.

辛酉(신유: 1981)년 봄에 남쪽으로 놀러 가기를 다시 하여, 密陽(밀양)으로부터 蔚山郡(울산군)에 이르렀다. 서쪽으로 몇 리 가면 큰 냇물이 남쪽으로 흐르다 동쪽으로 꺾여 바다로 들어가니 바로 太和江(태화강)이다. 그 근원은 鵄述嶺(치술령)에서 나와 동쪽으로 꺾이니, 물이 더욱 넓고 깨끗이 깊어지는 곳을 白龍潭(백룡담)이라 한다. 백룡담 안에 반듯한 돌기둥이 우뚝 솟아 있는데, 높이는 수십 丈(장)이요 둘레는 수십 아름이다. 우러러보면 가파르게 솟아있고, 굽어 내려가 보면 맑고 푸르러 사람의 마음을 서늘하게 한다. 동쪽으로 돌아나가 흘러 蟹淵(해연)이 되고, 남쪽으로 흘러 黃龍淵(황룡연)이 된다. 그 북쪽에 돌 언덕이 깎은 듯 절벽이 서있어, 남쪽으로 가다 동쪽으로 도는 곳에 산이 가파르게 물 남쪽에 있는데 이름난 꽃과 기이한 풀들 海竹(해죽) 山茶(산다)가 겨울 나도록 향기를 뿜어내는 곳을 藏春塢(장춘오)라 한다. 세상에 전해지기로는, "新羅(신라)의 왕이 병을 앓고 있는데 점쟁이가 말하기를 '桃花(도

화: 복사꽃)를 쓰면 효험이 있을 것입니다'라 하였으나, 시절이 꽁꽁 얼어붙는 겨울이었다. 기후를 살피는 자가 남쪽 지방으로 가면 얻을 수 있다고 아뢰니, 바로 명령하여 찾도록 하였다. 이 산속의 굴에 이르니 복숭아나무 한 그루가 꽃을 활짝 피우고 있었다. 쫓아와 보니 한 比丘(비구: 남자 중)여서, 그 이름을 물어보니 桃花(도화)라 하였다. 마침내 같이 말을 몰아와 왕을 보니, 왕의 병이 끝내 나았다. 그리하여 藏春塢(장춘오: 봄을 감추고 있는 둑)라는 이름을 얻었다"라고 하니, 신라 때 비로소 절을 세운 것이다.

북쪽 언덕 위를 大和(대화)라 하고, 서남쪽 大和樓(대화루) 밖에 솟은 것이 鰲山(오산)이요, 全石(전석)으로 줄을 지어 三峰(삼봉)이 되니 이리하여 三山(삼산)이 된다. 龍潭(용담)이 아래로 흘러 太和江(태화강)이 되니 물이 출렁출렁 넘쳐흘러 萬頃(만경) 넓게 온통 푸르다. 강 언덕 절벽이 붉으락푸르락 거울 속에 그림자를 드리워 花津(화진)과 아울러 보이니 이를 二水(이수)라 하고, 바다로 흘러 들어간다. 가까이는 너른 들과 통하고 멀리는 바다 위 하늘을 받들고 있으니, 올라 아름다움을 관람하기에 제일 빼어난 곳이다. 高麗(고려) 成宗(성종)이 東京(동경: 경주)에서 돌아가는 길에 이 누각(지금은 없어졌음)에서 御駕(어가)를 멈추었다 절로 들어갔다 한다.

서쪽으로는 뾰족이 솟은 鷲峰(취봉)과 잇닿아있고, 남쪽으로는 아득히 질펀한 鯨海(경해: 큰 바다)에 임해 있으니 옛날에 신라 때 사람인 慈藏國師(자장국사)가 배를 띄워 서쪽 중국으로 가서 佛法(불법)을 구한 지 17년 만에 동쪽으로 돌아와 이곳에 배를 대었다 한다. 좋은 곳을 골라 절을 세우니, 그 佛堂(불당)과 물가 정자가 단풍나무 녹나무 소나무 대나무 그늘 사이에 있다.

동해 가에 벼랑처럼 험준한 島山(도산)이 있으니 바로 西生浦(서생포)다. 加藤淸正(가등청정: 가토 기요마사)이 이곳에 城(성)을 쌓고 스스로 大軍(대군)을 거느려 도산에 머무르며, 나누어 要路(요로)를 끊으니 倭賊(왜적)이 우리나라에 주저앉아 점거한지가 7년이다. 沿海(연해) 천여 리를 三窟(삼굴)로 나누어 東路(동로)는 기요마사가 島山(도산)을 점거하고, 西路(서로)는 小西行長(소서행장: 고니시 유키나카)이 順天(순천)을 점거하고, 남쪽으로 큰 바다와 통하게 하여 동쪽과 서쪽에서 서로 구원하였다. 戊戌(무술: 1598)년 11월 秀吉(풍신 수길: 도요토미 히데요시)이 죽자 家康(덕천가강: 도쿠가와 이에야스)이 권력을 잡고 왜군을 돌아오라 명령하니, 기요마사 또한 철병하여 물러났다. 그 자리에 水軍僉使營(수군첨사영)을 설치했으니, 지금은 없어졌으나 강과 바다가 서로 만나는 요충지 사이에 끼어 있다. 馬嶺(마령)과 聖山(성산)의 빼어남이 뒤에 있고, 冬柏(동백)과 德岩(덕암)의 기이함을 마주하고 있으니 風光(풍광) 또한 아름답다.

다음날 東萊(동래) 경계를 지나 海雲臺(해운대)에 올랐다. 산이 있어 오르는 듯하다 바다로 들어가는 중에 누에머리같이 생긴 곳이 있으니, 동백 및 소나무 삼나무가 우거져 푸르러 사철이 봄과 여름 사이인 것 같다. 근일에 해수욕장을 설치하니 놀러 오는 사람들의 차량 바퀴 오감이 끊이지 않아, 흰 모래와 붉은 여뀌가 있어 가을에도 또한 좋다. 신라 때 崔孤雲(최고운: 최치원)이 이 누대를 세웠다 하는데 그 유적이 아직도 남아있다. 바위가 일어났다 누웠다 하고, 파도가 높았다 낮았다 하니 어느 것 하나 시의 재료가 아닌 것이 없다.

느지막이 東萊(동래)로 들어가 온천에서 목욕을 했다. 옛날에 한 늙은이가 새벽에 나와 보니 사슴이 모래 속에 누워있었고, 매일 연이어 그러하니 비로소 땅이 따뜻함을 알고 파서 온천을 만들었다 한다. 그 뜨겁기는 달걀을 익힐 만하고, 아픈 사람이 목욕을 하면 곧바로 낫는다 한다. 나 또한 젊었을 때 두통이 있어 이곳에 와 7일간 목욕하고 나서는 아직까지 가려움증이 없다. 신라 왕이 여러 차례 이곳에 와 네 모퉁이에 벽돌을 쌓고 구리 기둥을 세웠으나, 지금은 집을 짓고 목욕을 하게 되니 옛날의 흔적은 없어졌다.

걸어서 龜浦(구포)로 이동해 通度寺(통도사)를 찾았다. 절은 梁山(양산)에 있는데, 鷲棲山(취서산) 아래이다. 善德女王(선덕여왕) 때에 慈藏律師(자장율사)가 바다를 건너 天竺(천축)으로 가서 釋迦如來(석가여래)의 舍利(사리) 및 袈裟(가사)를 갖고 취서산 아래로 와서는 塔(탑)을 세우고 그것들을 보관했다 하니, 그 후에 이 절이 이루어졌다. 절에는 여섯 개의 房(방)과 열두 개의 암자가 있어 삼백 명 승려를 수용할 수 있다 하니, 실로 우리나라에 몇 안 되는 사찰이다. 금빛 벽이 찬란하고 殿堂(전당)과 塔樓(탑루)가 나무 사이 그늘에 숨어 있으며, 맑은 시냇물이 그 가운데를 감돌아 흐른다. 문 밖에 이르러서는 여러 길 높이 폭포를 이루니, 別世界(별세계)에 들어가는 것 같다.

시를 짓고 느낌을 적고 나서는 固城(고성)으로 향했다.

山水之樂 可傲三公之貴 然三公之非可求者 往往不得於彼 而寓樂於此 其樂非眞樂也 惟我求而得之 棄之如弊屣 超然自得其眞樂也 此古語而余生 丁不辰 適値倭賊奪國 義不可出世 故晝耕夜讀 安貧樂道 挹古人之餘韻 守 吾儒之本色 欲紹述先業 而不得托意觸詠 隨時優遊於山水之間 以度餘生 辛酉春 再作南遊之行 自密陽到蔚山郡西數里 有大川南流 東折而入海 卽 大和江 其源出鵄述嶺 東折也 水尤宏闊而澄深曰白龍潭 潭中有石如砥柱屹 立 柱高數十丈 (周數十圍) 仰見巖然俯臨澄碧 令人心懍 東匯爲蟹淵 又南 流爲黃龍淵 其北石崖 截然壁立 南迤而東廻 有山巋然峙于水南 名花異卉 海竹山茶 經冬馥郁曰藏春塢 世傳新羅王有疾 卜者云 用桃花則有效 時値 冬沍 望氣者奏 若行南方可得 卽命往尋 到此山窟中一株桃灼灼開花 及追 見乃一比丘問其名曰桃花也 遂與馳去見王 王疾終癒 故得名 新羅時始置寺 北厓之上曰大和 西南起大和樓外鰲山 以全石列爲三峰 (是爲三山) 龍津下 流爲大和江 水流漾漾 一碧萬頃 丹崖翠壁 倒影鏡中 與花津幷見 (時爲二 水) 而入于海 近通大野遠把海天 登覽之美 最爲奇勝 高麗成宗 自東京歸路 臨御此樓 (今無) 又入寺 西連鷲峰之巉岏 南臨鯨海之淼 漫昔慈藏國師 新 羅人 浮舶而西求法於中土 十七年東還 泊于此卜地立寺 其月殿水榭 掩映 乎楓楠松竹之間 東海邊斗絶處島山 卽西生浦 淸正築城於此而自領大軍留 島山 分截要路 倭賊盤據我國七年 沿海天餘里 分爲三窟 東路淸正據島山 西路行長據順天 南通大海 東西聲援 戊午十一月 秀吉死家康用事 倭軍督 令歸還 淸正亦撤兵而去 設水軍僉使營今廢 介在江海交衝之地 背馬嶺聖山 之勝 對冬栢德暗之奇 風光亦美 翌日過東萊界 登海雲坮 有山陡入于海中 若鼇頭 有冬柏松杉蔚然 蒼翠四時 如春夏之交 近日設海水浴 遊人車轍 往

來不絶 白沙與紅蓼亦宜三秋 新羅崔孤雲 嘗築此坮而遺跡尙在 岩石之起伏
波濤之高低 無非詩料 晚入東萊浴溫泉 古老晨出則鹿伏沙中 連日亦然 古
老始知地溫掘爲泉云 其熱可熟鷄卵 有病者浴之輒愈 余亦少時 因頭風 來
浴七日 尙無搔癢 羅王屢幸于此礬石 四隅立銅柱 今設館而浴 故無舊蹟 移
步龜浦訪通度寺 寺在梁山鷲棲山下 善德王時慈藏律師 渡天竺得釋迦如來
舍利及袈裟 而來鷲棲山下 因建塔而藏之 後成此寺 寺有六房十而庵 能容
僧侶三百人 實我國有數之寺刹也 金碧燦爛 堂殿塔樓 隱映於樹木之間 淸
溪繞于其中 而至門外 成數丈瀑如入別界 題詩記情而向固城

固城記
고성기

辛酉(신유: 1981)년 봄에 通度寺(통도사)로부터 동쪽으로 釜山(부산)에 와서
바다를 건너 巨濟島(거제도)의 長承浦(장승포)에 이르렀다. 북쪽으로는 바다
에 닿아있고, 삼면이 산으로 막혀있으며, 언덕은 자연을 메마르지 않게 하니
고을을 이룰 만한 곳이다. 바닷가에는 촌락이 끊어지지 않고 연달아 있고, 좌우
로는 굴을 양식한다. 위아래 돌 절벽에는 파도가 심하게 몰아치니, 群像(군상)
이 기묘하여 마치 海金剛(해금강)과 같다.

玉浦灣(옥포만)을 바라보니, 忠武公(충무공)이 임진왜란 때 왜적의 배를 항
구 안으로 유인하여 屠殺(도살)한 곳이다. 高麗(고려) 毅宗(의종)이 鄭仲夫(정
중부)에게 쫓겨나 이 섬에 寓居(우거)하였으니, 그때 沙等城(사등성)을 쌓았다.
毅宗(의종)을 따라 오가던 王(왕)씨들이 李朝(이조)의 誅殺(주살)을 피해 姓
(성)을 바꾸어 혹은 玉(옥)씨 혹은 全(전)씨가 된 사람들이 매우 많다. 이곳에서
나는 孟宗竹(맹종죽)과 素心蘭(소심란)은 이름이 나있다.

이어서 固城邑(고성읍)으로 향하니, 옛날의 小伽倻國(소가야국)인 辰韓(진

한)의 駕洛國(가락국)이다. 九干(구간)[233]이 우연히 龜指峰(구지봉)을 바라보니 기이한 빛깔이 있어, 산에 올라 바라보니 자주색 끈에 매여 金盒(금합)이 내려오거늘, 열어 보니 금빛 찬란한 여섯 개의 알로 둥글기가 하늘의 해와 같았다. 돌아와 我刀家(아도가)에 놓았는데, 다음날 구간이 일제히 모여 바라보니, 여섯 개 알을 모두 깨고 여섯 童子(동자)가 나왔다. 여남은 날이 지나자 키가 아홉 자나 자랐으니, 그중에 首露(수로)라는 자를 추대하여 王(왕)으로 삼았다. 金(금)빛 알에서 태어났다 하여 金(김)씨라 부르고, 國號(국호)는 伽倻(가야)라 하였다. 그 나머지 다섯 명도 각각 다섯 가야를 세웠으니 古靈伽倻(고령가야: 咸昌(함창)), 大伽倻(대가야: 高靈(고령)), 碧珍伽倻(벽진가야: 星州(성주)), 阿那伽倻(아나가야: 咸安(함안))이다. 뒤이어 末露王(말로왕)이 小伽倻(소가야)의 왕이 되어 于山國(우산국)의 高(고)씨 딸을 아내로 맞아 왕비로 삼고 103년을 왕의 자리에 있었다. 끝내 아홉 대째에 이르러 衡王(형왕)이 新羅(신라)의 異斯夫(이사부)에게 멸망당하니, 460년이 지나 나라가 망했다. 아직도 王陵(왕릉)이 남아있다.

그 풍속은 통상 오월 초하루에서 닷새에 이르기까지 城隍堂(성황당)에서 서로 모여 神像(신상)에 제사 지내고, 색색의 깃발을 세워 마을 여염집을 돌아다닌다. 사람들이 다투어 술과 음식으로 보답하고, 푸닥거리 하는 사람들이 모두 모여 온갖 놀이를 다 즐긴다. 바다는 馬島(마도)와 연이어 파도가 광활하고, 땅은 辰韓(진한)의 귤과 유자의 향기 속으로 들어간다.

이어서 統營(통영)으로 향하니, 옛날에 三道水軍統制使(삼도수군통제사)가 진영을 두어 지키던 땅으로 지금은 忠武市(충무시)다. 忠烈祠(충렬사)가 있어, 忠武公(충무공)을 배향하고 있다. 토산품 삿갓 및 목기 그릇 제조로 이름이 나있고, 또 자연적 壽石(수석)이 있다. 옛날에는 군대의 일을 주관하며 살리고 죽이는 권한을 관장하던 물과 뭍의 교통 요지이다. 人家(인가)에서 나는 연기

---

233) 가락국의 토착세력 아홉 부족의 首長(수장)으로 我刀干(아도간), 汝刀干(여도간), 彼刀干(피도간), 五刀干(오도간), 留水干(유수간), 留天干(유천간), 神天干(신천간), 五天干(오천간), 神鬼干(신귀간)을 이름.

가 복잡하게 얽히고, 온갖 물품 재화가 풍성하니, 장삿배와 고기잡이배가 부두에 줄지어 이어진다. 언덕에 꽃과 길에 버들이 거리에 서로 어울리며 물속에 모여 서있으니 푸른 것은 멀리 하늘과 연 닿아 있는 섬들이요, 흰 것은 높고 낮은 파도이다.

또 昌原郡(창원군)으로 향하니, 45리를 가면 月影坮(월영대)가 있는데 崔孤雲(최고운: 최치원)이 노닐던 곳으로, 돌에 새긴 글씨가 깎여서 희미해진 것이 남아있다.

舞鶴山(무학산) 아래에 있는 馬山浦(마산포)로 들어간다. 본래 고려 때에는 合浦(합포)였다. 일본과의 교통 요지이므로, 元(원)나라의 世祖(세조)가 일본을 정벌하려고 이곳에 征東行省(정동행성)을 설치하고 戰船(전선) 제조를 감독했다. 몽고 군대가 주둔하던 곳에 蒙古井(몽고정)이 있다. 우리 朝鮮(조선)에서는 兵使(병사)를 두었으니, 城堞(성첩)이 아직도 남아있다. 龍馬山(용마산)이 뒤에서 안아주고, 그 남쪽을 가로질러는 큰 바다로 열려 있어 연못 같은 포구를 이룬다. 작은 섬들이 물위에 줄지어있고, 배들은 노 저어 부두에 모여 있다. 風光(풍광)은 밝고 아름다우며, 인물이 대단히 풍성하니 天然(천연)의 좋은 항구라 할 만하다.

辛酉春 自通度寺東來釜山 渡海至巨濟島之長承浦 北臨大海 三面阻山 原濕林泉 可以成邑 海邊村落 連戶不絶 左右漁場 養殖牡蠣 上下石壁 波濤甚激 群像奇妙而如海金剛 望玉浦灣 忠武公壬辰倭亂時誘倭賊船入港中 而屠殺處 高麗毅宗爲鄭仲夫逐出 寓於此島 而其時築沙等城 從毅宗而來住王氏 避李朝之誅改姓爲玉 或爲全者甚多 其土産孟宗竹素心蘭著名 因向固城邑 古小伽倻國 辰韓之駕洛國 九干偶望龜旨峯有異色 登山視之 紫纓繫金盒下來 開視之金色燦爛之六卵 圓如日輪 歸置于我刀家 翌日九干齊會視之 六卵皆剖而六童子出 經十餘日 身長九尺 推首露者爲王 以金卵故生姓稱金氏 國號伽倻今金海 其餘五人各立五伽倻 (古靈伽倻〔咸昌〕 大伽倻〔高靈〕 碧珍伽倻〔星州〕 阿那伽倻〔咸安〕) 季爲末露王爲小伽倻王 娶于山國高氏女

爲妃 在位百三年 率至九世而衡王爲新羅異斯夫所滅 歷四百六十年而國亡
今尙有王陵 其俗常以五月一日至五日 相聚于城隍祠神像 竪彩旗巡歷村閭
人爭以酒饌祭之儺 人畢會百戲具陳 海連馬島 波濤闊地 入辰韓橘柚香 因
向統營 舊三道水軍統制使鎭守之地 今忠武市 有忠烈祠享忠武公 土産笠子
及木器製造擅名 又有自然壽石 昔日主軍旅之事 掌生殺之權 水陸交通之地
人烟複雜 物貨豊盛 商船漁舟 連絡於埠頭 岸花路柳 相交於街上 簇立水中
而靑者諸島嶼 遠連天涯而白者 高低波濤 又向昌原郡 西十五里有月影坮
崔孤雲所遊處 有石刻剝落 入馬山浦 在舞鶴山 下本高麗時合浦而日本交通
之要路 元世祖欲征日本 置征東行省于此 監造戰船 蒙古留屯軍處 有蒙古
井 我朝置兵使 城堞尙存 龍馬山擁其後而開帳 大海橫其南 而成池 島嶼列
於水上 舟楫會於埠頭 風光明媚 人物殷盛 可謂天然良港也

紅流洞記
홍류동기

辛酉(신유: 1981)년 봄에 馬山(마산)으로부터 물길을 따라 泗川(사천) 三千
浦(삼천포)에 이르렀다. 북쪽으로는 智異山(지리산)을 등지고 있고, 남쪽으로
는 露梁(노량) 앞바다를 잡아당기고 있다. 배를 타고 南海(남해)에 이르러, 露
梁津(노량진) 산꼭대기에 있는 忠烈祠(충렬사)에 참배했다. 옆에 비석이 있는
데, 同春(동춘) 先祖(선조)께서 쓰신 것이다. 굽이진 바다를 따라 아름다운 山
水(산수)의 경치가 있으니, 산에 의지하여 앞으로는 들판이 열려있다. 民俗(민
속)은 순박하여, 거지와 도둑과 창녀가 없으니 세상에서 三無(삼무)라 칭송한
다. 高麗(고려)로부터 李朝(이조)에 이르기까지 이름난 관리들이 유배를 매우
많이 왔으니 自庵(자암) 金絿(김구)의 花田(화전: 선생의 이전 호) 別曲(별곡)이
있고, 西浦(서포) 金萬重(김만중)의 詩(시) 한 絶句(절구)가 있다. 忠武公(충무

공)이 전사한 후 明(명)나라 장수 張良相(장양상)이 李如松(이여송)과 陳璘(진린)을 위해 東征磨崖碑(동정마애비)를 새겼다.

三千浦(삼천포)로 돌아오니 수많은 작은 섬들이 별이 흩어지듯 바둑판에 퍼져있고, 끝없는 파도는 눈이 흩날리듯 구슬을 뿜어내 그 푸르름을 엉겨서 바닷가에 장막을 두른다. 저녁연기가 구름 끝에 붉은 해를 담백하게 걸어놓으니, 지는 해가 번쩍인다.

다시 河東(하동)을 거쳐 岳陽八景(악양팔경)을 감상하고, 돌아서 陜川(합천)으로 돌아간다. 본래 新羅(신라) 大倻城(대야성)으로 伽倻山(가야산) 아래에 있다. 百濟(백제) 장수 允恭(윤공)이 공격해오자, 都督(도독) 金品釋(김품석)이 지키지 못하여 스스로 목 베어 죽었다. 舍知(사지: 신라 관직명) 竹竹(죽죽)이 흩어진 군졸을 모아 성문을 닫고 항거하자, 동료 龍石(용석)이 항복할 것을 권했다. 죽죽이 듣지 않고 마침내 힘껏 싸웠으나 城(성)은 함락되고, 龍石(용석)과 같이 죽었다. 지금도 竹竹殉義碑(죽죽순의비)가 있다.

南江(남강)의 돌 언덕에 몇 척 높이로 새겨져 있기를 "涵碧樓(함벽루) 山川(산천)은 빼어난 경치로 그림 그린듯하고, 나무는 나이 깊어 저절로 늙어서는 좋은 산 이루었네. 천 겹 문을 밀쳐 여니, 멀리 절벽이 강가에 닿았네."라고 돼있으니, 옛사람이 경치를 잘도 그려냈다. 오래된 절에서 나오는 새벽 종소리와 저녁 북소리가 구름 가장자리 따라 소리 울려 흩날리고, 앞 나루에는 고기 잡는 사람과 여행자들의 오고 감이 끊이지 않는다.

이어서 伽倻山(가야산)을 찾았다. 골짜기 어귀에 이르러 작은 냇물을 건너고 어지러운 돌 비탈길을 따라 수풀 사이로 올라가니, 한 줄기 좁은 길이 겨우 이어져 있는데 갑자기 거센 폭포가 나타난다. 고개를 마주하고 여남은 길을 떨어져 내려 물을 뿜어대는데, 飛流潭(비류담)이라 부른다. 시냇물과 돌이 모두 푸르거나 자주색이거나 누렇거나 희거나 얽혀 섞여 무늬를 이루는데, 紅流洞(홍류동)이라 부른다. 골짜기 어귀에 武陵橋(무릉교)가 있다. 절을 향해 5~6리쯤 가면 바위 머리에 '紅流洞天(홍류동천)'이라고 孤雲(고운) 崔文昌(최문창: 최치원)이 쓴 암각이 있다. 또 2리를 가면 吹笛峰(취적봉)이 있고, 泚筆岩(자필암)이란 물속의 너럭바위가 있는데, '光風瀨(광풍뢰: 맑은 날 바람불어 깨끗한 여울)'라고 새겨져 있다. 霽潭(제담) 噴玉瀑(분옥폭) 吟風瀨(음풍뢰)는 모두 최문창이 노닐던 곳이다. 姜希孟(강희맹)이 일찍이 이곳에 왔었다. 봉우리들이 뾰족이 모여 고개를 돌아가고 성난 물결이 내뿜는 바람소리가 말이 치달리는 것 같고, 큰 돌이 시냇가에 닿아있어 이끼가 끼지 않아 숫돌로 갈아 놓은 것처럼 미끄러워 글도 쓰고 그림도 그릴 만하다. 탄식하며 말하기를 "이 땅이 이와 같은데도 아직도 이름이 없다니 어찌 騷人(소인: 시인)의 부끄러움이 아니겠는가!" 하고는 이름을 지어서 그 물을 吟風瀨(음풍뢰)라 하고, 그 돌을 泚筆岩(자필암)이라 하고는, 시를 짓기를,

> 쇠로 천 길이나 깎아내어
> 만 개 구멍에서 시원한 바람 나오네
> 완고하고 미욱하여 끝내 깨닫지 못하고
> 깎아 세운 듯 단지 푸르게 푸르게 서있네

라고 하였다.

고운이 唐(당)나라로부터 돌아와 세상일이 날로 잘못 되어감을 보고 上疏(상소)한 글에 "鷄林(계림: 신라)의 나뭇잎은 누렇게 시드는데, 鵠嶺(곡령: 왕건의 근거지)의 소나무는 푸르네"라는 말이 있어, 왕의 미움을 샀으니 대개 慶州(경주)는 쇠퇴하고 開城(개성)은 흥성한다는 뜻이다. 고운이 처자를 데리고 이 산에 숨어살다 어느 날 아침 일찍 일어나 모자와 신발을 수풀 사이에 버리고는 어디로 갔는지 모른다 한다.

양쪽 언덕에 나무들은 이미 단장을 마쳤고, 녹음 사이로 흐르는 파도는 가벼운 우레처럼 굴러 나오니 별천지가 아닌가 의아해진다. 길은 양 창자처럼 구불구불 산머리를 돌아나가고, 꽃은 비단 병풍처럼 면면이 돌 틈에 피어 바람 따라 떨어져 내려 水面(수면)이 무릉도원 들어가는 길 같으니 名不虛傳(명불허전)이다. 반 리를 미처 못 가 시를 새긴 돌이 있으니, 바로 尤庵(우암: 송시열) 선생이 쓴 고운의 시 스물여덟 자로 다음과 같다.

미친 듯 달인 첩첩 돌들이 첩첩 산 울려대니

사람 말 소리는 지척간에도 분간 못 하네

늘 시빗거리 소리가 귀에 들릴까 걱정되어

그래서 흐르는 물이 온 산을 다 귀먹게 했네

후세 사람들이 이로 인해 여기에 聾山亭(농산정)을 지었다.

海印寺(해인사)로 들어가서 다시 全景(전경)을 보니, 그 絶頂(절정: 꼭대기)을 義湘坮(의상대)라 한다. 시야가 확 터져 시원하니 수백 리를 바라볼 수 있고, 바위가 위태위태하게 깎은 듯 서있다. 푸른 벽이 둘러쳐 안고 있으니, 은은한 그림자가 구름에 비추인다.

辛酉春 自馬山從水路到泗川三千浦 北負地異 南控露梁 乘舟至南海露梁 津之山顚 參拜忠烈祠 碑在傍而同春先祖書之 隨海曲而有泉石之美 依山前而開田野 民俗淳朴無乞人盜賊娼女 世稱三無 自高麗至李朝 名宦之流配者甚多 金自庵 (絿) 有花田 (古號) 別曲 金西浦 (萬重) 有詩一絶 忠武公戰死後 明將張良相爲而如松陳璘刻東征磨崖碑 還歸三千浦 無數島嶼 星散基布 不盡波濤 雪翻珠噴 凝翠幔於海上 暮烟淡掛紅輪於雲端 落日閃閃 更由河東賞岳陽八景 轉入陜川 本新羅大伽倻城 在伽倻山下 百濟將允恭來攻 都督金品釋 不能守 自刎而死之 舍知竹竹 收散卒閉門拒之 同僚龍石勸以降 竹竹不聽 遂力戰 城陷而與龍石同死 今有竹竹殉義碑 南江石崖上 有涵碧樓 山川地勝如圖畫 樹木年深自老成 好山排闥千重遠 絶壁臨江幾尺故之句 古人善模景也 古寺晨鐘暮鼓 響飀於雲際 前渡漁子 行旅往來而不絶 仍尋伽倻山至洞口 渡小溪從亂磴而上林間 一條路僅成連絡 忽有悍瀑對峙數十餘丈 而奔瀉曰飛流潭 溪石皆青紫黃白 交錯成文曰紅流洞 洞口有武陵橋 向寺而行五六里 岩頭有孤雲崔文昌 (致遠) 所題紅流洞天 又二里有峰曰吹笛 有岩曰泚筆 水中磐石 刻光風瀨霽潭 噴玉瀑洛花潭 吟風瀨 皆崔文昌所遊處也 姜公希孟 嘗至此 攢峰回峙 怒浪噴風 聲與馳馬 巨

石臨溪 苔蘚不蝕 滑如磨礱 鉛墨可施 故歎曰 有地如此 尙無其名 豈不騷人
之恥耶 名其水吟諷瀨 名其石曰泚筆岩 而有詩曰 鐵削千尋壯風生 萬寶凉
頑冥 終不悟屹立但蒼蒼 孤雲自唐還 見時事日非 疏中有鷄林黃葉 鵠嶺靑
松之語 被王憎惡 蓋慶州衰開城興之意 孤雲率妻子入此山隱之 一朝早起
遺冠屨於林間 不知所去 兩岸樹木已粧綠陰 中流波濤 轉出輕雷 疑其別界
路如羊腸 曲曲廻於山頭 花似錦屛 面面開於石間 隨風飄零 亂流水面 如入
桃源之路 名不虛傳 未過半里 有題詩石 而卽尤庵先生書孤雲詩二十八字
刻曰狂奔疊石吼重巒 人語難分咫尺間 常恐是非聲到耳 故敎流水盡籠山
後人因此建聾山亭 入海印寺 更看全景 其絶頂曰 義湘坮眼界敞豁 可望數
百里 危岩削立 蒼壁環擁 隱映於雲表

華嚴寺記
화엄사기

내가 花開(화개)장터로부터 걸어서 십 리를 가니 七佛庵(칠불암)이 있고,
뒤에 玉浮坮(옥부대)가 있다. 新羅(신라) 眞平王(진평왕) 때 사람인 沙餐(사찬:
신라 관직) 金茶永(김다영)의 아들 玉寶高(옥보고)라는 자가 이곳에서 가야금을
타고 피리를 불었다는데 그때 사람들이 그를 玉浮仙人(옥부선인)이라 불렀고,
그 제자 일곱 사람이 따라서 공부하다 부처가 되었다 하여 七佛(칠불)로 불리게
됐다 한다. 혹은 金海(김해) 首露王(수로왕)의 일곱 아들이라 하기도 한다. 본
래 이름은 雲浣寺(운완사)인데, 南韓(남한)에 맑은 기운을 모아 嶺南(영남)과
湖南(호남) 사이에 秘境(비경)을 열었다.

이어서 아래로 십 리에 雙磎寺(쌍계사)가 있는데, 길이 매우 험하고 좁다.
깎은 듯한 언덕은 높고 낮기가 들쭉날쭉하고, 시냇물 소리는 험한 돌을 지나며
작아졌다 커졌다 하기를 서로 잇는다.

열 걸음 걷다 한 번씩 쉬어가며 꽃과 돌을 감상하려 지팡이를 멈추고, 여덟 번 넘어졌다 아홉 번 일어나 칡덩굴을 부여잡고 기어가다시피 하여 또 華嚴寺(화엄사)에 이른다. 眞興王(진흥왕) 5년에 緣起禪師(연기선사)가 창건하였고, 義湘祖師(의상조사)가 華嚴經(화엄경)을 널리 펼친 이후부터 그 이름이 더욱 드날려졌다. 肅宗(숙종) 때에 禪宗(선종)과 敎宗(교종)의 양대 本山(본산)이 되었다.

절 안에는 覺皇殿(각황전)이 있는데, 三尊像(삼존상: 석가불, 아미타불, 약사불)을 모셔놓고 있다. 앞에는 화강암으로 된 石燈(석등)이 있는데, 높이가 19척이 넘어 우리나라에서 제일 크다. 冬柏林(동백림) 안에 3층으로 된 四獅石塔(사사석탑)이 있는데 네 모퉁이마다 三天人像(삼천인상)을 새겨놓고, 위에는 四獅子(사사자)를 얹혀놓고, 가운데에는 和尙(화상)이 合掌(합장)하고 어머니를 이고 서있는데 혹은 緣起禪師(연기선사)라고도 한다. 그 조각의 오묘함은 佛國寺(불국사)의 多寶塔(다보탑)과 雙璧(쌍벽)을 이룬다. 절 안에 한 殿閣(전각)이 있는데 네 벽을 흙으로 바르지 않고 푸르게 하여 그 위에 華嚴經(화엄경)을 새겨놓았는데, 세월이 오래되어 벽이 헐어 글자가 깎여 문드러져 읽을 수가 없다.

세상 티끌을 벗어나 자취를 江山(강산)에 내어놓고, 역사에 따라 옮겨진 壯觀(장관)을 쫓아 尙平(상평)[234]의 편안하고 한가롭게 지냄을 흉내 낸다. 雙溪(쌍계) 북쪽 언덕 골짜기를 따라 돌 벽을 부여잡고 佛日庵(불일암)에 이르렀다. 坮(대) 앞의 石壁(석벽) 위에서는 靑鶴洞(청학동)이 내려다 뵌다. 삐쭉삐쭉한 돌 골짜기 위에는 소나무 삼나무와 단풍나무가 많고, 서남쪽 돌 봉우리에는 옛날에 靑鶴(청학)이 있었다 한다. 날개는 검고 다리는 자줏빛으로 해 아래에서 보면 날개가 모두 푸른색이며, 아침에 아득히 하늘로 올라갔다가 저녁에 둥지로 돌아왔다 하나 지금은 오지 않은 지가 수백 년이나 된다 한다. 그리하여

---

234) 後漢(후한) 때의 隱士(은사)로 字(자)가 子平(자평)인 尙長(상장)을 이름. 벼슬하지 않고 노자와 주역에 정통하여 늙어서는 집안 일에도 관여하지 않고 천하를 유람했다 함.

봉우리를 靑鶴(청학)이라 부르고, 골짜기 또한 청학이라 부른다. 길이 매우 좁아서 엎드리다시피 하여 몇 리를 지나가니, 네 모퉁이가 모두 모두 농사짓기 좋은 땅이다. 近日(근일)에 세상을 피해 와서 사는 사람들이 매우 많다. 암벽이 수려하고, 시냇물은 잔잔히 흐르고, 복사꽃 오얏꽃이 그림자를 드리우고, 대울타리 초가집에 닭과 개 우는 소리 이어 들리니 별천지가 따로 있어 인간 세상이 아닌 것 같다. 한나절이면 다 볼 수 있는 신선 같은 구역에 지난날 멀리 떠나고 싶은 소원을 이루고도 남음이 있는 곳이 소위 청학동이다. 두루 찾아보고서도 죽을 때까지 그칠 곳을 모르는 자는 自古(자고)로 반드시 별세계가 있음을 상상한다. 옛사람이 전쟁의 난리에 대한 秘記(비기)와 豫言(예언)을 남겨 전한 까닭에, 후세 사람들이 그 말을 믿어 吉星(길성: 상서로운 별)이 비치는 곳으로 避難(피난)하려는 계획을 세우니 멀리서부터 전 재산을 깨뜨려 家率(가솔)을 거느리고 오두막을 엮어 밭을 개간하여 艱苦(간고)에 대비했다. 庚寅(경인: 1950)년의 전쟁(6.25동란) 피해가 다른 곳에 비해 더욱 심했으니, 그 얘기는 허황된 거짓이다. 이에 絶句(절구) 한 수를 지으니,

　　　무릉도원 별세계가 이곳만 같아
　　　하릴없이 어리석은 유생 꿈만 한가롭지 못하네
　　　두루 산속 다 밟아 봐도 찾는 곳 없으니
　　　옛사람의 浪說(낭설)은 따르지 말지니

詩(시) 짓기를 끝내고 晋州(진주)로 향했다.

余自花開市步行十里 有七佛庵 後有玉浮坮 新羅眞平王時人 沙餐金茶永之子玉寶高者 彈琴吹笛于此 時稱玉浮仙人 其弟子七人 從之與遊而成佛 故稱七佛 而或云金海首露王子七人也 本名雲浣寺 鍾淑氣於南韓 開秘境於嶺湖 因下十里雙溪寺 路甚艱險而狹 隨斷厓而高低不一 溪聲由險石而喧寂相屬 十步一休 賞花石而停节 八顚九起 扶藤蘿而伏行 又到華嚴寺 眞興王五年 緣起禪師創建 自義湘祖師宣揚華嚴經以後 其名益擅 肅宗朝爲禪敎兩

宗之本山 寺內有覺皇殿 奉三尊像 (釋迦阿彌陀藥師) 前有花岡石石燈 高

十九尺餘 我國之最大也 冬栢林中有三層獅子石 塔高十六尺四稜 每刻三天

人像 上置四獅子 中有合掌和尙 或稱緣起戴母 而立其彫刻之妙 與佛國寺

多寶塔爲雙壁 寺中有一殿四壁 不以土塗 皆用靑壁刻華嚴經於其上 歲久壁

毀 文字刓沒不可讀 脫塵而放跡 江山追史遷之壯觀 效尙平之優遊 從雙溪

北厓 隨谷而攀石壁 至佛日庵 前坮石壁上 俯臨靑鶴洞 石洞嶄岩石上多松

杉 與楓西南石峯 舊有靑鶴玄翅 紫脛日下見之 則翅羽皆靑 朝上于杳冥 夕

歸于巢而至今不至者數百年云 而峰曰靑鶴 洞亦稱靑鶴 路甚狹俯伏通行而

過 數里四隅中 皆良田沃土 近日避世往來住者甚多 岩壑秀麗 溪流潺湲 桃

李掩映 竹籬茅屋 鷄犬相聞 別有天地似非人間 半日仙區 剩得昔日之遠遊

之願 所謂靑鶴洞 遍尋而至於終身不知止者 自古必想像其別有乾坤也 古人

遺傳秘記豫言 兵革之亂 故後人信其說 以爲吉星所照處 將避難之計 自遠

方破産絜眷而來 構巢墾田 備嘗艱苦 庚寅兵革之禍 比他處尤甚 其說荒誕

乃賦一絶曰 桃源別界擬斯間 謾使迂儒夢不閒 遍踏山中無覓處 古人浪說莫

須關 題罷因向晉州

光州記

광주기 -이하 세 편은 뒤에 적은 것임

   自古(자고)로 騷人(소인: 시인)이 높이 올라 멀리 바라보는 것은 눈이 닿는

데까지 山水(산수)의 빼어남을 다 보고 마음을 한가롭게 해 淸風(청풍)과 明月

(명월)의 아름다움을 감상하여 노닐며 구경하는 즐거움의 바탕으로 삼기 위함

이다. 사람이 걱정하거나 즐기거나 하는 것은 마음에 달려 있어, 마주하는 곳의

풍취에 따라 발현되는 것이다.

   나는 본래 배움의 길을 잃고 놀기를 좋아하여, 戊辰(무진: 1928)년 봄에 또

남쪽으로 길을 떠나 光州(광주)에 이르러 無等山(무등산)을 둘러보고 -이미 지은 記(기)가 있음- 忠孝里(충효리)로 내려가니, 바로 忠壯公(충장공) 金德齡(김덕령)이 살던 石底村(석저촌)이다. 旌閭門(정려문) 위에 있는 正祖(정조) 임금의 綸音(윤음: 임금의 목소리)을 참관하고, 물을 건너니 이내 昌平(창평)의 芝谷里(지곡리)이다. 지금은 潭陽(담양)에 속해 있고, 뒤에 壯元峰(장원봉)을 등지고 있으며 息影亭(식영정)이 있다. 芝谷川(지곡천) 하류를 굽어보고 있고, 멀리 無等山(무등산)을 마주하고 있다. 棲霞堂(서하당) 金成遠(김성원) 공이 乙巳士禍(을사사화)가 장차 일어날 것을 미리 알고, 벼슬을 버리고 昌平(창평)으로 돌아와 石川(석천) 林億齡(임억령) 공과 함께 산 아래에 이 정자를 세웠다. 늙은 소나무가 사방에 둘러있고, 푸르른 물이 그 아래를 지나간다.

文淸公(문청공) 松江(송강) 鄭澈(정철)이 乙巳士禍(을사사화)를 피하여 星山(성산)에 와서, 松江川(송강천)가에 있는 그의 할아버지 參奉(참봉) 鄭潙(정규) 공의 墓(묘) 아래에 松江亭(송강정)을 짓고 그로 인해 號(호)를 松江(송강)이라 하였다.

건너편에 瀟灑亭(소쇄정)이 있다. 梁山甫(양산보) 공이 靜庵(정암: 조광조)의 문인으로서 文科(문과) 과거에 급제하여 벼슬이 大司憲(대사헌)에 이르렀으나, 靜庵(정암)이 禍(활)를 입자 고향으로 돌아와서 이 정자를 짓고, 또 폭포 및 연꽃 연못을 만들고 밖에는 소나무 매화나무 국화 대나무를 심어 정원을 만들었다.

또 綾城八景(능성팔경)을 두루 돌아보고, 차를 타고 咸平(함평) 鶴橋(학교)역으로 내려가 金東昕(김동흔)을 찾아갔다. 사는 것이 가난하지 않고 집이 자못 크다. 毋岳山(무악산)이 돌아 한줄기 뻗어 마디마디 일어나 우뚝 선 봉우리를 이루니 君遊山(군유산)이다. 세상에 전해지기를 恭愍王(공민왕)이 와서 놀았다 하여 君遊(군유: 임금이 노님)라는 이름을 얻었다 한다.

여기에서 남쪽으로 40리를 오면 箕山(기산)인데, 바로 鎭山(진산: 마을을 지켜주는 산)이다. 높지도 않고 낮지도 않으며, 위는 네모지고 아래는 둥글어서 箕(기: 키)의 모습 같다. 앞에는 潁川(영천)과 犢川(독천)이 있다. 산의 형세가 구불구불 북으로 와 소나무와 대나무 숲이 울창하고, 너른 들판이 돌아 남음이 있어 남쪽으로 확 터져 산봉우리와 이어져 있으니 첩첩 산봉우리가 구름같이 피는 연기와 아득한 아리랑이 사이에 모습을 감추고 있다. 郡守(군수) 朴準承 (박준승)이 지은 다음과 같은 詩(시)가 있다.

> 곳곳에 뽕나무 삼 밭 살만한 곳에 집을 지으니
> 집집마다 꽃과 대나무가 봄 城(성)의 그림이네

郡(군)의 북쪽 10리 五柳川(오류천)가에 歸來亭(귀래정)이 있으니, 東昕(동흔)의 先君(선군: 돌아가신 아버지)이신 金鳳洙(김봉수)께서 세상일을 잊고 거문고와 책으로 스스로 즐기시던 곳이다. 푸른 대나무가 울타리를 둘러있고, 드문드문 소나무가 섬돌에 서서 푸르스름한 그늘을 서로 얽어놓고, 그윽한 난초가 오래된 돌에 기대어 외로이 향기를 내뿜고, 담뿍 모아 핀 국화가 오랜 섬돌에 연이어 특별히 빼어나니 隱士(은사)의 취향을 가히 거슬러 상상할 수 있다. 내 先君(선군)께서도 일찍이 이를 아셨다.

하룻밤 환대를 받고 詩(시)와 술로 서로 즐긴 후, 杻洞(유동)에 朴鳳赫(박봉혁) 공을 찾아갔다. 朴(박) 공은 蘭谷先生(난곡선생)께 같이 가르침을 받았으니, 나와는 전생부터 인연이 있는 셈이다. 晩年(만년)에 자취를 자연 소에 감추고 은거하니, 사는 곳에 자연을 즐기려는 취향이 있어 정자를 짓고, 自樂亭(자락정)이라 하였다. 여러 해 낮엔 밭 갈고 밤엔 책 읽으며 자제들을 가르친다. 울타리에 소나무와 대나무가 줄지었고, 정원에는 꽃과 풀이 있어 스스로 즐기기에 충분하니 세상일에 관여치 않아 은거하는 사람의 뜻을 느끼기에 남음이 있다. 내게 시를 요청하여, 시를 지어주고는 작별했다.

自古騷人之登高望遠者 騁目而窮山水之勝 遊心而賞風月之美 以資遊觀之樂 人之憂樂 係於心而發之於所遇之境也 余本失學好遊 戊辰春 又作南行至光州 歷觀無等山 (有記) 而下忠孝里 卽金忠壯公德齡所居石底村 參觀

旌門上正祖綸音 而渡水乃昌平芝谷里 今屬潭陽 後背壯元峰 有息影亭 俯瞰芝谷川之下 而遙對無等山棲霞堂 金公成遠預知乙巳士禍之將起 棄官而歸昌平 與石川林公德齡 共建此亭于山下 老松環繞於四方 綠水過其下 松江鄭文淸公澈 因乙巳士禍 避于星山 祖父參奉公潙之墓下 作松江亭于松江川 因以爲號 越便有瀟灑亭梁公山甫 以靜庵 (趙光祖) 門人 文科官至大司憲 因靜庵被禍 還鄕而作此亭 又作瀑布及蓮塘 外植松梅菊竹爲庭園 又歷看綾城八景 乘車下咸平鶴橋驛 訪金君東昕所居 不貧第宅 頗壯母岳山 轉拖一枝 節節起峰突立爲君遊山 世傳恭愍王來遊得名云 自此南來四十里 爲箕山卽鎭山 不高不低 上方下圓 宛如箕形 前有潁川犢川 山勢迤邐而北來 松篁鬱蒼 曠野紆餘而南豁 聯峰疊嶂 隱映於烟雲 杳靄之間 郡守朴準承 有處處桑麻多卜築 家家花竹畵春域之句 郡北十里五柳川上 有歸來亭 東昕之先君鳳洙忘世情 而以琴書自娛處 綠竹繞籬 疎松立砌 翠陰相交 幽蘭依老石 而孤芳叢菊連古砌 而特秀隱士之趣 可以追想 我先君于嘗記之 款接一夜 以詩酒相歡 歷訪朴公 (莘赫) 于杻洞 公受學於蘭谷先生 與我有宿契 晚年遯跡於林泉 所居有烟霞之趣 築亭曰自樂 屢年晝耕夜讀 訓誨子弟 連籬松竹 列庭花卉 堪爲自樂 不關世務 剩覺幽人之志 要余題詩 題後仍別

羅州記

나주기

무릇 萬物(만물)은 모두 형태가 있고 또한 이치도 있다. 큰 것은 산과 물이 되고, 작은 것은 나무와 돌이 되니, 어느 것 하나 그렇지 않은 것이 없다. 騷人(소인)과 墨客(묵객) 사물을 보고 興(흥)을 붙여서 형용해 내니 기이한 것은 쉽게 볼 수 있으나, 이치가 묘한 것은 알기가 어렵다. 그러므로 孔子(공자)가 말씀하시기를 "仁者(인자)는 樂山(요산)하고, 智者(지자)는 樂水(요수)한다"라고 하셨으니 이는 그 기이함을 즐겨 봐서 산과 물 어느 한 편만 보는 것이 아니고, 대개 그 오묘함을 얻어서 그 전체를 좋아하는 것이다.

　나는 仁者(인자)도 智者(지자)도 아니나, 즐겨 구경하기를 좋아한다. 咸平(함평)으로부터 돌아서 羅州(나주)로 들어가니, 錦城山(금성산)이 단아하고 기이한 큰 형세로 좌우에서 서로 안아줘 동북쪽에 웅크리고 있으니 고을의 鎭山(진산)이다. 月出山(월출산)이 맑게 빼어나 우뚝 서서 동남쪽을 막고 있으니, 靈岩郡(영암군)과의 경계이다. 錦江津(금강진) 혹은 木浦(목포)로 부르는 것이 바로 廣灘(광탄)의 하류로 이것이 榮山江(영산강)이 된다. 그 동남쪽을 둘러 가운데에 고을이 열리니, 그 山水(산수)의 수려함과 성곽의 전형이 규모가 비록 漢陽(한양)보다 작을지라도 서로 비슷함이 있다. 榮山浦(영산포)가 고을 밖 영산강 가에 있어 배들이 바다 밖으로 오가고, 市中(시중)에 쌀이 모였다 배분된다. 그 인물의 번성함과 물화의 매매가 나주보다 더 낫다.

　이곳 사람 忠烈公(충열공) 羅德憲(나덕헌)이 丙子(병자: 1636)년에 春信使(춘신사)로 瀋陽(심양)에 들어갔을 때 淸(청)나라 임금이 황제가 되어 축하를 받으면서 公(공)에게 축하에 참여하라 협박하였으나, 의리로 항거하여 굽히지 않았다. 오랑캐가 그 절의를 장하게 여겨 풀어주고 돌려보내니, 漢人(한인: 중국 본토 명나라 사람) 중 포로로 잡혔던 자들이 공이 굴복하지 않는 모습을 그려서 벽에 걸어놓고 蘇武(소무)[235]와 같이 여겼다. 이에 旌閭(정려)를 세우도록 명하고 諡號(시호)를 내리고 사당을 세워 제사지내도록 하고, 正宗(정종) 임금이 律詩(율시) 한 수를 직접 지어 하사하셔서 전각에 봉안토록 하였다.

　湖林(호림) 白悌(백제) 공이 會津(회진) 출생으로 문장이 볼만한 것이 많고 詩(시)에 뛰어났다. 宣祖(선조) 임금 때 과거에 급제하여 벼슬이 北評事(북평사)까지 갔으나, 굴레에 매이지 않고 榮利(영리)를 쫓는 마음이 없었다. 兵法(병법)을 좋아하여 寶劍(보검)과 名馬(명마)를 갖고 하루에도 수백 리를 갔다. 어려서 大谷(대곡) 成運(성운) 선생을 따라 공부했고, 俗離山(속리산)에 들어

---

235) 중국 漢(한)나라 때 사람으로 흉노에 잡혀서도 굴복하지 않았던 사람.

가서 論語(논어)를 팔백 번을 읽었으며, "道不遠人(도불원인) 人遠道(인원도) 山非離俗(산비리속) 俗離山(속리산)"[236]이라는 구절을 읊조리고 다녔다. 大谷(대곡) 선생이 공에게 준 詩(시)에 다음과 같은 구절이 있다.

> 妙年(묘년) 나이에 배움 찾는 공부에 힘씀이 깊으니
> 일곱 자 詩(시)를 지어 땅에 던지면 쇳소리가 나네

高麗(고려) 太祖(태조) 莊和王后(장화왕후) 吳(오) 씨의 아버지가 이웃이 많고, 대대로 고을의 木浦(목포)에 살면서 沙干(사간: 신라 때 벼슬) 連位(연위)의 딸을 맞아 왕후를 낳았는데, 왕후가 꿈에 목포의 龍(용)이 그 뱃속으로 들어와 놀랍고 이상하게 여겨 그 부모에게 고했다. 때 맞춰 태조가 水軍(수군) 장수로 나와 나주를 지키며 목포에 배를 정박했다. 물가 위에 오색구름 기운이 있는 것을 보고 찾아가 보니, 왕후가 빨래를 하고 있는 곳에 이르렀다. 불러서 사랑을 베푸니, 때맞춰 임신하여 아들을 낳으니, 이가 惠宗(혜종)이 된다. 뒤에 그 땅에 興龍寺(흥룡사)를 세우니, 錦江(금강)의 북쪽이요 浣紗泉(완사천)은 吳后(오후)가 빨래를 하던 샘이다. 후세 사람이 다음과 같이 시를 지어 찬양했다.

> 바위 동쪽 용이 나는 땅을 바라보니
> 이곳이 바로 어진 왕비 살던 옛 곳이네
> 아홉 세대나 장군이 이곳에 진치고 머물렀으니
> 三韓(삼한)의 太子(태자)를 낳게 한 마을이네

또 거슬러 올라 沙浦(사포)로 올라가니, 사포 위에 누각이 있는데 경치가 매우 아름답다. 물이 榮山(영산)을 따라 누각 앞에 이르러 넓어져 다시 깊어지고, 산은 曲江(곡강)에 이르러 골짜기를 둘러싸니 밝고 빼어나다. 돛배와 모래

---

236) 崔致遠(최치원)의 시로 알려져 있으며 도리가 사람을 멀리하는 것이 아니고 사람이 도리를 멀리하는 것이요, 산이 속세를 떠난 것이 아니고 속세가 산을 떠났다는 뜻임.

톱 새들의 오감이 끊이지 않고, 언덕의 꽃과 물가의 난초가 붉고 푸름을 번갈아 비추어댄다. 詩興(시흥)이 저절로 일어 詩(시)를 짓고, 曲江村(곡강촌)에 있는 일가 사람 祐永(우영)을 찾아갔다. 일가 사람들이 산 아래 수십 호에 나누어 산다. 또 孝子(효자) 元用(원용)의 비석이 있다. 아버지 喪(상) 侍墓(시묘)살이 3년에 호랑이가 밤에 움막 옆을 지켜줬다 하여, 후세 사람들이 그 동네를 孝子侍墓洞(효자시묘동)이라 부른다.

연이어 며칠 밤을 자고 南平(남평)으로 향했다.

凡物皆有形 而亦有理 大而山水 小而木石 莫不皆然 騷人墨客 覽物寓興 而形之奇者易觀 理墓者難知 故孔子曰 仁者樂山 知者樂水 此非謂翫其奇 而見其偏 蓋得其妙而樂其全也 余非仁智者 而好翫賞 自咸平轉入羅州錦城 山 以端雅奇偉之勢 左右相抱 據于東北州之鎭山也 月出山淸秀 突兀阻乎 東南 靈巖郡界也 錦江津或稱木浦 卽廣灘下流 是爲榮山江 環其東南 中開 邑基 山水之秀麗 城郭之典型 規模雖小於漢陽 略相似焉 榮山浦在邑外榮 山江之上 而舟楫往來于海外 米穀集散於市中 其人物之繁盛 物貨之賣買 勝於羅州 郡人羅忠烈德憲 丙子以春信使入瀋陽時 淸主稱帝受賀 脅公參賀 抗議不屈 虜壯其節而釋還 漢人之被俘者 以公不服之狀 畵以掛壁 比於蘇 武 命旌賜諡 立祠祀之 正宗下賜御製詩一律 奉于閣 白湖林公 (悌) 生于會 津 而文章瞻富 而長於詩 宣祖朝登科 官至北評事 放浪無羈 無榮利之心 好 兵法有寶劍名馬 日行數百里 少從成大谷 (運) 遊而入俗離山 讀論語八百遍 吟道不遠人人遠道 山非籬俗俗離山之句 乃引用中庸語 而膾炙人口 大谷贈 公詩有 妙年探學着工深 七字題詩擲地金之句 高麗太祖莊和王后吳氏之父 多隣世居州之木浦 娶沙干連位女生后 后夢木浦之龍 來入其腹中 驚異之 告其父母 適太祖以水軍將軍 出鎭羅州 泊舟木浦 望見洲上有五色雲氣 尋 至后浣布 太祖召幸之 適有娠生子 是爲惠宗 後建興龍寺于其地 聖錦江之 北 而浣紗泉 吳后曾浣布之泉也 後人有詩曰 仰岩東畔龍飛地 正是賢妃舊 所居 九世將軍經宿處 三韓太子誕生閭 又溯上沙浦 浦上有樓 風景甚美 水

從榮山而到樓前 闊復深 山到曲江而環洞中 明且秀 風帆沙鳥 往來不節 岸
花汀蘭 翠紅交映 詩興自生 題詩而訪 族人祐永于曲江村 族人之分居山下
數十戶 又有孝子元用之碑 父喪居廬三年 山虎夜守廬側 後人名其洞曰孝子
侍墓洞 連宿數夜而向南平

南平記
남평기

사람이 거처하는 곳이 다르면 좋아하는 것 또한 다르다. 山林(산림)은 은둔
해 사는 담백한 사람들이 좋아하는 것이요, 軒冕(헌면: 높은 벼슬)은 부귀와 허
영을 쫓는 사람들이 좋아하는 것이다. 나도 또한 담백한 사람이다. 사철 변화하
는 江山(강산)의 경치가 내게 즐길 거리를 제공해주니 가서 본즉 안개 긴 산봉
우리는 옅게 화장한 듯 담백하고, 맑은 호수를 쓸고 다니니 담백하게 맑고 조용
하다. 산과 물이 볼수록 아름다우니, 情(정)을 담뿍 머금고 앞에 姿態(자태)를
짓지 않음이 없다. 남이 좋아하거나 싫어하거나 아랑곳 않고, 날마다 강산 사이
에서 물고기와 새와 더불어 서로 잊고 사니 이 어찌 즐겁지 않은가!

羅州(나주)로부터 다시 南平邑(남평읍)을 찾으니, 고을의 주된 산을 月延坮
(월연대)라 한다. 소나무 숲이 울창하고, 산꼭대기에서 돌들이 빼어남을 다툰다.
縣監(현감) 韓楯(한순)이 임진왜란을 당하여 이곳에 성과 보루를 쌓았다. 砥石
江(지석강)이 綾州(능주)와 和順(화순)의 물을 합해 고을의 남쪽 십 리를 지나
고, 고을의 동쪽 오 리 長者山(장자산) 아래 長者池(장자지) 물가에 文岩(문암)
이 있다. 신라 慈悲王(자비왕) 壬子(임자)년에 오색구름 상서로운 기운이 이곳
에 녹아 모이거늘, 知縣(지현) 金侑(김유)가 찾아보니 바위 위에 돌 상자 하나가
있었고 돌 상자 안에는 글자 하나 '文(문)'이 있고 그 안에 갓난애가 있었다.
거두어다 王(왕)에게 아뢰니, 왕이 말하기를 "전에 우리 임금의 조상이 처음

내려올 때에도 이러한 상서로운 기운이 있었는데, 지금도 그러하니 반드시 神人(신인)이 궁궐에 들이라 명령하시는 것이리라" 하고, 그로 인해 '文(문)'이라는 姓氏(성씨)를 하사했다. 가르치지 않아도 많이 아니, 그로 인해 '多省(다성)'이라는 이름을 하사했다. 바위도 文岩(문암)이라고 이름 지었다. 두루 네 임금을 섬기고, 벼슬이 大阿飡(대아손)에 이르니 후세 사람들이 長淵祠(장연사)를 세워 배향했다.

그 후손 三憂堂(삼우당) 文益漸(문익점)이 丹城(단성)에 살았는데, 恭愍王(공민왕) 때에 文科(문과)에 급제하여 正言(정언)으로써 書狀官(서장관)이 되어 元(원)나라에 갔다가 목화씨를 얻어 돌아왔다. 그 장인 鄭天益(정천익)에게 씨 심기를 맡기니, 3년 가까이 크게 번식하였다. 벼슬은 右文舘(우문관) 大提學(대제학)에 이르고, 孝誠(효성)의 行績(행적)이 있다. 우리 조선의 太宗(태종) 임금이 그 功(공)을 아름답게 여겨 參知議政府事(참지의정부사) 江城君(강성군)의 贈職(증직)과 忠宣(충선)이라는 諡號(시호)를 내리시고, 丹城(단성)의 道川書院(도천서원)에 배향하였다.

思庵(사암) 朴淳(박순) 공이 대대로 光州(광주)에 살았는데, 明宗(명종) 임금 때 壯元及第(장원급제)하여 文衡(문형: 대제학)을 맡았고 벼슬은 領議政(영의정)까지 올랐으니 맑게 수양하고 힘써 일해 文章(문장)과 德業(덕업)이 그 一代(일대)의 현명한 재상이 되었다. 중국의 사신이 말하기를 宋(송)나라의 인물과 唐(당)나라의 詩(시) 운치라 하였으니, 宣祖(선조) 임금이 그를 표창하여 "松筠節操(송균절조) – 소나무와 대나무의 절조, 水月精神(수월정신) – 맑은 물에 비친 달의 정신"이라 하셨다. 尹元衡(윤원형)을 탄핵하는 데 앞장서고, 만년에 일을 물리치고 南平(남평)에 물러나 살면서 산과 물로 스스로 즐기다 생을 마치니 諡號(시호)는 文忠(문충)이시다.

돌아서 板村(판촌)에 이르니, 세상이 변해도 그대로 남아있는 물과 산이 빼어나게 곱지 않은 것이 없다. 논과 밭 그리고 뽕나무 밭두둑 또한 비옥하고, 주민들은 풍요로우며 풍속은 순박하고 후하다. 先祖(선조)이신 松月堂(송월당) –宋炳翼– 府君(부군)께서 肅宗(숙종) 임금 戊寅(무인)년에 이 고을을 맡으셔

서 먼저 배우는 다스림을 일으키시고, 興學堂(흥학당)을 세우셨다. 祿俸(녹봉)
을 털어 밭을 사셔서 공부하는 사람들 살림살이를 잇게 해주시고, 고을 사람
草峰(초봉) 金鼎九(김정구) 공을 뽑아서 그 일을 맡기시니 백성들 자제를 가르
치기 수년간에 文風(문풍)이 무성하였다. 부군께서 세상을 버리신 후 庚申(경
신)년에 士林(사림)들이 모여 의논하여 興學堂(흥학당) 동쪽에 祠堂(사당)을
짓고 遺愛祠(유애사)라 이름 지었다. 李顯應(이현응) 공이 이어서 배움을 일으
키었으므로, 두 분을 아울러 배향하였다. 뒤에 禁令(금령)으로 毁撤(훼철)되었
으나, 근년에 草峰(초봉)의 후손인 金冕洙(김면수)와 여러 일가 사람 및 士林
(사림)들이 추모의 뜻으로서 板村(판촌)에 사당을 중건하였다. 면수 씨를 찾아
가서 사당에 배알하고, 대대로 내려온 우의를 얘기하며 다단한 지난 일을 탄식
했다. 시를 남겨놓고 이별했다.

夢灘江(몽탄강)으로부터 배를 타고 木浦(목포) 항구에 도착했다. 蘆嶺山脈
(노령산맥)이 첩첩이 골짜기를 이루고 굽이굽이 시냇물을 이룬 곳에 돌출해 있
는 곳이 務安半島(무안반도)이니, 榮山江(영산강) 어귀가 바로 목포이다. 儒
達山(유달산)이 구름 가에 우뚝 서있고, 다도해가 부두를 둘러싸고, 寶花島(보
화도)가 파도를 막아주니, 천연의 좋은 항구가 된다. 우리 朝鮮(조선)에서 水
軍萬戶(수군만호)를 설치했고, 임진왜란 때에는 李(이) 忠武公(충무공)이 이곳
에서 왜적을 격파했다. 산을 둘러 저자가 이루어지고, 푸른 산이 뒤를 누르고,
산꼭대기에 여염집이 즐비하고, 큰 바다가 앞을 가로지르고, 작은 섬들이 파
도 속에 흩어져 있으니 선박의 드나듦과 시가지의 장대하고 화려함이 곧 바닷
가에 웅대한 마을을 이룬다. 뱃전을 때리는 물결이 분분히 날리는 눈꽃과 같
고, 섬들에서 나오는 구름이 겹겹이 검은 색이다. 靈岩(영암)을 거쳐 南海(남
해)로 향한다.

人之所處不同 則所樂亦不同 山林肥遯淡泊者之所樂 軒冕富貴虛榮者之
所樂也 余亦淡泊者 四時之景變化於江山之間 以供吾之樂往觀 則烟出呈翠
眉之淡 掃清湖作淡粧之清淨 山益佳水益美 莫不含情作態 於前寵辱不知

日與魚鳥相忘於江山之間 豈不樂哉 自羅州更尋南平邑 郡之主山曰月延岾
松林鬱蒼 岩石競秀 上頂縣監韓楩 當壬辰亂 築城堡砥石 江合綾州和順之
水 而過縣南十里 縣東五里 長者山下長者池 上有文岩 新羅慈悲王壬子 五
雲祥氣融聚 知縣金侑視之 岩上有一石函 函有一文字 中有嬰兒 遂收而啓
于王 王曰 昔吾皇祖始降有是瑞氣 今如是必神人命納于宮 因以文賜姓 不
教而多知識 人賜多省名 而文名岩歷四朝 官至大阿飡 後人立長淵祠享之
後孫三憂堂益漸居丹城 恭愍王時文科 以正言爲書狀官 如元得木綿子而歸
屬其舅鄭天益種之 比三年遂大蕃 官至右文館大提學 有孝行 我朝太宗嘉其
功 贈參知議政府事 江城君 諡忠宣 享丹城道川書院 思庵朴公淳 世居光州
而明宗朝魁科典文衡 官至領相 淸修力行 文章德業 爲一代賢相 華使曰 宋
人物唐詩操 宣祖獎之 以松筠節操水月精神 首劾尹元衡 晚年謝事 退去于
南平 以山水自樂而終 諡文忠 轉至板村 剩水殘山 無非秀麗 禾田桑畦 亦是
肥沃 居民饒足 風俗淳厖 先祖松月堂 (諱烟翼) 府君 肅宗戊寅 莅此邑 首興
學政 建興學堂 捐俸買田 以繼學者廩給 擇縣人草峰金公鼎九 任其事 教民
子弟 數年之間 蔚有文風 府君棄世後 庚申士林等會議 建祠于興學堂之東
稱遺愛祠 李公顯應繼府君而興學 故幷享 後以禁令毀撤 近年草峰右孫冕洙
與諸宗及士林 以追慕之意 重建祠宇于板村 尋訪冕洙 拜謁祠宇講世誼 嘆
往事之多端 留詩而別之 自夢灘江乘舟而到木浦港 蘆嶺山脈 疊疊成峽 曲
曲成溪 突出爲務安半島 而爲榮山江口 卽木浦也 儒達山聳立于雲邊 多島
海環繞于埠頭 寶花島防其波 因作天然良港 我朝置水軍萬戶 壬辰亂李忠武
公舜臣 破倭賊于此也 繞山成市 翠岳壓其後 而閭閻櫛比于山顚 大海橫其
前 而島嶼紛散于波中 船舶之出入 市街之壯麗 便成海邊之雄府 拍船波浪
雪花紛紛 出雲島嶼 黛色重重 由雲岩而向海南

南海記
남해기

옛날의 경험에서 지금을 알 수 있고, 전에 있던 일을 비추어 훗날의 경계를 삼을 수 있다. 산과 바다는 변함이 없으나, 인간 세상에는 스러짐과 일어남이 있으니 지난 흔적에서 옳고 그름을 알아서, 지금의 산천 경치를 감상한다. 빼어난 경치를 멀지 않은 곳에 두고서도 가보지 않는다면, 이는 조개 속에 살면서도 진주를 보지 않는 것이다.

나는 靈岩(영암)으로부터 南海(남해)로 가려고 防築洞(방축동)에 이르니, 날은 이미 저물고 갈 길은 아직도 멀다. 金勝台(김승태)를 찾아가 하룻밤을 빌려 자니 順天(순천)의 오래된 명문 집안으로 아직도 古風(고풍)을 지키고 있었다. 처음 보는데도 환대가 매우 좋았다. 동네 뒤를 두른 동백나무는 2월이면 꽃이 펴 붉은 색과 흰 색이 번갈아 비치고, 소나무와 대나무가 옆에 있어 푸르른 색이 그 사이에 섞여 있다. 완연히 한 폭의 살아있는 그림이라 하겠다.

다음날 남해읍으로 들어갔다. 뒤에 산을 등지고 앞에 바다가 있어 안에는 농사와 목축의 바탕이 되고, 밖으로는 배를 타고 다닐 수 있는 이로움이 있다. 무리 진 섬들이 주위를 둘러싸 푸르스름했다 거무죽죽했다 하얗게 부서지는 물결이 출몰하고, 구름같이 피는 연기와 아득한 아지랑이 사이로 너른 들이 구불구불하여 누렇고 푸른 밭두둑이 가로세로 얽혀있고, 바닷가 옆에는 안개가 포구에 가득하다. 조수가 가득 들어차면, 상선은 바람을 가득 담아 받고, 고깃배는 그물을 들어올린다. 어디를 보나 눈이 닿는 데에 끝이 없다.

金剛山(금강산)이 마을을 지켜주는 鎭山(진산)이 되는데 산 위에 층층이 기암괴석이 좌우로 겹쳐져 있고, 시냇물 물결이 아래위로 활발하다. 오래된 城(성) 안에 쏟아져 내리는 폭포가 있는데, 매년 流頭(유두: 음력 6월 15일)날에 이곳에서 머리를 감으면 頭風(두풍)을 앓는 자는 병이 낫는다 한다. 산에 흐르는 물을 金剛川(금강천)이라 하는데 세차게 흘러 돌을 때리며, 사철 마르지 않는다. 또 동백꽃이 많아 붉은 꽃 푸른 잎이 또한 한때의 경치이다. 봄과 여름

철에는 푸닥거리로 재앙을 물리치려는 사람들의 왕래가 끊이지 않는다.

眉岩(미암: 눈썹 바위)이 곧장 수십 길 높이로 서있는데, 엄숙하기가 어른의 모습과 같다. 眉岩(미암) 柳希春(유희춘) 공이 그 아래에서 살아, 그로 인해 미암으로 號(호)를 삼았다. 公(공)이 副提學(부제학)으로 있다가 벼슬을 버리고 돌아온 후에 鍾城(종성)으로 귀양을 갔다. 부인 宋(송) 씨 또한 文章(문장)에 능했는지라, 홀로 천 리 길을 가서 귀양 간 곳에서 공을 따랐는데 摩天嶺(마천령)을 지나며 다음과 같이 詩(시)를 읊었다.

가고 또 가서 드디어 마천령에 이르렀는데
동해 바다는 가없이 거울처럼 평평하네
만 리 길을 귀한 내가 어인 일로 왔더냐
三從(삼종)[237]의 도의는 무겁고 이 한 몸은 가볍다네

서울에서부터 流配(유배)를 오는 자는 반드시 牛膝峙(우슬치)를 넘어야 남해에 이른다. 혹 제주의 귀양지로 향하거나 혹 錦衣還鄉(금의환향)하는 자도 또한 이 고개를 넘어야 한다.

세상에서 茶聖(다성: 차의 성인)으로 불리는 草衣禪師(초의선사)가 大興寺(대흥사)의 북쪽 산기슭에 한줄기 암자를 지었으니, 이 땅이 雀舌茶(작설차)가 나는 곳이다. 禪師(선사)는 東茶頌(동다송)을 지었고, 秋史(추사) 金正喜(김정희) 공 茶山(다산) 丁若鏞(정약용) 공과 믿음이 달라도 맑은 교분을 맺었다.

고을로부터 大興寺(대흥사)로 가는 중간쯤에 孤山(고산) 尹善道(윤선도)가 參判(참판)으로 있다가 귀향해서 綠雨亭(녹우정)을 짓고 기거했다. 소나무와 대나무가 사방을 둘러싸고, 鄉歌(향가)로 이름이 알려졌다. 그 증손자 恭齋(공재) 尹斗緖(윤두서)도 또한 글씨와 그림으로 이름을 날렸다.

石川(석천)은 고을의 북쪽 萬垈山(만대산) 아래의 한 골짜기인데 시냇물 흐

---

237) 여자가 따라야 할 세 가지 도리로 어려서 어버이를, 출가한 후로는 남편을, 남편이 죽은 후에는
아들을 따르라는 것임.

르는 곳이 모두 판판한 돌이다. 監司(감사) 林億齡(임억령)이 냇가에 터를 잡고 이내 호를 石川(석천)이라 하였다. 中宗(중종) 임금 때 과거에 급제하였고, 행동거지가 장중했으며 文章(문장) 風韻(풍운)이 俗流(속류)에서 멀리 뛰어났다. 乙巳士禍(을사사화)가 일자, 그 동생 林百齡(임백령)에게 편지를 보내 꾸짖고 드디어 벼슬을 버리고 고향으로 돌아왔다. 거짓 공훈으로 백령이 功臣錄券(공신녹권)에 기록되기에 미쳐서는 공이 분함을 참지 못해 錄券(녹권)을 불사르고, 이때부터 벼슬살이에 뜻을 끊었다. 뒤에 미암과 아울러 五賢祠(오현사)에 배향되었다.

고을로부터 花源半島(화원반도)를 따라 右水營(우수영)에 이르면 바로 鳴梁海峽(명량해협)이다. 壬辰倭亂(임진왜란) 때 李忠武公(이충무공)이 水使(수사) 李億祺(이억기)를 倭賊(왜적)의 배 백여 척을 격파한 것이 바로 鳴梁大捷(명량대첩)이다.

驗於古可以知今 鑑於前可以戒於後 山海無變遷 人世有廢興 知是非於往蹟 賞景槩於當時 置勝景於不遠之地 而不去 是居合浦而不見珠也 余自靈巖將向海南邑 至防築洞 日已斜而路向遠訪金勝垍 借宿一夜 順天古閣尙守古風 初面相見 待之甚款 繞洞後之冬柏樹 當正二月 則花開而紅白交映 松竹在傍 翠色雜乎其間 宛然一幅活畫云 翌日入海南邑 背山阻海 內有耕牧之資 外有舟楫之利 群島繞圍 翠黛白浪 出沒烟雲杳靄之間 大野逶迤黃畦綠塍 縱橫於林泉海渚之傍 烟沈極浦 潮滿長洲 商船飽風 漁舟擧網 極目無垠 金剛山爲鎭山 而山上有層岩奇石 左右重疊 而溪波上下活潑有古城 中有懸瀑 每流頭日 洗頭於此 患頭風者得痊云 山之所流曰金剛川 狂奔觸石 四時不渴 又多冬柏紅葩 綠葉亦此時一景 春夏節祓除之人 常往來不絕 有眉岩直立數十丈 儼若丈人眉岩柳公希春居其下 因以爲號 公以副提學棄官歸後 謫于鍾城 夫人宋氏 亦能文章 獨行千里 從公於謫所 過摩天嶺有詩曰 行行遂至摩天嶺 東海無涯鏡面平 萬里夫人何事到 三從義重一身輕 自京流配者 必踰牛膝峙 而至海南 或向濟州謫居地 或錦衣還鄉者 亦踰

此崛 世稱茶聖艸衣禪師 結一枝庵於大興寺北麓此 地生雀舌茶 師作東茶
頌 與秋事金公正喜 茶山丁公若鏞 作方外清交 自邑至大興寺 中間有孤山
尹公善道 以參判歸鄕 築綠雨亭而居之 松竹四圍 以鄕歌著名 其曾孫恭齋
斗緖 亦以書畫擅名 石川在郡北萬坒山下 一洞溪流 皆是磐石 監司林公億
齡 臨流卜居 仍號石川 中宗朝登科 動止莊重 文章風韻 逈出俗流 乙巳士禍
貽書其弟百齡責之 遂棄官歸鄕 及錄僞勳 百齡置公於錄中 公不勝憤惋火
其卷 自是絶意於仕宦 後與眉岩幷享于五賢祠 自邑隨花源半島 至右水營
卽鳴梁海峽 壬辰亂李忠武公 使水使李億祺 破倭賊百餘隻 卽鳴梁大捷

光陽記
광양기

옛사람들이 말하기를 "人傑(인걸)은 땅의 精氣(정기)로 말미암아 태어난다"
하였으니 대개 땅이 정기가 있으면 인걸이 태어나고, 인걸이 태어나면 그 땅의
정기는 더욱 높아진다. 嵋山(미산)은 蘇東坡(소동파)로 인해, 또 滁州(저주)는
歐陽脩(구양수)로 인해 모두 사람으로서 땅의 정기가 더 높아 진 곳이다. 일찍
이 듣기를 "山川(산천)의 형세가 사람에게 빼어나면, 멀리서 상상하는 것이 가
서 직접 봄만 못 하며 예전 사람의 위대한 업적을 흠모하려면, 그 당시의 빼어
난 경치를 감상해야 한다."라고 했다.

그러므로 丙申(병신: 1956)년 여름에 남쪽으로 유람을 해서, 光州(광주)를
둘러 和順(화순)에 이르렀다. 無等山(무등산)은 광주와 화순의 경계에 있다.
무등산을 등에 지고, 萬淵山(만연산)과 白鷄山(백계산)이 줄지어 있다. 그 산들
로부터 榮山江(영산강)과 蟾津江(섬진강) 두 강의 근원이 흘러나온다.

甕城山(옹성산)이 達川(달천)에 의해 막힌 곳에 절벽을 이루니 新齋(신재)
崔山斗(최산두) 공이 보고 기이하다 하여 赤壁(적벽)이라 부르고, 松江(송강)

과 石川(석천) 두 분과 같이 노셨다고 한다.

靈龜山(영귀산)은 혹 多塔峰(다탑봉)이라고도 부르는데, 運舟寺(운주사)가 있으니 新羅(신라) 興德王(흥덕왕) 때 道詵國師(도선국사)가 창건했다. 언문으로 전하는 바에 따르면 "도선국사가 이 땅이 배가 떠가는 것 같아 나라의 운세가 배를 따라 일본으로 흘러갈 것을 걱정하여, 하룻밤 새에 천 개의 石塔(석탑)과 천 개의 石佛(석불)을 道力(도력)을 발휘해 만들었다."라고 한다. 그러나 임진왜란 때 많이 없어져, 전해져 지금까지 남은 것은 석탑 16개와 석불 50상뿐이다. 다탑봉 아래에 부처가 셋이 있는데, 하나는 서있고 둘은 누워있다.

白鷄山(백계산)은 光陽縣(광양현) 북쪽에 있어 고을을 지켜주는 鎭山(진산)이 된다. 산머리에 바위가 있고, 바위 아래에 샘이 있는데 샘 밑에 때때로 흰 구름이 비친다. 무릇 그곳에서 기도하면 응해주는 보답이 있다. 그러나 齊戒(제계)가 성실하지 못하면 샘이 말라버린다. 玉龍寺(옥룡사)가 있는데, 신라 말엽에 道詵國師(도선국사)가 重建(중건)했다. 도선국사는 어머니의 성씨를 따랐으며, 신라 靈岩(영암) 사람이다. 언문으로 전해오는 바에 따르면 "崔(최) 씨 정원 안에 한 자가 넘는 오이가 하나 있어 일가 사람들이 괴이하게 생각했다. 최 씨 딸이 몰래 따먹었는데, 뜨끔하더니 임신이 되었다. 달이 차서 아들을 낳으니, 그 부모가 사람과 관련 없이 애를 낳은 것이 꺼림칙하여 대나무 숲에 버렸다. 여러 7일을 몇 번 지나 딸이 가서 보니, 비둘기와 독수리가 와서 날개로 덮고 있었다. 돌아와 부모에게 고하니, 부모가 가서 그 기이함을 보고 거두어 기르며 그 땅을 鳩林(구림)이라 하였다. 마음을 한결같이 하여 禪師(선사)로서 地理(지리)와 法學(법학)을 익히고는 돌아와서 무른 山水(산수)를 답사하여 보면 많은 효험이 있었다. 高麗(고려)의 崔惟淸(최유청) 공이 지은 碑文(비문)에 이르기를, "禪師(선사)의 이름은 道詵(도선)이요, 속세에서의 姓(성)은 金(김) 씨다. 그 대대로 내려오는 역사는 전해지지 않으나, 어머니 姜(강) 씨가 꿈에 어떤 사람이 밝은 구슬 한 알을 주어 삼키게 하니 드디어 임신하게 되었다. 매운 것과 비린 것을 가까이 하지 않고 오직 경전을 갖고 염불하는 것으로 일을 삼으니, 이미 자라서는 보통의 사람들과는 매우 뛰어나게 달랐다. 열다섯 살에

月遊山(월유산) 華嚴寺(화엄사)에서 머리를 깎고, 한 해가 지나기도 전에 文殊菩薩(문수보살)의 오묘한 지혜와 普賢菩薩(보현보살)의 현묘한 법문에 모두 들어 남김이 없으니, 學徒(학도)들이 모두 신묘한 총명함이라고 했다. 스무 살에 일체의 경전을 관리하는 소임을 맡고, 桐裏山(동리산)에 講堂(강당)을 여니 옷자락 걷는 사이에 이내 이미 뜻에 통달했다. 떠돌아 정해져 머무는 곳 없이 안개와 노을을 밟고 자연에 임해 두루 떠돌며, 白鷄山(백계산) 玉龍寺(옥룡사)에 이르러서는 그 그윽하고 한가로움을 사랑하여 堂宇(당우: 큰집 작은집)를 고쳐 명상하며 앉아 말을 잊었다. 서른다섯 살에 憲康王(헌강왕)이 그 높은 德(덕)을 공경하여 使者(사자)를 보내 맞아 모셨으나, 얼마 되지 않아 서울의 화려함을 좋아하지 않아 있던 절로 다시 돌아 왔다. 어느 날 갑자기 제자들을 불러놓고 말하기를 "내가 곧 가려나 보다. 인연을 타고 왔으니, 인연이 다하면 가는 것이다."라고 하시고 곧 돌아가시니, 일흔두 살이었다."라고 돼있다.

일찍이 觀潮樓(관조루)가 있었으나, 甲午(갑오: 1894)년 동학란에 타 없어졌다. 辛丑(신축: 1901)년에 郡守(군수) 李重益(이중익) 공이 중건하면서 올린 上樑文(상량문)에 이르기를, "玆馬老山城(자마노산성)과 蟾津江(섬진강)의 요충을 돌아보니, 실로 봉황새가 울고 용이 웅크린 빼어난 땅일세. 草浦(초포)에서의 지난날 싸움 꿈꿔보나, 李(이) 忠武公(충무공)의 神(신)과 같은 전략은 가늠해 보기도 어렵네. 雲山(운산)에서 높은 풍모를 우러르니, 舍人(사인) 崔山斗(최산두)가 남긴 향기를 떠 담을 수 있네. 광주리에서 귤[238]을 들어 소매 속에 감추니, 예나 지금이나 물자가 풍요롭네. 생선과 소금이 모여드는 곳으로 이름나고, 멀리 장사꾼과 나그네가 이곳에서 통하니 고을의 빼어난 모양을 알 수 있네."라고 하였다. 新齋(신재) 최산두는 그 고을에 살았는데, 中宗(중종) 임금 때 同福(동복)으로 귀양갔다. 橘亭(귤정) 尹衢(윤구) 懶齋(나재) 柳成春(유성춘)과 세상에서 湖南(호남) 三傑(삼걸)로 불리며 鳳陽祠(봉양사)에 배향돼있

---

238) 後漢(후한) 三國時代(삼국시대)에 吳(오)의 孫權(손권)의 신하였던 陸績(육적)이 잔치 자리에 나온 귤을 어머니께 드리려 소매 속에 감추고 나갔다는 古事(고사)에서 나와, 큰 잔치가 열렸음을 얘기함.

다. 지으신 綱目(강목)과 賦詩(부시)가 당시 사람들 입에 膾炙(회자)되었다. 고을 가까이 큰 바다가 그 남쪽을 지나니 성난 파도가 첩첩이 일어나고, 안개 낀 물결이 아득하여 위아래 하늘빛이 한결같이 푸르러 끝이 없다.

古人云人傑由地靈而生　皆地靈則人傑出　人傑出則地尤靈　嵋山之東坡 滁州之歐陽　皆以人而地尤靈也　夙聞山川形勝於人而遐想　不如登臨而慕前 人之偉蹟　賞當時之勝景　故丙申夏　南遊而歷光州而至和順　無等山在光州 化順之界　背無等而萬淵白鷄之山羅列　由山而榮山蟾津兩江之源流出焉　襲 城山爲達川所阻成絶壁　新齋崔公山斗　見而奇之稱赤壁　與松江石川兩公 共遊云靈龜山　或稱多塔峰　有運舟寺　新羅興德王時　道詵國師所創　諺傳道 詵以爲地是行舟　恐國運隨船而流于日本　一夜之間　以道力作千石塔千石佛 云　而壬辰倭亂時多失傳而今餘石塔十六基　石佛五十體　峰下絶壁　有三佛 體一仰二臥也　白鷄山在光陽縣　北爲鎭山　山頭有岩　岩下有泉　泉底白雲聯 出　凡有禱而報應　齋戒不謹則泉涸　有玉龍寺　新羅末道詵重建　道詵從母姓 而新羅靈岩人　諺傳崔氏園中有瓜　長尺餘　一家頗異之　崔氏女潛食之　歆然 有娠　彌月生子　其父母惡其無人道而生　置之竹林　居數七日　女往視之　鳩鷲 來覆翼之　還告于父母　父母往見異之　收而養之　名其地曰鳩林　入唐傳一行 禪師地理法　學而還　凡踏山觀水　多有驗焉　高麗崔公惟淸所撰碑云　師諱道 詵　俗姓金氏　世系史失之母　姜氏夢入遺明珠一顆　使吞之　遂有娠　不近葷腥 惟以持經念佛爲事　旣育夐異　凡兒年十五　祝髮月遊山華嚴寺　而不閱歲文 殊之妙智　普賢之玄門　皆契入無遺　學徒咸以爲神聰　年二十　智藏開堂於桐 裡山　而乃摳衣　旣達了義　遊無定所躡烟霞林泉石　遊歷至白鷄山古寺　玉龍 愛其幽閒　改葺堂宇　冥坐忘言三十五載　憲康王敬其有高德　遣使奉迎　未幾 不樂京華　還歸本寺　忽一日召弟子曰　吾將行矣　乘緣而來　緣盡則去　言訖而 寂　年七十二　曾有觀潮樓　甲午東匪之亂燒燼　辛丑郡守李公重益有重建上 樑文曰　顧玆馬老 (山城) 蟾津 (江) 之要衝　實爲鳳鳴龍盤之勝地　夢前塵於 草浦　李忠武之神籌難規　仰高風於雲山　崔舍人 (山斗) 之流芳可挹　登筐篚

於橘柚 今古物豊稱淵藪 於魚鹽迢邐商旅於此 可知邑之形勝 崔新齋（山斗） 居本邑 中宗朝舍人謫同福 與尹橘亭（衢）柳懶齋（成春）世稱湖南三傑 享鳳陽祠 所著綱目賦 膾炙於時 邑近有大海 經其南 怒濤疊起 烟波渺茫 上下天光 一碧無涯

求禮記

구례기 –燕谷(연곡) 華嚴(화엄) 두 절의 상세는 智異山記(지리산기)를 볼 것

求禮郡(구례군)은 智異山(지리산) 서쪽에 있고, 鷰谷(연곡) 華嚴(화엄) 泉隱(천은) 세 절의 빼어난 경관이 있다. 또 三大(삼대: 세 가지 큰 것)와 三美(삼미: 세 가지 아름다운 것)가 있다. 지리산 白雲山(백운산) 두 산이 사방을 둘러싸고 있으므로 산이 크고, 蟾津江(섬진강)이 고을을 지나므로 물이 크고, 산 높고 물 깊은 가운데 기름진 들이 크게 열려있으니 들판도 크다. 산 빛은 곱고 물은 맑으니 景觀(경관)의 아름다움이 있고, 토지가 비옥하니 풍요의 아름다움이 있고, 衣食(의식)이 풍족하니 人情(인정)의 아름다움이 있다.

丙申(병신: 1956)년에 지리산 여행을 했으나, 그때 이 고장을 다 보지 못했으므로 뒤에 다시 왔다. 鷰谷寺(연곡사)를 거쳐 華嚴寺(화엄사)에 이르러서는 覺皇殿(각황전)에 올라 백운산 및 섬진강을 굽어 살펴보니 밝게 빛나는 모래가 하얗게 펼쳐져 있고, 해당화가 붉게 번득이고, 물결 사이에서 물고기와 새우가 즐기고, 벌 나비가 가지 위에서 노닌다. 사람 사는 것은 변했는데, 경치는 여전하다. 고로쇠나무가 있는데, 樹液(수액)을 뽑아 쓰면 萬病通治(만병통치)라고 한다. 매년 雨水(우수) 절기 전후로 좋은 날을 잡아 老姑壇(노고단) 南岳祠(남악사)에서 고로쇠 물로 잔을 올리며 山神(산산)과 仙桃聖母(선도성모)에게 제사 지내고, 활쏘기와 農樂(농악) 및 時調(시조)로 즐긴다 한다.

다시 泉隱寺(천은사)에 이르니, 신라 興德王(흥덕왕) 4년에 德隱祖師(덕은

조사)가 창립하고 甘露寺(감로사)라 불렀다. 전설에 따르면 "甘露泉(감로천)에 큰 뱀이 있어 자주 출몰하므로 祖師(조사)가 이를 죽여 버리자 이때부터 샘물이 나오지 않았다. 조선 肅宗(숙종) 4년에 이름을 泉隱寺(천은사)라 바꾸고, 李匡師(이광사) 공이 물 흐르는 글씨체로 현판을 고쳐 쓰니 물이 다시 흘러 나왔다."라고 한다. 절 앞에 垂虹樓(수홍루)가 있다. 올라 사방 주위를 바라보니 푸른 산이 병풍처럼 둘러 있고, 한줄기 시냇물이 띠 두른 듯 가로질러 흐른다. 봄빛이 정말 따뜻하여, 온갖 꽃이 화려함을 다투어 붉고 흼이 깊게 바람에 살랑살랑 춤을 춘다. 이웃 여러 산들이 이슬비와 아지랑이가 자욱한 속에 감추어져 구름 낀 하늘 김 오르는 물 위 밖으로 들어갔다 나왔다 하니, 千態萬景(천태만경)이 모두 기둥 난간 아래 솟아 있다. 잠깐 사이에 한 고을의 빼어난 경치를 모두 얻으니, 올라 보기에 좋은 山水(산수)가 된다.

걸어서 谷城(곡성)의 石鴨江(석압강) 강변으로 가니 바로 寶成江(보성강) 하류이다. 石谷里(석곡리)로부터 鴨綠津(압록진)에 이르므로 석압강이라 부른다. 구비 구비 돌아 흘러 강변 좌우에 산이 병풍처럼 서있고, 기암괴석 평야 가운데 뾰족하게 솟은 산이 있고, 맑은 냇가에 밝게 빛나는 모래가 있고, 소나무 숲 사이에 대나무 밭이 있고, 그 안에 촌락이 이루어져 그림 한 폭처럼 펼쳐지니 진정 빼어난 경치이다. 강변의 돌 언덕 위에 팔각정이 있는데 이를 伴鷗亭(반구정)이라 부르고, 또 銀魚(은어)가 있어 유람객이 봄여름 사이에 끊이지 않는다. 하늘이 이처럼 이름 난 곳을 만들어 산수의 빼어나게 기이함을 드높이니 줄 지은 봉우리들이 좌우에 둘러 인사하고 있고, 뒤에도 높직하고 앞에도 솟아 혹은 동쪽으로 빼어나고 혹은 서쪽으로 달려 나가니, 구불거리며 뛰쳐나와 있다. 산들은 병풍 같고, 언덕 절벽은 깎아지른 듯 서 인사하고 있으니 鵬(붕)새가 날개를 드리운 것 같다. 맑은 강물이 중간에 띠처럼 비치고 있으니 맑은 물결이 위로부터 아래로, 혹은 얕았다 깊었다, 혹은 넓었다 좁았다 하여, 물고기와 자라가 굴을 짓는다. 시원한 바람이 잠시 일면 비단 물결이 무늬를 이루어 굽이쳐 가로질러 흐르니, 황홀하기가 은빛 무지개가 내려지는 것 같다.

사철 경치가 무궁하여 내 얕은 재주로는 詩(시)로도 다 적을 수 없고, 그림으로도 다 그려낼 수 없다. 산수의 아름다움이 이 땅에 다 모여 있도다.

求禮郡在智異山西 有鷰谷華嚴泉隱三寺之勝景 又有世稱三大三美 以智異白雲兩山四圍 故曰山大 蟾津江過郡故曰水大 山高水深之中 大開沃野故曰野大 山紫水明 而有景觀美 土地肥沃而有豊饒美 衣食豊足而有人情美 丙申作智異山行而未盡賞此鄕 故追後更來 而由鷰谷寺至華嚴寺 登覺皇殿 俯瞰白雲山及蟾津江 明沙鋪白海棠翻紅 魚蝦戱於波間 蜂蝶遊於枝上 人事變而景色如前矣 有柜梓樹採液 爲萬病通治 而每年雨水節之前後卜日祭山神仙桃聖母于老姑壇南岳祠 以柜梓水獻酌 以弓術農樂時調爲樂云 更至泉隱寺 新羅興德王四年 德隱祖師創立曰甘露寺 傳說甘露泉有大蛇頻出 故祖師殺之 泉水自此不出 我朝肅宗四年 改以泉隱寺 李公匡師 以水體改書懸板 泉更流出云 寺前有垂虹樓 登樓而望四圍 靑山繞若屛焉 一條溪流 橫如帶焉 春陽正殷百花爭華 深紅淡白 舞風婆娑 隣境諸山 空濛晻靄 隱見出沒於雲空烟水之外 千態萬景 悉萃乎軒楹之下 指顧之間 盡得一邑之勝景 而爲樂山水之登臨好矣 移步于谷城 石鴨江邊 卽寶成江 下流而自石谷里 至鴨綠津 故稱石鴨江 曲曲轉流 江邊左右山如屛立 奇岩怪石 平野之中 有山尖立 晴川之邊 有明沙松林之間 有竹圃 內成村落如展 彩畵一幅眞勝景也 江邊石壁之上 有八角亭 是稱伴鷗亭 又有銀魚 遊覽客不絶於春夏之間 天作名區 擅山水之奇勝 列峰環拱于左右 峯後峙前 或秀而東 或馳而西 透迤突兀 崗巒如屛 崖壁如削 拱揖如鵬垂翼 淸江映帶于中間 淸波自上而下 或淺而深 或廣而狹 魚繁作窟 淸風乍起 錦浪成紋 屈曲橫流 怳若銀虹下垂 四時之景無窮 而如吾淺才 詩不能盡記 畵不能盡摹山水之美 聚于此地也

曹溪山記
조계산기

谷城(곡성)으로부터 順天(순천)에 들어가서 竹島峰公園(죽도봉) 공원에 올랐다. 蠻鳳(만봉) 麟蹄(인제) 飛鳳(비봉)이 주위를 둘러싸니, 세상에서 三山(삼산)이라 부르기도 하고 玉川(옥천) 伊川(이천)이 시내 중심을 관통해 흐르니, 또한 二水(이수)라고 부르기도 한다. 강변에는 또 평야가 있어 山水(산수)가 美麗(미려)하고, 人心(인심) 또한 후덕하다.

曹溪山(조계산) 앞뒤로 松廣寺(송광사)와 仙巖寺(선암사) 두 절이 있다. 송광사는 신라 말엽에 憲璘禪師(헌린선사)가 창건했다. 다른 이름으로는 大吉祥(대길상)이라고도 하는데, 세상에서 말하는 曹溪宗(조계종) 中興(중흥) 道場(도량)의 16 國師(국사)가 이곳에서 배출되었다. 佛(불: 부처)의 通度寺(통도사), 法(법: 불경)의 海印寺(해인사), 僧(승: 스님)의 송광사를 또한 三寶寺刹(삼보사찰)이라 부른다. 庚寅(경인: 1950)년 전란에 殿閣(전각) 20여 동이 불타 없어지고, 지금은 10여 동이 남아있다.

절 앞에는 돌 사이로 흘러나오는 한줄기 맑은 물이 부딪쳐 물방울을 쏘아내는 것이 마치 구슬이 튀어 흩어지는 것 같다. 밭두둑이 수놓은 듯 얽혀있고, 마을에는 여염집이 즐비하다. 냇물이 흐르는 것을 굽어보고, 멀리 너른 들을 바라보니 아침 햇살과 저녁 달빛이 千態萬象(천태만상)으로 기둥 난간 아래 모두 모여 아름다워, 오르는 자의 마음은 트이고 정신은 편안해져 興(흥)이 그치질 않는다.

高麗(고려) 때 스님 冲藏(충장)이 진사시험에 2등으로 급제하고도 몸을 빼내 이곳에 와서 道(도)를 수행하여 참된 나를 찾으려 하였다. 崔怡(최이)가 知奏事(지주사)가 되어 편지를 써 보내고 茶(차)와 香(향) 및 楞嚴經(능엄경)도 보냈다. 使者(사자)가 돌아가면서 보고할 편지를 청하자, 스님이 말하기를 "내가 이미 속세와 인연을 끊었는데, 어찌 편지를 써 왕복하겠는가!" 하였다. 사자가 강박하고 또 스님에게 詩(시)까지 지어주자, 스님이 바로 그 시의 韻(운)에 따라 읊기를,

여윈 鶴(학)의 조용한 날개에 소나무 위로 달은 떴는데

한가로운 구름은 가벼이 고갯머리 넘어오는 바람에 쫓기는구나

그중에도 보는 눈이 천 리를 같이 하리니

어찌 다시 새로이 말 한마디 번득여 통할까 보냐

라고 하고는, 끝내 답장 편지를 주지 않았다. 그 후에 懶翁(나옹)이 또한 이 절에 머물렀고, 衣鉢(의발)을 無學(무학)에게 넘겨줬다.

고개를 넘어 선암사에 이르렀다. 百濟(백제) 聖王(성왕) 7년에 阿度和尚(아 도화상)이 창건하였으나, 임진왜란과 병자호란에 모두 재가 되었다. 朝鮮(조선) 肅宗(숙종) 元年(원년: 즉위한 해)에 敬岑(경잠) 敬俊(경준) 文正(문정) 세 大師 (대사)가 중건하였다. 昇仙橋(승선교)가 있는데, 花崗石(화강석)으로 반원의 虹霓門(홍예문) 형태로 지어졌다. 시냇물이 아래로 세차게 흐르는 것이 무지개 위에 지어진 것 같다. 降仙樓(강선루) 사방 주위 산세는 혹 늙은 스님이 구름을 바라보며 외로이 서있는 것 같기도 하고, 혹 어여쁜 여인이 병풍에 기대어 단정 히 앉아 있는 것 같기도 하다. 층층 바위 절벽이 위에 줄지어 있고, 맑은 시내와 휘날리는 폭포가 아래로 물을 쏟아낸다. 구름 걸친 숲은 그윽이 깊고, 물과 돌은 맑고 아름다우니 神仙(신선) 사는 골짜기에 들어온 것 같아 세속의 먼지는 하나도 없는 氣像(기상)이다. 胸襟(흉금)은 상쾌하게 넓고, 眼界(안계)는 맑고 조용하니 세상 잊기에 충족하다.

불교를 오늘날 독실하게 믿어 불상을 모셔놓고 귀의하거나, 혹 부처의 모습 을 그려 놓고 손을 맞잡고 단정하고 엄숙하게 모신다. 종 울리는 소리가 서로 들리고, 늙은 스님은 삽살개 눈썹에 감색 도포로 시끄러운 세상 거리에는 들어 가지 않고 몸을 빼내 푸른 산과 흰 구름 속에 있다. 白少傅(백소부: 당나라 백거 이)가 滿公(만공: 당나라 여만선사)과 주고받은 問答(문답)이 叢林(총림: 숲속의 절)[239]에 전해저 빼어난 일이 되었는데, 나도 주지 스님과 한가로운 얘기 주고받 으니 이 어찌 사람 사귀는 도리에 방해가 되겠는가!

_____
239) 백거이와 여만선사의 일은 전 각주 192) 참조.

自谷城入順天 登竹島峰公園 鸞鳳麟蹄 飛鳳圍繞 世稱三山 玉川伊川貫流市中 故亦稱二水 江邊又有平野 山水美麗 人心亦厚 曹溪山前後有松廣仙岩兩寺 松廣寺羅末憲璘禪師創建 而一名大吉祥 世稱曹溪宗中興道場 十六國師輩出于斯 佛之通度寺 法之海印寺 僧之松廣寺 亦稱三寶寺刹也 庚寅戰亂 殿閣二十餘棟燒失 尙有十餘棟 前有枕流 一條流水 出于石間 激射濺沫 散如跳珠 田疇繡錯 村閭櫛比 俯瞰川流 遙望曠野 朝暉夕月 千態萬象 悉萃于軒楹之下 使登者 心曠神怡 興不窮 高麗僧冲藏 初以南省亞元 脫身來此修眞 崔怡爲知奏事 以書遺茶香及楞嚴經 使還請報書 師曰予已絶俗 何修書往復 爲使强迫之 且以詩贈師 師卽次韻曰 瘦鶴靜翹松項月 閒雲輕逐嶺頭風 箇中面目同千里 何更新翻語一通 卒不以書答 後懶翁亦住是寺 以衣鉢付無學 越嶺而仙岩寺 到百濟聖王七年 阿道和尙創建 而壬辰倭亂丙子胡亂 皆爲灰燼 我朝顯宗元年 敬岑敬俊文正三大師重建 有昇仙橋 築以花岡石 半圓型之虹蜺 溪流瀑下如虹 上建降仙樓 四圍山勢 或如老衲望雲孤立 或如玉女倚屛端坐 層岩絶壁 亦列于上 清溪飛瀑 馳注于下 雲林幽邃 水石清佳 怳如入神仙洞府 而絶無塵埃 氣像胸衿 爽闊眼界 清淨足以忘世 佛氏今日篤信 像設而歸依 或繪畫以貌 拱手端嚴 鐘鳴之聲相聞 而老僧以尨眉褀袍 不入於紫陌紅塵之中 逃身於靑山白雲之間 白少傳之於滿公 唱酬問答 叢林傳爲勝事 而我與主僧酬酢閑談 豈有妨於交道乎

東湖記

동호기

선비와 군자가 밝은 때를 만나면 조정에 나가서 백성을 다스리는 방책을 올려 드리고, 어지러운 세상에 놓이게 되면 바위 굴에 물러나 세상의 기틀을 잊고 그 뜻을 고상하게 하는 것이 제일 잘하는 일이니 이름과 몸이 모두 온전하게 된다. 그 다음은 몸은 망가뜨렸으나 이름은 보전하는 것이요, 이름을 무너뜨리면서 몸을 영화롭게 하는 것이 제일 못난 짓이다.

나는 옛 것을 지키고자 하였으나, 이 세상에서 이룰 수가 없어서 흔적을 강산에 맡기고 세상을 잊은 자이다. 내가 鷺梁津(노량진) 산에 이르러 死六臣(사육신) 묘에 참배하고 감개무량함을 어쩌지 못하고 내려오니, 이는 몸은 망가뜨렸으나 이름은 보존한 것이다.

또 배를 타고 다시 東湖(동호) –지금의 압구정동– 로 거슬러 올라가니, 여러 물이 모이는 곳에 한 가지 색 흰 비단처럼 밝게 비치는 것이 靑銅(청동) 같다. 물 가운데로 배를 놓으니, 양 언덕에 산의 형세가 층층이 겹쳐진 산봉우리들을 두루 만나 곱기가 그림 병풍 같다. 鷗鷺(구로: 갈매기와 해오라기)가 물가 모래톱에 날아 모이고, 헤엄치는 물고기들이 배 키 밑에 발랄하거나 혹은 물 위로 튀어 오른다. 강 언덕을 따라 십 리에 고층 큰 건물들이 봉황이 춤추듯 교룡이 날아오르듯 비늘처럼 다닥다닥 즐비하여 금빛과 푸른빛을 뿌려댄다. 이름난 꽃과 아름다운 나무가 푸른 숲 붉은 송이로 향기를 내뿜고 그늘을 펼치니, 강가 언덕은 훤히 넓고 파도는 아득하여 나로 하여금 황홀한 생각을 갖게 하는 것이 마치 몸이 넓은 바다에 있으면서 그 몸이 뱃속에 있는 것을 잊음과 같다.

高麗(고려) 때 정승을 지낸 韓宗愈(한종유)가 어려서 방탕하고 매임이 없어, 수십 명 무리들을 이끌고 매번 무당들이 춤추고 노래하는 곳에 위협하여 물건을 뺏고 취하도록 술 마셨으나 정승이 됨에 이르러서는 功名(공명)과 事業(사업)이 드높게 밝았다. 세상 晩年(만년)에 이르러 물러나 늙은 구석진 시골이 東湖(동호)의 楮子島(저자도)다. 일찍이 詩(시)로 이르기를,

> 십 리 평평한 호수에 가랑비 지나가고
> 긴 피리 한 소리가 갈대 너머로 들리네
> 殷鼎(은정)[240]에 국 맛 조화시키던 솜씨는 장차 버려두고
> 다시 낚싯대 껴안고 느지막한 모래밭으로 내려가네

라고 하였다 하니, 사람들로 하여금 그 맑고 한가로움을 추억해 많은 느낌이 있게 한다. 韓(한) 공의 별장은 朝鮮(조선) 世宗(세종) 때에 이르러 貞懿(정의) 공주에게 하사되고 그 아들 安貧(안빈)에게 전해져 대대로 정자와 집을 수리하게 하고, 한가한 때면 왕래하였다. 畵工(화공)에게 명하여 그림을 그리게 하고 畵題(화제)를 구하였는데, 鄭麟趾(정인지) 공이 序(서)하여 이르기를: "서울 도성은 華山(화산: 북한산)을 등지고, 앞으로는 한강 물을 마주했네. 형세가 빼어나기로는 천하에 제일이니, 중국의 선비나 사신이 반드시 詩(시)를 짓고 놀며 감상하고 돌아가는 곳일세. 동쪽으로는 濟川亭(제천정)으로부터 서쪽으로는 喜雨亭(희우정)까지 수십 리 사이에 公侯貴戚(공후귀척: 높은 신분의 사람)이 정자를 많이 지어, 풍경을 거두어 들였네."라고 하였다.

林塘(임당) 崔惟吉(최유길)이 進士(진사)로서 文科(문과) 과거에 장원급제하여 湖堂(호당: 독서당)에 선발되었고, 文衡(문형: 대제학) 벼슬을 했다. 文章(문장)과 德業(덕업)이 구비되어, 여덟 번이나 銓司(전사: 이조와 병조)를 맡았고 아홉 번이나 禮曹判書(예조판서)에 임명받았고, 두루 네 임금을 섬기고, 벼슬은 좌의정에 이르고, 耆老司(기로사)[241]에 들어 几杖(궤장)[242]을 하사받았다. 東湖(동호)에 정자를 지었는데, 그 扁額(편액)을 夢賚亭(몽뢰정)이라 하였다. 임당이 일찍이 꿈속에서 "隨魚入江天(수어입강천: 물고기를 따라 멀리 보이는 하늘 아래 강으로 들어감)"이라는 구절을 얻었으므로, 이렇게 이름 짓고는 스스로 시를 지어 이르기를,

> 흰머리 된 앞선 임금 때의 늙은 판서가
> 한가하거나 바쁘거나 분수에 따라 편안히 사네
> 고기 잡는 늙은이 봄 물결 따뜻하다 알려 오면서

---

240) 殷(은)나라의 高宗(고종)이 傅設(부열)을 정승으로 임명하면서, "국을 끓이면 너를 소금과 매실로 삼아 국 맛을 조화시키겠다."라고 하였으니 훌륭한 정승 노릇을 하는 능력을 말함.

241) 조선시대 연로한 고위 문신들의 친목 및 예우를 위해 설치한 관서.

242) 임금이 늙은 신하에게 하사하던 안석과 지팡이. 이를 하사받은 신하는 임금 앞에서 지팡이도 짚고 앉을 수도 있음.

꽃필 때도 아직 안됐는데 쏘가리 올려주네

라고 하였다. 임당이 夢賚(몽뢰: 꿈에서 받음)라고 부른 것은 그 徵兆(징조)가 있는 것이니, 이 두 분(한종유, 정유길)은 몸과 이름이 모두 온전한 것이다.

잠시 쉬고 다시 狎鷗亭(압구정)에 이르렀는데, 世祖(세조) 임금 때 정승 韓明澮(한명회) 공이 지은 것이다. 공은 칠삭둥이로 태어났으나, 재주와 지모가 남보다 뛰어났다. 權擥(권람)과 함께 세조의 靖難(정난)을 획책할 때를 맞아 여러 충신을 학살하고, 端宗(단종)을 추방하고 시해하고는 다시 國舅(국구: 임금의 장인)가 되고, 또 영의정이 되고, 결국 元勳功臣(원훈공신)이 되어 그 총애와 영화가 너무 지극하였다. 豆毛浦(두모포) 남쪽 언덕에 정자를 짓고는 사신의 임무를 받들어 明(명)나라에 들어가 翰林學士(한림학사) 倪謙(예겸)에게 이름을 지어주기를 청했는데, 예겸이 狎鷗(압구)라 하라 하여 그리 적었다. 그후 乙未(을미)년에 또 사신의 임무를 받들어 명나라에 들어가서 縉紳(진신: 신분 높고 고귀한 사람)들에게 시를 지어주기를 요청하니, 武靖侯(무정후) 趙輔(조보) 등 여러 사람이 전자의 이름으로 시를 지어주니, 드디어 중국에 소문이 났다. 안개 걷힌 강 위에는 아름다운 돛배가 지는 해 넘어 떠있고, 비 그친 언덕에는 고기가 꼬치에 꾀여 客店(객점) 위에 매달려 있고, 들판을 둘러친 산 빛은 항상 칼과 창이 세워진 형세로 또 비단 주렴에 물결 빛이 인 듯 움직이니 물고기와 용의 소굴이다. 고향의 별장에 현명한 주인의 집은 없으니, 滕王閣(등왕각) 같은 훌륭한 누각을 지었더라도 風流(풍류)가 騷人(소인: 시인)의 오감을 끊었으니 진정 이른 바 金谷(금곡)[243]이 황폐하니 가소롭다 하는 것이다. 繁華(번화)는 한바탕 꿈일 뿐이니, 노량진─사육신 묘─을 돌아보면 이것이 바로 죽은 후에 명성의 충성은 萬古(만고)이고, 생전의 부귀의 죄는 千秋(천추)라는 것이다. 후세 사람에게 경계가 없을 수 없게 하니, 이것이 이름을 망가뜨리고 몸을 영화롭게 한 자이다.

---

243) 晉(진)나라의 石崇(석숭)이라는 사람의 화려한 정원의 이름이다.

士君子遇明時則進於朝廷陳治民之策　值亂世則退於岩穴而忘世之機　高尚其志　太上名與身俱全　其次身亡而名存　名虧而身榮者其下也　余以守舊不得於世　托跡江山而忘世者也　余至鷺梁津山　參拜死六臣墓　不勝感慨而下　此則身亡而名存也　又乘舟而更溯上東湖（今狎鷗亭洞）衆水所會　一色素練　皎若青銅　放舟中流　兩岸山勢　周遭層巒疊嶂　宛如畵屏　鷗鷺翔集於洲渚　游魚潑剌舵底　或跳上水面　沿岸十里　層樓傑閣　鳳舞螭起　鱗錯櫛比　輝映金碧　名花佳木　綠稠紅蕤　敷香布陰　涯岸弘闊　波濤浩渺　使我懷怳若置身於滄溟間　忘其身在舟中　高麗政丞韓宗愈　少時放蕩不羈　結徒數十人　每於巫覡歌舞之處　劫掠醉飮　及爲相公名事業　彪炳當世　晚年退老　鄕曲東湖楮子島也　曾作詩曰　十里平湖細雨過　一聲長笛隔蘆花　却將殷鼎調羹手　還抱漁竿下晚沙　令人追憶其淸閒而多感　韓公別墅　至我朝世宗賜貞懿公主　傳其子安貧　世修葺亭宇　乘閒往來　命工圖畵以求題詠　鄭公麟趾序云　京都背負華山　西對漢水　形勝甲天下　中朝朝士　奉使必賦詩　遊賞而歸　東自濟州亭　西至喜雨亭　數十理間　公侯貴戚　多置亭榭以收攬風景林塘　鄭公惟吉　以進士魁文科　選湖堂典文衡　文章德業俱有稱　八踐銓司九典邦禮　歷事四朝　官至左相　入耆社賜几杖　築亭於東湖　扁其額曰夢賚亭　林塘嘗於夢得夢　隨魚鳥入江天之句　故名焉　自爲詩曰　白首先朝老判書　閒忙隨分且安居　漁翁報道春浪暖　未到花時薦鱖魚　林塘夢賚之稱有徵矣　此兩公身與名俱全也　暫歇而更到狎鷗亭　世祖朝相臣韓公明澮所築　公七朔而生　才謀過人　與權擥際遇世祖　畵靖難之策　虐殺諸忠臣　放弑端宗　再爲國舅　三爲領相　四爲元勳　其寵榮已極　而築亭於豆毛浦南岸　奉使入明　請名於翰林學士倪謙　謙命以狎鷗而記之　其後乙未　又奉使入明　求詩於縉紳　武靖侯趙輔等　皆贈以詩　亭名遂聞於中國　烟收江上　蘭檣泛於斜陽之外　雨歇岸頭　魚串懸於客店之上　環野山光　常如釖戟之勢　而又纈簾　波光幾動魚龍之窟　平泉水石　無賢主之堂　構膝閣風流斷　騷人之去來　眞所謂金谷荒廢　可笑繁華　一夢回顧　鷺梁正是死後名聲忠萬古　生前富貴罪千秋　使後人不可無戒　此是名虧而身榮者也

塔洞公園後記

탑동-탑골-공원후기

天地開闢(천지개벽)으로부터 곧 이 江山(강산)이 있었으나, 반드시 人傑(인 걸)이 나온 연후에야 비로소 그 빼어남을 떨칠 수 있으니 우리 太祖(태조)가 漢陽(한양)에 도읍을 정해서 비로소 그 빼어남이 떨쳐졌다. 北岳山(북악산)이 북쪽을 지켜주고, 母岳(무악)과 駱峰(낙봉)이 좌우에서 서로 껴안아주고, 木覓 山(목멱산: 남산)이 남쪽에 솟아 있고, 漢江(한강)이 그 밖에서 안아주니 진정 帝王(제왕)의 도읍이 될 만한 곳이다.

이 公園(공원)은 鍾路(종로)의 북쪽에 있다. 高麗(고려) 때 興福寺(흥복사) 였으며, 太祖(태조) 임금이 曹溪宗(조계종)의 本寺(본사)로 삼았다. 世宗(세종) 임금이 절을 없애고 나라의 관청 건물로 만들었다. 40년이 지난 후 世祖(세조) 임금 9년에 民家 이백여 채를 헐어 圓覺寺(원각사)를 창건하고, 靖難(정난: 단종 축출 사건) 때 원통하게 죽은 사람들의 冥福(명복)을 비는 제사를 지내도록 했다. 그 다음 해 준공이 되었으니 규모는 넓고 시원했으며, 금빛과 푸른빛이 휘황하였다. 大圓覺師(대원각사)의 비석이 있는데 金守溫(김수온) 공이 글을 지었고, 成俔(성현) 공이 글씨를 썼으며, 姜希孟(강희맹) 공이 篆書(전서)로 둘렀다. 成宗(성종) 임금 9년에 13층 석탑을 대리석으로 세웠으니 둘레는 사방 열네 자 반이요, 높이는 마흔 여덟 자요 각 층마다 十二會相(십이회상)[244] 및 각종 풀과 동물을 도드라지게 새겼고, 3층에는 三世佛會(삼세불회) 및 阿彌陀 會(아미타회)를, 4층에는 龍華會(용화회)를, 5층에는 多寶會(다보회) 및 華嚴 會(회엄회)를, 6층에는 消火會(소화회)와 藥師會(약사회) 및 旃檀瑞像會(전단 서상회)를 새겼으니 開成(개성)의 敬天寺(경천사) 石塔(석탑)을 본떠 18세 소년 金石同(김석동)이 刱作(창작)한 것이다. - 경복궁 안으로 옮겨 세웠음. 燕山主(연 산주)가 중들을 몰아내고 妓女(기녀)들을 데려다 놓아 잔치 즐기는 곳으로 만들었다가,

---

244) 12會(회)의 佛(불), 菩薩(보살), 天人(천인) 像(상)

中宗(중종) 임금 즉위 후 닫았다.

光武(광무: 고종황제 연호) 乙未(을미: 1895)년에 漢城判尹(한성판윤) 李(이채연) 공 및 度支部(탁지부: 대한제국 재정 담당 부서) 고문 영국인 奚來百士(해래백사: Hallifax)[245]가 협력하여 公園(공원)을 설치하고는 여러 꽃과 풀을 섞어 심었으니, 뒤에 팔각정을 세워 서울 남녀들의 놀고 쉬는 장소가 되었다. 오호라! 나라의 운세가 불길하여, 隆熙(융희: 순종황제의 연호) 庚戌(경술: 1910)년에 왜놈들이 협박하여 우리나라를 탈취했다. 왜놈에게 붙어 나라를 팔아 벼슬을 얻은 자가 일흔두 놈이나 되니 작게는 그 한 몸의 영화와 쇠퇴일 뿐이나, 크게는 나라의 興亡(흥망)이다. 비록 정해진 운수가 있다고는 하나, 사람이 어찌 책임이 없다 하겠는가!

己未(기미: 1919)년 3월 1일 義庵(의암) 孫秉熙(손병희) 등 33인이 군중을 이곳에 모으고 大韓獨立宣言書(대한독립선언서)를 뿌리고, 大韓獨立萬歲(대한독립만세)를 連呼(연호)하니 하늘이 놀라고 땅이 흔들렸다. 나는 少年(소년)으로서 高宗皇帝(고종황제)의 因山(인산: 임금의 장례) 의식에 참관하려고 서울에 있다가 만세 부르는 데 참여했다. 孫(손) 공 등이 왜적에 의해 옥중에 구류되었다 끝내 병으로 삶을 마쳤다. 서울과 지방 각지의 남녀가 蜂起(봉기)하여 다투어 만세를 부르니, 죽고 다치는 자가 적지 않았다. 天運(천운)이 돌고 돌아 또 26년 후 乙酉(을유: 1945)년에 세계2차대전이 끝나고, 平和會議(평화회의)가 이루어져 우리나라의 독립이 허용되었다. 그러나 불행하게도 나라가 남북으로 갈라진 지 10여 년이다.

뒤에 漢城市長(한성시장) 金玄玉(김현옥)이 공원 안에 義庵(의암) 孫(손) 공의 초상을 세우고 또 獨立宣言書(독립선언서)를 돌에 새겼으며, 독립선언할 때의 각 지방 남녀가 입은 피해의 참혹한 모습을 돌에 새겨 장벽을 만들어서 후세 사람들이 보고 느껴 추모할 수 있도록 했으니 보는 자는 그 누가 눈물을

---

245) 역사기록에는 탑골공원 설치에 관련된 탁지부 영국인 고문은 Mcleavy Brown으로 돼있고, Hallifax는 영어 교사로 돼있으니 사실 관계가 명확하지 않음.

삼키고 분함을 얘기하지 않겠는가! 만약 이 일이 없었더라면 나라의 光復(광복)은 불가능했을 것이니 社稷(사직)에 공을 남기고, 이름은 萬歲(만세)에 드높다.

또 연못을 파 연꽃을 심고 꽃과 나무를 심어 가는 버들가지 수천이 푸른 장막을 드리우니, 꾀꼬리는 지저귀고 아름다운 꽃 만 송이 붉은 비단처럼 번득여 나비가 그 위에 춤을 춘다. 이곳이 都城(도성) 한가운데 있으면서도 사람들 출입을 급하지 않으니, 才子佳人(재자가인: 재주 있고 젊으며 아름다운 남녀)이 혹 걷거나 혹 앉거나 푸른 적삼은 바람 따라 날리고 붉은 옷소매는 바람에 들려 올려진다.

淸風明月(청풍명월) 한가로운 때에 다행히 詩會(시회)가 있어 가서 참석해 고아한 얘기가 점차 맑아지고 詩興(시흥)이 묘한 경지로 들어가는 때에, 독립선언 33인 중 惟硏堂(유연당) 李甲成(이갑성) 공이 생존해 있었는데 홀연 어제 서거했다는 보도에 感慨(감개)함을 어쩌지 못해 이 記(기)를 지어 전날 지은 記(기)의 미비함을 보충한다.

自天地之開闢 便有此江山 必待人傑然後 始擅其勝 我太祖定鼎于漢陽 而始擅其勝 北岳鎭北 毌岳駱峰 左右相擁 木覓峙南 漢江包其外 眞帝王之都也 此園在鐘路之北 本高麗興福寺 而太祖爲曹溪宗本寺 世宗宗罷寺 廢爲國家都監公廨四十年 世祖九年毀民家二百餘戶 創圓覺寺 薦靖難時冤死人之冥福 翌年竣功 規模宏敞 而金碧輝煌 有大圓覺寺碑 金公守溫撰 成公倪書 姜公希孟篆 成宗九年建立十三層石塔 築以大理石 周四方四十尺半 高四十八尺 各層陽刻十三會相及佛像 草花動物而第三層刻三世佛及彌陀會 四層龍華會 吳層多寶會華嚴會 六層消火會藥師會旃檀瑞像會 倣開城敬天寺石塔 金石同十八歲少年剙作 (景福宮內移立) 燕山主逐僧而置妓女爲宴樂之所 中宗卽位 荒廢而光武乙丑 漢城判尹李公及度支 部屬顧問英國人奚來百士協力 而設公園 雜植花卉 後建八角亭爲都中士女遊息之所嗚呼國運不吉 隆熙庚戌 倭人脅我奪國附倭賣國者 有七十二爵 小而一身之榮瘁

大而一國之興亡 雖有定數 人不可無責 己未三月一日 義庵孫公秉熙等三十
三人 會群衆于此 撤布大韓獨立宣言書 連呼大韓獨立萬歲 驚天動地 余以
少年參觀高宗帝國因山之儀 在京而參呼 孫公等爲倭賊拘留獄中 終以病卒
京鄉各地男女蜂起 爭唱萬歲 死傷不少 天運循環又二十六年乙酉 世界二次
大戰 終了而平和會義成 而許我國獨立 然不幸中分爲南北兩邦分邦 十餘年
後 漢城市長金玄玉立義庵孫公肖像于園中 又刻獨立宣言書及獨立宣言時
各地方男女義擧而被禍慘酷之狀于石面 作墻壁 使後人觀感而追慕焉 觀者
孰不含淚說憤 若無此事 國不能光復 功存社稷 名高萬歲 又穿池種蓮蒔花
栽木 細柳千絲 垂翠幕而鶯啼 佳花萬朵翻紅錦而蝶舞 此處齊都城中央 不
禁出入 故才子佳人 或步或坐 靑衫隨風而飛 紅袖飄風而擧然 風月長閒之
際 幸有詩會往參 高談轉淸 詩興入妙之時 獨立宣言三十三人中惟研堂李公
甲成生存 而忽聞昨日之逝去之報 不勝感慨 作此記而補前日所記之未備

文學臺記(全州)

문학대기(전주)

天地(천지)가 영검하고 맑은 기운을 모아 江山(강산)의 빼어난 기이함을 만
드니 혹은 英傑(영걸)이 탄생하는 땅이 되기도 하고, 혹은 高士(고사)가 考槃
(고반)[246]하는 곳이 되기도 한다.

나는 재주가 옅고 때도 잘못 태어나 이 세상과 단절할 생각으로 뜻을 술과
詩(시)에 맡기고, 샘물 소리와 산 빛 속에서 어슷거리며, 興(흥)이 일면 시를
지으며 優遊自適(우유자적: 하는 일 없이 편안하고 한가롭게 내 맘 내키는 대로 함)하
며 남은 삶을 보내려 하였다.

---

246) 詩經(시경) 衛風(위풍)편에 나오는 詩(시)로 隱士(은사)의 여유로운 삶을 노래한 내용임.

己未(기미: 1955)년 초가을에 친구 白軒(백헌) 李炳來(이병래)가 내게 全州(전주)로 놀러 가며 겸해서 考試(고시: 시험의 주관)하는 여행을 하자 청하여, 大田(대전)에서 省雲(성운) 金大泳(김대영) 님과 모여 차를 같이 타고 떠났다. 지나치는 수백 리 사이에 혹은 일찍이 지나가 본 곳도 있고 혹은 처음 보는 곳도 있다. 산봉우리들이 사방 주의에서 손잡고 인사하며, 돌 절벽 언덕은 높직하고, 소나무 삼나무 숲은 울창하고, 냇물은 한편에 굽어 흐르며 구불구불 주위로 물가 땅이 펴져있고, 배는 노를 저어 오가고, 그 밖으로 너른 들이 물 따라 그 밖으로 굽어 펴져있고, 여염집이 그 사이로 흩어져있어 피어오르는 연기가 서로 접해 냇물과 뭍이 아득히 가득 차니 눈으로는 즐겁고, 마음으로는 기쁘다. 그러나 홀연히 쑥 지나가 버리고 마니 자세히 보지 못하는 것이 안타깝다.

한나절도 지나지 않아 전주에 도착했다. 乾止山(건지산)이 신령스런 기운을 모아 李朝(이조) 창시자의 고향이 되는 시작의 터전을 열었고, 구불구불 일어났다 누웠다 完山(완산)의 일곱 봉우리를 지으니 구슬을 연이어 꿰어놓은 것처럼 배열하여 全州(전주)라는 웅장한 고을을 이룬다. 또 서쪽으로 치달아 黃獖山(황방산)을 지으니, 고을의 서쪽에 있고 그 아래에 馬田村(마전촌)이 있어 李氏(이씨) 오백 년이 자리 잡고 사는 땅이 되었다. 너른 들이 앞에 열려있고, 맑은 냇물이 멀리 감싸 도니 黃岡(황강) 李文挺(이문정) 선생이 이 마을의 남쪽에 자리를 골라잡았고, 거기에 文學臺(문학대)가 있다. 선생은 고려 忠惠王(충혜왕) 때에 文科(문과) 과거에 급제하여 벼슬이 政堂文學(정당문학)에 이르렀다. 당시의 나라 풍속이 불교를 숭상하여 學校(학교)가 거의 닫게 되니, 선생이 상소를 올려 존속시켜서 禮(예)가 크게 무너지는 것을 막았고, 喪期(상기) 제도는 백일로 하였다. 선생이 홀로 다니시기를 3년이나 하다, 田園(전원)으로 물러나서서는 이 垈(대)를 지으시고 그 뜻을 고상하게 하셨다. 정자는 鉢山(발산) 머리에 있으니, 山水(산수)가 비할 데 없이 기이하여 碩人(석인: 높고 큰 덕 있는 사람)의 邁軸(매축)[247]의 땅으로 적합하다. 선생이 날마다 이 고을의 젊고 늙은 사람들을 모아 낚시와 채집하며 술 마시고 시 읊는 것에 뜻을 맡기시다 삶을 마감하셨으니, 선생의 관직명으로써 문학대로 부르게 되었다.

　고을의 士林(사림)들이 祠堂(사당)을 세워 제사를 지내니, 이것이 黃岡書院 (황강서원)으로 유적지 옆에 있다. 왼쪽에 完山齋(완산재)가 있으니, 선생의 후손인 개국공신 良厚(양후) 李伯由(이백유) 공의 墓所(묘소)다. 여러 세대가 지나도록 墳墓(분묘)와 石儀(석의: 돌비석 등)가 엄연하고, 齋舍(재사: 묘소를 지키는 사람의 집)가 넓고 화려했으나 햇수가 오래되어 퇴락하여, 후손들이 重修(중수)하고 시를 모집했다. 하늘이 아껴두고 땅이 감춰두었다 碩人(석인)의 無疆 (무강)한 터전을 열었다. 자손들이 그 뜻을 이어 펴, 어진 선조들을 생각하고 아름다운 家業(가업)을 전하니 綠水靑山(녹수청산)에 집 위아래의 형상이 빼어나고, 기이한 꽃과 아름다운 나무로 담장 안팎의 경치를 이룬다. 서양 풍속이 동쪽에 스며들어, 시 짓는 방법이 쇠퇴하니 나 같은 얕은 재주로도 優劣(우열)을 판별하기 쉽다.

　잘된 시를 살펴 뽑은 후 樓臺(누대)에 올라 아래를 둘러보니 첩첩이 돌로 둑을 만들어 水災(수재)를 방비했고, 무리 진 산들이 빙 둘러 줄지어 손잡고 인사하는 것 같아 안개와 구름이 아득한 사이에 큰 냇물이 그 앞을 가로지르고, 고기잡이 노래와 목동의 피리소리가 위아래로 어울려 울리고, 그 가운데 村落 (촌락)이 있어 밭두둑이 수놓은 것처럼 얽혀있고, 느티나무와 버드나무가 안개를 띠고 울창하게 푸르고, 벼와 삼베가 비를 만나 발연 돋아나고, 아침저녁으로 일어나는 불이 樹木(수목) 사이에 옅었다 진했다 한다. 산은 높고 물은 긴데, 남겨진 풍모를 우러러보며 기대어 세월이 흘러감을 바라본다. 옛날 정자에 올라 感興(감흥)이 있어 이어서 누대 안에서 잠을 자려 하니, 그 밤이 조용해짐에 이르러서는 밝은 달이 때마침 떠오르고 맑은 바람이 천천히 불어온다. 다시

---

247) 詩經(시경) 考槃(고반)에 "考槃在阿碩人之薖(고반이 언덕에 있으니, 석인의 떳떳하고 큼이로다)"라는 구절과 "考槃在阿陸碩人之軸(고반이 뭍에 있으니, 석인의 이리저리 다님이로다)"라는 구절에서 碩人之薖과 碩人之軸의 두 구절을 합해 碩人之薖軸이라는 구절을 만들어 隱士(은사)의 安貧樂道(안빈락도)하는 생활을 표현했으나, 우리나라 옛 분들의 문집에는 薖를 종종 邁로 바꾸어 썼음.

술잔 들고 시 읊으며 세상걱정일랑 강산 밖으로 던져버리고, 몸뚱일랑 우주 속에 놓아버렸다. 눈 안에 들어오는 것이 텅 비고 넓으니, 가슴이 상쾌하여 그 감정을 적어 뒷사람에게 보여주노라.

天地鍾靈淑之氣 以爲江山形勝之奇 或爲英桀誕生之地 或爲高士考槃之所 余才疎時違 念絶斯世 託意於觴詠 徜徉乎泉聲岳色之中 興到賦詩 優遊自適 以度餘生 己未初秋 白軒李友炳來請余 以全州之遊 兼作考試之行 會於大田 與省雲金大泳甫 同乘車而去 所經數百理之間 或有曾過之地 或有初見之境 峰巒拱揖于四圍 石厓嶄然 松杉鬱然 川流縈廻於一面 浦溆屈曲 舟楫往來 大野紆餘於外 閭閻分設于其間 烟火相接 川陸渺漫 娛乎目而悅乎心 然倏忽過去恨不詳見矣 不半日到全州乾止山 鍾靈而啓李朝豊沛之肇基 逶迤起伏 完山七峯 如聯珠之排列 作全州之雄府 又西馳而作黃猱山在州西 而其下有馬田村 而作李氏五百年奠居之地 沃野前開 淸流遠抱 黃岡李先生文挺 始卜居村之南 有文學臺 先生高麗忠惠王朝文科 官至政堂文學 時國俗尙佛 學校幾廢 而先生抗疏以存之禮 防大壞喪制 期以百日 先生獨行三年 旣而退去田園 構築此坮 高尙其志 亭在鉢山之頭 山水奇絶 允宜碩人邁軸之地 先生日與鄕井老少 聚會於斯 托意於釣採觴詠 而沒齒焉 以先生官名稱文學坮 州之士林立祠 而俎豆之 是爲黃岡書院 在遺址之傍 左有完山齋 先生孫開國功臣良厚公伯有墓 而累世墳墓石儀儼然 齋舍宏麗 年久頹落 後孫重修募詩也 天慳地秘 待碩人而啓無疆之基 子述孫承 念賢祖而傳有休之業 綠水靑山 屋上下之形勝 奇花佳木 墻內外之景光 西俗東漸 詩道衰矣 如淺才優劣易判考選後 登坮而騁眺坮下 疊石爲堰 以防水災 群山環列如拱揖 層出烟雲杳靄之間 大川橫其前 漁歌牧笛 上下唱和 中有村落田疇 繡錯槐柳 帶烟而鬱乎其蒼禾 麻得雨而勃然以興晨昏 烟火濃淡於樹木之間 山高水長 仰遺風而倚瞻物換星移 登舊亭而興感 因宿于坮中 及其夜靜明月時 至淸風徐來 更觴詠而遺世慮於江山之外 放形骸於宇宙之間 眼界空闊胸次爽快 書其感而示後

重光齋重修記
중광재중수기

사람에게 先祖(선조)가 있는 것은 根本(근본)이요, 그 근본에 보답하는 길은 선조의 뜻과 사업을 잘 이어 펴는 것이다. 그 이어 펴기를 잘해야 하는 것은 바로 사모하는 마음이 아무리 오래 돼도 줄지 않기 때문이니, 선조가 비록 멀다 해도 잊을 수 없는 것이다. 그리 잊을 수 없는 즉 그 몸과 혼백이 갈무리 된 곳이 아니면 그 정성을 펼 수 없으니, 이 해에 제사가 하나 생기게 되면 그 제사를 위해 깨끗이 재계할 곳이 없으면 안 된다. 이것이 丙舍(병사: 묘막)를 두는 이유이다.

高麗(고려) 때 兵部郎中(병부랑중)이었던 遯齋(둔재) 梁能讓(양능양) 선생은 成宗(성종) 임금 때 侍講學士(시강학사)였다. 詩經(시경)에 이르기를 "維岳降神生甫及申(유악강신보급신)"[248]이라 했으니, 대개 맑고 깨끗한 기운의 영검함이 모여 꽃답게 길러져 哲人(철인: 학식 높고 사리 밝은 사람)을 도탑게 낳게 하신다는 것이다. 선생은 처음에는 南原(남원)을 鄕貫(향관)이었다. 景宗(경종) 임금 때 사신의 명을 받들고 宋(송)나라에 갔다가 典禮(전례)와 經義(경의)를 익히고 돌아와 배움을 일으키니, 王化(왕화: 임금의 덕화)가 날로 새로워졌다. 穆宗(목종) 임금 때 아첨하는 간신배들이 권력을 희롱하여 그 당시 일이 날로 그릇되니, 마침내 벼슬을 버리고 남원의 楓嶽山(풍악산) 아래 中山洞(중산동)에 몸을 피하고는 문을 닫아걸고 세상을 마치셨다. 그 쌓으신 德(덕)과 仁(인)으로 경사스러움이 먼 후손까지 흐르고 벼슬이 대를 이었으니, 크게 일어난 이름이 서로 바라보게 되어 대대로 그 아름다움이 기록에 남겨졌다.

恭愍王(공민왕) 甲午(갑오)년에 고을의 士林(사림)들이 龍藏洞(용장동)에 사당을 짓고 제사를 모시고 釋奠祭(석전제)[249]로 한즉 이것이 一源祠(일원사)

---

248) 詩經(시경) 大雅(대아)편 詩(시) 崧高(숭고)에 나오는 구절로, "저 위대한 산의 神(신)이 내려와 甫(보) 및 申(신) 땅의 제후를 낳게 했네"라는 뜻이다.

249) 文廟(문묘)에서 先聖(선성)과 先師(선서)에게 지내는 큰 제사.

이다. 壬辰倭亂(임진왜란)에 불타 재가 되었던 것을 朝鮮(조선) 正宗(정종) 丁巳(정사)년에 祠堂(사당)을 重建(중건)하면서 伊彦坊(이언방)으로 옮기고 龍章祠(용장사)라 불렀다. 高宗(고종) 戊辰(무진)년에 훼철되어 모셨던 位牌(위패)를 중산동에 묻으니, 이 땅이 선생이 낳고 자라신 곳이니, 동산 하나 골짜기 하나 모두 상서로움을 기르지 않은 곳이 없다. 누차 전쟁을 겪고 나라가 바뀌어 자손은 흩어져 사니, 넉 자밖에 안 되는 봉분이 잃어버려져서 전해지지 않았는데 高宗(고종) 辛卯(신묘)년에 壇(단)을 설치하고 碑(비)를 세워 봄가을로 제사를 모셨다. 純宗(순종) 癸酉(계유: 1933)년에 또 齋閣(재각)을 짓고 重光齋(중광재)라 했으니, 대개 선생의 德(덕)이 잠겼다 다시 빛을 보게 된 것이다.

그 후 戊子(무자: 1948)년에 龍章書院(용장서원)을 옛터에 중건하니 그 忠孝(충효)와 節義(절의)가 대대로 우러러 본받는 것이었는데, 지금은 더욱 도타워졌다. 사람이 崇德(숭덕: 높은 덕)과 勳名(훈명: 공훈의 이름)이 있으면 당시 사람만 존경하는 것이 아니고 후세 사람도 또한 존경하는 것이요, 그 자손들만 흠모하는 것이 아니고 士林(사림)들 또한 흠모하는 것이니 이는 秉彝(병이: 타고난 천성의 떳떳함)에서 나오는 진정한 속마음으로 예와 지금이 다르지 않으니, 세월이 오래되고 비바람이 침노해 스며들더라도 없앨 수 없는 것이다. 어찌 옛사람의 공적을 더럽혀 감히 홀대할 수 있겠는가!

이에 오늘의 役事(역사)가 이루어지니 辛酉(신유: 1981)년 4월에 공사가 시작되어 옛날 섬돌에 따라 기둥을 세우고, 새로운 목재로 대들보를 얹어 羹墻(갱장: 어진이를 사모하는 마음)이 무궁하도록 하니, 며칠 되지도 않아 건물이 이루어져 7월에 공사가 끝났다. 마루와 방과 부엌이 질서정연하니, 처음 지었을 때의 용모가 있다. 이 일 주간한 자가 누구인가? 梁俊模(양준모) 梁範錫(양범석) 梁承龍(양승룡)이다. 竣工(준공)하는 날에 이리 현명한 노력으로 새롭게 빛남이 있어 나는 듯 바뀌는 듯 알려져 빛나니, 후세 사람들이 이를 보면 응당 孝悌(효제)의 마음이 뭉게구름처럼 일어날 것이다.

崇報(숭보: 은덕을 갚음)의 도리가 지극한즉 甄(견) 씨의 思亭(사정)[250]만이 어찌 홀로 옛날에 아름다웠겠는가! 그 후손인 梁兌錫(양태석) 님이 내게 記(기)를 지어주기를 부탁하였으니, 글이 좋지 못해 사양했으나 請(청)이 더욱 은근해서 삼가 그 일을 이리 펴 적는다.

人之有先祖本也 報本之道 在乎善繼其志 善述其事 繼述善者 直由思慕之情 久而不替也 先祖雖遠 不可忘也 不可忘則非體魄所藏之地 無以伸其誠 此歲一祭之所起 而祭不可無齋明之所 此丙舍之所以置也 高麗兵部郎中遯齋梁先生諱能讓 成宗朝侍講學士也 詩曰 維岳降神 生甫及申 蓋清淑之氣 鍾靈毓英 篤生哲人 先生始以南原爲鄉貫 景宗朝奉使如宋 講典禮經義 而還興學育英 王化日新 穆宗朝奸佞弄權 時事日非 遂謝官遯于南原楓嶽山下中山洞 杜門終世 其積德累仁 慶流雲仍 簪組蟬聯 名碩相望 世躋厥美 恭愍王甲午 鄉中士林 建祠于龍藏洞 俎豆而釋奠之卽一源祠 壬辰被灰燼 我朝正宗丁巳 重建祠宇 而移卜於伊彥坊 稱龍章祠 高宗戊辰 撥享埋安位牌于中山洞 此地先生長之地 而一丘一壑 無非毓祥之地 屢經兵火 國朝變革 子孫散居 四尺之封 失傳而高宗辛卯 設壇立碑 春秋設享祀 純宗癸酉 又建霽閣曰重光齋 蓋先生之潛德 復有光也 後戊子重建龍章書院於舊址 其忠孝節義 世之景仰 式今彌篤 人有崇德勳名 不惟當時尊之 後世亦尊之 不惟子孫慕之 士林亦慕之 是由秉彝之良衷 今古不殊也 歷年已久 風雨侵尋 不可廢也 何忝前人之功 豈敢忽焉 乃成今日之役 辛酉四月起工 因舊砌而立柱 求新材而上樑 寓羲墻於無窮 成棟宇於不日 七月竣工 軒室廚庖 秩然有容 初創之時 其誰主幹 俊模範錫承龍 竣工之日 有此賢勞新煥也 斯飛斯革 輪焉奐焉 後之覽斯 應有孝悌之心 油然而生 崇報之道至矣 則甄氏思亭 奚獨專美於古哉 其後孫兌錫甫 托記於余 辭以不文 請益勤謹敍其事

---

250) 宋(송)나라 때 甄(견)씨 성 가진 사람이 先隴陳后山(선농진후산)에 지었다는 정자임.

沃溝記

옥구기

이름난 경치의 빼어난 형상이 사방에 흘러 들리면, 어엿한 風流客(풍류객)들은 모두 한번 그곳을 찾아가 평소의 소원을 이루고자 하니 어찌 人傑(인걸)이 땅의 靈氣(영기)로 말미암아 태어난다 하지 않겠는가!

沃溝邑(옥구읍) 上坪里(상평리)에 土城(토성)이 있고, 아래 梯里(제리) 바닷가에 紫泉坮(자천대)가 있는데 孤雲(고운) 崔致遠(최치원) 선생이 글을 읽던 곳이다. 山勢(산세)가 길게 이어지고, 소나무와 대나무 숲이 울창하고, 너른 들이 여유롭고, 냇물은 잔잔히 흐른다. 멀리 바라본즉 층층이 산봉우리가 구름과 안개 아득한 아지랑이 속에 나왔다 들어갔다 하고, 굽어 大海(대해)를 살펴보니 고깃배와 장삿배가 일렁이는 파도 속 작은 섬 사이로 오간다. 氣像(기상)이 千變萬化(천변만화)하니 농부와 목동 어부와 나무꾼의 노래가 서로 어울리고, 온갖 새들의 나래 쳐 낢과, 소와 말이 여기저기 흩어져 있음에 이르러서는 또한 모든 것이 즐겨 볼만한 것이다.

옥구는 옛날에 文昌縣(문창현)이었다. 문창현에 怪變(괴변)이 여러 차례 있었다. 縣令(현령)이 부임한 날 밤에 현령의 夫人(부인)이 어디로 갔는지 몰랐다. 그리하여 모두 그 고을 현령이 되기를 바라지 않는데, 嶺南(영남)의 武官(무관) 한 명이 현령이 되기를 自願(자원)하였다. 부임한 그날 밤에 또한 그 부인이 간 곳을 몰라, 병사를 이끌고 수색하니, 지금의 米星邑(미성읍) 안 草島(초도)의 깊은 골짜기에서 부인을 발견하였다. 부인이 괴물을 꼬드겨 괴물이 두려워하는 것을 물으니, 괴물이 안심하고 사슴 털이라 알려주었다. 그러므로 무관에게 말하기를 刀韜(도도: 칼을 싸 담고 다니는 전대)를 버리고 가라 하였으니, 대개 칼을 차고 다니는 韜(도)에는 사슴 털이 있기 때문이다. 몰래 그 사슴 털을 태워 물에 타 마시게 하니, 괴물이 그것을 마시고 죽었다. 그리고는 바로 부인이 임신하여 아이를 낳으니 무관이 이를 괴물의 所生(서생)이라 여겨 물에 던져 죽이라 명령했으나, 하인이 불쌍히 여겨 아이를 紫泉里(자천리) 바닷가에 버리고 갔다. 어부가 새들이 무리 지어 이상한 소리로 다투어 울고 있는 것을 보고 가서 보니, 짐승들이 아이에게 젖을 먹이고 있었다. 어부가 안고 돌아와서 기르니 1년이 되기도 전에 책을 읽을 줄 알았고, 열두 살에는 모든 책을 다 읽었다. 이는 傳說(전설)이라 믿을 것은 못되지만, 세상에서는 이 아이가 최치원 선생이라 이른다.

廉義院(염의원)은 玉山面(옥산면) 翰林洞(한림동)에 있다. 肅宗(숙종) 11년에 창건됐고, 純祖(순조) 4년에 御筆(어필: 임금의 글씨)로 賜額(사액: 임금이 이름을 지어줌)하였으니 高麗(고려)의 文忠公(문충공) 高慶(고경)과 文英公(문영공) 高用賢(고용현)을 배향하고 있다. 문충공은 벼슬이 吏部尙書(이부상서) 寶文館(보문관) 直提學(직제학)까지 이르렀고, 玉城君(옥성군)에 封(봉)해졌으며 그 아들 용현은 開城留守(개성유수) 벼슬을 지냈다. 高宗(고종) 임금 때 毁撤(훼철)되었다 重建(중건)되었다. 문충공의 8대손인 尙曦將軍(상희장군)이 임진왜란 때 임금을 업고 대동강을 건너며 다음과 같은 詩(시)를 남겼다.

    임금이 치욕을 당하면 신하는 당연히 죽어야 하는 법
    궁궐 뜰에 목의 피를 뿌리리라
    아직도 의로운 衛將(위장) 남아있으니
    조만간 神京(신경: 나라의 서울)을 회복하리라.

宣祖(선조) 임금이 瀛城君(영성군)에 봉했으니, 지금도 扶安(부안) 石佛山(석불산) 表忠閣(표충각)에 남아있다.

앞에는 큰 바다에 임해있어 七山海(칠산해)는 漁業(어업)의 기지이다. 古群山列島(고군산열도)에는 사람이 살거나 살지 않거나 62곳의 작은 섬이 있는데, 그중에 米星邑(미성읍)이 있고 仙遊島(선유도)는 이름이 높다.

바다 파도가 돌고 돌아 푸른 파도가 번득여 오르는 사이로 바람 잔뜩 받은 돛배와 모래톱 새들이 나왔다 들어갔다 하며, 냇물 흐르는 들과 숲의 샘은 넓고 시원하니 詩人(시인)의 시 짓고자 하는 마음이 용솟음친다. 아침의 햇살과 저녁의 어스름이 변하는 모습이 눈을 휘둥그레 떠도 눈 안에 꽉 차니, 神(신)의

514

경지에 들어선 화가의 솜씨나 용이 하늘로 올라가는 듯한 으뜸의 문장이 아니면 그려내기 어려운 神秘(신비)의 眞境(진경)이다.

　名區勝狀　流聞四方　縉紳風流之客　咸欲一涉其地　償其素願焉　豈非人傑由地靈而生乎　沃溝邑上坪里有土城　下梯里海邊有紫泉坮　崔孤雲先生致遠讀書處　山勢迤邐　松篁鬱蒼　曠野紆餘　川流潺湲　遠望則層峰疊嶂　出沒於雲烟　杳靄之間　俯看大海　漁舟商船　往來於鯨波　鼇嶼之間　氣像萬千　而至於耕牧漁樵之謳歌相和　禽鳥之翶翔　牛馬之布散　亦皆一時之樂觀也　沃溝古文昌縣　縣有怪變屢次　縣令赴任之夜　縣令夫人不知去處　故皆不願爲其縣令　而嶺南一武官　自願爲縣令赴任　而其夜亦不知去處　武官領兵搜索　今米星邑內草島深谷巖間　發見夫人　夫人阿於怪物　問其所畏　怪物安心　而稱鹿毛　故夫人請於武官曰　刀韜棄去　蓋佩刀之韜　有鹿毛也　暗煎刀韜之鹿毛而勸飮之怪物　飮而死　夫人仍有娠生兒　武官以爲怪物所生　命其兒投水而死　下人憐而棄於海邊紫泉里而去　漁夫見之　群鳥爭鳴異聲　故往見野獸以乳哺之　漁夫抱去養之　未朞而知讀書　十二歲盡讀書籍云　此是傳說未可信而世稱崔孤雲先生也　廉義院在玉山面翰林洞　肅宗十一年創建　純祖四年以御筆賜額　享高麗文忠公高慶文英公用賢　文忠公官至吏部尙書寶文館直學士　封玉城君　其子用賢　官開城留守　高宗朝毀撤而重建　文忠之八代孫尙曦將軍　壬辰倭亂負王而渡大同江　有詩曰　主辱臣當死　頸血灑宮庭　尙存儀衛將　早晚復神京　宣祖封瀛城君　今餘扶安石佛山表忠閣　前臨大海　七山海漁業地　古群山列島中有人無人之六十二處　島嶼中米星邑仙遊島　著名海波迂廻而蒼波翻騰　風帆沙鳥之出沒　川原林泉之寬敞　聳動騷人之諷詠　朝暉夕陰之變態　無非駭矚盈視　非入神之畵手騰蛟之詞宗　則難可摹出神祕之眞境矣

高敞記

고창기

佛教(불교)는 天竺國(천축국)으로부터 天下(천하)에 퍼졌고, 우리나라에는 阿道(아도)로부터 시작했으니 실제로는 新羅(신라) 때이다. 그 說法(설법)이 굉장히 널리 퍼져 크게 되니, 禍(화)와 福(복)으로 사람을 움직일 수 있다 한다. 이런 연유로 온 세상이 다 귀의하게 되었다.

나는 沃溝(옥구)로부터 高敞(고창)에 이르렀다. 고창의 빼어난 경치는 禪雲寺(선운사), 逍遙寺(소요사), 方丈山(방장산)의 龍湫(용추)와 磨崖丈六佛像(마애장육불상) 등 많은 것이 볼만하다. 고창은 또 땅이 비옥하여 五穀(오곡) 농사에 마땅하니, 너른 들이 하천에 접해 있어 그 流域(유역)은 끝이 없다. 또 간척지를 만드니 茁浦灣(줄포만)을 안고 있어 未興島(미흥도) 및 竹島邑(죽도읍) 등이 있다. 牟陽城(모양성) 밖으로는 나무들이 둘러서 綠陰(녹음)을 이루고 있고, 北門(북문) 땅에는 供北樓(공북루)가 세워져 있고 甕城(옹성)이 셋 있다. 城(성)의 동쪽 남쪽 북쪽 여러 산들은 층층이 보여 안개와 구름 아득한 아지랑이 사이로 나와 보이니 모두 누대 밖에 있다. 큰 바다가 서쪽으로 열려 환하기가 밝은 거울 같고, 양쪽 언덕에는 수양버들이 종일 바람에 춤을 춘다. 가랑비가 도롱이를 파고드는데, 석양에 고기 잡는 늙은이 굽어보니 피리 부는 소리가 다시 목동에게 들린다.

潮水(조수) 흐름을 따라 海上浦(해상포) 위로 배를 놓으니, 山勢(산세)가 완연히 그림과 같다. 기러기와 해오라기는 파도가 밀려 닿는 곳 사이에 날아 모이고, 헤엄치는 물고기들은 배 키 밑에서 발랄하니 진정 너른 江湖(강호)가 편안하여 서로를 잊어도 될 만큼 걱정거리 없는 것들이다.

禪雲寺(선운사)는 兜率山(도솔산)에 있다. 百濟(백제) 威德王(위덕왕) 24년에 新羅(신라) 眞興王(진흥왕)의 시주를 받아, 신라의 중 義雲國師(희운국사)와 백제의 중 黔丹禪師(검단선사)가 같이 창건하였다. 임진왜란과 정유재란 때 전쟁의 피해로 모두 불탔던 것을 光海君(광해군) 때에 茂長(무장) 군수

宋碩祚(송석조)의 시주로 元俊大師(원준대사)가 중건했다. 절 문 누각에 큰 종을 걸어 놓고, 또 萬歲樓(만세루)가 있다. 소나무와 삼나무가 울창하고 뒤로는 동백이 둘러쌌으니, 七山海(칠산해) 落照坮(낙조대)의 壯觀(장관)이 앞에 열려 이 누각에 오른다. 마음속 깊이 품었던 회포가 개운하고 깨끗해지니, 浩然之氣(호연지기)가 유연하게 일어나는 흥취를 이곳에서 어찌 얻지 못하겠는가!

禪雲山(선운산)에서 무성한 동백나무 숲 허리를 뚫고 조금 바다를 끼고 가면 兜率庵(도솔암)에 오른다. 가는 길에 磨崖石佛像(마애석불상)을 보고 362층 돌계단을 을 올라 落照坮(낙조대)에 오르니 무리 지은 산들이 손잡고 인사하고, 평평한 밭두둑과 너른 들에 마을의 여염집이 즐비하여 아침저녁 연기가 피어올라 나무 사이 아지랑이에 가려져 있다. 큰 바다가 밖을 둘러싸니, 蜃氣樓(신기루) 속에 자라 등 같은 작은 섬들이 보였다 말았다 나왔다간 없어지고 한다. 혹여 큰 파도가 성내 소리치고, 커다란 고래가 물결을 내뿜으면 하늘이 무너지고 땅이 찢어져 흰 휘장 두른 수레가 바람에 날려가고, 은빛 산맥 언덕이 무너지는 듯하다. 가까이서 본즉 밝은 모래가 하얗게 펴져 있고, 해당화가 붉게 번득여 눈에 보이는 것이 훤하게 넓다.

두서너 同志(동지)들과 누대에 같이 앉아 古今(고금: 예와 지금)에 대해 談笑(담소)하며, 乾坤(건곤: 하늘과 땅)을 우러러봤다 굽어봤다 하니 어지럽게 까마귀들은 깃들 나무를 다투고, 해는 이미 서쪽에 거꾸러진다.

이것이 바로 돛배로 바닷가에 돌아와 나그네를 따라 황량한 城(성)에 오른다는 것인가! 내 삶의 쉬 늙음을 탄식하고 다시 하기 어려운 맑은 인연이 있음을 기뻐하노라. 술 따르며 詩(시) 읊으며, 높고 험한 곳을 넘고 또 높은 산꼭대기를 건너 천 길 깊은 곳을 휘저으며 천 리까지도 눈을 돌려 큰 바다에 먹 감는 것들을 굽어보니 해는 하늘과 땅의 큰 기운도 엄습한다. 浩浩(호호)하게 스스로 얻어 悠悠(유유)하게 돌아가기를 잊으니, 이로써 내 평생 가슴속의 억울함을 씻는다. 마음은 넓어지고 정신은 편안해지니, 바람을 부려 하늘을 날아 세상 먼지 밖으로 떠 노는 것 같아 그 興(흥)이 무궁하구나!

佛自天竺 蔓延于天下 而我東方自阿道始 實新羅之時 其說宏放侈大 能
動人以禍福 以故天下皆歸焉 余自沃溝至高敞 高敞之勝稱禪雲寺逍遙寺 方
丈山龍湫磨崖丈六佛像等 而多可觀矣 高敞土且肥沃 宜於五穀 廣野接河川
流域而無涯 又作干瀉地抱茁浦灣 而有未興島及竹島邑等 牟陽城外 繞樹木
而成綠陰 北門土建拱北樓 有三處甕城 東南北諸山 層見疊出於烟雲杳靄之
間 而咸在樓外 大海西開 皎若明鏡 兩岸垂柳 終日舞風 細雨披簑 俯見於漁
翁 夕陽吹笛 復聞於牧童 隨潮放舟于海上 浦上山勢 宛然如畫 鷗鷺翔集於
洲渚間 游魚潑刺舵底 眞相忘於江湖者也 禪雲寺在兜率山 百濟威德王二十
四年 受新羅眞興王施主新羅僧義雲國師百濟僧黔丹禪師幷創建 壬辰倭寇
丁酉再亂 被兵火燼盡 光海君時 茂長郡守宋碩祚之施主元俊大師重建 寺門
樓上懸巨鐘 又有萬歲樓 松杉鬱蒼 冬柏繞後 七山海落照坮之壯觀前開 登
斯樓也 灑落衿懷 浩然之氣 悠然之興 豈不有得於斯乎 自禪雲山腰 穿冬柏
之茂盛 少行狹海而上兜率庵 中路看磨崖石佛像 上二百六十二層石砌而上
落照坮 群山拱揖 平疇衍野 村閭櫛比 晨昏烟火 掩靄於樹木之間 大海外圍
蜃樓隱現 鰲嶼出沒 或洪濤怒號 鯨鯢噴波 則天擁地裂如素車奔風 銀山碎
岸 近而視之 則明沙鋪白 海棠翻紅 眼界空闊 與二三同志 共坐坮上 談笑古
今 俯仰乾坤 亂鴉爭樹 日已倒西 正是帆帶歸海渚 隨客上荒城 歎吾生之易
老 喜淸緣之難再 酌酒吟詩 凌巑岏之險 陟崔嵬之巓 脚踏千仞 目極千里 瞰
滄溟之浴日 襲天壤之灝氣 浩浩然自得悠悠然忘歸 以瀉我平生胸中之抑鬱
心曠神怡 若憑虛御風 以浮游於塵埃之外 其興無窮焉

漢江帆舟記

한강범주기

天地開闢(천지개벽) 이래 自古(자고)로 곧 이 江山(강산)의 이름나 구역 빼어난 경치가 있었으나, 그 드러남은 하늘과 땅이 꽁꽁 감춰 두었으니 人物(인물)과 風流(풍류)가 빼어나 구경할 만한 곳은 天下(천하)에 또한 많지 않다. 山水(산수)는 스스로 그 빼어남을 떨칠 수 없어 반드시 사람을 기다려서만 그 빼어남을 전할 수 있으니 그 수려하거나 험악하거나 하는 것은 하늘이 만드는 것이요, 그것이 황폐해지거나 이름이 날려지거나 하는 것은 사람이 만드는 것이다.

文字(문자)라는 것은 天地間(천지간)에 썩지 않는 물건으로, 예부터 高人(고인) 名士(명사)들이 강산의 빼어난 것을 가지고 글로 주고받은 것이 몇이나 되는지 모른다. 그러나 하늘에서 귀양 온 신선이라는 李太白(이태백)의 採石江(채석강)의 달과 蘇東坡(소동파)의 赤壁(적벽)의 달이 지금까지도 마치 어제 일처럼 다투어 말해지는 것은 그것이 문자로 남아있기 때문이다.

내가 지금으로부터 60년 전 辛酉(신유: 1921)년 7월 旣望(기망)[251]에 錦江(금강)에 배를 띄우고 놀 때, 新灘津(신탄진) 사는 사람 하나가 말하기를 "壬戌(임술) 旣望(기망)에 놀이를 하는 것은 옛 사람들이 많이 하였으나, 다른 해에는 例(예)가 없습니다."라고 하였다. 내가 말하기를 "강산의 바람과 달 같은 아름다운 자연은 본래 예와 지금이 다르지 않으나, 사람의 일은 오래 살거나 일찍 죽거나 또 한가하거나 바쁨이 있다. 강산은 주인이 없어 바람과 달을 살 수 없으니, 오직 한가로운 자만이 곧 주인이 된다. 만약 임술년을 기다린다면, 生前(생전)에 비록 이런 놀이를 쓸 글재주가 있더라도 놀이를 이루지 못하는 경우가 많을 것이다. 지금 文士(문사) 몇 사람이 있어, 술 한 병 피리 한 자루 갖고 산과 물의 바람과 달 사이로 거슬러 올라가면 어디인들 적벽이 아니며,

---

251) 음력 16일을 이름. 蘇東坡(소동파)가 赤壁(적벽)에서 뱃놀이를 한 때가 壬戌之秋七月旣望(임술지추칠월기망) - 임술년 가을 7월 16일 - 임.

어느 때인들 임술 旣望(기망)이 아니 되리오!" 하고는 이내 놀이를 하고 돌아 왔다.

다음해에 이 놀이를 다시 하려 했으나, 일이 있어 이루지 못하고 나는 서울과 시골로 떠돌아다니는 신세가 되어 비바람 치는 날에도 죽지 못했으니, 나이가 여든 살이 되었다. 내년이 바로 壬戌(임술)년이 되는데, 내년 일을 미리 짐작해 알 수도 없고 올해 辛酉(신유: 1981) 7월 기망에도 일이 있어 닷새를 지나 栗里 詩社長(율리시사장) 徐永錫(서영석) 님과 서울에 있는 여러 詩社(시사)의 친구 들과 모여 廣陵津(광릉진)에서 놀이를 하였으니, 騷人(소인: 시인)의 놀이 또한 운수소관인가 보다.

무리 진 산봉우리들이 양쪽 언덕을 두르고 있고, 큰 강이 가운데로 흐르니 길게 뻗친 숲이 무성하고, 산기슭은 푸르름을 모아 안개와 구름 사이로 푸르스 름히 둘러쳐져 있다. 고기잡이배 노래 소리와 나무꾼 피리소리가 사방에 끊이 지 않고, 배 위에는 울긋불긋 누각이 나뉘어 세워져 있어 단청한 마룻대와 원앙 모양 기와 덮개가 햇빛 아래 반짝이고, 붉은 발과 靑帘(청렴)[252]이 햇빛을 받아 그림자가 하늘하늘 바람에 춤춘다. 노랫소리는 맑고 쾌활한데 술 마시며 배를 놓아 물결 거슬러 올라가며 즐기니 파도는 넓고 아득하고, 고깃배와 돛배가 물 위로 오가고, 강을 나는 새들은 모래톱에서 오르내린다. 마음속 깊은 회포가 훤히 터져 드넓어지니, 景致(경치)가 무궁하여 황홀하기가 몸을 넓은 바다에 맡겨 내 形迹(형적)이 이 세상에 있다는 것을 잊은 것 같다.

이때에 붓을 잡아 詩(시)를 짓고 다시 남은 술을 마시니, 옆에 있던 사람이 내게 말하기를 "땅은 사람이 아니면 그 아름다움을 나타낼 수 없고, 사람은 글이 아니면 그 빛을 발할 수 없다. 그러므로 아름다운 강산이 있더라도 보통 사람이나 속된 선비가 그 아름다운 지경을 함부로 밟아대면 냇물과 숲이 괴로 워 부끄러워하고, 글 솜씨 좋은 學士(학사)가 시로 지어놓으면 그 운치 있는

---

252) 원래는 한 해의 厄(액)을 물리치기 위해 초봄에 지붕의 귀퉁이에 세워놓는 청백색의 깃발을 이르 나, 여기에서는 배에 달아 놓은 깃발을 얘기하는 것으로 보임.

筆跡(필적)이 더욱 생색을 내게 되어 나무들도 그 영화를 머금게 된다. 그대의 文章(문장)이 靑蓮(청연: 이태백)이나 소동파에게 미치지는 못하지만 헛되이 산수에 情(정)만 주고 간다면, 스스로를 속이는 것에 가깝지 않은가?"라고 하였다. 내가 그 조롱을 풀어주려고 말하기를 "내가 보기에는 산이 우뚝 솟은 것을 보고 멈춰서는 자는 산의 고요함을 체득하여 신조를 바꾸지 아니하고, 물이 바쁘게 흘러 가버리는 것을 보고 가버리는 자는 물의 흐름을 체득하여 막혀있지 아니한다. 그 수려함과 맑음을 기뻐하여 시로 그 경치를 읊고, 술로 그 情景(정경)을 즐긴다. 비록 그 필적의 운치가 생색이 나기를 감히 바라지는 않더라도, 그 詩文(시문)의 좋고 나쁨은 후세 사람의 재량에 맡겨놓고 마음 가는 대로 즐기는 바이다."라고 하니, 옆 사람이 웃으며 좋다 한다.

내가 이 문답의 말로 그 일을 풀어 적어 기록으로 남긴다.

自天地開闢以來 便有此江山之名區勝景 而其發天地之祕慳 而爲人物風流之勝賞者 求之天下 亦不多矣 山水不能以自擅其勝 必待人而傳其勝 其秀麗險惡天也 其荒廢擅揚人也 文字者天地間不朽之物 而自古高人名士之酬酌江山勝致者 不知幾許 然惟李謫仙採石江之月 蘇東坡赤壁江之月 至今爭道之如昨日事者 以其有文字也 余距今六十年前 辛酉七月旣望 泛舟遊於錦江之上新灘津 有一人曰 壬戌旣望之遊 古人亦多行之 而他歲則不行例也 余曰江山風月 本無古今之異 而人事有壽妖閒忙 江山無主風月不買 而惟閒者便是主人 若待壬戌則生前雖有文學 不成此遊多矣 今有文士數人 以酒一壺蕭一枝 溯洄於山水風月之間 何處非爲赤壁 何秋非爲壬戌旣望乎 仍遊而返 明年欲作此遊 而有事不成 余漂泊京鄕 不死於風雨之日 年當八耋 明年卽壬戌 而明年之事 未可豫料 今辛酉七月旣望亦有故 越五日而與栗里詩社長徐永錫甫 會在京詩社諸友 遊廣陵津 騷人一遊 亦關於數乎 群峰繞於兩岸 而大江流於中間 長林茂麓攢靑 繞碧於烟雲之間 漁歌樵笛之聲 不絶於四方 且丹樓翠閣分立于船上 畫棟鴛瓦 照耀於日下 朱箔迎風靑帘 映日無影婆娑 歌聲淸快 放酒船溯洄爲樂 波濤浩渺 漁帆往來於水面 江鳥上下於

沙渚 衿懷軒豁 景致無窮 怳若置身於滄溟之間 忘其寓形於宇內也 於是把
筆題詩 更酌餘酒 傍人謂余曰 地非人無以顯其美 人無文無以發其輝 故雖
有江山之美 庸人俗士枉踐佳境 則澗愧林慚 而寥寥無聞 文章學士 有詩品
題 則雲烟動色 樹林含榮 君之文章不及靑蓮東坡 而徒馳情於山水 不幾於
自誣乎 余解嘲曰 余觀山之巍然而峙者 體山之靜而不遷 觀水之奔然而逝者
體水之累而不滯 喜其秀且淸 而以詩吟其景 以酒樂其情 雖不敢望雲烟動其
色 然其詩文之善不善 任後人之裁量 而隨心所樂也 傍人笑而稱善 余以問
答之辭 序其事而記之

滄丘記
창구기

대저 사람의 즐기는 바가 안에서 얻음이 있는 것은 하늘을 따라 즐기는 것이
므로 편안하고, 밖에서 얻음이 있는 것은 사물을 쫓아 즐기는 것이므로 수고롭
다. 山水(산수)를 즐기는 것으로 三公(삼공)의 존귀함도 업신여길 수 있지만,
삼공은 사람 힘으로 구할 수 있는 것이 아니다. 그러므로 왕왕 저곳(삼공)에서
얻지 못하는 것을 이곳(산수)에서 즐긴다.

나 또한 좋지 못한 때에 태어나 매번 좋은 시절 아름다운 곳에 놓이게 되면
혹 좋은 친구와 짝하여 바로 萬事(만사)를 젖혀두고, 구름 같은 돌 비탈길을
밟고 갈대 모래톱을 헤치며, 안개 낀 물가에서 어슷거리고 샘과 돌 사이에서
배회하며, 물고기와 새우를 짝하고 사슴과 고라니를 벗하여 悠然自適(유연자
적)하며 은거해 살려는 마음으로 무릉도원 같은 곳을 찾아 이 세상을 잊으려
하였다.

乙酉(을유: 1945)년 봄 서울에서 고향으로 돌아오니, 다행히도 國運(국운)이
회복되어 태평해졌다. 丁亥(정해: 1947)년 늦은 봄에 陶峙(도치)고개를 넘어

沙城村(사성촌)에 이르러 鄭明奎(정명규) 군을 찾았다. 마침 강으로 놀러 갈 약속이 있어, 다음날 榛峴(진현)을 지나 梨灘(이탄) 하류에 있는 化日津(파일진)에 이르렀다. 높이 오뚝하게 솟은 산봉우리들이 그림 병풍처럼 둘러있고, 언덕 벽은 깎은 듯하다. 봄을 맞아 꽃은 붉고 버들은 푸르니, 양양한 푸른 물에 바람이 불어와 비단 같은 물결이 무늬를 이루며 굽이져 가로질러 흐르니 황홀하기가 은빛 무지개가 아래로 늘어진 것 같다.

비 그치고 바람 조용해지니 모인 사람이 십여 명인데, 개를 삶고 물고기를 굽고는 잠시 기다리니 술자리가 낭자하다. 술도 좋고 날씨도 좋아 물 가운데로 배를 띄우고 뱃전을 두드리며 노래하고 가진 것 내려놓고 詩(시) 지으니 마음은 확 트이고 정신은 즐거워져 세상 걱정은 강산 밖으로 던져버리고 몸뚱어리는 우주 사이에 맡겨버리니, 가슴이 상쾌해져 光風霽月(광풍제월: 비 갠 뒤 맑게 부는 바람과 밝은 달)과 같아 그 흥취가 무궁하다.

다시 石逕(석경: 돌길)을 거쳐 塔山(탑산)에 이르러 친구 金洪德(김홍덕)을 찾아갔다. 그는 文簡公(문간공) 冲庵(충암) 金淨(김정) 선생의 嗣孫(사손)으로 옛사람의 風致(풍치)가 있다. 내 고조할아버지 太愚(태우) 선생이 큰형님과 둘째 형님을 모시고 이곳에서 놀이할 때 김씨 집안사람도 참여해서, 그때의 시와 序(서)가 남아있다. 대대로 내려온 情誼(정의)를 익히며 하룻밤을 잤다. 김정 선생은 어려서부터 총명하여 재주가 많았으며, 스물두 살에 文科(문과) 과거에 壯元及第(장원급제)하였다. 淳昌郡守(순창군수)를 하면서 상소를 올려 愼妃(신비)[253]의 복원을 청했다 귀양 갔다. 뒤에 刑曹判書(형조판서)가 되어 靜庵(정암) 趙光祖(조광조) 선생과 함께 賢良科(현량과)를 설치하여 至治(지치: 지극히 잘된 정치)가 회복되기를 꾀했다. 中宗反正(중종반정) 때 南袞(남곤)과 沈貞(심정)이 외람되게 책정된 공훈을 받자 그 勳籍(훈적)을 삭제하도록 청했다가 거꾸로 무고를 당하여 錦山(금산)으로 귀양 갔다가 또 濟州(제주)로 옮겼고 이내

253) 中宗(임금)이 왕위에 오르기 전에 결혼한 첫 번째 부인으로, 반정 성공 후 역적으로 몰린 愼守勤(신수근)의 딸이어서 폐위됨.

賜藥(사약)을 받고 죽었으니, 이것이 바로 己卯史禍(기묘사화)로 향년 36세였다. 絶命辭(절명사: 죽을 때 남긴 글)가 있으며, 報恩(보은)의 象賢書院(상현서원)에 배향되었는데 高宗(고종) 辛未(신미: 1871)년에 훼철되었다. 부인은 宋汝翼(송여익)의 딸로 선생이 禍(화)를 입은 후에 시어머니가 살아 계셨는데 봉양할 사람이 없었으므로 차마 따라 죽지 못했다. 시어머니가 돌아가신 후 8일 만에 음식을 끊고 따라 죽으니, 楚江(초강)[254]가 마을에 旌閭門(정려문)이 있다.

化日津(에서) 백 척 가량을 오면 小塔峰(소탑봉)이 강가에 솟아 있으니, 바로 荊江(형강)[255] 상류이다. 滄丘(창구) 위에 小塔(소탑) 및 窪樽(와준: 술잔처럼 움푹 팬 웅덩이)가 있어 멀리는 넓은 강을 비추고, 가까이는 산 빛을 끌어안고 있다. 붉은 꽃비가 꽃 핀 강둑에 흩어지고, 녹음이 버드나무 늘어선 물가에 깊다. 맑은 물결이 비단과 같고, 평평한 모래밭이 눈처럼 펼쳐있다. 물새와 해오라기가 날아 모이고, 물고기와 자라가 떠 노닌다. 나무꾼 노래 소리가 좌우에 서로 접하고, 어부 피리 소리가 물 가운데서 스스로 즐긴다. 여염집이 즐비하고, 밭두둑이 수놓은 것처럼 얽혀있고, 깎아지른 언덕이 서로 지켜주니 주위가 모두 거의 비슷비슷한 것이 別世界(별세계)인 것 같다.

辛酉(신유: 1981)년에 또 이곳을 지나가니, 그 땅엔 지금 대청댐이 형강에 지어졌다. 그리하여 선생의 묘소 및 齋室(재실)은 보은으로 옮겨졌고, 탑산 한 마을은 물에 잠겨 호수가 되었다. 地勢(지세)가 변하여 평평한 호수가 되니, 나 또한 청춘이 또 어지럽게 백발이 되었다. 그리하여 서글픈 느낌을 어쩌지 못하고 그 일을 위처럼 적는다.

夫人之所樂 有得於內者 聽天而樂 故安有得於外者 逐物而樂 故勞山水之樂 可以傲三公之貴 然三公非力求者 故往往不得於彼而樂於此 余亦生丁不辰 每値良辰佳境 或伴勝友 便棄萬事蹴雲磴披蘆渚 逍遙於烟波之上 徘徊

---

254) 지금의 대청댐 부근을 흐르는 금강 구역을 예전에 부르던 이름.
255) 楚江(초강)의 바로 밑 금강 하류로 지금의 문의 부근을 흐르는 금강 구역.

於泉石之間 侶魚蝦而友麋鹿 悠然自適以拾絮之心 求網花之地 而欲忘世也
乙酉春 自漢城歸鄉 幸逢國運回泰 丁亥暮春 踰陶峙至沙城村 訪鄭君明奎
適有遊江之約 翌過榛峴到梨灘 下流化日津 突兀岡巒 圍如彩屛 崖壁如削
逢春而花紅柳綠 洋洋綠水 風來而錦浪成紋 屈曲橫流 悅若銀虹下垂 雨收風
靜 會者十餘人 烹狗煮魚 而待少焉 杯盤狼藉 好酬良辰 放舟中流 扣舷而家
橫槳而賦 心曠神怡 遣世慮於江山之外 放形骸於宇宙之間 胸次爽然 若光風
霽月 其興無窮矣 更由石逕至塔山 訪金友洪德 冲庵文簡公先生淨嗣孫 而有
古人風致 余高祖考太愚先生 壬戌七月旣望 陪伯仲氏遊於此而 金氏亦參有
詩序 講世誼而一宿 先生自幼聰明多才 二十二歲中文科壯元 以淳昌郡守 上
疏請復愼妃 被禍後入爲刑曹判書 與靜庵趙先生光祖 設賢良科 期回至治 中
宗反正時 南袞沈貞 濫受策功 故請削勳籍 反被誣告謫于錦山 又移于濟州
仍賜死 卽己卯士禍 而享年三十六 有絶命詞 追享于報恩象賢書院 而毀撤於
高宗辛未 夫人宋氏汝翼女 先生被禍後 以老姑在世 無人養志 不忍下從而老
姑歿後八日 絶食下從有旌閭 在村傍楚江 自化日津而來百尺 小塔峰聳于江
渚 卽莉江上流滄丘上 有小塔及窪樽 遠照江灘而近挹 山光紅雨 散於花塢
綠陰深於柳汀 淸波如練 平沙鋪雪 鷗鷺翔集 魚繁浮游 樵歌相接於左右 漁
笛自樂於中流 閭閻櫛比 田疇繡錯 平江斷厓 相衛周遭 彷彿若別界 辛酉八
月 又過其地 今築大淸堤於莉江 故先生墓所齋舍 移于報恩 而塔山一村 沈
沒爲湖 地勢變爲平湖 我亦靑春又幻白髮 故不勝感愴 記事如右

笠岩山城記
입암산성기

옛사람이 말하기를, "땅이 영검하면 人傑(인걸)이 나오고, 인걸이 나오면
땅은 더욱 영검해진다."라고 하였다. 薪夜(신야)의 伊尹(이윤)[256], 隆中(융중)

의 제갈공명, 昌藜(창려)의 韓退之(한퇴지)와 滁州(저주)의 歐陽脩(구양수)가
모두 사람으로써 땅이 더욱 영검스러워진 곳이다.

笠岩山城(입암산성)은 長城郡(장성군) 北下面(북하면) 新城里(신성리)에 있
는데 蘆嶺山脈(노령산맥)이 高原(고원)에 盆地(분지)를 이루니, 바로 장성군
북하면과 정읍군 입암면 사이에 만 평 남짓한 평원이 있어 要塞(요새)를 이룬
다. 尹軫(윤진)[257] 장군의 여섯 자 높이 殉義碑(순의비)가 있고, 성 둘레는 만
이천 자 남짓하고, 두 개의 성문에 아홉 개의 연못과 열네 개의 샘이 있다.
또 長慶(장경) 興慶(흥경) 仁慶(인경) 高慶(고경) 玉井(옥정) 등 다섯 개의 절이
있으며, 南門(남문)에는 2층으로 供南樓(공남루)를 세웠다. 옛날에는 僧軍(승
군) 別將(별장)이 지켰고, 鎭南館(진남관)과 訓鍊廳(훈련청)을 세우니 이것이
高麗(고려) 宋君斐(송군비) 장군이 몽고군에 항거하기 위해 쌓고 지킨 곳이다.
高宗(고종) 14년에 李廣(이광) 장군과 함께 몽고군을 맞아 싸워 크게 이겼으나,
중간에 폐지되었던 것을 朝鮮(조선) 中宗(중종) 15년에 軍堡(군보)를 설치하였
다. 임진왜란 때 長城(장성) 현감 李貴(이귀)가 부하 윤진과 함께 城堞(성첩)을
보수하였고, 정유재란 때 윤진이 僧將(승장) 汲岩(급암)과 함께 義兵(의병)을
모집하여 왜적과 서로 싸우다 殉節(순절)하였다. 뒤에 장성군수 李顯允(이현
윤)이 鎭南館(진남관)에 비석을 세우고, 후에 또 長安里(장안리)의 鳳岩書院
(봉안서원)에 배향하였는데, 長城(장성)이 府(부)가 되었으므로 長城府使(장성
부사) 겸 입암산성 守城將(수성장)으로 모셔졌다.

나는 이 세상과 절연할 생각으로 술과 詩(시)에 뜻을 맡기고, 친구를 짝해
불러 농사 얘기나 하고, 山水(산수)를 품평하며 샘물 소리와 산 빛 사이 속에서
어슷거려 노닐며, 興(흥)에 따라 시나 지으며 느긋하게 노닐고 내 맘 내키는
대로 하였는데 辛酉(신유: 1981)년 봄과 여름이 바뀌는 즈음에 우연히 남쪽으로
놀이를 하게 되어 이곳에 올랐다.

---

256) 중국 夏(하)나라를 멸망시키고 殷(은)나라를 건국하는 데 공을 세운 사람.
257) 임진왜란 때 공을 세운 武將(무장).

南門(남문)에 이르러보니 이미 반쯤 부서졌고, 걸어서 北門(북문) 터로 가보니, 井邑(정읍)과 高敞(고창)의 넓은 평원이 눈 아래 들어온다. 城郭(성곽)의 견고함만이 특별한 것이 아니고, 門樓(문루)의 장엄함도 빼어나다. 긴 냇물을 굽어 내려다보니 멀리는 넓은 들에 닿아 산봉우리들이 손잡고 인사하고 있어 사방이 밝고 상쾌하게 가파르게 솟아 있으니 험악한 기세가 있고, 평평하고 잔잔한 물결은 조용히 흘러 성내 부르짖는 소리가 없고, 아름다운 나무가 사철 빼어나 그늘이 짙고, 들은 바야흐로 봄을 맞아 꽃들이 피어나니 향기가 그윽하고, 바람이 불어오나 수레나 말의 먼지 날리지 않고, 날씨가 맑아 처마와 기둥의 그림자가 스스로 이르러 아침 햇살과 저녁의 어스름의 千態萬景(천태만경)이 모두 처마와 기둥 아래로 모이니, 잠깐 사이에 한 지방의 빼어난 경치를 모두 얻는다.

다시 筆岩書院(필암서원)으로 향하니, 長城邑(장성읍) 30리 밖 筆岩里(필암리)에 있다. 河西(하서) 金麟厚(김인후) 선생이 麥洞(맥동)에서 태어나 이곳으로 이사해 사셨고, 慕齋(모재) 金安國(김안국) 선생을 스승으로 모시고 공부했다. 文科(문과) 科擧(과거)에 급제하여 벼슬이 校理(교리)에 이르렀으며, 타고난 재주가 지극히 고명하였다. 仁宗(인종) 임금이 東宮(동궁)이었을 때 講筵(강연)에서 모셨고, 卽位(즉위)하셔서는 총애를 입음이 최고를 넘었다. 임금이 돌아가신 후 벼슬을 버리고 이곳에 물러나 사시며 後進(후진)을 깨우치고 가르치셨다. 性理學(성리학)에 깊이 몰두하시니, 栗谷(율곡)이 東方(동방: 우리나라)에서 나가고 물러남을 바르게 함이 이에 비할 것이 없다라고 하셨다. 칠월 초하루 즉 仁宗(인종)이 돌아가신 날, 술을 들고 산속에 들어가 통곡하고 돌아오셨다. 贈職(증직)으로 吏曹判書(이조판서)를 받으셨고, 諡號(시호)는 文正公(문정공)이다. 이곳에 書院(서원)을 세우니, 제자인 故岩(고암) 梁子徵(양자징) 공과 함께 배향되었다. 正祖(정조) 임금 때에 賜額(사액: 임금이 직접 서원 현판을 내림)을 받았고, 文廟(문묘)에 배향되셨다. 시가 있어 가로되,

복사꽃 물에 흘러가니 작은 것이 맑고도 시원한데

비 갠 후 처음 달 떠오르니 산은 다시 푸르구나

깊은 골짜기에 문 걸어 잠그고 한가히 周易(주역) 읽고 있으니

이때 비로소 한 조각 신령스러운 마음을 얻는구나

라고 하였으니, 여기에서 선생의 맑은 취향을 알 수 있다.

　무리 진 산들이 한 줄기 푸르스름한 냇물을 끼어 안아 옥구슬을 쏟아내고, 숲은 무성하고 대나무는 길고 곧게 뻗었으니 자리는 그윽하고 경치는 아름답다. 산을 바라본즉 노을이 구름을 들어 올려 날리는 생각이 들고, 물가에 이른즉 바람 쐬며 목욕하는 즐거움이 있다. 하늘 한복판 아래 서서 우러러보니 하늘에 부끄럽지 않고, 굽어봐도 사람에게 화낼 일 없다. 사람들에게 명성이 들려지기를 구하지 않아도 사람들이 스스로 그 명성을 듣게 되고, 후세에 알려지기를 구하지 않아도 후세에서 스스로 알아주니 그것이 바로 선생이로구나.

　古人云地靈則人傑出　人傑出則地尤靈　莘野之伊尹　隆中之孔明　退之於昌黎　歐陽之於滁州　皆以人而地尤靈矣　笠巖山城在長城郡北下面新城里　蘆嶺山脈成高原盆地　卽長城北下面井邑郡笠巖面之間　擁萬餘坪之平原爲要塞有尹軫將軍六尺殉義碑　城周一萬二千餘尺　內有二門九池十四泉　又有長慶興慶高慶玉井等五寺　南門上建拱南二層樓　古有僧將別將守之　建鎭南館訓鍊廳　是高麗宋君斐將軍　爲抗蒙古軍修築而守之　高宗十四年　與李廣將軍迎擊蒙古軍大捷而中廢　我朝中宗十五年　設軍堡　壬辰倭亂　長城縣監李貴與幕下尹軫　補修城堞　丁酉再亂　尹軫與僧將汲巖　募義兵與倭賊相戰而殉節後長城郡守李顯允　立碑于鎭南館　後配享於長安里鳳巖書院　以長城爲府　府使兼笠巖山城守城長　余念絶斯世　托意觴詠　招朋呼伴　說桑麻評山水　徜徉乎泉聲岳色之中　因興賦詩　優遊自適　而辛酉春夏之交　偶作南遊　登此而到南門　已半壞而移步于北門址　井邑高敞之平原　入於眼下　非特城郭之固　門樓之壯爲勝　俯瞰長川　遠臨曠野　峰巒拱峙　四面明爽　峭拔而有險惡之勢　平瀾淺波潺湲而無怒號之聲　佳木秀於四時而陰繁　野芳發於方春而幽　香風來

而車馬之塵不飛 日晴而軒楹之影自弔 朝暉夕陰 千態萬景 悉萃于軒楹之下
指顧之間 盡得一方之勝矣 更向筆巖書院 在長城邑三十里外筆巖里 河西金
先生麟厚 生於麥洞 而移居于此 事師慕齋金先生安國 文科官至校理 天分
極高明 仁宗在東宮時 嘗侍講筵 及卽位寵遇過隆 自賓天之後 不仕退去于
此 訓誨後進 沈潛性理 栗谷以爲東方出處之正 無與爲比 七月初一日 卽仁
宗上賓日也 持酒入山痛哭而返 贈吏判諡文正 建書院于此 與門人 故巖梁
公子徵並享 正祖時賜額 又享文廟 有詩曰 桃花流水細冷冷 霽月初生山更
靑 深鎖洞門閒讀易 此時方覺片心靈 於此知先生之淸趣矣 群山擁翠 一溪
瀉玉 林茂而竹脩 宅幽而景美 望山則有霞擧雲飛之想 臨水則有風乎浴乎之
樂 中天而立 仰不愧天俯不怍 人不求聞於人 而人自聞之 不求知於後世 而
後世自知之 其惟先生矣

虎壓寺記

호압사기

　이름난 곳의 빼어난 땅은 곧 하늘과 땅이 깊이 감춰두었고, 그 깊이 감춰졌던
하늘과 땅이 나타나 人物(인물)과 風流(풍류)가 빼어나게 되어 감상할 만한
곳은 온 세상에서 찾아봐도 많지 않다. 平壤(평양)의 浮碧樓(부벽루)와 江陵
(강릉)의 鏡浦臺(경포대)가 그 걸출한 이름을 떨치고 있으나 전에 세워지지 않
았고 또한 후에 문자로 기록된 것도 없다면, 후세 사람들이 어찌 알리오!
　自古(자고)로 高人(고인) 名士(명사)들이 강산의 빼어남에 대해 주고받은
것이 많으나, 오직 하늘에서 귀양 온 신선인 李太白(이태백)의 採石(채석)의
달과 蘇東坡(소동파)의 赤壁(적벽)의 뱃놀이만이 지금까지도 어제의 일이었던
것처럼 다투어 말해지는 것은 그 文字(문자)가 있기 때문이다.
　내가 좋지 못한 때에 태어나 이세상과 단절할 생각으로 술잔과 풍월 읊는

데 뜻을 맡기고 산과 물 사이에서 느긋이 노닐고 맘 내키는 대로 하며 남은 삶을 마치려 하였다.

乙巳(을사: 1965)년 봄에 上道洞(상도동)으로부터 獅子庵(사자암)에 이르렀으니, 벗 晩岡(만강) 李丙勛(이병훈)이 이곳에서 耆英會(기영회)를 열었다. 冠岳山(관악산) 한줄기가 내려와 聖住山(성주산)을 이루고, 그 산허리에 佛堂(불당)이 있다. 朝鮮(조선) 太祖(태조) 5년에 無學大師(무학대사)가 國都(국도)를 정할 때, 漢陽(한양)의 바깥 右白虎(우백호)가 되는 萬里峴(만리현)의 고개 형세가 바삐 달리는 형상이 있으므로 건너편 관악산에는 虎壓寺(호압사)를 짓고, 여기에는 獅子庵(사자암)을 지었으니 白虎(백호)의 기세를 누르기 위한 것이었다 한다.

다시 호압사를 찾아가니, 관악산의 동쪽이다. 산의 형세는 달리는 호랑이처럼 북쪽으로 치닫고, 石巉岩(석참암)이 있어 세상에서는 虎岩山(호암산)으로 부른다. 큰 바위와 괴상하게 생긴 돌들이 좌우에 서로 섞여있고, 아름다운 나무와 기이한 꽃들이 앞뒤로 줄지어 서있고, 철쭉과 진달래 무리가 층층이 바위 사이에 활짝 피어있어, 붉음은 짙어지고 푸르름 연하게 돋아나 하늘하늘 바람에 춤추니 예쁘기는 미소 짓는 것 같고, 흐느적거리기는 술에 취한 것 같다. 푸른 소나무와 푸르스름한 느티나무가 깎아지른 듯한 언덕에 함께 서있고, 새들은 그림 같은 곳에서 재잘대고, 물고기는 거울 같은 물결 속에서 팔팔하니 진정 그윽하고 한가로운 지경이다. 절 집은 매우 좁고, 산봉우리 위에는 우물이 있는데 속칭 天井(천정)이라고 부른다. 그 크기가 매우 넓고, 石築(석축)으로 주위를 둘렀으며, 手草(수초)가 많이 뻗어 뒤덮여 물을 볼 수 없다. 우물 옆 산꼭대기에는 돌 海駝(해태: 선악과 시비를 분별한다는 상상의 동물)가 있고, 또 古城(고성)이 있다. ─둘레가 1,681척임. 城(성)안에 연못이 하나 있는데, 날이 가물 때 비 오기를 비는 곳이다. 7리 밖에 弓橋(궁교) 다리가 있는데, 임진왜란 때 宣居怡(선거이)가 이 성에 진을 쳤다 한다. 전해오는 절의 역사에는 元曉大師(원효대사)가 창건한 바라 한다. ─

辛酉(신유: 1981)년 가을에 詩社(시사)의 定例(정례) 모임이 있어 이 절을 다시 찾았다. 구불거리는 돌길이 무성한 숲 가운데로 나 있고, 점차 잔잔한 시냇물 흐르는 소리가 깊은 계곡에서 들리는데 지팡이 부여잡고 냇물 따라 오르니, 산은 예와 같은데 사람의 일은 多端(다단)하여 적막하던 지경이 점차 번화한 거리를 이루고 있다. 윤기 나던 얼굴은 이미 쇠락했고, 아롱졌던 머리카락은 다 하얗게 됐으니 거울을 보고는 한탄하지 않을 수 없다. 노란 국화 붉은 단풍 푸른 솔 흰 돌이 사방 산에 수놓은 듯 얽혀 있고, 마른 나무는 서리에 물들어 노을 진 장막을 이루었다. 시든 나뭇잎은 땅에 떨어져 비단 깔린 것 같으니 그림의 경지에 들어가는 것 같고, 산은 하늘을 찌르는 기세가 있어 백리 먼 산이 하늘가에 닿아 굳건히 버티고 있으며, 큰 띠 긴 강이 산 밖으로 휘감아 도니 산과 물의 아름다움이 진정 아낄 만하다. 그러하니 땅은 감추어 둘 수 없고 하늘은 가릴 수 없는 것이다.

절벽에 의지하여 절이 있어, 나는 여러 친구들과 안개와 노을 속에서 소요하다 경치에 따라 詩(시)를 읊고 興(흥)을 타고 취하며 유연하게 스스로 즐기다, 어스름을 타고 돌아왔다.

名區勝地 乃天地之所秘慳 而其發天地之秘慳爲人物風流之勝 賞者求之天下亦不多 平壤之浮碧樓 江陵之鏡浦坮 其傑然擅名者也 自古高人名士之酬酢江山勝致者甚多 而惟李謫仙採石之月 蘇東坡赤壁之舟 至今爭道如昨日事者 以其有文字也 余生丁不辰 念絶斯世 托意觴詠 徜徉乎山水之間 優遊自適 以度餘生 乙巳春 自上道洞至獅子庵 晩岡李友丙勛 設耆英會於此也 冠岳山一脈至爲聖住山 山腹有佛堂 我太祖五年 無學大師定國都時 漢陽外白虎萬里峴 勢急有奔動之象 故越便冠岳山 建虎壓寺此處亦建獅子庵 威壓白虎云 更尋虎壓寺則冠岳之東 山勢北馳如行虎 有石巉巖世稱虎巖山 巨巖怪石 左右相雜 嘉木奇花 前後羅列 躑躅杜鵑之屬 爛開於層巖之間 深紅嫩綠 舞風而婆娑 嫣者如笑 傲者如醉 蒼松翠槐 並立於斷崖 鳥喧喧於畫境 魚潑潑於鏡波 眞幽閒之境 而堂宇甚狹 峰上有井 俗稱天井 其廣甚大 石築而圍之 水草甚盛 不見水面 井側山頂有石海駝 又有古城 (周千六百八十一尺) 城內有一池 天旱禱雨處 七里外有弓橋 壬辰倭亂時 宣居怡陣於此城

云 寺史所傳 元曉大師所建也 辛酉秋 以詩社例會 更尋此寺 透迤之石逕 出
茂林之中 漸聽潺湲之溪聲於深谷 扶筇而上 溪山依舊 而人事多端 寂寞之
境 漸成繁華之街 顏之潤者已衰 髮之斑者全白 不無覽鏡之恨 黃花赤葉 靑
松白石 繡錯於四山 荒木染霜而成霞幔 病葉落地而似錦堆 如入畫境 山有
聳天之勢 百里遠山盤據於天涯 一帶長江 紆回於山外 山水之美 眞可愛也
然則地不能藏 天不能秘 依絶壁而有寺 余與諸友 逍遙於烟霞之境 隨景而
吟 乘興而醉 悠然自樂 乘暮而還

獎忠壇記
장충단기

五倫(오륜)[258] 중에 三綱(삼강)[259]이 제일 중하니 事親以誠(사친이성: 부모를
정성으로 섬김)을 孝(효)라 하고, 爲夫盡節(위부진절: 지아비를 위해 절개를 다함)
을 烈(열)이라 하고, 奉君盡職(봉군진직: 임금을 받드는데 직분을 다함)을 忠(충)
이라 한다. 오륜은 宇宙(우주)의 棟梁(동량)이요, 生民(생민)의 柱石(주석)이
니, 만약 이를 모르면 사람이라 해서 어찌 짐승과 다르리오! 그러므로 聖人(성
인)이 가르치심인 明倫(명륜)을 우선으로 함은 사람이 고유하게 타고난 성품을
바탕으로 평소 소행의 직분을 열심히 하게 하고자 함이다. 그러므로 이는 예나
지금이나 귀한 사람이거나 천한 사람이거나 라고 해서 다를 수가 없다. 그 忠
(충) 孝(효) 烈(열)이 탁월하게 뛰어난 사람은 반드시 나라로부터 상을 주고
장려하는 것은 지금 백성에게 善(선)을 행하도록 권하고, 風格(풍격)과 聲望
(성망)을 백대가 내려가도록 심기 위함이다.

---

[258] 父子有親(부자유친), 君臣有義(군신유의), 夫婦有別(부부유별), 長幼有序(장유유서), 朋友有
信(붕우유신)
[259] 君爲臣綱(군위신강), 父爲子綱(부위자강), 夫爲婦綱(부위부강)

安東(안동) 金(김)씨가 純祖(순조) 임금 초부터 정권을 잡았는데, 宗室(종실: 왕의 일가)의 유망한 자를 꺼려하여 기회에 따라 귀양 보내 내쫓거나 죽였다. 興宣君(흥선군) 李昰應(이하응)이 피해를 두려워하여 일부러 미친 짓을 하였는데 神貞大妃(신정대비)의 신임을 받은 趙成夏(조성하)를 통해 癸亥(계해: 1863)년에 그 아들이 卽位(즉위)하게 되니, 이가 高宗皇帝(고종황제)가 된다. 흥선군이 攝政(섭정)을 하면서 그 권력을 공고히 하기 위해 아버지가 이미 죽은 閔致祿(민치록)의 딸을 王后(왕후)로 택했다. 왕후가 明敏(명민)하게 태어나 흥선군의 傳權(전권)을 제거하려고 그의 오라비 閔升鎬(민승호)를 시켜 崔益鉉(최익현)으로 하여금 상소하여 흥선군의 失政(실정)을 論罪(논죄)케 하니, 하룻밤에 政局(정국)이 바뀌어 흥선군은 정권 잡은 지 십 년 만에 세력을 잃게 되었다. 물러나서는 항상 불평을 품어 민승호의 집에 작은 상자를 보냈는데, 그 상자가 폭발하여 민승호 父子(부자) 및 그 어머니가 타 죽었다.

壬午(임오: 1882년) 軍亂(군란)에 왕후가 난리를 피하여 충주로 가니, 흥선군이 王命(왕명)을 받들어 난리를 진압하였다. 왕후가 서울로 돌아온 후 淸(청)나라에 의지하여 倭(왜)를 몰아내려 하니, 왜가 大隊長(대대장) 禹範善(우범선)을 사주하여 乙未(을미: 1895)년 시월에 응원하는 왜병을 이끌고 李斗璜(이두황)과 함께 光化門(광화문)을 따라 군사를 정돈해 진격하게 하였다. 聯隊長(연대장) 忠毅公(충의공) 洪啓薰(홍계훈)이 문을 막아서며 꾸짖어 말하기를 "깊은 밤에 대궐을 침범하여 장차 무엇을 하려 하느냐? 나를 죽이지 않고는 들어갈 수 없다."라고 하였으나 끝내 죽임을 당하고, 지키던 병사들은 모두 흩어졌다. 宮內府大臣(궁내부대신) 李耕稙(이경직)이 亂軍(난군) 중에 죽임을 당하고, 우범선이 乾淸殿(건청전)에 들어가 왕후를 찾아내 弑害(시해)하고는 玉壺樓(옥호루) 동편에서 석유로 불사르니 倭賊(왜적)의 無道(무도)함이 극에 달했다.

庚子(경자: 1900)년에 고종황제가 陸軍副將(육군부장) 閔泳煥(민영환)에게 명하여 南別營(남별영) 옛터에 獎忠壇(장충단)을 만들고 비석을 세워 이를 기록하게 하니, 지금의 獎忠壇公園(장충단공원)이다. 선비 된 자로서 절개를 세워 충성을 다해 나라를 위해 죽는 것은 신하 된 자의 어려움이요, 힘을 다해 부모를 섬기는 것은 자식 된 자의 어려움이다. 죽음을 아끼고서는 신하나 자식 된 자로서의 의리를 이룰 수 없으니, 洪(홍) 공과 李(이) 공 두 분이 적을 맞다 殉節(순절)함은 이는 고금의 위대한 행적으로 그 어찌 장하다 하지 않겠느냐!

나는 어려서 나라가 망해 회복할 기회가 없었고 또 원수를 갚을 힘도 없었으며, 온 세상 사람들이 왜적의 치하에 굴복해 섬기지 않는 자가 없었다. 장성함에 이르러서는 왜적에게 아부하여 봉록을 구할 수 없었으므로 董召南(동소남)[260]이 義(의)를 행하는 것을 흠모하며, 陶靖節(도정절: 도연명)의 지조를 지켜 홀로 우리의 도리를 지키려 하였으나, 이미 기약한 것이 어긋나 버렸다. 궁벽한 오막살이에 의지해 길게는 한가로움을 달래는 방책으로 지팡이를 짚고 빼어난 경치를 찾는 걸음을 하여 지역 안을 두루 돌아다니거나, 혹은 바둑 친구를 불러 신선 같은 바둑판을 벌려 세간의 날짜 감을 잊거나, 혹은 詩(시) 짓는 친구를 따라 시를 지으며 취해서 술병 속의 세상에 머물렀다.

소년 시절에 서울에 들어와서 이 땅에 이르러 보았으니, 山水(산수)는 스스로 그 빼어남을 떨칠 수 없어 반드시 사람을 기다려야만 그 빼어남을 전할 수 있으니 수려하거나 험악하거나 하는 것은 하늘이 짓는 것이요, 황폐하거나 이름 날리게 되거나 하는 것은 사람이 하는 일이다. 黃岡(황강: 중국 호북성에 있는 마을)이 소동파를 만나지 못했으면 赤壁(적벽)이 어찌 이름이 드러나기나 하였겠으며, 武夷(무이: 중국 복건성의 마을)가 晦庵(회암: 주자)을 만나지 못했으면 어찌 이름이 알려지기나 하였겠는가? 이 땅 역시 壇(단)이 설치되어서 이름이 난 것이다.

壇(단)은 산꼭대기에 있는데, 그 위에 博文寺(박문사)를 지었으니 왜적이 이 단을 미워하여 절을 지어 누르고 이곳에서 伊藤博文(이등박문)을 제사 지냈다. 나라가 광복된 후에 다시 이곳에 와보니 단은 평지로 옮겨졌고, 절은 허물어 迎賓館(영빈관)을 지었다. 이 땅에 공원을 설치하여 둘레 안 구역이 시민의

---

[260] 唐(당)나라 때의 隱士(은사)로 韓愈(한유)가 董生行(동생행)이라는 글을 지어 그의 의로운 행위를 찬양했음.

휴식 장소가 되었다. 단은 木覓山(목멱산: 남산)의 동쪽에 있으며, 산줄기가 동서 양 산기슭으로 갈라지고 가운데로 작은 시냇물이 흐른다. 토지는 넓고 지세는 평탄한데, 양쪽 언덕에는 여러 층으로 된 누각이 나뉘어 서있다. 그 사이에 아름다운 꽃과 진기한 나무를 심어 놓았고 또 휴게실이 있다. 울창하게 북에 솟아 있는 것은 三角山(삼각산)이요, 높이 남쪽에 빼어난 것은 冠岳山(관악산)이며, 배후로는 한강이 흐른다. 여름이면 누각에 오르고 겨울이면 화로를 끼니, 萬物(만물)의 변천이 조용한 가운데서도 각기 다른 볼거리를 제공해 준다. 사철이 바뀌면서 변화하는 중에 빼어난 경치를 나누어 보여주니 봄바람, 가을 달, 여름 비, 겨울 눈이 아침저녁으로 변하는 광경은 시로도 다 적을 수 없고 그림으로도 다 그려낼 수 없다. 漢城(한성) 산수의 아름다움이 그 精氣(정기)를 이곳에 다 모아 뒀다.

　　五倫之中　三綱最重　而事親以誠曰孝　爲夫盡節曰烈　奉君盡職曰忠　五倫宇宙之棟樑　生民之柱石　而若不知此　則人何異於禽獸哉　是故聖人教之以明倫爲先　因其固有之性　而勉其庸行之職　此則無古今貴賤之殊　其忠烈卓異之人　必自朝家褒獎之　所以勸善行於此　民樹風聲於百世也　安東金氏　自純祖初執政　忌宗室之有望者　隨機竄逐而誅之　興宣君李昰應恐被害　故作狂悖之行　因趙成夏受知於神貞大妃　癸亥以其子卽位　是爲高宗帝　而興宣攝政　欲固其權　擇無父之閔致祿女爲王后　后性明敏　欲除興宣之專權　嗾其兄升鎬使崔益鉉上疏　論其失政　一夜間改成政局　興宣執政十年失勢而退　恒懷不平送小函于升鎬家　爆彈破裂升鎬父子及其母燒死　因壬午軍亂　王后避亂于忠州　興宣奉王命鎭撫　而王后還都　欲依淸排倭　倭嗾大隊長禹範善　乙未十月引倭兵爲援　與李斗璜從光化門整軍　而進　聯隊長忠毅公洪啓薰　拒門叱之曰深夜犯闕　將欲何爲　非殺我不得入　終被殺衛兵皆散　而宮內府大臣李耕稙被死於亂軍　範善入乾淸殿　尋王后弑之　以石油燒之於玉壺樓東　倭賊之無道極矣　庚子帝命陸軍副將閔泳煥　設獎忠壇于南別營舊址　立碑記之　今獎忠壇公園也　士者之立節　盡忠死於國臣之難也　竭力事親子之難也　咨於死者　不

能成臣子之義 而洪李兩公 拒賊而殉節 此古今之偉蹟 而豈不壯哉 余兒時
王社蓋屋 無可復之機 又無可雪之勢 擧世之人 莫不服事於倭賊之治下 及
壯而不可付倭求祿 慕董召南之行義 守陶靖節之志操 獨行吾道而已 違所期
據梧窮廬 長爲養閒之策 扶筇探勝之行 周遊域內 或引棋朋 對仙局而忘世
間之甲子 或隨詩伴賦律詩 而醉壺裡之乾坤 少年時入京 偶到此地 山水不
能以自擅其勝 必待人而傳其勝 秀麗險惡天也 其荒廢擅揚人也 黃岡不遇坡
公 赤壁何由而顯名 武夷不遇晦庵 雲谷何由而知名乎 此地亦由設壇而擅名
也 壇在山頂 而上建博文寺 倭賊惡其壇 而作寺壓之 祭伊藤博文於此 國家
光復後 更到此則壇移於平地 毁寺而建迎賓館 設公園於此地 環一區爲市民
休息之所 壇在木覓山之東 分枝爲東西兩麓 而小溪中流 土曠勢夷 層樓分
立於岸上 佳花珍木 亦種於其間 又有休憩室 鬱然而峙於北者三角山 巍然
而秀於南者冠岳山 漢江流於背後 夏而登樓 冬而擁爐 萬物變遷 供異觀於
靜裡 四時代謝 分勝槩於化中 春風秋月 夏雨冬雪 朝暮之景 詩不能盡記 畵
不能盡摹 漢城山水之美 聚精於此也

逍遙山記

소요산기

孔子(공자)께서 가라사대 "仁者樂山(인자요산) 智者樂水(지자요수)"-어진 자
는 산을 좋아하고, 지혜로운 자는 물을 좋아한다-라고 하셨으니, 이름난 곳의 빼어난
경치는 사방에 소문이 들려서 文章(문장)과 風流(풍류)를 즐기는 사람들은 모
두 한번 그 땅을 지나가서 그 평소의 뜻을 이루고자 한다.

나는 어진 자도 지혜로운 자도 아니나, 평소에 산에 오르고 물가에 나가는
버릇이 있어 산에 오른즉 노을이 걷히고 구름이 나는 생각을 갖게 되고, 물가에
나간즉 바람 쐬고 몸 씻는 즐거움을 가지나 태어난 때가 좋지 않아 산과 물에서

逍遙(소요: 슬슬 걸어 다님)하여 세상일을 잊었다. 이는 그 기이함을 구경하여 그 한 편만을 볼 뿐으로, 그 오묘함을 얻어 그 전부를 즐기는 것은 못 된다.

乙卯(을묘: 1975)년 늦은 가을에 나는 逍遙山(소요산)의 단풍 풍경을 감상했다. 소요산은 楊州(양주) 북쪽 40리에 있어, 東豆川(동두천) 驛(역)에서 걸어서 5리를 간다. 무성한 숲과 기름진 들이 눈에 가득 수십 리 펼쳐지고 멀리 바라보면 道峯山(도봉산)과 佛岩山(불암산)이 푸르게 우뚝 솟아 안개와 구름 아득한 아지랑이 사이로 나왔다 들어갔다 하고, 가까이 지경에 들어가면 첩첩이 산봉우리들이 칼과 창을 배열해 놓은 듯 줄지어 서있다. 층층이 기이한 바위들이 용과 호랑이가 쭈그리고 누워 있는 것 같고, 냇물은 반석 위를 돌아 흘러가려고 했다 다시 돌아오는 것 같다. 소나무와 잣나무 푸르고 푸르게 울창하고, 맑고 그윽한 골짜기는 완연히 신선의 경지인데, 작은 암자가 바위 절벽에 걸려 있으니 自在庵(자재암)이라 한다. 집채는 구름 뿌리에 닿아있고, 울타리는 냇물 물결을 건너 지나가니 옛 승려가 詩(시)를 읊기를,

> 逍遙山(소요산) 아래 逍遙客(소요객) 있으니
> 自在庵(자재암) 중에 自在(자재: 본디 있음)한 중이 있구나

라 하였다 하니, 진정 기이한 말이다.

암자에 들어가 주지스님을 방문하니 金佛像(금불상)이 단아하고 엄숙하게 앉아있고, 卓上(탁상)에는 삽살개 눈썹에 감색 도포에 국화꽃 하의를 입은 老僧(노승)이 앉아 있다. 그 아래에는 福(복)을 비는 焚香(분향)을 하고 불경을 외며, 木魚(목어)를 친다. 몸을 푸른 산과 흰 구름 사이로 피하여 번잡한 길거리 세속의 먼지 속으로 들어가지 않으니, 역시 道(도)를 닦는 스님이다.

암자 앞에는 아래로 여러 척 날아 떨어지는 폭포가 있다. 멀리서 들으면 소나무 숲에서 이는 파도 소리의 맑은 퉁소 소리 같던 것이 점점 가까이 가보면 진주가 어지럽게 떨어지는 것이 날리는 비단을 절벽에 걸어놓은 듯하니, 황홀하기가 마치 긴 무지개가 하늘에 가로질러 있는 것 같다. 또 한 모퉁이에 이르러 보니 큰 바위가 있는데, 가운데가 비어서 천연의 石室(석실)이 지어졌다.

넓기는 세 칸 집 모양이어서 수십 명이 들어앉을 수 있다. 옆에는 藥水(약수)가 나오는 샘이 있는데, 물맛이 맑고 시원해 마시면 갈증을 깨끗이 없애줘 心神(심신)이 상쾌해진다.

때는 마침 9월인지라 하늘은 높고 해는 쨍쨍하다. 사방 산들은 모두 단풍 숲으로 늦은 서리에 바야흐로 싸늘하다. 밤새 오던 비가 새로 개니, 숲은 졸지에 붉게 물들어 푸르게 남아있는 잎이 없어 온통 들 불이 숲을 태우는 것 같으니, 황홀하기가 맑은 날 노을이 산을 비추는 것 같다. 숲 사이 개울가에는 경치를 찾는 사람이 많이 모이니, 호탕한 나그네와 어여쁜 여인네들이 맑은 興(흥)을 어찌지 못하고 각자 長技(장기)에 따라 피리도 불고 노래도 하고 아울러 연주하며 술잔이 왔다 갔다 하니 노래 소리는 바람을 쫓아 날아가고, 춤추는 소매 자락은 바람을 맞아 너풀거린다. 붉은 치마 푸른 적삼이 앉은 자리에 시끌벅적 하고, 雲山(운산)과 風月(풍월)이 적막한 지경에 기리 한가로우니 우리 詩人(시인) 墨客(묵객)은 李太白(이태백)과 杜甫(두보)의 後學(후학)이 아님이 없다.

玉(옥) 쟁반에 술잔 따르고, 비단 두루마리에 시를 지으며 눈은 천 리까지 다 보아 모든 경치를 모아 쓰고 그린다. 지난 역사의 興廢(흥폐)를 논의하며, 현재 물정의 추이와 변천을 살펴보고 꽃과 새를 희롱하며, 山水(산수)를 품평한다. 품었던 정서를 펼쳐내고, 호탕한 기분을 내뿜고는 어스름을 타고 돌아왔다.

孔子曰仁者樂山 知者樂水 名區勝狀 流聞四方 文章風流之客 咸欲一過其地 償其素志 余非仁智者 素有登臨之癖 望山則有霞擧雲飛之想 臨水則有風乎浴乎之樂 生丁不辰 欲逍遙山水 忘其世事也 是翫其奇 而見其偏 非得其妙 而樂其全也 乙卯暮秋 余欲賞逍遙山丹楓之景 逍遙山在楊州北四十里 自東豆川驛 步行五里 茂林沃野 彌望數十里 遠而望之 道峯佛巖諸山 攢靑聳碧 出沒於烟雲杳靄之間 近而入境 疊疊峰巒 排釰戟而列立層層奇巖 似龍虎而蹲伏 川流盤廻 若欲去而復來 松柏鬱乎 蒼蒼淸幽 洞壑宛然如仙境 小庵懸於岩壁曰自在庵 戶接雲根 籬過溪波 舊有詩僧吟 逍遙山下逍遙客 自在庵中自在僧 眞奇語也 入庵而訪主僧 金佛端嚴而坐 卓上老僧 以尨

眉碧眼 着棋袍菊裳 坐其下焚祝福之香 誦佛經擊木魚 逃身於靑山白雲之間 不入紫陌紅塵之中 亦修道之僧也 庵前有瀑布 飛下數丈 遙聽松濤之淸籟 而漸看眞味之亂落 依俙如飛練之掛壁 恍惚若長虹之橫天 又到一隅有大岩 而中空天作石室 廣是三間屋 樣而可容數十人 傍有藥水泉 其味淸冽 飮而 消渴 心神爽快 時値九月 天高日晶 四山皆楓林晩霜方肅 宿雨新晴 林半染 紅 葉無留碧 渾如野火燒林 怳若晴霞映山林間 溪畔多會探景之人 豪客佳 姬 不勝淸興 隨其長技而笙歌幷奏 獻酬交錯 歌聲逐楓而飛舞袖 迎風而飛 舞袖迎風而擧 紅裙翠衫 喧譁於座中 而雲山風月 長間於寂寞之境 而惟我 騷人墨客 無非李杜之後學 玉盤斟酒 錦軸題詩 眼窮千里 筆收百景 論往史 之興廢 覽時物之推遷 弄花鳥而評山水舒懷緒 而放浩蕩之氣 乘暮而返

山井湖記
산정호기

山水(산수)에서 즐거움을 취하는 자는 富貴榮華(부귀영화)를 누릴 수 없고, 부귀영화를 탐하는 자는 산과 물에서 즐거움을 취하려 하지 않으니 이 둘을 겸하는 자는 드물다. 사람이 處(처)하는 바가 다르면 즐기는 바도 또한 다르다. 富貴(부귀)를 탐하는 자가 다행히 그것을 얻게 되면, 보고 듣는 즐거움과 마음과 뜻의 즐김이 뜻대로 되지 않는 것이 없는데 무엇 하려 산과 물에서 즐거움을 구하겠는가! 산수를 취하는 자는 부귀를 구하고도 얻지 못했으므로, 산과 물에서 즐거움을 취하는 것이다. 巢許(소허: 소보와 허유)[261]는 높은 직위를 취하지 않았고 夔龍(기용)[262]이 산과 물의 즐거움을 취하지 않은 것은 處(처)한 바가 다르기 때문이다.

---

261) 許由(허유)와 巢父(소보) 모두 堯(요)임금이 천하를 물려주고자 해도 거절했던 사람들임.
262) 堯(요)임금의 樂官(악관)이었던 夔(기)와 諫官(간관)이었던 龍(용)을 아울러 칭한 것임.

나는 재주도 없거니와 좋지 않은 때를 만나 그물로 꽃이나 건져 올리는 태평한 땅을 찾으려 하며 오직 산과 물에서 즐거움을 취했다. 그리하여 몇 년 전에 山井湖(산정호)가 경치가 좋다는 말을 듣고, 丁巳(정사: 1977)년 여름에 騷客(소객: 시인) 예닐곱 사람과 술병을 끼고 두루마리를 지녀 차를 달려 抱川郡(포천군)에 이르렀다. 香積山(향적산) 安養寺(안양사)에 들어가 그 경치를 둘러 구경하니 나무 사이로 망망한 큰 들이 눈에 시원하여 마음은 느긋해지고 정신은 편안해져, 그 흥취가 무궁하다.

걸어서 永北面(영북면) 山井里(산정리)에 들어가 두루 둘러본즉 맑은 냇물이 界流山(계류산)에서 나와 산 아래로 흘러가는데, 정부가 논에 물을 대기 위해 石築(석축)을 쌓아 둑을 만들어서 물이 새나가는 근심을 방지했으니, 호수의 둘레는 5리이다. 호수 밖엔 무리 지은 산들이 팔짱 낀 듯 인사하는 듯하고, 奇巖怪石(기암괴석)이 호랑이와 표범이 뛰어 오르듯 좌우로 거칠게 줄지어 있고, 아름다운 꽃 진귀한 나무가 반짝이는 옥구슬 주렴처럼 동쪽과 서쪽을 가리고 있다. 그 아리따운 산봉우리인즉 수려하여 혹 안개와 구름 아득한 아지랑이 속에 높이 푸르게 솟아 있고, 맑은 호수인즉 평온하게 흐름을 펼쳐 온통 푸른 잔잔한 물결에 비단 무늬 이루어 햇빛에 금빛 빛나 아리땁게 담백한 고운 자태를 지으니 산과 물이 더욱 아름답다. 물새들은 호수 안에 날아 모여들고, 물고기와 새우는 물속에 떠 놀고, 밭두둑에선 농부의 노래 소리 들리고, 목동의 피리 소리는 둑 위에서 들리니 완연히 그림과 같은 지경이다.

이때 호수를 돌보는 사람이 어린 여자인데 능히 배를 몰 줄 안다. 그리하여 배를 놓아 물결 거슬러 올라가며 옛일 지금일 담소하고 하늘과 땅을 우러러보고 굽어보니, 해는 산머리로 기울어진다. 풀과 나무는 푸르게 우거졌고, 구름과 노을은 끝없이 아득한데 물 위로 바람 불어와 거울같이 맑은 물결이 일어 바람에 잔잔하다. 이에 아이를 불러 술을 따르게 하고, 꽃을 노래하며 회포를 풀어내니 넓고 넓게 스스로 얻어, 유유히 한가하게 돌아가기를 잊는다. 마치 하늘에서 바람을 몰아 타고 세상 먼지 밖으로 또 노는 것 같으니, 世間(세간)의 시비나 득실은 알 바 아니다. 진정 물새들이 江湖(강호)에서 아무 걱정 없어

서로를 잊어도 될 만한 평안함이니 우리네 이 놀이는 실로 우연이 아니요, 오늘의 일은 다시 얻기 어려운 것이다.

取山水之樂者 不得享富貴之榮 貪富貴之榮者 不得取山水之樂而兼之者
鮮矣 人之所處不同 則所樂亦不同 貪富貴者 幸而得之 則耳目之悅心志之娛
無不如意 何事求樂於山水乎 取山水者 求富貴而不得 故取山水之樂也 巢許
不取冠冕 夔龍不取山水所處不同也 余無才而値不辰 欲求網花之地 惟取山
水之樂 故年前聞山井湖之勝 丁巳夏 與騷客六七人 携酒與軸 馳車到抱川郡
入香積山安養寺 周覽其景 樹木之間 茫茫大野 眼界空闊 心曠神怡 其興無
窮矣 徒步入永北面山井里 而周覽則淸川出自界流山 流山下政府爲水田灌
漑 築石爲堰 以防決嚙之患 湖之廣周五里矣 湖外群山 如拱如揖 而奇巖怪
石如虎豹之騰躍 而錯列左右 嘉花珍木如璣珠之璀璨 而掩翳東西 其烟岀則
秀麗 或峻攢靑聳碧於烟雲杳靄之間 呈翠眉之修娉 淸湖則平鋪穩流溶漾 一
碧萬頃 風微而錦紋生 日照而金光 躍作淡粧之嬋姸 山益佳而水益美矣 鷗鷺
翔集於湖乃 魚蝦浮游於水中 農者歌于疇 牧者吹笛于堤 宛如畵境時 守湖者
少年女子而能御舟 故放舟而溯洄爲樂 談笑古今俯仰乾坤 日斜山頭 草樹靑
蔥 雲霞縹緲 風來水面 鏡波澄淸 風漪溶漾 乃呼兒酌酒 吟花敍懷 浩浩然自
得 悠悠然忘歸 若憑虛御風 而浮遊於塵埃之外 不知世間之是非得失 眞與鷗
鷺相忘於江湖之上也 吾儕之此遊 實非偶然 而難得於今日之事也

周王山記
주왕산기

꽃 피고 나비 춤추며 그늘 짙어지고 꾀꼬리 노래하는 때, 서리에 물들어
단풍 붉어지고 이슬 맑아 국화 샛노래지는 계절에 물가에 나가 물고기를 바라

보고 언덕에 올라 두루미를 쫓으며, 달을 맞아 술잔을 기울이고 風月(풍월)을 읊으며 詩(시)를 지으니 내가 스스로 즐거움을 얻어 세상을 잊고자 해서이다.

일찍이 주왕산의 빼어난 경치를 전해 듣고, 辛酉(신유: 1981)년 봄에 그리로 관광을 떠났다. 주왕산은 嶺南(영남) 靑松(청송)의 동쪽 30리에 있는데, 옛날에는 周房山(주방산)이라 불렸다. 周房山城(주방산성)이 있는데 石築(석축) 둘레가 1,450리이고, 3면이 모두 돌 벽으로 하늘이 지은 험준함이 있고, 안에는 냇물이 두 개 있다. 그 地境(지경)에 들어가니 산의 형세가 높아졌다 낮아졌다 용이 솟아 날고 호랑이가 웅크려 앉은 것 같다. 줄지은 산봉우리들이 좌우에서 팔짱 끼고 인사하는 것이 뭇 상투가 솟아나온 것 같고, 기암괴석이 위아래로 번갈아 줄지어 호랑이요, 표범이 쭈그리고 엎드려 산속에 흩어져 있는 것 같다. 냇물은 반석 위로 돌아 흐르고, 소나무와 잣나무가 울창하다.

唐(당)나라의 명장 周鍍(주도)가 군사를 일으켜 나라를 뒤집으려 하였으나 싸움에 져 그 무리를 이끌고 동쪽으로 와 이곳에 城(성)을 쌓고 王(왕)이라 칭하였다. 당나라 홍제가 신라 왕에게 부탁하여 토벌하게 하며 장수와 軍馬(군마)를 보내니, 형제처럼 한소리로 잡아서 당나라로 보냈으니 지금 周王山(주왕산)이라 부른다. 입구에 旗岩(기암)이 있는데, 다섯 개의 큰 돌기둥이 합쳐서 봉우리를 이루니 岩山(암산)이라 부른다. 밖은 돌이고 안에는 흙이 있어 바위 위에 소나무가 자라고, 바위가 서있는 땅은 매우 넓다.

旗岩(기암)으로부터 길을 따라 아래로 내려가 골짜기 어귀로 들어가니, 옛날에는 太興寺(태흥사)가 있었는데, 불타서 없어졌다. 그 터에 기이한 탑은 남아 있으나, 이 또한 허물어져 무너졌다.

건너편에 白蓮菴(백련암)이 있으니, 明(명)나라 장수 李如松(이여송)이 松雲大師(송운대사) 四溟堂(사명당)에게 시를 준 것이 손으로 써서 새겨 목판을 만든 것이 지금도 남아있다. 왼쪽에는 맑은 시냇물이 있어 양쪽 언덕을 적시고, 붉은 꽃이 흐드러지게 피어 있다. 위에 바위가 둘이 있는데, 바위에 빌면 아들을 많이 난다 하여 子岩(자암)이라 부른다.

걸어서 무너진 城(성)안으로 들어가니, 속칭 周王城(주왕성)이라 부른다.

작은 다리를 지나면 周王(주왕)이 兵器(병기)를 갈무리 해놨던 石窟(석굴)이 있다. 조금 위 岩壁(암벽) 위에 周王岩(주왕암)이 있다. 왼쪽에는 香爐峯(향로봉)이 있고, 오른쪽에는 觀音峯(관음봉)이 있다. 뒤에는 周王窟(주왕굴)이 있어 내려다보면 아래에는 네 봉우리가 연꽃을 깎아 놓은 것 같이 나와 있고, 또 百尺(백척) 岩壁(암벽)이 굴 앞을 가리고 있다. 굴 위에는 물이 아래로 흘러 맑은 시냇물이 있고, 굴 앞에는 커다란 磐石(반석)이 있어 수십 명이 앉을 만하다. 매년 봄가을 경치를 구경하러 오는 사람들이 끊이지 않아, 노래 소리와 춤추는 모습이 맑고 또 기묘하니 그 소리가 굉장하고, 돌며 춤추는 모습은 나풀나풀 나비가 쌍쌍이 꽃을 둘러 나는 것 같고 날래기가 龍(용) 두 마리가 여의주를 다투는 듯하다.

또 수백 걸음 위에 望月坮(망월대)가 있으니, 이곳에 앉으면 산의 반쪽을 다 볼 수 있다. 층층이 꼭대기에 위치하여 골짜기를 東西(동서)로 나누니 뭇 골짜기 물이 그 아래로 흘러 盤石(반석)을 나누고, 서쪽으로 여울물이 바위를 때리니 그 소리가 악기가 울리는 것 같이 밤낮으로 끊이지 않는다. 줄지은 봉우리가 불쑥 나와 있고 바위 골짜기는 그윽이 깊어 안개와 노을에 어렴풋하니, 別世界(별세계)에 있는 것과 방불하다.

조금 아래 오른쪽에 神仙坮(신선대)가 있어 甑峰(증봉)에 인사드리는 것 같고, 왼쪽에는 九龍沼(구룡소)가 있어 폭포를 이룬다. 산의 全面(전면)에 돌기둥이 많으니, 암벽과 폭포와 봉우리들의 기이하고 험함과 시냇물 계곡의 맑고 깨끗함은 범속함을 벗어나 다른 산과 비교할 수 없다. 지금은 國立公園(국립공원)이 되었다.

花發而蝶舞 陰濃而鶯歌之時 霜染而楓丹 露淸而菊黃之節 臨水而觀魚 登皐而馴鶴 對月而酌酒 迎品吟詩 吾自得之樂而忘世之意也 曾聞周王山之 勝 辛酉春 作觀光之行 周王山在嶺南靑松之東三十里 古稱周房山 有周房 山城 石築周千四百五十尺 三面皆石 天作之險 內有二溪 入其境山勢起伏 如龍騰而虎踞 列出層峰 拱揖於左右 如衆髻之踊出 奇巖怪石 錯列上下 如

虎豹之蹲伏 散在中川流盤廻 松柏鬱乎蒼蒼 唐之名將周鍍 起兵欲復國 兵廢而率其衆東來 築此城而稱王 唐主囑新羅王討之 遣將軍馬一聲兄弟 捕送于唐 今稱周王山 入口有旗巖五個之大巖 柱合爲峰而稱巖山 外石而內有土 巖上松生 巖立之地甚廣 自旗巖隨路而下入洞口 舊有大興寺 因火燒失而其址有奇塔 而亦廢壞 越便有白蓮菴 明將李如松 贈松雲大師四溟堂詩 手書刻板 尙今保存 左有淸溪 兩岸水丹花爛開 上有二巖 而祈于巖自生子 稱子巖 步行而入頹城 俗稱周王城 過小橋而有周王藏兵器之石窟 稍上巖壁 上有周王庵 左有香爐峯 右有觀音峯 後有周王窟 俯瞰則下有四峰 若削出芙蓉 又有百尺巖壁遮前窟 上水流下淸溪 窟前有大磐石 上可容數十人 每春秋之節 遊子佳人之玩賞不絶 歌喉舞態淸且奇妙 其聲宏壯 其舞變轉 翩翩然雙蝶繞花 矯矯然二龍爭珠 又上數百步 有望月坮 坐此能看山之半面 據層巓俯絶壑 東西衆壑之水來流其下 盤絶而西湍 流激石琴筑之音 不絶於晝夜 列峰斗出 巖壑幽深 烟霞縹緲 彷彿若別界 稍下右有神仙坮 如揖甂峯 左有九龍沼成瀑布 山之全面多巖柱 巖壁瀑布 峰巒之奇險 溪澗之淸淑拔俗非他山之可比 今爲國立公園也

三綱閭記

삼강려기

　三綱(삼강) 五常(오상)은 宇宙(우주)의 棟梁(동량)이요, 生民(생민)의 柱石(주석)이다. 오상 중에 삼강이 제일 중하니 어버이를 정성으로 모시는 것을 孝(효)라 하고, 임금을 섬겨 바름을 지키는 것을 忠(충)이라 하고, 지아비를 위해 절개를 다하는 것을 烈(열)이라 한다. 일은 비록 셋이나 그 도리는 하나이니, 삼강을 모른즉 어찌 禽獸(금수)와 다르다 하겠는가! 이런 고로 聖人(성인)이 明倫(명륜: 윤리를 밝힘)으로 백성을 가르치고, 고유하게 타고난 性品(성품)으로 평소에 행할 직분을 부지런히 하게 하시니 이는 예나 지금이나 신분이 귀하거나 천하거나 다름이 없으나, 능히 행하는 자가 드물다. 自古(자고)로 착한 일은 드날리고 아름다운 일은 기리니 士林(사림)이 공적으로 의논하여 충성은 표시 나게 하며 효도한 것에는 깃발을 세워주고, 烈女(열녀)에게는 나라에서 아름다운 恩典(은전)을 내린다. 忠(충) 孝(효) 烈(열)이 남달리 뛰어난 사람을 뽑아 장려하는 것은 當時(당시)에 善(선)이 권해져 행해지고, 風格(풍격)과 聲望(성망)이 百世(백세)에 심어지도록 하게 하고자 함이다.

懷德(회덕)의 宋村(송촌)은 옛날의 白達村(백달촌)이다. 高麗(고려) 말엽에 우리 선조이신 執端公(집단공) 宋明誼(송명의)가 망한 나라의 신하로서 새 나라에 봉사할 수 없다는 의리를 지켜 妻(처)의 고향인 周岸(주안)의 土井里(토정리)에 자취를 피해 사셨다. 그 며느리 柳(유) 씨가 松都(송도: 개성)로부터 내려오니, 그 손자가 雙淸堂(쌍청당) 宋愉(송유)로 백달촌에 자리 잡고 살게 되면서 그곳에 宋(송)씨가 번창하였다. 관청에서부터 송촌으로 바꿔 부르게 되고, 名公(명공)과 巨卿(거경)이 무리 져 많이 나오고 열녀와 孝子(효자) 또한 많으니 京鄕(경향) 각지에서도 또한 송촌의 이름을 알게 되었다. 이곳은 하늘이 감추어 두고 땅이 비밀스럽게 했던 땅이나, 우리 선조를 기다려 그 땅의 영검함을 드날렸다.

송촌은 鷄足山(계족산) 아래에 있고, 그 마을 어귀에 數尺(수척: 여러 자 길이)의 岩刻(암각)이 있는데, "上下宋村里三綱閭(상하송촌리삼강려)"라는 글자가 새겨져 있다. 윗송촌 아래에 三世孝子旌閭(삼세효자정려)가 있다. 유 씨 할머니의 후손인 慶昌郡守(경창군수) 宋應秀(송응수)의 아들이 蔭職(음직: 과거를 통하지 않고 등용된 직책)으로 宣敎郞(선교랑: 종6품 문관 벼슬)이 되었는데, 임진왜란 때 아버지를 모시고 懷仁(회인)으로 피난했다. 왜적이 아버지를 해하려 하자, 몸으로 날개 펴 덮듯 가리니 오른손 왼손 모두 잘리면서 적을 당해내다 끝내 같이 죽었다. 그 손자 宋時昇(송시승)은 아버지가 병들자 손가락을 잘라 그 피로 연명되게 하였고, 열흘이나 되도록 죽만 먹었다. 3년의 어머니 喪(상) 또한 전에 아버지 상 치르듯 하여, 매달 초하루면 반드시 묘에 올라가 종일 울고 돌아오고도 밤새 소리쳐 우니 눈물과 피가 다 말라 양쪽 눈이 모두 멀었다. 뒤에 贈職(증직: 사후에 받는 벼슬)으로 持平(지평)이 되었다. 지평의 아들 宋有觀(송유관)은 나이 열두 살에 전염병으로 아버지가 죽었다. 이웃 마을 사람들이 꺼려서 오지 않았으나, 홀로 능히 상을 치렀다. 그 후 어머니 병에도 손가락을 잘라 피를 올렸고, 상에 이르러서는, 晝夜(주야)로 哭泣(곡읍: 곡은 소리 내어 우는 것이요, 읍은 소리 없이 우는 것임)을 그치지 않아 땅에 닿았던 몸에 생긴 浮氣(부기: 몸이 붓는 것)가 온몸으로 퍼져 양쪽 눈이 모두 흐려져 멀어서 사물을 보지 못하고는 상을 다 치르지도 못하고 끝내 죽었다. 贈職(증직)으로 義禁府(의금부) 都事(도사)가 되었고, 三世旌閭(삼세정려)의 命(명)을 받았다. 후손이 大禾村(대화촌)으로 옮겨 살게 되어, 旌閭(정려) 또한 옮겼고 이곳에 遺墟碑(유허비)를 세웠다.

언덕을 넘어 忠臣(충신) 忠穆公(충목공) 竹窓(죽창) 李時稷(이시직)의 정려가 있다. 公(공) 또한 우리 선조의 外後孫(외후손)으로 이곳에서 낳고 자랐다. 병자호란 때 司諫院(사간원) 正言(정언)으로 宗廟(종묘)와 社稷(사직) 神主(신주)를 모시고 江華島(강화도)로 들어갔으나, 主將(주장)인 金慶徵(김경징)이 싸우지 않고 도망가니 胡兵(호병: 청나라 군사)이 급히 城(성)을 침범하여 장차 함락되려 하였다. 그러므로 贊文(찬문)을 지어놓고 自決(자결)하니, 정려를 命(명) 받았다. 후손이 이곳에 살지는 않으나, 정려는 이곳에 있다.

아랫송촌에는 先祖妣(선조비) 유 씨의 열녀 정려가 있다. 선조이신 進士公(진사공) 宋克己(송극기)가 일찍 돌아가셨을 때, 유 씨는 스물두 살이었다. 그 부모가 뜻을 뺏어 改嫁(개가)시키려 하였으나, 죽음으로 달리하지 않겠다 맹세하며 네 살 된 孤兒(고아)를 업고 5백여 리를 걸어 시아버지의 집에 들어갔다. 시부모가 받아주지 않고 말하기를 "어찌하여 여자가 三從之義(삼종지의)[263]를 모르느냐!" 하니, 유 씨가 울며 대답하기를 "저의 三從(삼종)은 지금 저의 등에

---

263) 여자가 지켜야 할 세 가지 도리로 어려서는 아버지를 따르고, 시집가서는 남편을 따르고, 남편이 죽은 뒤에는 아들을 따라야 한다는 것임.

있는 아이가 아닙니까?" 하고는 사흘을 서서 가지 않으니, 시부모가 감격하여 받아들였다. 그 등에 업고 있던 아이가 바로 雙淸堂(쌍청당) 선조이시고, 孝宗(효종) 임금 癸巳(계사)년에 정려를 명 받았다.

그 아래에 후손 宋炳朝(송병조)의 처 李(이) 씨의 열녀 정려가 있다. 이 씨가 그 지아비가 죽자 너무 슬퍼 몸이 상하고 살고 싶은 마음이 없었다. 그 小祥(소상)이 되는 날 저녁에 이르러 약을 먹고 죽으려 하였으나, 옆에 있던 사람이 목숨을 구했다. 며칠이 지난 후 사람들이 조금 해이해짐으로 인하여 마침내 지아비를 따라 죽으니, 英祖(영조) 임금 丙午(병오)년에 益山(익산)의 옛집 있던 곳에 旌閭(정려)를 命(명) 받았다. 純祖(순조) 임금 壬辰(임진)년에 이곳에 옮겨 지었다.

언덕 하나를 넘으면 孝女(효녀)정려가 있다. 先祖妣(선조비)의 祀孫(사손) 松潭(송담) 宋枏壽(송남수) 공의 따님이 進士(진사) 金光裕(김광유)의 아내가 되었는데 書史(서사)에 통달하고 女訓(여훈)을 손으로 써 통독하여, 禮法(예법)에 밝았다. 결혼한 지 얼마 안 되어 晝哭(주곡: 남편이 죽음)하게 되었는데, 뱃속에 아이가 있었으므로 죽지 않았다. 松潭(송담) 공이 아프게 되니 똥을 찍어 먹어보고 손가락을 잘라 피를 내며 3년을 씻지 않았다. 그 遺腹子(유복자)가 바로 文貞公(문정공) 松厓(송애) 金慶餘(김경여)이고, 정려가 있다.

淳昌(순창)에 사는 楊老(양노)가 말하기를 "그의 선조 楊首生(양수생)의 아내 이 씨가 스물일곱 살에 과부가 되어 송 씨의 며느리 유 씨와 金(김) 씨의 며느리 열일곱 살 許(허) 씨와 함께 松京(송경: 개성)에서 시댁으로 돌아가는데, 낮에는 엎드려 숨고 밤에 걸었는데 큰 호랑이가 따랐다. 회덕에 이르러 유 씨를 이별하고, 連山(연산)에 이르러 허 씨를 이별하고 이 씨가 올 때는 호랑이가 따르지 않았다."라고 한다.

이로써 三綱閭(삼강려)라 하니, 삼가 그 사실을 적어 후세 사람들에게 보여 준다.

三綱五常 宇宙之棟樑 生民之柱石 而五常之中三綱最重 奉親以誠曰孝

事君守正曰忠 爲夫盡節曰烈 事雖三而道則一也 若不知三綱 則何以異於禽
獸哉 是故聖人以明倫敎民 因其固有之性 而勉其庸行之職 此無古今貴賤之
殊 而能行之者少 自古揚善褒美 士林之公議表忠㫌孝與烈 朝家之懿典 取
忠烈之卓異之人而獎之 所以勸善行於當時 樹風聲於百世也 惟懷德之宋村
舊白達村也 高麗末我先祖執端公諱明誼 守罔僕之義 於我朝遯跡於周岸之
土井里處鄕 其子婦柳氏 自松都南來 其孫雙淸堂諱愉 卜居白達村 以宋氏
繁昌 自官改稱宋村 名公巨卿烈女孝子亦多 京鄕亦知宋村之名 此天藏地秘
之地 待吾先祖而擅其地靈也 宋村在雞足山下 其洞口有數丈巖 刻上下宋村
里三綱閭 字上宋村之下有三世孝子㫌閭 祖妣後孫諱慶昌郡守應秀子 以蔭
補宣敎郎 壬辰倭亂之時 奉其父避亂于懷仁 賊欲害其父 以身翼蔽斷右手
左手當賊 而終至幷死 其孫諱時昇 親病割指而延命旬日 啜粥三年 母喪亦
如前喪 每月朔必上墓 哭泣終日而歸 通宵鳴泣涕血 旣枯兩目俱廢 後命贈
持平 持平之子諱有觀 年十二父死於癘疾 隣里忌而不來 獨能治喪 其後母
病割指而進血 及喪哭泣 不絶晝夜 土處浮氣 遍身兩目昏閉不見物 遂不勝
喪而卒 贈義禁府都事 命三世㫌閭 後孫移居大和村 而㫌閭亦移竪遺墟碑於
此 越崗有忠臣 竹窓而忠穆公諱時稷之㫌閭 公亦先祖外後孫 而生長於此
丙子胡亂時 以司諫院正言 奉廟社主入江都 而主將金慶徵 不戰而逃 胡兵
急侵城將陷 故作贊文而自決 命㫌閭 後孫不居而㫌閭在此也 下宋村有先祖
妣柳氏烈女㫌閭 先祖考進士公諱克己早歿 柳氏年二十二 其父母欲奪其志
柳氏矢死靡他 負四歲孤兒 步行五百餘里 入舅家 舅姑不納曰 何女子不識
三從之義也 柳氏泣而對曰 我之三從 今不在背上兒乎 立三日不去 舅姑感
而受焉 背負兒卽雙淸堂先祖 而孝宗癸巳命㫌閭 其下有後孫諱炳朝 妻李氏
烈女㫌閭 李氏喪其夫 哀毁如不欲生 迨其小期之夕 將以藥自死 爲傍人所
救 歷數日後 因其少懈 竟爲下從 英祖丙午 命㫌于益山之舊寓處 純祖壬辰
移建于此 越一崗有孝女㫌閭 祖妣祀孫松潭公諱梴壽之女 爲進士金光裕之
處 通書史女訓 手書誦讀 曉禮法 結婚未幾晝哭而有子遺腹 故不死 及松潭
公有疾 嘗糞割指 三年不洗 其遺腹子卽松厓文貞公諱慶餘有㫌閭 淳昌居楊

老云渠之先祖首生處李氏 (年二十七) 爲寡 與宋氏婦柳氏 金氏婦許氏 (年十七) 自松京歸舅家 晝伏夜行 大虎隨之 至懷德別柳氏 至連山別許氏 而李氏之來 虎不隨焉 以此稱三綱閭 故謹記其事 以示後人

迎日觀光記

영일관광기

옛사람이 사물의 이름을 지을 때는 혹 그 땅을 따르거나 혹 그 사람 이름을 따른다. 巴陵(파릉)의 岳陽樓(악양루) 같은 것은 그 땅 이름을 따랐고, 滁州(저주)의 醉翁亭(취옹정)은 사람 이름을 따른 것이다.

迎日郡(영일군) 동쪽 都祈(도석) 들에 日月池(일월지: 해달못)가 있다. 新羅(신라) 阿達羅王(아달라왕) 때에 동쪽 바닷가에 사람이 있었는데 지아비는 迎烏郎(영오랑)[264]이라 불렀고, 그 처는 細烏女(세오녀)라 불렀다. 어느 날 영오랑이 해초를 따러 바닷가에 갔는데 갑자기 표류하여 일본의 섬으로 가서 王(왕)이 되었고, 처가 지아비를 찾아 그 나라에 가서 왕비가 되었다. 그때 신라의 해와 달이 빛을 잃자, 日官(일관)이 아뢰기를 "영오와 세오는 해와 달의 精氣(정기)인데, 지금 일본으로 가버려서 이런 괴이한 일이 있는 것입니다."라고 하였다. 王(왕)이 사신을 보내 두 사람을 데려오라 하였는데, 영오랑이 말하기를 "내가 여기에 온 것은 하늘의 뜻이다."라고 하고는 이내 세오녀가 짠 비단을 주면서 그 비단으로 하늘에 제사 지내라 하였다. 사신이 와서 그 말을 전해 아뢰자 연못가에서 제사를 올리니, 해와 달이 다시 빛을 찾았다. 그 비단을 궁궐 곳간에 갈무리하고 연못을 日月池(일월지)라 이름 붙이고, 臨汀縣(임정현)을 迎日

---

264) 三國遺事(삼국유사)에는 延烏郎(연오랑)이라 나오는데 迎日郡(영일군)의 옛이름이 延日郡(연일군)이었던 것을 보면, 迎(영)과 延(연)이 통용되었던 듯함.

(영일)로 고쳤다.

읍(邑)의 남쪽 5리에 雲梯山(운제산)이 있으니 높직한 봉우리들이 울창하게 둘러서있고, 구름을 내뿜으며 안개를 들이쉰다. 산속에 小性居士(소성거사) 元曉(원효)의 유적이 있다. 동북쪽으로 7리에 큰 바다가 있어 고래 같은 파도가 하늘에 닿고, 도시 신기루가 보이니 바로 일본의 서쪽 바다 언덕이다.

산과 바다 사이에 田園(전원)이 드넓고, 내와 연못이 서로 연결되고, 모래밭이 하얗게 펼쳐지고, 소나무와 대나무가 푸르름을 보내주고, 울타리에 떨어지는 뽕과 삼이 멀리 또 가까이 비친다. 높이 올라 바다를 바라보면 큰 파도가 아득하여 그 움직임이 산이 무너지는 것 같고, 그 고요함은 거울이 길게 밝은 것 같다. 고래들이 무리 져 노니 그 세력이 이어지고, 높은 하늘에 세게 새가 외롭게 나니 그림자가 이어진다. 저녁노을 구름과 물이 모두 한가지 색으로 밝았다 어두웠다 하다. 얼마 안 있어 붉은 빛이 수십 길 솟아 올라 해 바퀴가 하늘로 뛰어 오르니 진정 고을의 이름과 부합한다. 산꼭대기에 솟아 흐르는 샘물이 있어, 날이 가물 때 기도하면 효험이 있다 한다.

古人之名物 或因其地 或因其名 若巴陵之岳陽樓 因其地也 若滁州之醉翁亭 因其人也 迎日郡東都析野有日月池 新羅阿達羅王時 東海濱有人 夫曰迎烏郞 妻曰細烏女 一日迎烏採藻海濱 忽漂至日本國小島爲王 女尋夫至其國爲妃 是時新羅日月無光 日官奏曰 迎烏細烏 日月之精 今去日本 故有斯怪 王遣使求二人 迎烏曰 我到此天也 乃以細烏所織絹付之 令用此祭天 使者來奏 如其言而致祭之於池上 日月復光 遂藏絹於御庫 因名池曰日月池 改臨汀縣名迎日矣 邑之南五里 有雲梯山 攢屹紆鬱 噴雲吸霧山中 有小性居士元曉之遺蹟 東北七里 有大海鯨濤 接天蜃樓成市 卽日本之西海涯也 山與海之間 田園廣膴 州澤相連 沙州逗白松竹 送靑籬落桑 映于遠近 登高而望海 洪濤森森 其動也如山之頹 其靜也如鏡之明 長鯨群戲而勢接大空 鷺鳥孤飛而影接落霞 雲水一色 乍明乍暗 須臾紅光 騰起數十丈 而日輪躍出升于天 眞符於縣名也 山頂巖石間 有泉沸出 歲旱禱雨則有驗云

錦山古蹟記
금산고적기

朱壽昌(주수창)[265]이 벼슬을 버리고 산 넘고 물 건너간 것은 그 부모를 사랑했기 때문이요, 豫讓(예양)[266]이 머리를 풀어헤치고 노예가 된 것은 그 임금을 사랑했기 때문이다. 사람이 그 누가 삶을 아끼고 죽음을 싫어하지 않는 이가 있으랴마는, 그 사랑하는 바에 따라 죽은 것이 삶보다 낫게 되는 것이 忠(충)과 孝(효)이다. 高霽峰(고제봉: 고경명)과 趙重峰(조중봉: 조헌) 두 선생은 壬辰倭亂(임진왜란)에 순절하여 충성을 다했고, 參政(참정) 金侁(김신)[267] 공과 栗亭(율정)[268] 尹澤(윤택) 공은 효도를 다한 것으로 邑誌(읍지)에 드러나 있다.

錦山邑(금산읍)은 西坮山(서대산)이 북쪽을 지켜주고, 進樂山(진락산)이 남쪽을 가려주고, 大芚山(대둔산)이 서쪽을 껴안아 둥글게 고리 지어 솟아 병풍처럼 껴안아주고 있다. 鳳凰川(봉황천)이 서쪽에서 와서 錦江(금강) 상류가 되어 산을 띠처럼 두르고 있으니, 주변의 짙고 옅은 景光(경광)이 더욱 빼어나다.

金(김) 공은 元(원)나라 조정에 출사하여 遼陽行省參政(요양행성참정)을 역임하며 나라에 功(공)을 세웠으므로, 忠烈王(충렬왕)이 金侁(김신)의 일로 이 마을을 승격시켜 知錦州事(지금주사)[269]로 삼았다. 옛날에 김신의 어머니가 倭寇(왜구)에게 죽임을 당하자, 김신이 백골을 수습하여 하늘에 통곡하며 고하기를 '이것이 내 어머니의 유골이면 응당 색이 변하리라'라고 하였다. 말이 끝나기도 전에 흰 색이 푸른색으로 변하고, 하늘 또한 구름이 몰려와 비가 크게 왔다. 朝廷(조정)에서 명을 내려 祠堂(사당)을 세우고 제사 지내도록 하였다.

---

265) 宋(송)나라 때 사람으로 어려서 아버지에게 버림받은 어머니에게 끝내 효도하였다 함.

266) 春秋戰國(춘추전국)시대 晉(진)나라 사람으로 나라가 망한 후 자기 임금을 죽인 趙孟(조맹)에게 원수를 갚기 위해 머리 풀고 얼굴 흉내가며 설욕 기회를 찾았다 함.

267) 高麗(고려) 충렬왕 때 사람으로 元(원)나라 조정에 遼陽行省參政(요양행성참정)으로 출사하여 고려에 공을 세웠음.

268) 高麗(고려) 충렬왕 때 사람으로, 효성 깊기로 이름이 남.

269) 마을의 본래 이름은 '進禮縣(진례현)'이었으나, 이때 '錦州(금주)'로 승격되었음.

韓皦(한교) 공은 孝行(효행)의 旌門(정문)이 있고, 벼슬은 直提學(직제학)에 이르렀다.

梁璗(양탕)의 妻(처) 三德(삼덕)이 지아비를 따라 나물을 캐고 있었는데, 양탕이 호랑이에게 물려 죽었다. 삼덕이 울부짖으며 낫을 들고 호랑이를 치니, 호랑이가 양탕의 몸을 버리고 갔다. 예법에 따라 장사 지내고 제사 지내며, 죽을 때까지 守節(수절)하니 烈女門(열녀문) 旌門(정문)을 받았다.

栗亭(율정)은 품성이 지극한 효성이 있었다. 일찍 아버지를 여의고 그 얼굴을 몰랐으나, 책 중에 아버지의 情(정)이 적혀있는 것을 보면 반드시 눈물을 흘렸다. 忠肅王(충숙왕) 때에 檢閱(검열)로서 왕을 燕京(연경: 지금의 북경)에 머물고 있는 집에서 알현했는데, 왕이 그 才器(재기)를 중하게 여겼다. 벼슬은 直提學(직제학)에 이르렀으나, 당시 세상의 일로 많이 충언을 올리고는 나이 일흔에 고향으로 돌아와 山水(산수)로 스스로 즐겼다. 文集(문집)이 있고, 諡號(시호)는 文貞(문정)이다.

우리 朝鮮(조선)에 一朵紅(일타홍: 한 송이 붉은 꽃)이라는 妓女(기녀)가 있었는데, 용모 및 노래와 춤 솜씨가 한세상 독보적이었다. 漢城(한성)에 있을 때 권력과 부귀를 가진 사람들을 위한 잔치 자리가 있었는데, 어려서 고아가 되어 방탕만을 일삼아 사람들이 狂童(광동: 미친 아이)라고 부르는 一松(일송) 沈喜壽(심희수) 공 또한 이 자리에 참석했다. 일타홍이 공의 생김새를 기이하게 여겨 몰래 약속하고 공의 집을 찾아갔다. 기생 노릇을 그만두고 공과 짝을 이루어 머무르고는, 공이 글방 선생에게 가서 공부하도록 시켰다. 아침저녁으로 슬며시 타이르고, 조금이라도 태만하면 발연 얼굴색을 변해 헤어져 떠나겠다는 말을 하니 공이 혹시 일타홍이 가버릴까 두려워 게을리 하지 못했고, 마침내 훌륭한 유학자가 되었다. 일타홍이 시어머니를 지극한 효성으로 모시니, 공이 일타홍을 사랑하여 부인을 얻으려 하지 않았으나 힘써 권해 부인을 맞게 하고서도 성의껏 예절을 지켰다. 공이 과거에 급제하여 이조정랑이 되니, 일타홍이 말하기를 "고향에 있는 부모에게 어쩌다 안부 소식도 묻지 못하였으니, 저를 위해 금산의 원님이 되셔서 제 부모님을 뵙고 생전에 그 영화를 이룰 수 있게 해주시

면 지극한 恨(한)을 마칠 수 있겠습니다."라고 하였다. 공이 상소를 올려 지방
郡(군)의 수령이 되도록 청하고는 錦山(금산)의 수령이 되어, 조용히 부임하였
다. 일타홍이 성대하게 술과 음식을 차려 부모에게 절하고 친척을 모아 사흘이
나 큰 잔치를 벌였다. 한 해가 지났을 때 일타홍이 공을 안으로 청해 들이고는
새 옷을 입고 슬프게 말하기를 "오늘이 나와 영원히 이별하는 날입니다. 원컨대
그대의 先塋(선영)에 장사 지내 주십시오." 하고는 말이 끝나자 죽었다. 공이
말하기를 "내가 밖으로 나온 것은 온전히 일타홍을 위한 것이었는데, 이제는
다 끝났구나!" 하고는 사직을 청하고 다른 직책을 도모했다. 관을 운반하여
서울로 올라가는데, 금강을 지날 때 가을바람이 쓸쓸히 불고 가을비는 추적추
적 내리니 哀悼(애도)를 어쩔 수 없어, 詩(시)를 짓기를,

> 한 떨기 붉은 꽃을 수레에 싣고 가는데
> 향기로운 혼령은 어인 일로 자기를 주저하는가
> 금강 가을비에 붉은 깃발 젖으니
> 이것이 아름다운 그대의 나머지 이별 눈물인가 하노라

라고 하였다. 공은 뒤에 정승까지 되었으니, 이는 예나 지금이나 드문 일이다.
  이리 여러분들의 위대한 업적이 세상에 이름을 드날리게 된 것은 이른바
人傑(인걸)이 와야 땅의 신령스러움이 떨쳐지게 된다 하는 것이리라.

朱壽昌之棄官跋涉 愛其親也 豫讓之被髮爲奴 愛其君也 人孰不愛生而惡
死 因其所愛死 猶勝於生者忠孝也 高霽峰趙重峰兩先生 殉忠於壬辰倭亂
參政金公侁栗亭尹公澤 以孝著於邑誌 錦山邑西坮鎭北 進樂蔽南 大芚擁西
環峙而屛擁 鳳凰川西來而爲錦江上流 衿山帶經緯 濃碧景光尤勝也 金公仕
元朝 歷遼陽行省參政 有功於國 忠烈王以侁故陞本郡爲知錦州事 初侁母爲
倭所殺 侁收拾白骨 告天痛哭曰 若是吾母骨卽當變色 言未訖白髮爲靑 天
亦密雲大雨 朝廷勅建祠宇祀之 韓公曒有孝行旌門 官至直提學 梁湯妻三德
從夫挑採 湯爲虎殺 三德呼泣執鎌擊虎 虎棄去 葬祭以禮 守節終身 旌烈女

門 栗亭性至孝 早孤不識父面 見書中述父情者 必流涕 忠肅王朝以檢閱謁
王于燕京邸 王器重之 官至直提學 以當世之事 多所建白 年七十乞歸田里
以山水自娛 有文集謚文貞 我朝有妓一朶紅者 容貌歌舞 獨步一世 在漢城
權貴宴會之席 一松沈公喜壽 早孤失學 專事放蕩 人稱狂童 亦參此席 紅奇
公狀貌 暗約而訪公家 謝妓伴留而使公往學於塾師 朝夕諷諭 少有怠慢則勃
然作色 以別去爲言 公恐或去而不懈 遂成巨儒 紅奉姑至孝 公愛紅不欲娶
婦 力勸娶婦 恪守禮節 公登科爲吏郞 紅曰 在鄕父母 不遑問信 爲妾求錦山
宰 得見父母致榮於生前 至恨畢矣 公治疏乞郡爲錦山倅 絜而赴任 紅盛備
酒饌 拜父母會親戚 大宴三日 過歲餘 紅請公入內着新衣 悽愴而言曰 今日
是吾永訣日也 願葬於君子先塋 言訖而逝 公曰吾之出外 專爲紅 今焉已矣
呈辭途遞 運柩上京 過錦江時 金風凄凄 秋雨瀟瀟 不勝哀悼 有詩曰 一朶紅
葩載輀車 芳魂何事去躕躇 錦江秋雨丹旌濕 疑是佳人別淚餘 公後爲相 此
古今稀事 諸公之偉蹟 擅名于世 所謂人傑來而地靈擅也

洪城九百義士塚記
홍성구백의사청기

대저 선비가 절개를 세워 충성을 다해 죽는 것은 나라를 위한 신하의 어려움
이요, 힘을 다해 효도를 다해 죽은 것은 아버지를 위해 아들 되기에 어려움이
다. 죽기를 아끼면 신하나 아들의 의리를 이룰 수 없다. 착한 일을 드날리고
아름다운 일을 기리는 것은 士林(사림)들의 公議(공의)요, 효도한 일이 드러나
게 하고 충성스러운 일이 깃발 날릴 수 있도록 하는 것은 나라의 아름다운 典禮
(전례)이다.

忠臣(충신)과 烈士(열사)가 洪城(홍성)에서 많이 나왔으니 成三問(성삼문)
선생은 이미 전에 이름이 나있고, 근대에는 倭(왜)에 항거한 萬海(만해) 韓龍

雲(한용운) 대사와 白冶(백야) 金佐鎭(김좌진) 장군이 모두 이곳에서 낳았고 후세에 이름을 날렸다.

壬辰倭亂(임진왜란) 때 趙重峰(조중봉) 선생이 이곳에서 군사를 일으켜 錦山(금산)에 七百義士塚(칠백의사총)을 이루었고, 參判(참판) 閔宗植(민종식) 공은 이 城(성)에서 군사를 일으켜 홍성에 九百義士塚(구백의사총)을 이루었으니 진정 이것이 人傑(인걸)은 地靈(지령)으로 말미암아 낳고 지령은 인걸을 기다려 드날려진다고 하는 것이다.

이 구백의사총은 校門里(교문리)의 동쪽에 있다. 閔(민) 공이 일본의 침략으로 나라가 장차 망하려고 함에 賣國奴(매국노)가 得勢(득세)하는 것을 매우 미워하여 관직을 사양하고 定山(정산)에 피해 살았다. 高宗(고종)의 密旨(밀지)를 받들어 義兵(의병)을 모집하여 왜에 항거하니 乙巳條約(을사조약) 후에 의병이 많이 일어났는데, 湖西(호서: 충청 지역)의 의병이 제일 이름을 날렸다. 민 공이 의병을 거느리고 洪州城(홍주성)에 들어오니, 무리가 수천 명이었다. 倭軍(왜군)이 다시 2개 中隊(중대)로 응원해 오니, 의병이 싸움에 패해 죽은 자가 구백여 명이었다. 민 공은 탈출하여 흩어졌던 義士(의사)들과 함께 다시 항쟁하려 하였다. 禮山郡(예산군) 上頂里(상정리)에 있는 參判(참판)을 지낸 脩堂(수당) 李南珪(이남규) 공의 집에서 몰래 만나 再起(재기)를 몰래 모의하였으나, 一進會(일진회) 역도들의 밀고로 왜병에게 잡혔다. 민 공은 珍島(진도)로 유배되었다 바로 돌아왔고, 丁未(정미: 1907)년에 李(이) 공은 公州(공주) 감옥에 갇혔다 곧 석방되었다가 며칠 후 다시 압송되어 갔다. 공의 아들 李忠求(이충구) 및 하인 金漢吉(김한길)이 溫陽(온양)에서 모시고 따라갔는데, 平昌(평창) 들에서 왜병이 회유하며 공을 협박했다. 공이 불응하자 칼을 빼 들고 위협을 하니 아들 충구가 아버지를 가리며 저항하다 죽임을 당했고, 應吉(응길)[270] 또한 돌로 치려다 죽임을 당했다. 오호라! 이 공은 절개를 지켰고, 그 아들은 효도를 다했고, 그 노복은 충성을 다했으니 이 어찌 장한 일이 아닌가! 光復(광

---

270) 앞의 金漢吉(김한길)과 같은 사람으로 보이나, 漢인지 應인지 알 수 없음.

복) 후에 大校里(대교리) 동쪽 산기슭에 나무를 심는데 땅속에서 백골이 많이 나오니, 노인들이 말하기를 싸움에서 죽은 義士(의사)들의 遺骨(유골)을 임시로 매장한 곳이라고 하였다.

志山(지산) 金福漢(김복한) 공은 사람됨이 풍채가 좋고 의기가 당당했으며 지조와 절개가 있었다. 甲午(갑오: 1894)년에 왜의 지휘로 인해 옛 制度(제도)를 고치고 服色(복색)을 바꾸라 하니, 大司成(대사성)의 벼슬을 버리고 고향으로 돌아와 內兄(내형)인 承旨(승지) 李偰(이설) 및 安炳瓚(안병찬)과 군사를 일으켜 무찔러 복구할 계획을 세웠다. 여러 邑(읍)에 檄文(격문)을 돌리니, 의병이 사방에서 이르렀으나 오히려 洪州牧使(홍주목사) 李勝宇(이승우)의 함정에 빠져 구금되어 서울의 감옥으로 압송되었다. 丁未(정미: 1907)년에 또 죄수로 잡혀 公州(공주) 감옥에 갇혀서 매질을 심하게 당하니, 손발이 상해 절름발이가 되었다.

道知事(도지사)가 義士塚(의사총)이 있음을 듣고 그 골짜기 남쪽 산에 옮겨 장사 지내고, 丙午(병오: 1096) 抗日紀念碑(항일기념비)를 세우고 매년 5월 30일 慰靈祭(위령제)를 지내니 사람들이 금산의 칠백의사총에 비긴다.

夫士之立節盡忠 死於爲國 臣之難也 竭力盡孝 死於爲父 子之難也 各於死不能成臣 子之義也 揚善褒美 士林之公議 表孝旌忠 朝家之懿典也 忠臣烈士多生於洪城 成三問先生 已著於前近代 抗倭志士 萬海韓龍雲大師 白冶金佐鎭將軍 皆生於此而著於後也 壬辰倭亂時 趙重峰先生 起兵於此而成七百義士塚於錦山 參判閔公宗植 起兵入此城 而成九百義士塚於洪城 正是人傑由地靈 而生地靈待人傑而擅也 塚在校門里之東 閔公以日本侵略 國勢將亡 偏憎賣國賊之得勢 辭職而避住定山 奉高宗密旨 募義兵抗倭 乙巳條約後 義兵多起而湖西兵最著 閔公率義兵入洪州城 其衆已數千人也 倭軍更將二中隊來援 義兵敗而死者九百餘人 閔公脫出而與散去義士 更欲抗爭 密會於禮山郡上頂里 脩堂參判李公南珪家 陰謀再起而爲一進會逆徒之所告 被拘於倭兵 閔公流配於珍島放還 丁未李公囚於公州獄 旋放而數日更押去

公之子忠求及下人金漢吉 陪從於溫陽平昌野 倭兵懷誘脅公 公不應拔釖施
威 忠求遮父抵抗被死 應吉亦以石欲擊而被殺 嗚呼李公守其節 其子盡其孝
其僕盡其忠 豈不壯哉 光復後植木於大校里東麓 而白骨多出於地中 老人曰
義士戰死者遺骨 臨時埋葬處 志山金公福漢 爲人軒昂有志節 甲午因倭指揮
變舊制易服色 以大司成棄歸鄉 與內兄承旨李俀及安炳瓚 起兵爲討復計 馳
檄列邑 義兵四至 反爲洪州牧李勝宇所陷 押拘京獄旋放 丁未又被囚公州獄
捶楚甚毒 至於手足痿廢 道知事聞義士塚移葬於其洞之南山而立丙午 抗日
紀念碑 每五月三十日行慰靈祭 比於錦山七百義塚

任存城記

임존성기

扶餘(부여)는 百濟(백제)의 古都(고도) 泗沘城(사비성)이다. 聖王(성왕)이
公州(공주)로부터 도읍을 옮겨왔다. 義慈王(의자왕)에 이르러서는 高句麗(고
구려)와 함께 新羅(신라)를 공격해서 30여 성을 뺏고 승리하여 교만해지니, 음
탕하여 몹쓸 짓만 하고 즐김에만 탐닉하였다. 자신을 찬양해주는 말만 믿고
아첨하는 자들만 가까이 하니, 佐平(좌평) 成忠(성충)이 극렬히 간언을 올리다
옥중에서 죽었다.

庚申(경신: 660)년에 신라가 唐(당)나라에 구원을 청하니, 당나라가 蘇定方
(소정방)에게 명하여 십만 군사를 거느리고 쳐들어왔다. 신라 金庾信(김유신)
이 5만 군사를 이끌고 협공하니, 階伯(계백) 장군이 출전하여 병사가 모자람
에도 힘껏 싸워 다섯 번을 이기고도 끝내 패해 죽음에 이르렀다. 당나라 병사
가 승세를 타고 都城(도성)을 핍박하니, 王(왕)이 화를 면하지 못할 것을 알고
太子(태자)와 함께 북쪽 시골로 달아났다. 소정방이 그 城(성)을 함락시키니,
왕 및 태자가 여러 성과 함께 모두 항복하였으니 도읍을 옮긴지 170년 만에

망했다. 당나라가 5部(부) 37郡(군) 200城(성) 76만 戶(호)를 거두어 다섯 개의 都督府(도독부)로 나누어 설치하여 각각 그곳에 속한 州(주)와 縣(현)을 통솔하도록 하고, 郞將(낭장) 劉仁願(유인원)에게 명해 都城(도성)에 머물러 지키도록 했다. 오호라! 人物(인물)이 동쪽으로 옮겨온 후에 점차 피폐한 고을이 되니, 지금에 이르러 먼 훗날의 후회나마 없을 수가 없어 詩(시)를 읊고 돌아왔다.

任存城(임존성)은 義士(의사)들의 근거지가 됐던 곳이니, 大興縣(대흥현) 서쪽 30리에 있다. 성 둘레는 5천2백 척이요, 안에는 우물이 세 개가 있다. 나라가 망한 후 武王(무왕)의 조카인 왕자 福信(복신)이 승려 道琛(도침)과 함께 周留城(주류성)에서 왕자 扶餘豊(부여풍)을 맞아 왕으로 삼고, 군사를 이끌고 도성에서 당나라 장수 유인원을 둘러쌌으나 유인원이 신라 군사와 합쳐 공격해 오자, 복신은 포위를 풀고 임존성으로 물러나 보존하면서 자칭 霜岑將軍(상잠장군)이라 불렀다.

黑齒常之(흑치상지)는 西部(서부) 사람으로 키가 7척이 넘었고, 용맹이 날랬으며 謀略(모략)이 있었으며 의자왕 때에 達率(달솔) 겸 風達郡(풍달군)의 장수였다. 소정방이 의자왕을 잡아 가두고 군사를 풀어 제멋대로 크게 약탈하자, 흑치상지는 여남은 사람과 함께 달아나서 도망쳤던 군사를 휘파람 불어 불러 모아 임존성에 의지하며 스스로 굳게 지키니 열흘이 되지 않아 돌아오는 자들이 3만을 넘었다. 소정방이 공격해 왔으나 이기지 못하니 마침내 2백여 성을 되찾고, 복신을 응원했다. 뒤에 복신은 부여풍에게 죽임을 당하고, 흑치상지는 당나라 장수 劉仁軌(유인궤)에게 잡혔다가 白江(백강)에 이르러 倭兵(왜병)을 만나 구원되었다. 부여풍은 네 번 싸워 모두 이겨 몸을 빼 도망쳤으나, 왕자 忠勝(충승) 등과 왜인은 아울러 항복하였다. 흑치상지는 홀로 소식을 늦게 들어 또 임존성에 근거를 두니, 성이 단단하고 식량이 풍족하여 한 달을 공격 받았어도 깨지지 않았다. 급기야 성이 함락돼서는 妻子(처자)를 죽이고 고구려로 도망갔다. 세 나라가 나뉘어 싸우다 나라를 잃었으나, 유독 백제에 忠臣(충신)과 義士(의사)가 많아 군사를 일으켜 社稷(사직)을 회복하고자 하였으니 이 일은 임존성과 함께 같이 이름을 날린다.

주류성은 지금의 燕岐(연기)에 있다 한다. 뒤에 신라의 文武王(문무왕)이 유인원과 熊津都督(웅진도독) 扶餘隆(부여융)과 웅진 就利山(취리산)에서 동맹을 맺었는데, 그 맹세의 말이 대략 "회유하고 배반자를 토벌하는 것은 지난 왕의 명령과 법전이요, 망한 것을 일으켜 세워주고 끊긴 것을 이어주는 것은 지금껏 현명하게 통해온 규칙이다. 前(전) 百濟大司稼正卿(백제대사가정경) 부여융을 웅진도독으로 세워, 그 제사를 지키고 고향을 보존케 하니 신라에 의지하고 기대어 각각 宿怨(숙원)을 풀고 結好和親(결호화친)한다. 결혼으로 빛나게 하고 맹세로써 거듭한다."라고 하였다. 부여융은 徐(서)씨 姓(성)을 하사받았고, 웅진을 도맡아 다스리다 5대가 지나서 관직을 잃었다.

땅이 신라로 편입되어서는 처음엔 王文度(왕문도)로 웅진도독을 삼아 남은 유민을 어루만지려 하였으나, 왕문도가 바다를 건너다 죽자 劉仁軌(유인궤)로써 대신하여 그 무리들을 통솔하게 했다. 백제의 땅이 전쟁을 겪은 나머지 즐비했던 집들은 말라비틀어지고, 얼어 죽은 시체들이 수북했다. 유인궤가 비로소 명을 내려 해골을 묻고, 戶口(호구) 장부 정리를 하고, 촌락을 다스리고, 官長(관장)을 임명하고, 도로를 통하게 하고, 다리를 세우고, 둑을 보수하고, 연못을 복구하고, 농사에 힘쓰게 하여 가난을 구제해 주고 노인과 고아를 보살피게 하니 백성이 기뻐하여 각자 자기 삶을 편안하게 여겼다.

夫餘百濟古都泗沘城 聖王自公州遷都而至義慈王 與高句麗攻取新羅三十餘城 得勝而驕荒淫耽樂 信譖親諛 佐平成忠 極諫死於獄中 庚申新羅求援於唐 唐命蘇定方率十萬兵入寇 新羅金庾信引兵五萬 夾攻 將軍階伯出戰 兵寡力乏 五勝而終至敗死 唐兵乘勝 薄都城 王知不免 與太子走于北鄙 定方陷其城 王及太子孝 與諸城皆降 遷都百七十年亡 唐收五部三十七郡二百城七十六萬戶 分置五都督府 各統州縣 命郎將劉仁碩 留守都城 嗚呼人物東遷之後 漸成殘邑 到今不無曠感之懷 吟詩而返 任存城爲義士所據 在大興縣西三十里 城周五千二百尺 內有三井 國亡後 王子福信武王之從子 與

僧道琛 據周留城 迎王子扶餘豐爲王 引兵圍唐將劉因願於都城及劉仁願 與
新羅兵合擊之 福信解圍退保任存城 自稱霜岑將軍 黑齒常之西部人 身長七
尺餘 驍勇有謀略 義慈王時爲達率兼風達郡將 蘇定方執義慈王 因縱兵大掠
常之與十餘人 遯去嘯聚逋亡 依任存城而自固 不旬日歸者三萬 定方攻之不
克 遂復二百餘城應福信 福信後爲夫餘豐所殺 常之被獲於唐劉因軌 至白江
遇倭兵之救 扶餘豐者 四戰皆克 豐脫身而走 王子忠勝等 與倭人幷降 獨遲
受信 又據任存城地險城固粮足 故攻之三旬不下 及城陷殺妻子 奔高句麗
三國分爭 其失國也 獨百濟多忠臣義士 起兵欲復社稷 此事與任存城共擅名
周留城在今延岐云爾 後新羅文武王 與劉仁願熊津都督扶餘隆 同盟于熊津
就利山 其誓辭略曰 懷柔伐叛前王之令典 興亡繼絶 往哲之通規 立前百濟
大司稼正卿 扶餘隆爲熊津都督 守其祭祀 保其桑梓依倚 新羅各除宿怨 結
好和親約之以婚 申之以盟 隆賜姓徐氏 都督熊津 歷五世失官地入新羅 初
以王文度爲熊津都督 欲撫其餘衆 而文度濟海而卒 以劉仁軌代領其衆 百濟
之地 兵火之餘 比屋凋殘 僵屍如莽 仁軌始命瘞骸骨 籍戶口 理村落 署官長
通道路 立橋梁 補堤堰 復陂塘 課農桑 賑貧乏 養老孤 民悅而各安其所

修德寺重遊記
수덕사중유기

辛酉(신유: 1981)년 늦은 봄에 溫陽(온양)에 가서 온천 목욕을 하고, 다시
修德寺(수덕사)를 찾았다.

德山(덕산)은 본래 德豐縣(덕풍현)이었으나, 太宗(태종) 임금 때 伊山縣(이
산현)의 人物(인물)이 시들어 없어지니 이내 덕풍현과 병합하여 德山縣(덕산
현)으로 삼고 고을의 治所(치소)를 이산으로 옮겼다. 동쪽으로는 너른 들을 끼
고, 북쪽으로는 鶯山(앵산)을 등지고 있다. 옛날에 淸安(청안) 사람 하나가 장

사를 하다가 옛 덕산읍의 장터에서 죽었는데 데리고 다니던 말이 사흘 낮밤을 방황하며 시체를 지키고, 배고프고 목마르면 때때로 마을 안에 들어가 여물 먹고 물 마시고는 또 시체 옆으로 가서 슬피 울었다. 마을 사람들이 비로소 알고 가서 보니, 시체가 있었는데 까마귀와 솔개가 감히 쪼아 먹지 못했다. 뭇사람들이 기이하게 여기지 않음이 없어 시체를 매장하고 그 장터를 義馬場(의마장)이라 이름 붙였다.

柿梁里(시량리)는 尹奉吉(윤봉길) 의사가 태어나고 자란 곳으로, 忠義祠(충의사)가 세워져 있다. 돌아서 남쪽으로 향하면 德崇山(덕숭산) 아래에 이르는데 개울을 따라 향기로운 풀의 푸르른 색이 하늘에 연이어 바람에 번득이고, 지는 꽃의 붉은 흔적이 땅을 덮는다. 물소리는 잔잔히 황량한 세속 먼지를 흘려보내고, 새들은 재잘재잘 울어 멀리서 온 손님을 환영하는 듯하다.

풀숲을 헤치고 나무를 부여잡으며 수덕사로 들어가니 百濟(백제) 武王(무왕) 元年(원년)에 智明大師(지명대사)가 창건한 바이다. 翠積樓(취적루)와 拂雲樓(불운루) 두 개의 누대가 있고, 大雄殿(대웅전)이 제일 이름이 나있다. 대웅전은 앞은 세 칸이요 옆은 네 칸으로, 형태가 장중하고 장식이 아름답고 치밀한 것이 浮石寺(부석사) 無量壽殿(무량수전)과 같다. 일천 사백여 년간 작은 암자였으나 천하절색 미녀 하나가 찾아와서 道(도)를 닦으니, 인근의 남자들이 그 아름다움을 연모하여 결혼을 원했다. 여인이 말하기를 "능히 法堂(법당)을 세우는 자에게 결혼을 허락하겠다" 하니, 바라는 자가 많았다. 그리하여 다시 金剛經(금강경)을 잘 외우는 자를 뽑아 골라 정해서 법당이 완성된 후 사흘 후에 결혼의 禮(예)를 이루겠다 약속했다. 그 남자가 대웅전을 세우고 약속한 날이 되었는데, 여인이 홀연히 큰 바위를 쪼개고 들어가 그 흔적을 숨겨버리니 그때 사람들이 金剛角氏(금강각시)라 불렀다. 이는 승려들 사이에서 전해오는 얘기이고, 실제로는 高麗(고려) 忠烈王(충렬왕) 34년에 건립되었다.

이곳으로부터 길을 알려주는 승려를 따라 십여 리를 가서 定慧寺(정혜사)에 이르니, 곧 女僧(여승: 비구니)들이 머무는 곳으로 맑고 또 한가롭게 적막하다. 좌우로 발아래에 구름 속 산봉우리들이 무리 지어 서있고, 앞뒤로는 눈앞에 꽃과 풀들이 줄지어 늘어서 있으니 진정 佛心(불심)의 심오함을 찾고 세간의 번잡한 어지러움을 잊기에 마땅한 장소이다.

다시 牙山邑(아산읍)을 찾아가니 무리 진 산봉우리들이 얽혀 솟아 모두 돌로 넓게 덮여 있고, 두 냇물이 좌우로 고리 지어 흐르는데 그 가운데는 넓어 나무들이 푸르게 우거져 있다. 고을에서 5리 떨어진 桐林山(동림산) 동북쪽 산기슭에 바위들이 산등성이를 따라 두서너 리에 퍼져 줄지어 있는데, 제일 큰 것의 형태가 부처와 비슷하여 佛岩(불암: 부처바위)이라 부른다. 말로 전해오는 바에 따르면 이 바위로 인해 守令(수령)은 미치광이가 되고, 아전배들은 모두 흉악하고 간사했다 한다. 世祖(세조) 임금 때에 觀察使(관찰사) 黃孝源(황효원)이 大臣(대신)이 되고 싶은 마음에 朝廷(조정)에 아뢰어 縣(현)을 강등하여 그 땅을 셋으로 나누고 각각 온양 平澤(평택) 新昌(신창)에 속하도록 하고, 그 관청의 건물 및 땅을 黃家(황가)에 하사토록 하여 몸을 지키게 했다. 고을 사람 判中樞(판중추) 金鉤(김구)와 靑山縣監(청산현감) 趙圭(조규)가 상소를 올려 말했으나 여러 해가 가도록 허락을 받지 못하다가 乙酉(을유)년에 세조 임금이 온양에 행차할 때 조규 등이 다시 호소를 올리니, 御駕(어가)를 따라오도록 명하고 임금의 종척과 대신들이 가서 살펴보도록 하여 마침내 縣(현)으로 복원되었다. 일찍이 어떤 사람이 그 바위에 붙여 詩(시)를 짓기를,

　　　괴이한 바위가 기이하게 부처 모양 이루니
　　　해가 세 번 바뀌면서 관리는 다섯이나 보냈네
　　　강바람도 염치가 있는가
　　　눈송이 불어대 산 얼굴을 가려 덮네

라고 하였다.

다시 白岩里(백암리)에 있는 李忠武公(이충무공) 古宅(고택)을 찾아 眞身肖像(진신초상)에 절하고, 亂中日記(난중일기) 속에 있는 "가을 기운이 바다에 드니, 나그네 회포 어지럽구나. 잠자리에서도 잠들지 못하는데, 닭이 이미 우는구나!"라는 글을 보니 사람들이 그 회포를 추상하게 한다.

또 정승 孟思誠(맹사성) 공이 책을 읽던 곳이 있으니, 杏壇(행단)이라 부른다. 손수 은행나무를 심으셨는데, 6백 년이 지난 지금에도 두 그루가 아직 남아 있다. 바깥채는 이미 무너졌고, 祠堂(사당)의 동쪽에 九槐亭(구괴정)이 있는데 일명 三相堂(삼상당)이라고 하여 맹사성공과 黃喜(황희) 許稠(허조)와 함께 같이 앉아 政事(정사)를 논하던 곳이라 하여 그 이름을 얻었다.

辛酉暮春往溫陽溫泉 更訪修德寺 德山本德豊縣 太宗朝以伊山縣 人物彫弊 乃幷德豊爲德山縣 移縣治于伊山 東挾大野 北負鶯山 昔淸安人爲商販者 得病於古德山邑場市而死之 所持馬三晝夜彷徨守屍 飢渴則時入村中 喫藁飮水 卽又向去屍傍哀呼 村人始知往見 則屍身在 而烏鳶不敢啄 衆莫不奇之 埋屍而名其場市曰義馬場 柿梁里以尹奉吉義士生長地 建忠義祠 轉向南而到德崇山下 沿溪芳草 翠色連天 翻風洛花 紅痕拂地 水聲潺潺 流送荒塵 鳥語喧喧 如迎遠客 披草攀木 而入修德寺 百濟武王元年 智明大師所創 有翠積拂雲二樓 大雄殿最著名 前三間側四間 形態莊重 粧飾巧緻 與浮石寺無量壽殿同千四百餘年 小庵而有天下美色之女人 尋來修道 隣近男子戀其美而求結婚 女人曰如能建法堂者許婚 所願者多 故更敎以金剛經 取其善誦者而選定 約其落成後三日成禮 而奇男建此大雄殿 而當所約日 女人忽剖大岩而入隱其跡 時稱金剛角氏 此是僧輩傳說 而實建立於高麗忠烈王三十四年也 自此隨指路僧行十餘里 到定慧寺 乃女僧所居而淸且閒寂左右雲巒簇立于足下 前後花卉 排列於眼前 正宜探佛心之深奧 忘世間之煩擾 更訪牙山邑 群峰錯峙 而皆磅礴 二溪之水 回環於左右 其中平衍樹木蓊鬱 縣之五里桐臨山東北麓 有巖布列岡上幾數里 最大者形似佛 故稱佛巖 諺傳因此巖守令痴狂吏胥皆凶奸 世祖朝觀察使黃孝源 希大臣之意 啓于朝省 縣以其地三分 屬溫陽平澤新昌 其官舍及官田 賜于黃守身 邑人判中樞金鉤 靑山縣監趙圭上言 累年未蒙允 乙巳世祖幸溫陽時 奎等復申訴 命隨駕宗宰往審之 遂復置縣 有人嘗題其巖曰 怪石成奇佛 三年送五官 江風如有恥 吹雪掩山顔 更訪 白巖里李忠武公舜臣古宅 拜眞像 閱亂中日記 中秋氣入海 客懷

擾亂 寢不能寐 鷄巳鳴矣之語 令人追想其懷矣 又有孟相公思誠讀書處 稱
杏壇 手植銀杏樹經六百年 而二株尙在 外舍已廢 祠堂之東 有九槐亭 一名
三相堂 公與黃喜許稠 幷坐論亭 故得名

慰禮城記

위례성기

　天地(천지)가 영검스러운 기운을 모으고 길러 江山(강산)의 기이하고 절묘
한 빼어난 형태가 된 것 중 큰 것은 나라의 서울이 되고, 작은 것은 그래도
도시가 된다. 조물주의 기묘함이 볼만하니, 좌우에 산봉우리들이 수려하고 바
위와 골짜기가 얌전한 것이 사람이 기교를 부린 것에 방불하다. 하늘과 땅이
이런 곳을 만들어 놓고 사람을 기다린 것이리라.

　稷山(직산)은 본래 慰禮城(위례성)이다. 북으로는 한강물을 띠고 있고, 동
으로는 높은 산에 의지하고, 남으로는 기름진 들을 바라보고, 서로는 큰 바다
에 막혀있다. 聖居山(성거산)은 고을의 동쪽 20리에 있다. 산 위에 土城(토성)
이 지어져 있는데 둘레가 1,690척이고, 안에는 우물이 하나 있었으나 지금은
반쯤 무너져 메워졌다. 百濟(백제) 溫祚王(온조왕)의 아버지 優台(우태)가 卒
本(졸본) 사람 延陁發(연타발)의 딸 小西奴(소서노)을 아내로 맞아 아들 둘을
낳았는데 큰 애는 沸流(비류)요, 작은 애는 바로 온조이다. 우태가 죽은 후
졸본에 과부로 살고 있었는데, 東明王(동명왕) 朱蒙(주몽)이 남쪽으로 졸본에
도망 와서 도읍으로 삼고 소서노를 왕비로 삼으니 나라를 여는 창업에 자못
큰 내조가 있었다. 琉璃王(유리왕)이 扶餘(부여)에서 와서 太子(태자)가 되어
왕위를 잇게 됨에 이르러서는, 피해를 입을까 두려워 온조와 그 형 비류가 漢
水(한수)를 건너 남쪽으로 왔다. 비류는 彌鄒忽(미추홀)에 도읍을 정하니 지금
의 仁川(인천)이요, 온조는 위례성에 도읍을 정하여 烏干(오간)과 烏犁(조리)

등 열 사람 신하의 도움을 받으니 처음에는 十濟(십제)라 하였다. 그 후에 비류가 땅이 습하고 물이 짜 편안히 살 수가 없어 위례에 와서 백성들이 편안히 지내는 것을 보고는 마침내 부끄러워 스스로 죽으니, 그 신하와 백성들이 모두 위례성으로 돌아와 온 백성이 따라 즐기게 되어 백제라 부르게 되었다. 그 후에 南漢山城(남한산성) 도읍을 옮겼다. 王(왕)이 정처 없이 떠도는 가운데서도 능히 나라를 세우고 도읍을 정하며 신라 고구려와 함께 대등하여 세 나라가 패권을 다투니, 어찌 훌륭하고 위대한 임금이 아니겠는가! 四佳(사가) 徐(서거정) 공이 濟原樓(제원루)에 붙여 詩(시)를 짓기를,

> 始祖(시조)의 祠堂(사당) 깊은 곳엔 단풍나무 어우러졌고
> 聖居山(성거산)이 둘러싼 곳엔 푸른 구름 비꼈구나

라고 하였다.

辛丑(신축: 1961)년에 내가 장차 華陽洞(화양동)으로 가려고 기차를 타고 稷山(직산)역에 내렸다. 天興寺(천흥사)는 성거산 아래 石橋里(석교리)에 있는데, 지금은 헐렸으나 그 터엔 15척 銅製大幢竿(동제대당간)이 우뚝 서있고 저수지를 안고 있다. 남쪽을 향해서는 오층석탑이 있는데, 唐(당)나라 때 세운 것이라 하나 절이 언제 세워졌고 없어졌는지에 대해서는 고찰할 근거가 없다. 소나무 숲을 뚫고 계곡을 따라 그 地境(지경)에 들어가니 겹겹이 푸른 산이 봄빛을 둘러 그림 같은 세계를 열고, 한 줄기 흐르는 물은 내린 비의 힘을 얻어 여울을 이루어 소나무 서있는 낮은 언덕에 鶴夢(학몽: 세속을 벗어나고자 하는 꿈)이 깊어간다.

잠시 쉬며 둘러보고 남쪽으로 수십 걸음 걸어가니 天聖寺(천성사)가 있다. 뒷사람들이 중건했는데, 지금은 부근의 晩日寺(만일사)에 속해있다. 세상에 전해 내려오기로는 高麗太祖(고려태조) 4년에 道詵國師(도선국사)가 성거산 속에 萬日寺(만일사)를 창건했는데, 惠宗(혜종) 때에 晩日大師(만일대사)가 이 절에 머물면서 굴 안에 석가여래상을 이루었고 오층석탑을 세웠다 한다. 뒤에 만일대사를 추모하여 절 이름을 萬日(만일)에서 晩日(만일)로 바꾸었다 한다.

觀音殿(관음전)에 觀音像(관음상)이 있는데 穆宗(목종) 때에 조성된 것으로 천성사에 봉안돼 있다 절이 없어지면서 어디로 갔는지를 몰랐으나, 근년에 倭人(왜인)의 손에 들어갔던 것을 우리나라 승려가 매입하여 이곳에 봉안하였다. 座臺(좌대)에 당시의 銘文(명문)이 있으니, 진정 희귀한 일이다. 절 안에서 우연히 騷客(소객: 시인)을 만났으니, 비록 자연의 기이한 아름다움은 없다 해도 또한 맑고 한가로운 풍취가 있다. 금세 비에 막혀 하룻밤 자면서 옛일과 지금 일을 강론하고, 시를 짓고 꽃에 취하며 나그네의 외롭고 적막함을 깨뜨리니, 부평초 같은 인연이 있음을 흠뻑 깨닫는다.

다시 松岳里(송악리)에 이르러 돌아서 소나무 숲으로 들어가니 아래에 냇물이 흘러 바위 위를 따라 아래로 돌아서 陽華潭(양화담)을 이룬다. 사면이 모두 소나무 숲이어서 그림 병풍이 둘러쳐진 것 같다. 가운데에 講堂(강당) 觀善齋(관선재)가 있으니, 巍巖(외암) 李柬(이간) 선생이 지은 바로 곧 外岩里(외암리)로 그 후손이 아직도 살고 있는 아흔아홉 칸의 집이다.

동쪽에 廣德寺(광덕사)가 있다. 車嶺(차령)산맥 한 줄기가 溫陽(온양)과 忠州(충주)의 경계에 이르러 廣德山(광덕산)이 된다. 애초에는 신라 때에 아흔아홉 개의 암자가 이 산에 흩어져 있었다는데, 오직 광덕사만 산의 동쪽에 아직 남아있다. 興德王(흥덕왕) 7년에 珍山和尙(진산화상)이 창건했는데 大雄殿(대웅전)이 제일 장중하니, 아름다운 무늬의 문과 창호에 주칠한 기둥과 단청한 서까래로 금빛과 푸른빛이 빛나 반짝인다. 三佛(삼불: 아미타불, 관세음보살, 대세지보살)을 봉안하고 있고, 그 좌우에 배열해 늘어서 있는 것은 尊者(존자: 학문과 덕행이 뛰어난 부처의 제자)의 像(상)이다. 또 釋迦(석가)의 齒牙(치아) 하나와 舍利(사리) 열 개 및 佛麈(불주: 털이개)를 절 안에 안치했다. 신라 말엽에 금과 은으로 쓰인 法華經(법화경) 여섯 책과 千佛(천불) 撑畵(탱화)와 우리 世祖(세조) 임금이 온천에 행차하실 때 머무시면서 내리신 官家(관가)의 雜役(잡역)을 면제한다는 敎書(교서)가 지금까지도 보존돼있다. 역시 기이한 자연의 아름다움은 없으나, 뒤에 시로 유명한 기생 金芙蓉(김부용)의 묘가 있다. 黃眞伊(황진이) 李梅窓(이매창)과 함께 세칭 三大詩妓(삼대시기)로 불린다.

天地鍾毓靈之氣 以爲江山形勝之奇絶者 大而爲國都 小而爲城市 可觀
造物之妙 其左右峰巒之秀麗 巖壑之窈窕 殆似人巧之彷彿 天地之設此區
而待人也 稷山本慰禮城也 北帶漢水 東據高岳 南望沃野 西阻大海 聖居山
在縣東二十里 山上築土城 周天六百九十尺 內有一井 今半頹圮 百濟溫祚
王 父優台娶卒本人延陀勃女 小西奴生二子 長沸流次卽溫祚 優台死後 寡
居卒本 高句麗東明王朱蒙 南奔卒本立都 娶小西奴爲妃 其於開基創業 頗
有內助矣 及琉璃王來 自扶餘爲太子 及至嗣位 恐爲所害 溫祚與兄沸流 渡
漢水而南 沸流都於彌鄒忽 今仁川 溫祚都慰禮城 以烏平鳥梨等十臣爲輔
始稱十濟 其後沸流以土濕水鹹 不得安居 來見慰禮 人民安過 遂慚愧而自
死 其臣民皆歸慰禮城 以百姓樂從 故稱百濟 後遷都南漢山城 王在流離之
中 能建邦設都 與新羅高句麗鼎峙 爲三國爭霸 豈非英偉之主乎 四佳徐公
題詩于濟原樓曰 始祖祠深紅樹合 聖居山擁碧雲橫 辛丑余將王華陽洞 乘鐵
車下稷山驛 天興寺在聖居山下石橋里 今寺毀而其址有十五尺之銅製大幢
竿 屹立而抱貯水池 向南有五層石塔 唐時所建 而興廢無考 穿松林隨溪谷
而入其境 萬重青山帶春光 而開畫界 一派流水 借雨勢而成湍鶴夢 深於松
壇 暫休周覽南行數十步有天聖寺 後人重建而 今屬附近晚日寺 世傳高麗太
祖四年 道詵國師聖 居山中創萬日寺 惠宗時晚日大師 住錫此寺 而成釋迦
如來塑於窟內 建五層石塔 後追慕晚日改寺名 觀音殿有觀音像 穆宗五年造
成 而奉安於天聖寺 寺廢而不知去處 近年入於倭人手中 僧買而奉安於此
座坮有當時銘文 眞稀有之事 寺中偶奉騷客 雖無泉石之奇 亦有清閒之趣
旋因滯雨而宿 講古論今吟 風醉花破客中之孤寂 儘覺萍緣有數 更至松岳里
轉入松林 下有溪流 從巖上轉下成陽華潭 四面皆松林 如圍畫屛 中有講堂
觀善齋 巍巖李先生柬所築 卽外巖里 其後孫尙住九十九間之屋 東有廣德寺
車嶺一脈至溫陽忠州界爲廣德山 初新羅時 九十九庵 散在此山 惟廣德寺尙
在山之東 興德王七年 珍山和尙創建 而大雄殿最莊嚴 繡戶紋窓 畫棟彩椽
金碧照耀 奉三佛而其左右排行者 尊者之像 又得釋迦齒牙 一枚 舍利十枚
佛麈一柄 安置于寺中 有羅末所書金銀字法華經六冊千佛畫幀 我世祖幸溫

泉時 駐蹕而賜免官家雜役之敎書 至今保存 亦無泉石之奇 寺後有詩妓芙蓉
之墓 與黃眞伊李梅窓 世稱三大詩妓云爾

泰安記
태안기

釋迦(석가)의 道(도)는 慈悲(자비)와 喜捨(희사)로써 德(덕)을 삼아 報應(보
응)의 틀림없음이 효험을 보니, 인도에서 시작되어 중국에 풀어 전해졌다가
멀리 우리나라까지 미쳐 세월이 갈수록 더욱 치열해졌다. 新羅(신라) 때에 섬
기는 일이 더욱 근실해지니 城(성)안 民家(민가)에 승려들이 사는 집이 많았고,
그 殿堂(전당)의 굉장함과 조각한 佛像(불상)의 기묘함이 지금까지도 아직 남
아있다. 高麗(고려) 초엽에도 또한 그 존경이 수그러들지 않아 암자와 절들이
많이 설치되었으나, 여러 차례 兵亂(병란)을 겪으며 그 興廢(흥폐)가 한결 같지
않았어도 石刻(석각)은 모두 상하지 않았다.

泰安縣(태안현)은 지금은 瑞山郡(서산군)에 속하니, 옛날의 蘇泰縣(소태현)
이다. 땅이 기름지고 평탄하게 넓어 五穀(오곡)을 기르기에 마땅하고, 또 물고
기와 소금의 이로움이 있어 백성이 모두 편안히 살았다. 그러나 그 고을이 바다
사이에 끼어있어 이내 海寇(해구: 바다 도적)가 오가며 찔러대니 고려 말엽에는
누차 전쟁으로 불에 태워짐을 겪어 가시덤불 숲에 가라앉아 사나운 들짐승들이
차지한 자리가 되었으며, 恭愍王(공민왕) 癸丑(계축)년에 입은 재앙이 매우 참
혹했다.

安眠島(안면도)는 태안반도에 가까우며, 지금은 정부에서 서산해안공원을
만들어 놓았다. 海美邑城(해미읍성)은 倭寇(왜구)의 침범이 매우 잦아 쌓았다.
白華山城(백화산성)은 사면이 모두 돌 벽이고, 둘레가 이천여 척이다. 산 아래
太乙庵(태을암)에는 磨崖石佛(마애석불) 釋迦如來像(석가여래상)이 있는데 양

손은 手印(수인)[271]을 통해 빛나고, 등 뒤는 보석 구슬의 형태요, 안에는 연꽃무늬요, 밖에는 불꽃 무늬로 꾸며졌다. 庚寅(경인: 1950)년 6.25사변에 북한군이 쏜 총탄의 흔적이 남아있고, 이를 지키는 절은 바로 皐蘭寺(고란사)로 절 뒤에 고란초가 자라서 이 이름을 얻었다.

그 외에 普願寺(보원사) 터에 많은 國寶(국보)가 있는데 五層石塔(오층석탑), 幢竿支柱(당간지주), 寶乘碑(보승비), 石槨(석곽) 등이다. 절은 본래 고려 초엽에 설립됐으나, 法印國師(법인국사)의 寶乘塔(보승탑) 및 塔碑(탑비)가 國師(국사)가 眞聖王(진성왕) 36년에 태어나 만년에 이곳에 머물다 고려 光宗(광종) 28년에 이르러 入寂(입적)함으로써 세워졌다. 절은 없어져 이미 논밭이 되었고, 깨진 기와와 남은 주춧돌이 위아래로 흩어져 있고, 황량한 풀과 고목이 사면을 에워싸니 맑고 깨끗한 땅이 변해서 황무지 터가 되어, 사람들로 하여금 슬픔을 느끼게 한다.

고려 때에 중국 사신이 왕래하는 배를 대는 곳이 불편하여 海美(해미)에 安興亭(안흥정)을 두어 사신을 맞이하고 보내는 곳으로 삼았다. 泰安縣(태안현) 동쪽 십 리에 堀浦(굴포)가 있는데 고려 仁宗(인종) 때에 안흥정 아래의 물길이 여러 흐름이 몰아치는 바가 되고 또 암석이 많아 험하여 왕왕 배가 뒤집어졌다. 蘇泰縣(소태현) 경계를 경유하여 도랑을 파 통하게 한즉 배가 다니는 데 장애가 없을 것이라 하여, 鄭襲明(정습명)을 보내 뚫었으나 끝내지 못했다. 뒤에 王康(왕강)이 건의하여 장정을 징발해 뚫었으나, 돌이 물 밑에 있고 또 바닷물 조수가 들락날락하며 뚫는 대로 다시 매워지니 일을 끝내지 못하다가 우리 朝鮮(조선)에 들어와 金自點(김자점)이 뚫어 통하게 했다 한다. 潮流(조류)를 따라 배를 움직여 양쪽 언덕의 山勢(산세)를 두루 돌아보니 아름답기가 살아있는 그림 같다. 물새와 백로가 물가에 날아 모이고, 헤엄치는 물고기가 배 키 밑에서 발랄하여 혹 물 위로 뛰어 오르기도 한다.

나는 다리를 움직여 천 길을 밟고, 눈을 천 리 밖까지 돌려 큰 바다가 해를

---

271) 부처의 양 손 모양.

담가 목욕시키는 것을 보고, 하늘과 땅의 넓은 기운조차 덮어버리고는 浩浩(호
호)하게 내 뜻을 얻고 悠悠(유유)하게 돌아가기를 잊는다.

釋氏之道 以慈悲喜捨爲德 報應不差爲驗 始於印度 譯傳于中國 遠及東
方 愈久愈熾 新羅之世 奉事尤謹 城中僧廬 多於民屋 其殿堂之宏壯 彫刻佛
像之奇妙 至今尙存 高麗初亦尊無替 多置寺庵 屢經兵亂 興廢不一 而石刻
蓋無傷矣 泰安縣今屬瑞山郡 而古蘇泰縣也 地肥平衍 宜於五穀 又有魚鹽
之利 民皆安居 而其邑介在海上 乃海寇往來之衝 高麗之季 屢經兵燹 沒爲
荊棘之林 豹虎之墟 恭愍王癸丑 被禍甚慘 安眠島近於泰安半島 今政府作
瑞山海岸公園 海美邑城 因倭寇之侵犯甚多 故築白華山城 四面皆石壁 城
周二千餘尺 山下太乙庵 有磨崖石佛如來之像 兩手通印光背 以寶珠形 內
作蓮花汶 外作火焰紋 庚寅事變北軍放銃彈生痕 守護寺卽皐蘭寺 後生皐蘭
草 故得名 其外有普願寺址多國寶 五層石塔 幢竿支柱 寶乘碑石榔等也 寺
本高麗初設立 而法印國師之寶乘塔及塔碑 以國師生於眞聖王六年 晚年居
此 而至高麗光宗二十八年入寂 故設之而寺廢 已爲耕田 破瓦殘礎 散於上
下 荒草古木 圍於四面 淸淨之地 變爲荒蕪之址 使人悲感 高麗時以中國使
臣往來 船舶之不便 置安興亭于海美 以爲迎送之所 泰安縣東十里 有堀浦
高麗仁宗時 以安興亭下水道中流所激 又多巖石之險 往往覆舟 由蘇泰縣境
穿渠通之 則船行無碍 遣鄭襲明穿之未就 後王康建議發丁穿之 石在水底
且海潮往來 隨穿隨塞 未施工 我朝金自點 穿而通之云 隨潮行舟 兩岸山勢
周遭宛如活畵 鷗鷺集於洲渚間 游魚潑刺舵底 或跳上水面 余脚踏千仞 目
極千里 瞰滄溟之浴日 襲天壤之灝氣 浩浩然自得 悠悠然忘歸矣

弘慶寺記

홍경사기

한 나라의 興亡(흥망)과 한 집안의 盛衰(성쇠)는 모두 정해진 운수가 있으니, 사람 힘으로 억지로 구할 수 있는 것이 아니다.

高麗(고려)시대에 景宗(경종)의 王妃(왕비) 獻哀王后(헌애왕후) 皇甫(황보)씨가 과부가 되어 松都(송도: 개성)의 私第(사제)에서 거처할 때 일찍이 꿈속에서 鵠嶺(곡령)에 올랐다 바로 돌아와서 도읍 안을 이리 저리 다녔는데, 모든 것이 변해 銀(은)으로 변해 버렸다. 점쟁이가 말하기를 "아들을 낳으면 王(왕)이 되어 나라를 갖게 될 조짐이다."라고 하니, 왕후가 말하기를 "내가 이미 과부가 되었거늘 어찌 아들을 낳아 왕이 되게 한단 말이오!" 하였다. 그 뒤에 太祖(태조)의 여덟째 아들 郁(욱)이 머무는 곳이 왕후의 집과 가까웠는데, 이로 인해 함께 왕래하다 몰래 정을 통해 임신하게 되었다. 왕후가 어쩌다 욱의 집에서 자게 되었는데, 집안사람들이 이를 알고 뜰에 섶을 쌓아놓고 불태워 죽이려 하였다. 불빛이 하늘을 찌르니 모든 관료들이 바삐 불을 끄러 오고, 成宗(성종)바로 와서 웬일인지 물었다. 집안사람들이 사실대로 고하니, 왕후는 부끄러워하며 자기 집으로 돌아갔다. 막 집문 앞에 이르자 胎動(태동)이 있어 문 앞의 버드나무 가지를 부여잡고 애를 낳고는 죽었다. 성종이 명을 내려 유모를 골라 애를 기르게 하고, 욱은 泗川縣(사천현)의 마을로 유배 보냈다. 비록 그 마을이 바닷가의 피폐한 마을이었으나, 산의 형세가 수려하고, 물맛 달며 땅은 기름지고, 民心(민심)은 순수하며 두텁고, 言行(언행)은 옛 풍취가 있었다. 그 아이가 점차 자라서 아버지를 부르며 흐느껴 울어, 왕이 가련히 여겨 욱이 있는 곳으로 보내니 그가 바로 顯宗(현종)이다.

郁(욱)은 글재주가 좋았고 또 地理(지리)에 精通(정통)했다. 일찍이 金一襄(김일양)에게 몰래 유언하기를 "내가 죽은 후 반드시 금 덩어리를 術師(술사)에게 주어 나를 고을의 城隍堂(성황당) 남쪽 歸龍洞(귀룡동)에 장사 지내되 의당 시체를 등이 위로 오도록 묻어라." 하였다. 욱이 쫓겨 간 곳에서 죽자, 현종이 그 말대로 하여 매장할 때 뒤집어 묻기를 청하니, 술사가 말하기를 "어찌 그리 바삐 하려는가" 하였다. 이곳이 바로 泗川(사천)과 晉州(진주)의 경계에 있는 臥龍山(와룡산) 陵華峰(능화봉) 아래로 지금의 陵華里(능화리)이다.

다음해에 현종이 開京(개경)으로 돌아갔으나, 成宗妃(성종비)인 千秋太后(천추태후)의 핍박으로 三角山(삼각산) 神穴寺(신혈사)에 나가 살았다. 태후가 음탕하고 제멋대로 하여 金致陽(김치양)과 몰래 정을 통하고 김치양의 아들로 왕을 삼고자, 누차 사람을 보내 죽이려는 모략을 부렸다. 都巡問使(도순문사) 康兆(강조)가 병사를 이끌고 와 穆宗(목종)을 폐위시키고 현종을 迎立(영립)하였다. 積城(적성)에서 王(왕: 목종)을 죽이고 태후를 黃州(황주)로 쫓아 보내고는, 卽位(즉위)에 이르러서는 욱을 追尊(추존)하여 安宗(안종)으로 추대하고 松都(송도) 교외로 移葬(이장)하여 乾陵(건릉)이라 이름하였다.

奉先(봉선: 선조의 덕을 받듦) 弘慶寺(홍경사)는 稷山縣(직산현) 북쪽 15리에 있다. 현종이 이 땅이 갈림길이 부딪치는 곳에 있으나 인적이 끊어지고 가시덩굴로 뒤덮여서 길가는 사람들이 여러 차례 도둑을 당하므로, 이내 逈統(형통)에게 명하여 절을 짓게 하고 그 부모의 願堂(원당: 왕실의 명복을 비는 장소)이 되게 하였다. 兵部尙書(병부상서) 姜民瞻(강민첨)이 일을 감독하여 丙辰(병진)년부터 辛酉(신유)년에 이르기까지 이백여 칸의 집을 이루었으니, 임금이 奉先弘慶寺(봉선홍경사)라 이름을 내렸다. 또 절 서쪽에 客館(객관)을 지으니 세어보면 팔십 칸으로, 이름은 廣緣通化院(광연통화원)이라 하였다. 식량을 쌓아놓고 말먹이 꼴을 저축해 지나는 나그네들에게 제공하였다. 드디어 비석을 세워 冥福(명복)을 빌고자 翰林學士(한림학사) 文憲公(문헌공) 崔沖(최충)에게 글을 짓게 하고 白玄禮(백현례)에게 글씨를 쓰게 하여, 아버지 욱을 위한 절을 지었다.

너른 들이 아득히 가물거리는 것이 손바닥을 편 것 같고, 뭇 산들이 사방을 두르고 있으니 梅軒(매헌) 李詹(이첨) 공이 詩(시)를 지어 이르기를,

　　弘慶寺(홍경사)에 수레 끌던 말 멈추고

옛 碑文(비문)을 다시 읽어보네
王朝(왕조)를 드러나게 하고 효도를 다하였으니
끼친 본보기가 후손에게 이르렀네

라고 하였다. 지금은 절은 이미 없어졌고 그 터는 논이 되었으나, 그 비석은 아직도 밭머리에 남아있다. 비석의 조각된 글자 획이 기묘하니, 국보로 지정되어 保護閣(보호각)이 세워져 갈무리되고 있다.

현종이 왕위에 오르기 전에 臥龍山(와룡산)의 排房寺(배방사)에 있었는데, 그곳에 있는 시에 이르기를,

잠시 새끼 뱀이 藥欄(약란)을 감고 도니
온몸 붉은 무늬 저절로 찬란하네
오래도록 꽃 숲속에만 있다 말하지 말게나
하루 만에도 龍(용) 되기가 어렵지 않다네

라 돼있었다는데, 뒤에 끝내 왕위에 오르니 하늘이 영특한 군주를 내셨고, 왕후가 큰 꿈을 꾸었고, 郁(욱)이 길한 땅을 골랐고, 康兆(강조)가 변혁을 일으켜 왕으로 영립함으로 인한 것이다. 이야말로 天時(천시)와 人事(인사)가 저절로 합해진 것으로, 사람의 힘으로는 억지로 할 수 있는 바가 아니다.

一國之興亡 一家之盛衰 皆有水焉 非人力之強求者也 高麗朝景宗妃獻哀
王后皇甫氏爲寡居松第 嘗夢中登鵠嶺 放旋而流溢于國中盡城銀海 卜者云
生子則王有國兆也 后曰我旣寡 何以生子爲王 其後太祖第八子郁之所居 與
后第相近 因與往來潛通而有娠 后或宿於郁家 家人知之 積薪于庭 焚之火
光衝天 百官奔救 成宗亦亟往問之 家人以實告之 后慚悔而還其第 纔及門
而胎動 攀門前柳枝而分娩男兒而卒 成宗因命擇姆而養之 流郁于泗川縣 邑
雖稱海隅殘邑 山勢秀麗 又泉甘土肥 民心純厚 言行有古風 其兒漸長 呼父
而泣 王憐之 送于郁處 卽顯宗也 郁工於文詞 又精於地理 嘗密遺金一囊曰
我死之後 以金汝必贈術師而葬我於縣城隍堂南歸龍洞 宜伏屍而埋 郁卒于

貶所 顯宗如其言 將埋時請伏埋術師曰 何其太忙乎 卽泗川晉州界之臥龍山
陵華峰下 至今陵華里 明年顯宗還京而爲成宗妃天秋太后 所逼出居三角山
神穴寺 太后淫泆自恣 與金致陽潛通 而欲以致陽之子爲王 屢遣人謀殺 都
巡問使康兆 引兵而廢穆宗 而迎立顯宗 弑王于積城 遷太后于黃州 王及卽
位 追尊郁爲安宗 移葬于松都之外 而稱乾陵奉先弘慶寺在稷山縣北十五里
顯宗以此地在岐路之衝 而人烟隔絶 崔蒲滿野行者 屢遭劫盜 乃命逈統創寺
而爲其父母願堂 兵部尙書姜民瞻監其役 自丙辰迄辛酉爲屋共二百餘間 賜
名奉先弘慶寺 又於寺西建客館計八十間 號曰廣緣通化院 積食粮貯蒭秣 以
供行旅 遂立碑薦冥福 命翰林學士崔文憲公冲製其文 白玄禮書之爲父郁而
建寺也 大野微茫如掌平 群山四面圍繞 梅軒李公詹詩云 停驂弘慶寺 再讀
古碑文 顯廟能致孝 貽謀及後昆 今寺與院已毀 而其址爲水田 其碑尙立於
田頭 而位碑之彫刻 字劃之奇妙爲國寶 建保護閣而藏之 顯宗微時 在臥龍
山之排房寺 有詩曰 俄見蛇兒繞藥欄 滿身紅錦自斑爛 莫言長在花林下 一
日成龍也 不難後 終登王位 天生英主 后得大夢 郁卜吉地 康兆作變而迎立
此天時人事 自合於數 此非人力之所能强行也

清溪山記
청계산기

　果川(과천)에 있는 淸溪山(청계산)에 庚戌(경술: 1970)년에 관광을 하니, 옛
날의 靑龍山(청룡산)이다. 가운데에 淸溪寺(청계사)가 있으니, 義湘大師(의상
대사)가 창건한 바로 경치가 빼어나다.

　巨岩怪石(거암괴석)이 좌우로 섞여있고, 嘉木奇花(가목기화)가 앞뒤로 나열
해 있다. 십여 리를 가면 돌길이 매우 험하여 돌을 더위잡고 소나무를 붙잡아
산 위로 오르면 石臺(석대)가 있으니 바로 萬景臺(만경대)이다. 커다란 바위가

백여 척이나 높이 솟아 서서 층층이 바위 사이로 솟아 나왔다. 구부려 아래 세상을 내려다보니, 어지러워 아찔 도는 기운을 견딜 수 없다. 멀리 백 리 강산이 눈 안으로 들어오고, 서쪽 산기슭에는 물이 떨어져 내리는 곳이 있으니 東瀑 (동폭)이라 부른다. 폭포가 떨어지는 길이는 여러 길이나 되고, 좌우에 크고 작은 수려한 산봉우리들이 둘러 싸있다. 녹음은 깊이 짙은데 물보라가 하늘에 번득이며 우렛소리가 땅을 울리니, 사람이 어지러워 돌게 된다. 봄에는 진달래 가을에는 단풍이 자못 볼만하다.

松山(송산) 趙涓(조연) 공은 平壤(평양) 사람 趙浚(조준)의 동생이다. 지난 王朝(왕조)에서 知申按廉使(지신안렴사)를 했고, 이 왕조에서는 平城府院君 (평성부원군)에 봉해진 開國功臣(개국공신)이다. 平簡公(평간공)[272]이 형이 난리를 벌리려는 뜻을 갖고 있음을 알고, 울며 말하기를 "우리 집안이 대대로 이 나라의 기둥이 되어온 집안이 아닙니까? 마땅히 나라의 存亡(존망)과 같이 해야 하지 않겠습니까!" 하니 조준이 그 뜻을 꺾을 수 없음을 알고, 公(공)으로 하여금 嶺南(영남)을 살피도록 했다. 이에 詩(시)에 이르기를,

> 삼 년 만에 다시 嶺南樓(영남루)를 지나니
> 은은한 매화 향기가 잠깐 머물렀다 가라 권하네
> 술잔 들어 근심 녹이며 나이 드는 것 견뎌내니
> 평생 이 외에 또 무엇을 구하랴!

라고 하였다. 돌아오기도 전에 고려가 망하니, 공이 통곡하며 頭流山(두류산) 으로 들어갔다. 임금이 뽑아서 吏曹典書(이조전서)에 임명하고 글을 써 부르니, 답하여 말하기를 "西山(서산)의 고사리를 꺾기 원하며, 聖人(성인)의 백성이 되기를 원치 않습니다."[273] 하고는, 이내 이름을 狷(견)이라 바꾸고 字(자)를 從犬(종견: 따르는 개)라고 하니 나라가 망했는데 죽지 못했으니 개와 비슷하고

---

272) 趙涓(조연)의 諡號(시호)
273) 伯夷(백이)와 叔齊(숙제)가 周(주)나라의 신하가 되기를 거부하고, 수양산에서 고사리를 캐먹고 살다 굶어 죽었다는 古事(고사)를 인용한 것임.

또 주인을 그리워하는 개의 뜻을 취한 것이다. 두류산으로부터 楊光(양광)의 여러 산을 두루 거치고 청계산에 이르러 草幕(초막)을 짓고 산에 올라 松京(송경: 개성)을 바라보며 통곡하니, 萬景臺(만경대)를 望京臺(망경대: 송경을 바라보는 대)로 바꿔 불렀다 한다. 임금이 그 절개를 어여삐 여겨 손님을 부르는 禮(예)를 갖추고 보기를 청하니, 공이 나가 뵙고 허리만 숙이고는 절을 하지 않고 말도 거리낌 없는 것이 많았다. 그러나 임금이 모두 너그러이 용서하고 돌아갈 때에는 淸溪(청계) 한 굽이를 내려주어 편히 거주할 수 있도록 하고 또 집도 지어주었으나, 공은 끝내 그곳에 거주하지 않고 楊州(양주) 松山(송산)으로 이주하였고 그로 인해 송산이라 스스로 號(호)를 붙였다 한다. 後村漫錄(후촌만록)이라는 책에 이르기는 "공이 지난 왕조의 재상으로서 고려가 장차 기울어져 감에 청계산에 숨어 살았는데 그 형 조준이 조선의 개국을 도우며 禍(화)가 공에게 미칠 것을 염려하여 개국공신녹권에 이름을 올려줬으나, 공이 받지 않고 이름을 狷(견)이라 바꾸었으니 하지 말아야 할 의리가 있음을 취한 것이다. 임금이 친히 청계산을 찾아가 벼슬을 주었으나 끝내 받지 않고, 죽음에 임해 자손에게 말하기를 "내 墓表(묘표)에는 반드시 전 왕조의 관직을 쓸 것이며, 자손들은 새로운 왕조에는 벼슬하지 말라" 하였다. 죽은 후에 새 왕조에서 받은 벼슬을 묘에 표시하니, 어느 날 벼락이 쳐서 그 비석을 부숴버렸다. 玄孫(현손: 손자의 손자) 趙溥(조부)에 이르러 과거에 응시하였다."라고 돼있다.

공의 큰 절개는 해와 달이 빛나는 것 같아 이세상이나 저 세상에서도 다르지 않으니, 진정 百世(백세)의 스승이시다.

果川淸溪山庚戌春觀光古靑龍山也 中有淸溪寺 義湘大師所建 而有勝景 巨巖怪石 左右相雜 嘉木奇花 前後羅列 行十餘里 石逕甚險 攀石扶松而上 山有石坮 卽萬景坮 巨巖聳立百餘尺 聳出層巖之間 俯瞰下界 不堪眩轉之 氣 百里江山 遙入眼界 西麓有水 從瀑而稱東瀑 落水數丈 左右繞大小秀峰 綠陰深濃 水沫翻空 雷聲震地 使人眩轉 春之杜鵑 秋之丹楓 頗有可觀 松山 趙公名涓平壤人 浚之弟也 前朝知申按廉使 本朝封平城府院君 開國功臣平

簡公 知兄撥亂之志 泣謂曰 我家非喬木耶 當與國存亡 浚知志不可奪 故使

公連按嶺南 有詩曰 三年在過嶺南樓 細細梅香勸少留 擧酒消憂堪送老 平

生此外不須求 未及還麗亡 公痛哭入頭流山 上擢拜戶曹典書 書以招之 答

曰 願採西山之薇 不願爲聖人之氓 仍改名曰狷字從犬 以國亡不死 有類於

犬 且取犬戀主之義也 自頭流歷楊廣諸山 而至淸溪山 結草幕登山 望松京

而痛哭 故萬景坮改稱望京坮 上嘉其節 請見以賓主之禮 公出見揖而不拜

語多不諱 然上皆寬恕 而臨還命封以淸溪一曲任便居住 又築室而與之 公終

不居 移住楊州松山 因以自號云後村 漫錄云 公以前朝宰相見麗祚 將傾去

隱於淸溪山 其兄浚本朝佐命慮公 及禍錄其名於開國功臣卷 公不受 改名狷

取有所不爲之義也 上親訪於淸溪山 授官終不受 臨卒語子孫曰 吾墓表 必

書前朝官 子孫勿仕於新朝 及卒後 以本朝受官表 墓一日雷碎其碑 至玄孫

溥始應擧 公之大節 如日月之炳 而不異幽明 眞百世之師也

鴻山無量寺記

홍산무량사기

　五倫(오륜) 중에 三綱(삼강)이 제일 중요하니 임금에게 충성하고 부모에게
효도하고 지아비에게 지극히 하는 것이 일은 비록 셋이 다르나 이치는 매한가
지다. 그 충성이라고 하는 것인즉 절개를 지켜 세상을 피해서라도 나쁜 무리에
게 항거하여 목숨을 다하는 것이니, 참으로 어려운 것이다.

　내가 일이 있어 우연히 萬壽山(만수산) 無量寺(무량사)를 지났다. 梅月堂
(매월당) 金時習(김시습) – 字(자)는 悅卿(열경)이요, 僧名(승명)은 雪岑(설잠) – 이 낳은
지 여덟 달 만에 글자를 알고, 세 살에 능히 문장을 엮고, 다섯 살에 大學(대학)
과 中庸(중용)에 통달하니 神童(신동)이라고 불려, 世宗(세종) 임금이 듣고는
불렀다. 承政院(승정원) 知中事(지중사) 朴以昌(박이창)이 시험해서 말하기를

"童子(동자)의 배움은 두루미가 푸른 하늘 끝에서 춤추는 것이다"라고 하니, 時習(시습)이 말하기를 "성스러운 임금님의 德(덕)은 黃龍(황룡)이 푸른 바다에서 번득입니다." 하였다. 三角山(삼각산)을 가리켜 詩(시)를 지으라 하니, 지은 시에 이르기를,

> 세 봉우리가 묶어 서있어 하늘을 꿰뚫으니
> 올라가면 가히 북두성과 견우성을 딸 수 있네
> 산들이 그저 구름과 비만 일으키는 것이 아니고
> 능히 이 나라를 萬世(만세)토록 안녕히 한다네

라고 하였다. 박이창이 안아 무릎 위에 올려놓고 여러 차례 시험을 하였으나 과연 민첩하게 대답이 아름다우니, 임금이 그로 인해 교지를 내려 이르시기를 "내가 친히 보고자 하나 세속에서 듣고 놀랄까 저어하니, 의당 그 집에서 조용히 기르고 가르쳐 나이가 들어 학업이 성취되었을 때를 기다려 크게 쓰도록 하라!"라고 하셨다. 그리고는 바로 비단 쉰 필을 하사하고 스스로 운반해 가라 하니, 김시습이 그 끝단을 묶어 끌고 나갔다. 이때부터 五歲神童(오세신동)으로 천하에 이름을 떨쳤으나, 이름을 밝히지는 않았다. 나이 열셋에 金泮(김반)에게서 論語(논어) 孟子(맹자) 詩經(시경) 書經(서경)을 배웠다. 文宗(문종)이 昇遐(승하: 임금의 죽음)하고 端宗(단종)이 어려서 왕위에서 물러날 때 김시습의 나이는 스물 하나였는데, 삼각산 속에서 책을 읽다 크게 울며 읽던 책을 모두 태워버리고 중이 되어 숨어살았다. 僧號(승호)를 雪岑(설잠)이라 하고 혹은 贅世翁(췌세옹)이라고도 했다. 사람됨이 키는 비록 작았으나, 호기롭기 그지없었고 뛰어나게 영리하며 간단 솔직 꾸밈이 없었다. 위엄을 부리지는 않았으나 강직하여 사람들이 과하게 시대를 아프게 하고 세속을 분하게 하는 것을 용납하지 않았다. 마침내 몸을 지역 내 산천에 내맡기고 두루 돌아다녔다. 문장은 經書(경서)의 뜻에 심하게 매이지 않았고, 산길을 다니며 생각하고 나무 위에 올라 풍월을 읊다 그러기를 한참 하면 문득 통곡하고는 머리를 깎고 중이 되었다. 나이 마흔일곱에 홀연히 머리를 기르고 장가를 들어 慶州(경주) 金鰲山(금

오산) 아래에 머물러 살며, 긴 띠를 엮어 절을 짓고 金鰲新話(금오신화)를 지었다. 사람들이 벼슬길에 나갈 것을 권유했으나, 끝내 굽히지 않았다. 徐巨正(서거정)이 일찍이 國士(국사)로 불릴 때 呂尙(여상: 강태공)이 낚시하는 그림을 갖고 시 지어주기를 부탁하니, 바로 시를 지어주기를,

> 바람 쓸쓸하게 스치우는 낚시터엔
> 渭川(위천)[274]의 물고기와 새들이 세상을 다 잊었네
> 어쩌자고 늘그막에 鷹揚將(응양장)[275]이 되어서
> 공연히 伯夷(백이) 叔齊(숙제) 고사리 캐다 굶어 죽게 하였는고

라고 하였다. 얼마 안 있어 妻(처)가 죽자 다시 승려가 됐다 나이 쉰아홉에 화장하여 장사 지내지 말라는 지시를 남기고 鴻山(홍산) 無量寺(무량사)에서 숨을 거두었다. 절 옆 빈소에 3년을 놔두었다가 장차 땅 위에 안치하려 빈소를 여니, 얼굴이 살아있을 때와 또 같았다. 중들이 부처가 되었다 하여 茶毗(다비: 불교식 화장)를 하고 浮屠(부도)를 세웠으며, 詩集(시집) 및 歷代年紀(역대년기)가 세상에 나와 있다. 正祖(정조) 甲申(갑신)년에 吏曹判書(이조판서) 贈職(증직)이 내려졌고, 諡號(시호)는 淸簡(청간)이다. 오호라! 벼슬 높거나 큰 부자라 해도 鐵石(철석)같은 지조는 굽히지 못했으니, 순수한 충절의 큰 절개는 가히 해와 달과 빛을 겨룰만하다. 이미 綱常(강상)이 추락한 땅에 다시 그 강상을 붙들어 올리고, 미래의 세상에 의리를 밝혔다. 栗谷(율곡)이 公(공)의 傳記(전기)를 지으며 말하기를 "百世師(백세사)"-백세의 스승-라 하였다.

절은 그윽이 깊은 곳에 있으나, 관광 오는 차바퀴가 끊이질 않는다. 極樂殿(극락전)은 新羅(신라) 文武王(문무왕) 때 梵日國師(범일국사)가 의해 처음 지었고, 高麗(고려) 高宗(고종) 때 중건되었다. 懸板(현판)은 梅月堂(매월당)이 쓴 바로 매우 화려하여 國寶(국보)가 되었다. 앞에는 오층석탑이 있는데, 조각

---

274) 강태공이 곧은 낚시 바늘로 세월 보냈다는 물가 이름
275) 날래고 용감한 장수

이 기묘하다. 석등 또한 묘하다. 또 우리 太祖(태조)가 기도하던 太祖庵(태조암)이 있고, 매월당이 거처하던 집은 지금은 山神閣(산신각)이 되어 그 안에 매월당 초상을 봉안하고 있다.

　　五倫之中 三綱最重 忠其君孝其父烈其夫 事雖三而理則一也 其忠則守節而遯世 抗賊而盡命 誠難矣 史多闕文 余有事于鴻山 偶過萬壽山中無量寺 梅月堂金先生時習 字悅卿 僧名雪岑 生八月知書 三歲能綴文 五歲通庸學 號神童 世宗聞之 召致承政院知申事朴以昌 試之曰 童子之學 白鶴舞靑空之末 時習對曰 聖主之德 黃龍翻碧海之中 指三角山爲題 應製曰 束立三峰貫太靑 登臨可摘斗牛星 非徒岳岫興雲雨 能使邦家萬世寧 以昌抱置膝上屢試 果捷而佳 上仍敎曰 予欲親見 恐駭俗聽 宜勗其家 韜晦敎養 待年將學業成就將大用 卽賜帛五十匹 使自運去 時習遂綴其端曳之而出 由是名振 天下稱以五歲神童而不名 年十三受論孟詩書于金泮 文宗昇遐 端宗幼沖遜位 時習年二十一 讀書三角山中 乃大哭 悉燒其書 因亡去隱於浮屠 僧號雪岑 或贅世翁 爲人身雖短小 豪邁英發簡 率無威勁 直不容人過 傷時憤俗 遂放形骸域中山川 足跡殆遍 文章不甚經意 而思山行題詩 樹上諷詠 良久輒哭而削之 年四十七 忽長髮娶妻 卜居慶州金鰲山下 搆茸長寺于金鰲山 著金鰲新話 人勸之以仕 終不屈 徐居正嘗以國士稱 居正嘗以呂尙釣魚圖求詩 卽題曰 風雨蕭蕭拂釣磯 渭川魚鳥識忘機 如何老作鷹揚將 空使夷齊餓採薇 未幾妻死 而復爲僧 年五十九 遺戒勿燒葬而卒於鴻山無量寺 殯於寺傍 三年將葬 啓殯面如生時 寺僧以爲佛爲茶毗 而立浮屠 詩集及歷代年紀 行于世 正祖甲辰 贈吏曹判書 謚淸簡 嗚呼雄卿巨富 不足以屈鐵石之志 精忠大節 可以爭日月之光 扶綱常於已墜之地 而明義理於未來之世 栗谷作公之傳 謂之百世師 寺在幽深處 而觀光車轍不絶 極樂殿新羅文武王時梵日國師初創 而高麗高宗時重創 懸板梅月堂所書 甚華麗爲國寶 前有五層石塔 彫刻奇妙 石燈亦妙 又有我太祖祈禱之太祖庵 梅月堂居處室 今爲山神閣 奉安梅月堂肯像

林川聖住山記
임천성주산기

　高麗(고려) 太祖(태조: 왕건)가 三韓(삼한)을 통합하며, 나랏일에 유리한 것이 있으면 하지 않는 것이 없었다. 그러며 이르기를 "釋迦(석가)로 다스림을 도울 수 있고, 그 교화로 포악한 역도를 교화시킬 수 있으니 그 가르침이 밝혀질 수 있도록 도움이 있게 하고, 무릇 塔(탑)과 廟(묘)를 세우는 데는 반드시 山川(산천)의 陰陽(음양)과 逆順(역순)의 형세에 맞도록 하라."라고 하였다.

　佛敎(불교)는 新羅(신라) 때 시작되어 高麗(고려)에 이르러 세간에 크게 유행됐으니, 普光寺(보광사)는 林川(임천)의 聖住山(성주산)에 있다. 이 산은 임천과 藍浦(남포)의 경계가 되며, 절에는 此君樓(차군루)가 있는데 元(원)나라의 危素(위소)가 重創(중창)했다.

　비석에 쓰여 있기로는: "옛날 三韓(삼한)에 大浮圖(대부도: 고승) 圓明國師(원명국사)가 세상의 영화를 사절하고 그 참 뜻을 얻기 위해 귀의하였다. 고려 국왕이 재상 張沆(장항)을 보내 뒤쫓게 하여 林州(임주)에 이르렀다. 임주에는 보광사가 있는데, 계곡과 산이 그윽이 빼어나니 耆宿(기숙: 늙어 덕망과 경험이 많은 사람) 東湛(동담) 등이 尙書(상서) 田沖用(전충용)과 함께 막아서 이곳에 머물게 하였다. 그 門人(문인)이 삼천여 명이나 되어 거주할 집이 부족하였으므로, 楊廣道按廉使(양광도안렴사) 崔玄佑(최현우) 군을 받아들여 그 官屬(관속)을 거느리고 계획을 세워 증축하려 하였다. 먼 곳 가까운 곳 모두에서 이 소식을 듣고 이르러 施主(시주)하는 자들이 구름처럼 모이니, 僧寮(승료) 賓館(빈관) 倉庫(창고) 庖廚(포주)가 갖추어지지 않은 것이 없어 백여 칸 집이 되었다. 국사의 큰 형 判典客寺事(판전객시사) 金永仁(김영인) 군과 둘째 형 平陽君(평양군) 金永純(김영순)이 감격하여 發願(발원)해서 家僮(가동) 백 명과 밭 백 이랑을 절에 맡기니, 성대하게 大道場(대도량)이 되었다. 국사의 이름은 沖鑑(충감)이요, 號(호)는 雪峰(설봉)이다. 어려서부터 자극 있는 음식은 먹지 않았고, 조금 자라서는 禪源寺(선원사)에서 머리를 깎고 慈悟國師(자오국사)를 모셨다. 일찍이 중국 양자강 부근 동쪽을 두루 돌아다니고 돌아와서는 선원사의 주지로 15년을 있으며 불교의 뜻을 널리 드날렸고, 보광사에서 4년을 있다 65세에 入寂(입적: 승려의 죽음)하였으니 문인들이 비석을 세운다.”라고 돼있다.

　康好文(강호문) 공이 詩(시)를 지어 이르기를,

　　　물과 돌 잘 어우러진 천 년의 땅에
　　　향불 등이 비추는 곳은 작은 방 안이네
　　　老僧(노승)은 寂滅(적멸)을 담론하고
　　　童子(동자)는 圓通(원통)[276)]에 예를 올리네
　　　고개 위에 많은 구름 희디 희고
　　　창문 사이로 해는 이미 붉었네
　　　居士(거사) 있는 窟(굴)을 찾아가려 하나
　　　나는 듯 굽은 길이 멀리 공중에 서려있네

라고 하였다.

　聖住寺(성주사)는 성주산의 북쪽에 있는데, 땅은 藍浦(남포)에 속한다. 신라 때에 朗慧和尙(낭혜화상)이 武烈王(무열왕)의 8대손으로 法名(법명)은 無染(무염)이었는데, 唐(당)나라에 들어갔다 20여 년 만에 귀국하여 성주사를 중건하고, 眞聖女王(진성여왕) 2년에 이 절에 머물다 입적했다. 崔孤雲(최고운) 선생이 낭혜화상의 白月葆光塔(백월보광탑) 碑文(비문)을 지었으나, 임진왜란 때 모두 불타 없어졌다. 塔碑(탑비) 및 石塔(석탑)과 石燈(석등)은 남아있어 지금은 고적 보호를 위해 보호각을 세워 비와 눈을 피하고 있다.

　辛酉(신유: 1981)년 봄에 내가 우연히 임천으로 여행하게 되어 이 地境(지경)에 들어왔다. 층층이 쌓인 산봉우리가 뒤를 안아주고 앞에서는 인사드리며 빽빽이 아울러 서있어, 수려한 빛이 있고 깊은 골짜기가 왼쪽으로 굽었다 오른쪽으로 돌았다 하며 굽이굽이 통로를 만들어, 밝음을 더하는 기운이 있다. 모래사

---

276) 관세음보살의 다른 이름

장에서는 새들이 숲에서는 토끼가 드나들고, 언덕에 꽃과 냇가의 버들이 붉고 푸르니 능히 시인이 한잔 술에 시 한 수 읊고 싶은 기분이 들게 한다. 그러나 천년 지나간 일은 뽕나무 밭이 바다가 되듯 변해 버리고, 사방의 모든 것은 그대로 있다 하나 번영하였으니 감개한 회포를 어쩌지 못해 시 한 수 짓고 돌아왔다.

高麗太祖統合三韓 有利家邦事 無不擧謂 其釋氏可以贊理其化 暴逆裨闌其敎 凡立塔廟 必相山川陰陽順逆之勢 佛敎始於新羅 而至高麗大行于世 普光寺在林川聖住山 山爲林川藍浦之界 寺有此君樓 元朝危素重創 寺碑云 昔三韓大浮圖圓明國師 謝絶世榮 歸求其志 高麗國王遣宰相張沆 追及於林州 州故有普光寺 溪山幽勝耆宿東湛等 與尙書田冲用遮留於此 其門人三千餘人 以室居不足 以容楊廣道按廉使崔君玄佑 率其官屬 謀爲增葺 遠近聞風而至 施者雲聚 僧寮賓館倉庫庖廚 無不畢備 爲屋百餘間 師之伯氏 判典客寺事 金君永仁 仲氏平陽君永純 感激發願 家僮百口田百頃 歸于寺 蔚然爲大道場 師諱冲鑑號雪峰 自幼不茹葷 稍長祝髮於禪源寺 禮慈悟國師 嘗周遊吳楚 東還住持禪源寺十五年 弘揚宗旨 來住普光四年 以六十五歲入寂 門人立碑 康公好文詩曰 水石千年地 香燈一畝宮 老僧談寂滅 童子禮圓通 嶺上雲多白 窓間日已紅 欲尋居士窟 飛路逈盤空 聖住寺在聖住山之北地 屬藍浦 新羅時朗慧和尙 以武烈王八代孫 法名無染 入唐二十餘年 歸國重建聖住寺 眞聖女王二年 住此寺而入寂 崔孤雲先生讚朗慧和尙白月葆光塔碑文 壬辰倭亂燒盡 塔碑及石塔石燈尙餘 今爲古蹟保護建保護閣 避雨雪 辛酉之春 余偶作林川之行 入此境 層巒疊嶂 後擁前拱 矗矗然幷峙 有秀麗之色 絶壑深谷 左轉右旋 曲曲而成 巷有陽明之氣 沙鳥林兔之出沒 岸花澗柳之紅綠 能惹騷人之觴詠 然事去千年 滄桑已變 四方物華依舊繁榮 不勝感慨之懷 賦詩而還

崔氏旌閭重修記

최씨정려중수기

三綱五常(삼강오상)은 宇宙(우주)의 棟梁(동량)이요, 生民(생민)의 柱石(주석)이다. 五常(오상) 중에 三綱(삼강)이 중하다. 어버이에게 효도하고, 임금에게 충성하고, 지아비에게 절개 굳은 것이 일은 비록 다르나 이치는 하나이며, 그중에서도 효도가 제일 중하다. 만약 사람이 이를 모른다면 바로 禽獸(금수)와 가까우니 先聖(선성)이 사람들을 가르침에 明倫(명륜: 윤리를 밝힘)을 우선으로 하고, 그 고유의 타고난 性稟(성품)으로 인해 매일 매일 통상으로 하는 일에 힘쓰게 하는 것이다. 이는 예나 지금이나 귀하거나 천하거나 다름이 없다. 그중에서 忠(충) 孝(효) 烈(열)이 卓異(탁이)한 사람이 있으면 鄕里(향리)로부터 기려 드러나게 하고, 나라에서는 旌表(정표)의 恩典(은전)이 있으니 이는 백성에게 善行(선행)을 권장하여 風格(풍격)과 聲望(성망)을 百世(백세)에 심어 세우는 것이다.

忠州(충주)가 본관으로 敎官(교관) 贈職(증직)을 받은 崔濟(최제) 공은 대대로 楊州(양주) 嘉佐里(가좌리)에 살아왔다. 孝行(효행)이 있어 아버지가 아파 위독할 때 똥을 찍어 맛보고 손가락을 잘랐다. 城(성)안으로 들어가 약을 구하는데 폭우로 인해 냇물이 불어 건널 수가 없었으나 무릅쓰고 물을 건너니, 물이 홀연히 줄어들어 무난하게 냇물을 건넜다. 옆에 있던 사람이 물을 건너려 하였으나, 물이 다시 갑자기 늘어 감히 건너지 못하니 至誠(지성)이면 感天(감천)이런가! 哲宗(철종) 甲寅(갑인)년에 그 旌閭(정려)를 명 받았다.

參判(참판) 증직을 받은 玄孫(현손) 崔爀(최혁) 또한 효행이 있었다. 아버지가 아플 때 똥을 맛보고 손가락을 잘랐으며, 매일 밤 하늘에 기도하니 아버지가 起死回生(기사회생)하였다. 高宗(고종) 乙巳(을사)년에 정려를 명 받았다. 공적인 의논이 올바름으로 귀결된 것을 볼 수 있으니, 참판의 아들 同敦寧(동돈녕) 崔圭錫(최규석)이 정성을 쌓아서 이룬 바이다. 동돈녕도 행실이 지극하여 士林(사림)의 추앙 받는 바가 되어, 살아있을 때 이미 기려 드높이자는 논의가 있었으나 죽은 후 세상이 어지러움에 놓여 이루어지지 못했으니 이는 세상의 도리를 위해 사람들이 애석해 하는 바이다.

庚戌(경술)년에 동돈녕의 손자 崔憲永(최헌영)이 지붕 띠를 걷어내고 기와로 덮어 중수하고, 朴豊緒(박풍서) 공이 記文(기문)을 지었다. 또 수십 년이 지나 최헌영의 손자 崔勉承(최면승)이 여러 차례 수리하여 새롭게 했으니, 그 德行(덕행)은 밝게 孝烈錄(효열록)에 실려 있다.

孝(효)라는 것은 여러 사람 마음이 한가지로 여기는 德(덕)이요 온갖 행위의 근원이니 누군들 세상에 잘난 자손이 있어 忠(충)과 孝(효)로 집안을 이어 家業(가업)이 무궁하기를 바라지 않는 이가 있겠는가! 그러나 한두 세대가 지나지도 않아 쇠퇴하여 이름을 떨치지 못하는 일이 흔히 있으니, 그 선조의 田園(전원)과 第宅(제택)이 주인이 바뀌어 버리는 일이 많다. 崔(최) 공의 嗣孫(사손: 제사를 잇는 후손) 최면승이 공경하여 선조의 덕행을 잇고 6백 년 대대로 전해 내려온 舊基(구기: 옛터전)를 지키고, 또 耕地(경지: 경작지)를 늘렸다. 賢者(현자)를 흠모하는 정성과 조상을 숭모하는 마음을 돈독히 하여, 그 선조의 齋室(재실) 石儀(석의) 祭田(제전)을 정성을 다해 수호하고 미비한 것을 쫓아 보완하니 近世(근세)에 보기 드문 사람이다.

年前(연전)에 내가 楊州(양주)에 갔다가 돌아오는 길에 최씨 先塋(선영)에 올라보고 故宅(고택)에 들어가서, 그 산소가 잘 가꾸어져 蔭德(음덕)이 쌓이고 第宅(제택)도 예와 다름 없으며 旌門(정문)도 중수 되고 채색도 역시 더해졌음을 보았다. 百世(백세) 전해오는 집안을 지금까지도 대대로 지키고 그것이 연유한 바를 궁구하는 것은 현명한 선조와 잘난 자손이 덕을 깊이 심어 음덕이 두터워져 이루어진 것이 아님이 없다.

내가 비록 글재주는 졸렬하지만 그 선조를 잇고 후손을 여유 있게 하는 德業(덕업)에 감동하여, 삼가 정려를 重修(중수)한 일에 대해 이리 쓴다.

三綱五常 宇宙之棟樑 生民之柱石 五常之中三綱爲重 孝於親忠於君烈
於夫 事雖三而理則一 而孝最重焉 人若不知此則 卽近於禽獸 故先聖敎人

以明倫爲先 因其固有之性 而勉其日用庸行之職 此則無古今貴賤之殊 而
其中有忠孝烈卓異之人 必自鄕有褒彰之擧 國有旌表之典 所以勸善行於此
民樹風聲於百世也 忠州崔公贈敎官濟 世居楊州嘉佐里 有孝行 親患危篤
嘗糞斷指 入城求藥 因暴雨溪漲不能渡 冒險渡水 水忽減而無難越川 而傍
人欲渡水復急增 不堪渡 至誠感天 哲宗甲寅命旌其閭 玄孫贈參判爀 亦有
孝行 親患嘗糞斷指 每夜禱天 起死回生 高宗己巳 命旌閭 可見公議歸正 而
參判之子同敦寧圭錫 積誠所就也 同敦寧有至行 爲士林所推仰 而其生也
已有褒揚之議沒 而値世亂未就 是爲世道士林所惜也 庚戌同敦寧之孫憲永
掇其茅而覆以瓦重修 朴公豊緒作記 又經數十年 憲永之孫勉承 數次修理
而新之 其德行昭載於孝烈錄 孝者一心之德 而百行之源 孰不欲 世有肖孫
忠孝傳 家業垂無窮 然不得經一二世 而衰替不振者比比有之 其先祖之田
園第宅 易主者多矣 崔公之嗣孫勉承敬承 先祖之德行 謹守六百年 世傳之
舊基又增耕地 敦於慕賢之誠 篤於崇祖之心 其先祖齋舍 石儀祭田 彈誠守
護 追補未備 近世稀有之人 年前余往楊州 回路登崔氏先塋 入故宅 觀其松
楸接柯 桑梓積陰 第宅依舊 而重修旌門 亦是增彩百世苑裘之業 今尙世守
究其所由 無非賢祖肖孫之種德 深而餘蔭厚也 余雖辭拙 感其承先裕後之
德業 謹叙旌閭文重修之事

敬慕齋記
경모재기

自古(자고) 이래로 선조의 묘소 아래 齋閣(재각)을 짓는 것은 여러 자손을
모아 선조를 흠모하고자 하는 뜻이고, 더욱이 제사를 주관하는 사람의 齋戒(재
계)하는 곳으로 祭器(제기)와 제사에 바칠 희생물을 갈무리해 놓는 곳이다. 조
상의 무덤을 우러러보기를 아버지와 할아버지의 영령이 내려오시는 것처럼 보

아 봄가을로 향불을 피어 올려야 하니, 어찌 자손이 목욕재계할 곳이 없어서야 되겠는가!

　대구 팔공산 남쪽에 道德峰(도덕봉)이 있고, 봉우리 아래 國優洞(국우동)에 新池山(신지산)이 있다. 乙坐(을좌: 남동동 방향의 자리) 언덕에 忠勳府都事(충훈부도사)를 지낸 湖隱(호은) 金永海(김영해) 공 이하 3대의 무덤이 있는 곳이다. 층층이 쌓인 산봉우리가 뒤에서 꺼안아 주고 앞에서 인사드리며 우뚝 아울러 서있으니, 경치가 수려하다. 湖隱(호은) 공은 경주 사람으로 신라 왕족 계열이다. 고려 때 金仁鏡(김인경)이 監修國史(감수국사)로 있다 平章事(평장사)로 벼슬을 그만두었는데, 文武(문무)를 겸비하여 일세의 이름난 신하로 諡號(시호)는 貞肅公(정숙공)이고 杜谷書院(두곡서원)에 배향되었다. 우리 조선 때 金東樂(김동락)은 덕을 숨기고 벼슬하지 않으며 대구로 옮겨 살았으며, 4대를 전해 내려온 金繼瑞(김계서)는 吏曹參議(이조참의)로 公(공)의 6대조이다. 公(공)은 일찍이 功名(공명)을 마다하고 자연에 물러나 은거하며 후학들을 가르쳤다. 또 성품도 仁厚(인후)하여 즐겨 베풀고 상대의 귀천을 가리지 않아 모든 이에게서 환심을 얻었다. 공명에 염증을 느껴 작은 밭에 즐거움을 붙이고, 그 작은 밭에 별장을 만들어 숨어 지냈다. 의당 취향에 따라 거문고와 책을 안고 계곡물과 언덕에서 노닐며 헛헛해도 그저 지냈으니, 남기신 향기를 떠맡을 수 있다. 曾孫(증손) 등이 산 아래에 齋舍(재사)를 중건하고 일이 끝났음을 고하니 마루 방 부엌이 질서 정연하다. 현판에 이름을 짓기를 敬慕齋(경모재)라 하니 山川(산천)의 기상이 과연 맑고 기이하여 용이 꿈틀대고 호랑이가 웅크린 것 같다. 집의 규모가 크고 화려하지는 않으나 새가 날 듯 솟아올랐으니, 선조의 일을 잘 이어 받았음이 확실하다. 燕翼(연익: 조상이 자손을 편안하게 도움)이 끼침이 있어 그래서 누리고 또 빛난다. 齋明(재명: 제사를 위해 심신을 깨끗이 함)의 성대한 禮(예)는 살아서 끝나고, 살아계실 때 섬기는 도리는 죽어서 끝나니 죽은 조상을 섬기는 예는 봄에 이슬이 내리거나 가을에 서리가 내리거나 두려워 조심하는 마음을 다하지 못하는 것이니, 天理(천리)나 人情(인정)에 스스로 끝낼 수 없는 것이다. 자손의 도리를 다하는 것은 여기에서 끝나는 것이니,

廷塤(정훈)이 내게 齋記(재기)를 청했다.

戊辰(무진: 1928)년 가을에 本生(본생: 양자 나오기 이전의 친가) 돌아가신 아버지 丙河(병하)께서 지으신 바나, 세월이 오래되어 황폐하고 무너져 여러 종족이 협력하여 중건했다 하니 쇠퇴하여 끝나가는 세상에 조상을 위하는 자자드문데도 능히 이리 한 것은 진정 성대한 일이다. 사양하지 않고 이 일을 이리 적는다.

　自古以來　先墓之下建齋閣者　取諸子孫慕先之義　而尤爲主祭者　致齋之所藏　籩豆供犧牲之處　仰瞻邱隴之桑梓　如見父祖陟降之靈　薦香火於春秋　詎無子孫齋沐之所　大邱八公山之南有道德峯　峰之下國優洞有新池山乙坐原忠勳府都事湖隱金公諱永海　以下三世衣履之葬也　層巒疊峯　後擁前拱　兀然幷峙　有秀麗之色　湖隱公慶州人　系出新羅王族　高麗有諱仁鏡　監修國史以平章事致仕　才兼文武　爲世名臣　謚貞肅　公享南原杜谷書院　我朝有諱東樂　隱德不仕　移居大邱　四傳諱繼瑞　吏曹參議　公之六代祖也　公早辭功名退居林泉　訓誨後學　性又仁厚　喜施與客無貴賤　皆得歡心　厭功名樂畎畝　棲遯之別業　宜趣抱琴書遊澗　阿蔿軸遺芬　可把曾孫等　重建齋舍于山下　功告訖　軒室廚庖　秩序有容　題額曰敬慕齋　山川氣象　果淸奇而龍盤虎踞　棟宇規模　非壯麗而鳥革翬飛　肯堂肯構允矣　燕翼之貽謨　乃享乃將　煥乎齋明之盛禮　生而盡事生之道　死而盡事死之禮　春露秋霜　不勝怵惕之心　天理人情之所不能自已　爲子孫之道於斯盡矣　廷塤請余以齋記　戊辰秋　本生先考諱丙河所築　而歲久荒頹　與諸宗協力重建云　叔世人事爲先者少　而能如此眞盛事也　不辭而敍其事

昭陽亭記

소양정기

위로는 하늘이 있고 아래로는 땅이 있어, 사람은 그 사이에서 난다. 하늘과 땅이 사람을 수고롭게 하나니, 살아서는 누군들 그 수고로움이 없겠는가! 文士 (문사)는 글을 짓느라 수고롭고, 武夫(무부)는 활 쏘고 말 달리는 데 수고롭고, 工人(공인)은 물건 만드느라 수고롭고, 農民(농민)은 곡식 뿌리고 거두는 데 수고롭다.

나는 詩禮(시례)의 집안에서 태어났으나, 태어난 때가 좋지 못해 나이 겨우 아홉에 나라가 망했다. 굳게 옛 틀을 지키며, 賢師(현사)의 문하에 드나들어 자신을 수양하고 백성을 다스리는 방책을 들어 익혔다. 어리석게 지킨다 무어라 할지라도 본성을 바꾸지 않고, 근신하며 자연에 종적을 감추어 남에게 영달했다 들려지기를 바라지 않았다. 先君(선군: 돌아가신 아버지)이 나라를 위해 하던 일을 잃으시니, 나이가 弱冠(약관: 스무 살)이 안 되어 서울과 지방 각지를 떠돌며 江山(강산)에 휘파람 불며 이리저리 다녔다. 온갖 것이 번영하는 것을 보고 서리 내려 낙엽 지는 때에는 발걸음 옮기며 회포를 풀었고, 눈 내린 창문에 차갑게 달 비칠 때에는 화로를 끼고 詩(시)를 읊으며 안개 낀 물결 가에서 소요하고 자연 속에서 배회했다. 물고기와 새우를 짝하고 사슴을 벗하며, 유연하게 맘 가는 대로 하여 장차 늙을 것이라는 것도 알지 못했다.

대저 형상이 기이한 것은 들어나 눈에 띄는 바에 있고, 이치의 오묘한 것은 마음이 얻어 가지는 바에 숨어 있다 하였다. 눈으로 기이한 것을 보는 것은 지혜롭거나 어리석거나 모두 한가지로 그 한편만 볼뿐이요, 마음으로 그 이치를 얻는 것은 오직 君子(군자)만이 그리하여 그 전체를 즐기는 것이다. 그러므로 孔子(공자)께서 말씀하시기를 "仁者樂山(인자요산) 智者樂水(지자요수)"라 하셨으니, 이치를 모르고서는 글이 이루어지지 않는다.

집안사람들이 수고롭게 마음을 써주어 힘들여 나이가 여든을 넘게 되었으나, 매양 시 짓는 버릇으로 인해 山水(산수)의 기묘함에 마음만 달려가니 우뚝 높이 솟은 것은 산이라 하고, 바삐 흘러 가버리는 것은 물이라 하더라. 산수는 스스로 그 빼어남을 떨치지 못하고 사람을 기다려서야 만 그 빼어남을 전할 수 있으니, 나 또한 그 맑고 빼어남에 기뻐하여 좋아하는 것은 그 기묘함을 얻으려 하는 것이 아니라 그 전체를 좋아하고자 하는 것이다.

文字(문자)라는 것은 天地之間(천지지간)에 썩지 않는 것이니, 自古(자고)로 高人(고인) 名士(명사)가 江山(강산)의 빼어난 경치를 글로 주고받은 것이 몇이나 되는지 모른다. 李謫仙(이적선: 이태백)의 採石(채석)의 달이나 蘇東坡(소동파)의 赤壁(적벽)의 배를 지금까지도 사람들이 어제 일인 것처럼 다투어 얘기하는 것도 다름이 아니라 문자가 있기 때문이다.

壬子(임자: 1972)년 가을 7월에 친구인 素石(소석) 朴鍾夏(박종하) 님이 내게 春川(춘천) 관광여행을 같이 하자 청하여, 昭陽詩社(소양시사)의 詩會(시회)에 가서 참석했다. 춘천은 옛 貊(맥)의 도읍이며 昭陽江(소양강)이 그 앞을 지나고 있고, 鳳儀山(봉의산)이 그 뒤를 지켜주고 있다. 강가에 정자 하나가 얽어매어 있는데 바로 昭陽亭(소양정)으로 옛날의 二樂樓(이락루)이다. 이 누각에 올라 내 번잡한 흉금을 씻어내고, 내 맺혀있던 생각을 풀어내며 산을 보고 그 仁(인)을 체득하고, 물을 보고 그 智(지)를 기르고, 솔개가 날아오르고 물고기가 뛰어오르는 것을 보고 자연 섭리의 나타남을 안다.

辛酉(신유: 1981)년 7월에 다시 와 누각에 오르니, 山川(산천)은 依舊(의구)로되 시를 같이 짓던 친구들은 많이도 신선이 되었다. 진정 이것이 蘇子(소자: 소동파)가 말한 "내 삶이 아주 잠깐임을 설워하고 저 긴 강의 무궁함을 부러워하노라."라고 한 것인가 보다.

하늘이 이름난 곳을 만들어 두 물의 빼어난 기묘함을 드날렸으니, 땅은 樂土(낙토)라 불려 嶺西(영서) 지방의 제일 도시가 되었다. 긴 강을 굽어보고 멀리 너른 들을 바라보니, 거울같이 맑은 물에 찬란한 배들이 오가는 것이 소나무 숲 배경에 비쳐 그림 병풍 앞 같다. 갈꽃은 눈처럼 어지러이 떨어지고, 숲 속에 새들은 피리소리 맞추듯 어울려 노래한다. 아침 햇살 저녁 달 千態萬象(천태만상)이 모두 누각 기둥 아래 모여드니, 잠깐 사이에 한 지역 빼어난 경치를 모두 본다. 난간 밖 風光(풍광)은 예나 지금이나 다름없이 그림이다. 앞에는 매미 소리가 관현악 소리 아니라도 좋고, 세상은 바뀌고 시간은 흘렀어도 남겨진 풍취를 우러러 기대어 바라보니 산은 높고 물은 길게 흐르는데 정자에 높이 앉으니 감흥이 있어, 가슴 속은 유연해 지고 마음은 넓어지며 정신은 편안해진 다. 이 멋진 경치가 사방에 소문이 나서 풍류를 즐기는 나그네들이 모두 한번 올라와 그 경치를 감상해보고자 하니, 이 어찌 빼어난 땅이 아니겠는가!

오늘 아침 이리저리 떠돌다 만나 다행히 이 이름난 곳에 와 같이 즐기다 어스름 다가와 구름 걷히니, 이 좋은 일을 어찌 서로 전하지 않을 수 있겠는가! 내 재주가 졸렬함에도 돌보지 않고 그 일을 위와 같이 적는다.

上有天下有地 人生其間 天地勞人以生則疇不有其勞乎 文士勞於文翰 武夫勞於射御 工人勞於造作 農民勞於稼穡 各以所學勞其生 余生詩禮之家生不辰 年甫九歲 王社蓋屋 固守舊規 出入於賢師之門 得聞修己治人之方 守拙謹愼 韜晦林泉 不求聞達 先君爲國失業 未弱冠漂泊京鄕 嘯傲江山 觀萬彙之敷榮 霜天落木 移屣而皆懷 雪窓寒月 擁爐而吟詩 逍遙於烟波之上 徘徊於泉石之間 侶魚蝦而友麋鹿 悠然自適而不知老之將至 夫形之奇者在乎顯而目所睹也 理之妙者 隱乎微而心所得也 目睹奇形 智愚皆同 而見其偏也 心得其理 惟君子爲然而樂其全 故孔子曰 仁者樂山 知者樂水 不知理而文不成 家徒費心力 年踰八十 每因詩癖 猶馳情於山水之奇 巍然峙者謂山 奔然 逝者謂山水 水不能自擅其勝 必待人而傳其勝 故余亦喜其淸秀而樂之 非得其妙而樂其全也 文字者天地之間不朽之物 而自古高人名士 酬酢江山勝致 不知幾許 而李謫仙採石之月 蘇東坡赤壁之舟 至今人之爭道如昨日事者 無他以其有文字也 壬子秋七月 素石朴友鍾夏甫 請余同春州觀光之行 往參昭陽詩社之詩會 春州古貊國 而昭陽江過其前 鳳儀山鎭其後 江上架一亭 卽昭陽亭 古之二樂樓也 登斯樓滌我煩衿 消我滯思 觀山而體其仁 觀水而養其智 觀鳶飛魚躍而知道體之昭著矣 辛酉七月 重來登樓 山川依舊 而詩友之化仙者多矣 正是蘇子所謂哀吾生之須臾 羨長江之無窮也 天作名區

擅二水之奇 勝地稱樂土 冠嶺西之都市也 俯瞰長江 遠望曠野 蘭橈往來於
明鏡之上 松林隱映於畫屛之前 蘆花如雪而亂落 林禽如笙而和歌 朝暉夕月
千態萬景 悉萃于軒楹之下 指顧之間 盡見一方之勝景 檻外風光 不古不今
之畫圖 窓前蟬聲 非絲非竹之笙簫 物換星移 仰遺風而倚瞻 山高水長 坐高
亭而感興胸次 悠然心曠神怡 此勝狀聞于四方風流之客 咸欲一登而償其景
豈非勝地乎 今朝萍逢 幸做名區之同樂 薄暮雲散 可無盛事之相傳乎 余不
顧才拙 敍其事如右

碑峰觀光記
비봉관광기

梁元帝(양원제)[277]는 글씨에 솜씨가 있었고 그림도 잘 그렸다. 스스로 宣尼
像(선니상: 공자 초상)을 그리고 기리는 글을 지어 쓰기까지 하니, 그 당시 사람
들이 三絶(삼절: 詩(시) 書(서) 畵(화)에 능한 사람)이라 하였다. 내가 젊었을 때
秋史(추사: 김정희) 선생의 글씨와 시를 보고 지금 또 그 그림을 보니 또한 삼절
이니, 이로부터 추모하는 마음이 배나 절실해진다.

癸卯(계묘: 1963)년에 湖西(호서: 충천도 지역)로 가는 길에 禮山郡(예산군)
新岩面(신암면) 龍宮里(용궁리) 秋史(추사) 古宅(고택)에 들렀다. 추사의 증조
할머니는 和順公主(화순공주)인데, 月城尉(월성위) 金漢藎(김한신)에게 시집
갔다가 지아비가 죽자 따라 죽어 旌閭(정려)가 있다. 앞에 白松(백송)이 있는데
추사가 燕京(연경: 지금의 북경)에서 옮겨와 그 할아버지 金興慶(김여경)의 묘
아래에 심은 것이다. 추사는 慶州(경주) 사람으로 이름은 正喜(정희)요 字(자)
는 元春(원춘)이요, 號(호)는 혹 阮堂(완당)이니 詩文(시문)과 글씨와 그림에

---

277) 중국 南北朝(남북조) 시대 梁(양)나라의 임금. (A.D.508~555)

능했으나, 글씨로 이름을 날렸다. 일곱 살 때 立春帖(입춘첩)을 써서 대문에 붙였는데, 樊岩(번암) 蔡濟恭(채제공)이 지나다 보고 사람들에게 물어보니 추사의 아버지 金魯敬(김노경)의 집이었다. 대대로 꺼림이 있어 서로 보지 않았는데, 특별히 찾아갔다. 김노경이 크게 놀라 묻기를 "어인 일로 소인의 집에 오셨습니까?" 하니, 채제공이 말하기를 "대문에 붙인 글씨는 누가 쓴 것이오?" 하였다. 김노경이 대답하기를 아들이 쓴 것이라 하니, 채제공이 말하기를 "이 아이가 필시 명필로 한 세상 이름을 날릴 것이오! 그러나 만약 글씨에 능하게 된다면 운명이 기구할 것이니, 절대 붓을 잡게 하지 마시오! 만약 文章(문장)으로 세상에 이름이 나면 반드시 크게 귀한 사람이 될 것이오!" 하였다.

후에 추사는 글씨로 세상에 이름이 났다. 처음에는 王羲之(왕희지) 글씨체를 배웠으나, 사신을 따라 중국에 들어갔다가 翁方綱(옹방강)을 보고는 그의 枯査體(고사체)를 배웠다. 문과 과거에 급제하여 벼슬이 兵曹參判(병조참판)에 이르렀다. 그의 아버지 김노경이 平安道(평안도) 觀察使(관찰사)로 있을 때, 翼宗(익종)[278]이 趙儼(조엄)의 손녀를 받아들여 왕비로 삼는다는 말을 듣고 조정에 글을 올려 '贓吏(장리: 횡령한 벼슬아치)의 손녀가 어찌 나라의 어머니의 자격이 있단 말인가!' 하였다. 이로 인해 神貞王妃(신정왕비)가 垂簾聽政(수렴청정)을 하게 되고, 김노경이 이미 죽음에 추사가 대신해 제주로 귀양 갔다가 10년 만에 비로소 돌아왔다. 귀양 가 있을 때 아내가 죽으니, 그 죽음을 애도해 시로 이르기를,

어찌하면 月下姥(월하로)[279]에게 가 저승에 호소하여
다음 세상에선 그대와 나 자리 바뀌어 태어날까
나 죽고 그대는 천 리 밖에 산다면
그대에게 내 이 슬픈 마음을 알게 해주리

---

278) 純祖(순조)의 아들 孝明世子(효명세자). 왕위에 오르지 못함.
279) 남녀의 결혼 배필을 주관한다는 신선 月下老人(월하노인)을 이름.

라고 하였다. 哲宗(철종) 7년에 죽었고, 와서 배운 자가 매우 많았다. 후에 門人(문인)들이 濟州(제주) 摹瑟浦(모슬포)에 謫廬碑(적려비: 귀양 와 살던 오막살이 기념비)를 세우고 또 자식이 없어, 채제공의 말이 어긋남이 없으니 매우 기이하다. 肖像畵(초상화)는 祠堂(사당)에 있으나, 半身形(반신형)은 門人(문인)인 小癡(소치) 許維(허유)가 그려 李家源(이가원) 교수가 소장하고 있는 阮堂先生海天一笠像(완당선생해천일립상)이 제일 이름이 나있다.

戊午(무오: 1978)년에 북한산 洗劍亭(세검정)에서 계곡을 따라 僧伽寺(승가사)로 올라가서 詩會(시회)에 참석했다. 다시 돌길을 거쳐 오르니, 봉우리가 깎아 세운 커다란 바위로 지어진 것 같아 碑峰(비봉)이라 불린다. 건너편에 비석이 있는데, 높이가 5척이니 바로 新羅(신라) 眞興王巡狩碑(진흥왕순수비)이다. 진흥왕이 영토를 확장하여 高句麗(고구려) 영지를 취하고, 변경을 순행하며 기념비를 세웠으니, 29년에 이 비석을 세웠다. 글자가 무뎌져 읽을 수가 없으나, 뒷면에 이것은 新羅眞興大王巡狩之碑(신라진흥대왕순수지비)라고 새겨져 있다. 丙子(병자)년 7월에 金正喜(김정희)와 金敬淵(김경연)이 와서 읽었고, 또 乙未(을미)년 8월 20일에 龍仁(용인) 사람 李濟鉉(이제현)이 있고, 또 丁丑(정축)년 6월 8일에 김정희와 趙寅永(조인영)이 같이 와서 남은 글자 68자를 살펴 정하니 碑文(비문)이 판독되었으나, 전하여 알려진 것이 없어 더는 판독되지 못한다. 지금은 國寶(국보)가 되었고, 이곳으로 놀러 오는 사람들이 매우 많다. 삼가 위와 같이 적는다.

梁元帝工書善畵 自畵宣尼像爲之讚 而書之時人稱三絶 余少時觀秋史先生書與詩 而今又觀其畵 亦三絶也 自此追慕倍切 癸卯湖西之行 歷入禮山郡新巖面龍宮里 秋史古宅 秋史曾祖母和順公主 嫁月城尉金漢藎 而夫死下從有㫌閭前有白 松秋史自燕京移來 植於其祖父興慶墓下也 秋史慶州人諱正喜字元春 號或稱阮堂 能於詩文書畵 以書擅名 七歲時 書立春帖貼於大門 樊巖蔡公濟恭過而見之 問人則秋史之父魯敬家也 有世嫌不相見 然特訪之 魯敬大驚曰 閣下何以訪小人之家 濟恭曰 大門所貼之書 何人書也 魯敬

對以兒子之書 濟恭曰 是兒必以名筆 擅名一世 然若能書則命爲崎嶇 絶不
使執筆 若以文章鳴世則必得大責矣 後秋史以書聞世 初學王羲之體 而隨使
臣入中國 而見翁方綱學其枯査體 文科官至兵曹參判 其父魯敬爲平安道觀
察使時 聞翼宗納趙儼孫女爲嬪 貽書朝廷曰 臟吏之孫 安可母儀一國乎 以
此神貞王妃聽政 魯敬已卒 秋史代謫于濟州 十年始還 在謫時妻卒 其悼亡
詩曰 那將月姥訟冥司 來世夫妻易地爲 我死君生千里外 使君知我此心悲
哲宗七年卒 來學者甚多 後其門人立謫廬碑于濟州摹瑟浦 而又無子 蔡公之
言 不違甚奇也 肯像畫在祠堂 而半身形 而李家源教授所藏阮堂先生海天一
笠像 門人小痴許維畫最著也 戊午七月 自北漢山洗劍亭 從溪谷上僧伽寺參
詩會 更由石逕而上 峰如削立 巨巖築成稱碑峰 而越便有碑高五尺 卽新羅
眞興王巡狩之碑 眞興王擴張領土 取高句麗領地 巡幸邊境 立紀念碑 二十
九年 立此碑而字頑不可讀 後面刻此新羅眞興大王巡狩之碑 丙子七月 金正
喜金敬淵來讀 又有乙未八月二十日 李濟鉉龍仁人 又有丁丑六月八份 金正
喜趙寅永同來 審定殘字六十八字 而碑文判讀 無傳故至今益不判讀 而今爲
國寶 遊人之來此者甚多 謹記如右

懸寺觀光記
현사관광기

　내가 어려서부터 新學問(신학문)을 익히지 않고, 끝내 아무것도 모르는 있으
나 마나 한 사람이 되었지만 나라의 원수는 잊지 않았다. 나이가 좀 들어서는
굳게 옛 법도를 지키며 달갑게 유유히 스스로를 버리는 무리가 되어 대대로
내려오는 家業(가업)을 이으려 하였다. 國運(국운)이 光復(광복)을 맞게 되어
서는 우리의 道(도: 유학)가 더욱 쇠퇴하여 세상과 내 마음이 어긋나니, 공연히
山水(산수)를 떠도는 버릇이 생겨 세상 걱정을 잊어버리고 술 한 잔에 시 한

수를 읊는 것으로 즐거움을 삼으려 하였다.

江山(강산)이 빼어난 경치로 나를 부르고, 스승과 벗이 맑은 인연으로 나를 일으키니 甲午(갑오: 1954)년 가을에 詩(시) 짓는 친구 네댓과 懸寺(현사)에서 약속이 있어 짧은 지팡이 짚고 옷 가볍게 입고 관광 여행을 했다. 산에 올라 꽃을 찾아보고, 물가에 나가 물고기를 바라보다 돌아서 新灘津(신탄진)에 이르러 물가를 따라 文義(문의) 廣院村(광원촌)에 이르렀다. 돌길을 거쳐 강 언덕에 오르니 절벽에는 단풍나무가 서있고, 텅 빈 물가에는 버드나무가 늘어져있다. 맑은 모래와 흰 돌 사이로 강이 흐르니, 錦江(금강)의 상류인 荊江(형강)이다. 산허리에 한 자리 차지한 伽藍(가람: 절)이 수십 길 절벽의 허리에 매달려 있다. 위로는 하늘의 구름을 찔러 北斗星(북두성)도 따올 수 있게 높이 수십 장을 형강 머리 아래에 솟아있고, 아래로는 파도를 누르며 물고기와 자라가 헤엄치는 것을 셀 수 있으니 懸寺(현사)라고 불린다. 언제 지어졌는지는 모르나 근년에 다시 수리되었고, 사람이 떠드는 소리 들리지 않아 極樂淨土(극락정토)의 맑고 한가로운 취미가 있다. 발을 걷으면 鷄山(계산)이 맑고 수려하며 층층이 바위가 용이 웅크린 것처럼 우뚝 서있고, 난간에 기대보면 형강이 구불구불 돌아 푸른 물결이 마치 걸어놓은 거울이 밝게 비치는 듯하다. 바람 흠뻑 받은 돛배와 모래톱 새들이 물녘 들에 出沒(출몰)하고, 자연이 확 트여 시원하니 詩人(시인)이 한 수 읊고자 하는 마음이 용솟음친다. 곰곰이 따져보고 세어보았자 세월이 얼마나 있겠는가! 너의 집인가 너의 사당인가 새로 지은 집이 높이 솟아 오뚝하네!

"僧語落漁船(승어낙어선)"–승려의 말소리가 고깃배에 떨어진다–라는 옛사람의 詩句(시구)가 있어 지금까지도 낭송해 전해지는데 그 對句(대구)가 아직도 지어지지 않았다 한다. 대저 불교는 慈悲(자비)와 喜捨(희사)로 德(덕)을 삼고, 報應(보응)에 差跌(차질)이 없음을 徵驗(징험)으로 삼으니 그 말이 매우 넓다. 東漢(동한) 때에 중국에 전해져서 멀리 우리나라까지 미쳤다. 신라에서 시작해서 고려에 이르러 더욱 독실하게 믿게 됐으니, 위로는 왕족과 귀족으로부터 아래로는 한낱 지아비와 어리석은 부녀자까지도 모두 복을 바라고 영화를 찾아서 佛像

(불상)을 받들어 모시고 歸依(귀의)하였다. 쇠를 녹이고 흙을 빚고 돌을 쪼고 나무를 깎고 혹은 비단 색실로 수를 놓아 모양을 만들어 잔잔히 엄숙하고 단정하게 했다. 法寶(법보: 불경)를 널리 드날리는 즉 경전의 서적과 祖師(조사)의 秘訣(비결)을 목판으로 인쇄하거나 붓으로 베꼈다. 집을 지어 부처를 봉안하고 寺(사: 절)라 부르거나 혹은 庵(암: 암자)라 불렀다. 향불의 기운이 사방 이웃에 훈훈하고, 종소리와 경쇠 소리가 사방에 들린다. 이 절은 크지도 작지도 않으나, 글을 하던 사람이 먼지구덩이 세상을 벗어나 佛堂(불당)에 와 머물면서 승려가 되었다. 삽살개 눈썹에 푸른 눈동자 감색 도포에 노란 하의를 하고 靑山(청산)과 白雲(백운)을 짝하여 앉아있다, 나를 맞아 서로 인사하고 한가로이 담론하며 앉았다.

굽혀 긴 강가에 나가 멀리 너른 들을 바라보니, 양쪽 강 언덕에 산의 형세는 두루 층층이 산봉우리들이 쌓여 군색한 데 없이 순탄하여 그림과 같다. 수십 마리 물새들은 무리 지어 울며 날아 물가 모래톱에 모이고, 헤엄치는 물고기들은 배 밑바닥에 발랄하거나 혹은 수면 위로 뛰어오른다. 어부는 배를 거꾸로 저어 물결 거슬러 지나가고, 나무꾼은 나뭇짐 메고 와서 구름 뚫고 가버린다. 가랑비가 도롱이를 파고드는데, 굽어서 농사짓는 노인 바라보니 석양에 피리소리가 멀리 목동에게서 들린다. 松蘿(송라: 비구니가 비 올 때 쓰는 조릿대 모자)는 산 아지랑이를 두르고, 빽빽한 푸른 벼와 삼은 비를 맞아 興(흥)이 나 벌컥 일어선다. 뭇 산은 안개 낀 하늘 아득한 아지랑이 사이로 솟아 나오고, 질펀한 들과 쇠잔한 마을은 보일 듯 말 듯 옹기종기 바둑판 같으니 그 千態萬象(천태만상)이 잠깐 사이에 모여 있다. 차를 타는 수고를 하지 않아도 한 곳의 빼어난 경치를 다 얻을 수 있으니 그림으로 그려도 그와 방불한 모습을 얻기 어렵고, 시로 짓는다 해도 다 담아낼 수 없다.

닻을 풀고 꽃배를 물 가운데로 띄워 사방을 둘러보니 마치 그림 병풍 속에 있는 듯하여, 마음은 넓어지고 정신은 즐거워지고 가슴은 유연해진다. 여러 친구들과 경치에 대해 주고받고 옛일과 지금 일에 대해 담론하니 얼마 안 있어 달은 하늘 가운데로 오고, 맑은 바람은 물 위로 불어오니 호호언 양양언 하여 마치 하늘에 올라 바람을 부려 세상 먼지 밖으로 떠도는 것 같다. 각자 韻字(운자) 넉 자를 넣어 시를 짓고는 興(흥)이 다해 절로 돌아와서 하룻밤 자고 돌아왔다.

시라는 것은 마음에서 나와서 말로 모양을 갖추니, 말의 精華(정화)이다. 이태백과 두보는 마주치는 것에 따라 그 회포를 그려냈고, 한유와 유종원은 일이 있을 때마다 그 情(정)을 시로 지었다. 시라는 것은 남에게 알려지기를 구하는 것이 아니고 성품에서 발현되어 情(정)에서 나오는 것이다. 그러므로 후세 사람들이 보면 자연히 알게 되는 것이다. 사람이 행한 일은 글로 적어져 후에 나타나고, 마음의 감정은 시에서 발현되어 뒤에 드러나게 된다. 사람이 만물의 精靈(정령)이 되어 草木(초목)이나 禽獸(금수)와 함께 없어져 들려지는 것이 없다면 그 어찌 슬픈 일이 아니겠는가! 우리네들이 술 한 잔하며 시 한 수 읊어 마음을 화창하게 펴는 것은 옛사람에게 많이 양보하고자 하는 것이 아니고 후에 없어지지 않고자 함이다. 뒤에 지금을 보는 것이 지금 옛날을 보는 것과 같을 것이니 만약 후세 사람들이 오늘 우리의 놀이를 보고 蘭亭(난정: 왕희지)과 香社(향사) 사이에 아울러 붙여주어서, 우리가 모임을 가진 뜻을 어기지 않게 되기를 바란다.

余自少不習新學終作空空無有之人 不忘國讐也 晚向固守舊規 甘爲悠悠自棄之輩 欲承世業也 及國運光復 而吾道益衰 世與心違 空成山水之癖 欲忘世慮而觴詠爲樂 江山召我以勝景 師友起我以淸緣 甲午秋與四五詩朋有懸寺之約 以短策輕衫 作遊觀之行 登山而訪花 臨水而觀魚 轉至新灘津 隨浦而至文義廣院村 由石逕而登江岸 楓立絶壁 柳垂空汀 江流於晴沙白石之間 錦江上流之荊江也 山腹有一座伽藍 懸于數十丈絶壁之腰 上干雲霄而星斗可摘 高聳數十丈 荊江之頭 下壓波濤而魚鱉可數而稱懸寺 不知建於何時 而重修於近年 無人馬喧囂之聲 有淨界淸閒之趣味 捲簾則鷄山淸秀 而層巖如盤龍之屹立 憑欄則荊江迂廻 而蒼浪若掛鏡之照明 風帆沙鳥之出沒 川原林泉之寬敞 聳東騷人之諷詠 載營載度 曾日月之幾何 乃堂乃

598

廟 新棟宇之突兀 古人有僧語落漁船之句 尙今傳誦 而無其對句云 夫釋氏
之道 以慈悲喜捨爲德 以報應無差爲驗 其言甚闊 東漢之時 驛傳于中國 遠
及海東 自新羅始而至高麗尤爲篤信 上自王公 下至匹夫愚婦 皆希福求榮
崇奉像設而歸依焉 鎔金塑土琢石刻木 或綵縷以繡 繪畫以貌 猗乎端嚴 法
寶之弘揚則經籍祖訣板印墨寫 築屋奉佛 稱以寺或稱庵 香火之氣 熏于四
隣 鍾磬之聲 聞於四方矣 此寺則不大不小 而文學之人 逃出於塵界 來住佛
堂爲僧 以尨眉碧眼 衣椹袍菊裳伴靑山白雲而坐迎我 而相揖閒談而坐 俯
臨長江遙望曠野 兩岸山勢周遭 層巒疊嶂 宛轉如畫 鷗鷺數十群 號鳴翔集
於洲渚之間 游魚潑刺船底 或跳上水面 漁夫逆舟而至 抗流而過 樵子荷擔
而來 穿雲而去 細雨披簑 俯見於農叟 夕陽吹笛 遠聞於牧童 松蘿帶嵐而鬱
乎 其蒼禾麻得雨而勃然 以興諸山聳出於烟空杳靄之間 平野殘村 隱約如
奕局 其千態萬象 悉萃於指顧之間 不勞車馬而得一方之勝景 畫圖而難得
其髣髴 賦詠未盡收拾矣 乃解纜而浮蘭舟 放于中流 回顧四方 如在畫屛中
心曠神怡 胸次悠然 與諸友酬酢風光 談論古今 少焉明月到天心 淸風來 水
面浩浩焉洋洋焉 若憑虛御風 而浮游於塵埃之外 各賦四韻 興盡而歸 寺一
宿而還 詩者出於心而形於言 言之精華也 李杜隨遇寫其懷 韓柳觸事而亦
賦其情 詩非求知於人 而發於性而出於情 故後人觀之 則自然知之矣 人之
行事 記於書而後顯 心之感情 發於詩而後著 人爲萬物之靈 而與草木禽獸
同歸泯滅而無聞 豈不哀哉 吾儕之觴詠暢敍 不欲多讓於古人 而欲不泯於
後也 後之視今 猶今之視昔 若使後人視吾 今日之遊 竝稱於蘭亭香社之間
庶不負結契之義也

尹重庵鼎鉉書室記甲午作追記

윤중암정현서실기갑오작추기[280]

이 세상사람 사는 데 힘들지 않은 것이 무엇이겠는가? 선비는 글 짓는 데 힘들이고, 무사는 활 쏘고 말 모는 데 힘들이는 것은 모두 장차 세상에 쓰여서 평안하게 다스리는 기술이기 때문이다. 장사꾼은 서로 물건 바꾸는 데 힘들이고, 匠人(장인)은 기예에 힘들이고, 농사꾼은 밭 갈고 씨 뿌리는 데 힘들이는 것은 각각 그 힘들이는 바로 그 삶을 보존하기 위한 것이다.

선비가 만약 세상에 쓰이지 않는다면 책을 읽고 농사를 지으며 분수를 지켜 도리를 즐기지 않으면 안 된다. 작게는 자기 한 몸의 번영과 쇠망에서 크게는 한 나라의 흥망성쇠가 모두 정해진 운수가 있어 억지로 할 수 있는 것은 아니나, 비록 부유해지기를 마음먹지 않는다 해도 부모를 봉양하는 것은 불가불 준비를 해야 한다. 부모의 뜻에 맞추어 그 몸을 봉양하는 것은 분수를 지키는 것이니, 살림이 누차 비어 궁핍하다 하여 걱정을 해서는 안 된다.

公州(공주) 石峰里(석봉리) 아래 沙峰村(사봉촌)에 친구인 重庵(중암) 尹鼎鉉(윤정현)이 있는데, 儀容(의용)이 단아하고, 재주가 명민하며 엄정하게 자기 자신을 다스렸다. 대대로 이 마을에 사니, 좋은 땅을 고른 것이다. 무리 지은 산봉우리들이 병풍처럼 다가오고, 계룡산으로부터 한 줄기 냇물이 옥구슬을 쏟아낸다. 멀리는 금강과 통하고, 숲은 무성하고 대나무는 길쭉길쭉하다. 背山臨水(배산임수)하여 여남은 동 집을 지으니 지붕은 반듯하게 하여 넓히고, 처마는 겹쳐서 깊숙이 하여, 집 기둥이 시원히 넓어 바람과 비를 막아준다. 사치스럽지도 않고 너무 검소하지도 않으니, 안팎을 분별하여 가운데에 온돌방을 만들어 추위를 제어할 수 있게 했다. 왼쪽에는 夾室(협실)이 있어 책을 보관하는 곳이요, 오른쪽에는 堂(당)이 있어 손님을 접대하는 곳이다.

尹(윤) 군은 이 세상과 단절할 생각이 있고 성품이 江山(강산)을 사랑하여,

---

280) 重庵(중암) 윤정현 서실기 : 갑오(1954)년에 지은 것을 뒤에 기록함.

뜻을 술과 詩(시)에 맡겼다. 좋은 때와 빼어난 경치를 마주치면, 옛 친구를 불러 맞아 언덕에 오르거나 물에 배를 띄웠다 興(흥)이 다하면 돌아왔다. 나는 같은 모임의 친구로 또한 그 모임에 참여했다. 앞에는 텃밭을 마련하여 꽃과 채소를 심었고, 뒤에는 과수원을 만들어 복숭아 자두 감 밤나무를 길렀다. 수백 이랑 논밭을 두어 뽕 삼 벼 수수를 심고, 소 양 닭 돼지를 길렀다. 봄이면 밭 갈고, 여름이면 김매고, 가을이면 거두고, 곡식으로 물고기와 고기를 바꾸니 부모가 맛있는 음식을 자실 수 있고, 처자식이 입고 먹는 데 고단함이 없다. 수레와 배가 걷고 물 건너는 어려움을 대신해주고, 심부름꾼이 있어 거동하는 수고로움을 족히 쉽게 해준다. 좋은 때 맑은 경치를 만나면 친구와 모여 강 위에 배를 띄우고 바람을 따라 물결 거슬러 올라간다. 물가의 꽃과 언덕의 버드나무는 이슬을 두르고 안개를 머금어 바람을 맞아 玉(옥)을 굴리고, 햇빛을 받아 金(금)을 체 쳐 거른다. 물새들이 날아 모이고, 물고기가 떴다 가라앉았다 하는데 그 밖으로는 모락모락 연기가 서로 바라보인다. 물가 들 넓고 아득한 곳은 산과 물의 가운데인데, 비록 公卿(공경: 높은 벼슬아치)의 부유함은 얻지 못한다 해도 칼이나 톱으로 잘려 죽을 걱정이 없는 삶을 누린다. 田園(전원)의 즐거움이 있으니 느긋이 놀며 스스로 만족하니 굄을 받는지 욕을 먹는지 알지 못하고, 是非(시비) 소리도 들리지 않는다. 날마다 물고기 및 새와 江湖(강호) 사이에서 서로 돌볼 필요 없이 살고, 산과 물 사이에는 봄이면 꽃 가을이면 달 여름이면 비 겨울이면 눈이 사철 경치가 변화하니 윤 군에게 즐거움을 제공한다. 東風(동풍)은 부채 바람처럼 부드러워 꽃들이 다투어 펴 붉고 푸름이 영화를 펼친다. 여름 땡볕이 쇠를 녹이면 大地(대지)는 화롯불 같고, 맑은 바람이 서늘한 기운을 보내오면 가을이 강산을 물들여 밝은 거울이 좌우 그림 병풍에 비치는 것 같고, 함박 내리던 눈이 처음 그치면 외로운 기러기가 울며 나니 구름과 천 리가 한 가지 색이다.

　漢(한)나라의 仲長統(중장통)이 항상 帝王(제왕)에게 무릇 遊說(유세)한 것은 몸을 세워 이름을 떨치고자 함이었다. 그러나 이름은 항상 보존되는 것이 아니요, 인생은 쉽게 스러지는 것이니 느긋이 떠돌며 편안히 지내며 고상하고

현명하게 그 뜻을 스스로 즐기면서 樂志論(낙지론)을 지었다 한다. 윤 군이
이를 읽고 사모하여 우러러보며 말하기를 "이는 나의 뜻이다. 宿願(숙원)이 이
루어졌다."라고 하였다. 내가 듣고는 기뻐서 글로 적는다.

人生斯世 孰不勞其力乎 士勞於文翰 武勞於射御 皆將用於世 而行治平
之術也 商勞於貿易 工勞於技藝 農勞於耕種 各所以勞其力 而保其生也 士
若不用於世 則莫若讀書就農 安分樂道 小而一身之榮枯 一國之盛衰 皆有
定數 不可强求 而雖不以富裕爲心 然養親不可不備志體之養 守分不可以屢
空爲憂也 公州石峯里之下沙峰村有重庵 尹友鼎鉉 儀容端雅 才器明敏 律
身以嚴 世居此鄕而卜得靈區 群峰如屛而來 自鷄龍山一溪瀉玉 遙通錦江林
茂而竹脩 背山臨水 而築室十餘棟 方屋以廣 重簷以邃 軒楹宏敞 風雨攸除
不侈不儉 而辨內外 中爲燠室以爲禦寒 左有夾室 以爲藏書之所 又建一堂
以爲接賓之所 君念絶斯世 性愛江山 托意觴詠 遇良辰勝景 招迎故舊 陟岡
泛水 興盡而返 余以同社之友 亦參其會 竹場圃於前 植以花卉茱蔬 設果園
於後 栽以桃李柿栗 置田數百頃 種以桑麻稻梁 養以牛羊鷄豚 春而耕 夏而
耘 秋而穫 冬而藏 以穀換魚肉 父母有珍味之膳 妻孥無衣食之勞苦 舟車代
步涉之難 使令足以息動止之勞 當良辰淑景 會友而泛舟于江上 隨風溯洄
汀花岸柳 帶露含烟 迎風而戞玉 帶日而篩金 鷗鷺翔集 魚蝦浮沈 其外烟火
相望川原 渺漠處山水之中 而雖不得公卿之富 享無刀鋸之憂 有田園之樂
觴詠之趣 優遊自得 寵辱不知 是非不聞 日與魚鳥相忘於江湖之間 春花秋
月夏雨冬雪 四時之景 變化於山水之間 而供君之樂 東風扇和 花卉爭發 紅
綠敷榮 畏景流金 大地烘爐 而淸風送凉 秋染江山 明鏡畫屛 映于左右 密雪
初霽 孤鴻叫雲 千里一色 漢仲長統 常以爲凡遊於帝王者 欲以立身揚名 而
名不常存 人生易滅 優遊偃仰高明自娛其志 故著樂志論云 君讀此而景仰曰
此吾志也 宿願畢矣 余聞而喜之 記之以文也

陵洞公園記
능동공원기

自古(자고)로 帝王(제왕)의 정치가 더럽혀지느냐 융성하느냐는 人材(인재)의 盛衰(성쇠)에 달려있고, 인재의 성쇠는 學校(학교)의 興廢(흥폐)에 관련돼 있다. 전 왕조에서는 마을 글방에서 배웠으나, 근일에 서양문화를 받아들여서는 마을 안에 모두 학교를 설립하여 가르친다. 또 곳곳에 아이들 운동장이 있어 독서 후에 놀이를 하면서 답답했던 것을 씻어내고 정신을 가다듬어 펴서 쉬며 놀며 한다.

陵洞(능동)에 아이들이 놀이할 수 있는 大公園(대공원)을 세웠으니, 옛 廣州(광주)의 純宗妃(순종비) 純明皇后(순명황후)의 裕陵(유릉) 옛 구역 안이다. 龍馬山(용마산) 아래 남아있는 산기슭 짧은 언덕에 십 리를 둘러 번화한 시가지 중에 별도로 한 구역을 떼어 놓고 감상하는 땅을 만들었다. 공원 안에 아동회관이 있고 또 중앙에 4층 팔각정이 서있어 높은 언덕에 8면으로 골짜기로 열려있고 붉은 칠한 난간과 단청한 마룻대가 하늘의 구름 속으로 솟아있고, 안에는 휴게실 및 음식과 술을 제공하는 식탁이 있다. 무리 지은 산들이 가까이 푸르름을 모아 둘러서서 안개와 아지랑이 속에 솟아 보였다 숨겨졌다 하고, 너른 들이 멀리 누렇고 푸른 밭두둑과 통해 산과 물 사이에 종횡으로 엮여있으니 진정 천하의 기이한 볼거리이다. 植物(식물)을 이곳으로 옮겨 植物館(식물관)이 있다. 해외의 기이한 꽃과 풀을 옮겨와서 안에서 기르고, 밖에 심은 것은 함박꽃 모란 진달래 장미꽃으로 울타리를 접해 그 색깔을 아름답게 뽐내니 대추 밤 감 배 살구 능금 등의 과일과는 같지 않다. 공원을 둘러 섞어 벌려 놓으니 그 맛이 모두 소나무 잣나무 단풍나무 삼나무 오동나무 버드나무 등의 재목과는 다르나, 가는 곳마다 울창해서 그 쓰임이 무궁하다. 動物(동물)을 이곳에서 길러 動物園(동물원)이 있다. 사슴 노루 호랑이 곰 원숭이 등의 종류는 나무 울타리를 둘러싸 기르고, 두루미 고니 해오라기 앵무새 비둘기 꿩 등의 종류는 쇠 그물망에 가두어 먹이를 주고, 잉어 쏘가리 게 붕어 새우 조개 등은 물 항아리에 넣어 기르니 그 안에서 떴다 가라앉았다 하며 날고 달리고 하여 모두 아이들이 보고 느껴 그 식견을 넓히게 하는 것이다.

대저 봄이 와 화창한 봄바람이 불면 꽃이 피고 풀이 돋아 온통 울긋불긋 저절로 그림을 이룬다. 여름 날씨가 뜨거워지고 해가 길어지면 붉은 꽃이 이미 비처럼 떨어져 지나가 녹음이 땅을 덮으니 옷깃을 걷고 산보를 한다. 가을에 하늘이 맑고 높아지면 노란 국화가 이슬을 머금고 붉은 단풍잎이 바람에 휘날려 비단에 수놓은 듯하다. 겨울이 깊어져 땅이 얼면 朔風(삭풍)이 눈을 불어내고 외로운 기러기가 구름 속에서 우니 얼음을 두드려 차를 끓인다. 이렇게 사철 경치가 무궁하니, 노인이나 젊은이나 즐거움도 또한 무궁하다. 사철이 번갈아 그림 속 빼어난 경개를 이루어 만물이 변천하니, 조용함 속에 다는 볼거리가 있음을 안다. 남녀가 힘든 일 한 후에 또 아이들이 경기할 때 이곳에 와서 유람한다. 야구도 하고 그네도 타고 널도 뛰고 차도 몰면서 맘 내키는 대로 놀이를 한다.

산을 보면 봄의 영화가 가을에 물러남을 알 수 있고, 물을 보면 비가 오면 불었다 가뭄에는 마르는 것을 알 수 있고, 또 소리개가 날아오르고 물고기가 뛰어 오르는 모습을 보면 하늘의 이치가 밝게 드러남을 알 수 있다. 내가 일찍이 산과 물을 즐기는 버릇이 있어 때때로 산으로 들어가서는 꽃을 찾고, 혹 물가에 나가서는 물고기를 바라보면서 소리쳐 노래하고 다니고, 앉아 詩(시)를 읊곤 한다.

癸亥(계해: 1983)년 3월에 會賢詩社(회현시사)가 이곳에서 詩會(시회)를 여니, 모두 시로써 세상에 이름을 낸 사람들이다. 나도 그 모임에 참석했으니, 이태백이 말한 대로 "따뜻한 봄이 한가하고 아름다운 경치로 나를 부르고, 대자연이 내게 글 솜씨를 빌려주었다."라고 하는 것이리라. 그러나 문장은 이태백에게 미치지 못한다 해도 이 情景(정경)은 桃李園(도리원)에 못지않다. 대략 위와 같이 써서 후세 사람들에게 보여주노라.

自古帝王政治之汚 隆繫乎人材之盛衰 人材之盛衰 關於學校之興廢 前朝

皆學於村塾 而近日受西洋之文化 鄉中皆設學校而教之 村村又有兒童運動場 讀書後遊戲 而洗其堙鬱 暢敍精神息焉 而遊焉 陵洞設兒童遊戲之大公園 舊廣州純宗妃純明皇后裕陵舊局內也 龍馬山之下 殘麓短岸 環十里而華街之中 別作一區遊賞之地 園中有兒童會館 又四層八角亭立于中央高丘 八面洞開 朱欄畫棟 聳于雲霄 中有休憩室及食卓 供酒食之需 群山近繞 攢青聳碧 出沒於烟霞之中 大野遠通 黃畦綠塍 縱橫於山水之間 眞天下之奇觀也 植物移於斯而有植物館 海外奇花異草 移來而栽於內 植於外者 芍藥牡丹杜鵑薔薇櫻蘭之花 接墻而嬋娟 其色不同 棗栗柿梨杏檎之果 繞園而錯雜 其味俱異 松柏楓杉桐柳之材 隨處鬱蒼 而其用無窮 動植物於斯 而有動物園獐鹿虎熊猿狙之屬 圍以木柵而牧之 鶴鵠鷺鸚鳩雉之類 藏以鐵網而飼之 鯉鱸蟹鮒蝦蛤之物 入於水缸而養之 無不浮沈飛走於其中 皆所以兒童之觀感 而廣其識見也 若夫春和景明 花發草生 千紅萬綠 自成畫圖 夏熱日長 紅雨已過 綠陰滿地 披衿散步 秋清天高 黃花含露 紅葉飄風 便作錦繡 冬深地凍 朔風吹雪 孤鴻叫雲 扣氷煮茗 四時之景無窮 而老少之樂亦無窮 四時之謝成勝槩 於畫中萬物變遷知異 觀於靜裡 男女勞役之後 兒童競技之時 來此而遊覽焉 野球秋千蹴板走車之戲 隨意行焉 觀乎山可以知春榮秋謝 觀乎水可以知雨漲旱渴 又觀鳶飛魚躍之像 而知天理之昭著矣 余嘗有山水之癖時入山而訪花 或臨水而觀魚 行放歌而坐吟詩 癸亥三月 會賢詩社 開會於此 皆以詩鳴於世 余亦參其會 李白所謂陽春召我以烟景 大塊假我以文章然文不及李白 而情景不讓 於桃李園也 略記如右 以示後人

譯者 宋容民

서울大學校 文理科大學 卒業(文學士)

韓國古典飜譯院 研修課程 卒業

國史編纂委員會 史料研修 一般/高級 課程 修了

譯書: 櫟泉年譜, 文正公(同春堂)遺牘(脫草 및 飜譯)

編者 宋澤蕃

서울工業高等學校 卒業(電氣)

現 (株式會社)孝信 代表(솔레노이드밸브 專門企業)

세월이 흐르면
耕南文稿 2

2022년 5월 17일 초판 1쇄 펴냄

저자 송조빈(宋朝彬)
역자 송용민(宋容民)
편자 송택번(宋澤蕃)

발행인 김흥국
발행처 보고사

등록 1990년 12월 13일 제6-0429호
주소 경기도 파주시 회동길 337-15 보고사
전화 031-955-9797(대표), 02-922-5120~1(편집), 02-922-2246(영업)
팩스 02-922-6990
메일 kanapub3@naver.com / bogosabooks@naver.com
http://www.bogosabooks.co.kr

ISBN 979-11-6587-297-7 94810
     979-11-6587-061-4 (세트)
ⓒ 송택번, 2022

정가 38,000원
사전 동의 없는 무단 전재 및 복제를 금합니다.
잘못 만들어진 책은 바꾸어 드립니다.